芯语

王笑歌 虞昕 著

上海文艺出版社

顾问

谢志峰　博士
(中芯国际创始团队核心成员/原副总裁,复旦大学微电子学院兼职教授)

赵志峰　博士
(之江实验室总工程师,浙江大学特聘研究员)

目　　录

第1章　硅谷悍匪 / 1

第2章　飞行汽车肇事端 / 15

第3章　逃离大洋彼岸的陷阱 / 28

第4章　一场车祸引出的公司 / 42

第5章　澡堂里走出个芯片企业 / 58

第6章　火场惊魂 / 71

第7章　同门相争，"峰"回路转 / 85

第8章　烛光鸿门宴 / 98

第9章　董事会上的残酷斗争 / 108

第10章　现金流危机 / 118

第11章　来自新客户的挑战 / 131

第12章　姐妹相争，调虎离山 / 142

第13章　极寒考验 / 156

第14章　被黑客送进急诊室 / 169

第15章　离家出走 / 183

第16章　寻找神秘高手 / 195

第17章　前妻出山招奇"兵" / 207

第 18 章　系统崩溃，从零开始 / 219

第 19 章　情敌的恶意收购 / 231

第 20 章　跨国巨头杀进国内 / 239

第 21 章　困局如棋局 / 251

第 22 章　猝然去世的靠山 / 264

第 23 章　天降金主 / 276

第 24 章　豪门风暴 / 290

第 25 章　两款芯片的巅峰对决 / 303

第 26 章　美女间谍登场 / 314

第 27 章　打响跨国法律战 / 326

第 28 章　第一次正面交锋 / 338

第 29 章　身陷囹圄 / 349

第 30 章　用终身幸福拯救你 / 362

第 31 章　应战美利坚 / 373

第 32 章　藏在"芯"上的秘密 / 385

第 33 章　打开外太空之门 / 399

第 34 章　公司落入敌手 / 408

第 35 章　商场如战场 / 420

第 36 章　爱人的背叛 / 433

第 37 章　网络罪证 / 442

第 38 章　无人驾驶谋杀案 / 456

第 39 章　身边的凶手 / 468

第 40 章　生死时速 / 479

第 41 章　人去楼空 / 492

第 42 章　横空出世铸"芯语" / 505

第 43 章　重逢 / 517

第 1 章　硅谷悍匪

李与非知道硅谷最近几年治安变差了，但从没想到真的会有一天，自己被一把 Glock 17 手枪顶在后脑。更没想到的是，被枪顶在后脑那一瞬间，自己下意识迸出来的遗言竟然是：

"哎呦，硌！硌得慌！"

李与非这句话情不自禁用了中文。对面有位年轻女士咬着嘴唇，似乎要笑，看着持枪匪徒狠狠的眼神，又吓回去了。她是房间内除了李与非以外唯一的中国人。

"what！"匪徒问。他是个美国人，身材相当健硕，裸露出来的手臂和小腿肌肉横生，除了有副略显累赘的肚腩。看样子一直健身，只是最近才发胖。胡子拉碴，头发蓬乱，粗看一脸颓废之气，但抬眼的时候目光灵活锐利。

李与非只好用英文翻译了一遍："It's…it's sticking into me…"

那匪徒吼道："Bullshit! It's a gun, not a goddam beauty roller! It's supposed to be sticking! （废话！这是枪，又不是他妈的美容棒，当然会硌！）"

李与非继续用英文说："不是枪硌，是下面，下面……"他指了指腰间。

匪徒低头一看，李与非腰间隆起，似乎插着什么东西。匪徒一惊，第一反应是李与非也带了枪。匪徒立刻扣紧了扳机，手枪在李与非头上抵得更紧了，同时大喊："把手举高，再高些！"

李与非顺从地两手高举。

匪徒拉开李与非的衬衫，从他腰间把那隆起的东西抽出来。方方正

1

正，布满电子线路，竟然是一块电路板。

刚才匪徒举枪戳过来的时候，李与非身子正转了一半，便吓得不敢动，腰扭成一个妖娆的角度，凸凸凹凹的板子顶在腰间，难怪会硌。

"你拿块开发板到处走？"匪徒不可思议地问。

"这里是硅谷，不是吗？"李与非反问。

那匪徒脸色和缓了一些，居然点了点头。

李与非的惊惧也和缓了一些。随身携带开发板是他在国内读研究生时候就养成的习惯，这样随时随地就能拿出来研究芯片的电路设计。但这匪徒竟然能准确无误地叫出"开发板（development board）"这个电子行业的专有名词，看来不是等闲劫匪。

也对，等闲匪徒有谁会冲进迪迈公司全球总部抢劫呢？

迪迈，四十年前成立于硅谷，以生产个人计算机中央处理器起家，目前已经成为全球最大的科技公司。2019年全球半导体市场报告显示，迪迈公司以1800亿美元的营收位列行业全球第一。

迪迈虽然是全球最赚钱的半导体公司，但绝不是个理想的打劫目的地。它最值钱的财产要么搬不动——比如动辄投入几十亿美元的实验室；要么带不走，比如全世界招募来的顶尖科学家。

匪徒对李与非的戒备已去，把枪口从李与非后脑勺上撤下来，示意他跟其他人质蹲在一起。

李与非走过去，蹲在他的合伙人弗兰克身边。他另一边就是那个刚才险些笑出来的中国女子。

弗兰克本就有些神经质，此时更吓得涕泗横流，紧紧挨在李与非身边，低声说："我早跟你说过不要来不要来，那些企图高攀迪迈的小公司下场都很惨的！"弗兰克偷瞥了一眼匪徒，抽泣着说："只是没想到这么惨……"

李与非不语。一周前弗兰克拖着李与非来拜访迪迈的时候可不是这么说的。这家伙白净的脸上泛着兴奋的红光："迪迈收购了以色列的芯片设计公司哈巴那科技！你知道那一百多人的公司迪迈花了多少钱？50亿美金！我们奇思（Chess）公司要是能被迪迈收购，虽然只有哈巴那一半大，就算 25 亿美金好了……25 亿！天哪，我要去比弗利山庄买一栋别墅，就住在贾斯汀·比伯对面！"

与非从来没想过被收购。他成立奇思的目的也不是为了卖掉，那是商人的路数，而他是芯片设计师。但和迪迈合作也是他一直以来的执念。目前公司研发的无人驾驶专用的固态激光雷达芯片，技术难度高，尤其吃资金，也只有迪迈这样财力雄厚又专注科技研发的全球大公司才能助力。

他和弗兰克原本是来拜访总裁费尔德，然而，他们根本没见到费尔德，助理称未收到预约，直接拒绝二人。

李与非明白助理只不过是借口而已。他几天之前曾委托斯坦福大学的一位教授——他在斯坦福进修时的导师，也曾经是费尔德的同事——为自己引荐并预约。费尔德出尔反尔的脾气在硅谷并不是新闻。

当时，李与非和弗兰克从会客室走出来，却被人撞了个满怀。李与非抬头想道歉，却愣了一下没说出口。他已经有 180cm 高，撞他的人比他还高了半头，一身黑衣，脸孔藏在鸭舌帽下，只露出一双眼睛，凌厉的眼光让李与非打了个激灵。

迪迈整个办公园区规模庞大，李与非所处的大楼是园区唯一对外开放的大楼，是会客和参观区，其中三层是凭门票进入的迪迈展示馆，展示迪迈的产品历史、出售纪念品。这栋大楼并没有太多员工。今天是工作日，一楼更显得清静。此时一队美国小学生参观结束，嘻嘻哈哈准备出门。同时，那名中国女子也乘电梯下来，立刻被小学生包围。

一边是孩子和那女子，一边是黑衣人，李与非根据速度和距离迅速判断将在 8 秒钟之内相遇。

李与非僵立不动。他一直有着异乎寻常的第六感。读大学时，有一次做实验焊接电路，李与非曾凭着他难以言传的预感，排查出一起险些引发爆炸的短路隐患。要知道那一组的试验台和他隔着好几张桌子。他也不知道为什么，只是在瞬间脊背发凉汗毛直竖。

而此刻，那种来自第六感的不安再次袭来。李与非盯着黑衣人：凌厉而飘忽的眼神，胸前奇怪的凸起，以及极不自然地搭在胸前的右手……这些信息模块迅速组合起来，让李与非瞬间做出反应。

他对孩子们大喊："快闪开！"

几乎在同时，只听"砰砰"几声钝响，黑衣人从上衣口袋里掏出一柄手枪，朝天射击，其中一枪射碎二楼的玻璃挡板，顿时碎片纷飞。

大堂乱了起来，一片惊叫。几个机灵的小孩撒腿往远处跑，大多数吓得呆立，大哭起来。那女子也呆了片刻，但很快反应过来，急忙去保护跑到她身边的孩子。

两名保安闻声赶来。匪徒扬手开了几枪，都射在保安脚下，明显是在警告。保安立时吓得不敢动了。

一个小朋友吓傻了，反倒朝匪徒跑去。李与非急忙冲过去拦住他。也就是这时候，匪徒把枪顶在了他的后脑。

"站在原地！都不许报警，否则我一枪打爆他的头！"匪徒吼道。

匪徒走到大厅前台，把已经吓傻的接待员赶到一边，按下操作台上一个按钮。一楼大门合拢，啪的一声锁死了。这样，大楼封闭，没有人能够进出。

匪徒又把李与非、弗兰克、中国女子和孩子们赶进左侧的大会客室。他在门口摸索一下，毫不费力地找到会客室玻璃门的制动按钮，这扇门也锁死了。

李与非再次判断，这匪徒不是普通人，他对迪迈内部环境相当熟悉。

整栋大楼都采用玻璃外墙，完全透明。这栋建筑被硅谷称为水晶宫。此刻，水晶宫成了巨大的玻璃牢笼。

人质里只有李与非和弗兰克是青壮年男子，匪徒从包里掏出两捆绳子，麻利地把两人双手在身前捆扎起来。余下女人和孩子，他显然不放在心上。

与非等人从玻璃门看到，又赶来几名保安，试图从外围走近会客室，匪徒看见，朝身后空放两枪，大吼："不许靠近！不许报警！否则我一个个杀！"

子弹射在玻璃门上,玻璃是经过特制的,没有击碎,但顿时裂成蛛网状。

外面再也没人敢动。

室内吓得一片哭叫,其中一声尖叫压倒所有孩子的哭喊,连绵不绝,高昂凄厉,只有女性才能发出。李与非转头看身边的中国女子,那女子虽然脸色苍白,但依然保持镇定,还不至于失控。嘴唇也是紧闭,那尖叫竟不是她发出的。

与非一愣,但同时感觉到自己胸腹之间热热的,伏了个湿乎乎的脑袋在上面。与非叹了口气,已经明白怎么回事,悄声说:"弗兰克,别这样,大家都看着呢。"

弗兰克一边哭一边尖声说:"让大家看好了!我交了两个男朋友,没想到现在是跟你死在一起!"

李与非抬起头,发现那匪徒和那中国女子都看着他二人,眼神复杂。他愣了一下,急忙解释:"不,不,我们虽然是 partner,但只是生意上的……"

匪徒并无兴趣了解二人的私生活,他从背包里掏出一台笔记本电脑,敲了一会儿键盘,众人前方出现一幅三维立体投影,现出一名五十多岁的男子的模样。男子就好像科幻电影中一样,栩栩如生地突然出现在房间里。孩子们也一时忘记了恐惧和哭泣,好奇地看着。

李与非身边那女子也发出低低的一声惊叹。

与非看了她一眼,轻声说:"这是全息膜,天信公司没有吗?"

那年轻女子正是中国国内最大的家电商——天信电器集团公司的副总经理吴婵。她眉毛一扬,显然是惊异李与非怎么知道自己的身份。

与非看向她胸前别着的访客名牌,说:"我登记的时候,你的公司和名字就写在我前面。"

吴婵疑虑顿去,却也依然有些意外。刚刚李与非表现得像个傻瓜一样,她没想到他如此细致、反应敏捷。同时,她也有点恼,李与非的语气似乎在嘲讽她没见过世面——她不知道李与非讲话风格一向直接,完全没有轻视任何人的意思。

吴婵也是来拜访费尔德。加州一年一度的科技展览会将于一周后在硅谷举办。天信和主办方联系，买下其中一晚的活动冠名权，举办一场叫做"天信之夜"的高级酒会，意在邀请全美著名的科技公司的负责人参加，建立初步的商务联系。

天信的创始人吴项冬是吴婵的父亲。天信以传统家电起家，二十年前在国内电器行业翻云覆雨，但近十年来技术突破乏善可陈。吴婵在董事会上力排众议，提议做"天信之夜"的项目，目的也是为了在硅谷寻求科技合作，推动天信的产业升级。

吴婵是有备而来的。她知道费尔德傲慢自大，对中国向来持有偏见。她打听到费尔德对高尔夫球迷恋到疯狂，特意花了一万美金在苏富比拍下一根著名高尔夫球手使用过的白蜡木球杆。那支球杆就在她手边。然而，她和李与非的遭遇一样，直接被助理拒绝。

费尔德的投影非常清晰，脸上冷峻甚至带点残酷的表情都看得清清楚楚。

"嗨，威尔。"费尔德显然明白眼前的局势，但不慌不忙，语气甚至带点嘲讽。这匪徒果然不是等闲之辈，竟然是费尔德的旧识。

威尔顿时暴跳起来："费尔德！狗娘养的！你毁掉了我的一生！"

费尔德耸了耸肩，毫不在意地说："我只是开除了一个不合格的工程师，仅此而已。"

威尔更恼怒了："我不合格？我是 Drive X 的总设计师！"

"Drive X！你开玩笑吧！"李与非惊呼出来，把吴婵吓了一跳，赶紧示意他闭嘴。

威尔扭头怒道："闭嘴！你懂什么？"

"我怎么会不懂？迪迈目前对外发布的无人驾驶平台 Mega Drive，它上一代就是 Drive X！其中搭载的 GPU，单精度计算能力达到 8TFlops，有竞争对手 10 倍以上的深度学习计算能力。我个人认为，它是自动驾驶 L3 级别里最优秀的平台！"

威尔惊喜地说:"没错,就是最优秀的平台!我就是它的设计师!你是怎么知道的?"

李与非接口:"迪迈从来没有对外公布过 Drive X。我是找到一篇论文,才知道 X 是 Mega Drive 的前身。这论文的作者好像叫威尔逊·特纳。威尔逊,威尔……你就是威尔逊·特纳!"

威尔逊激动地冲到李与非面前:"没错!我就是威尔逊·特纳!三年前,我发表了那篇论文,费尔德把我找来,让我带领他的团队研发 Drive X。成功之后,他不肯支付 1.5 亿的专利费……"

李与非插口:"日元吗?"

威尔逊怒道:"美金!"

李与非咋舌。

威尔逊继续说:"一年前,他把我踢出迪迈,还到处宣扬我窃取商业机密。现在整个硅谷就好像躲避传染病一样躲着我!我已经失业了一年!所有人都以为我是个废物!没人知道我是个天才设计师!"

费尔德不停地试图打断威尔逊:"谁会相信一个酒鬼、瘾君子的话,停止你的谎言吧!"

"瘾君子!"威尔逊狂怒,"我从来没有瘾,是你陷害我的!是你把毒品放在我的防尘服里!你让陪审团认为我是个瘾君子,没有人相信我的话!"

李与非听到"防尘服"三个字,神色一动。

费尔德冷笑:"现在更没有人相信你的话,你的罪名上又加了一条:劫持犯!"

威尔逊愤怒地说:"如果你不是心虚,为什么不报警?"

李与非和吴婵对视了一眼。确实,以硅谷的警力,只要接到报警,五分钟之内必然有警车赶到现场。而此刻,大楼内外却出奇安静。

费尔德低头一秒钟,再抬头时,脸上已经泛起亲切的笑容:"老伙计,我怎么能忍心这么对你?"

"你根本就是心里有鬼!"威尔破口大骂。

两人开始争吵起来。

李与非看到威尔逊的注意力已经被吸引，感觉机会来了。他用手肘撞了撞弗兰克。弗兰克方才惊惧稍减，正津津有味听两人吵架，被撞了半天才反应过来。

与非低声说："你就像刚才一样，装作趴我身上哭，把我手上的绳索咬开。"

弗兰克会意，呜呜咽咽哭着，趴到与非身上。

吴婵感觉两人不对，转头一看，弗兰克就伏在与非小腹上，场面不可描述。吴婵赶紧用身体遮住旁边孩子们的视线，压着声音愠怒地说："你们俩……在干什么？"

弗兰克抬起头，露出与非的裤子，裆间被他的眼泪鼻涕口水染湿了一片。吴婵脸一红，急忙转过头去。

与非一怔，这才反应过来她产生了怎样的误会，赶紧解释："我们俩不是，真不是！哎呦，弗兰克，干得好！"

吴婵脸更红了，她不知其实是弗兰克顺利地咬开了绳索。

与非用眼光四下搜寻合适的武器。扫了一圈，一眼看到吴婵手边的高尔夫球杆。他伸出手去，试图把球杆抽过来。

吴婵发现他双手松绑，才明白刚才自己是误会，不由吁了口气。但接着看李与非握住了自己的球杆，立刻猜出他的意思，拼命摇头。

李与非低声对她说："他没子弹了。"

吴婵用眼神问，你怎么知道。

李与非小声解释："他刚才开了十枪。加州持枪法规定，只能用十发子弹的弹夹。他要再射击，必须换弹夹。"

李与非一边说，一边悄悄拿起球杆。不料吴婵紧紧按住，像刚才一样拼命摇头。

李与非低声说："不用担心我的安全，我老妈是刀马旦，我一身童子功……"他挺了挺胸，让胸肌撑满衣服。

吴婵忍不住了，没好气地说："谁担心你的安全，我是担心……"

吴婵话没说完，李与非已经一把抽出球杆，从地上弹起来，一招漂亮的"泰山压顶"，抢起球杆向威尔逊砸去。

威尔逊灵活避开，球杆重重落在他身后的金属台面上，咔嚓一声，断成两截。

与此同时，吴婵刚说完下半句话："我的球杆……"

威尔逊一拳砸在李与非后背，又重重踹上一脚。一身童子功的李与非平移出去，一个"狗吃屎"摔在他的初始位置上。

"老实点！我不想在这么多孩子面前打爆你的头。"威尔一边吼，一边从背包里拿出另一只装满子弹的弹夹换上。

李与非爬起来坐好，讪讪地对吴婵说："你看，我说对了吧，换弹夹！"

吴婵望着散落在地上的两段球杆，转回头，眼光变成弹夹里的子弹，狠狠向李与非扫射过去。

费尔德和威尔逊的谈判恢复。费尔德问："老弟，你到底想要什么？我可以给你钱，我私人的钱。"

"钱？"威尔逊冷笑，"你就是为了不想给我钱，才把我从迪迈踢出去的不是吗？不，我现在不要钱，我要你向我认错，跪下认错，我要你发布全球声明，向我道歉！"

李与非和吴婵对视一眼，都是一惊。威尔的要求大大出乎他们的意外。

费尔德显然也吃了一惊，冷静的面容终于出现一丝怒气："你疯了！"

威尔逊大喊："你抢走了我的一切，金钱、地位、名誉、尊严，全世界只认识你费尔德，没有人听说过完美的 Drive X，没有人听说过我！"

"抱歉插一句，"李与非在旁边举手，"说实话，如果费尔德先生确实没有支付你专利费，的确是他的错；但你要说 Drive X 是完美的，我也不能同意……"

没等威尔逊反应，吴婵已经一把拉住李与非，对威尔逊道歉："他说的是，是，不能更同意，他英文不好……"

9

李与非挣脱吴婵:"你别掺和,你又不懂。"再转头对威尔逊:"它功耗高达 250 瓦,散热肯定是个问题。这些都不说,你用 Verilog 作设计语言,就不可能完美,最好的设计语言当然是 Chisel……"

威尔逊跳起来:"狗屁!Verilog 既严密又流畅,是最经典的!只有文盲才会用 Chisel!"

李与非摇头不听,继续和威尔逊争辩。

在英国读了六年书的吴婵对自己的英文听力产生严重的自我怀疑。两个男人争得面红耳赤,夹杂大量术语,就算是翻译成中文,吴婵知道自己也未必理解。然而,即使听不懂术语,吴婵还是看得懂局势的,眼见威尔逊越来越激动,吴婵恨不得用一块电路板堵住李与非的嘴。

就在两个男人争吵的同时,吴婵从玻璃门看见外面有七八名保安在悄悄靠近。他们显然是得到了费尔德的秘密授意,尝试找机会破门而入。

吴婵清楚地看到,至少有两名保安是持了枪的。也就是说,费尔德根本不在乎包括她和那群孩子在内的所有人质的安全。

吴婵心头掠过一丝慌乱。一时之间,她竟分不清到底谁更危险,是劫持众人的威尔逊,还是外面的费尔德。

她见李与非和威尔逊兀自争论不休,不由怒从心头起,踏步上前,一掌括在李与非脸上:"闭嘴!"

李与非被打愣了,顿时住口。

吴婵一把把李与非拉回旁边,同时对威尔逊说:"对不起打扰了,请继续谈判。"

一句话提醒了威尔逊,他也立刻发现外面的保安已经在蠢蠢欲动,咒骂着,把枪对准了他们。

李与非终于也意识到了:"费尔德好像没打算救我们。我们得想个办法制止威尔,否则双方火拼起来,孩子们就危险了。"

吴婵狠狠瞪了他一眼:"你继续跟他讨论机器语言啊,我看这办法挺好。"

"真的?"李与非听不出讽刺。

"闭嘴！"吴婵从来不知道自己如此粗鲁。

李与非果然闭了嘴，不是因为听话，而是透过被射成蛛网的玻璃门，他看到不远处的停车场，脑子里突然冒出一个念头。

他和弗兰克开的车就停在那里。那不是普通的小轿车，是奇思客户的无人驾驶车，目前安装了奇思的雷达芯片。好巧不巧，李与非为了能随时研究，把操作系统装在自己的手机里。此时，那部可以操纵车辆的手机，就摔落在不远的墙角处。

因为资金有限，那辆无人驾驶车的配置在硅谷绝不算先进，目前处于测试阶段，只能执行最简单的指令。但此刻，车、玻璃墙受力最弱的一块、威尔逊，三点连成一线，形成一条最为简单的行车路径。

与非想做一个大胆的尝试。

李与非悄悄对吴婵说："让小朋友们一个个传话下去，等会儿我喊一二三，所有孩子都贴着左边的墙根站。"

"干什么？"

"我很难跟你解释。"

"为什么？"

"因为……你智商不够理解。"与非坦白地答。

吴婵被激怒了，立时就想跟与非辩驳，但理智告诉她现在绝不是辩驳的时候。

弗兰克凑过来，细声细气地帮腔："相信他吧！虽然我常常不知道他要干什么，但他最后总是对的。"

此时也由不得吴婵多想。她只好对身边的孩子耳语，让他传话下去。

危急时刻的孩子们特别乖巧，不一会儿，所有人都看向李与非，最后一个孩子回复他一个肯定的眼神。

李与非画蛇添足地打了个滚，滚到墙角捡起手机。他打开手机的操作界面，发动车子。李与非操纵手机，他的小车灵敏地向前方开来，直冲向会客室。

李与非大喊："一、二、三！"

孩子们听话地向墙边靠去，同时，李与非施展了一个英雄主义的举动，虽然他当时只是本能——他跳起来，一把揽住威尔逊面前的吴婵，避让到一边。而那辆设定了方向和速度的无人驾驶汽车，撞碎了玻璃墙，正对着威尔逊驶来。

李与非是经过精心计算的，汽车撞过来的速度和力量，减去撞破玻璃墙所损耗的动能，撞上威尔逊的时候力道刚刚好，足以把这个目测200磅的大汉撞得飞起，再跌在地上，但不至于身受重伤。

接下来的事情就变得顺理成章。伺机已久的保安打开门冲进来，制服了威尔逊。

费尔德终于露面，像他一向在公众露面的形象一样，机车皮夹克，银色的头发，傲然的眼神，以胜利者的姿态看着被七八个保安结结实实按在地上的威尔逊。

一名女助理赶来，费尔德对她悄声交代了几句。

女助理会意点头，脸上变魔术一样堆起一脸笑容，对孩子们拍了拍手："嘿，孩子们！对你们的参观满意吗？刚才是我们公司给大家玩的小游戏，测试一下哪位孩子更勇敢，你们喜欢这个游戏吗？"

女助理把孩子们带到一边，继续宽慰着，隐隐听到她说，这件事最好不要告诉你们的家长和同学，否则大家会妒忌等。

李与非和吴婵对视一眼。迪迈当着他们的面传递谎言。为什么？

"费尔德！你这个人渣！骗子!"威尔逊一边挣扎一边大骂。

费尔德冷笑："而你，你永远是一个可怜的失败者。"他向保安挥挥手，保安把威尔逊拉了下去。

李与非望着威尔逊的背影。他挣扎着回头，狠狠看着费尔德。那目光里除了仇恨，还有深深的绝望。

那眼神让李与非油然感到一阵凄凉。他忍不住问费尔德："你要怎么对他？"

费尔德并不回答他的问题，而是对他和吴婵说："今天的事情，我希望只留在这一栋楼里。这是迪迈的私事，如果让我听到任何一句不利于迪迈的言语，我将保留对你们二人追诉的权利。"他的话里威胁的意味很重。

李与非顿生反感。他还没说话，身边的吴婵说："如果费尔德先生能接受我的邀请，参加一周以后的'天信之夜'，那么，我答应您的要求。"

费尔德锐利地看了吴婵一眼："你在要挟我？"他这句话是用中文讲的。

"您中文很好。"吴婵也用中文说。

"我的前任是华裔。"

"难怪。"吴婵笑了，好像在跟朋友聊天一样，丝毫没有在他的凌厉眼神前退缩，"我怎么敢要挟您？我只想跟您合作——抓住每一个机会。"最后一句话说得意味深长。

费尔德打量了吴婵一会儿。这年轻女子皮肤白净，眼睛大而明亮，是个标准的东方美人，但比她的美貌更让他印象深刻的，是她脸上精明而世故的神气。费尔德顿时明了，这是个以利益为最终考量的商场女子。

只要以利益为目标，一切就简单多了。费尔德爽快地回答："好，我答应你。"

吴婵一笑，告辞走开。

费尔德看也不看李与非，似乎已经忘记他的存在，转身就走。

李与非追了几步："请等一下！"

费尔德头也不回："我没有时间。"

李与非大声说："是你陷害了威尔逊，对吗？"

这下，费尔德停下了。他转过头，眼里一片阴冷："你说什么？"

"刚才威尔逊说，那包毒品是在他的防尘服里。"李与非清晰地说，"整个迪迈园区，唯一需要穿防尘服的地方，就是模拟芯片制造实验室。实验室环境是要求绝对洁净的，空气中的微粒子、有害气体、细菌等污染物都需要严格隔离。威尔逊作为一名硬件设计师，不可能不知道这一点。他毒瘾再大，也不会把一包粉末带进实验室去，单是进入风淋室，就会把粉末吹得到处都是。他绝不会这么做。"

费尔德紧紧盯着李与非，眼中的冷酷更深了。过了一会儿，他缓和下来，甚至有些客气地问："听我的助理说，你希望和迪迈合作，研发固态激光雷达芯片？你现在可以到我的办公室谈一谈。"

李与非突然笑了："你是想对待那群孩子一样对我编一个谎言？还是像对待刚才那位女士一样，跟我交换条件？"

"我只是希望你知道，我在向你提供一个所有初创公司梦寐以求的机会。迪迈本来是不需要跟任何公司合作研发激光雷达芯片的，只有……"

"只有傻瓜才使用激光雷达，视觉传感器也就是摄像头就足够了，对吗？贵公司在很多场合都说过这句话。"与非微微一笑，"您真的很自信。如果遇到黑夜、起雾、大雨、强反光呢？如果视觉传感器真的无所不能，2018年迪迈在亚利桑那州的那场车祸就不会发生了。"

费尔德说不出话了。2018年迪迈的无人驾驶卡车在准许上路的亚利桑那州，撞死了一名骑自行车的妇女，上了《时代周刊》的封面，引发全美关于无人驾驶的大讨论。后来因为法律对无人驾驶事故责任没有明文界定而不了了之。但迪迈内部人士都明白，那是因为大雨和地面反光影响摄像头视线造成的。

费尔德哼了一声，把头一扬，说："那么你到底想和迪迈合作吗？"

李与非的笑容消失，取代的是一脸坚定："费尔德先生，我曾经希望和迪迈合作，现在不需要了。中国人有句古话，叫做'道不同，不相为谋'！我只希望，如果您对威尔逊还有一丝愧疚，这次请善待他，他的确是位天才！"

李与非果断地转身，大踏步地走开，很快就走出了大门。

"等我，等我！"弗兰克不知道从哪里冒出来，颠颠地追在李与非身后。

从没有人如此冒犯过费尔德。他恼怒地望着李与非的背影。但不知道为什么，这年轻人身上有什么东西让他不安，甚至隐隐有点恐慌。

费尔德思忖片刻，掏出手机，拨了一个电话号码。他示意助理退下，对电话轻声说："彼得，今天我这里出了些事情。我希望警察局和媒体那边能保持安静。"他再看了一眼李与非离去的背影，接着说："另外，硅谷有家公司叫做奇思，CEO是个中国人，我提请你留意一下……"

第 2 章　飞行汽车肇事端

门铃响的时候，李与非正在做早饭。

李与非做早饭不是因为他喜欢，而是因为只有在做饭的时候，弗兰克才能停止对他的抱怨。对于弗兰克来说，这个会摊葱油鸡蛋饼、会炖栗子焖鸡腿的室友是上帝派来拯救他的胃的。

李与非租了一套六间卧室的民居当办公室，其中五间卧室改成工作间，满满当当挤了三十多名员工，其余二十几位通过网络在家办公。他和弗兰克只能睡其中一间卧室的上下床。两人一直计划等公司现金流好一点，就去租一间正规办公室，但心愿一直未能达成。

因此，今天连葱油鸡蛋饼也不能阻止弗兰克。他对于李与非直接拒绝费尔德的合作邀请无法理解。

"你知道你让我失去了什么吗？我人生最大的梦想！"弗兰克几乎哽咽地说。

"你的梦想是和迪迈合作？"

"不！和贾斯汀·比伯做邻居！"

"我跟你解释过了，费尔德这个人心术不正……"

"谁在乎？"

"我在乎！"

两个人争论起来，谁也没看见油锅越烧越热，砰地一声烧了起来。弗兰克尖叫。李与非手疾眼快，赶紧把锅盖盖上，扑灭了锅里的火。但火星同时溅到两个人的衬衫上，慢慢烧出洞来，两个人又赶紧手忙脚乱把衬衫脱掉，裸着上身。

"这是我们俩最后两件衬衫。"弗兰克幽幽地说。

"其他的呢？"

"在洗衣店。"

门铃就是此时响起的。两个人面面相觑。

"是房东太太？"弗兰克瞪着李与非："看在上帝的份上，告诉我你已经交了房租。"

李与非羞惭地说："我……拿最后一笔钱付了流片的定金……"

弗兰克跳了起来："我有没有告诉你不需要流片了！我们的产品不需要升级！只需要营销！"

李与非来不及辩解，因为门铃响得更加急促，同时伴着砰砰的砸门声。

弗兰克疑惑地说："听起来不像房东太太的风格。"

门外砸门的是吴婵。这样暴风骤雨式的砸门对她来说也是第一次。反正这里异国他乡，前不着村后不着店，没有助理没有客户，没人看到向来举止斯文的吴总也会像个泼妇一样。

吴婵一早连续收到几个坏消息：一是"天信之夜"负责提供餐食服务的公司，工人闹罢工，没有足够人手了；二是酒会当晚用的LED巨型屏幕在搭建的时候不慎被工人损坏了一块；第三，也是最让她闹心的，费尔德的助理打电话过来说，费尔德先生临时有安排，不能出席"天信之夜"了。

吴婵第一反应就是：费尔德通过什么强硬手段，压下了威尔逊有关的新闻，所以也不再怕吴婵对外泄露了。

吴婵急忙打电话给一位在硅谷做记者的大学同学印证。她告诉同学："我有条关于迪迈的新闻，前员工闯入总部劫持人质，有没有兴趣采访？"

同学在那头明显压低了声音："唔，再说吧……"

吴婵知道自己的猜测对了。她略带嘲讽地说："不是新闻自由吗？"

同学的语气有点自嘲，反问："哪里有百分百的自由？"

吴婵放下电话，头都大了。名单上的嘉宾至少有五位是听说费尔德参加才决定参与的。"天信"这家公司在硅谷企业家眼里，不过是靠中国政策红利发家、广告做得铺天盖地实际上没有任何活力的暴发户而已。

吴婵就是为了改变天信在国外的企业形象，才殚精竭虑搞这场活动。天知道她付出了多少心血，没想到还是连连受挫。

所以，吴婵在对着那扇门拳打脚踢的时候，体会到发泄的快感。

她捶累了，停下来喘口气，才发现不知道什么时候，旁边站了位五十岁左右的美国妇女，正看着她。

吴婵问："怎么，没有见过歇斯底里的人吗？"

那妇女说："不，我想说，我有钥匙，你需要吗？"

房门被打开的瞬间，映入吴婵眼帘的，是两名赤裸着上身的男子，都尝试往对方身后躲。

吴婵尖叫一声，赶紧转过身去。

那美国妇女正是房东太太，她手一拍，乐滋滋地说："嘿，我早就猜到了！你们这两个孩子太漂亮了，不正常！"

弗兰克愉快地从李与非身后探出头："谢谢！"

李与非恼道："我正常得很！"

他情急之下扯下两条厨房纸巾，和弗兰克各自围在上身。饶是如此，已经被房东太太拍了好几下腹肌。

房东太太本来就好脾气，又看了一场好戏，掐了两把腹肌，芳心大悦，叮嘱了几句要及时交钱，就离开了。

剩下吴婵，杀气腾腾地瞪着李与非。

"你……怎么知道我地址？"李与非谨慎地护着前胸。他总觉得吴婵的眼光能让他上身的厨房纸巾烧起来。

"你也说了，迪迈的访客登记上，你就在我后面。"

"那你找我……有何贵干？"

吴婵一抬手，把一张拍卖收据举到李与非面前："这是我那根高尔夫球杆，我要你两倍赔偿！"

李与非接过来一看，惊呼出来："一万美金的球杆？哪个傻瓜会……"

弗兰克瞥见吴婵脸色不善，赶紧踩了李与非一脚，与非话到嘴边临时改口："会……会这么不小心折断它？"

弗兰克赶紧可怜巴巴求情："我们已经面临破产了，请仁慈一点吧！"

"仁慈？"吴婵冲口而出，"生意里有仁慈吗？请专业一点！"

"当时我也是为了保护大家的安全，你让我一个人承担损失，这也不对。"李与非辩解。

"让我教你一句话，"吴婵冷冷地说，"人生没有对错，只有输赢！"

"这话本身就不对，是不能证伪的……"李与非正想争论，手机突然响了，是他定的闹钟。他低头看了一下时间，跳了起来，"有机会再探讨，我赶时间，科技展今天开幕！"

说完他就冲出门外。

弗兰克和吴婵同时追出门去，一起喊了起来。

吴婵喊："你别想赖账！"

弗兰克喊："你没穿上衣！"

李与非虽然匆忙离去，吴婵和弗兰克的喊话还是听到了。因此在去科技展的路上，在超市花10美金买了一件T恤，标签也忘记剪，晃晃悠悠在脖领子后面挂着。

与非无需步入展厅，站在大门口已经知道展览主角是哪一家。最中心的位置停着一辆与其说是汽车不如说是直升机的交通工具，与非知道，那是迪迈今年推出的新型飞行汽车。

飞行汽车是这两年科技展的常客。迪迈的这辆汽车没有采用其他传统汽车厂商的可折叠固定翼设计，他们嘲笑这种飞行翼在陆地上行驶会造成"不可原谅的风阻"。他们另辟蹊径，和NASA（美国国家航空航天局）合作，安装了18个类似直升机原理的旋翼装置，因此看上去就像一架酷炫的滑翔机。外观拉风就罢了，内部构造也令人咋舌，安装了迪迈最先进的无人驾驶系统和电动机。自称续航里程可以达到200公里以上。

这辆飞行汽车吸引了所有参展者的目光。大家不得不承认，迪迈毕竟是全球最先进的科技公司,他们永远能输出最超前的概念,并用数不清的金钱将其展现出来,让所有粉丝疯狂。

李与非默默念着旁边展架上标注的参数,又目测了汽车的体积,喃喃自语:"车体重量和电动机功率不配啊,不可能同时承载5人,更不可能续航那么久……"

李与非猜得没错。就在前一天,迪迈的首席技术官向费尔德汇报了这个问题,希望费尔德能修改广告上的参数。

费尔德嗤之以鼻:"科技是什么?就是科技爱好者的迪士尼乐园!给大众一点幻想不好吗?没有任何人会质疑我们。"

他没想到此刻,质疑者李与非就站在展台前,摇头叹息。

一阵车子的轰鸣声从李与非身后自远而近。与非回头一看,吃了一惊。三辆加长林肯车鱼贯开来,在他不远处的停车场停下。前面两辆车里各下来四名全身黑衣、戴墨镜的彪形大汉,每人手里提了一只黑皮箱。他们走到最后一辆车前,分两列排开。

这八名大汉先声夺人,让所有人都对最后一辆车的乘客充满好奇。

其中一名大汉打开车门,那车子似乎晃了几下,挤出一名"小汉"来。小汉的意思是,此人身高比那八人矮了一头,体重却不遑多让,身材圆滚滚,把身上的西服撑得几乎裂开。看面貌是中国人,不到三十岁年纪,本是国字脸,因下巴赘肉,面部轮廓硬是多出半个外接圆,脸上却是洋溢着单纯的愉悦。

胖子下车,看见展厅外琳琅满目的广告屏,不由张大了嘴,再看见大门口的飞行汽车,更是惊喜万分。他打眼看到门口一名穿制服的黑人工作人员,急忙向旁边的大汉挥手:"弟兄们,麻溜的!"浓重的中国北方口音。

大汉们像排练过一样,排队上前,团团围住工作人员。

饶是那黑人体格健硕,也被八人吓得后退一步,用英语问:"干什么?"

"嘿!这句我听懂了!"胖子快活地说,再指挥八名大汉,"赶紧,

19

赶紧!"

啪啪几声,大汉们把各自手里的皮箱打开,平举到工作人员面前。

围观众人大哗。八只皮箱里,码得整整齐齐都是美金现钞。

胖子掏出手机,按了几下,找出内置的翻译软件,对工作人员说:"你这儿最贵的科技是啥,我买下来!"

工作人员靠着翻译软件听懂了,连连摇手:"不,不,放过我吧,我只是在这里检查证件而已!"

胖子一脸失望,指示手下把皮箱收起来。

围观的大多数是美国人,嬉笑了几句"人傻钱多"之类,见那胖子也没有下一步动作,就散开了。

一名大汉问:"刘总,现在怎么办?"

这八名大汉是胖子从亲戚开的保安公司临时调的,胖子不太好意思在众人面前表现得太过仓皇,就摆摆手:"你们先车里待着,我自个儿兜兜。"想了一下,又交代:"车上红酒随便喝,那箱养乐多可给我留着。"

大汉们点头应着,退了下去。

胖子茫然四顾。他那翻译软件要看懂面前张贴的这么多花花绿绿的指示牌,颇有困难,于是愣愣站着,连入口在哪里都找不到。

旁边突然有人用中文说:"你在找项目吗?"

胖子一听乡音,惊喜交集,转过头来,却看对方是一个美国人,更惊了:"呦,你中文可真溜啊!"

那美国人得意地说:"我还有中文名字,我叫向前进!我会十个国家的语言!"

胖子惊呼:"这太牛掰了吧!我把你劈成十块变成十个人,一人一门外语,也够牛掰了啊!"

饶是向前进中文利索,反应了半天也没听懂他的夸奖。向前进说:"我有一个绝好的科技,我可以卖给你。"

向前进把胖子带到展览中心外围一个偏僻的角落里,那里孤零零立了个展台。说是展台,不过是两张桌子拼在一起,后面站了一个美国小伙。

向前进向那小伙示意一下，小伙从桌肚里掏出一只头盔，头盔上连了几十根电线，缠缠绕绕，外观复杂得很。

胖子不由肃然起敬。

向前进介绍："这是我们公司最新研制的产品：脑电波遥控头盔。它能接收你微弱的脑电波，通过处理器转化成指令，就可以遥控你想遥控的其他电子产品。"

胖子认真地听着向前进讲述，嘴里念念有词，眉头紧皱，面容严肃。

向前进和同伴对视一眼，以为胖子抓到了他们话语中什么纰漏，正想补充，突听胖子说："对不住，你再说一遍，没听懂。"

向前进两人放下心来。向前进说："不要紧，我来给你演示一下。"他把头盔戴在自己头上，再向同伴示意，同伴拿出一辆玩具遥控车，放在地上。

向前进说："你看，我要通过脑电波遥控这辆汽车了。"

向前进盯着小汽车，屏息发力。果然，他头稍微往左一侧，小车就往左开；头往右，车就往右；脖子一伸，车子就向前；脑袋一点，车子就停。

胖子脑袋像拨浪鼓一样，看看向前进，看看小车，激动地大呼小叫："高科技！高科技！真是比姚明还高的高科技！"

向前进又没听懂，但看得出胖子很满意。果然，胖子直接问："多少钱？我买了！"

向前进故作沉吟，说："我们这项技术还在完善中，所以还没有申请专利，那么我就便宜卖给你，二十万美金好了！"

胖子握住向前进的手："老哥，我代表我布谷科技公司，感谢你！你等着，我叫伙计们给我拿钱来！"

胖子掏出电话，正要拨号码，突然有人把手盖在他的手机屏上。胖子一惊，抬头看时，眼前是一名年轻的中国人。

胖子身处异国他乡，看到中国人就莫名好感，何况对方长得气宇轩昂，于是问："咋的啦，兄弟？"

这年轻人正是李与非。与非说:"别买。"

"为啥?"

"我这么说吧,你把这头盔戴一西瓜上,结果也是一样的。"

向前进不乐意了:"你不要胡说!"

胖子说:"对啊,我明明看到他脑袋晃来晃去,控制小汽车。"

李与非反问:"他晃脑袋干吗?脑电波是能晃出来的吗?那是脑子里进水了吧。"

胖子愣住了:"这倒是啊,我还真没想到……"

李与非拉着胖子,往后指了指向前进的同伴:"他晃脑袋是跟同伴暗示,刚才是那人在后面操作的!你不信,自个儿把头盔戴上,看看那车子动不动!"

胖子真的去戴头盔。

向前进立刻喊着说:"好了好了,我赶着去申请专利,不陪你们了!"跟同伴使了个眼色,两人抱着头盔和小车,匆匆走掉。

胖子再鲁钝,也明白自己差点上了当,感激地向李与非拱拱手:"他乡遇贵人,太谢谢了!兄弟怎么称呼?"

"李与非,你呢?"

"小弟姓刘,我家老爷子喜欢听《三国》评书,给我取了个《三国》里头的人名儿。你听过书里面有句话:人中吕布,马中赤兔?所以我就叫……"

"刘赤兔?"李与非接口。

"没呢,叫刘布。"刘布侧头想了想,"你别说,刘赤兔这名字也挺英武,回头我跟老头子说说看要么改一下……"

吴婵回到天信美国办事处的时候刚刚十点。

助理闵婕走进来:"刚才给硅谷六家公司的总裁打过电话,答复全部模棱两可,而且他们不约而同地问到迪迈的费尔德会不会来参加。这可怎么办,费尔德的助理一直都不接电话,我……"闵婕语速越来越快,不由带出焦躁。

吴婵用手势制止了她，轻柔地说："没事，你去做别的事情吧，迪迈交给我处理。"

闵婕长吁了口气。做吴婵的助理虽然人累，却省心，她总能够分辨下面的人什么时候偷懒找借口，什么时候确实无能为力。

闵婕退出办公室、把门带上之前，再看了一眼吴婵。真的很佩服自己这位上司，无论什么时候，都是妆容精致、神清气爽。入职三年，她从来没看到吴婵急躁焦虑过，永远从容不迫，永远看上去……像人生赢家。

闵婕永远也不会知道，吴婵之所以现在能神清气爽，恰恰是因为刚才像泼妇一样肆无忌惮发泄了一通。大早上驱车半小时去找一个皮包公司的CEO，难道真的为了讨债，她看一眼李与非就知道他不可能还得出钱了。她不过想找一个远离办公室、远离员工的地方，找一个无懈可击的正当理由，踢门、砸东西、飙粗话而已。回到办公室，她还是从容不迫的副总经理，太多眼睛盯着她，太多手指头等着戳她的脊梁骨，她没有机会崩溃。

吴婵拉开抽屉，首先露出的是一只相框，里面是一张合影，五岁的她和母亲。吴婵轻抚着合影里母亲的脸。

"人生没有对错，只有输赢。"她想起刚才对李与非说的话。这句话是母亲临终前对她说的。在拍完合影一年之后，她因癌症去世，吴婵那时候只有六岁，却牢牢记住了。

吴婵把合影往抽屉深处推了推。她没时间感伤。她沉吟了一会儿，拨了个电话给鲍氏投资集团总裁的儿子鲍平，也是她的未婚夫。

电话响了很久才接。鲍平亲昵地问："有事吗，亲爱的？"

吴婵觉得有点异样，他的亲昵过分了，倒仿佛要弥补什么一样。订婚一年多，两人何尝亲昵过。

吴婵问："鲍氏去年在硅谷收购了一家西餐厅，不知道能不能承接酒会餐饮外包服务？我原来预定的餐饮公司出了点问题。"

"我也不知道，我让助理查一下……"鲍平还想说下去，突然停顿了一下。

吴婵耳力很好，她听得出鲍平的停顿是为了掩饰语音里的笑意，他们的谈话并没有滑稽的地方。吴婵凭着女人的第六感意识到，那种笑意，是有人在耳边或者腰间呵痒才会发出的。

吴婵简短回了一句，结束了通话。

放下电话，她问闵婕："琳达呢？"

"今天不在办公室，说是出去见客户。"

"让她回来，就说有急事找。"

琳达是天信海外部的市场策划，人漂亮，能力也强。吴婵却始终不太信任她。第一次带琳达到加州出差的时候，这女孩趁着周末没有工作安排，私自跑到拉斯维加斯玩了两天，据说在赌场赢了几千美金，全部扔进百货公司。看到琳达兴奋地向同事展示新买的卡地亚手镯，吴婵心里浮起一丝隐忧。女人可以有物欲，但不能太虚荣。

这隐忧在几天前坐实了。琳达发了一条朋友圈，晒硅谷的一家网红餐厅，小心地屏蔽了吴婵，却被她无意中从其他小姑娘的手机上看到。摆满食物的餐桌对面，露出男士衬衫的一角。

这件衬衫，是去年鲍平生日，吴婵亲手挑的礼物。

琳达进来的时候，脸上泛着红晕，吴婵一眼就看出来，这是男欢女爱之后特有的红晕。

吴婵声色不动，和气地示意琳达坐下："这么急叫你过来，是我得知一条内部消息。我们的合作伙伴鲍氏投资集团，正在招聘加州分部的海外推广总监。"

吴婵注意到讲"鲍氏投资"几个字的时候，琳达的眼睛亮了。

"他们想挖我墙脚呢，知道我这里人才多。没办法，你也知道我们跟鲍氏的关系。"吴婵轻声曼语，笑得很自然，"我一直很欣赏你的能力，不知道你有没有兴趣挑战一下？不轻松哦，薪水刚开始也不一定比我们给的多，但毕竟独当一面，机会也多。"

琳达立刻表示乐意。

吴婵说："鲍氏不喜欢员工跟老东家拉扯，我建议你打好辞职信再过去应聘，我会提前跟他们打招呼。"

十分钟后，琳达的辞职信放在吴婵的桌上。吴婵让她直接去找鲍平。

半小时后，琳达怒气冲冲地推门进来："吴总，你什么意思？鲍氏根本没有在招人！"

"没有吗？"吴婵笑盈盈地抬起头，"你跟鲍总关系这么好，他都不肯为你破例吗？"

琳达的脸色变了，气势顿时弱了下来："你究竟想说什么？"

吴婵抬起头，脸上像罩了一层寒霜，用琳达从来没有听到过的冰冷语气说："你哪里来的自信，在我面前耍花枪？你知不知道我五岁就能识破这种烂把戏了？你不要以为吃过饭睡过觉就算摆平了鲍氏投资的独生公子，今天我教过你了，关键时候，男人不会为你出头的！而且，是你自己提的辞职，你从天信这里，一分钱都拿不到！"

琳达既震惊，又愤怒："你早就知道了？你耍我是吗？好！大家撕破脸，谁也别想好过！"

吴婵冷笑："你怎么让我不好过？你认识多少律师，多少记者，多少名流，多少阔太太？你撕破脸试试，我能让你一夜身败名裂，所有人都会知道你是靠勾搭别人未婚夫上位的狐狸精！你猜所有的名流太太会不会联合起来对付你？哦，对了，上个月天信在广州招标之前，你私下把标底透露出去吃回扣的事情，你也不要以为我不知道。你职业道德也没有，私德也没有，你说哪家公司还敢要你？"

琳达愣住了，没想到吴婵声色不动，却拿到了所有的底牌，不由有点发抖。

吴婵转过身，施施然走回办公桌前，埋头在一堆文件里："聪明的话，老老实实从这间屋子离开，大家都当什么都没发生。"

琳达胸脯剧烈地起伏着，想了很久，咬了咬牙，转身准备离去。

"等等，把你手机留下。"吴婵说。

"你还要怎么样？"琳达怒道。

"我本来也可以让你当着我的面把手机里的照片一张张删光，但毕竟不放心。"吴婵悠悠地说，"况且这手机本来也是专为你们出国配的，公司有权利收回。"

琳达脸上阵青阵白，终于掏出手机，狠狠甩在桌上，愤愤转身。

推开门的时候，吴婵叫住了她："临走我再送你一句话：人可以走捷径，但不要走歪路，手脚干净点，否则一定会被踩到。"

鲍平下午来办公室找吴婵。助理退下去以后，鲍平拉着脸说："琳达的事，干吗这么绝？咱们不是说好了，我不会玩得很过分，你也一样自由，何必做得这么难看？"

吴婵没有立即答话，把琳达的手机递给鲍平。鲍平一张张翻着手机里他和琳达的各种合影，脸色有点变。

吴婵不急不躁地说："不是我要做的难看，实在是你这次昏头。琳达是什么样的女人，我不信你看不出来。野心大没关系，怕就怕见识小。你呼之即来，未必挥之即去，到时候急赤白脸的，谁知道做出什么事来，难看的就不止你和我了。"

鲍平沉默一会儿，抬头笑了，过来搂着吴婵的腰："老婆大人对，这回是我错了。"

吴婵淡淡一笑，起身从旁边柜子里拿文件，从而也不着痕迹地挣脱了令双方都尴尬的拥抱。

鲍平刚离开，吴婵立刻赶往四季酒店。三天后的"天信之夜"将在这里举办。刚才闵婕急匆匆进来向吴婵报告，新调来的LED屏幕以及布置场地所需要的其他器材都已经运到酒店，但无人处理。

吴婵到达酒店的时候，装满器材的两辆大货车停在酒店门口，货车司机正在和酒店交涉。

"请立刻卸货开走，你们堵住了出口。"大堂经理不耐烦地警告吴婵。

吴婵问闵婕："市场部的同事不是应该在这里接应吗，他们怎么还没到？"

闵婕犹豫地说："他们……被叫走了……"

"被谁？"

"被我。"一个娇嗲的女声在身后响起。

吴婵认出这个声音,并不回头,心里轻轻叹了口气。

女生转到她眼前来,亲热地喊:"姐!"她笑得很愉快,眼神里却带一点戏谑,似乎是在问:"现在你怎么办?"

母亲去世后不久,继母谢雪华带着四岁的吴娟,也就是眼前这个女生,走入吴家。进门的时候,吴娟怀里抱着洋娃娃,虽然一脸稚气,但眼神里有一丝刚才那样的戏谑表情。

"人生没有对错,只有输赢。"六岁的吴婵想到母亲的话。如果母亲自己做得到,谢雪华母女就不可能有机会上门了。

母亲还是输了,连自己都赔了进去。

"对不起哦,"吴娟的声音跟她的皮肤一样嫩嫩的,"我把市场部的人临时调走了。老爸让我负责一个慈善活动,我好怕搞砸啊,只好多带点人壮胆。你知道的,我可不像你这么能干……"

吴婵打断她:"行了我知道了,我来处理吧。"她对吴娟大度地笑笑。人生只有输赢,所以要永远看上去像个赢家。

吴娟有点失望,更有点恼怒。和天信的其他人一样,她也从来没看过吴婵发急的样子,吴婵永远不给她机会。

吴娟离开以后,吴婵略一沉吟,走到大堂经理面前,从皮包里数出一千元美金,干脆利落地说:"我想雇佣酒店内十名行李员,每小时一百美金,帮我搬运这些器材。"

经理眼睛一亮:"没问题,我来安排。"

时薪一百美金的活儿不是到处都找得到。十名人高马大的行李员很快赶来,麻利地干了起来。

快结束的时候,下了一场暴雨。吴婵怕工人们偷懒,不敢离开,冒雨指挥。不小心高跟鞋在台阶上绊了一下,一跤摔倒在泥地里。

吴婵来不及站起,先左右看了一眼,发现没有人注意自己,这才吁了口气。

大雨滂沱,没有人看到她摔倒的伤口,也没有人看到她脸上和雨水一起纵横的眼泪。

第3章　逃离大洋彼岸的陷阱

李与非带着刘布参观科技展。走了两个小时，刘布已经累到几乎虚脱。期间，他坐塌了一张可助眠的智能躺椅，踩扁了一只机器宠物狗，撞碎了一台超薄曲屏电视机。

李与非能看出来，刘布对新科技是真的两眼一抹黑，也是真的崇拜。损坏东西的时候，这家伙心疼得快哭了，恨不得以头抢地。因此，受害厂商也没难为他，接受了他发自内心的道歉，当然还有大把的美金赔偿。

李与非对于不懂装懂的人向来不耐烦解释，对于刘布这样一片冰心的科技盲，反倒很乐意做科普，而且深入浅出，运用各种修辞手法让刘布听得明白。

兜了一圈出来，李与非告诉刘布："科技展主要是展示概念，其实你看到的这些东西离商用还差一大截，没有三五年的投入，几乎做不出能走向市场的产品。你拿着钱到科技展上找项目，那真是想入非非。"

"非非？"刘布愣了一下，突然一拍大腿，"我找到项目了！最值钱的项目！"

"是什么？"

"就是你呀，非非！"

李与非一哆嗦："别这么叫我，听着肉麻。"

刘布继续兴奋地说："我刘布打小上数理化课就没听明白过。你不仅懂得多，还能给我讲明白，这样的人才我哪里找去？什么也别说了，跟我回国，咱哥俩干一票大的！"

"听起来像要抢银行……可是我公司在美国啊……"

"关了呗，中国人你还不叶落归根？"

"我这还没落呢……"

刘布不听，扯着李与非袖子就往展厅大门外拖。

两个人拉拉扯扯走到停车场，都没看前方，刘布一头撞到一人身上。按理说以他的质量寻常碰撞不会有什么闪失，没想到那人胸肌硬得像石头，砰一声把刘布顶得后退两步。

李与非和刘布一看，都愣了。面前站了一名大块头黑人，像一座山一样，双手抱胸，挑衅地看着两人。而就在他后面，向前进和他的同伴挤眉弄眼地等着看好戏。

黑人推了刘布一把，刘布又是踉跄几步。他的身材在黑人面前顿时迷你起来。

刘布吓得腿也软了，带着哭腔说："大哥，大爷，有话好好说……"

黑人又伸出拳头来，刘布吓得抱头蹲在地上，半天没见动静，抬头一看，却见那酒坛大小的拳头，被身边的李与非紧紧抵住了。

黑人骂了一声，扬起另一只手要反击，李与非气沉丹田，一拳击在对方小腹上，直把黑人打得倒退好几步。

刘布又惊又喜，跳起身来："兄弟，原来是个练家子啊！"

李与非稳稳扎着马步，瞪视着对方，同时得意地说："我老妈是刀马旦，我从小练功，一对一单挑从来没带怕过！"

黑人怒喝一声，从几辆车后转出四个美国人来，都和那黑人一样又高又壮。向前进和同伴也跟在后面，跃跃欲试。

刘布颤声问李与非："咱妈有教过你一对五的办法吗？"

李与非沉着地说："有！"

刘布惊喜地问："什么？"

李与非大吼一声，比了个架势，对刘布喊："跑！"一把抓住刘布胳膊，拖着就跑。

一群人大骂着追过来。

李与非拖着刘布，跑得极为吃力，目测不出两分钟众人就会追上来。李与非抬头看见前方不远处就是展览大厅，门口迪迈那辆酷炫的飞行汽车招摇地停着,来不及细想,直接向汽车奔去。

两人奔到车旁,与非跳进车里,刘布危急时刻也机灵了起来,不用提醒,一头扎进副驾驶。李与非之前在参观的时候早已经摸透了车内结构,他熟练地发动车子。

向前进等人追来的时候,汽车腾空而起,堪堪贴着众人的头掠了过去。

目睹这一幕的人沸腾了:"真的是飞行汽车啊,还以为是样品!"

看了一会儿,围观有人发现不对:"不是说能飞到一千公里的高空吗?怎么老贴着我们头皮飞啊?"

"可能因为坐了个胖子的缘故。"

"那胖子也就顶三个人吧,不是说能乘坐五人吗?"

"迪迈只怕是吹牛……"

围观人群里就包括迪迈的首席技术官。他看汽车心有余而力不足地在众人头顶擦来擦去,险象环生,汗也下来了,赶紧拨通了费尔德的电话:"我们为飞行汽车买过保险吗?"

"没有,买什么保险?"

"我不太确定……"总监看着汽车卷走了一位贵妇的帽子,一名老绅士的假发,撞破了迪迈最大的竞争对手——英腾公司的广告牌,胆战心惊地说,"应该是第三方责任险,用来赔偿帽子、假发、广告牌什么的……"

"你在说什么鬼话?"费尔德骂道。

说话功夫,李与非驾车歪歪斜斜飞到展览中心外面的人工湖上。车子在距离水面半米处不听使唤地停顿了两秒钟,在众人的惊呼声中,直直坠入湖里。

李与非拖着刘布,水淋淋地从湖里爬上来,而那辆烧了上百亿美金的飞行汽车,顽强地在水里载浮载沉。

首席技术官傻了。

费尔德在电话里问:"你刚才说什么,到底什么保险?"

首席技术官落寞地说:"嗯,现在是坠毁险,还有浸水险……"

吴婵回酒店的时候是下午,还来不及换下被雨淋湿的衣服,手机响了,是父亲吴项冬的视频电话。

"淋湿了吗?"吴项冬一惊。

"没有。"吴婵撒谎,"我刚……洗了个澡。"

吴项冬深深地看了她一眼。从六岁生母过世以后,吴婵就变得沉默寡言,而且固执。她初中毕业后坚持一个人去英国念书,一直到硕士毕业。吴项冬虽然跟这个女儿相处时间不多,性格他还是相当了解的,从来都是报喜不报忧。吴项冬叹了口气,说:"你有什么困难,随时跟我讲。"

一阵心酸涌上吴婵心头。这句话父亲从母亲去世就一直说,但父女俩都知道,这是一句无用的废话而已。尤其是谢雪华母女进门之后,吴婵再也不会向父亲撒娇,也不会诉苦了。

挂电话后,吴婵想起费尔德的拒绝,不由一阵烦躁。她随手打开电视,只是为了让空荡荡的房间里多一点声音。她从背包里抽出资料,一页页翻看,思考着对策。

电视里突然传出"迪迈"这个词,吸引了吴婵的注意。她急忙转头去看。正在播报的新闻正是科技展里发生的意外,两名中国人在"试驾"迪迈飞行汽车的时候坠落湖中,引发了大家对迪迈飞行汽车性能的讨论。

屏幕上两名中国人的面孔定格,吴婵一眼认出,其中一人正是李与非。

"这个李与非,倒好像是迪迈的克星……"吴婵自言自语。她打算继续看资料,突然抬起头来,被自己刚才那句话触发了灵感。

迪迈的克星?说不定这克星对她有用呢?

劫持那天,她提前离开,但隐约也听到李与非和费尔德的对话。听得出李与非为了维护威尔逊和费尔德起了争执,两人又提到"雷达"什么的。

吴婵飞快打开电脑,开始搜索李与非。一连串的履历弹出来:

——小学初中各跳一级,初三击败高中生获得全国物理竞赛金奖,高一入选国家物理竞赛集训队，并在当年的国际比赛拿到个人金奖，15岁被东方科技大学少年班录取。

——23岁东科大博士毕业，赴斯坦福大学攻读博士后，在斯坦福的半导体实验室工作两年之后，创立了奇思（Chess）芯片设计公司。目前奇思正在和美国一家汽车生产商合作，研发无人驾驶专用的雷达芯片。

吴婵向来知道能在硅谷创业的华人都很优秀，但李与非的履历还是出乎她的意料。那傻乎乎的年轻人，比他表面看上去要聪明得多。

吴婵沉思着，脑子里慢慢形成一个想法。她打电话给美国的记者同学："如果我找你做一个硅谷华人创业者的人物专访，这种报道总能写了吧？"

"你别讽刺我了！"同学有点讪讪，"这个当然能写，你说的是谁？"

"你有没有听说过奇思芯片设计公司的 CEO 李与非？"

"李与非？你能说服他做专访？"没想到同学喜出望外，"这可是我们跑科技这条线的记者公认的怪人，在斯坦福的时候已经拿到过一个专利，去年他担纲设计的固态激光雷达还在国际消费电子展上获得了智能创意大奖，真是科研和商用并举，在华人科技企业家里简直是凤毛麟角，但是，这个人低调得很，就是不喜欢接受采访！"

"是吗？"吴婵没想到那傻小子在业内这么出名。

同学期待地说："如果你真能搞定他做专访，千万要给我独家啊！我请你吃海鲜大餐！"

门铃和踢门砸门声交互响起的时候，弗兰克和李与非一边烧晚饭一边继续争执。

听到声音，李与非迷惑地说："我们……这是穿越到今天早上了吗？"

弗兰克打开门，吴婵冲了进来。弗兰克对李与非说："没穿越，咱俩有衣服，而她也换了衣服。"再转头谄媚地对吴婵说："嗨，这套裙子真好看！"

李与非完全分不清女性的衣服，但一眼看出吴婵还是一副要账的表情,不由有些心虚:"你已经来收滞纳金了吗,这才十二小时不到……"

"没错,我会每十二小时来提醒一次!"

李与非和弗兰克都被吓住了。

"除非……"吴婵拉长声音,"你答应我一个要求。"

"什么?"两人迫不及待地问。

吴婵看着他们,心里微微一笑。她知道自己的计划,已经达成了一大半。

费尔德阴沉地盯着电脑屏幕,上面显示的是一则新闻:华人企业家李与非率领团队研制的固态激光雷达芯片,基于光学相控阵技术,有望大大降低无人驾驶的成本。基于这样的杰出贡献,中国最大的民营家电公司——天信电器集团,将邀请李与非作为特别嘉宾,参加在两天之后举行的"天信之夜",并在活动中接受某媒体专访。

最令费尔德恼火的,是最后一句话:"据悉,迪迈公司总裁费尔德也对该芯片高度认可,有意与奇思开展深度合作。"

桌上的分机响了,是助理:"又有记者打电话来问,您将通过什么方式和奇思合作?"

"就说我没空!"费尔德不耐烦地说。

这已经是一个小时内的第五个记者电话,问的都是同样的问题。迪迈向来只会粗暴收购小科技公司,从来没有声称"合作"过,顿时引发了媒体的兴趣。而有迪迈加持的奇思公司,以及它的 CEO 李与非,更成为议论的焦点、热点。

最让费尔德郁闷的是,他对报道里的话不能直接否认,他担心李与非一急之下,把迪迈发生劫持的事情说出来。

"天信之夜,特别嘉宾……"费尔德恼怒地念着那几行字。

助理的电话又响了:"天信集团的副总吴婵想跟您通话。我要像上次一样拒绝她吗?"

"我正想找她!接进来!"

电话接通，费尔德怒道："女士，都是你的把戏吧，那条新闻？"

吴婵的声音听起来很从容，甚至有一些愉快："这次我们搞'天信之夜'的活动，目的只是想请到硅谷最红的企业家来造势而已。现在，既然李与非是这个最红的人，我们只能邀请他。不过您放心，我只介绍李与非和我的媒体朋友认识，不该说的话我可什么都没说过。我既然向您做出承诺，那么无论发生什么，我也会信守诺言。"后半句话吴婵咬字很重，无疑是在讽刺费尔德出尔反尔。

费尔德重重地哼了一声："什么和迪迈合作，难道是李与非那小子在媒体上自夸吗？"

吴婵既没有承认，也没有否认，而是模棱两可地说："至于天信之夜的专访，他只是我的嘉宾，在采访中他会不会用迪迈的名头自吹自擂，我真的无法保证，也不能阻拦。甚至于……他会不会为了抬高自己说出那天迪迈总部发生的事情，我也不能预料，毕竟，操纵无人驾驶车制服劫匪，确实很酷，值得吹嘘很久……"

后面这句话，吴婵实际上是在和费尔德对赌，赌注就是李与非。吴婵看得出李与非对威尔逊非常同情，她猜即便没有费尔德的威胁，李与非也不会把这桩意外宣传出去，让威尔逊成为人尽皆知的劫持犯，那相当于把已经坠入深渊的威尔逊再踩上一脚。李与非一定不忍心。但费尔德就不一样，他绝不会相信有人会这么善良。

果然，吴婵赌对了。她说的正是费尔德担心的。费尔德忍不住发怒了："荒谬！他算什么东西！"

"我不懂芯片，只能他说什么是什么了。"吴婵慢悠悠地说，"现在，恐怕只有一个人能阻止他说大话……"

"谁？"

"那就是您，费尔德先生。如果您愿意，我可以把专访改为您二位的对谈。试想，你们二人坐在一起，大家会听谁的？"

费尔德终于明白过来，冷笑说："兜了半天，你就是希望我去参加'天信之夜'？"

"我知道您不喜欢他。"吴婵索性直截了当,"我也不喜欢。我的目的很简单,就是为我的公司抓眼球,做宣传;只要您来,您在台上骂他也好,笑他也好,越尖刻越好,我的目的反正已经达到了。您想想看,不是一件很愉快的事情吗?"

费尔德没有反驳,吴婵知道他已经被说动,就不再紧逼,说:"您考虑一下。非常期待您的回复。"

到了晚上,费尔德的助理打电话过来,宣布费尔德先生将会出席"天信之夜"。

吴婵接完电话,重重地瘫在椅背上。她的脸上,浮起一个疲惫而欣慰的笑容。

如果说人生只有输赢,吴婵主办的"天信之夜"就是科技展中最大的赢家。

为期一周的科技展,整个加州大大小小的科技公司仅推广活动就做了上百场,其中"天信之夜"是规格最高、参与人数最多的。能同时邀请到全球第一的公司总裁,和硅谷最低调的华人科技明星,这样的声势难得一见。两天前,天信还在到处打电话哀求别人上门参会;现在反过来,一张邀请函变得奇货可居。

吴婵果然把独家报道的机会交给了记者同学,卖了她好大的人情,连新闻部主任都亲自电话道谢,承诺从今以后天信公司在硅谷有任何宣传需要,他们将不遗余力帮助。

最妙的是,对谈的效果甚至超出了吴婵的预料。

费尔德的确像吴婵所说的一样,傲慢尖刻,不断嘲讽李与非。难得的是,李与非居然丝毫不落下风。他对于费尔德的质疑没有闪烁其词,都是正面回应,而且实事求是,有理有据,既不夸大成就,也不回避问题,更没有任何"自吹自擂"。

费尔德批评:"任何使用雷达方案的人都是傻瓜,注定失败。更何况固态雷达不能进行360度旋转,只能探测前方,是极其愚蠢的设计。"

李与非不卑不亢，侃侃而谈："正如费尔德先生所指出的，固态雷达的确有弊端，但它尺寸小、适配不同车型，成本低，目前还是有很大市场的。雷达也好，费尔德先生强调的视觉摄像头也好，目前没有任何一种传感技术可以全面解决无人驾驶的问题。所以需要从业者用更加宽容的心态，更加开放的视野，协同合作，达到共赢。"

站在台侧的吴婵看着李与非，一时竟有些惊喜。她本来只把李与非当成撬动费尔德的一颗棋子，没想到这家伙表现如此出色，几次噎得费尔德说不出话来，场上一度充满火药味。这对于活动策划者来说，简直是梦寐以求的戏剧效果。她听李与非这段话已经足够精彩，完全可以做结束语，就对记者同学点了点头，让她宣布时间已到。

费尔德铁青着脸走下台，吴婵急忙上去迎接，盛情邀请他参加接下来的酒会。

费尔德粗暴地说："这个活动糟透了，完全倒了我的胃口！"说完拂袖离去。

助手闵婕对吴婵吐了吐舌头，问："让总裁倒胃口的那个李与非，您打算和他签约吗？"

"签什么约？"

"他能把第一总裁怼得没话说，看来是有些本事的，我以为您要跟他合作。"

吴婵说："我们千里迢迢来硅谷做宣传，可不是为了找华人合作的。科技还是美国强。那个李与非，不过是一颗棋子而已。"

"是什么？"闵婕没听懂。

"棋子。"有个男人的声音说。

吴婵和闵婕转过头，李与非就站在他们身后。

闵婕一下脸红了，赶紧找了个借口逃开。吴婵也有点尴尬，但表面不动声色。

李与非说："你错了。"

吴婵说："'棋子'这个说法，只是一个比喻，其实……"

"我不是说你把我当棋子错了,我本来就知道我是棋子。"李与非语气很客观,听上去确实毫不介意,"你说的'科技还是美国强',这句话错了,太笼统了。且不说美国强是因为吸引了全世界的顶尖人才,其实在很多领域,中国和美国的科技差距正在不断缩小……"

吴婵虽然和李与非没见过几次,已经非常清楚他的特点:只要一谈及专业领域,就会不分场合、不分时间滔滔不绝。吴婵急忙打断他:"下次再说,我很忙。"

李与非问:"为什么?"

"很忙就是很忙,还有什么为什么?"

李与非看着她,认真地说:"我不是问这个,我是问,你们千里迢迢来硅谷,却只是做宣传,并不打算深入了解科技和行业发展,这是为什么?"

吴婵的脸腾地红了。李与非并无恶意,但在她听起来是毫不留情的嘲笑。"您请自便吧。"她瞪了他一眼,转身离开。

费尔德走出"天信之夜"的活动厅,愤愤掏出手机打电话:"彼得,还记得我上次跟你提过的中国公司奇思?你能想办法把那中国 CEO 赶出美国吗?那人相当……危险!"

"哪种危险?是妨碍国家安全的那种危险,还是'这小子害我不快,我想除掉他'的那种危险?"对方嘲讽地说,"我什么时候变成你的保姆了?"

费尔德有些羞惭,继而恼怒地说:"你找我筹集选举资金的时候,可没用这种口气讲过话!"

对方沉默了几秒钟,看来被呛到了。

费尔德也不敢把对方逼急,急忙用缓和的口气说:"这不是一般人,一旦他的公司发展壮大,又或者是介入了核心技术领域,真的会对很多美国企业造成威胁!"

"你说的这个人,现在就在展览中心参加'天信之夜'对吗?"

"你怎么知道?"

"硅谷的清洁工都听说这条新闻了吧。放心,我已经派人在那里了。"

费尔德又惊又喜:"真的?"

"中国企业在硅谷搞这么大的活动,聚集了几百人,我怎么会坐视不理。"

"你打算怎么做?"

彼得冷酷地说:"你不是说这人很危险吗?我会让他看起来像'危害国家安全'的那种危险……"

李与非找了一个安静的角落,打开电脑投入工作。

酒会只进行了一半,他早就想离开这灯红酒绿的场合,无奈弗兰克很兴奋,四处游走。李与非无奈,只能边工作边等同伴。

"嗨!"身边有个甜腻的声音打招呼。

李与非抬头,看到一名金发美女站在自己面前,穿了条领口很低的黑裙,圆滚滚的胸脯呼之欲出。

美女说:"我叫菲欧娜,是一家科技网站的记者。"

与非说:"我叫李与非,是一个工作时候不喜欢被打扰的芯片设计师。"

菲欧娜大笑,不仅没被他气走,反而热烈地说:"你的雷达用的光学相控阵技术,简直太妙了!不过会不会对生产提出了更高的要求?"

李与非眼睛一亮,没想到菲欧娜竟然是专家:"太对了!相控阵要求阵列单元尺寸必须不大于半个波长,一般目前激光雷达的工作波长均在1微米左右,也就是说,阵列单元的尺寸必须不大于500纳米。而且阵列密度越高,能量也越集中,这都提高了对生产精度的要求……"

两人相谈甚欢。菲欧娜手里端了杯酒,不小心被身后的人撞了一下,酒撒在李与非的衬衫上。

菲欧娜忙不迭道歉:"要么你去洗手间清理,我帮你守着……你的工作台。"

与非被逗笑了，往洗手间走去。

菲欧娜看他的背影消失，立刻从包里掏出一只U盘，插在李与非的电脑上，操作起来。

李与非回来，菲欧娜优雅地向他举起杯子。

吴娟站在阴影里，气呼呼地看着被人群簇拥的吴婵。她穿着一条宝蓝色的礼服裙，与身边的人从容交谈，显得仪态万方。

说实话，吴娟根本没想到吴婵能把酒会举办得如此完美。回国以后，父亲一定会在高层会议上狠狠夸奖。而此刻，她站在这里，也能听到员工们窃窃私语，表达对这位副总的敬佩和赞美。

她却孤零零地站在阴影里。从她记事起，她就活在这个同父异母的姐姐的阴影里，比她漂亮，比她聪明，比她能干。她用尽了全力，还是会被吴婵轻轻巧巧赢过。

她一定要想个办法，让吴婵出丑一次。

吴娟看向餐台，一个西装革履却显得十分滑稽的美国人，正贪婪地往自己的盘子里拿食物。这人是向前进。

向前进是吴娟叫来的。科技展第一天，向前进巧舌如簧骗刘布，却被李与非揭穿的时候，吴娟就在旁边看着。当时她就想到，这个乍看还挺唬人的骗子，或许对她有用。

吴娟走到向前进旁边："该你上场了。"

吴婵终于找了个空暇，找到一把椅子坐下，轻抚着自己已经站酸的小腿。身体疲惫就算了，心更累。酒会虽说搞得隆重，但合作谈得并不顺利。硅谷企业对天信这样的中国企业偏见颇深，认为不过是靠牺牲质量降低成本和打价格战胜出，没有任何核心技术。

"姐！"吴娟突然出现，还带了一名美国人，"这位是我朋友介绍的科学家，他有很多技术专利呢！他很愿意和我们合作，你们要不要谈一谈？"

吴婵眼睛亮了，热情地和向前进握手。向前进向吴婵展示自己的"专利"，吹得天花乱坠。吴婵不住点头夸奖。

吴娟慢慢退开，看着吴婵和向前进交流很愉快，她脸上不由得露出得意的笑容。"好好享受你们的'合作'吧！"吴娟低声自语，"等你把向前进的'专利'带到董事会的那一天，就是栽跟头的时候！"

早晨，李与非和弗兰克还没从前一晚的红酒中醒来，就被一阵踢门声吵醒了。

上下铺的两人面面相觑。连吴婵都踢不出如此暴戾的声音。

李与非睡眼蒙胧地打开门，门外，是两名黑衣人，向他亮出证件和一副手铐："FBI，你涉嫌下载政府机密数据，现在被逮捕了！"

李与非一个激灵，睡意和酒意化为一身冷汗。

李与非从来没有想到自己会在异国他乡被戴上手铐带走。司法部的指控是，从他的邮件里拦截到美国政府的机密数据和敏感文件，这些数据和文件都被发往中国。与非十分震惊，但无从解释。他根本没有发过所谓的邮件。

三天以后，就像他莫名其妙被逮捕一样，与非又莫名其妙被释放了。理由和李与非自己陈述的一样：检方没有找到任何相关证据来证明他的罪名。

虽然只是短短的三天，李与非的命运已经完全不同了。他从硅谷最炙手可热的明星企业家，变成一个遭人唾弃的商业间谍。公司原有的订单被撤回，所有的合作全部终止。连本来好脾气的房东太太也发通知让他搬走，房子绝不会租给一个卑劣的中国间谍——虽然长得眉清目秀。

与非坐在阳台上，茫然看着日落。弗兰克远远站在他身后，却不知怎么安慰。

手机响了，是孟途打来的视频电话。孟途是他东科大的同学，两人同时入校，同一个宿舍的上下铺。孟途起初也在微电子系，研究生转读经济，毕业后进了基金公司，写半导体行业分析报告，近几年也开始募资。

"哥们，你还好吧？"孟途第一句话就问。他已经知道了消息。

与非不说话。他不想让好友担心，但也不想说谎。

"其实，我有个想法……"孟途试探地说。

"好的。"李与非干脆地回答。

"我还没说你怎么就答应了?"

"你不是一直就有这个想法吗，让我回国?"

孟途不好意思地笑了。他已经游说了与非两年。"我是说真的，这两年，国内半导体行业发展势头好，国家也很重视，你回来说不定更有机会。"孟途顿了顿，问："这次你怎么这么爽快就答应了?"

与非看着缓缓下落的夕阳，说："我原来不肯回去，是因为研发做了一半，不舍得丢弃。但现在，这里已经不值得留恋了。他们可以用莫须有的罪名加在我身上，事后连一句道歉都没有。这样的地方，已经不值得留恋了。"

一周以后，与非登上了回中国的飞机。他登机的时候，连头都没有回。

第 4 章　一场车祸引出的公司

李与非站在东方科技大学公告栏前。公告栏最醒目的地方，贴着一则讲座信息：东科大校友、优秀企业家李与非先生莅临我校讲座。

讲座题目是李与非自己拟的："人没有梦想，跟深度神经网络有什么区别。"

讲座是导师姜一凡逼着李与非来做的，"优秀企业家"这样的头衔，也是他坚持加进去的。

与非刚回国，被美国起诉的阴影还没有退去，本意是想低调一点。导师不乐意，瞪着眼睛跟他吵："被起诉怎么啦，搞科研的最重要的科研精神是什么你知道吗？说得文雅一点，就是死猪不怕开水烫的精神！"

与非差点噎着。

姜教授开完玩笑，认真地说："错的是美国人，又不是你，我就是要你堂堂正正回母校，堂堂正正给那些孩子们当榜样！"

"再怎么说我也不是优秀企业家啊，我又没赚大钱……"与非辩解。

导师一句话堵住了他："赚大钱那是商人的标准，优秀企业家的标准是心怀天下。"

与非心里一热。导师还是这样，毫不掩饰对自己学生的偏爱。十年前，他手握国家级重点项目，赶走了好几个有名无实的教授副教授，力排众议，选中当时还在读硕士的李与非做助手；即便现在五十岁他已然功成名就，还是一次次去校长办公室吵架，一封封向教育部写信，硬是要来资金，建立一所国家一级实验室，供学生做实验。这样的导师，李与非怎么能忍心让他失望。

李与非整理好衣服，意气风发地走向报告厅。

李与非离开后，一辆摩托车风驰电掣驶来，停在公告栏前。

摩托车手摘下头盔，露出年轻而蓬勃的面孔。他盯着公告看了一会儿，挑了挑眉毛，一副不服气的表情："这就是传说中的大师兄，姜教授十年来教过的最优秀的学生……"他思索一下，骑车驰向报告厅。

男生把摩托车停在报告厅一侧的停车场。还没翻身下来，一辆红色小轿车停在他旁边。车窗摇下，是个和男生年纪相仿的女孩子，一头短发，眉目灵动。

女生对男生摆摆手："拜托，能不能把你的车往旁边移一下。"

男生打量一下，女孩的轿车占了最后一个车位。摩托车和轿车之间的距离的确不大，但也足够车门开条不小的缝。

"差不多了，你又不是停直升机。"男生说，"停车场本来就小。"

"你的气量比停车场还小。"女生一点也不让步，指了指报告厅前张贴的告示，"难道东科大只剩李与非一个优秀男生了吗？"

男生好像被戳中了什么，想辩解，又压了下来，气鼓鼓地走回去，一边挪车，一边忿忿地小声咕哝："车子不大，排场不小！"

男生把摩托车推到一边，还想继续跟女生理论，却看见小红车的门呈90度大开，女生从车上卸下什么重物。男生首先被两只圆轮子吸引了——那是一台轮椅。女孩子用两臂撑着身体，从轿车车座熟练地挪到轮椅上，关闭了轿车门。

男生呆住了。

女孩子穿了一条和轿车颜色一样鲜艳的红裙子，毫不在意露出两条细得变形的小腿。她好像已经习惯了外人瞠目结舌的表情，轻松地对他说："我有两台车，所以排场大了点。谢啦！"

轮椅是电动的，快速而平稳地向前滑动，很快把男生抛在身后。

李与非刚走到演讲台前，台下就响起一片掌声。

孟途曾告诉李与非，他不在东科大，东科大全是他的传说。看来不假。

与非突然觉得很感动，多么可爱的学生。这一代的年轻人头脑清醒，有自己的判断，美国媒体报道的关于他的负面新闻根本挡不住师弟师妹们对他的好奇和崇拜。

虽然台下人山人海，他还是一眼看见第一排坐在轮椅上的红裙女孩。女孩调皮地向他挥挥手。李与非的嘴角泛起一丝微笑。

台下安静下来。

"非常感谢姜教授邀请我回母校，跟师弟师妹们分享一些经验。那么我首先分享两条新闻吧，一条好消息一条坏消息。好消息是截至今年春季，芯片行业人才缺口高达三十万。所以你们根本不用担心毕业后失业。坏消息是，之所以缺口这么大，是因为很多业内人士干不下去转行了。"

同学们发出会意的笑声。

"和我一起毕业的同学，有的去做软件了，有的甚至去做金融了……有时候别人也会问我，你们当年辛辛苦苦读了那么多专业书，最后却做了毫不相干的事情，到底哪里出了问题？是啊，我也在问自己，哪里出了问题？"

台下一片安静。

李与非继续说："中国的芯片产业有很多问题，比如基础学科薄弱，比如制造工艺低，比如产业链不成熟。但具体到我们个人身上，我觉得最大的问题是，很多同学把它当成一门知识来学了。他们看到的，是枯燥的电路图和算法。芯片不应该只是一门知识。它是什么？它是……"李与非顿了顿，"对未来世界的主动权。"

同学们屏息静气。

"今天，我们有智能手机、有无人驾驶、有飞行汽车。我们通过这小小的芯片上天入地，实现一代又一代人的梦想。是的，这是一个被嫌弃的行业，导师嫌你出错多，企业嫌你经验少；工厂嫌你想法多，产品经理嫌你创意少；父母嫌你加班多，女朋友嫌你挣钱少……但是，我很庆幸我投身在这个行业里，看似轻薄，承载大江大海；看似微小，连接过去未来。有协作，有竞争，有衰落，有巅峰。这就是芯片的魅力，也是我到今天，经历过无数失败仍然热爱的原因。"

掌声长久不息。

台下突然有人举手。李与非向那人点头示意。大家转头看过去，有个高瘦的男生站了起来。坐在第一排的红裙女孩认出，就是刚才那个摩托车手。

男生的语气很犀利："据我所知，师兄你在硅谷创业的拳头产品是一款激光雷达芯片，可是就在半年前，硅谷巨头迪迈公司刚刚发布最新款的全自动驾驶车型，传感器完全依靠视觉传感也就是摄像头，没有使用任何雷达。他们声称：'只有傻瓜才会使用激光雷达。'师兄对这句话怎么评价？"

台下一阵骚动。这男生明显在挑衅，而且是有备而来。

第一排的红裙女孩在轮椅上不安地挺直了腰。她看向李与非。

李与非问："能不能问一下同学，你是哪一届的，叫什么名字？"

"微电子专业博士二年级，赵峰。"语气里有几分骄傲自得。

红裙女孩注意到李与非听到这个名字，眼睛亮了一下，浮现一丝笑意。以女孩的经验，她知道这是李与非已经胜券稳操的表情。

"你的问题里有一处错误。那款'没有使用雷达'的车型，不是迪迈的最新车型，它只不过达到了自动驾驶的 L3 级别，也就是特定场景下的自动驾驶，还没有到更高级的 L4 和 L5 级别。"

赵峰有几分尴尬。

李与非接着说："完全基于视觉的自动驾驶系统开发方案需要大量的数据，这是迪迈公司的优势。但目前全世界所有专注于自动驾驶的公司，在 L4 级别自动驾驶测试开发上都没有完全舍弃激光雷达。视觉传感器有一个致命的弱点，就是在极端天气下，比如黑夜、雨雪、雾霾，会造成很大误差。目前没有一家公司敢说已经攻克了这一点。迪迈也不例外。事实上，他们自亚利桑那州撞人致死的事故之后，在不少车型上都装载了激光雷达和毫米波雷达。雷达的缺点一是丑，二是贵，我们的任务，就是把它做得更漂亮、更便宜，而不是摒弃它。"

李与非再次被掌声包围。掌声中，赵峰默默离开报告厅。

赵峰走到自己的摩托车前，发现红裙女孩正等在那里。赵峰不理她，自顾自去开车。

女孩在他身后说："其实你刚才的问题，不是为了否定李与非。正相反，你希望他能肯定你。"

赵峰愣住，猛地转头看向这女孩子，虽然没发声，但满脸写着"你怎么知道"这句话。

"迪迈的那种说法一定让你很生气。李与非的回答，正是你想听的。你希望李与非肯定你的工作。"女孩说。

赵峰既吃惊又怀疑，随口说："你瞎说什么。"

女孩得意一笑："微电子专业博士二年级，赵峰，你现在跟导师一起研究的项目，不就是激光雷达芯片固化算法吗？"

赵峰跳起来，终于问出来："你怎么知道？"

"我听我哥提起过你，你们俩是同一位导师的同门师兄弟。"

"你哥？"赵峰看着女孩，她嘴角笃定自信的笑容，和李与非很像。赵峰恍然大悟："你是？"

"李与宁，李与非的妹妹。幸会。"李与宁大方地说，"我听哥说，导师姜教授经常夸你，说你是他十年来教过的最优秀的学生……"

这个狡猾的小老头。赵峰哭笑不得。

"再见，路上当心！"与宁一笑，不知道为什么笑容有点狡黠。她操纵轮椅转身离去。

赵峰发动车子，刚骑行几步，发现不对。下车检查，后轮胎完全瘪掉。赵峰突然想到李与宁临走时狡黠的笑容，转头看。

与宁并没有走远，背对着他，向他挥了挥手，手里一根长针在阳光下闪耀。

赵峰杵在当地，满脑子想的是：这女生胳膊还真有劲儿。

与非和与宁进家门的时候，孟途正大马金刀地躺在沙发上，捧着与非的小说，吃着与宁的零食，使唤着他们俩的老妈烧祖传配方打卤面。看到兄妹俩，孟途不是亲人胜似亲人地打招呼："呦，回来了？你说你们来也来了，干吗不给我带点东西……"

与非赏他一只拖鞋。

饭桌上，不可避免地谈起李与非的工作。

与宁爆料："昨天我哥去面试，人力资源部的老总问他，你如何保证你设计的产品强过你的对手？他直接回复人家，我保证不了，谁能保证谁是骗子。推门就出来了。"

与非直着脖子辩解："这人根本不懂技术，流一次片要失败多少回，谁都说不定。她问出这个问题就是外行！"

孟途叹了口气，转头问李与非母亲姚美丽："阿姨，您怎么看？"

姚美丽徒手掰断一只螃蟹钳子，放到儿子的饭碗里："我这个人很客观，我觉得我儿子说什么都是对的。"

孟途眨巴着眼睛："阿姨你是不是对'客观'这个词有什么误会……叔叔您说呢？"

父亲李乐愚满嘴都是排骨，含糊地说："我觉得我老婆跟我儿子说什么都是对的。"

孟途无奈，放下筷子："那我这干儿子客观说一句吧。与非还是要创业，自己当老板。他不适合去公司求职。"

"是啊，他情商低。"与宁插嘴。

"不是他情商低，是他专业要求高。"孟途用少见的认真口气说，"他忍不了浑水摸鱼、投机取巧的人。而这种人，在大企业里不是少数。"

饭桌上严肃起来。姚美丽等不再讲话，看向李与非。关键时刻，他们对儿子、对哥哥最大的支持就是沉默。他们不希望用随便的一句话，左右他的选择。

李与非说："芯片这一行比很多行业都复杂得多，一定要找一群志同道合的人，踏踏实实做事情，肯吃苦，肯坐冷板凳。更何况还有钱这个大问题。做这一行多烧钱，你又不是不知道。"

孟途把胸脯拍得老响:"钱有我啊!我现在不就干这个的吗。我去找钱,你去找人!"

李与非笑着摇摇头,不再接话,低头扒饭。

当晚,孟途照例在李家留宿。孟途和李与非带着几罐啤酒,在露台上聊天。

孟途问:"怎么感觉你小子从美国回来,胆子小了很多?五年前你可不是这样的,牛气哄哄一副欠揍的样子。"

李与非说:"你也说了,五年了。父母老了五岁了。"

孟途陷入了沉默。

李与非感慨地说:"咱们都快三十了,不是刚毕业的菜鸟,不是看一篇鸡汤文章就热血沸腾去创业的毛头小伙子。出去这几年,两个老人嘴硬,我知道他们多惦记我。还有,与宁的情况……你也知道。我要是再折腾,谁来照顾他们几个。"

咣当一声,露台门被推开,姚美丽一手提着洗衣篮一手拎着只黑色塑料袋出现:"我就是来晾衣服。你们继续聊,我什么都没听见。"

孟途本能地去遮挡啤酒瓶子:"阿姨,我们没喝多,就两瓶。"

"我知道,所以我又拿来三瓶。"姚美丽从塑料袋里掏出三瓶啤酒,自己"嗤"地打开一瓶,喝上了。

李与非和孟途恐惧地看着姚美丽。因为他们知道,姚美丽女士马踏黄河两岸,铜打三州六府,威震社区半边天,单只一个致命弱点:沾酒倒。

半瓶啤酒下肚,姚美丽的舌头就大了:"我姚美丽最讨厌人家事情做不成还找借口。儿子,你想干什么,你放手去干!你别拿我跟你爸还有你妹妹当借口!我算客气的,你刚才那话要是让与宁听见,我这么说吧,明年这时候你爸喝的酒就是拿你泡出来的!"

虽然孟途已经很熟悉与宁的行为方式,还是倒抽一口冷气。

李与非委屈地:"老妈,你不是说什么都没听见吗?"

姚美丽不理他,扭头又对孟途说:"我客观地说,我这儿子,举世无双,他每天捌饬的东西,我是真不懂。我也帮不上。我这当妈的唱了一辈子的戏,都不会为儿子吆喝,真没用。可我真不会啊!帮不上忙就算了,我要是再挡了你的道,你说我这心里……"

姚美丽停住不说了,语气里出现了与她的彪悍性格完全不符的软弱。

与非像哄小孩一样把母亲送回房间,跟父亲一起侍候姚美丽睡下。

李乐愚拉住与非,递给他一个文件夹。李与非打开来,有两个房本儿,几张银行卡,还有一叠类目清晰的 EXCEL 表格。

李乐愚解释:"这是咱们家的净资产报表。我跟你妈都买了大病保险。现在这栋房子留着我们老两口养老,等我们不在了,你跟与宁平分。西城的小房子是给与宁陪嫁的。咱家闺女漂亮,嫁妆要跟颜值成正比,你不许嫉妒。我就不给你留什么了。我这是给你交个底。你出去闯,给自己画条线,输到这条线上,回来,咱还是一条好汉,不至于落魄。这条线以上,你就折腾去吧,别操那么多心。"

李与非没被母亲勾起来的伤感,全被理工科出身、条理分明的李乐愚勾起来了。他向来羞于在父母面前流露情感,轻轻在父亲肩膀上靠了一靠,算是拥抱了。

李与非再回到露台的时候,孟途已经明显看出他原本压在眉头的沉重散了。

与非抬头看天。露台视野很好,天气也不错,难得看到远处一团团的星光。

"叫星丛吧。"与非突然说。

"什么?"

"《星丛》是我最爱的科幻小说,咱们成立新公司,名字就叫星丛吧。当然,前提是你小子要拉来钱。"

孟途笑了。

两人的啤酒罐碰到了一起。

按惯例,天信集团每个月的第一个周一召开管理层例会。吴娟已经提前吹过风:吴婵在美国找到一个非常厉害的高科技项目,一旦引进就能推动天信的产业升级。吴娟知道,她现在吹得越高,到头来由自己揭穿的时候吴婵就会摔得越重。

会议上,吴婵开始做汇报。吴娟面带微笑听着。她的笑容随着吴婵报告收尾而骤然消失。吴婵一个字都没有提到向前进的项目!吴娟太过意外,忍不住提醒:"姐,你是不是忘记了,你和向总的项目呢?"

吴婵看着她,好像没听懂的样子:"你一定弄错了,这次去美国,我没有看到什么令我满意的项目。"

会议结束,吴娟气冲冲地闯进吴婵办公室:"你什么意思?明明跟向前进说好的,怎么没有了?"

吴婵淡淡地说:"是你跟他说好的吧。他根本就是你找来的,不是我找来的。"

吴娟一惊,问:"你什么意思?"

吴婵抬头看着她,说:"小娟,我提醒你两件事:第一,当你想赢别人的时候,先弄清楚你的对手是什么样的人。"

吴娟脸色一变,但不等她讲话,吴婵突然笑了笑,继续说:"别多心,我说的是向前进。这家伙你稍微打听一下就知道,硅谷著名的骗子,专忽悠不懂行的中国人。第二,别在工作场合喊我姐,不职业。"

吴娟反应过来,怒道:"原来你什么都知道,装作被骗的样子,其实不过拿我当猴耍。"

吴婵不说话,只是静静看着她,脸上却写着两个字:"没错。"

吴娟狠狠地看了她一会儿,摔门出去。

一年一度的全国消费电子展,展厅人头攒动。李与非和孟途站在两张长桌拼成的寒酸展台前,等运气。

主意是孟途出的。电子展上找投资,算是几率较高的守株待兔。但李与非手头没有成品,只好带着设计图来现场。

也有不少人在他们的展台前驻足停留,有钱多的,有懂技术的,钱多的都不懂技术,懂技术的都没钱。所以一天下来,一无所获。

李与非在人群中看到一个相识的背影,身量有常人两个宽。人没走近,李与非已经莫名想笑了。如此令人愉悦的胖子毕竟不多。正是刘布。

令人愉悦的胖子也有不为人知的烦恼。

出门前刘布刚跟父亲刘福禄顶了两句嘴。老头以死相逼,刘布一个月内要是还没寻到个正经事情干,就必须回来继承家业。

以死相逼倒是吓不到刘布,老爷子语不惊人死不休,也不是一回两回。刘福禄的安危他没放在心上,但刘福禄天天挂在嘴边的"正经事情",确实引发了刘布的焦虑。

刘布是真想干点"正经事情"的,如果他知道这"正经事情"是什么的话。

刘布不想留在福陆集团。不是集团形势不好,相反是太好了。整个中国北方地图,如果在有煤矿的地方插根旗子连成线,基本上就组成了他们刘家的家族树。他不想当根旗子。他不想一进公司就看见三姑、四舅、五表哥,上个班跟走亲戚一样。他想干点不一样的,等自己老了,可以跟儿子孙子骄傲卖弄的事情。

这事情到底是什么?刘布真想知道。他不想带着苦恼进入三十岁。

在展厅兜了半圈之后,刘布的苦恼变得更具体了。这什么玩意儿?哥们明明说是车展,还有车模来着。看见的全是智能家居、机器人和其他电子产品。参展的车商寥寥可数,一台像样的都没有。

正恼火间,刘布被一辆车吸引了。确切地说,被车旁的模特吸引了。那模特和他之前见过的所有车模都不同,穿的多,露的少,竟然一点妆都没化,素面朝天,一头垂到腰际的柔软黑发,一身剪裁合体的米色套裙,五官姣好而干净。

刘布赶紧凑上去:"这车有什么新奇的,给我介绍介绍呗?"

女孩熟练地指着车内的仪器,滔滔不绝:"这台车搭配的是自主研发的自动驾驶计算平台,能够在 31 瓦的功耗下实现对 8 类不同类型物体的目标检测和多达 25 类像素级语义分割。在平台的基础之上,还推出了高精度地图采集与定位方案和激光雷达感知方案。这是一套软硬件一体的自动驾驶系统,在国内处于数一数二的领先水平。"

刘布听得头也大了,怔了一会儿,决定用一句最简洁的话来掩盖自己没听懂:"多少钱,我提一辆。"

女孩奇怪地看他:"你千万别买。这只是辆概念车,介绍里说的好听,没个两三年不可能量产。"

刘布感动地快哭了:"我去过几十次车展,就没见过这么专业的车模,难得还这么诚实!要不你签约到我公司吧?"

女孩纳闷地看着他:"我为什么要去你公司?"

刘布拍胸脯:"我敢保证比当车模好,待遇你要多少我给多少!"压低声音说,"社会地位也高是不是?"

女孩露出啼笑皆非的表情:"不好意思,我不是车模。而且你不应该歧视车模。"

刘布愣住:"不是?那你怎么懂这么多?"

这时另一个女生走过来,对长发女孩说:"大教授,你在这里干吗?"

大教授?刘布呆住了。

长发女孩对新来的女生说:"我来做调研,结果碰到个傻子。"她转头对刘布说,"我当然懂得多,这个系统本来就是我参与设计的。"

两个女孩转身离开,留下刘布痴呆地站着。突然有人拍了拍他肩膀,抬头一看,是李与非。

李与非本来指望刘布认出他,然后给一个他乡遇故知的拥抱。没想到刘布一脸失魂落魄的表情,哆嗦着握住李与非的手:"兄弟,不好了……"

"怎么啦?东西丢了?"李与非吃了一惊,能被刘布弄丢的东西一定价值不菲,"我帮你报警吧?"

"我要死了……我被人射了一箭……你知道那个一头卷毛的光屁股小孩,专门射箭的那个?我给射中了,我一见钟情了哎呦喂……"

李与非听得不知所云:"啊?"

前面两个女孩听见动静,回过头。李与非一看,好巧不巧,其中一个是吴婵。

刘布进门的时候,把跑车钥匙交给了门口的保安代泊。

保安头一回坐进限量版的敞篷跑车,一时激动忘了告诉刘布自己拿到驾照的时间还没刘布拿到手里这张门票的时间长。他也不是故意蹭车开,实在是展览中心车位难找,只好开着车子绕了一圈又一圈。刘布拉着李与非出来的时候,刚看到保安把车子泊在步道旁边。

意外就在那时候发生。

停车的这条步道有个倾斜的角度。保安不知道是搞不清楚车内构造还是失误,没有拉下手刹。他刚下车,车子就顺着坡道快速溜了下去。而就在几十米开外车头正对着的方向,走着一个女孩。女孩背对车子,一手拎展架一手抱着一块宣传板。

保安吓愣了,僵在当地。周围人惊叫起来。女孩听到叫声转身,车子已经离她很近了。女孩想躲,被展架绊倒,摔在原地。

惊叫声音更大了。

刘布也呆了,不停大喊,但被身体素质所限,连多跑一级台阶都不能。李与非拔腿跑向车子,但距离太远。

吴婵和同伴也看到了这一幕,但像所有旁观人一样毫无办法。

正在这时,有个人影闪电一样从车后追出来,很快追上失控的车子,矫健无比地从敞开的车篷跳进驾驶座,牢牢踩死了刹车。车子"吱"的一声,堪堪停在离女孩50公分的地方。

人群发出如释重负的吁气声,有人情不自禁鼓起掌来。

这时大家才看清,救人的是个年轻人,身材高大,英气勃勃。年轻人从车里翻身出来,姿势一看就是训练有素。他把女孩扶起来。

李与非和刘布也赶过来。刘布已经喘得快背过气去:"我,我……你们俩,请……请……"他指指车,朝年轻人和女孩拱手,又拿手在嘴边划拉,就是说不出囫囵话。

李与非试着翻译:"他意思可能是,他现在喘不过气,想请你们俩做个人工呼吸?"

刘布直翻白眼。

吴婵和同伴这时候也走了过来。吴婵本来不打算理李与非，这时候终于忍不住了："他的意思明明是，车是他的，对不起两位，要请他们吃饭。"

李与非想了一会儿："你这个解释好像更合理一点。"

刘布喘息未平，向吴婵翘大拇指。

李与非观察着刘布的车子："你这车，要是能装个自动驾驶系统就好了。虽然现在全世界的自动驾驶系统都不能达到真正全自动驾驶的 L5 级别，但是根据刚才的情况，车速目测 15 公里每小时，加上坡度下降的势能，预计会在 30 秒之间撞到障碍物。这个时间足够系统做出判断，强制刹车。"

吴婵不耐烦，拉着身边的女孩走，女孩说："干吗走，听听呗，他说得挺好。"

刘布此刻已经回过气来，赶紧帮衬："是啊是啊，我兄弟，专家，美国回来的，走过路过别错过。"眼珠子盯着吴婵身边的长发女孩就没离开过。

长发女孩插口："刚才的障碍物有点特殊……"

李与非赞同地对她点头："我知道你想说什么。这个障碍物很容易误判，她当时位置低，衣服又是灰色的，和路面背景没有形成反差，而且比较瘦，横截面积小……"

李与非一边说一边在"障碍物"身子前比划。

障碍物女孩说："谢谢你哦。"

李与非不解："说你瘦也不是夸你，谢什么？"

"我不是对你说，我对他。"

女孩指着李与非旁边，是刚才救人的年轻人："刚才多谢你哦，你真的好勇敢。我叫林婉婷，你叫什么名字？"女孩子声音软糯，明显的台湾腔。

"占伟达。"年轻人简洁地说，"没事了？再见！"这人惜字如金。

刘布一把抓住:"别别,哥们儿。刚才要不是你我可就闯大祸了。你就是我的再生父母!一定得跟我走,我找个地方好好谢谢你。来,姑娘你也必须来,我要好好给你压压惊。兄弟,你也别走!还有……"转头对吴婵和长发女孩,声音顿时忸怩起来,"你们也去,好不好?"

长发女孩说:"跟我们有什么关系?"

"太有关系了。我请客道歉,人越多就越有诚意。"

长发女孩说:"那你干脆把展厅所有人都请了吧。"

刘布把长发女孩的话奉若懿旨,毫不犹豫转头大喊:"所有人都听着,我要请大家吃饭……"

长发女孩愣住了,李与非眼疾手快,赶紧捂住刘布的嘴。

刘布带着一行人去了一家装修得跟地坛一样的豪华大饭店,也是刘布亲戚开的,号称誉满全球的涮锅子旗舰店。

这时已经知道,刘布的女神秦舒阳是燕华大学电气自动化学院的教授。险些被撞的女孩林婉婷供职于联积科技公司,总部中国台湾,全世界知名的芯片制造厂商。占伟达是大学毕业后参军,服役于联勤保障部队,半年前以陆军上士军衔退伍,目前由亲戚介绍,在一家会务公司担任安保主管。

刘布首先表示可惜:"大学毕业,还这么好的身手,当保安可惜了。"

林婉婷低声辩解:"人家不是保安哦……"

占伟达说:"嗯。"一个字不多说。

李与非没空吃饭,一直在平板电脑上捣鼓。

吴婵终于忍不住:"你干吗?"

李与非答:"跟你说你也听不懂。"他倒完全没有讽刺的意思,只是陈述事实。

吴婵气结。秦舒阳赶紧安慰一下,探头过去,跟吴婵解释:"他在搭自动驾驶系统模型。你这个相当专业啊,是不是以前做过?"

李与非点头。

刘布看女神认可，顿时来劲了："给我看看。"

李与非把平板拿给刘布，刘布看了一眼，突然一拍大腿："妙啊！"

"你看懂了？"李与非很惊奇，"不可能啊？"

"这玩意儿十个我捆起来也听不懂。"刘布说，"可是我突然有了一个灵感。你现在做的这个东西，要找买家是不是？"

"严格来说，我是在找天使投资……"

"就这意思，我投你啊！我在美国的时候就跟你说过，咱俩一起干票大的。我刚才听下来，咱们这帮人，都多多少少跟你说的这东西有关系，咱们干吗不一起攒个局、弄个公司呢？"

孟途率先点头。

吴婵说："别拉上我，跟我没关系。"

秦舒阳悄悄把吴婵拉到一边："这人真不错，我刚才看了他搭的模型，不说是天才也是聪明绝顶。"

"我知道。这人我打过交道。"

"不会吧，知道你还不要他？"

"有那么难得吗？"

秦舒阳把握十足地说："我在这一行我最清楚，现在的人浮躁得很，要找到像那小子这么聪明还能一门心思搞研究的，不容易。"

吴婵忿忿地："聪明吗？我看傻得要死！"

秦舒阳侧头看了她一会儿："不对啊，我认识的吴大小姐一向宠辱不惊，很少情绪化的。你现在明显在闹情绪嘛。你跟这小子到底什么关系？"

"你别乱想。我是真的不喜欢这个人，我跟他……气场不合。"吴婵平心静气想一会儿，"看在你的面上，我不闹情绪就是了。"

两个人回到饭桌前，表示加入。

占伟达比较干脆，说："我想想。"低头想了一会儿，再抬头的时候说："好。"

李与非试探地把"星丛"作为公司名字提出讨论。吴婵立刻否定。其他人加入讨论，大家七嘴八舌，除了刘布没意见，谁也不服谁，争了一个小时,最后决定还是叫星丛,比空着强。

刘布就一直在观望秦舒阳。席间,她不经心夸了一句:"这羊肉挺新鲜。"

刘布立刻跑出包厢,打了半天电话。吃完饭,刘布坚持要用专车送每个人回去。他把大家带到车库。只听一阵轰鸣,七八辆SUV开过来,一字排开。

刘布说:"在今天这个普天同庆的大喜日子,我给大家每个人准备了一份礼物。你们别嫌弃车破,因为别的车后备箱太小装不下。"

众人纳闷。刘布神神秘秘地把大家带到第一辆车前,打开后备箱,众人呆住了。后备箱里,活生生装了一只四脚捆起来的小肥羊!

刘布讨好地对秦舒阳说:"我亲戚全市统共也就开了七家涮锅店。这是我刚才特意从所有店面里调过来的,从鄂尔多斯空运过来的正宗吃草小肥羊!一人一只,都别给我客气!秦教授,这是您的!"

秦舒阳盯着看了一会儿,问:"我是回去现杀啊,还是在阳台上养两天?"

第 5 章　澡堂里走出个芯片企业

吴婵第一个到达会议室。她知道，今天的公司高层会议是一场硬仗。

其实，在天信的哪一天不是？天信的高层多是跟父亲吴项冬一起摸爬滚打立下汗马功劳的元老，人人心里都有一本账。吴项冬能把两个女儿放进公司，一个是副总，一个大客户总监，其他元老何尝不会打算。每个部门都有关系户，盘根错节。

人情是把双刃剑。好处是确实能够互相监督和制衡。谁想干点什么，都有一帮人盯着，怎么都不会太放肆；坏处就是内耗太大。最极端的一个例子：一个办公室统共三个人，分成四派，一人一派不消说，有时候其中两个还会团结起来，打击另一个。在这样的形势下，一个动议提出来，常常会遭到四面八方的反对，敌对的人反对，连自己人也会摸不清状况反对，不挑个刺就算没走完一遍流程。

所以，当吴婵提出，要在国内选一家芯片设计公司合作，对现有产品逐步升级时候，不出所料遭到了反对。反对最激烈的，不出所料是吴娟。

"逐步升级？我们现在跑步都来不及！"吴娟说："我们的竞争对手海浦集团已经推出了智能一体化厨房的概念，我们已经起步晚了，现在当务之急是快，根本没时间再去现找公司设计，我建议直接进口芯片。"

吴婵说："现在当务之急不仅是快，而是新，有创新。我研究过海普集团的智能一体化厨房，目前他们能实现的功能仅仅是简易 app 远程操作，还远远没有达到真正意义的智能一体化。我在家电论坛里看到大量吐槽贴，海浦的所谓智能已经沦为一个笑话。所以，一个概念，要么不炒，要炒就炒热。起步晚不怕，只要稳扎稳打，照样能赢。"

"那我也不同意和国内公司合作。国内技术要落后几十年，怎么比？"

吴娟冷笑。

立刻有几人附和。

这问题正中吴婵下怀。感谢李与非那个书呆子，这两天给她恶补了国内芯片行业的发展史和现状，甚至帮她做了预演：对方可能会提什么问题，有什么标准答案。这个问题，就在排练单的第一个。

吴婵反问："芯片有设计、制造和封装测试三个环节，你说的是哪个环节落后？"

吴娟没有防备，说不出话。其他人也没有说话。

吴婵太了解天信这些高层了，依仗十几年前的积累，决策只凭经验，没有人真正去啃技术。吴婵把早已准备好的复印资料让助手一份份发放到各人手里。"这是证券公司2019年半导体行业专题研究报告。一共122页，大家慢慢看。我只说重点：从我国半导体行业的发展情况看，产能转移趋势叠加政策红利支持，本土半导体行业增速有望大幅超越全球平均增速，成为全球行业增长的重要引擎。进口芯片固然省时省力，但容易受制于人。打比方说，如果哪天美国欧洲的芯片不卖给我们了，我们怎么应对？"

"开玩笑，那怎么可能！"吴娟先叫起来。

吴婵的话如她所料引发了不同派别的讨论。抛出问题的吴婵，从容地往后一靠，听众人争辩。这也是开会的必备战术："以逸待劳"。

眼看众人争执越来越热烈，吴项冬出来镇场："大家说的都有道理。要么两手准备。一边国内找设计公司，由吴婵负责；一边国外采购，由吴娟负责。大家都拿出项目书来，中层以上投票，谁票数多听谁的。"

吴家的内情在天信是尽人皆知。吴项冬亲手引导两个女儿竞争，在公司决策会议上倒是第一次。看热闹不嫌事大，在座各人露出意味深长的表情。

吴婵起初也是微微一愣，看看父亲，吴项冬面上坦然自若。吴婵突然就明白了，这正是父亲的厉害之处。左右也是被人嚼舌根，不如摆在明面上，反倒显得公平，也给其他"裙带关系"提个醒：背后靠着谁不管，要上得了台面，经得起挑剔，规矩不能坏。

吴婵向父亲报以一个胜券稳操的微笑。

看到李与非交上来的项目书之后，吴婵觉得自己的胜券都被他给撕了。

李与非直接把设计图打印出来了，各种蜂巢一样的线路，各种符号，吴婵看了两页就有一种想把项目书劈头盖脸扔到他身上的冲动。

"你这份项目书，体系混乱、语言晦涩、重点不突出，还丑得要命。"吴婵批评。

李与非乖乖地点头："明白了。"拿着就走。

"你明白什么？"

"其实你刚才说了那么多，意思就是看不懂，我去改简单一点。"

吴婵脸上飞红："你学了一辈子的专业，我看不懂很好笑吗？"

李与非认真地说："不好笑，你是对的。我以前写项目书都是给导师看的，写给非专业人士是第一回。我去改。不过丑得要命这个……超出了我专业范畴，我一时改进不了。"

吴婵见李与非态度诚恳，确实不是开玩笑，倒有点不好意思："第二眼看看，丑得也不是太要命……"

当时李与非是在吴婵的办公室里。他问："你手里有没有你们公司其他的项目计划书，不重要不机密的，可以借给我参考一下吗？"

吴婵交代助理闵婕，带李与非去会议室，再帮他找几份材料看。

吴婵处理完事情回来，看见闵婕踮着脚站在会议室门口，正从门缝里向内张望，一边看一边捂着嘴乐。看见她过来，赶紧收回架势。

"偷窥也能这么有乐趣？"吴婵问。

闵婕指指里面："这人，好奇怪。"

吴婵走进去，吓了一跳。

李与非把几份项目书都一页页拆了，用小图钉钉满一面墙，墙上放不下，直铺到地上。他就站在一米开外，看着墙和地面出神。

吴婵急了:"我这里等下还开会呢,你怎么搞成这样?"回头批评闵婕,"你怎么也不看着他?"

闵婕很委屈:"我也不知道他跟你什么关系,长得又挺帅……"跟吴婵久了,这丫头懂得掐火候,知道什么时候敢跟她开玩笑。

"一次看一页纸太浪费时间,我这么全铺起来看得快。"李与非解释。

"你别找借口,你铺十面墙不也是一页页看。"

"不骗你,这上面我都记住了。"

吴婵盯着李与非。她还没见过吹牛吹成这样的。她从墙上拿下一页纸,密密麻麻数据最多的一张,考李与非,没想到真的答出来。再试了几次,依然对答如流。

吴婵有点发呆。她从小也成绩优异,但自己知道都是努力刻苦换来的,天分只能算中上。她也见过聪明的同学,但像李与非这样短时间处理大量信息并且过目不忘的,还真不多。

"我总结出规律了。"李与非喜滋滋告诉吴婵,"第一,项目书要以目的状语从句开头,比如'为了更好拓展海外市场''为了维持大客户忠诚度';第二,要有大量饼状图和柱状图,虽然大多数情况下并没有太大必要;第三,审批成功率大的项目书,多用的是暖色调;第四……"

吴婵看看,还真是,自己以前居然没有留意到。她问:"你总结了多少规律?"

"时间有限,大概也就三十七条吧。"

"三十七条!你见没见过这样的傻子?"吴婵对秦舒阳说。

当时,两个闺蜜在新开的咖啡厅喝下午茶。吴婵把李与非做项目书的笑话好好嘲弄了一顿。

秦舒阳咬着吸管听她讲,也不插话,始终笑眯眯的。

吴婵终于意识到不对,问:"有什么好笑?"

秦舒阳细声细气:"我们聚会四十分钟,你也讲了三十七分钟那个傻子。"

"你这句话有强烈的暗示。"吴婵对闺蜜嗤之以鼻,"这种暗示是对我审美品位的侮辱。"

"谁知道呢,我看那傻子傻得自成境界,也挺有趣。"

"有趣?我觉得是不通时务、不懂变通、气焰嚣张、缺乏自知之明!我们私人恩怨还没了,他还欠我一万美金呢!"

"啧啧,这么多缺点,你那未婚夫就是完人吗?"秦舒阳刚说出口,就知道说错话了。

吴婵顿时沉默下来,用小勺搅着咖啡,刚才骂人的气势都没了。

有些话,也只有闺蜜能问。秦舒阳碰碰她胳膊,问:"你们俩到底怎么样?"

"怎么样?"吴婵自嘲地一笑,"两个家庭的联姻,典型的狗血电视剧剧情,还能怎么样?两个人客客气气的,经济独立,生活独立,不过同在一个屋檐下,大家各取所需。婚姻,不就是这个样子。"

"也不能这么说,毕竟要过一辈子,总要有些感情。"

"感情?千万不要。有感情就会有撕扯,就会千疮百孔。反倒是各不相干的婚姻,能维持长久。人这一辈子长得很,对着谁都会腻。爱情就是拿来背叛的。白头到老,举案齐眉,我六岁就不相信了!"

秦舒阳有点心疼地看着吴婵:"你也不用因为自己的经历,就否定爱情吧。"

吴婵摇摇头:"我没有否定,我都懒得否定。爱情对我来说是负担,只会拖后腿。"她振作一下,转换话题,"你呢?别总是说我,你的爱情什么时候来?还有没有漂亮男生给你写情书?要不要发展一段师生恋?"

"你别害我,我是绝对、肯定、保证不会跟学生谈恋爱的。不是因为学校有明文规定,而是因为我嫌弃小男生。幼稚、娇气、没担当,还又懒又脏。我要是哪节课跟在体育课后面上的,那真是,整个教室都是他们的汗臭味!"

"那可是青春荷尔蒙的味道。"吴婵调侃。

"青春?青春是最廉价的东西,谁没有过呢。"秦舒阳说,"我喜欢成熟的男人,干净、斯文、彬彬有礼,又懂得体贴……"

吴婵立刻警觉:"这人是谁,赶紧从实招来!"

秦舒阳立刻否认:"哪里有谁,我还不能展望一下吗!"

"撒谎!你看你这样子,说着说着眼神都变了!居然敢在我面前藏秘密了,你这小狐狸精!"

吴婵去呵秦舒阳的痒。秦舒阳笑着躲闪,却怎么也不肯说。

吴婵没有看到,秦舒阳收起笑容之后,眉间压上一层不易察觉的暗沉。

星丛芯片设计公司成立的第一件事自然是找办公室,一群创始人总在涮锅子店开会也不是事儿。

持续扫街半个月之后,李与非终于找到了合适的办公地点。

"扫街"是孟途的说法。这半个月来,两人从各种渠道寻找办公室租赁信息,再一家家实地考察。李与非还好,孟途已经累得七荤八素。

李与非兴冲冲地打电话给刘布、吴婵和秦舒阳,请他们一起过来确认,定下后就立刻签约。

办公室位于市中心的购物商厦顶层,十二楼,地段好,人流量大,视野敞亮。

刘布首先表示满意:"这地方好,负阴抱阳,风水好!"

"又不是皇帝登基,还看风水!"秦舒阳嘲笑。

刘布立刻赔笑:"那是,那是,咱们都是文化人,不搞封建迷信,秦教授指点得对。"

吴婵问:"价格怎么样?"

孟途答:"我比较过,这样的面积,房东要的租金只是市价的八成,很划算。"

吴婵本能皱起眉头:"为什么?"

李与非高兴地说:"我也问过,房东说他儿子也在半导体行业,他看见我们就觉得亲切,所以愿意便宜租给我们,支持我们创业。"

吴婵冷冷地说："骗人。"

李与非被兜头泼了冷水，有点郁闷："你怎么动不动就怀疑别人？"

吴婵反问："你怎么动不动就相信别人？在商言商，无事献殷勤，非奸即盗！"

"你一定有个特别悲惨的童年，导致对所有人都心怀恶意，就是不相信人性本善。我第一次见你就看出来了……"李与非滔滔不绝，瞥见秦舒阳一直对他使眼色，问，"你眼睛不舒服吗？一直瞟来瞟去的？"

秦舒阳气结。

吴婵面无表情看了一会儿李与非，转身离开。众人还没反应过来，她已经按电梯下楼。

秦舒阳对李与非发脾气："你缺德不缺德？哪壶不开提哪壶？"

"提壶？"李与非只是直率并不笨，立刻反应过来，"她真的有个特别悲惨的童年？那，那现在怎么办？"

"你说怎么办？"

"她会不会出事？要不要打110？"

秦舒阳哭笑不得："去追啊！你不比110快？"

李与非恍然大悟，拔脚就追。

吴婵从十楼一家美容院出来，看见李与非就在电梯口守着。

李与非赶紧跑到她面前，垂着头，捏了半天衣角，终于想到话说："我看见电梯在十一楼和十楼分别停过一次，然后又上来了，你应该是在其中一层下去的。十一楼是办公区域需要门禁，所以你应该在十楼。"

吴婵淡淡回答："推理能力不错。"

李与非看看她身后的美容院："你要是因为我惹你生气，导致冲动消费的话，你办的卡我来买单。"

吴婵忍不住，笑了："要是一句话就能让我生气，我不到六岁就气死了。"

"真的？"

"是啊，我有个悲惨的童年。"

李与非小心翼翼打量她的神色:"我不太听得出,这是开玩笑吗?"

李与非的较真让吴婵无奈:"是。"

李与非长出口气。

"去找他们吧。"吴婵说,走在前头。

李与非乖乖跟在后面,看着吴婵的背影。这女孩背挺得很直,好像没什么事情能把她打倒。但不知道为什么,李与非第一次发现她的身子瘦骨嶙峋。

大家碰头以后,吴婵第一句话说:"这房子不能租。"

"为什么?"孟途先发急了。不能租意味着要继续扫街。

"这家门面原来是美容院,资金链断裂老板卷款逃了。跟你们俩谈的房东是二房东,所以着急找下家。我刚才去十楼一家美容院了解过了,因为是竞争对手所以他们特别清楚。"

秦舒阳看了李与非一眼,装作压低声音,但偏偏让他听到:"果然不能相信人性本善啊。"

李与非抓抓头发:"凡事都有小概率。"

办公地点再次泡汤,一切又回到起点。眼看时间一天天过去,大家都有些发急。

某日,刘布兴高采烈请大家吃饭,说他找到办公室了,先行庆祝一下。

饭桌上,秦舒阳对刘布说:"找没找到办公室我不关心,只要别再送我小肥羊,怎么都行。"

刘布想了一下,殷勤地问:"那么你要牛吗?我老家的牛肉也是一绝。"

秦舒阳一惊,筷子吓掉了。

吴婵赶紧把话题扯开:"你找的办公室,环境怎么样?"

刘布来了精神:"这地方可是我哥们儿卖了我好大的面子借给我的。我实地考察好几回了。那地方,简直的,我这么说吧,你们去过谷歌总部没?"

有人点头有人摇头。

刘布得意地说:"去过谷歌的人都吹办公环境多好多好,有吃有喝还有健身设施,我找的这地儿,能吊打三十个谷歌!管吃管住管健身,样样比它好!保管让你们拍案惊奇!"

等刘布把大家带到地方,众人果然惊奇了。

管吃管住管健身,装修气派,空间宽敞,哪儿哪儿都没毛病,只除了一点……这是一家洗浴中心!

刘布的朋友也真够朋友,划出半个楼面给他,也有大几百平米。分隔成三四个独立办公区域,对于初创公司是足够了。

李与非想了半天,说:"地方是挺宽敞。"

孟途想了半天,说:"而且便宜。"

占伟达说:"是。"占伟达说"是",一般意思就是"经过深思熟虑我同意"。

秦舒阳皱眉:"只有我觉得哪里怪怪的吗?"

经过表决,办公地址就这么定了。

于是,大家选了个日子,"星丛"在"夏威夷"豪华洗浴中心对面正式挂牌。

成立当天,不少身披浴袍的男男女女好奇地在门口打探。有人一看一上午。

李与非有一回实在忍不住,拍了拍一位探头探脑的大叔:"大叔,你看得懂吗?"

大叔的回答极富哲理:"我又不是为了看懂才看。"

李与非肃然起敬地问:"那您为了什么?"

大叔掷地有声地回了一个字:"闲。"

刘布神神秘秘地把秦舒阳带到办公室最里面的一间房间,门是关着的。

刘布说:"这是我专门为你留的 VIP 办公室。"

秦舒阳说:"你别这个表情,你一出这表情我就心慌。"

事实证明,秦舒阳的心慌很有道理。门一推开,打眼看见一架红木屏风,屏风上绣得却是日式动漫美少女。绕过屏风,有间木头门框的屋子,透明玻璃门,竟然是间不折不扣的桑拿房。推开桑拿房吓一跳,一具白花花的女人身体立在门旁,仔细一看是大理石的维纳斯雕像。

秦舒阳呻吟着说:"要么,下回还是送我小肥羊吧。"

秦舒阳站在讲台上上课。这节是公共选修课,人数比较多,在大阶梯教室,难免会嘈杂一点。她远远望见最后一排,中间有个学生埋头在桌肚里鼓捣什么,只露出头顶一圈头发。两边学生都斜着身子看,一边看一边嘻嘻哈哈。

秦舒阳恼了,大踏步走过去,抄起旁边一个学生的书本,扔到埋着头的学生桌上。"啪"的一声响,那人吓得抬起头来。竟然是刘布。

秦舒阳愣了:"你在这里干什么?"

刘布不好意思地嗫嚅着:"我,我想给秦教授一个惊喜。"两手在桌肚里一抄,竟然掏出一大捧玫瑰花,和一只包装华丽的名牌包。

"哗……"学生一片哗然。

"上回身份证存档,我看见你生日了,所以……生日快乐!"刘布使劲儿把包包举高。

学生们的哗声更大,有人还吹起了口哨。

舒阳脸涨红了,咬着牙低声说:"出去!"

"好,好!那花跟包我搁哪儿?"

"拿着,滚出去!"舒阳声音大了一点。

刘布吓得一哆嗦,赶紧一手举着花,一手夹着包,试图站起来,却被卡在椅座里。左右两边同学费好大力气才把他拔出来。刘布一路挤出去,一路把桌上的文具书本乒乒乓乓撞到地上。课堂顿时乱作一团。学生们本来就男生多爱起哄,这下更是笑得要把教室顶掀翻。

"不想期末挂科的,都给我安静点!"秦舒阳警告学生,这才平息下来。

下了课，舒阳出门，看见刘布还像一座门神一样站在门口等她。舒阳没办法，把他带到人少一点的地方。

刘布欢天喜地又举起花，被舒阳打断："你别开口，听我讲。我们在星丛有合作关系，所以我不想跟你撕破脸。但是，如果你还敢像今天这样，干扰我正常的教学秩序，我见你一次，揍你一次，你信不信？"

刘布连连点头，竟然喜笑颜开。

"你欠揍吗，笑什么？"

"不是，就觉得秦教授好有性格。"

"赶紧走！"

"是。"刘布倒也爽快，夹着花和包说走就走得没影。

舒阳舒了口气。侧头看见花园中心影影绰绰两个人影。是一个女学生拉拉扯扯缠着学院的院长谭力行。

女同事罗老师走过来，问舒阳："看什么呢？"

舒阳"嘘"了一下："看热闹。"

罗老师心领神会，跟舒阳一起看。

女学生声音都快掐出水了："求您了，谭教授，就放我一马吧。我要是再挂科老爸会骂死我的。"

谭力行不为所动："骂死你是应该的。你问问自己，一个学期，你上过课吗？看过书吗？"

女生往谭力行身上凑了凑，脸快贴上去了，在他耳边说悄悄话。

谭力行突然大声喊："秦老师！罗老师！"

秦舒阳和同事从树荫后面闪出来。

罗老师明知故问："有事吗，谭院长？"

谭力行说："这位同学需要补考，对补考流程有疑问，麻烦你解答一下。"

女生脸色变了："我没疑问，谢谢老师。"悻悻离开。

谭力行掏出手绢擦汗："现在女学生真不得了，好在你们两位在，要不然我可真说不清了。"

罗老师说："谁不知道谭院长最讲原则，就算没有我们俩在，那女生也讹不了你，没人信她。"

谭力行礼貌地笑着，跟两位女同事打个招呼，转身离开。

罗老师看着他的背影，笑说："现在还有人用手绢儿的？像他这么古板老派的老师，活该被学生欺负。"

秦舒阳久久看着谭力行的背影。

舒阳从学校回到家。

路上接到吴婵电话，说她在外面出差，不能陪闺蜜过生日。

舒阳自然说了些豪放的话，大意是完全没有仪式感，一个人安安静静过生日更自在之类的。然而，在楼下超市买了挂面和蔬菜、打算回家自己煮长寿面的时候，还是略感到一点凄然。

舒阳走到门口，听到本应该寂静无人的房间内，有些隐约的响动。惊喜像一道阳光一样，顿时划亮她的脸庞。

舒阳打开门，走进餐厅。桌上已经摆上了四五样小菜，还有一只蛋糕盒。舒阳微笑了，继续走进厨房，倚在门边，看那个男人在灶台前忙碌。看了一会儿，终于忍不住走过去，从身后环住他的腰。

"好幸福。"她闭上眼睛，轻轻说。

"傻姑娘。"他拍了拍她的胳膊，转回身把她搂在怀里。

"现在谁还叫女生'姑娘'？你好老土，像你的手绢儿一样老土。罗老师说的没错。"

谭力行把她额前的头发轻抚到耳根，轻柔地说："我四十好几了，本来就是老人家了，也只有你这个傻姑娘觉得我好。"

"不许说你老，我就是喜欢你这个样子。"舒阳说。在谭力行面前，她会变得娇嗲，变得任性，她知道他都会原谅，也会包容。在他面前，那些乳臭未干的小男生显得幼稚和无趣。

谭力行也是在英国读的书，完美沿袭了英国老派绅士的作风。即便在家里，他也会帮舒阳脱外套，帮她拉椅子。即便是两个人的晚餐，他也会铺干净的桌布，用电唱机放唱片。

"这段时间期末考试比较忙，疏忽了你，对不起。"他先举起红酒杯，"但今天说什么也要陪我的姑娘。感谢你出生在今天，感谢你出现在我的生活里。"

舒阳的眼眶一下子红了。这老土的男人，随便说说，都是情话，他说得那么自然，就好像播报天气，所以就更让她感动。

谭力行帮她点上蜡烛，他的手机此时不识时务地响了。他看了一下号码，看了看舒阳。舒阳立刻明白，这是私人电话。她指了指卧室，示意他到卧室听电话。

谭力行接完电话出来，舒阳已经有了预感。所以当他嗫嚅着说："小儿子在学校摔伤了……"她没等他讲完就说："没事，你去好了。"

谭力行内疚地看着她，反倒是舒阳安慰他："不要紧，今天你能来，我已经很满足了。"

谭力行叹了口气，亲了亲她，起身离开。

为了避免被邻居看见，舒阳甚至不能在门口跟他道别，只听着他脚步越来越远。

她重新坐在餐桌前，静静地吹灭了蛋糕上的蜡烛。

第 6 章　火场惊魂

吴婵一早来到星丛的时候，李与非正在抓耳挠腮犯愁：招聘启事发出去两周，收到 100 多份简历，符合面试要求的只有 10 人，在李与非的不懈努力下，这 10 人一个都没留下。

"你知道问题出在哪里？"吴婵问。

"大多数问题出在博士两年级的专业课里，没怎么超纲。"李与非以为吴婵问他面试问题选自哪里。想到毕竟还是有个女生答不出问题，哭着跑掉了，李与非心有余悸。

跟李与非这种人真是缠夹不清，吴婵只能直接说结论："这么说吧，你拿八千块的月薪是找不到八万块的人的。招聘跟结婚一样，讲究门当户对，就像《红楼梦》里说的，人家是金，你也要拿玉来配，不然为什么跟着你。"

李与非嘴巴张得很大，半天说不出话。

吴婵问："怎么，没听说过《红楼梦》？"

"不是，没听说结婚要门当户对。学习了。"

吴婵让李与非把每一个招聘岗位的每一条要求都解释给她听，接下来帮他逐条分类。

——财务可以相对放低要求，甚至前期可以外包；

——市场销售人员不要求名校出身，但在校成绩和社会实践必须优秀；

——产品经理，既要技术又要经验，吴婵带李与非去找猎头挖人；

——核心技术研发人员最难，吴婵建议李与非去各大高校参加校招。

"我要的人校招不一定能找到。"李与非说。

"谁说去校招招人了？"吴婵反驳，"你借机到各大高校巡回演讲，宣传公司，学校提供场地还不收广告费。校招是免费的企业宣传！"

李与非茅塞顿开。

"你要的人，找你从前的导师、同事，只有了解你、无条件信任你的人，才会来帮你。他们不能来，给你推荐在读的博士也可以。"

"在读的博士？会不会经验少了点？"孟途插嘴。

"经验少不怕，最怕心思活。经验可以跟着你学，心思活就不能把控了，好不容易培养出来他跳槽了，你哭都来不及。这种人我碰到过不少。"吴婵淡淡地说。

李与非看了一眼吴婵，一瞬间突然冒出一丝好奇：哭都来不及，这女孩之前有没有哭过呢？

他也算硅谷创过业的，当时几个相熟的同学朋友聚在一起，在其中一个哥们的车库里就开始了，前期十分顺利。反倒回国之后碰到这么多新鲜问题。相比之下，吴婵要老到得多。也不知道这老到的背后，她曾经经历过什么。

吴婵继续解释："在校生年轻，精力充沛，学习能力强。而且，可以按实习生待遇，人力成本就降下来了。"

"这个不太公平吧？"李与非说。

"公平？你跟投资人作业绩汇报的时候，他们不会关注公不公平。"吴婵甚至有点讥诮，"你们东科大有你相识的、比较优秀的师弟吗？师弟，不要女生，但这话你知道就行，不要对外讲。"

吴婵严谨得近乎冷酷，李与非一时不知道怎么回答她。

李与宁发现自己真是高估了药科大学同学们对篮球的痴迷。

听说本校和东方科技大学有场篮球赛，李与宁早早就赶到场地，生怕没有位置，没想到观众稀稀拉拉，一个人能占一排座位。

与宁在东科大的队员里，看到一个眼熟的身影。那男生也看见她，也很快反应过来。与宁知道，他认出她了。不奇怪，哥哥的同门师弟，没理由记性差。

与宁从包里抽出一根长针,那是她平时练针灸用的,笑嘻嘻地朝赵峰晃了晃。

赵峰哭笑不得。没见过这么高调的女生,扎轮胎就算了,还挑衅。

比赛并没有因为观众少而沉闷。男生们拼抢激烈,与宁在台下喊得嗓子都哑了。

比赛进行到一半,出了意外。赵峰起跳投篮的时候,和药科大学队的中锋重重撞在一起,两个人一同摔倒。赵峰比较惨,被压在身下,半天没爬起来。队友扶起的时候,赵峰一脸痛苦,右臂明显下垂。

比赛被迫暂停。几名同学扶着赵峰退到一边。一名男生试着去抬他的手,被他喊痛阻止。

"赶紧送校医院吧。"其中一个男生说。

"今天周末,校医院没人。"另一个男生回答。

"叫救护车吧?"

一个女生的声音压过了几个男生的讨论:"他这是肩脱臼。我能处理。"

男生们循声望去,与宁操纵着轮椅过来。

赵峰忍着痛喊:"不行,别找她,这女生看上去就很凶悍。"

"我不是看上去凶悍,我就是很凶悍。"与宁说,"不巧的是,你现在只能靠我。就算叫救护车也是根据轻重划等级的,脱臼跟脑溢血心梗比,有的你等了。你就慢慢疼死吧。"

与宁作势离开,赵峰喊:"别……你,你真的能处理?"

"用人不疑,疑人不用。"

"我其实并不想用你……"

"那你慢慢疼死吧。"

"你究竟跟我多大仇多大怨?"

"正相反,我看在友谊第一比赛第二的份上才拔刀相助的。"

"那……女侠,你就姑且一试吧。"

与宁慢慢把赵峰的手抬起来,赵峰疼得哭爹喊娘。与宁皱着眉头:"忍一忍,一百五十斤的人,这么娇气……"

"瞎说,我只有一百四十八……"

"球打得那么差,人还这么娇气……"

"你胡说,讲我娇气可以,讲我球打得差我可不……哎呦!"

赵峰一句话没说完,只听"咔"一声轻响,与宁把赵峰的肩膀一掰。赵峰猝不及防,哎呦了两声,却顿时觉得剧痛消失,肩膀也轻松了很多。

与宁拍了拍手:"现在可以慢悠悠去医院了,还要固定两周。"

赵峰难以置信地抬了抬手:"手法挺熟练啊。多谢女侠。"

"侠就侠,干嘛强调女?"

"我错了,敢问您行医多少年了?"

"你是第一个。"与宁说。

"啊?"赵峰倒吸一口凉气。

与宁回到观众席。赵峰看着她的背影,心有余悸。

星丛的规模扩大到十几人。虽然还没有找到核心研发人员,但已经可以开始运行。

吴婵待在星丛的时间比待在天信还长。她每天醒来,想到自己是李与非的合伙人,就感到无比懊悔。这人和她八字不合,他所做的每一件事情、背后的每一条理念,都是吴婵的对立面。

新人入职的第一周,吴婵就发了一顿脾气。有一天她早上十点钟到,员工座位上稀稀拉拉没几个人。

正在电脑前工作的李与非突然感到一片阴影遮盖下来,整个房间都变暗了。抬头一看,吴婵一脸山雨欲来风满楼的表情。

"你知不知道,在天信,迟到一次要扣多少钱?"吴婵冷冷地说,"五百块!"

李与非愣了一会儿,胆怯地问:"你意思是从你开始?你今天显然迟到了。"

吴婵气得胸口疼："你明白我在讲什么吗？你自己看看，这都几点了！"

李与非这才反应过来："哦，这个是你没搞清状况。我没有规定上班时间，我考量员工的不是准时出勤，而是工作效率。"

"没有搞清状况的是你！连工作时间都不能保证，怎么保证效率？"

"设计是需要创意、灵感和充沛精力的，规定太死板，照样没效率！"

吴婵身子往前倾了倾，李与非感到她随时都会掀掉他们两人中间的桌子，扑到他面前来把他撕了。"你只要把你在硅谷做好的产品改一改用到天信的产品上来就够了。"吴婵冷冷地说，"我，不需要你们有创意，不需要你有灵感，不需要你把硅谷那套说辞拿过来为自己的散漫找借口！"

李与非不服："你这么讲，说明你对技术一无所知……"

吴婵立刻回击："你这么讲，说明你对管理一无所知！"

员工们没开始上班，先开始看戏。然而，城门失火毕竟殃及池鱼。吴婵转头从看戏的人群中，点了一个人出来，是占伟达。

"你在部队里待了几年？"吴婵问他。

"七。"还是一个字都不多说。

"训练过新兵吗？"

"过。"

"多说一个字会死吗？"

摇头。这回一个字也没有。

吴婵一肚子火，还是差点失笑，急忙绷住："明天开始，你来训练新员工，让他们学会什么叫做组织纪律性！"

占伟达看向李与非。小伙子话不多说，脑子还是非常清楚的，先看另一位领导的意思。

李与非反对："我不同意！"

"不同意无效！"吴婵很干脆。

"为什么？"

吴婵已经开始往外走了，回过头说："因为我比你出资多。"

李与非无言以对。

刘布来星丛的时候，正赶上占伟达带着新员工在走廊里练仰卧起坐。刚练完，大家躺着休息，身子下的垫子都是从对面洗浴中心借的大浴巾。乍一看十几个人齐刷刷地躺在一条条的白布上，刘布吓得惨叫一声。

"我以为大家这么快就过劳死了。"刘布拍着胸口说。

新员工告诉刘布，占伟达真是拿出了训练新兵的架势，除了体能训练，还要唱军歌，站军姿，整理内务——也就是收拾办公桌。

一名新员工哀怨地对刘布说："我招进来是做硬件的，您看现在……"

刘布捏了一把他的上臂："这么软还搞什么硬件？"

"硬件不是这里硬……"

"别啰嗦。"刘布是占伟达的拥趸，"好好跟占总学！有好处！"

吴婵再来星丛的时候，刚坐到办公桌前，李与非就奔了过来。

"你要是来跟我抱怨占伟达的军事化管理，还是免了吧，我不会改变主意。"吴婵冷冷地说。

"我是来抱怨你说我不需要创意。"李与非把一叠资料放在吴婵桌上，"我在硅谷做的是固态雷达芯片，采用的是相控阵技术，这是难度非常高的技术，目前而言装在家电上没必要，消费者也用不起。无人汽车上的智能控制模块和家电上的是不同的，不是拔下来插在你的洗衣机电冰箱上就可以了，需要克服很多难题，比如电能容量，比如体积和功耗……"

李与非滔滔不绝，发现吴婵面无表情看着自己，马上醒悟："你听不懂对吧？"

吴婵反问："我听不懂难道不是你的问题？"

李与非叹了口气："这倒是。"

吴婵没想到他迅速服输，准备好的一大篇指责的话赶紧悬崖勒马。看到李与非苦恼地抓着头发想办法，倒也有点不好意思，咳了一声，说："要么你把资料放着，我慢慢看。"

"我说你都听不懂,这资料你更看不懂。"李与非抱着资料,垂头丧气转身打算离开,突然想到什么,兴奋地转过身,"有了!你给我三天时间,我一定能想个办法让你明白。你有什么昵称或者小名吗?就是家人啊最好的朋友叫的那种?"

"问这个干吗?"

"方便的话告诉我吧,你过三天就知道了。行不行?行不行?"李与非恳求。

"你知不知道你'恳求'技能为零?"

"知道,所以成功率才高,因为一旦使用该技能会让人感到极度不适。"

吴婵无奈:"我说,我说。"犹豫一会儿,说,"有个小名,六岁之前我妈妈叫的,我小时候特别不听话,她要东我一定向西,总是喜欢说 no,no!所以她就叫我 No No。"

"No No……哈哈哈!这个小名真是清奇。"李与非被逗乐了,"那么六岁以后干吗不叫了?"

"我妈妈,她去世了。"吴婵轻声说。

李与非脸上的笑容僵住了。他再次抓抓头发,不知道说什么好。比他的恳求技能更低的,就是他的安慰技能。

反倒是吴婵自己若无其事:"已经告诉你了,看你三天后能拿出什么东西。"

吴婵对李与非一笑,低头开始工作。李与非原地站了一会儿。他一直觉得吴婵这女生很奇怪,现在才想到为什么:她很少笑。而她难得笑的时候,却并不让人感到愉悦。

李与宁走进与非房间的时候,他正在工作台前忙碌。台上乱七八糟摊满了各种电子元器件。

这不奇怪。反正哥哥从小就有自己的工作台,工作台从小就是乱七八糟。奇怪的是,一发现与宁进来,他立刻用布把台面罩了起来,转身对着与宁,还用身子有意无意遮挡台子。

这倒是从小都没有遇到过的事情。与宁立刻警惕起来:"你在干吗?"

"没……没什么,做实验,做实验。"

"你口吃了!你在撒谎!"

"真的……"语气明显无力。

与宁靠近哥哥,诚恳地说:"我可是你亲妹妹,你有秘密不妨告诉我,我能帮你出主意,而且肯定会帮你保守秘密的。"

与非一想也对,低声跟妹妹说:"这个……我想做个小玩意,送朋友……"

"小玩意?就是礼物吗?"

"算是吧。"

"朋友?男的女的?"

"女的。"

"你等一下。我去帮你拿瓶水,咱俩慢慢谈。"

与宁刚离开与非的房间,立刻向客厅里的爸妈摆摆手,示意他们凑近,压低嗓门、眉飞色舞地说:"大新闻!大新闻!你儿子在学人家谈恋爱!"

李乐愚和姚美丽又惊又喜,半天没缓过神。"谈恋爱"这三个字,向来不在李与非的字典里。从小,女同桌女同学女同事女相亲对象,在他眼里要么是零,要么是哥们儿。长到快三十,完全是恋爱绝缘体。

李乐愚嘴唇哆嗦:"不知道从何问起,姚美丽,你来!"

姚美丽毕竟心理素质强,迅速稳住心情,连环问:"对方是谁?住在哪里?干什么的?进展到什么地步了?"

"哥哥这个混蛋……"

"女孩子怎么说话呢你?"李乐愚阻止。

"他在亲手给一个女生做礼物!亲手!三十年来,他给我们送过礼物吗?"

"这个混蛋!"姚美丽笑骂,"到底是谁?"

"现在还不知道，我这就进去慢慢套话。"与宁手一摊，得意洋洋，"我要买部新手机。在零用钱不减少的前提下。"

姚美丽脸一沉："李与宁，你过分了啊！"

话没说完李乐愚已经接口："成交！"

与宁愉快地跟爸爸击掌，又央妈妈为自己拿了瓶水，控制了一下面部表情，施施然进了李与非房间。

"怎么拿瓶水这么久？"与非问。

"我要趁爸妈不注意。不是说要给你保守秘密。"与宁面不改色。

与非感激地拍拍妹妹肩膀："谢谢了。"他凑近与宁，"我有问题想请教你。"

与宁兴奋地搓搓手："来，问吧。"

"打比方说，你妈去世了……"

"你妈才去世了！"与宁反应过来，"嗨，呸！好端端干吗咒姚美丽？"

"我错了还不行。"李与非脸色郑重起来，"你看，咱俩从小，虽然不是生活在大富人家，但过得很幸福……"

"我不幸福！我三岁的时候你打过我一顿！"

"就一回你打算记一辈子啊？那我帮你打了不少架你怎么不说？别打岔行不行？"

与宁嘻嘻一笑。

李与非继续："咱爸妈，虽然都是无权无势的普通人，但是我见过的最没羞没臊最恩爱的夫妻，李乐愚的智商和姚美丽的美貌刚好般配，从来没见他们俩吵过架。我想，我们俩有这么强的幸福感，都是他们给的。"

与宁想到父母，也是一阵温馨浮上心头："没错。"

"我一直以为，别人家跟我们都一样。慢慢才发现，跟我们家一样的反倒是少数。家家都有一本难念的经。还有更不幸的，从小就没了妈妈。你说，这样的童年，有什么办法弥补呢？"

与宁的脸色也不由自主地郑重起来："你这个问题太难了。缺失亲人的童年，拿什么弥补？童年最重要的就是亲人的陪伴嘛。"

"陪伴?你好像提醒我了……"与非眼睛一亮,从椅子上跳起来,"我要工作了!"

与非把妹妹推出房间,关上房门,还啪嗒一声落了锁。

与宁在门口愣了半天。

李乐愚和姚美丽悄悄凑过来:"怎么样,怎么样?"

"你们看见没有?"与宁指着房门,"他还上锁了!太伤人了!"

"打听出来什么没有?"

"没有!"

李乐愚遗憾地:"保密意识相当强啊。"

姚美丽反而喜道:"好事情!他要是提起一个女孩子跟提起孟途一样大大咧咧,那就没戏了。"

李乐愚恍然大悟地点点头:"还是老婆高明!"

倡导弹性工作的李与非,自己却是个时间观念极强的人。整整三天之后,吴婵收到与非的电话,请她到星丛来,说有东西送给她。

吴婵到星丛楼下,正在找车位,突然听到大楼里响起尖锐的火警警报。吴婵匆匆停好车,跑到楼下。

她首先看到顶楼冒着白烟。有几人从楼里冲了出来。

吴婵赶紧过去问:"怎么回事?"

"不知道,听见火警就冲出来了。"

这时已经有人打了消防电话。越来越多的住客逃了出来,不少浴场的人,身上只裹了条浴巾。

吴婵焦急望向出口。星丛的员工也陆陆续续跑了出来,占伟达最后一个出来,镇定自若地清点人数。

吴婵没看见李与非,问占伟达:"李总呢?"

占伟达扫视一圈:"没?"

旁边小伙子翻译:"火警一响,占总就带我们从消防通道跑下来了。李总一起出来的,怎么这会儿没在呢?"

另一个员工说:"他后来又跑回去了!"

"什么?"吴婵和占伟达同时问。

"我看见他从我身边擦过去往楼上跑,还问他要干吗,他没回答我。"

说话间,出口处一个人跑了出来,果然是李与非。

占伟达一个箭步冲过去,大吼:"疯了!你!"

李与非笑嘻嘻地说:"对不起对不起,我没闻到烟味,判断火可能不大,才上去的。不敢忘记占总平时的教导。"

消防车赶来的时候,火已经快熄了。起因是浴场的 Spa 房起火,香薰灯烧着了被单,但因为发现及时,所以没有造成太大损失,很快就被控制。

浴场老板跑过去跟占伟达握手:"多谢占总!要不是你的员工训练有素,帮我们疏导,这么多人一起逃,还不要踩踏了!以后占总的浴资,我全包了!"

刘布赶来的时候,正好听到这表扬,对新员工说:"听到没有!我说什么来着,好好跟占总学!都给我过来,叫'伟哥'!"

"伟哥"从此成了占伟达的昵称。

李与非走到吴婵身边,从背后拿出一只盒子,递给吴婵:"给你。"

吴婵看看,问:"你刚才就是为了拿这只盒子跑回去的?"

"是。"

"我不要!我要了就说明我认可你这种把物质财产看得比命还贵的愚蠢行为。"

"我真的是判断过没有危险才去的……"

"哪怕是万分之一的可能,发生在你身上就是百分之百!你知不知道火灾中的受害者有多少比例都是像你这样又返回去拿财物的?"

"我……"

"你不用再解释了!"吴婵冷冰冰地走开。

李与非傻乎乎地站着,看着手里的盒子发呆。过不多久,有个人影站在他面前。抬头一看,还是吴婵。

81

吴婵向他伸出手。

李与非愣了一会儿才反应过来，赶紧高兴地把盒子放在她手里。

"仅此一次，下不为例！"

"保证！"李与非敬了一个并不标准的军礼。

占伟达看着他敬礼的姿势，露出鄙夷的表情。他走到无人的地方，拨通电话，低声说了一句。

电话里传了一个女孩的声音，虽然口气焦急，但听起来还是那么温柔："着火？好恐怖啊！你们没事吧？"是林婉婷。

占伟达神采飞扬："哪里会有事，有我在呢！发生火情怎么紧急避险，我是受过专业训练的。首先，我早已经带着员工摸清了大楼的每一处安全通道。其次，我判断火源地点是在楼上。大家往楼下跑相对安全。接下来……"

占伟达滔滔不绝讲了十分钟。林婉婷在话筒另一端不停赞叹："你好棒哦！你怎么这么棒！"

占伟达恋恋不舍挂掉电话，转过身，看见李与非、刘布、吴婵等所有星丛员工都站在身后，目瞪口呆地看着他。

占伟达僵了一会儿，把手机插到口袋里，若无其事从人群中穿过去。大家一路目送着他。

等他走远，刘布挖了挖耳朵："认识他几个月，跟所有人说的话加起来也没这一通电话长。是不是我耳朵出问题了？"

众人一起摇了摇头。

吴婵回到家，把盒子打开，里面是一只圆头圆脑的机器人。

说机器人有点勉强，其实就是一只机械球，球上拙劣地画出了眉眼，再简单装上短短的四肢。盒子里还有一张卡片，手写着几行字。李与非从小被父亲逼着练字，一笔字写得非常漂亮。

智能陪伴机器人使用说明书：

1. 对它说：你好，No No，即可启动。
2. 没有了，操作就是如此简单。

跟你的闺蜜相比：该机器人随叫随到，不知疲倦，且能严格保守秘密。这些话请不要告诉你的闺蜜。

吴婵笑了出来。她放下卡片，把小机器人放在桌上："你好，No No！"机器人的圆脑袋上马上亮起一圈光，说："我在，主人！"

"你能陪我做什么？"

"只要不需要用到四肢的，我都可以陪你！"

"你从哪里来的？"

"这是一个很复杂的问题。我的内存里有《西方哲学简史》，需要我读给你听吗？"

"不用了不用了！"

吴婵和机器人聊了一会儿，小机器人天马行空，不知所云，不停把她逗笑。

吴婵拨通了秦舒阳的电话："你知道市面上有一种智能陪聊天的机器人吗？这个如果要你手工做一个，需要多久？"

"你对外观没什么要求的话，一个月吧。"

"一个月？我听说有人三天就做出来了！"

"不可能！"

"是真的。"

"那就必须符合三个条件：第一，他的芯片积累很深，而且动手能力极强；第二，他本来就有个初级模型，只需要简单改装；第三，这三天内不吃不喝不眠不休，这样的话，是可能的。这人谁啊？"

吴婵敷衍两句，挂了电话。她想起李与非把盒子捧给自己的时候，的确是蓬头垢面，满眼血丝。她的心头涌起一阵暖意。

吴婵打给李与非："你送给我的机器人，是从前的旧产品改装的吧。"

"那当然，现做怎么来得及？"

"你……为什么要送我?"

"那怎么办,智能这个概念,直接说你听不懂啊。其实语音交互只是最初级的功能,但非常关键……"

电话那头开始滔滔不绝,这次,吴婵却没有反感。

放下电话,看着床头的机器人,吴婵问:"No No,你说造你的这个人,是不是个笨蛋?"

"主人,我不能判断,因为我自己就是个笨蛋。"

吴婵忍不住,笑倒在床上。她已经不记得,上次这么开心是什么时候了。

第 7 章　同门相争，"峰"回路转

火灾发生一周后，星丛搬迁。

办公室的信息是林婉婷提供的。原本是联积科技公司租下的，后来种种原因空置。面积、租金都合适，最让李与非看中的是，离联积科技公司距离也近，流片和生产环节沟通就更方便。

搬迁的时候，浴场老板恋恋不舍。老板自己中专都没混毕业，但对知识怀着深厚的敬意，一直认为与星丛同楼办公的时候自家的风水都被显著提升了。老板百般挽留，最后见大家去意已决，只好挥泪送别，搬家时每位赠送浴场金卡一张，还给占伟达送了一面锦旗，上书："救火英雄　造福一方"。臊得占伟达赶紧卷起来。

自此，星丛终于走上正轨。

刘布出门的时候，接到父亲的电话。

"兔崽子，个就在外面搞些但求是的项目，还不给我欢欢儿地跑回来。"刘福禄用家乡话教训儿子。

"老爸，你不要自己读书少就看不起高科技。我现在做的事情，那叫，叫国之器重，你懂不懂？器重，就是说，国家都很器重我！"

"你少在这里撇了。我给你那些钱花完，要是还做不出啥名堂，我不管国家器不器重你，老子要先把你揪回来器重器重！"

刘布知道老爷子一向色厉内荏，倒也不是很恐惧，赶紧表示，一定要搞出点名堂衣锦还乡。

刘布意气风发来到星丛，正来得及参加星丛搬迁后第一个核心决策会议。会议的核心议题就是：没钱了。

李与非说，第一笔投资所剩无几，马上要进入流片环节，进入烧钱如流水的阶段。

刘布问："流片要多少钱？"

李与非回答："20 到 30 万。"

刘布嗤之以鼻："这也叫烧钱？你是不是对我刘某人的经济实力有什么误会？"

"每平方毫米。"李与非面色严峻地补充，"每平方毫米 20 到 30 万，像我们这样工艺要求不是最精细的芯片，一次流片大约人民币 500 万左右，有可能流两到三次甚至更多，才能成功。"

刘布惊得下巴都要掉了："我的个天啊！这么一小块破铁片……"

李与非更正："晶圆。"

"做出来要上千万？那不是比《泰坦尼克号》里的海洋之心还贵？海洋之心扔到水里还能听个响，这流片失败的话算什么？"

"算从零开始。"

"从零开始？"刘布倒抽一口冷气。他缩回到座位里，内心打起算盘。照这个速度，老爷子给的启动资金，不知道能不能撑到一颗芯片成功上市。想起早上跟老爷子吹的牛，刘布深刻体会到自己的无知无畏。

"要追加投资啊，这个好像有点困难……"刘布面露难色。

"这个学期我的课程不多，我可以承担仿真和验证的工作。"秦舒阳说。

"啥？"刘布一脸懵。

李与非解释："芯片设计工程师把需要的电路模块做完之后，就可以进行仿真和验证，简单来说，就是检验电路设计得是否合理。这个环节抓出来的 bug 越多，后期流片的成功率就越高。也就是说，秦教授做得越多越好，刘总就越省钱。"

刘布含情脉脉地看着秦舒阳，喜欢得不知如何是好，突然站起来，向秦舒阳不伦不类地行了个礼："财神爷在上，请受小生一拜。"

秦舒阳翻了个白眼："你老老实实别添乱，就是帮我了。"

"刚才刘总说，追加投资有点困难？"吴婵问。

"没有，我没说过！"刘布断然说，"秦教授这么难的验证都能做，我扔个把海洋之心算什么？干！"

孟途也表示会抓紧时间找投资，弥补资金缺口。

会议散了，李与非还是心事重重地坐着。

吴婵问："怎么，还担心钱？"

"钱的问题我不是最担心的。"李与非说，"我最担心的是人。做芯片，最缺的是人。"

"不是建议你去找导师吗？"

"还没去。"

"为什么？"

"怕。"

"怕？你都毕业这么久了，还怕导师为难你？"

"他真的会为难我。"李与非笑了，笑得很愉快。

姜教授果然没有放过李与非。

"今天，不醉不归！"姜一凡指着桌上的酒说。

桌上，只摆了一瓶啤酒。

姜一凡在外面从不喝酒，从不应酬。但只有师娘和几个他最得意的弟子知道，姜教授好酒，只在家里偷偷喝。老头只有酒品，没有酒量，加上身体不好，师娘看得紧，大碗喝酒从来没有过，啤酒要拿小酒盅慢慢斟着喝。

李与非之后，赵峰是姜教授带的最后一批学生、关门弟子。之后就因为身体原因，只上专业课，不带学生了。说是"一批"，其实每年他只收三个硕博连读的学生。李与非那一届，两个都因为达不到姜一凡的要求，被他劝退或者改投其他人门下。李与非成了硕果仅存的一个。

姜一凡在学业上严苛，对外护学生护得厉害。带课题、讨项目、发文章，什么都为学生争。所以同学们暗地里流传：跟着姜老板，向死而生。只要没被他整死，一定会活得滋润。

两盅酒下肚，姜一凡就开始批评李与非："你怎么还没交女朋友？抓紧时间，以后头秃了就找不到了！"自从跟了姜教授，导师对他个人问题的关心，永远大于对学业的关心。因为他一手挑出来的学生，全都是工作狂，工作上根本不用操心。

"哪儿就秃了……"李与非争辩。

"快了快了，做这一行没有不秃的。"姜教授言之凿凿，"你呢，不要跟我比。我姜一凡能抱得美人归，那是你师娘瞎了眼。你就不一定有我的运气，一定要早做打算……"

师娘在厨房里忙碌，抿嘴一笑，说："一把年纪说话还没正经，也不怕孩子笑话。"

"那我就守株待兔呗，说不定也能等到师娘这样瞎了眼……哦，不，独具慧眼的。"

"等不到，等不到。像我太太这样兰心蕙质的女子，那可是世间少有。"姜一凡拉起师娘的手，吻了一下。

李与非无奈摇头："我要不是每天看我爸我妈肉麻惯了，还真有点受不了您。"

姜一凡哈哈大笑。

李与非跟导师介绍了自己公司的进展。别看导师去年已经退休，对半导体行业的最新趋势还是了如指掌。

"您能不能来帮帮学生？我现在特别缺人，缺核心技术人员。您老帮我坐镇，我心里就踏实了。"

"老朽了，脑力体力都不行了，帮不上你了！"姜一凡自嘲，然后认真地说，"找你的学弟学妹们啊！我常说搞芯片一定要校企联合，让学校的学生们有项目做，多练手，多积累经验。呼吁这么多年也没用，大企业都不愿意从零培养人才。哪个人一毕业就有经验啊！总要给孩子们机会啊！现在逮到你，正好，你可不能像外面的人一样那么功利！"

李与非有点为难,却不知该怎么回答。

姜一凡看出了他的意思:"我知道你为难。你这样的初创公司,生存压力大,做不出产品,或者做出来的产品没有竞争力,挨不到第二轮投资就死了。我都理解。回到你刚才说的问题,你要导师帮什么忙?导师不是帮你做具体工作的,是给你解决困难的。我去给你跑。现在国家对半导体产业扶植力度很大,我去给你争取政策。另外,我的不少学生现在也在各行各业,我去试试看能不能拉来投资。就这么说吧,活儿,你去干。脸,我来刷!"

李与非感激地看着老师。这个可爱的小老头,是发自内心地爱护学生,也是发自内心地爱这个行业。那一刻,李与非深信,自己一定能从母校选到优秀的人才,因为他们都曾经,或者正在,受教于一位这么优秀的老师。

李与非按照导师的建议,在东科大校内网上贴了一条简单的招聘启事。

他是早上发的帖,等晚上回家的时候,没想到这条帖子已经因评论人数太多而被置顶了。

"星丛?就是传说中'与神'的星丛?"

"上学期寝室里摆了'与神'的牌位,全寝室四人无挂科。"

"想去,可智商只有140,会不会太低了……"

……

李与非一条条评论读得莫名其妙。赶紧打电话给导师。

"'与神'是什么,您给解释解释。"

"你还没我老头子信息灵通啊?你毕业以后,我上课经常拿你举例子,嫌弃他们不好好学习。学弟学妹们就尊称你为'与神',听说还有人每学期写论文做设计之前都要供你的照片来保佑过关。有这功夫好好看书不行吗?"导师一提起不争气的学生就要发牢骚。事实上,哪怕是被他踢走的学生,别的导师也是抢着要,都是非常优秀的,而且心理素质暴好——被姜教授踩躏惯了。

到晚间，一则留言浮了上来："与神已是过去式，真才实学靠比试。周六下午两点，第一阶梯教室，敢来比试吗？"落款是"大风"。

与非当时开着电脑，是与宁先看到的。

"这谁啊，胆子真肥。"与宁恼了，"哥，你去，让他领教一下你的毒辣手段。"

李与非倒是不在乎，笑说："我哪里有毒辣手段，我只有个毒辣的妹妹。"

"嗖"地一声，一根飞镖擦着李与非头顶飞过，插在挂在他脑后的靶子上。

"要不是顾念手足之情，我早就取你项上人头了。"

"小李飞镖，果然例无虚发。谢不杀之恩。"

"不客气。那你就由着他说吗。你看底下这么多评论，都帮你怼这小子呢。你当事人不声不响，人家当你软骨头呢。"

"我忙死了，哪里有功夫陪学弟玩。再说了，他赢了我，出去能吹，说他赢了与神。我赢了他，你让我吹什么？"

"嘚瑟的人我见得多了，没见过你这么委婉的。"李与宁眼珠一转，"不过，这大风敢公然嘚瑟，会不会真有点本事的。你要是不理不睬，说不定就错过一个人才……"

"你是怕错过一场好戏吧，我还不了解我亲妹妹吗？"

与宁嘻嘻一笑，凑到与非旁边："哥你就配合一下吧，我每天读书也很沉闷的，好容易看神仙打架，不，神仙和小鬼打架，这样的热闹错过的话，我的人生会有缺憾的！"

与非看了一眼妹妹。虽然坐轮椅，她还是穿了条长裙，毫不介意露出两段变形的小腿。因为先天疾病，从出生就被剥夺了走路的权利，这才是她人生最大的缺憾啊！可是，这个丫头从来没有抱怨过，甚至比别的女生更加开朗乐观。与宁小的时候，与非曾经偷偷哭过，恨过上天。这么聪明漂亮的小妹妹，怎么忍心这样对她？随着与宁渐渐长大，恨意慢慢消失了。因为上天虽然给了她残缺,却让她因此变成一个天使。与宁,就是上帝赐给他们一家的天使。与非从没问过父母,但相信父母的心意和他一样。他们合着伙,同心协力地把与宁宠成小公主。

与非拧了一下妹妹的鼻子:"就知道看热闹,你看得懂吗?"

"废话,内行看门道,我们外行本来就是看热闹!"与宁振振有词。

与非逗乐了。

与宁看与非有所松动,跑到他电脑前,替他回复了一个字:"好。"

真是一字激起千层浪。与神接受大风挑战的消息瞬间沸腾了整个论坛。

论坛里众人献计献策,最后确定比赛形式为:现场抽题,限定两小时,李与非和大风两人用仿真设计软件来设计芯片,时间到,由测试软件测评。既快且好的人赢得比赛。

周六比赛那天,与宁早早就催着与非出门。两人到达阶梯教室。与宁看到教室不远的停车场上,停放着一辆摩托车,样子很熟悉。与宁若有所思。

阶梯教室已经被围得水泄不通。学生们都是唯恐天下不乱的年龄,还有组织方专门印制了入场券,挨个大家检查入场券。亏得如此,人群虽拥挤,却有序。

"现在大学生真不得了,组织力真强。"李与非赞叹。

"都是看热闹不嫌事大。"与宁笑。

进去以后才发现,学生们硬生生把一场"热闹",搞成拳王争霸赛的阵势。大讲台前两张由课桌拼成的工作台已经布置好,甚至打了两簇顶光。墙上投影能够直接把两个人的电脑操作显示出来,甚至还有专门票选出来的主持人和解说员,早已就位。

两点整,有人拨开人群,走上讲台,站在其中一张操作台上。

与非和与宁同时认出了这个小伙子。

"早知道这小子这么嚣张,脱臼正骨的时候给他多吃点苦头了。"与宁咕哝。

"大风"正是赵峰。

与非也走到台上。

主持人手一挥,激昂的音乐立刻响起来,竟然还有专业级别的DJ。

与非走上前去,和赵峰握手。

赵峰一笑,笑得有点轻蔑:"搞这么大声势,你算准了我会输吗?"

"声势?"李与非左右看看,"不是我搞的啊。"

"别装了。"

李与非还想讲话,赵峰已经回到工作台前。

主持人宣布比赛开始。题目是设计一款家用智能摄像机核心芯片。主持人解释,这是去年国际芯片设计大赛的题目。

李与非和赵峰开始着手。大屏幕上显示出两人开始一点点码电路图。

专业看热闹的与宁一直盯着赵峰。这小子虽然在论坛里飞扬跋扈,工作的时候却是专注、沉稳、熟练。与宁对这个自命不凡的男生一直没有好感,但不知道为什么,他工作的样子,让她讨厌不起来。不知道为什么,这时候的赵峰,竟然跟工作状态的哥哥,有几分相似。

比赛虽然长达两个小时,但观战的人都不觉得漫长。

李与非和赵峰几乎是同时完成作品。

主持人宣布用仿真测试软件测试两款作品的性能。软件先运行李与非的设计作品,满分5.0,得分4.98。观众一阵掌声。

再运行赵峰的作品。大屏幕上数字不断上升,在4.9上停顿了一会儿。

赵峰擦了擦汗。

数字跳了一下,不动了,显示:4.98。

赵峰长出了一口气,忍不住骄傲地望向李与非。

台下沉默一会儿,再次爆发出一阵掌声。大家目光聚焦到赵峰身上。竟然能跟"与神"打个平手,好比华山论剑,无名小辈逼平了桃花岛主,已经一战成名了。

主持人犹豫了:"现在不分胜负,这个……"

赵峰突然举手："我想双方互评。我评他的，他评我的。"

主持人乐了："这怎么保证公平？我要是你，直接就把他的作品打零分了。"

赵峰冷冷地说："所以你不是我。"

主持人是大三的学生，正是血气方刚的年纪，顿时恼了："我说你，嚣张也是有个限度的……"

"你刚才介绍的时候出了至少五处错误，你先把专业课考到八十分再来跟我争吧。"赵峰不屑地说。

台下的李与宁忍不住笑了。这小子够狂傲。

赵峰不再理睬主持人，看向李与非。李与非说："好的，没问题。"

双方交换电脑，仔细研究电路图。赵峰脸上不时露出鄙夷的表情。

一刻钟过去。赵峰问李与非："你有结论了吗？"

李与非一直埋头在电脑里，被催问后才抬头，兴奋地说："太不容易了！架构这么复杂居然一点都没出错，逻辑很强大！"

赵峰低下头。坐在第一排的与宁看到他脸上掠过一丝得意。等他抬起头的时候，又是一脸不屑。

"真臭屁。"与宁小声嘀咕。

"我对你就太失望了。"赵峰对与非说，"逻辑实现这部分，代码写得很啰嗦。加入很多完全没用的功能。照你的设计做出的产品，完全是鸡肋！"

李与非想说什么，但没说，只笑了笑。

"所以，李师兄，你能不能告诉大家，这次比试，是不是我赢了？"赵峰问。

李与非想了一下，说："按照你的标准，是的。"说完，他带头鼓起掌来。

台下响起热烈的掌声。

李与非走到赵峰面前，向他伸出手："祝贺你！欢迎你加入星丛，很期待和你合作！"

"谁说要跟你合作？"赵峰反问。

李与非一愣："能告诉我为什么拒绝我吗？"

"因为我不喜欢你！"赵峰干脆地说，"知道为什么吗？"

李与非茫然摇头。

"你是姜一凡教授最得意的弟子，他应该也跟你讲过，什么人不要来做芯片：第一怕苦怕累不要来，第二心浮气躁不要来，第三沽名钓誉不要来。你不觉得你就是他说的最后一种人吗？这几年来，你被学弟学妹们捧成传说，实际上呢，你看你做出来的东西，对得起姜教授的夸赞吗？"

李与非也不辩解，很有兴趣地听他说。

"与神！在神坛待久了，掉下来会摔得很惨的！"赵峰忿忿地说。

"我从来没想过当神，我只想当个好好做事的普通人。"与非说。

"总之，我不想跟你合作，你不够资格。"赵峰说完，转身下台，在众人的注视中离去。

赵峰走出阶梯教室，兜了一圈，才把尾随在身后的同学们甩掉。

天已经快黑了。赵峰吐出一口气。刚才一直处于紧张状态，还没有好好回味自己的胜利。虽然他一直相信自己会赢，这个结果并没有出乎他预料，但毕竟胜利总是令人喜悦的，何况是胜了如此强大的对手。

赵峰看四下无人，忍不住哼着曲子，扭着拙劣的舞步走向停车场。

走到摩托车前，才赫然发现有人坐在他车子旁边，冷冷盯着他。确切说，是坐在轮椅上。

载歌载舞的赵峰吓了一跳，僵在当地。

"我还真以为赵峰同学宠辱不惊呢。"与宁嘲讽，"看把你乐的。"

"你一个女孩子，藏在这里吓人已经很不对了，讲话还这么尖刻。"赵峰恼羞成怒地反击。他突然想起什么，赶紧检查自己的车胎。

"还好你这次没扎车胎。"

"没有，我想通了。"与宁平静地说："不能每次都让你的摩托车代你受过，欠扎的是你。"

与宁慢条斯理从包里掏出一根长针，一边剔指甲一边冷冷地盯着赵峰。

赵峰用双手护着自己全身要害，声音略有点发颤："你随身都会带这么一根针的吗？"

"那倒不是……我随身带三十根……"与宁一边说，一边凑近。

赵峰吓得倒退几步："我只是赢了你哥，你犯得着杀人灭口吗？你你你……你封得了天下人悠悠之口吗？"

与宁哼了一声，回答："你真以为你赢了我哥？"

赵峰终于挺直腰杆，理直气壮地说："难道没有？我知道你很难接受这个事实，但……"

与宁冷笑："你知道我哥三大爱好是什么？看书、焊板、飚竞赛。每年国际芯片设计大赛，他比看维密走秀都兴奋。每年的题目，他都要亲手做一遍，五年了，没有一次落下！以李与非的智商和勤奋，加上他比你多出来的七八年实践经验，再拿到一道做过的题目，你觉得这样的情况下，他会输给你？"

赵峰愣了一下："可是，他的设计明明很愚蠢……"

"是不是愚蠢我不懂，我只知道，设计芯片跟设计衣服不一样，不是样子花俏就可以。工艺、成本、能耗……要考虑太多因素。你设计的芯片，应用场合是什么？如果用你的设计，需要多大的销量才能盈利？在市场竞争中是否有利？这些你在设计的时候，都考虑过没有？"

这下，赵峰是真的愣住了。

夜晚，赵峰心事重重地走在路上。

他刚从姜教授家出来。姜老师已经知道了他和李与非比试的事情。

"我没有看到你们俩的设计，但是我可以提醒你一件事：逻辑实现这一步很关键，能明显区别训练有素的工程师和初学者。"导师语重心长地说，"有经验的工程师在写代码的过程中，具有极强的大局观，能够在描述逻辑功能的同时，还能够兼顾逻辑综合、功耗分析等多方面因素，最终提供一份便于合作、便于验证和检测、令其他环节的工程师都赏心悦目的代码。这个就叫大智若愚，大巧若拙。"

回头再想想李与非的设计，大智若愚、大巧若拙，导师说的不就是李与非吗？没有人比姜老师更了解这两个学生的特点和特长。自己的设计看似华丽，实际上并不实用；相比之下，与非的设计看似朴实，但以最低的成本达到了同样的效果。

然而最令赵峰震撼的，还是姜教授说的另一段话："我是经常夸李与非，我知道很多人听了会不服气。其实我欣赏他，不是因为他天分高，最重要的还是他对这个行业的热情。我每次带着学生做项目，他都是提前把功课做得最充足的一个，是最能发现问题的一个，是在实验室里赖到最晚的一个。他那脑袋里，什么都没有，只有芯片。现在社会太浮躁，年轻人生存压力也大。像他这样的人真不多了。也只有这么单纯的人，才适合这一行。做芯片，一定不能怕苦怕累，不能心浮气躁，不能……"

"沽名钓誉！"赵峰接口。

姜教授爽朗大笑，然后拍了拍他的肩膀："去加入你师兄吧！他今天特意打电话过来，让我有机会就收买你。他真的很欣赏你。"

赵峰心里一热。

早晨，李与非照例第一个到办公室。他正要开门，看见不远处站了个人，想走过来又犹豫的样子。是赵峰。

两个人对视了一会儿。李与非笑了。赵峰也笑了，一下子放松下来。过来的一路上，他都在纠结：是不是需要道歉？该怎么措辞？对方会怎么回应？看到李与非的笑容，赵峰顿时知道，什么都不需要了。而他赵峰就在那一刻，从一名自负的学生，变成了一个怀着职业理想的男人，跟对面那个男人一样。

李与非开心地向员工们介绍师弟，又带着赵峰参观办公室。

"我丑话说在前头，公司刚成立，待遇不是太好，薪酬不能给你太高，能克服吗？"李与非问。

"还有薪酬？姜教授说是免费的。还说我不来就算期末设计不及格。"

"姜教授？你中计了。他是故意降低你的期待值。"

两人再次大笑。

赵峰环视一圈，试探地问："怎么没看见你妹妹？"

"我妹妹，你什么时候见过她？"

"我不光见过她，还见过她的三十枚钢针呢。"

赵峰把三次和与宁狭路相逢的事情告诉李与非。"我还以为她也是你的员工。"

"哪里，她在药科大学读博士，还没毕业。"

"她不是半导体专业吗？那还能说得头头是道。"

"下回我带你去我家，我妈一个老年妇女谈起芯片都是头头是道。"想了一下，提醒赵峰，"以后碰见李与宁最好绕道走，她在我家称王称霸惯了。小李飞针你已经见识了，你还没见过小李飞镖呢。"

赵峰吸了一口凉气，使劲点头。

第 8 章　烛光鸿门宴

　　天信的管理层例会上，吴婵汇报了她的智能家居市场研究报告。这份报告有一大半都是李与非做的。

　　"目前的智能家居，呈现的态势是概念热，市场冷。根据我们做的消费者调查，反映下来主要有几点问题：第一，智能化程度低，质量差；第二，一体化程度低；第三，操作复杂，对中老年用户不友好；第四，各个生产厂商标准不统一，兼容性差。针对这些问题，我们需要定制的是一整套智能升级的方案，高效、简洁、开源，真正能够深度学习的家庭物联网解决方案。目前我正在请芯片设计公司做整体方案。同时，他们正在研发一款雷达芯片，可以升级我们的扫地机器人，在避障和路径规划上能够做到市场最好水平。以后也许会在这个基础上推出智能管家机器人。最多再有三个月，我们就能看到样品。"

　　从吴娟坐的位置，可以看到大部分人的表情。几个副总和技术部门的负责人一直频频点头，露出赞赏的神色。

　　吴娟有点坐不住了。她之前专程飞到美国，希望能谈到一家公司合作，但因为大形势不好，空手而归。自己这边没有进展，眼看吴婵拿出一套严密可行的方案，吴娟开始不安。

　　吴婵看了看表，已经是下午五点钟。鲍平不出意外迟到了。

　　昨天是她主动约鲍平到办公室来谈事情。仔细想想看，他们俩除了节日、双方父母的生日，也只有谈公事才会约会。平均下来，两人见面维持在刚刚好的频率。太少没有热度，太多也没有必要了。

　　有时候吴婵忍不住想，也许她和鲍平出于商业利益的联姻，未尝不是好事。简洁、高效、稳固——靠金钱维系的关系，比爱情牢固得多。

鲍平来的时候已经快六点钟。吴婵把一叠统计表放在他面前："这是天信产品在你们美国的伟华百货的销售统计表，这个季度销量下跌很厉害。"

鲍平翻了几页："所以你们要早点产业升级啊，产品都没有竞争力了，下降是必然的。"

吴婵尽量耐心解释："也不是的。这两份是天信在 Costo 和 All In One 的销售数据。这两家都是美国的本土连锁超市，天信的销售都是稳中有增的。"

"销售有淡季旺季，偶尔有波动也不奇怪。"

"你说得没错。但是我查了伟华在线销售记录，不光是我们家，伟华整体销售额同比都有下跌。"

鲍平看了她一会儿，笑了："我未婚妻真够勤奋的……"

吴婵耐心说："我不是开玩笑。网上销售数据，我看得到，意味着所有消费者也看得到，还有……伯父也看得到……"

鲍平不再说话。

"年初的时候我记得伯父说过，不会削减伟华百货的营销预算。但是，从年初到现在，伟华并没有搞过大型营销活动，广告也投放很少……"

"你是在暗示，我们伟华百货有人挪用营销经费吗？"

"这是你们内部的事情，跟我没关系。但是……"吴婵忍了忍，还是说了出来，"如果我没记错，鲍氏集团马上就要接受审计了。如果你负责的部门，账务上有什么没做平，还是尽早处理一下吧，万一被审计部门抓到把柄……"

鲍平一下站起来，盯着吴婵，眼里露出一点紧张神色："你怎么知道账务有问题？"

吴婵迎着他的眼光，跟他对视了一会儿，轻声说："我不知道，你现在的表情告诉我的。"

"还有别人知道吗？"

"我说了,这是你们内部的事情,你放心,我不会多事。"

鲍平盯着她,观察她脸上的表情,发现吴婵并没有示威或者要挟的意思,放松下来,笑说:"娶了聪明女人,真是一点都不能放松。"

鲍平装作无意地踱到门口,把原本虚掩的办公室门关紧,再走回吴婵身边。他想了一下,低声说:"亲爱的,你手里有没有现钱,能不能借给我周转一下?"

吴婵以为他没带现金,把皮包拿出来,问:"多少钱?"

"两千万。"

"两千万!"吴婵吃了一惊,随即明白,鲍平一定是挪用了公司的钱,亏到什么地方。她也压低声音问:"到底怎么回事?"

鲍平悻悻地说:"我一个哥们儿教我炒虚拟货币,说有内部消息。我就临时从公司借了笔钱,结果大形势不好,全交了学费。我不想跟老头子讲,免得他啰嗦。"他往吴婵身边凑了凑,亲热地说,"先借我周转一下,等过了这阵子我就还你。我保证,再不会有下次了,反正以后钱都归你管,你好好监督我……"

吴婵打断他:"我没那么多钱。"

鲍平愣一下,继续笑着说:"好了别生气了,我真的保证下不为例。"

"我不是不借给你,我真的没那么多钱。"吴婵停顿一下,还是讲了出来,"我前一阵子刚投资了一家初创公司。"

吴婵把星丛的情况简单讲了两句,还没讲完鲍平就跳起来了:"你怎么这么傻,投资都是捞快钱的,芯片这一行,花几十亿上百亿都是打水漂,这种冤大头你凑什么热闹?"

吴婵不语。这是理念的差异,没什么好争执的。

"赶紧的,去把钱拿回来。你家老头子知道吗?"

"知道。我用的是自己的积蓄,他不干涉。"

"他不干涉,我干涉!早晚都是一家,钱迟早都要放在一个口袋……"

"还是不要吧。"吴婵轻声说。

"什么?"

吴婵声音大了一点:"就算以后结了婚,还是各自经济独立吧。"

鲍平脸色一沉:"你这话什么意思?你到底想怎么样?"

"我想自由。"吴婵平静地说,"我们一开始就说好的,自由,独立,不干涉对方,这其中也包括经济自由、财务独立。"

鲍平看着她,脸色逐渐变阴:"我在楼下订好烛光晚餐的,我不想跟你吵架。"

"我也不想。"

"所以,这钱你宁可投到一个傻X公司也不肯借给我了?"

吴婵淡淡地说:"你就当我也是傻X吧。"

鲍平站起来,重重踹了一脚椅子,气愤愤走出办公室。

他拉开门,有个人正好站在门外正打算敲门,险些和鲍平撞个满怀。鲍平大骂了几句,气呼呼走了。

吴婵来回踱了几步,做了几次深呼吸,把同样想骂人的冲动压了下来。她转过身,才发现鲍平没有关门,而门口,就站着刚才险些和鲍平撞满怀的——李与非。

李与非一脸无辜:"我是不是到早了?昨天你让我把最新的设计图送过来。"

"你晚上有事吗?"

"我?我要去办公室……"

吴婵打断他:"别去了,我请你吃饭,烛光晚餐。"

"烛光?"李与非傻乎乎地看看窗外,"可这天还没黑啊……"

吴婵不理他,拿了外套就往外走,李与非没办法,只好跟着,嘴里嘟嘟哝哝:"你知不知道,美国环境保护局最近进行的一项研究显示,燃烧蜡烛会增加空气中的微粒污染物,其实是很不环保的……"

鲍平提到的"楼下烛光晚餐",是天信大楼楼下的一家高档西餐厅。两人只要约会吃饭,都会选那里,方便省时,从来没想过换地方。如果说爱情是一场两个人的电影,既然结局已经不值得期待,谁还在乎中场有没有惊喜。

吴婵让领班把两人带到"鲍先生订的位置"。领班尽管受过专业训练，还是忍不住好奇地看了李与非一眼。她知道这里是天信大小姐和未婚夫的御用约会场所，李与非却是第一次出现。

吴婵对领班说："照我们平时的菜单来吧，另外，加一瓶红酒。"

李与非脸上露出笑容。

吴婵问："你笑什么？"

李与非愉快地说："这是我第一次出去吃饭不需要看菜单。你这个习惯太好了，至少能节省五分钟。"

吴婵一笑，笑得有点苦涩："人生那么长，你省出来这五分钟能干什么？"

"能干的事情太多了：读一份报告，心算一道题目，焊一条电路，拒绝一个人。"

"拒绝一个人只要五分钟？"

"五分钟已经多了，拒绝孟途这种人我五秒就够了。"

吴婵忍不住笑出来，好奇地问："你拒绝过什么人？女孩子吗？"

李与非点头。

这时候红酒已经斟上。吴婵仰头喝了一口，饶有兴致地说："讲给我听听。"

"经常碰到。就说在学校的时候，她说要找我补习。我说我补课你又听不懂。她说听不懂就多补几次。我说没那么多时间。她说她有。我就恼了，说，是我没那么多时间，你有时间你自己多去图书馆看看书不就不用补习了吗？"

吴婵一口红酒差点喷出来，哈哈大笑。

"还有，在美国的时候，有个师妹第一次来旧金山，说让我当导游。你说多麻烦啊。我一口气找了六个第一次来的师弟师妹和朋友，七个人一起带出去，跟葫芦娃似的，免得以后一个个导。果然，那女生后来再也没有找过我。"

"你真的不知道那女生为什么后来再也没找过你?"

"知道啊,我上一次导得好呗。旧金山还能让别人带几回?都这么大个人了……"

吴婵好容易止住笑。她仰头把杯里的红酒喝完,示意服务生再倒上一杯。

"要是……你碰到想拒绝但又不能拒绝的人,怎么办?"吴婵试探着问。

"你说笑吧,想拒绝哪里有不能拒绝的人。"

"要是……在一起已经太久了,不知道该怎么拒绝呢?"

"太久了更要及时止损啊,就好像买股票一样,行情已经不断往下走了,还不赶紧平仓吗?"

"你说得容易,为什么那么多股民还会持仓观望?"

"抱有不切实际的幻想呗!"李与非不假思索。

吴婵愣了一会儿,又喝干了杯里的酒。

李与非自顾自吃光了一份牛排和餐后的甜点,才发现吴婵有点不对。她几乎没吃什么东西,一瓶红酒倒是差不多被她一个人喝光了。眼神明显变得涣散,话也明显多了。

李与非有点纳闷,正好领班过来,赶紧轻声问她:"你们今天红酒是不是搞活动,不要钱?"

"不是,这瓶酒比您那份牛排贵多了。"

李与非奇怪地:"那她喝这么多是什么意思?"

领班偷眼看了一眼正在自斟自酌的吴婵,又看看李与非,轻声说:"您觉得会不会是心情不好?"

李与非恍然大悟:"有道理……好端端为什么心情不好呢?"

领班快哭了:"先生,我月薪不到一万块,能不能别问我这么难的问题?"

李与非急忙道歉,放领班走,接下来掏出手机在网上提问:"吃饭吃到一半对面女生突然心情不好是怎么回事?在线等,挺急的。"

103

还没等到回复，吴婵已经站起身来，晃晃悠悠要往外走，说要回家。李与非慌了，刚才怎么没在网上问："女生喝醉了要回家怎么办？"害得自己现在手足无措，跟在步履蹒跚的吴婵后面。餐厅的客人都奇怪地看着他俩，主要是看着李与非。李与非脸也涨红了。他也觉得尴尬，但是怎么没人告诉他眼下该怎么办？

吴婵被凳子绊了一下，身子一倾，眼看要摔，李与非终于服从了本能，抢过去一把扶住了她。感觉到吴婵柔软的身体紧紧贴着自己，李与非汗也下来了。

走出餐厅，正好看见吴婵的助理闵婕从大楼出来，李与非大喜过望，赶紧拦住她："你来得正好！她喝醉了。"

闵婕愣了半天："你意思是，我这永远仪容得体的上司，跟一个我只见过一两面的科技男，在一个她和未婚夫定期约会的餐厅，喝醉了？"

"我不知道什么未婚夫，但差不多就这意思。"

闵婕一脸"人间哪得几回闻"的表情。

李与非拿手在闵婕面前晃了半天才让她回过神："她现在要回家，你能不能送一送？"

闵婕气鼓鼓地说："送？为什么要我送？你这么大的小伙子没缺胳膊没缺腿的，凭什么欺负我这个弱女子？再说了，饭是跟你吃的，酒是跟你喝的，你们俩吃饭喝酒的时候，我还在楼上苦哈哈加班呢！"说完了不放心，凑到吴婵脸前看看，"你说，她酒醒了不会记得今天的事情吧？"

"应该……不会吧。"

"那就好。那我就更不会送了！"闵婕从包里掏出纸笔，刷刷写了个地址，塞在李与非手里，"我下班了，拜拜！"

李与非看着闵婕跑得比兔子还快的背影，再看看几乎已经失去意识的吴婵，摇了摇头："你还教我怎么培训员工呢，你看看你自己培训出来的人！真是疾风知劲草，日久见人心！"

李与非叫了辆出租车，按照闵婕给的地址，把吴婵送到楼下。眼看也不能让她一个人上楼，只好半推半搡把她弄到家门口，哄着吴婵开了门，再把她哄到客厅的沙发上睡下,这才如释重负。

他好奇地四处张望。沙发旁边的小茶几上放了一只相框。他拿起来,照片上是一个女子搂着个四五岁的小女孩。女孩看眉眼应该是吴婵,但神情跟他认识的吴婵完全不同,咧着缺了一颗门牙的小嘴巴,笑得天真无邪。那女子倒是跟现在的吴婵有点像,气质娴雅,笑容里有一丝淡淡的忧伤。应该是吴婵讲过的,她过世的母亲。

李与非放下照片,再看看熟睡的吴婵,眉头蹙着,眼角依稀有一点泪痕。醒着的时候,可从来没见她哭过,连发愁的样子都没有。李与非从小到大也碰到过不少困难,但都是学业上或者工作上,很难说吃过什么苦。他不能想象吴婵的生活,为什么即使她在睡梦里,也会这样不安。

李与非抓了半天头发,终于想到了一件事情做。他从旁边的衣架上拿过一件衣服,轻轻盖在吴婵身上,满意地点点头,悄悄退出房间,关上了大门。

李与非出了门,掏出手机查看,他刚才的问题已经得到了一堆回复,第一个高赞回答是:"兄弟,你是凭实力单的身。"

李与非看得不知所云。

吴婵母亲谢雪华带着女儿参加在朋友私人别墅里办的聚会,希望能找到一些国外科技公司的合作信息。问了一圈,身边这些人都是传统行业发家,对所谓的产业升级都没有太上心,能提供有效信息的人很少。谢雪华母女非常失望。

两人在吧台轻声商量,这时坐过来一个人:鲍平。

"阿姨和小娟,看起来最近工作很烦心啊。"

吴娟没好气地说:"还不是你未婚妻太能干。"

谢雪华给吴娟使了个眼色。这孩子就是心里不存事,讲话也不分人,未婚妻总是亲妗小姨子。

鲍平没有错过谢雪华这个眼神,笑着说:"阿姨不用在意,我是帮理不帮亲。"怕他们对自己有戒心,他先抛出来一句话,"小婵是有点任性,最近拿钱投了个什么芯片设计公司，连商量都没跟我商量。"

谢雪华和吴娟交换了一下眼色。

吴娟颇有点幸灾乐祸地问："她连你也没说吗？我还以为她只对我们娘俩有戒心。"这回谢雪华没拦着。

鲍平耸耸肩，表示自己也很无奈。他问："那伯父呢？伯父没意见吗？"

谢雪华幽幽地说："自从小婵生母过世之后，项冬对这个女儿总好像有亏欠一样，要什么就给什么。况且吴娟用的是自己的钱，项冬也没理由干涉。"

"谁知道呢。"吴娟哼了一声。

鲍平问："小婵自己投资的公司，做出来产品卖给天信，这合规矩吗？"

谢雪华说："按照规矩，必须要董事会通过，不过我看，董事会目前还是很满意的。"

鲍平想了一会儿，说："小婵这回的决定，说实在的我是不同意的。国产芯片质量跟国外差远了。要赶上不是一天两天，别说靠她一个人，把整个天信砸进去也不管用。"

吴娟激动地一拍吧台："没错！我就是看不惯她瞎折腾！可惜我目前又找不到合作的国外公司……"

"这个我倒可以帮忙。我有个叔叔，早年移民到瑞士，最近入股了一家芯片设计公司，叫斯诺科技，产品行销全球。你们如果有兴趣，可以亲自飞过去谈谈，顺便滑个雪什么的。"

吴娟马上欢呼同意。

谢雪华嗔怪："玩你就最开心。"转头不轻不重地问鲍平，"你这可是跟你未婚妻对着干，我们怎么好意思把你拉下水？"

鲍平知道谢雪华还是对自己不信任，索性摊牌："其实不瞒阿姨，我是有私心的……"

他看了一眼吴娟，谢雪华立刻会意："娟儿，去帮妈妈调杯酒。"

吴娟一脸好奇，但她知道，鲍平把她支开的目的，倒并不一定是不肯告诉她，只是以示郑重，为了表示他将要坦诚自己的秘密，而这秘密，晚一点由母亲告诉自己，也是一样的。吴娟于是顺从地离开。

鲍平把自己炒币亏钱的事情和盘托出，然后低声说："如果合作成功，小娟拿到斯诺的采购权，那就麻烦阿姨和小娟帮帮忙，给我留点操作空间。"

谢雪华变了脸色，低声骂："好小子，原来是想把我拉下水！"

鲍平接触女人多，知道大多数女性都谨慎胆小，要帮她们分析利弊，才敢冒险。他拿出早就准备好的一番话来："我怎么敢害阿姨。我刚才说是为了私心，其实是双赢。天信可不是刚起家时候，伯父一个人打下的天下，一个人说了算。现在毕竟是纳斯达克的上市公司，以后伯父退休了，还不知道是什么情况，阿姨都不为你自己和小娟早点打算一下吗？"

谢雪华沉默了。鲍平的话说中了她的心事。如今吴项冬还是天信大股东，相比担心天信落入外姓人手里，她更担心天信落入吴婵手里。嫁给吴项冬这二十多年，她太了解他了。吴项冬恋旧，尤其对死去的原配一直心怀内疚。那是跟他一起打拼的糟糠之妻。她和吴项冬在吴婵没出生的时候就认识，但吴婵生母在世的时候，无论谢雪华怎么闹，吴项冬坚持不肯离婚，逼急了宁可跟她分手。好在那女人命也不厚，早早去了。吴项冬对前妻的愧疚，都转到吴婵身上，看架势，他哪怕是有一个王国，但凡吴婵开口，也会眼睛都不眨送给这女儿。偏偏吴婵也争气，从读书到工作，勤奋又能干，挑不出什么毛病。这样下去，天信迟早是吴婵的。

谢雪华心里已经同意了鲍平的提议，但又不想显得太被动，说："你这小子太荒唐了，这么大的事情，我要回去考虑考虑。"

鲍平赶紧赔笑说："那当然。让阿姨为难了，我真该死。"

他起身接过吴娟端过来的鸡尾酒，恭恭敬敬递给谢雪华。转过身去，鲍平脸上露出一丝胜券稳操的笑容。

第 9 章　董事会上的残酷斗争

吃早餐的时候，吴娟的心情显得特别好。

吴家总共四人，却很少一起整整齐齐吃早饭。吴娟和谢雪华是晚起晚睡的，和吴项冬、吴婵正相反。然而，今天吴娟难得早起，小声哼着歌，看起来神清气爽。

不知道为什么，吴婵想到一句老话：事出反常必有妖。出门的时候，吴婵心里一沉：今天天信管理层例会。

果然，吴娟在例会上洋洋得意地宣布：她已经考察了瑞士的斯诺科技公司，对方表示出强烈的合作意愿。斯诺公司将派技术人员携芯片样品专程来天信展示，一周以后到。

"不知道国内设计的芯片进展到什么地步了？什么时候能见到成品？"吴娟甚至有些挑衅地问。在座诸人的目光随着吴娟一起落在吴婵身上。

吴婵不动声色回答："如果你需要，明天就可以。"

吴娟的笑容迅速消失，脸色有点发白。

吴婵从容地问："需要我等一等你吗？你说斯诺的芯片一周以后到，但他们是哪种类型的芯片，用在哪一种产品上？一定是需要跟我们的产品适配的，调试可能也需要不少时间吧？"

吴婵语气平和，在吴娟听来却是咄咄逼人。"我……"吴娟张口结舌。她根本没考虑那么多。

"反正你准备好了，随时叫我吧。"吴婵不慌不忙地说。

散会后，吴婵回到自己的办公室，长出了一口气。刚才没有人看到她的手在微微颤抖，也没有人知道她反驳吴娟的时候有多心虚。

两个月前，星丛为天信设计的"星丛一号"初步完成，李与非已经送去少量流片，按计划的确明天能拿到样品。但之前李与非一直说，第一次流片就能成功的几率微乎其微。然而，形势到了这种地步，她只能硬着头皮讲大话了。

她打起精神，跟闵婕交代了一下，开车直奔星丛。她甚至不敢在电话里问流片结果。

吴婵直奔李与非的办公桌前。李与非正低着头，观察桌上的流片样品。抬起头来的时候，吴婵看到李与非神采飞扬，内心顿时燃起希望。

"成功了？"吴婵惊喜地问。

"没有。"

吴婵的心顿时沉了下去："没有你高兴什么？"

"因为已经离成功很近了啊！我担心的问题一个都没有出现，现在最大的 bug 就是能耗比较高，除此之外，'星丛一号'简直完美！"

吴婵不甘心，追问："如果我不在乎能耗高的话，是不是就可以当作成功了？"

"那可不行。能耗超出可接受范围，是很严重的问题，小则缩短产品寿命，大了甚至会有安全隐患。"

"那你修改完再次流片需要多久？"

"一样啊，两到三个月吧。"

吴婵颓然坐了下去，焦急地说："不行，我等不了那么久，我下周就要拿到样品！"

李与非斩钉截铁："下周，那绝对不可能！"

吴婵焦急地说："你不了解情况，如果我下周拿不出成品，天信就不会采购星丛的产品了，你们这么久都白干了！"

李与非也急了："那怎么办？但时间确实来不及啊？"

吴婵思考一下，下决心地说："我就拿现在这个样品去应付，你抓紧时间做第二次流片，我只要下周把竞争对手 PK 掉就够了。反正只演示一次的话，根本没人会知道能耗高的问题。"

"可是我知道啊！"

吴婵撇嘴:"我早说过了,你不懂管理!你不懂企业内部外部厮杀得有多厉害,你不懂市场根本不会等你!没有人在乎你到底是不是最好的东西,只要赢就可以了!"

李与非大声说:"我在乎!对,我是不懂管理,我没有像你一样运作成千上万人的大公司,我第一次创业也是失败的。但是,我从小受到的教育是,一就是一,二就是二,对就是对,错就是错!要做就要做到最好,否则你赢得了一次,赢不了一辈子!"

两人剑拔弩张地对视着。吴婵心里迅速盘算。李与非这家伙,脾气太容易被摸透了。质量就是他的底线,自己绝对不可能说服他。但一周以后就要跟吴娟开战,她也绝不能输。

吴婵默然回到自己的办公桌前坐下。

李与非偷望一眼吴婵,看她一脸阴郁,也有点不忍心。他又何尝不知道市场就是抢时间,但自小受的训练不允许他明知产品不合格,还要拿出来。他做不到。

李与非把流片样品装进特制的匣子,放进自己的抽屉里。他没发现,吴婵也在偷偷看着他。吴婵环顾一周,看见赵峰在角落里,抓着头发叹气,她有了主意。

产品演示的前一天,吴婵请赵峰喝咖啡,把自己的计划告诉他。

赵峰差点跳起来:"你让我把'星丛一号'流片样品偷出来,到天信去演示?"

"别说偷这么难听。"

"师兄的态度已经很坚决了,不合格的东西不能上市。如果被师兄知道了,估计立刻就会把我扔到厂子里片成晶圆了。"

"我不是要上市,我是抢占先机。就好像打仗一样,先占领制高点,后面运枪运炮都来得及。"

"这个比喻还是比较贴切的。"赵峰口气明显松动。

"再说了,他不是也说比想象中完美吗?我们不用做到最好,比竞争对手好就够了!"吴婵想了想,加上最狠的一句,"天信这笔单子拿不下来，星丛就完蛋了，就算第二次流片成功，还有什么意义？我们是为了星丛啊！"

赵峰露出"风萧萧兮易水寒"的悲壮表情："好！为了星丛，片成晶圆也认了！"

偷流片样品也颇费了些周折。

白天办公室人多，吴婵和赵峰两人约了晚上九点钟到办公室。两个人借着手机电筒的昏暗灯光，好容易摸索到李与非的办公桌，正准备下手，突然听到大门口传来钥匙开门的声音。两人大惊，好在赵峰地形熟悉，反应迅速，拉着吴婵就躲在墙角的桌子下面。

办公室灯光大亮，进来的是李与非。

吴婵用口型问赵峰："怎么回事？"

赵峰摇头不解。

李与非来到自己的办公桌前，发现抽屉被抽开了一半，愣了一下，没心没肺地合上，打开电脑开始工作。看样子一时半会不会离开，吴婵和赵峰傻眼了。

李与非敲了一会儿电脑，突然大喊："给我出来！别以为我看不见！"

吴婵和赵峰两人吓了一跳，以为被他发现，垂头准备爬出来，谁知道李与非接着喊："你这个臭 bug，死 bug，藏得那么深，你以为我看不见！我灭了你！biubiubiu……"

桌下的两个人虚惊一场，不约而同擦了擦汗。

"死 bug"被李与非揪出来之后，看样子顺利了很多。很快，李与非关上电脑，嘴里打着板，哼着"穿林海，跨雪原，气冲霄汉"，神气活现地关灯离开。

吴婵和赵峰长吐一口气，从桌子下爬出来，拍拍身上的灰。

"刚才师兄唱的是什么？"赵峰纳闷地问。

"别问了，有这戏的时候你爸还没出生呢。"吴婵没好气地说。

两人不敢逗留，从李与非的抽屉里取出流片，匆匆离开。

李与非发现流片样品丢失，是第二天的十点钟。他第一反应是去问赵峰，结果被告知，赵峰今天上午请假了。

两下一对照，李与非心如明镜，已经猜到发生了什么。

他立刻给吴婵打电话，被对方挂断了。李与非冲出办公室，叫了辆出租车直奔天信。

会议室里，吴婵掐断李与非的电话，把目光继续转向前方。

斯诺公司的技术人员刚刚展示了该公司的芯片。在吴婵看来，斯诺的产品不过如此，未必比星丛高明。而且，吴娟最失算的一点是，技术人员是瑞士人，吴娟在前一晚才临时找了个翻译。可怜的翻译是读外国文学专业的，对半导体行业的专有名词完全不能明白，译得磕磕巴巴，听众听得相当吃力。

赵峰开始展示"星丛一号"的效果图。相对于国外产品，星丛的设计更接地气，更贴近市场需求。再加上没有语言沟通的障碍，赵峰的节奏也把握得相当好，既有科技感，又不至于让听众云里雾里。讲到一半，在座的人不少频频点头，露出满意的神色。

至于李与非担心的能耗问题，根本没有人提出任何疑问。这完全在吴婵预料之中。对于天信这样近五年没有技术更新的大企业来说，有多少人真正了解、深入研究过最前沿的技术？随便拿出一样号称"创新"的产品，就足以让在座这些人眼花缭乱。

这正是吴婵不顾李与非反对、坚持要打这一仗的原因。不是最好不重要，赢才重要。

看着吴娟脸色越来越阴沉，吴婵脸上露出一丝胜利的笑容。

正在这时，会议室的门被冲开，一个人气喘吁吁地闯了进来，是李与非。秘书跟在后面，委屈地解释："对不起，我实在拦不住他……"

会议室的人们惊奇地看着李与非。李与非直接冲到讲台前，把电脑合起来。赵峰从看到李与非的第一眼，已经吓得躲到一边。

"我是'星丛一号'的主设计师，对不起，这款芯片目前还不完善，绝对不能投放市场，请大家再给我们一点时间。"

二十几人的会议室，顿时乱成清晨的菜市场。有的人目瞪口呆，有的人交头接耳，也有的人幸灾乐祸。

吴婵在天信工作五年，处理过无数突发事件，此刻，她的大脑却变成一片空白。

吴项冬站起来，宣布散会。大家陆陆续续离开之后，他转头问吴婵："怎么回事？"

吴婵只好把实情告诉了父亲。

吴项冬有点薄怒，拍了一下桌子说："小婵，你做事一向很有分寸。这次为了争输赢，实在是……太胡闹了！"

吴项冬摇摇头，走出办公室。

吴婵瘫坐在椅子上，不声不响。

李与非和赵峰傻乎乎地站在一边。李与非示意赵峰走过去问问吴婵，赵峰这会儿哪里敢多嘴，反正也得罪了李与非，除死无大事，干脆脑袋一缩，装作没看见。

李与非无奈，只好慢慢蹭过去，清了清嗓子，没话找话："我刚才不说了吗，请大家再给我们一点时间，好像也没人反对……"

吴婵猛地抬起头，狠狠盯着他，眼里的寒光吓得李与非倒退两步。

吴婵小声说："出去。"

好死不死，李与非偏偏没听见："什么？"

吴婵跳起来，随手抓起桌子上的文件，一份份往李与非身上砸，一边砸一边大喊："出去！出去！我再也不想看见你！"

赵峰反应灵敏，一把抓住李与非的胳膊，拼命往外拖。

两人在纸片纷飞中逃离了会议室。

秦舒阳仰躺在沙发上，惬意地闭着眼睛。一缕夕阳从窗帘的缝隙里穿过来，随着风吹薄纱，拨弄着她的长发。

跟阳光一同拨弄她头发的，还有谭力行的手指。她就枕在他的腿上。

虽然两人都不讲话，房间里却是满满的，因暧昧而默契、因默契而温馨的气息。

"叮咚"一声门铃，打破了房间的宁静。

谭力行一惊，秦舒阳拍拍他的腿。

"不要紧，是我叫的披萨到了。"

秦舒阳轻快地跑过去，打开门，愣住了。站在门口的是刘布，像托塔李天王似的单手托了只大纸箱。

刘布天真无邪地打招呼："秦教授好！"

秦舒阳赶紧把门关小一点，手背在身后，示意谭力行赶紧藏起来。

"你来干什么？"

"我送个惊喜给你……哎，您能不能让我先进来啊，我这……托不住了……"刘布憋得脸通红，托举的纸箱眼看要颤巍巍掉下来。

谭力行看势不对，赶紧翻身趴在沙发后面。

秦舒阳这才打开门，把刘布放进来。

刘布几乎是跟箱子一起摔到地板上。他气喘吁吁地爬起来："上回吃饭，我看你喜欢吃饭店送的浪味仙，这么巧，我也喜欢吃！我就买了点儿给你送过来！"

秦舒阳坐在他面前，尽量挡住他视线："这么大一箱啊，你这'一点儿'可真够多的。"

"不多不多，我也就买了一件。"

"哦，就这一件？"

"不是，一件是货运的说法，就是这么大的箱子，24箱。你敞开吃，吃完我就给你送！"

秦舒阳目瞪口呆。

刘布羞赧地问："我能喝口水不，扛箱子出了不少汗……"

面对如此合理的要求，秦舒阳没办法，只好站起身去倒水。刘布站起身来，四处转悠，眼看谭力行就要暴露在他眼皮下面。

秦舒阳大喊："不许动！"

刘布吓得一哆嗦，一动不动。

秦舒阳抽张纸巾:"你是出了好多汗,拿着擦擦吧。"

刘布感激涕零,赶紧接过来,擦得满脸碎纸渣子。

这当口,谭力行偷偷从沙发背后爬起来,蹑手蹑脚往卧室走,还没走到,刘布突然转身,吓得他赶紧藏在窗帘背后。

刘布把秦舒阳递过来的水一口喝干,走过去打算把一次性杯子扔到落地窗旁边的垃圾桶里,一眼看见窗帘下面一双脚。

刘布顿时警觉,四周扫视,一边说:"秦教授,你这小区安全性怎么样?有没有发生过入室盗窃什么的?"

"没有啊。怎么?"

刘布顺手操起挂在墙上的羽毛球拍,朝窗帘里面劈头盖脸打去,一边打一边骂:"打你个毛贼!敢到女神家里偷东西!打死你!"

谭力行高呼叫疼。秦舒阳急了:"别打,别打!"她好不容易制止刘布,把谭力行从窗帘后面救出来。

刘布上下打量谭力行:"我是不是在哪里见过你?"

舒阳无奈,只好说:"这是……我学院里的同事。"

谭力行赔笑:"误会,误会。"

舒阳撒谎:"他来我家……讨论上课的事情。"

刘布一脸狐疑,看看谭力行,再看看秦舒阳,突然福至心灵,指着两人说:"讨论上课的事情?你们当我傻瓜啊?以为我猜不出你们俩在干什么?"

谭力行腿都吓软了:"不,不是你想的那样,你听我解释……"

秦舒阳哑着嗓子说:"刘布,算我求你,这件事你千万不要告诉别人,你让我干什么都可以!"

刘布露出纳闷的表情,问:"怎么啦?你们俩不就是藏起来写论文、搞科研,不想让人家知道,怕人家剽窃吗?有这么严重啊?"

谭力行和秦舒阳呆住了。两个人僵了半天,谭力行干咳一声,说:"是啊是啊,现在大学里学术抄袭现象确实很严重,要是保密工作没做好,那真是……不堪设想!"

"没错,这位谭教授,是我们学院里最有学问的,经常……被抄袭。"秦舒阳也只好附和,自己也不知道自己在说什么。

刘布把胸脯拍得当当响,义愤填膺地说:"两位教授放一万个心,我刘布虽然没文化,我也知道什么叫保护知识产权!打今天起,你们俩只要在一起搞科研,一定告诉我,我派一队保镖,24小时贴身保护你们!"

谭力行脸都白了:"不用了,刘壮士……"

刘布千叮咛万嘱咐,秦舒阳好容易才把他哄走。

回到房间,谭力行劝舒阳:"这就是你兼职公司的老板?素质太低了!以后不要跟这种人打交道!"

谭力行的语气有点独断,刚才他胆战心惊的样子也让舒阳有点不快,她就没应声。

谭力行稍微提高一点声音:"听到了吗!还有,这人一看就靠不住,万一哪天多嘴说出去就糟糕了!你一定要盯紧一点!"

舒阳终于忍不住回了一句:"他素质是不高,但胜在人坦荡!他说会保密,就一定会保密。"

"你不要太轻信!这么重要的事情,由不得半点差错!"

"出差错会怎么样?"舒阳仰起头,直问到他脸上,"名教授、院长,你怕了是吗?我只配藏在阴影里,一点光都见不得,是吗?"

"你又任性了!"谭力行有点嗔怒,"我的情况你一开始就知道,现在来计较有什么意义呢?"

这样的争执从前不是没有过,他嫌她太大意,她怨他太小心。再争下去就是个死循环。舒阳不再说话。

"你早点休息,我先回去了!"

谭力行走到门廊。往常这时候,哪怕有不愉快,秦舒阳都会追出来,从后面揽住他的腰,然后两人亲吻,重归于好。没想到这次,舒阳一直呆呆地坐在沙发上,并没有动。

谭力行有点尴尬,但又不想回头。此风不能涨,女人不能惯。他的手在门把上停留几秒钟,开门出去,走了。

在那短短的几秒钟,舒阳知道谭力行在等什么。可是,她突然觉得好累,不想追了。听着谭力行出门离开的声音,她的心毕竟还是沉了一沉。

舒阳把头埋在膝盖上,静静地哭了。

孟途殷勤地帮面前的黄老板点燃一根雪茄。负责包房的小妹过来劝说室内抽烟违法,被黄老板手下塞了一叠钞票了事。

孟途没想到自己有生之年,还能看到脖子上戴着指头粗的黄金项链的人。更妙的是,黄老板所有的习惯爱好,都跟这黄金链子配合得丝丝入扣,完全符合预期:他抽雪茄、喝茅台、谈事情就去卡拉OK包房、夸人就大力拍肩膀称兄道弟。唯一的例外是:他竟然对高科技产业感兴趣。

这位铂锐地产集团的黄老板是孟途的前辈介绍的。沟通竟然出乎意料地顺利。一瓶茅台还没喝完,黄老板已经开始大力拍孟途的肩膀。

"做芯片,了不起!国家都在支持,跟着国家走,没错!"黄老板跷着大拇指说。

孟途把星丛目前的股权情况大致介绍了一下。黄老板当场拍板,投资两千万,只分成,不参与决策,爽快到无以复加。

他从口袋里掏出支票簿,拿出一支符合预期的金笔,刷刷写了两百万,让孟途先拿着,后续款项分批转账。

对比之前到处碰壁的遭遇,孟途几乎热泪纵横。泪眼迷糊地看过去,脖子上挂金链的黄老板,俨然是长了一对翅膀的天使。

第 10 章　现金流危机

李与非和孟途在天信一楼大厅纠缠。

李与非像尾生抱柱一样抱着会客厅的沙发，死活不肯迈步。

"我明明没错，你非要我给她道歉，牺牲的不仅是我的尊严，是全中国几百万芯片从业者的尊严！"

"去你的尊严！你死要面子活受罪就算了，不要代表芯片从业者，这叫强奸民意！"孟途拽不动他，顺势在他屁股上踢了一脚，气呼呼地说，"被你这一闹，天信的大订单没有了，星丛第一笔、也是唯一一笔订单！你用尊严去养活你三十几号员工吗？"

孟途没有踢到痛处，却说到了痛处，李与非无力反驳，只好换个理由："你不知道，吴婵那女人凶得很，肯定会把我骂成筛子。到时候也会连累兄弟你的。"

没想到孟途不上当，仍然不依不饶拉着李与非往电梯走。

此刻的吴婵，气冲冲地闯进吴娟的办公室。

她在来公司的路上就接到闵婕的电话：人事部把闵婕借调到储运部，那是全公司工作条件最差、待遇最低也最累的部门。是吴娟签的字，事先没有任何人跟吴婵商量过。

吴婵推门进去，办公室里，有两名员工正在向吴娟汇报工作。

"你们出去一下。"吴婵压着怒气，尽量平和地对两名下属说。

"你没看见我们正忙着吗？"吴娟不客气地说。

吴婵对员工说："我现在要和吴总谈公司管理层面的问题，你们确信要留下听吗？"

吴婵这招以退为进很有效，谁也没胆子听两位副总谈公司管理。两名下属对视一眼,赶紧跟吴娟打了个招呼,退了出去。

吴娟嘲讽地说:"从什么时候开始,我这个副总的办公室可以不敲门随便闯了?"

吴婵把人事部的调令扔到吴娟桌上:"从什么时候开始,天信的人事调动变得这么草率了?"

吴娟冷笑:"从你自作聪明开始。"

吴婵沉下脸:"你什么意思?"

"你不承认没关系,反正整个天信都知道了:你为了赢,可以以次充好、弄虚作假。你已经失去整个管理层的信任。爸爸已经宣布了,现在天信的产业升级项目由我全权负责,我可以根据项目需要,调动人手,无需经过你批准。"

"你调我的人,我有权知道理由。"吴婵忍着怒气说。

"其实呢……你无权。"吴娟娇嗔地一笑,"理由很重要吗?我随便讲一个,结果还是一样的,你还是没办法改变现状。"

吴婵盯着吴娟,轻声而清晰地说:"你想赢我可以,不要伤及无辜。"

吴娟又笑了:"不伤及无辜,赢得怎么好玩?"

有一瞬间,吴婵想把调动通知撕碎,扔在吴娟脸上,看她还能不能笑得这么放肆。但她知道这种冲动的举动确实就像吴娟所说,不能改变任何结果,反而会变成笑柄,只能让吴娟更得意。

冲动只有爆发的快感,却没有反击的力量。

吴婵把情绪压下来,看着吴娟,反而笑了,笑得十分镇定:"胜负还没定,你已经觉得好玩了?那未免把比试看得太容易了。我们,慢慢玩。"

吴婵向门口走去,出门的时候,又转回身看着吴娟,柔声说:"小娟,你知道吗?从小到大,你觉得好玩的游戏,都是我在让着你。"

吴娟果然气得脸都白了。吴婵终于觉得畅快了一点。然而当她走出吴娟的办公室,却无力地靠着墙休息了一会儿。

"你已经失去整个管理层的信任。"吴娟这句话是对的。自己的冒进果然付出了代价。虽然愿赌服输也是游戏规则的一部分,但真到了此时她才发现，她输不起。

她必须在短时间内扭转逆势。吴婵握紧了拳头。

吴婵走到自己的办公室，看见闵婕已经把所有的物品收进纸箱。她走到闵婕身边。吴婵是不太喜欢身体接触的人，她克服了一会儿，僵硬地把手搭在闵婕肩上。

"闵婕，你不用难过，其实，储运部也没有那么糟糕……"吴婵违心地劝慰。

闵婕抬头看她，眼里有泪，还有委屈、嘲讽、愤懑……很多情绪。吴婵被她的眼光刺了一下，本能地缩回搭在她肩上的手。

闵婕抱着箱子，一语不发地往外走。吴婵不知道怎么办，赶紧跟着，无力地说："你放心，过一段时间，我一定会把你调回来……"

"够了！"闵婕突然爆发了，对吴婵大吼，"你不要自欺欺人了！你如果能帮我，根本就不会轮到这种事情发生！你根本什么事都做不了！"

此时两人已经穿过从各个办公室投来的好奇眼光，来到电梯前的走廊上。闵婕终于忍不住了："做你的助理，是我毕业的第一份工作！这么多年，我早起晚睡、加班加点，睡觉也不敢关手机、生病也不敢请假、连男朋友都没空找！到现在，回报我的是什么？我就是炮灰！你们姐妹俩斗争的炮灰！而你！你连一句维护的话都没为我讲过！"

"我……"吴婵喉头哽住了，说不出任何安慰或者解释的话。

闵婕抱着箱子冲向电梯，这才发现，电梯在该楼层已经停了一会儿，门开了又关，关了又开，里面两个大小伙子尴尬地躲在角落里，想出来又不敢出来。是李与非和孟途。

"你们到底出不出来！"闵婕大吼。

"是，是，是！"两人连滚带爬出了电梯，孟途殷勤地帮闵婕挡门，"您请，您请！"

闵婕一步跨进电梯，拼命揿按键，门迅速关上，险些夹了李与非的手指。

李与非和孟途半天不敢回头面对吴婵。他们在极被动的境况下听到了吴婵和闵婕的对话，也猜到了事情的来龙去脉，而显然，李与非就是这场风波的始作俑者。

两人鼓起勇气，转过身来，才发现吴婵根本就没有看他们。她的眼光木然地穿过面前的墙壁，落在远方。

孟途赶紧把李与非拉到吴婵面前，笑说："吴总，我跟李与非特意过来，是想……"

孟途向李与非拼命使眼色，想让他开口道歉，李与非装作没看见，死扛着。

吴婵终于把远光收回来，看向他们俩。李与非深吸一口气，准备接受她劈头盖脸火力猛攻。没想到吴婵只是轻声说："我现在没空，你们下次再来吧。"

两人愣了。孟途说："可是……"

吴婵已经往办公室走了，无力摆了摆手："下次来要预约，记得找我的助理。不对……"她侧过头，嘴上泛起自嘲的笑，"我已经没有助理了。"

李与非被吴婵的笑刺了一下。他宁可吴婵把他骂成筛子，也不希望看见她这样的笑。

吴婵走进自己的办公室，关上门，刷刷几下，从里面拉下百叶窗帘。

百叶窗有一页没关上，露出一条缝隙。从那条缝隙里，李与非看到吴婵像一只流浪猫一样蜷在沙发上，他看不见她脸上的表情，只看到她瘦弱的肩头在轻轻地起伏。

从小到大，李与非很少难过。在那一刻，从百叶窗的缝隙里看到吴婵蜷起来的那一刻，李与非突然感到莫名的难过。

吴婵早上起床的时候，觉得头痛欲裂。她知道自己病了。

昨晚几乎失眠一夜，也忘记关窗，应该是受凉了。她挣扎着爬起来去洗漱，看见镜子里的自己脸色苍白，憔悴不堪。吴婵自嘲地笑了：还有什么更糟糕的事情呢，都一起来吧！

果然有更糟糕的事情，就是自己这副样子被谢雪华母女俩看到，而且吴项冬还不在家。

谢雪华和吴娟一边吃早饭一边笑谈。看见吴婵，谢雪华有点夸张地惊呼："小婵，你脸色怎么这么难看？生病了吗？"

"我也想生病。妈你不知道，我现在忙死了。"吴娟撒娇，把"忙死了"三个字讲得重重的。

"顽皮。"谢雪华怜爱地捏了捏她的脸，"有什么问题多问问你姐姐，小婵可是能干得很。"

"就是太能干了，所以经常嫌我笨，嫌我做的事不合她心意呢。"

合不合我心意不重要，只要别做蠢事被董事会发现就可以了。吴婵本来想顶回去，转念一想，何苦做口舌之争，毕竟生气也是个体力活。

她于是淡淡说："我不吃饭了，我赶着出门。"

吴娟在后面说了一句什么，和谢雪华笑起来，估计就是"现在她还需要赶着出门吗"之类。她装作没听见，走了出去，把两人的笑声留在门后。

阶段性的胜利，不是胜利。她很想对她们俩说。但是，没关系，这句话让她们自己学到，更有意义。

吴婵在办公室撑到下午，觉得头晕目眩，实在不能坚持。她搜索附近有个大药房，开车过去。

柜台的阿姨很热情，告诉她今天正好有药科大学的高材生实习，可以为她免费问诊。吴婵抵挡不过热情，况且自己确实不知道买什么，就走过去。

问诊的女孩子抬头看见她，惊喜地说："你？你是我哥同事吧。"

吴婵一愣，那女孩从柜台后出来，坐在轮椅上，吴婵一下认出了。这样特别的女生，还笑得如此明媚，很难让人忘记："哦，你是李与非的妹妹。"

"李与宁。"与宁大方地伸出手，和吴婵一握，就惊呼一声，"你在发高烧！"

122

吴婵勉强一笑:"没关系,高材生开点药就好了。"

"你还要去上班吗?你疯了!赶紧回家休息!"

"我……"

"我知道了,你怕我哥骂你旷工对吗?这样吧,反正我也快下班了。我带你回我家。他要敢啰嗦,我就要他好看!"两人远远见过一次,与宁不知道吴婵是星丛的投资人,只当她是哥哥的普通同事。

与宁也不问吴婵的意见,迅速地向药房请了假,风风火火带着吴婵就走。这干脆霸道的劲头,跟李与非果然如出一辙。吴婵都没机会拒绝,何况内心里,她也不想拒绝。此刻,她真的需要有个像与宁这样的人,不由分说地关心她,照顾她,哪怕对方只是一个和她一样柔弱的女孩子。

吴婵在李家受到了她从小都没有体会过的欢迎。

姚美丽前些日子刚结束了一轮密集的街舞培训,正在空虚无聊的时候,突然女儿带回来一个五官清秀、气质高贵,疑似可以成为儿子的完美相亲对象的女生,再一问竟然是儿子同事,简直像拿了街舞皇后一样大喜过望,立刻掏心掏肺,嘘寒问暖。

"我去给你熬个生姜草鱼汤,又发汗又营养。"姚美丽摸着吴婵纤细的胳膊说,"你太瘦了姑娘。可怜见的,病成这样还上班,我儿子肯定不会这么没人性。你们公司还有女老板吧。"

李与宁附和:"肯定是,只有女人喜欢为难女人,何况你这么漂亮,肯定招恨。"

李乐愚神补刀:"对,我听儿子讲,公司里有个女投资人,刁钻蛮横不讲理,不懂专业瞎指挥!这种人,一定是又胖又丑才会内心阴暗,你千万要离她远一点……"

"嗯哼!"李乐愚身后有人大声咳嗽,大家回头一看,是刚回家的李与非。

姚美丽问:"怎么了儿子,你也感冒了?与宁把你同事领回来了,快给我们好好介绍介绍。"

李与非支支吾吾不说话,吴婵说:"我来自我介绍吧。我就是女投资人。"

屋里顿时鸦雀无声。过了一会儿,姚美丽率先反应过来,说:"我去熬汤了。"拨腿走向厨房。

"老婆我帮你。"李乐愚跟进。

"哎呀突然想学厨艺。"李与宁也不傻,迅速离开。

屋子里只剩下吴婵和李与非。

"刁钻蛮横不讲理,不懂专业瞎指挥?还对仗?"吴婵冷笑。

"本来没对仗的,是我爸加了一点文学修辞。"李与非辩解。

厨房里,姚美丽、李乐愚、李与宁一个挨一个贴在门板上。姚美丽还找了一只搪瓷碗,扣在门上贴着听。

"妈,有用吗?"

"应该有用吧,电视里谍战都是这么干的。"

李与宁眉头一皱,突然计上心来:"两位,我现在要让你们大开眼界:科技是如何改变生活的!"

李与宁把手机从口袋里抽出来,姚美丽和李乐愚赶紧凑上来。与宁低声解释:"李与非曾经把咱们家的短波收音机,改装成了一个声音采集器。最巧的是……"她晃了晃手里的手机,露出狡诈的笑容,"这个傻瓜把遥控程序装在了我的手机上!"

姚美丽和李乐愚同时跷起了大拇指。与宁赶紧用遥控打开客厅里的自制声音采集器。

姚美丽突然想起:"你们兄妹俩怎么会想到去做这玩意?"

"就上次你被传销骗走五千块以后……"李与宁说完发现不对,赶紧甩锅,"执行虽然是我们俩,创意是我爸的……"

李乐愚瞪了女儿一眼:"都什么时候了,能不能分清主要矛盾和次要矛盾!"

与宁调来调去,却听不到声音。

"你行不行?"姚美丽首先不耐烦。

"不要怀疑女儿！一定是两个人没说话。"李乐愚护短。

客厅里的两人，确实没说话。

吴婵有点心虚。被李与非看见自己来到他家，倒好像主动示好一样，气势就短了一截。她又不想解释，解释就更显得理亏。

她不说话，李与非也不说，室内气氛很尴尬。

吴婵拿起皮包："打扰了，我回去了。"

吴婵从李与非身前走过，李与非像被鱼刺卡到喉咙一样，脸憋得通红，几次欲言又止。眼看吴婵真的要走出去了，李与非突然大声喊："对不起！"

客厅里跟厨房里的人都愣住了。

姚美丽惊呆了："打他会说话以来，你们谁听过他说对不起？"

李乐愚和与宁同时摇头。

姚美丽喜上眉梢："有戏！"

吴婵就更吃惊了："你说什么？"

李与非低下头，诚恳地说："对不起！我一直以为，对不起是最没意义的一句话。没做错不用说，做错了说了也没用，改正就是了。但现在，我想跟你说声'对不起'，因为我发现，这三个字，不代表能弥补什么，而是代表一种态度。"他向吴婵走近一点，"我想向你表明这样的态度：我不想跟你为敌，我不想你对我的敌意，伤害到……你自己。"

不知道为什么，一股热流突然冲进吴婵的眼底。她转过头，不想让李与非看见。

正心潮澎湃的时候，李与非小心翼翼地加上一句："你……不会撤资吧，我目前暂时还不起。"

吴婵憋不住又笑了。

李与非看她笑得毫无"敌意"，顿时放心："那就好。我去看看我妈汤熬好没有。"

厨房里三个人赶紧从门上下来，慌慌张张一顿收拾。

晚饭吃得很热闹。姚美丽本来就好客，烧了一大桌菜。李乐愚还为自己刚才的多话耿耿于怀，因此也极尽殷勤之能事。

"生病要多吃点。还有啊，工作别太拼，你们年轻人现在压力太大了，要给自己放个假。"姚美丽积极出主意，"对啊，度假的话，去马尔代夫吧！太漂亮了！上次我跟老公过去，简直不想回来了！"

与非和与宁听得不对，同时问："你跟老爸什么时候去的？我们怎么不知道？"

姚美丽自知失言，赶紧低头扒饭。

李乐愚还没反应过来，说："就你在美国，我们说家里装修，让与宁住宿舍那次。"

兄妹俩叫起来："你们骗得我好苦！"

"为什么一点作案痕迹都没留下？朋友圈都没发？"

姚美丽小声说："朋友圈发了，就是怕你们俩看见受刺激，把你们屏蔽了。"

"你们这对父母！简直令人发指！"

吴婵在一旁像看相声一样，止不住地乐："你们家平时就这样吗？"

"没大没小是吗？"与非说，"是啊，你习惯就好了。"

"你家不这样吗？"与宁问。

吴婵沉默了。

与非给家人使了个眼色。与宁等虽然不明白究竟是怎么回事，但也隐隐猜到吴婵过得并不幸福。

姚美丽同情地看着吴婵。她夹了一只鸡腿，放在吴婵本来已经满当当的碗里。

晚饭后，姚美丽夫妇和与宁默契地把客厅让给李与非和吴婵。三人照例在厨房里收听。听来听去，李与非跟吴婵讨论的都是芯片。

连李乐愚都叹了口气："儿子这样下去不行啊……"

姚美丽苦恼："怎么帮这傻孩子制造点机会？"

与宁眼珠一转："今天是不是预报有台风？我有妙计。"

吴婵看时间不早，正准备告辞，姚美丽走进来说："外面刮台风了，这么晚回去不安全，要不住我家吧。"

吴婵有点犹豫，姚美丽说："嘘，你听外头风多大。"

厨房里，与宁跟李乐愚拿着旧风扇吹塑料板，两人忙得满头大汗。

三人搭档，终于成功地挽留了吴婵。

吴婵笑着对李与非说："本来我不知道你为什么是这样的性格，莫名其妙的乐观，好像从来没有尝到过失败的感觉。看到你的家庭，我才明白了。"

李与非想了一下，说："我有尝过失败啊。我每次碰到你，不是惹你骂就是惹你哭，我觉得失败极了。"

吴婵的心跳了一下，偷看李与非，他说得很自然，显然并没有什么特别意味。

李与非邀请吴婵到露台上聊天，说自家的露台视野很好。两人在露台上果然难得看到了星星。看了一会儿，吴婵才意识到有点不对。

说好的台风呢？

吴婵是个很挑床的人，这一晚却在李家难得睡了一个好觉。醒的时候已经是八点多钟。

她赶紧爬起来到客厅，与宁他们正在吃早餐，邀请她一起过来。

"看你睡得那么好，就没叫你。"姚美丽把一碗热粥放在吴婵面前。这姑娘斯文漂亮又大家闺秀，姚美丽已经在内心里盖章认定是儿媳了。

吴婵四下望望，不见李与非。

与宁猜出了她的心思："不用找我哥了，他早就出门了。"

"这么早？"

"还不是你催着第二次流片嘛！他最近都像疯了一样，天天耗在工厂里。好几天夜不归宿，昨天是凑巧回来换衣服，你都没闻见他臭烘烘的吗？"与宁抱怨，"要不我爸不知道是你的时候，怎么会认定你剥削他儿子！"

"没有没有！"李乐愚赶紧摇手否认。

大家都笑了。吴婵也笑了。她低头搅着白粥，想到忙碌的李与非，一阵温暖。

　　黄老板承诺的第二批资金，已经逾期了半个月，还没有到位。
　　最初，孟途安慰自己，黄老板贵人多忘事。打了几个电话，对方都成功地岔开话题。孟途开始有点慌。
　　到黄老板的公司找过几次，没见到人，被手下不硬不软地挡了。
　　孟途去找了引荐黄老板的前辈，前辈表示跟对方并不熟。只知道宣传做得很大。孟途去查黄老板的公司网页。公司介绍很长，可是越读越耳熟。不得已发给李与非看，李与非瞥了一眼就说："哎，这不是硅谷最有名的红杉资本吗？完全是翻译过来的中文版。"
　　孟途"嗡"的一声头就大了，心里泛上不祥的预感，但也不敢跟李与非多讲。
　　孟途得到了混迹投资圈以来最惨痛的一个教训：兵不厌诈，胜者为王。不要觉得自己多读了两年书，就可以小看任何人，哪怕是戴金链子的土豪。
　　孟途在办公室外的吸烟区，一边抽烟一边揪头发。有个人从他身边擦过，走到不远处又折回来。占伟达。
　　比一筹莫展更叫人伤心的是，正一筹莫展的时候碰上了你最看不惯的人。
　　整个星丛，孟途最看不惯的就是占伟达。他知道占伟达也看不惯他。孟途觉得占伟达太古板，占伟达觉得孟途太圆滑；孟途嫌占伟达胆小怕事，占伟达嫌孟途粗枝大叶。如果气场是由很多形容词组成的，他跟占伟达的气场形容词合起来，正好能组成一部反义词词典。
　　"你不抽烟。"占伟达评论。
　　"跟你没关系，赶紧忙你的去吧。"孟途不耐烦。
　　"投资黄了？"
　　一截烟灰掉到孟途手上，孟途赶紧吹掉，问："你怎么知道？"
　　"猜。"

孟途充满敌意地看着占伟达。

占伟达解释，话终于说得长了："我不懂技术，但其他事我都盯着的。上次开会你说会进来两千万，这么久了没消息，可能是被人坑了。"

孟途正没地方撒气："你是来看笑话吗？好笑吗？世道险恶，鱼龙混杂，被人坑很奇怪吗？你有本事，你把这混蛋揪出来揍一顿啊！"

"好的，我揪。"占伟达简洁地回答。

孟途一愣。

"我有战友做的是反金融诈骗的工作。我去找他帮帮忙。但揪出来不能揍，犯法。"

孟途看着占伟达，对方不像在开玩笑，虽然模样还是那么讨厌，但话倒说得挺真诚。

"先查后定。"占伟达简洁地说。看孟途没听懂，只好解释："先摸清楚情况，知己知彼，再制定下一步策略。能不能告他，具体还要看你合同怎么签……"

当一个人在有条理有步骤地提供意见的时候，基本上已经可以确认他是在真心实意帮忙了。原本彷徨无援的孟途突然多了一个人站在身边，顿时内心涌上一阵暖流。他感激地看了占伟达一会儿，把手里的烟递过去，殷勤地问："占总，不，伟哥，您要不要来一根？"

占伟达很快就查出来，黄老板在某市投资，市政府启动了半导体行业扶植基金。黄老板正是拿着跟星丛的合同，到市政府申请了第一期五千万的行业扶植基金。

"两百万换五千万，这混蛋！用我们去空手套白狼啊！"孟途恨恨地说。自己还以为他蠢头蠢脑，原来是只老狐狸。

"我怎么这么笨，合同里也没有约定，万一资金不到位的话怎么惩罚。是我太大意了！"孟途恨恨地说，说完替自己辩解，"不过，他要是想骗我总有办法。作为投资人，随便找什么借口都可以不给钱，比如他对我们的市场预估不乐观。"

"是。"占伟达没有落井下石地埋怨他。

孟途惭愧了:"那现在怎么办?碰到这种流氓,只能白白被他骗?我跟李与非怎么交代?还等着这笔钱呢。"

占伟达脸上突然露出一丝不应该属于他的狡黠表情,说:"我们也。"

孟途直发急:"伟哥您多说一句行吗,我没带翻译。"

"他骗我,我们也骗他。"

第 11 章　来自新客户的挑战

天信会议上，吴婵把斯诺公司的产品报价单分发给各位高管。

吴婵翻了一遍，直觉感到报价高了，但她拿不准。她心念一动，借着上洗手间的工夫，用手机把报价单拍照发给李与非。

很快，李与非把数据详详细细地发了过来。吴婵看了两三遍，默默记熟。此时众人已经讨论得差不多，只是谈些细枝末节的问题，基本没人对价格提出异议，也没有能力。

"这报价高了。"吴婵的声音在一片附和声中显得尤其响亮。

吴娟出其不意，当场就想发火：已经淘汰出局的人，老老实实服输不行吗？她强忍了一下，问："你有什么意见？"

"我说了，价格比市场价高出很多，请吴总跟对方确认一下。"

"这是进口芯片，价格中有相当一部分都是税，这是常识吧。"吴娟嘲讽。

"常识我知道，技术层面的非常识恰好我也知道。"吴婵从容不迫应对，"通常订制芯片的成本包括硬件成本和设计成本。硬件成本比较好明确，但设计成本就比较复杂了，这当中既包括工程师的工资、EDA 等开发工具的费用、设备费用、场地费用等，还有一大块是知识产权费用。我们按照国际上通用的惯例来看，目前，国际上通用的芯片定价策略是 8∶20 定价法，也就是硬件成本为 8 的情况下，定价为 20。参考世界一流的芯片公司，定价策略为 8∶35。我们所订制的芯片，不属于工艺很高的，硬件成本都是可以查到的，按照我查下来的数字，对照斯诺公司的报价，它的定价比例已经达到了 8∶50。这个数字是什么概念？比最高市场价高一倍还多。"

吴婵这一串数字对于非专业人士十分费解，她解释了好几遍，才让在座各位高管听明白。而在这过程中，她自然而然成了会议的主角。

吴娟坐在一旁，连插话的机会都没有。芯片不是冰箱电视洗衣机，对她来说是全新的知识领域，想反驳都不知道从何说起。她不是没补过课。她专门找了天信的技术人员教自己，学到头痛，还是一知半解、过目就忘。不是自己笨，是真的复杂。

技术人员也笑说："吴总如果几天就能明白，那我这十几年专业真是白学了。"

无论她愿不愿意承认，吴婵确实令她惊奇。这个领域对于吴娟也是全新的。她不知道吴婵花了多少时间去补这些"技术层面的非常识"，十天八天肯定不够。

高管会议达成一致：与斯诺的合同暂不签订，由吴娟再去落实报价及其他细节。

散会的时候，吴娟恨恨地瞪着吴婵。而吴婵若无其事地收拾东西离开，好像没看到。

吴娟约见鲍平，告诉他斯诺合作暂停，因为吴婵从中作梗。

"你叔叔怎么回事？想赚钱可以，也不要太明显！要价比市场高那么多，我怎么跟其他人交代？"

鲍平不语。他理解吴娟吃了瘪，咽不下这口气，总要找人发泄。但这大小姐只能分好处，不愿担责任，确实成不了大事。

他沉吟一下，问："吴婵怎么会对价格摸得这么清楚？"

"我怎么知道？"吴娟没好气。

"上次说她投了个芯片设计公司，那公司叫什么名字？"

"没关心。"

鲍平看吴娟完全不上心，忍不住叹了口气："小娟，你想赢你姐，总要知己知彼啊。芯片是多复杂的行业，你这么聪明都学不会，凭啥你姐短短时间摸得门儿清？她肯定有高参啊！你连你跟谁作战都不知道，你怎么赢?"

吴娟听得醍醐灌顶,连骂自己傻,赶紧打了几个电话,问出来星丛和李与非的名字。

鲍平用手机查询,很快搜到了李与非的词条。

"你姐找了个高人啊。"鲍平浏览着李与非的履历。

吴娟探头看了一眼,网上还配有照片:"呦,长得还不错。"

鲍平看着李与非的照片,陷入沉思。

吴婵在高管会议上力挽狂澜,扬眉吐气。她兴冲冲地去星丛。走进办公室,立刻感受到一片愁云惨雾。员工们一个个脸色沉重。

吴婵悄悄问占伟达:"怎么回事?"

"成了。"

旁边新员工翻译解释:"第二次流片成功了。"

"成功了?那是好事情啊,为什么大家都垂头丧气的?"

占伟达看着吴婵,不说话,脸上的表情分明是:"你难道不知道吗?"

吴婵心一沉,立刻意识到,天信的订单没有了,即使流片成功,不过是一片废物,上千万的投资打了水漂。

吴婵有点愧疚,提议:"大家这阵子辛苦了,我请大家吃饭吧,我们好好吃一顿。"

众人懒洋洋,并不热心。一顿饭怎么能支撑一段注定惨淡的前途。好说歹说,强拉着十几人出去。

饭果然吃得沉闷。身为领导的李与非本来就不会调节气氛。吃到一半,两名新员工各自拿出一封信,吞吞吐吐说要辞职。

孟途忍不住火了:"这刚碰到一点事,你们就逃,太没担当了吧!"

李与非拦住孟途,对两人说:"创业本来要的就是志同道合,合则来不合则去。祝你们前程似锦。"

吴婵赶紧跟两人讲:"你们回头找占总结算薪水。"回头对占伟达低声说,"这两人的钱从我私人账户里走。"

两人找了个借口，提前离席。

孟途气呼呼地对李与非说："你说得倒好听，现在是撑场面的时候吗？团队散了还怎么干活？"

李与非说："做芯片不是卖大饼，要过的坎多了，靠勉强捏合起来的团队，早晚都要散。"

孟途知道他说得对，但目前公司前途未卜，由不得担心人心涣散。

大家吃完，陆陆续续散了。只有李与非和吴婵留下来。

吴婵猜到他心情不会好，试着安慰两句，李与非始终不接话。包房里的电视播放着新闻，李与非无意识地看着电视，默不作声。

吴婵终于也不耐烦了："好心安慰，你耍什么大牌！我不管你了，我也走，好了吧！"

李与非突然一拍桌子，兴奋地说："好！太好了！"

吴婵大怒，拿了包就走，李与非突然一把拉住她的手腕。吴婵心一动。这小子到底没傻透，还知道挽留。

没想到李与非并不是留她，而是指着电视说："你快看！"

电视里正在播放一条新闻：国内知名的无人机公司领航公司发布新产品。

"你让我看什么？"

"芯片啊！无人机也要用到雷达芯片的。根据刚才公布的参数，领航公司使用的雷达芯片比'星丛一号'性能低！"

"所以，"吴婵听懂了，"只要把'星丛一号'加以改造，就能变成比领航现在使用的芯片更好的产品？"

"没错！"李与非说，"只是不知道怎样才能接触到领航的决策层，把我们的样品拿给他看……"

"这个……我去想想办法。"吴婵心里已经有了个主意，但不想提前告诉李与非。

虽然茶社包厢有专门等客的地方，吴婵还是站在院子里等。这家茶社在一座古园林里，工作日的早晨尤其清幽。她远远望见鲍文正走过来。

"怎么不在房间里等？"

"我知道您不会迟到。"

鲍文正哈哈大笑："鲍平都爬不起来，也只有你肯陪我喝茶。"

他是真的喜欢这准儿媳。当时是他主动向吴项冬提的亲事。鲍文正认识的这一辈的女孩子里，吴婵最特别。她不仅有大户人家的贵气和定力，难得也有底层拼搏上来的毅力和坚忍。敢尝试但守规矩，有能力而无野心。儿子是什么样的人他清楚，交给这样的女孩子他才放心。

吴婵亲手泡上一壶冻顶乌龙，在等茶的两三分钟里，她开门见山地提出想请鲍文正帮自己牵个线。她知道领航公司的老总何启轩是鲍文正的私交好友。

"星丛是我投资的一家初创公司。这事情我父亲知道。不过来求伯伯的事情他不知道。怕被您拒绝我没面子。"吴婵笑说。

"我只知道你这丫头有心眼，不知道你还要面子。"鲍文正一语道破，"你是怕把你老爸抬出来，就变成压着我同意了，你不想让我为难吧。"

吴婵被看穿心事，心想到底姜还是老的辣，脸一红笑而不语。

"傻丫头，多大点事。老何我熟得很，打个电话就解决了。"

"何伯伯那边，您只需要帮我引荐就够了。最后成不成还要看自己的产品争气不争气。我不想让您为难，当然也不想让何伯伯为难。最重要的，星丛如果不是金刚钻，还想揽瓷器活，最终为难的是我们自己。"吴婵干脆地说。

鲍文正笑了，这女娃不用教，爽爽利利。他喝了口茶问："怎么样，鲍平这孩子最近有没有惹你生气？"

吴婵低头一笑："又不是小孩子过家家，没事生什么气。"

这句话听起来意味深长，鲍文正不由得看了吴婵一眼。

星丛例会上，大家沉默不语。

刘布扫视一圈，问："我已经扔了好几条'海洋之心'了，现在这状况,就是传说中的'从零开始'吗?"

李与非叹了口气,刚想回答,突然门口有一个声音说:"还不算。"

吴婵走进会议室,把一份意向书放在李与非面前。

领航公司和星丛的初步意向书。里面写明只要星丛设计的芯片全方面优于领航现有的产品,领航就可以和星丛签约。

所有人眼睛都直了,一起看向吴婵。

孟途钦佩地说:"大股东毕竟是大股东,一出手就能拿到这么大的订单。"

占伟达指着文件,忍不住提醒:"不是。"他意思是,这不是"订单",只是意向书。

"意向书能不能变成订单,就要问老板。"吴婵说。

所有人一起看向李与非。

面对天赐良机,李与非显得过分冷静,甚至有点落寞:"没钱了……"

所有人再一起看向刘布。

刘布在众目睽睽之下就显得有点瑟缩:"又跟我谈钱……"抬头一看众目睽睽之中还有秦舒阳的目光,充满期待地看着他,顿时把胸一挺,"又跟我谈钱,太伤自尊了!这点钱能叫事儿吗?"

某酒店门口,占伟达和孟途把车停在酒店对面的阴影处,轮流用望远镜观察门口。

"来了来了!"孟途激动地捶占伟达肩膀。通过望远镜,可以看到黄老板下了一辆出租车,进了酒店。孟途朝占伟达跷拇指:果然信息灵通。

占伟达从老乡处得知,黄老板之所以发家全靠岳丈,因此十分惧内。但好死不死,偏偏在外面养了个情人,隔三差五约会。两人提前蹲点,果然寻到了踪迹。

十分钟后,估计黄老板已经进房间,孟途走到大堂前台,对前台小姐说:"我老板黄××把一份重要资料忘记了,我送上去,请问他在哪个房间?"就这样很自然要到了房间号。

"接下来怎么办?"孟途跑回车里,问占伟达,"我们既不能窃听,也不能偷拍,更不能破门而入去捉人。都是违法的。"

占伟达点头:"所以让警察叔叔做。"他掏出手机,拨通报警电话:"举报××饭店××房间有人嫖娼。"

孟途吓了一跳:"嫖娼?这两人都是认识的,很快就能澄清了。"

"是,为了澄清,他们就会详细说明两个人的关系,而这些说明,都会记在警察的笔录里。"

"那我们也不能调取警察笔录啊。"

"我们不能,但黄老板的老婆能。她只要带着结婚证去警察局申请就可以。"占伟达胸有成竹。

孟途又惊又喜:"好小子,够坏的!"

占伟达深沉的脸上露出一丝狡猾的微笑。

后面的事情出奇顺利。孟途给黄老板的秘书打了个电话,说如果黄老板拒不见面,自己就去找黄太太,有重要信息分享。黄老板很快主动约谈。

孟途指着占伟达向黄老板介绍:"这是我哥们儿,占警官。昨天他底下几个小弟去××酒店执行任务,正抓到一对出轨的男女。占警官这人正义感爆棚,正搁这儿生气呢,说一定要找到被绿的主妇,还她一个公道。我正劝他呢,黄老板您也劝劝。"

占伟达当中坐着,当真是渊渟岳峙,英气十足,如假包换的警官范儿。

黄老板迅速判断了局势,立刻就坡下驴:"是啊是啊,两口子的事很复杂,占警官不要为这种事情不高兴。"

占伟达指了指孟途,言简意赅:"他高兴,我就高兴。"

黄老板看向孟途。孟途长叹一声:"最近局势不好,说好的投资迟迟不进账,很难高兴起来。"

黄老板脸上肌肉抽搐几下,也不知道在心里骂了多少恶毒的话,终于还是堆上笑容说:"局势一定会好的,我保证三天就好。"

三天后，占伟达和孟途看着银行流水单，相对一笑，愉快地击掌。

刘布和黄老板的资金到位，星丛重新进入烧钱阶段。

无论吴婵什么时候来到星丛，都看到众人在忙碌。尤其是李与非和赵峰俩人，一个赛一个邋遢，都是蓬头垢面，胡子拉碴。

吴婵拉住一名设计员，悄悄问："我怎么觉得这两个人就住办公室了？"

设计员指了指办公室一角，那里立了两张折叠沙发床："你是对的。"

吴婵吸了口气。她走近李与非，试探地问："芯片稍作改造就可以用了对吗？"

"嗯。"李与非头也不抬。

"那需要多久能见成品？"

李与非伸出三个指头。

"三周？"吴婵问。

"三个月。不包括流片。"

"那包括流片岂不是要半年？"吴婵忍不住叫出来，"只是改造而已，要花这么久吗。"

"是啊。如果重新设计要三年了。"

李与非说完就自顾自忙去了，吴婵只好抓住赵峰问："为什么这么复杂？"

赵峰尽量简洁地回答："跟扫地机器人的雷达芯片相比，无人机雷达芯片所要探测的距离要远很多倍，因此要做两处改动：第一是加大功率，从而提高探测距离。第二还要增加探测精度，因为距离越远误差越大。"

吴婵看着李与非忙碌的背影，叹了口气。她一直知道这行业不容易，没想到困难程度还是超过她的想象。

转头看见与宁："你怎么来了？"

与宁一脸无奈："我拖他们回家，吃饭、洗澡、换衣服！你不觉得办公室里都是他们俩的汗味儿？"

吴婵苦笑："还真有点。"

李与非和赵峰同时咳嗽起来。与宁也叹了口气，说："看来还要拖他们回去吃药。"

与宁一拖三，把两个男生和吴婵一起带回了家。

姚美丽女士的烹饪水平，跟参与吃饭的人数成正比。平时只有老两口，顿顿清粥小菜度日。今天难得儿子女儿都回来，还带了客人，姚美丽精神抖擞，硬是整出了国宴标准。

李与非一眼看中鸡腿，伸筷子去夹，被与宁打到一边。与非识相，急忙换了目标。李乐愚后知后觉，也去夹鸡腿，再次被与宁阻挡。直到赵峰出手，与宁没有阻拦，鸡腿顺利落在赵峰碗里，与宁这才放心吃饭。

饭桌上有什么能瞒得过姚美丽的火眼金睛。她凝神打量赵峰，小伙子一看就是读书好的学生，但一点也不呆，长得眉清目秀。姚美丽心下暗喜，手脚也没闲着，赶紧再给赵峰加块肉："好吃吧？这可不是我一个人的功劳，我们家与宁也是料理好手，做了半桌子菜呢！"

"真的吗？"不光赵峰，李乐愚和李与非一起问。

姚美丽横了李家两父子一眼，这两个男的，一点忙都帮不上。她转头再对赵峰笑道："那是自然。你看，这鱼，与宁杀的；这白切鸡，与宁剁的；这黄鳝，与宁给剥的皮；这红烧兔肉，整个兔子都是与宁直接从实验室带回来的。"

"嗯？"赵峰含着一块兔肉，瞪大眼睛。

"今天解剖课，每人都分到一只。"与宁解释，"放心，什么药都没喂，干净的，能吃。"

赵峰将信将疑："那你杀的时候，不会挣扎吗，弄得一塌糊涂？"

"怎么可能？"与宁一边比划一边大咧咧地说，"我一针下去，直接切断神经中枢，它死得毫无痛苦。"

赵峰打了一个肉眼可见的寒噤。

姚美丽心一凉，垂下头去，默默拿筷子戳了戳与宁的胳膊，阻止了她更加绘声绘色的描述。

刚吃完饭两个男人起身就要去办公室,被吴婵和与宁劝阻,只好退而求其次,钻到李与非房间里继续讨论。

一小时后,两个女生去敲门,与宁腿上放了只托盘,盘上两只碗里盛着颜色可疑的液体。

吴婵笑眯眯地说:"吃药时间到!纯手工熬制的止咳药水。"

"你熬的吗?"李与非徒劳地问,虽然他已经知道答案。

吴婵摇头,笑容里已经带点幸灾乐祸的样子。

"有我药神在此,怎么会让客人动手。"与宁信心满满地说,"哥你又不是没见识过我的本事。"

李与非满脸一言难尽,期期艾艾地说:"既然我已经见识过了,要不这次只让赵峰见识见识?"

赵峰不疑有他,欢快地接过,仰头喝了一大口,噗嗤一声吐了出来,脸皱得像苦瓜一样,大喊:"这药也太……"

抬头看见与非站在与宁身后,悄悄朝他拼命打手势。赵峰立刻警觉,马上改口:"太好喝了,不舍得咽……"

与宁信以为真:"放心,还有一大锅呢!"

赵峰脸色大变,试探着问:"可不可以慢慢喝?"

李与非拍了拍他肩膀:"相信我,还是快点的好。"

赵峰还待挣扎,李与非补了一句:"如果不喝药,你想象不出还有别的什么等着你。"

赵峰二话不说,捧着碗一饮而尽。

等吴婵和与宁出去,赵峰小心关上房门,问李与非:"令妹……是不是有什么特殊偏好,比如虐待人?"

李与非长叹一口气:"自从她进了药科大学,这个家就成了她肆虐的场所。比这次更难吃的药,我也不知道尝过多少。当然,从辩证的角度看,也不完全是坏事——白切鸡的刀工还是很好的。"

赵峰中途去厕所,经过与宁的房间。房门半开着,赵峰好奇走到门口,却被看到的一幕惊呆了。

与宁坐在床边,床上平放着一只摊开的针盒,盒子里摆着长长短短粗粗细细的针,远不止三十根,而还有十几根针,都扎在与宁细得可怜的腿上。与宁手里正拿着根长针,慢慢转动着往腿上插。

赵峰突然感觉自己的皮肤上也划过一阵尖锐的痛楚,忍不住颤抖了一下。房内的与宁听见响动,抬起头来。赵峰看到她脸色有点苍白,额头上渗出细密的汗珠。

与宁有点不安,赶紧侧过身,不让赵峰看到自己被扎得像刺猬一样的双腿。她朗声笑着说:"上次我是骗你的,我随身带了不止三十根针。"

她笑得轻松,赵峰却看得沉重。在自己也没想到要干什么之前,赵峰走过去,走到与宁面前,面对着她。

与宁的眼光有点闪躲,有意无意地想去遮挡双腿。

赵峰轻声问:"疼吗?"

与宁尽量自然地笑了笑:"疼就好了。"

赵峰不知道说什么,却也不想转身离开,只是呆呆地看着李与宁。这个三番五次拔针吓唬他的彪悍女孩子,第一次显得那么柔弱。

第 12 章　姐妹相争，调虎离山

吴婵和李与非忐忑不安地坐在领航公司老总何启轩的办公室里。

此时距离星丛与领航签订意向书，已经过去了半年。期间领航几次要找下家，都被吴婵想尽办法，几乎是哀求着阻拦了。

没人能想象这半年中星丛经历了怎样的辛苦。资金用光，人心涣散。与领航这一次的合作，不成功，则成仁。

"星丛一号"熬过了艰难的架构改造、熬过了验证测试，熬过了流片，终于做出若干片成功的样片。此刻，正在等待最后的检验。

刚刚，装载了"星丛一号"的无人机在领航的专用实验室进行了试飞。技术人员正在赶制分析报告。等待的这半小时，是李与非人生中最漫长的半小时。

首席技术官终于送来了分析报告。何启轩翻看着，吴婵和李与非紧张地盯着他的脸。

突然，何启轩摇了摇头。李与非内心一沉。

何启轩抬头对李与非说："你们怎么做到的？简直难以置信。"

李与非和吴婵两人几乎屏住呼吸。

何启轩继续说："半年时间设计出一款芯片，的确不可思议。报告里说，'星丛一号'的雷达芯片，和我们原先使用的那一款相比，稳定性更强，探测精度更高，待机时间更长。所以……"他顿了一顿，说出了吴婵和李与非期待已久的话："我决定采购！"

吴婵和李与非兴奋地同时站起身。

"不过，我提醒你们，第一批订单量不会太大。我们先小范围试用，确实没问题才会大量采购。"

"那是当然,我们理解。"吴婵说着,与何启轩握手致谢。

李与非却憋出一句话:"对不起,请问洗手间在哪里?"

洗手间里,李与非一遍又一遍用水冲洗脸庞,这样才能平复他澎湃的心情。今天,如果从大浴场挂牌算起,已经是星丛成立一年零九个月。这一年零九个月里,他带着五十号员工,就好像一群蚂蚁,辛辛苦苦扛着沉重的米粒,执着地走向前方。没有人知道究竟会在哪一天到达终点,也没有人知道前方到底是光明还是黑暗。他本人就像个偏执的传销头目,一遍遍告诉大家,把米粒扛好,我们一定会成功。

信念这东西,在真正的成功来临之前,都是幼稚的自我麻醉。

还好,他李与非扛到了这一天。

吴婵再次在茶社请鲍文正喝茶,这次是为了专程道谢。

鲍文正一眼看出吴婵兴致很高。

"领航公司搞定了?"他问。

吴婵笑着点头。

"跟我讲讲?"

"在伯父面前,不值一提。"

说是不值一提,他从来没看到吴婵这样愉悦,脸庞都在发光。他是看着这女孩子长大的。吴婵从小独立,别人看上去一帆风顺的成绩,都是她吃了不少苦换来的。这次的成绩,一定很让她骄傲。

鲍文正没有追问,但是敏锐地感觉到,有什么新鲜的事情,正在吴婵身上发生。吴家不会给她这样的喜悦,天信也不会。

快结束的时候,鲍平来了。三人彼此都有些意外。跟意外相比,吴婵感到更多的是尴尬,尤其是鲍平亲热地坐在她身边,揽着她的腰的时候。

每次面对长辈,他们俩都像现在这样亲热,好像已经变成一种默契。

吴婵称要去上班,告辞离开,只剩鲍平父子俩。

"小婵投资了一家公司,你知道吗?"鲍文正问。

"当然知道。"鲍平明白鲍文正喜欢吴婵,他不能让父亲感觉到自己不关心她,"应该是一家科技公司,做芯片的。"

"应该做的很好。最近拿下了老何那边的订单。"鲍文正沉吟说,"小婵也很懂事,我只是帮她牵线,别的什么都不让我做。老何是个要求很高的人,能让他满意确实不容易。这公司还是有点硬本事的。"

鲍平喝了一杯茶,不语。除了吴娟,父亲是第二个在他面前提起星丛的人。他隐约感到,星丛,将在未来很长一段时间,跟他发生许多不会令他愉快的纠葛。

确切地说,这纠葛已经发生。

鲍平为面前的范总倒了一杯酒。

范总是汉达科技公司的老总,鲍平以前就认识。汉达科技是国内起步较早的半导体设计公司,鲍平前几天刚刚得知,汉达一直是领航公司的雷达芯片提供商。

"范总今天酒喝得少,难不成有心事?"鲍平诱导式提问。

"生意上的事,没什么大不了。"范总把酒一饮而尽,说,"我跟老何的领航合作好几年,现在突然冒出来一个设计公司,被他们抢了一个单子。量不大,我完全不放在眼里,就是心里有气,被个半大小子截胡。"他看了一眼鲍平,害怕"半大小子"的说法令鲍平不快,赶紧解释说:"像鲍公子这样年轻有为的毕竟还是少。那个星丛公司的CEO,不过是做科研的,书呆子一个,没什么背景。也怪我以前轻敌了。"

"一个无名之辈,竟然能从范总手里分一杯羹。看来真有些本事。以后会不会成为汉达的强劲对手?"

范总轻蔑地哼了一声:"你以为芯片这一行这么容易?凭空蹦出来一只猴子拉面旗子就说自己齐天大圣?"

鲍平笑:"小弟也是担心,看来是多虑了。"

"等着瞧吧,我赌他三个月内掉飞机。"

"掉飞机?无人机企业掉飞机?这可不是开玩笑的事情。你怎么这么笃定?"

"我这么多年经验难道是下饭吃的吗?"范总又干了杯酒,往鲍平身前凑了凑,压低声音说:"你听听就算。从现在开始,领航的雷达芯片,必须过一个技术上的硬关,估计何启轩自己都没意识到……"

鲍平的兴趣真的被吊起来了:"从现在开始,什么意思?"

范总说:"领航的无人机都是卖到东部和南部,东三省的市场一直没打进去。直到最近,黑龙江农业部门订了它五百架农业无人机。星丛的芯片投入使用需要三个月。现在是十一月,等它新芯片上市是明年二月份,黑龙江最冷的时候。那地方的冬天能冷到什么地步你可能没概念。你在野地里撒泡尿能在空中结成冰。所以,它这个芯片,必须能抗超低温。一般的芯片在流片的时候是不会经过超低温测试的,只有客户有特殊需求的时候才会做。我的首席技术官是从北欧回来的,所以他知道。"

范总的嘴角露出狡猾的笑容,这笑容是有传染性的,很快也爬到了鲍平脸上。

凭空蹦出来一只猴子就说自己齐天大圣?这句话说得真好。星丛这只不伦不类的猴子,注定要被各路神仙围剿。想到这里,鲍平笑得更愉快了。

此刻,星丛全体成员正在刘布亲戚的涮锅子旗舰店聚餐庆祝。

得知公司拿到了国内第一的无人机企业订单,大家都很兴奋,咬牙坚持了这么久,终于守得云开见月明。

吴婵坐在李与非身边,看见他端着酒杯,却并不喝,目光在所有人身上慢慢扫视,脸上难得浮现一种温暖的表情。

"怎么了?"吴婵低声问。

"没什么,只是突然觉得,公司从成立开始,大家第一次这么高兴。"

吴婵听得一阵感慨。确实太不容易了,公司成立不到两年,已经几次陷入困境。现在终于看到一丝曙光。

服务生上了一盘羊肉炒饭。刘布介绍:"这可是我家的招牌,用的是限量版黑龙江大米。来,大家都尝尝。"说着"大家都尝尝",已经眼疾手快地把饭转到秦舒阳面前,"秦教授,你先来。"

秦舒阳吃了一口,夸奖好吃。

几个小年轻想把转盘转过来吃,没想到纹丝不动。只见刘布一手牢牢按着转盘,另一只手拼命帮秦舒阳扒拉炒饭,半盘子都到了秦舒阳碗里。

吴婵看在眼里,暗笑,说:"刘总,等下个月这时候,这盘炒饭你就更值得吹嘘了。大家吃的黑龙江大米,说不定还有星丛的功劳。"

刘布大喜:"怎么说?"

"我们跟领航签约的雷达芯片,就是用在黑龙江农业部门订购的无人机上,农业专用无人机。黑龙江粮食大丰收,不是有我们的功劳吗?"

大家都欢呼起来,一片喜气洋洋。

唯独李与非神色一变:"你说什么?我们的芯片要用在黑龙江?"

"是啊,昨天何总告诉我的。"

"糟了!"李与非把手里的酒杯往桌上一顿,拉着吴婵站起来,"快走,我们现在去找何总!"

"现在?"

"对,现在,马上!告诉他我们的芯片交付时间要推迟一个月!"

大家的喧哗戛然而止,惊呆地看着李与非。他已经拉着吴婵冲到了门口,给大家扔下一句话:"回来再跟你们解释!"

路上,吴婵已经知道了原因。所以,当两人走进何启轩办公室的时候,她的心情就好像测试那一天一样忐忑。

何启轩果然大发脾气;"你当是开玩笑吗?这五百架无人机都是政府采购的,你知道我们花多少精力才谈下的项目?超低温测试,为什么早点不做!"

李与非诚恳地说:"对不起,都是我的疏忽。请何总再给我们一次机会,我保证一个月之内完成测试!这一个月何总造成的损失,我愿意全部承担!"

"你承担得起吗?"

"承担不起,但是我没有选择。况且……"

"况且什么,一次说完!"

"况且何总您也没有选择,您只能等。"

"你敢威胁我?"

"我从来不威胁人,我只讲事实。现在有两个方案,一是等我们的芯片通过超低温测试,需要一个月。二是用贵公司的老芯片。问题是,我分析过老芯片的性能参数,虽然抗低温,但敏感度和稳定性差。黑龙江冬天经常刮大风,用这款芯片风险更大。而这款芯片要改良,就不止一个月了。"

"胡说八道!"

"我只讲事实。"

吴婵赶紧插话:"您的技术人员可能更了解情况,要么何总问问他们?"

何启轩狠狠瞪了李与非一眼:"你等在这里,不要走!"他推开门走了出去。

半小时后,何启轩回来。李与非倒也罢了,吴婵敏锐,已经从他脸上看到答案。何启轩虽然还是一脸怒气,但愤怒里多了一丝郁闷和无奈。

"一个月超低温测试肯定能做得完?"

李与非坚定地点头。

何启轩来回踱了几步,停下来,对李与非和吴婵说:"好,我给你们一个月!一个月之后,如果有一块产品不合格,领航再也不会跟你们合作!"

开车回来的路上,吴婵比来时心情轻松不少,说:"我真怕何总不相信你,领航这笔订单就飞了。好在你有把握,多争取了一个月时间。"

李与非沉默了一会儿,说:"我没有。"

"什么?"

"我没有把握。"

吴婵一惊,把车子靠边停下,问李与非:"你说什么?"

"极寒的确会影响芯片性能。随着温度的降低,芯片的导电能力、极限电压、极限电流和开关特性等都有很大的改变,而这些参数的改变都可能造成芯片外部特性的变化。所谓超低温测试只是最后的环节,在这之前,我们首先要对芯片本身的设计做一些处理。"

吴婵急了:"那一个月能干完吗?"

李与非沉默。吴婵紧张地看着他的脸。过了一会儿,李与非简洁地说了几个字:"干不完也要干。"

早晨,吴婵刚走进星丛的办公室,就听见李与非和赵峰在激烈争执。李与非在领航立下军令状刚过去三天,李与非已经跟几个设计师吵了无数次。其他员工都躲在工位上大气不敢出。

李与非大声说:"这两条导线之间有很高的电位差,你一味加粗连线,导致距离缩短,很容易引起短路!"

赵峰也不示弱:"按照你的提议,设计保护电路,必然会造成能耗过大!"

"那也比出危险好!"

眼看两人谁也不能说服谁,吴婵知道此刻只能釜底抽薪。她走过去,随口给赵峰分配个任务,把赵峰支出去。

李与非坐回办公桌前,苦恼地抓着头发。

吴婵看到角落的行军床都还没有收起来,垃圾桶里装满了吃空的泡面杯、饼干袋,知道李与非这几天肯定又是通宵达旦。

"还没吃早餐吧?走,我带你去吃。"吴婵说。

"我没空。"李与非烦躁地拒绝。

"吃快餐,不会占你太多时间。"吴婵很坚决,拖着他就走。

李与非挣扎不过,只好跟去。

两人就坐在街心花园里。吴婵从咖啡店买了牛奶三明治,递给李与非。

李与非吃的时间还没说话时间长,喋喋不休向吴婵抱怨:"赵峰这臭小子,我嫌他的设计太冒进,他又觉得我太保守。再纠缠下去,时间全浪费了！你说，要不我把这小子宰了吧，这样就没人反对了，赶紧先做起来再说。"

吴婵失笑："你也是气话。你可不是先做了再说的性格。你是我见过的对待工作最严谨的一个人。"

李与非愣了一下："你倒是很了解我。"

吴婵有点尴尬，急忙顾左右而言他："没有第三种方法了吗？"

"什么第三种方法？"

"他建议加粗连线，这个设计太冒进；你建议设计保护电路，这个建议太保守。没有第三种方法能增加芯片的抗低温性能了吗？"

李与非又愣住，看了吴婵一会儿，由衷地说："你只听我们吵了两句，就能总结得这么清楚，真够聪明的。"

吴婵脸一红。

李与非根本没觉察到吴婵的异样，咬了口三明治，含糊地说："我们何止讨论了两种方法。不过现在看来最可行的就是这两种。"

这时有个刚蹒跚学步的小姑娘摇摇晃晃从旁边走过来，走近两人的时候，被一颗小石子一绊，摔了一跤，哇地大哭起来。

吴婵急忙跑过去扶起来，给孩子拍拍身上的土，温柔地安慰："小朋友，下次当心点，跑不快也没关系，可以慢慢走，这样就不会摔跤了。"

孩子妈妈从后面赶过来，向吴婵道谢，抱走了小孩。

吴婵转身，看见李与非呆呆地看着自己，于是问："怎么了？"

李与非不回答，继续盯着她，手里的三明治都落在了地上。

吴婵被看得全身不自在，终于，李与非大喊一声："你说得太对了！"

"什么？"

"跑不快也没关系，可以慢慢走！对啊，我怎么没想到！"李与非两步跨到吴婵面前，激动地说："我可以让芯片跑得慢一点啊！降低芯片的工作速度，好像老人一样，动作缓慢就不容易摔跤。这样不就耐低温了吗？"

吴婵虽然不太明白其中的原理，但也听懂了与非已经想出解决的办法，顿时感染了他的兴奋。

李与非手舞足蹈，突然冲过来一把把吴婵抱起来，转了两圈："你太聪明了，谢谢，谢谢！我这就去告诉他们，第三种方法！第三种方法！"

　　李与非放下吴婵，撒腿就往办公室冲。留下吴婵一个人。

　　吴婵巴不得他离开。她不想让任何人看到自己现在的样子。她满面通红，腿一软坐回长椅上。

　　这男人的拥抱好炽热。他手臂的温度，就好像一种有形的力量，固执地留在她的身上。

　　吴娟越来越觉得，在天信产业升级项目上跟吴婵正面对抗，是大不智。

　　她不得不承认，吴婵越来越专业了，有时候能把技术人员都问得哑口无言。

　　有一次在洗手间，吴娟听到两名员工在讨论。

　　"现在的天信啊，变成长公主和二公主的戏台了！"

　　"怎么说？"

　　对方压低一点声音："你看不出来吗，两个公主一直抢得很凶。现在虽然二公主在位，却处处被大的压了一头……"

　　两人又咬着耳朵说了两句，同时大笑。

　　吴娟哪里按捺得住，几乎是踢开隔间的门，走到两名员工面前："嚼舌根也不找好地方？你们就没有听说过隔墙有耳？"

　　两人见吴娟突然出现，吓得魂不附体，慌忙认错。

　　"跑到背后说闲话，说明偷懒；说闲话还被我捉到，说明愚蠢。天信不需要又懒又蠢的人，你们下午到人事部领工资走人吧！"

　　两名员工顿时哭出来，求吴娟原谅，吴娟根本不理，走出洗手间。

　　吴娟回到办公室，越想越气，狠狠把桌上一叠文件扫落在地上。心烦意乱，再也无心上班，直接开车回家。

　　正好吴项冬和谢雪华都在家里。

　　吴项冬很意外："怎么这么早回来？"

吴娟趁机撒气："我没脸待在公司了！全公司的人都在笑话我！"

"谁敢笑话你？"

"爸你不用装模作样了，要不是你一直偏袒吴婵，底下的人能这么放肆？"

"小娟，怎么跟爸爸讲话呢！"谢雪华阻止。

"我这样讲话就过分了吗？别人背地里讲我讲得更过分！产业升级的项目我不管了，反正我本来就是傀儡！"吴婵气愤愤跑回自己房间。

吴项冬想跟过去，谢雪华拦住："我去看看她。"

谢雪华敲门走进吴娟房间，看见吴娟背对自己坐在书桌前，听见她进来，抹了两下眼睛。谢雪华走过去在她对面坐下。吴娟眼睛通红，明显哭过。

"在你妈面前，还装什么强。"谢雪华心疼地说，接着话音一转，"但心里再委屈都好，别惹你爸。"

吴娟就怒了："我怕什么，他还能把我怎么样？打一顿吗？"

谢雪华一笑："有我护着，他可是从小都没打过你。我说别惹你爸，意思是，你要压倒吴婵，还是要靠她。"

吴娟一愣，询问地看着母亲。

"你到现在还是小孩子脾气，碰到事情，只知道着急上火。"

吴娟不服地问："你是大人，你有什么妙计？"

"上火没用，要釜底抽薪。"谢雪华意味深长地说。

母女俩在房间里商量很久。

谢雪华出来以后，吴项冬关心地问："怎么样？小娟有点敏感了。在公司里，我一向就事论事，可没有偏袒过谁。"

"你不需要解释，我还能信不过你吗？她没什么大事，最近公司事情多，压力大。"谢雪华顿了一下，说，"其实小娟对公司还是很上心的。刚才跟我说，我们在泰国合作的工厂，好像最近有点心思活动，跟我们的竞争对手接触过几次。我们要不要派个自己人过去盯一盯。"

"泰国工厂小娟最熟悉，要么让她去看看。"

谢雪华露出一丝笑容。

李与非第十五次扫了一眼吴婵的工位，依然空着。他看了一下表，这都下午一点了。

这种情况从来没有发生过。

李与非总结过：星丛位于吴婵家和天信之间，每天早上吴婵去公司之前，总要先到星丛兜一圈，一般是早上八点五十分左右。如果不能来，她一定会在前一天通知李与非。

李与非趁人不备，拿着手机跑到洗手间，想给吴婵打电话。拨通之前排练了半天。他该用什么口气？

威胁：你怎么还没来？还想不想合作了？太粗鲁。

质问：你怎么还没来？这都几点了？太直接。

关心：你怎么还没来？出什么事了？太肉麻。

电话突然响起来，吓了他一大跳，一看正是吴婵，赶紧接起来，排练好的几个版本在舌头上打架，只来得及说一个字："你……"

"对不起，我这几天都不能来星丛了。"吴婵在电话里抱歉地说。

"啊？"还是只有一个字。

"我临时来泰国出差，走得急了，没来得及通知你，抱歉。等我回来再跟你联系。"

"哦。"李与非还是一个字结束了电话。放下来才想：就算大股东，这也太不礼貌了吧？难道不应该提前跟CEO汇报吗？难道不应该汇报详细一点吗？为什么去？跟男的还是女的去？去几天，什么时候回来？不去不行吗？

李与非从洗手间回来，一眼看见吴婵的工位，更加气恼。这女人有多不负责任，说走就走，留下一张空桌子在办公室里，留下一种空落落的感觉在他心里。

空落落？他突然被自己这想法吓到了。

吴婵在泰国的工厂考察了三天。一切运行如常。管理层和工人都很负责。她旁敲侧击了几次，并没有发现管理层对天信有什么不满或者异动。吴婵直觉感到，一定有什么问题。

第四天早晨，吴婵打电话给助理，助理说这几天一直在开高层会议，但不知道讨论什么。吴婵有点不好的预感。她立刻订了回国的机票。

吴婵进入办公大楼，就觉得气氛有点怪，员工们用异样的眼光看着她，背地里窃窃私语。她进办公室，询问助理最近两天的情况。

助理支支吾吾："吴娟总监说，请您回来后第一时间去找她。"

吴婵去找了吴娟。

吴娟公事公办的样子，但眉目中一层掩饰不掉的得意。她把一份决议书递给她："有个事情通知你一下：因为近两年海外尤其是美国的销售一直下滑，公司决定裁掉你负责的海外推广部，一起并入我负责的大客户部。"

吴婵一愣。虽然她猜到吴娟会趁自己不在的时候做手脚，但万万没想到这次的举动这么大。

"美国销售下滑，主要跟最近的国际局势有关系。下滑的不是我们一家企业，也不是一个行业。"

吴娟打断："不用解释了，这是管理层的一致决议。"

吴婵不怒反笑："这三四天，你一定累坏了吧。要说服整个管理层，得花多少工夫。"

吴娟恼了："我说了这是大家的意思！你自己反省一下，从你自己身上找找原因！再不服气，去找爸爸哭诉吧！"

吴婵淡淡地说："你又不是不知道，从小到大，无论我们之间发生多少争执，我从来没找爸爸哭诉过。"

吴娟脸一白，狠狠瞪着她："现在你管的部门还没我多！别跟我摆姐姐架子！"

吴婵慢条斯理地把决议书收起来，说："是，我接受这个'一致决议'！只不过想提醒你，以前你只是想赢我，就算了；现在你想通过赢我来控制天信，那也未免想得太简单了。"

吴婵转身离开。

吴娟重重地把文件夹摔在桌上。这女人，就不能干干脆脆认输吗？

秦舒阳坐在谭力行的办公桌前，看着对面认真阅读论文的谭力行。

星丛近来对芯片的抗低温处理设计令舒阳很受启发。她留心收集了大量数据，撰写了一篇相关论文，当然避开了涉及商业机密的部分。

自从认识谭力行，她的论文第一个读者永远是他。即使之前两人曾发生过不快，看着他全神贯注阅读的样子，舒阳还是忍不住内心一软。

她竟然没办法不爱他。爱情里最怕碰到的就是，明明不该在一起的两个人，痴迷的方向却如此一致，注定要彼此纠缠。

谭力行终于放下论文，抬起头来，欲言又止。

舒阳有点紧张："怎么样，你说实话好了。"

谭力行沉吟一下，说："好，那我就实话实说，你知道对待学术我一向比较客观。"

"我知道。这就是我最喜欢你的地方。"舒阳轻声说。

"角度很新，但是论证中还存在不少问题。恐怕要花大力气修改。"

舒阳有点失望："这样啊？我都已经尽全力了。"

"要么这样，正好这个领域我也最近也有些积累，我来帮你修改。"

"真的吗？太好了！"

"只是……"谭力行有点犹豫地说，"这样一来，就不能算你的原创，恐怕我要和你联合署名。你知道，我并不在乎这个名，但遵照原则应该这样操作，我越跟你熟悉，就越不能徇私。"

"我当然知道。你帮我修改，共同署名是应该的。"舒阳赶紧说。谭力行原则性越强，她反倒越尊重。当初，她爱的就是他这一点。她低声而坚定地说："我所有东西，都可以跟你分享。"

舒阳离开办公室之后，谭力行拨通了一个电话："老林，你能不能帮我找个学生，我有篇论文的摘要需要翻译成英文。我打算投到 ISSCC（国际固态电路会议）上去。你知道，这是世界学术界和企业界公认的集成电路设计领域最高级别会议，我对我这篇文章很有信心，角度新颖，质量非常高。对，已经完成，完全不用修改，所以一定要快！"

谭力行放下电话，下意识用手指敲着桌面，看着秦舒阳的论文，脸上露出一丝志得意满的微笑。

第 13 章　极寒考验

李与非漫无目的走在大街上，边走边思考。

"星丛一号"的抗低温改造已经完成，现在还差最后一步：测试。

他今天咨询了三家芯片测试公司，结果是一样的，报出的价格高得令他无法接受。这样一来，成本里又要多出一大笔费用。在领航的订单签下来之前，星丛实在拿不出多余的钱了。

他走过一家旅行社的橱窗，突然又退回来。此刻接近寒假，橱窗里一幅滑雪广告引起他的注意，地点是黑龙江某滑雪场。李与非盯着广告里冰天雪地的照片看了一会儿，突然眼睛一亮。

李与非兴冲冲回到星丛，对赵峰说："你最近工作表现很好，我准备带你去黑龙江出差，以资奖励。"

赵峰大喜："黑龙江？去滑雪吗？要带什么装备？"

"嗯……防寒要求和滑雪差不多，因为会长时间在户外活动。跟滑雪的区别就是不带雪橇，要带些大箱子。"

"大箱子，装什么？"

李与非支支吾吾地说："也没什么，就是测试仪、板卡、几百块芯片什么的……"

赵峰愣了一下，警惕地说："听起来好像不是以资奖励，就是变相加班吧。"

李与非不好意思地承认："低温测试找第三方太贵了，我们就带着芯片带着仪器自己去黑龙江测试吧。实地测试，还更准确一些。"

"我就知道你没那么慷慨。"

"我对你是最慷慨的，除了你，其他都要自付差旅费。"

"除了我还有谁?"

"吴婵、秦舒阳、刘布。不是老总就是大教授,就算是变相加班,你也应该瞑目了。"

大家还是低估了哈尔滨冬季户外的寒冷程度。李与非和赵峰架机器的过程中,手已经冻得僵直。其他三人在旁边等着,也是冷得缩手缩脚。秦舒阳连打了几个喷嚏。

刘布听见舒阳打喷嚏,慌得像一根箭一样跑走。众人正莫名其妙间,他又像肉球一样艰难地跑过来,手里小心翼翼捧了两只纸杯。

"秦教授快来,喝点热咖啡。你是我们财神爷,你可不能冻着。"刘布一边喘气一边把两只纸杯递过去。

站在秦舒阳身边的吴婵伸手去接:"多谢啦,我还能跟着沾光。"

"不用谢。这杯不是给你的。"刘布手一缩,把两杯咖啡都递给秦舒阳,"都是给秦教授的,一杯喝,一杯暖手。"

吴婵没好气:"还暖手呢,你跑过来的功夫已经冷了。"

刘布一摸,果然,尴尬地说:"对不起,短跑速度慢就是不行……"

哈尔滨早晨的街头,人人都是行色匆匆,只有李与非等五人像傻瓜一样围着一台机器忙活,难免引来路人好奇的眼光。

有名彪形大汉在五个人身边站了半天,眼光从三个男人身上,再转到吴婵秦舒阳两个女子身上。大汉长得一看就不像善类。李与非、赵峰和刘布都留意到了。

刘布跟他对视了一眼,被对方凶狠的眼光吓得打了个哆嗦。

李与非赶紧转到他身前,用背影挡住大汉的眼光,悄声对刘布说:"千万别看他,更千万别问'你瞅啥'。在东北,好多赔性命的架就是这么一句话干起来的。"

刘布立刻怂了,还不忘担心女神:"他是不是看上秦教授了?你看他眼光多淫贱,要不要报警?"

还没等三人商量出对策,大汉已经大踏步走到他们面前。他膀大腰圆,加上厚厚的大衣,就像一座移动的大山一样,顿时把三人逼到墙角。

李与非壮着胆子问:"这位壮士,有何贵干?"

"什么贵干便宜干!"大汉声如洪钟,"你们仨知道哪儿错了不?"

"是不是……我们挡了您的道,对不起,我们马上搬走……"赵峰试探着说。

"什么挡道!我说你们大老爷们,都不知道这事儿怎么整!"大汉提高嗓门,吓得李与非三人倒退几步。

刘布大叫:"大爷,有话好好说!"

"我这不正跟你们好好说吗?"大汉指了指他们三个,又指了指吴婵和秦舒阳,"有你们这么办事的吗?外头下着冒烟儿大雪,你让两个姑娘站在寥天野地里陪你们,你们臊不臊?有什么事儿你们仨整不成的?非得让女人受冻?丢不丢人你们?"

李与非三个愣住。闹了半天,大哥是来打抱不平的。

吴婵赶紧打圆场:"大哥,我们这是在工作……"

"我当然知道你们在工作!所以我才气!你要是搁这儿唠嗑我才不管!"大哥继续教训李与非,"女人不能在这么恶劣的环境下工作的知道不?都不知道疼女人算啥男人啊你们?没结婚吧你们仨?活该都是!"

一阵手机铃声打断大哥的训斥。大哥接起电话,声音顿时温柔:"是的媳妇儿,我马上回来!包子买了,红烧肉豆角馅儿的,错不了!"回头又点了点李与非三人,这才小跑着离开了。

三个男人再也不敢怠慢,赶紧把两个女生送回屋里。

吴婵和舒阳坐在温暖的街角咖啡厅,透过玻璃窗看着外面的三个男人。李与非和赵峰边监测边讨论,刘布显然听得百无聊赖,又无福享受女性待遇,只好硬扛着。

吴婵收回望向窗外的目光,发现秦舒阳不怀好意地望着自己,顿时脸红。

"是我眼神有问题还是你眼神有问题?"舒阳犀利地问,"我看到一丝含情脉脉是怎么回事?"

"别胡说。"吴婵嗔怪。

"对他……有好感?"舒阳选了个最中性的说法。

"也不算吧。刚开始觉得这人愚蠢、刻板、不近人情,时间长了慢慢发现,好像没那么差劲。愚蠢是因为他专心,刻板是因为他认真,不近人情是因为他原则性强。之前是对他有些误会,现在了解了,就不存在什么沟通的问题了……"

"这就是我所说的好感。"舒阳一锤定音。

"那没有。"吴婵再次否认。

"跟我撒谎没关系,别对你自己撒谎。"舒阳意味深长地说。也只有知根知底的闺蜜才说得出这样的话。她看得出,有一种细微的变化,正在吴婵身上悄悄发生,就好像一颗种子,正在吴婵身上抽苞发芽,让她的眼神变得迷蒙,让她的沉思变得恬静。而她在本能地否认,本能地拒绝这种变化。

吴婵不再说话。她知道已经被舒阳看穿。对好姐妹,也没必要再做毫无意义地掩饰。沉默了一会儿,吴婵轻声说:"我不能对他有好感。"

舒阳立刻明白了吴婵的意思。她有点为姐妹不平:"你和鲍平又没结婚,法律上你还是自由人,为什么要自己给自己上镣铐呢?有首老歌怎么唱的?世间溜溜的男子,任你溜溜的求。几十年前的人都敢这么唱,多豪迈!你怎么跟活在封建社会一样!"

"我不是活在封建社会,我是活在商业社会,所以,我的爱情,我的婚姻,要找一条最经济最高效的路线。任你溜溜的求?我没时间求,我没时间也没精力试错。这是我唯一的选择,唯一的选择就是最好的选择!"吴婵有点激动。她不是在对舒阳解释,她是在给自己找个理由。

舒阳看出了吴婵的纠结,也就不再说下去。爱情和婚姻于别人是值得追求的自由,对于吴婵,却复杂得多,也沉重得多。作为旁观者,哪怕是最好的姐妹,她也不能替她做任何抉择。

吴婵意识到自己让闺蜜沉默,有点歉疚,急忙转换话题:"别只讲我了。好像外面也有人特别关注你嘛。"

她们往窗外望去，正看见刘布探头探脑往这边看，发现两个女生在注视自己，兴高采烈地对她们挥挥手。两个女生隔老远也能看见，这家伙鼻涕都出来了，冻结在人中上。

舒阳嫌弃地撇了撇嘴。

吴婵被逗乐了："这刘布，长得是困难了点，对你倒是一片真心。"

舒阳没好气地怼回来："我做错了什么你要这么对我？是好姐妹就帮我想想办法怎么让他离我远点！"

吴婵继续打趣："有个人经常在身边献殷勤也不错，至少你不寂寞。"

"我本来就不寂寞，我……"舒阳差点把唯一瞒着姐妹的秘密脱口说出来，话到嘴边戛然而止。

吴婵看到舒阳欲言又止的表情，有点疑虑，但她从来不愿打探别人的私事，况且是自己最好的朋友，便没有追问。

毕竟是受了凉，当晚，舒阳就发起高烧。

最着急的当然是刘布，没想到一向不懂得体贴的李与非竟然表现出难得的担心和焦急。他立刻跳起来，说到附近去买药。刘布颠颠地紧随其后。

看着李与非匆匆离开的背影，不知道为什么吴婵内心竟有点酸溜溜的，甚至隐隐羡慕舒阳，恨不得自己也生病。

自己竟然为了那个傻小子，在嫉妒最好的朋友吗？这个念头让吴婵烦躁不安。

李与非和刘布很快回来了。刘布心急火燎地直奔到舒阳的病床前，大呼小叫："秦教授，药来了，药来了！"

吴婵、舒阳和赵峰都觉得刘布看起来有点异样，似乎哪里起了变化，又说不清到底是什么。

刘布把胸一挺，吴婵等三人顿时醒悟：异样的是刘布的胸，原本整个上身就是浑然一体的圆柱形，此时竟然胸前有了玲珑的曲线。刘布一层层把上衣解开，正手一掏，反手一撩，从胸前掏出两只圆滚滚的罐子，把吴婵等三人都看得呆了。

"这是什么?"赵峰结舌地问。

"药啊!"

"我知道,可是怎么包装这么……妖娆?"

"我这不吃一堑长一智吗。白天咖啡一路捧过来已经冰冰凉了。中药本来就是温的,我要不采取点措施,回来也冰冰凉,秦教授怎么喝?"

赵峰咳嗽一下,说:"刘总,您知不知道咱们房间里有个叫微波炉的东西?"

"不知道,怎么了?"刘布爽利地问。

"呃……那就没事了。"

劝服舒阳吃药花了些时间。舒阳死活无法接受直接从刘布胸怀里掏出来的药罐子。最后还是吴婵从餐厅借来杯子,换在杯里重新加热,这才哄着舒阳吃下去。

吴婵看着舒阳睡熟,这才回到自己的房间。刚进门,房间电话响了,是李与非:"你能到二楼餐厅来一下吗?"

"什么事?"

李与非犹豫了半天,说:"你来了就知道了。"

此时已经是晚上近十点。餐厅里只剩下值夜班的服务员。吴婵一眼看见李与非,就坐在最近的一张桌子旁,桌上放了一只合盖的茶杯。

李与非把杯子推到吴婵面前。吴婵打开杯盖,杯子里是深色的液体,散发着浓浓的药气。

"这是什么?"吴婵问。

"药,预防感冒的。给你喝。"李与非言简意赅。

"什么意思?"

"药需要趁热喝,我只能在餐厅加热。我房间里没有微波炉,而且……"李与非有点羞赧地说,"我的胸也没刘布大。"

吴婵向来矜持,此刻却忍不住笑出声。好容易止住,问:"我又没病,为什么要逼我吃药?"

"我怕你生病。"李与非回答得不假思索。

吴婵一怔。

李与非继续说:"今天秦教授生病,我很内疚。是我把你们叫来的,我应该承担责任。如果你也生病了,那我怎么办?"

"有什么怎么办?舒阳懂专业,我又不懂,我是病是好,也不影响工作进度。"吴婵追问,有点把李与非逼到死角的意思。

"那不一样。秦教授专业再好,反正也没我好。而你不一样,你懂的我都不懂。"李与非还是回答得不假思索,显然并没有多余的心思,十分坦荡。

可这已经够了。

吴婵把装满药的杯子挡在脸前,尽力想掩饰嘴角忍不住的笑意。天知道,就在几小时之前,她还在羡慕或者说嫉妒舒阳能吃这杯药。

几百块芯片顺利检测结束。五人从哈尔滨返回。

李与非和吴婵把一行李箱的芯片运回公司。收拾停当,李与非主动提出送吴婵回家。

"你意思是,没有开车的你,送开车的我回家,然后呢?"吴婵问。

"然后我地铁回去啊。",李与非答得理直气壮,丝毫也不觉得这样的操作有什么问题。

吴婵竟然不忍心拒绝。

送到吴家楼下,李与非欲言又止,犹豫了半天,说:"我们在哈尔滨的时候,其实那位大哥说得对……"

"大哥?"吴婵反应了半天,"他说什么?"

"他说,我不应该让你们女生陪我们挨冻的。我都知道,我其实也不是那么残忍的老板。当然我也不算什么老板。可是,可是……"

"可是什么?"吴婵温柔地问。

"可是,如果你不在旁边看着,我会不习惯!"李与非脱口而出。

吴婵一怔,看着李与非。

李与非意识到自己的话不妥,赶紧乱七八糟解释:"也不是不习惯,其实你能起到的作用也很小,你本来也不懂专业……哦,不是,我不是这个意思……我,唉,我也不知道我在说什么……"

吴婵内心陡然一暖。那一刻,拙嘴笨舌的李与非让她体会到全世界的口若悬河都不曾带来的感动。

"不用说了,我都知道。"吴婵轻声地阻止了李与非情急的解释。

李与非停住,看着吴婵。她眼睛亮亮的,好像真的什么都知道,好像什么都能看透,包括连他自己都不甚了然的心思。李与非突然觉得,他什么都不需要说了。

吴婵也不说话,只是继续地,用亮亮的眼睛看着李与非。

空气很宁静。两个人久久对视着,都感觉自己内心里有什么原本稳固的、平衡的、一成不变的东西被打破,变成汹涌的、激荡的、无法预测的暗流,随时会吞噬自己,仿佛也会吞噬对方。

吴家二楼的阳台上,吴娟端着一杯饮料走出来,正好看到楼下相望的两人,整个精神一振。她躲在暗处,悄悄观察了一会儿,拿出手机拍了几张照片。

鲍平正在一家会所应酬,听得手机响。打开来,是吴娟的消息,发给他一张照片,还配了一句话:"你好像被绿了。"

照片里,吴婵和一个高大的年轻人相对凝望。那年轻人,不久之前鲍平曾在网上搜到过,吴娟当时还夸"长得还不错"。

鲍平再次点开搜索引擎,搜索"星丛、李与非",跳出一系列消息。他点开其中一则,认认真真读了好几遍。

美国司法部指控华人科学家李与非涉嫌窃取核心机密。

鲍平脸上露出一丝饶有兴致的笑容。

李与非和吴婵带着通过低温检测的芯片,兴致勃勃地来到领航公司,没想到等待两人的是一个干脆的拒绝。何启轩甚至避而不见。助理坚持说"何总外出了"。

李与非激动地几乎要跟助理起争执。吴婵知道不能硬来。她劝李与非先回去，自己继续等在会客室里。

等了三个小时之后，何启轩终于出现了。

"大侄女，你的耐心真好。"何启轩苦笑。

"我知道，何叔叔'外出'一定有理由。即使我不能改变您的主意，至少希望有机会做个解释。"吴婵不急不缓地说，给双方都留了余地。

何启轩对她的态度很满意，赞许地点了点头："好！对你，我就直说。"

何启轩把手里的平板电脑递给吴婵，显示的是美国司法部控告李与非的新闻。他不满地说："什么不好做，去做间谍？我可不相信他是为了国家利益！这种人怎么可能合作？"

"司法部很快撤销指控，说明他是无辜的！"

"那谁知道？"

吴婵心一沉。这不是靠口舌之争就能澄清的事实，也没有旦夕之间就能搜罗到的证据。

"你现在拿什么解释？"何启轩问。

吴婵略一沉吟，果断地抬起头，说："拿我自己！"

"什么？"

"我拿我自己解释！何叔叔，您相信我吗，不谈别的，只谈人品，您相信我的人品吗？"

"那是自然！都是在我眼皮底下长大的孩子！"

"谢谢您！我现在无论怎么解释，都很难让您信服。但是，我相信李与非，就好像何叔叔相信我。所以，我来为星丛作担保。我用我在天信的个人股份，为李与非和星丛一号作担保。如果李与非有任何道德上的污点，从而影响到领航的声誉，我将用我的个人资产和个人股份赔偿领航的所有损失！"

何启轩愣住了，半天说："你不过是星丛的股东之一，何必担这么大风险？"

"我不仅是股东之一，我是星丛的创始人之一。这二者的意义是不同的，前者只关心投资回报，而我更关心这家企业的发展壮大，我更关注星丛的未来。我眼看着像李与非这样优秀正直的年轻人——这个评语您可能现在并不同意，没关系，让时间来证明——他们为了既无名又无利的事业，投入所有的精力和热情。我没办法袖手旁观。我必须担风险，如果我现在不知道承担风险有多痛苦，将来我就不能体会成功有多喜悦。"

何启轩久久地看着吴婵。在他们这群相熟的圈子里，吴婵是二代中非常出挑的一个。他知道这女孩最大的优点就是老成持重，比她的实际年龄成熟得多。她应该不会头脑发热地去支持一家信誉有污点的公司。他该不该信她呢？

何启轩沉思了一会儿，说："你让我考虑考虑。"

吴婵脸上露出笑容。无论如何，这是一个缓和的信号。

何启轩突然也笑了一下，说："你们这对小夫妻真有趣，立场完全相反。你就这么帮星丛，鲍平这么贬它。"

"鲍平？他来找过您？"

"对啊，跟我讲李与非陷入官司的就是他。"

在美国的消息也能被挖出来，看来，鲍平做了不少功课。吴婵想，但嘴上还是找了个理由，为鲍平作了辩解。她必须维护他。她和鲍平的感情，即便不能成为佳话，至少不能沦为笑话。

早晨，吴婵刚来到天信，四名员工过来找她，都是从前海外推广部的同事，而且是非常能干、她也很信任的几名员工。

四人犹豫一番，终于有一人带头说："吴总，能不能请您跟人事部沟通一下，原部门解散并不是我们的责任，把我们流放到其他部门之前，至少应该征求一下我们的个人意见。"他把"流放"两个字讲得很重。

吴婵陡然醒悟。最近她一直忙于星丛的项目进展，完全忽视了天信的四面楚歌。上周吴娟趁她不在合并了海外推广部，看来她并没有止步于此，要把吴婵身边的得力助手全都遣散才满意。

吴婵询问了一下，四人和上次闵婕一样，都被派到远离核心的部门。

吴婵一阵愤怒,表面只能安慰四人:"只是暂时的,我一定会想办法解决的。"

"上次,吴总也是这么对闵婕说的吧?"员工幽怨地说,"我们可不想像她那样的下场。"

吴婵一惊:"什么意思,闵婕怎么了?"

"您不知道吗?她前几天高烧,部门经理不准假,结果现在发展成急性心肌炎,住院了。"

吴婵失神地坐在医院的长凳上。她刚从闵婕的病房出来,内心像压了一块铅一样。

闵婕瘦了不少,人也看起来很憔悴。不知是无力争吵,还是已经心死,她显得比上次愤然离开的时候平静得多。她没有抱怨,也没有问责吴婵,这反倒让吴婵更内疚。吴婵告辞离开,走到门口的时候,闵婕叫住吴婵,意味深长地说:"吴总,不用担心我了,还是好好为你自己打算吧。"

几只鸽子大胆地在吴婵面前踱步,悠闲地啄食。吴婵盯着鸽子,暗暗思考。一直以来,她对吴娟的挑战都是采取以退为进的忍让态度。她不想让父亲为难,更不想把吴家的私事,升级为整个天信的八卦谈资。现在看来,无端忍让反倒助长了对方的气焰,吴娟反而把她的回避当怯懦,把她的隐忍当驯服,变本加厉。

吴婵慢慢弯腰,捡起一块石头,砸向鸽群。鸽子受惊,扑棱棱飞了起来。吴婵看着惊叫飞起的鸽子,脸上露出坚定甚至有些冷酷的表情。

吴婵回到天信,直接冲到吴娟的办公室,报了那四名员工的名字,言简意赅地说:"收回你的调令。这几个人的安排,我说了算。"

虽然两个人一直不睦,吴婵也从来没用这种命令的口气对吴娟讲过话。吴娟有些意外,更多的是气恼:"你别忘了,人事部是我负责的!"

吴婵近乎粗暴地打断:"闭嘴!"

吴娟一愣。

吴婵走近一步,几乎对着她的脸,一字一句地说:"我吴婵只是输得起,不代表我赢不了!"

吴娟明明知道她不过是威胁,但看到吴婵凛冽的眼神,还是不自禁感觉到一阵寒意。

天信的高层会议上,吴娟骄傲地宣布她的团队所打造的智能家电已经完成第一步。她带各位天信的高层参观作为样板的智能会议室:在众人进入之前,智能空调提前开启,按照人数设置最佳温度;工作电脑提前启动;自动咖啡机提前工作。

这些在硅谷早已经实现的操作,第一次出现在天信这些中老年人为主的管理层面前,还是非常炫酷的。众人赞不绝口。

吴娟得意而挑衅地看向吴婵。

吴婵有点鄙夷。但她心里明白,鄙夷不能成为她阻挠项目进展的借口,毕竟物联网一体化,对于陈旧的天信产品线来说,已经是难得的跨越。她要指摘或者反对,只能拿出更令人信服的、专业方面的理由,而这理由,凭她的知识储备是拿不出的。

好在她有高参。

吴婵悄悄地把智能会议室内部录了一段小视频,发给李与非,问这样的智联网有什么缺点。李与非很快回复,说只有看到芯片详细数据才能判断。

吴婵看吴娟正洋洋自得地向管理层作介绍,俨然众星拱月。她悄悄退出会议室,趁人不注意,溜进吴娟的办公室。

吴婵四处寻找,终于在抽屉里找到斯诺公司的设计方案,用手机拍了不少照片。她刚把方案放回抽屉,听见门外传来脚步声。显然已经来不及出去,吴婵索性坦然在会客椅上坐下。

吴娟进来,一眼看见吴婵,警觉地问:"你在这里干什么?"

"我……想向你道歉。"吴婵从容地说。

"道歉?"吴娟还是一脸警觉。

"上次是我比较冲动,态度不好。而且,你牵头做的项目确实很优秀。

我应该好好向你学习。"

"真是太阳从西边出来了，吴大小姐居然会认错?"

"大家都是成年人，对就是对，错就是错。你做得好，我当然要承认。"吴婵施施然站起身，向吴娟微微一笑，镇静出门。

走出门外，吴婵偏过头，回望一眼办公室，轻声地、冷冷地自语："做得不好，我也不会放过。"

第14章　被黑客送进急诊室

何启轩打电话给吴婵，他终于同意订购"星丛一号"。吴婵长出一口气。大家努力了这么久，第一笔订单终于尘埃落定。

当晚，李与非请星丛所有员工吃饭庆功。

吴婵叫过李与非，把她上次拍照得来的斯诺设计方案给他看。

"你觉得这样的设计有问题吗？"

李与非认真翻看了一下："当然有。这个设计非常粗糙，芯片底层架构太简单，极易出现安全漏洞。"

"什么样的安全漏洞？"

"打比方说，高明的黑客，就能很轻易地黑进中央控制系统。我就可以远程操纵所有的智能家电，那可就乱成一团糟了。"李与非问，"这是你们天信的设计方案吗？"

"嗯，算是吧。"有些事，吴婵不想让李与非知道，就含糊回答。

"那你一定要赶紧提醒技术人员，避免出现大问题。"

"我明白。"吴婵嘴上答应，但她心里自有主意。

她去提醒吴娟？她巴不得吴娟的跟头栽得越重越好。吴婵略一思考，已经有了计划。她趁李与非不注意，把秦舒阳拉到一边。

"有没有那种技术人员，专门攻击指定客户的芯片系统，不是恶意的，以测试网络安全为目的？"

"你指的是白帽黑客？"舒阳马上回答。

"还有专业名词？"

"是啊，类似网络安全工程师，没有非法的动机，利用自己的黑客技术，一般是攻击他们自家的系统，或被聘请来攻击客户的系统以便进行安全审查。"

"对，就是你说的意思。你认识这样的人吗？我想找个人测试一下天信新设计的芯片。"

"天信这么大的公司，去找个大测试机构呗。怎么，你也跟李与非学会抠门了？"舒阳打趣。

"那倒没有，我只是做个初步测试，以后肯定还要找正规大公司的。"吴婵的计划，只希望越少人知道越安全，对姐妹也不便直说，随便找了个借口。

舒阳信以为真："小事一桩，我帮你找个技术好的。我有个学生已经毕业了，就在这样的公司里工作，我让他接你这个私活。"

"太好了！"吴婵趁机也打趣，"怎么样，帅不帅？已经毕业了不算师生恋了，有没有可能发展一段？"

舒阳还了一拳。

"使不得，使不得！"刘布正好听到后一句，赶紧过来打岔，"秦教授神仙姐姐一样的人物，千万不能被校园里那些猪猡们给拱了。"

"有你这么说话的吗？"舒阳哭笑不得。

刘布神神秘秘地从怀里掏出一只丝绒盒子，小心地捧到舒阳面前："秦教授，这个送给你！"

大家开始起哄。舒阳顿时红了脸："我不要！"

吴婵恨铁不成钢地指导刘布："你就成心碰一鼻子灰是吧？哪里有大庭广众送女孩子礼物的？"

在场的男性有一半都懵了。刘布吃惊地问："这样不对吗？"

赵峰接口："是啊，女孩子不是喜欢引起注意吗？"

李与非离得远插不上话，却竖起耳朵听着。

办公室里看来都是一群理工直男。吴婵和舒阳好气又好笑。吴婵解释："引起注意是有前提的。你有把握对方肯定接受，闹多大动静都可以。像现在刘总这样，都不知道人家怎么想，那可不光引起注意，简直引火烧身了。"

刘布承担了经典反面教材的作用，眨巴着滚圆的眼睛，无辜地看着大家。

吴婵看刘布可怜，忍不住打圆场，劝舒阳说："要不先看看什么东西，你就不好奇吗？"

舒阳无奈，只好打开丝绒盒子，里面是条光彩夺目的蓝宝石项链。

"哗……"大家齐声赞叹。

舒阳眉头一皱："这么贵重，我更不能要了！"

"不是，不是，这不是一条普通的项链，这是一条高科技项链！"刘布急忙解释。

"'高科技'三个字从你嘴里说出来，真是让我莫名惊诧。"舒阳说。

"真的！"刘布把项链翻过来，指着后面镶嵌的一颗亮片说，"看，这里有个感应器。上次你在哈尔滨不是发烧了吗？这个感应器就是报警器，你体温太高或者太低，我这里的警示器就会报警。你戴上这条项链，就再也不会像上次那样不知不觉受凉了。"

"这回还真是高科技啊！"吴婵赞道，"你从哪里搞来的？"

"一个俄罗斯土豪帮我定制的。我看他那玩意儿挺好用，就找人做了点改装。"

"好用？本来是干吗用的？"舒阳警惕地问。

"内什么……养宠物用的。"

"什么宠物？"

"蟒蛇。"

众人愕然。过了半天，还是吴婵先发话："真是用心良苦。要不舒阳你就收了吧。"

大家齐声附和。赵峰同情地说："是啊，秦老师，刘总怎么也算是我们这群直男中的战斗机。万一他出师未捷身先死，对我们这群后辈也是打击很大的。"

刘布感激涕零，摇着赵峰的手说："谢谢兄弟！我争取比你后死！"

局势发展到这地步，舒阳无奈，只好收下项链，顺手扔进包里。

舒阳为吴婵推荐的男生虽然没那么帅,但一看就是标准的高智商理工男。对于此类男性,吴婵现在已经拥有丰富的交往经验,她知道只要把要求描述得足够具体量化,对方一定能把任务做得毫无瑕疵。

"你能在下周一早上十点钟,攻击这个系统吗?"吴婵的目标是新的智能办公室,下周一十点,正是管理层例会时间。

"你这个问题就好像问我能不能拍死一只秒速五厘米的苍蝇。"男生满不在乎地说。

吴婵会心地笑了。

"你要我攻击到什么地步?"男生问。

吴婵微一沉吟,说:"办公室里大多数智能设备都失灵,做得到吗?"

"做是做得到,不过……"男生有点怀疑地问,"你确实只是测试一下系统安全性吗?"

吴婵表面镇定地回答:"那是自然,因为我们要求比较严格。我带了公章过来,可以跟你签协议。"她确实带了公章过来,不过是毫无法律约束力的会务章,不是公司公章,但她猜小男生没什么社会经验,应该分辨不出。

果然,男生放心地点了点头。

周一的高层会议果然在新配备的智能办公室召开。

开会之前,吴娟端了一杯咖啡过来,作势递给吴婵:"你没来之前就泡好的,要不要尝尝我智能咖啡机的手艺?"她把"我"字咬得很重。

吴婵淡淡一笑,不轻不重回了过去:"我从来不喝加糖的咖啡。看来咖啡机还不够智能。"

吴娟脸上的笑容迅速消失,狠狠瞪了她一眼。

会议开始,吴娟再次开始描绘天信智能家居的前景。吴婵静静听着,时不时扫一下腕上的手表。

办公室的空调越来越冷。吴婵看到有几位管理人员开始瑟瑟发抖,交头接耳。吴婵舒适地靠在椅背上。她知道,好戏开始了。

窗台上发出咯咯吱吱的声音,猛然间,原本卷起的窗帘突然自动放了下来,继而不受控制地上上下下。吴娟引以为豪的咖啡机发出低鸣,自动沸腾,开水都溅了出来,吓得众人四处闪躲。

会议室里顿时乱作一团。大家纷纷问吴娟:"到底怎么回事?"

吴娟尖着嗓子打电话给技术人员,额头上汗都下来了。

吴婵淡定地看着这一切。直到大家的议论几乎把房顶掀翻,才装作恍然大悟地说:"会不会系统受到黑客攻击了?"

"黑客攻击?怎么回事?"吴项冬问。

吴婵故意吞吞吐吐地说:"上次展示芯片设计的时候,我就发现芯片架构非常粗糙,有很大的安全隐患,一旦被竞争对手利用,很容易被攻击。"

"你为什么不早说!"吴项冬训斥吴婵。

吴项冬虽然口气严厉,但吴婵知道他的怒气不是针对自己,而是旁人,此时反倒大可以揽些责任。于是她无辜地低下头:"对不起,是我的错。我看大家当时都很满意,就开始怀疑自己的判断……"

果然,吴项冬根本没有细听,而是转头对着吴娟,厉声说:"赶紧派技术人员过来解决!然后到我办公室来!"

舒阳看着李与非干净利落地扫除了几处硬件漏洞,忍不住赞叹:"放着你这么好的身手,吴婵何必还要到外面找白帽黑客。"

"吴婵找过白帽黑客?"

舒阳一惊。她原本以为李与非知道这回事,因为技术上的问题吴婵一向是先求助于李与非的。从李与非的反问中舒阳才发现他一无所知,那只有一个可能——吴婵是瞒着李与非找的白帽黑客,也就是说,一定是出于什么原因,吴婵不希望李与非知道这件事。

"哦,没什么。"她急忙改口,试图维护闺蜜。

"到底怎么回事?无论是星丛还是她天信的芯片产品,如果是正常的检测，吴婵都不会瞒着我。"李与非追问。他看舒阳还在犹豫，加了一句，"黑客毕竟是黑客，白帽不白帽，只在一念之间。"

舒阳一凛。李与非这句话也让她意识到吴婵的做法有点反常。她不再犹豫，把情况告诉了李与非。

李与非思索着："目前天信用的智能芯片是国外采购的，吴婵瞒着我们去做测试……"

舒阳一向知道吴婵和同父异母的妹妹之间的纠葛，她心念一动，问："你说，她会不会也瞒着天信？"

两个人对视着，同时想到了一个可能性，也是最能解释吴婵反常举动的可能性。李与非低声说："糟了！"

他冲出门外，叫了一辆出租车，直奔天信大楼。

吴婵两次经过吴项冬办公室的时候，都听到他厉声讲话，吴娟几次试图解释，都被他粗暴打断。虽然听不清两个人说什么，但吴婵能想象吴娟被骂得劈头盖脸的样子，顿时感到神清气爽。

过了好一会儿，吴娟气呼呼从吴项冬的办公室出来，狠狠把门一摔。吴项冬开门走出来，站在走廊上对吴娟大喝："站住！你什么态度！"

吴娟仍然一脸怒气，但不敢违拗，站在走廊上。

走廊上的员工既吃惊又尴尬，尽量贴着墙，挪回到室内，从各个隐蔽的角度偷偷看热闹。

"好好反省一下，写一份详细报告明天交给我！"吴项冬厉声说。

吴娟不出声。

"听到了没有！"吴项冬嗓子提高了八度。在生意圈里摸爬滚打几十年的吴项冬，什么人没打过交道，一旦发起怒来，着实吓人。

吴娟终于意识到，这个发脾气的人不是她可以在家对其撒娇的父亲，而是一个家电帝国的创始人。在公开场合挑战他的尊严和权威，哪怕是亲生女儿，也没有什么情面可讲。她眼泪都冲上来了，委委屈屈地回答："听到了。"

吴婵就在不远处她自己的办公室里，透过玻璃窗注视着这一切。她的内心几乎要唱出歌来。

手机急促地响起，吴婵低头一看显示的名字，是李与非。她不安地把手机放在一边，并没有接。

两分钟以后，办公室门被推开，李与非气喘吁吁地出现在门口。吴婵呆住了。

"告诉我，你为什么要找白帽黑客？"李与非问。

吴婵大吃一惊，赶紧跑过去把门关紧，放下百叶窗。

"你来这里干什么？"她问。

吴婵的一系列动作印证了李与非的怀疑，他追问："这是你个人行为，你是故意的对吗？找人攻击自己的公司？"

"你小声点！"吴婵急了，如果被别人听到就完了。既然李与非已经猜出来，她就也不再隐瞒，"你也说过这个设计漏洞百出，迟早会被人攻击。白帽黑客本来就是做这件事的！"

"你可以好好跟技术人员沟通，没必要采用这种方式。"

"沟通？'星丛一号'被天信拒绝的时候，有没有人跟你沟通？"

"那是两码事。我自己的产品没做好，我认输。"

"我不认！"吴婵顶回来，"拿了一个更差的产品来替代你，还在我面前吹得天花乱坠。这样的人要我认输？做梦！"

"所以你根本不是为了公事，你是出于私心，你是为了报复！"

"是，我是为了报复。谁让他们做得差，活该狠狠接受教训！"

"这教训会有多狠，你心里有数吗？"李与非急了，"智能芯片被攻击远远不止设备失灵那么简单，如果远程控制的电路失控，可能出大事，这些你想过没有！"

吴婵一愣，李与非再次问到了她知识的盲点。她不由问："会出什么大事？"

"那间智能办公室在哪里？带我去看看！"

吴婵看李与非面色严肃，也有点急了，急忙带李与非往会议室走。她说:"这黑客是舒阳推荐我的,技术上不会有问题。"

"即使他没有问题,你能保证天信的电路和网络没有问题吗?这就好像你操控无人机,机器没问题,操作没问题,但你能保证不会遇到大风大雨吗?这些都是你无法控制的!"

吴婵和李与非赶到的时候,天信的技术人员正在徒劳地维修,但并不能解决问题。

有个保洁女工看到咖啡机一直在沸腾,试图去拔掉插座。李与非一眼看到,大喝一声:"不要拔!"

他几步冲过去,把女工推到一边,女工一惊,撞翻了咖啡机,滚烫的开水一下浇在李与非的胳膊上。这还不算,水溅在桌上,溅在插座上,顿时火星四冒。

一切发生太快。吴婵只看到电火花在李与非的身前飞起,李与非身子一震,倒在地上,昏了过去。

有女孩子惊叫起来。吴婵呆住了。她本能地伸手想去扶李与非,被旁边一个技术人员拦住:"你疯了,你也想触电?"

技术人员迅速用一根木棒把电线挑开,这才把李与非拖到一边。

李与非脸色青白,一动不动地躺着。吴婵腿一软,跪倒在李与非身边。

早已有人拨打了急救电话。救护车很快赶到。救护人员测量李与非的脉搏和心跳。

吴婵只觉得自己全身发抖。她颤抖着问救护人员:"他……死了没有?"

救护人员来不及回答她,急匆匆把李与非抬上救护车。

医院。吴婵愣愣地等在急诊室门口,大脑一片空白。

李乐愚、姚美丽和李与宁匆匆赶过来,看吴婵坐在门口,焦急问她:"怎么样,怎么样?"

吴婵茫然看着三人,说不出话,身子一个劲发抖。姚美丽一看她这样子，哇的一声哭出来。李乐愚赶紧把她拉到一边。

李与宁最镇定。她看吴婵抖得厉害，把手伸过去，握住吴婵的手。

吴婵回过一点神来，看向李与宁，过了一会儿，轻声说："如果你哥哥死了，是我害死他的。"

吴婵眼神空洞，脸上没有表情，但这空白的表情反而让李与宁一震。那是多么深刻的负疚、恐惧和悲哀。

急诊室门终于开了，一名医生走出来。李家三口立刻围了上去。

"医生，他怎么样？"

"放心，已经脱离危险了。多休息两天就没事了。"

姚美丽不顾性别和年龄差异，死命拥抱了年轻的男医生。李乐愚赶紧把她从医生身上扒下来："成何体统，快走，看儿子去！"

"医生，我明天就给你送锦旗！你就是我儿子再生父母！"姚美丽一边喊一边一溜烟往病房跑。

李与宁往病房走了两步，突然想到吴婵，她转回身，发现吴婵已经不见了。

李与非还没有醒过来，但脸上恢复了血色。姚美丽一边看着儿子一边抹眼泪。过了一会儿才想起来："吴婵那姑娘呢？"

"可能看哥哥没事，已经走了。"与宁说。

姚美丽有点奇怪："咦？她倒是心大，说走就走了，也不进来看看。"

与宁皱了一下眉头，思索着说："我觉得不是。看她那样子比我们还担心一点。好像真是吓坏了。"

与非他们一家不知道，此时此刻，医院大楼前的草坪上，在一个无人的角落，吴婵蹲在地上嚎啕大哭，哭得声嘶力竭，像一个找不到家的孩子。

吴婵进家门的时候，吴项冬、谢雪华和吴娟都在客厅里。

看见吴婵进门，谢雪华不咸不淡地说："正好大小姐回来了，你有什么好消息可以直接告诉她。"

177

吴项冬扫了谢雪华一眼,眼神不怒自威。谢雪华顿时住口。她知道吴项冬不喜欢她参与到天信的事务中来,更不喜欢她挑起吴婵和吴娟之间的是非,无论是有意还是无意。多少年来,这几乎是不成文的家规。吴项冬大多数时候很随和,尤其在经济上对她们母女都很宽松,唯独涉及到原则问题,她知道决不能惹恼他。

"小婵,你怎么脸色这么差?"吴项冬一眼看出女儿的异样。

吴婵摇头不语。

"最近可不要生病。公司的产业升级,还是要由你来抓。这次小娟闹出这么大的乱子,让她好好反省反省!"吴项冬说。

"爸爸!"吴娟恼火地说,"我已经认错了,你还要怎么样?"

"认错?差点闹出人命你知不知道?"吴项冬厉声说,"你以为是儿戏吗?这次要你好好吸取教训!"

吴娟还想反驳,谢雪华在她胳膊上拧了一下,吴娟这才忍住。她恨恨地转头对着吴婵:"好呀,你满意了?明天到我办公室交接!"

吴婵茫然看着三个人,过了一会儿,缓慢地说:"对不起爸爸,我想请几天假,我……不舒服。"

"怎么回事?要不要让陈医生过来看看?"吴项冬关心地问。

吴婵摇摇头,不再答话,转身上楼。

三人纳闷地望着她的背影。谢雪华和吴娟交换了一个眼神。

舒阳在学校公告栏里,看到了一则光荣榜:我院谭力行院长的论文入选世界顶级会议 ISSCC(国际固态电路会议)。

没有提到秦舒阳三个字。

舒阳转过身,正看到谭力行从身后走过。谭力行向她尴尬一笑。

两人一前一后走进谭力行办公室。没等舒阳发问,谭力行已经愧疚万分地道歉:"亲爱的,真对不起,这是院里的意思。学校让我申报国家级荣誉学者,当然分量最重的就是核心期刊或者顶级会议论文,跟别人合作的论文不算数。他们没跟我商量就拿掉了你的名字,我还找校领导吵了几次也没用。都没好意思跟你讲……"

舒阳马上理解了。学校为了捧明星老师,打造光环效应,确实会有这种操作。何况荣誉给了自己心爱的人,当然心甘情愿。

谭力行还在自怨自艾,舒阳善解人意地打断他:"别傻了,我怎么会跟你计较。我早说过,我的一切都愿意和你分享。"

谭力行吁了口气,迅速抱了抱舒阳。

学院为谭力行开庆功会,宣布订了某酒店的自助餐。

书记发话:"别人都说我们理工科学院太死板,到时候大家都穿得漂亮一点,洋气一点,带上自己的伴侣,晚上不醉不归!"

"不就是老公老婆吗,还'伴侣',这就洋气上了!"有人在下面笑。

书记狡猾地说:"谁说伴侣一定是老公老婆?"

大家纷纷起哄。舒阳一边笑,一边有意无意看向谭力行。他忙着接受同事的祝福,并没有看到她。

秦舒阳看着衣架上挂的晚礼服,忍不住甜蜜地微笑了。

这件礼服是她特意为今晚的庆功会买的。亮闪闪的银色,背心开得很低,能露出姣好的背部曲线。在店里试穿的时候,导购就羡慕地说:"姐姐你穿这件衣服好漂亮,又优雅,又性感。"

舒阳是一个不容易被奉承话打动的人,那一刻她被打动了,不是被这句话,是被镜子里的自己。一直以来,她只是一个年轻有为的教授,可在那一刻,她真的像那小姑娘说的一样:优雅,性感,十足的女人。

舒阳换上晚装,在镜前自我欣赏了一会儿。总觉得脖子上空空的。转头看见被她扔在一边的刘布送的蓝宝石项链,想了想,拿过来试着戴上。雍容通透的蓝宝石项链配上晚装长裙,相得益彰。

姑且戴一次吧。

时间已经到了六点半,距离宴会开始只有半小时。谭力行并没有打电话过来。

舒阳有些隐约的不安,但她很快把不安压了下去。也许他不方便主动约她,也许他想跟她装作偶遇呢。她不再耽搁,匆匆套上从来不穿的高跟鞋,下楼叫出租车。

舒阳的出现果然赢得同事们的喝彩。她一边跟大家寒暄,一边用眼光搜寻谭力行。

终于,她看到他,坐在主桌的位置上,正和校长讲话。虽然是学院的活动,但毕竟是全校的光荣,连校长也出席了。谭力行身边好像还有一个人,只是被人影挡住了,看不清楚。

副院长走上讲台,宣布宴席开始。首先由校长致辞,继而,主嘉宾谭力行上场。

"非常感谢校领导对我的认可,非常感谢同事们的支持……"谭力行说了些开场的套话,接着,他声音放温柔了些,脸上也浮现一丝生动的笑容,说,"今天借这个机会,我顺便表达一下私心。我想感谢一个人,我生命中非常重要的人。我能获得这点微不足道的成就,全靠她在背后默默无闻的支持。可是这些话我从未对她说过,我也觉得非常愧疚……"

舒阳的脸"腾"地红了。这惊喜也来得太突然,他事先根本没有和她商量过,怎么能当着这么多人的面说这么肉麻的话,实在是……甜蜜。她的心怦怦跳着,把头低了下去。

"这个人就是……我的太太!"

全场鼓掌,喝彩。舒阳呆住了,猛地抬起头,在人声鼎沸中望向讲台。主桌旁原来坐在谭力行身边的人站了起来,走到谭力行身边,偎依着他,幸福地笑了。那是一个雍容华贵的女子,身材已经有点发福,但气质很好,一身得体的套装,脖子上挂着一条珍珠项链,低调又奢华,显然家境优渥。

"听说谭教授的太太比他大好几岁呢!"身边有人悄悄议论。

"看不出来啊,保养得真好!"

"家境好嘛,据说丈人是当地的高官,资源也很好……"

"哦,怪不得……"

"你怪不得什么?"

两个人一阵耳语，窃笑起来。

舒阳再也听不下去了。她悄无声息离开桌子，走到门口，再回头看了一眼聚光灯下那对幸福的夫妇，推门而出。

外面风很冷。她穿着优雅又性感的露肩晚装，踏着完全无法驾驭的高跟鞋，跟跟跄跄地走着，茫然没有目的。她只想离开那片聚光灯，离开鲜花、掌声和笑脸，越远越好。

一阵嚣张的马达轰鸣自远而近，她完全没有意识到。车子在她身边停下来，下来一个人，气喘吁吁跑到她面前。

"秦教授，秦教授，这是咋的了？"是刘布。

"你怎么知道我在这里？我都不知道我在哪里。"舒阳的脑子都冻得有点木，喃喃地问。

"项链啊！我收到报警了！你体温太低项链就会报警。"刘布扬了扬手里的报警器。他上下打量舒阳一眼，奇怪地问，"话说，秦教授你怎么穿成这样？"

"什么样，又优雅又性感？"舒阳自嘲地说。

"嗨！什么性感不性感，我看你马上要得流感了！"刘布根本没心情欣赏舒阳的露背晚礼服，他只看见舒阳冻得发青的脸和胳膊，急坏了，赶紧脱下外套裹住她上身，"你跟别人比啥性感啊，你裹条被子也比全世界女人性感！下次大冷天出门你倒是裹条被子啊！"

外套带着刘布的体温，还有他身上的气息，披在舒阳身上，像一阵电流贯穿舒阳的身体。她本来渴求的，是另一个人的拥抱，另一个人的体温和气息。

舒阳忍不住爆发了。她拉下外套，再扯下脖子上的项链，一并扔到刘布身上，大声喊："滚开！从我身边滚开！"

刘布吓得一哆嗦。秦舒阳在他眼里永远斯文有礼，他从来没看到过她像现在这样歇斯底里。

"你，你怎么了？又发烧了吗？"刘布战战兢兢地问。

"滚开！离我远一点，不仅是今天，是永远！我不想看到你！我永远也不会喜欢你,你死了心吧!"

舒阳转过身,跌跌撞撞往前走。

刘布捡起地上的衣服和项链,焦急地看着舒阳的背影,却不敢追过去。他并不太介意舒阳刚才喊了些什么,他只担心一件事。

如果他真的滚远了,下次她一个人衣衫单薄跑出来的时候,谁给她送被子?

第 15 章　离家出走

李与非已经有近十天没有见到吴婵了。九天零十七个小时。

他住了三天院。吴婵没有来过。从与宁口中,他得知吴婵曾在急诊室"失魂落魄"地等待。

"失魂落魄"是与宁的原话。她说这个词最能形容吴婵当时的状态。不知道为什么,与非听到竟然觉得有点甜蜜。

第四天,与非迫不及待地上班去。他特意晚一点到,想象自己出现在吴婵面前,曾经"失魂落魄"的她会不会欣喜若狂地跑过来迎接。

然而她竟然不在。害得他酝酿了几天的情绪扑了个空。欣喜若狂跑过来迎接的人倒是不少,以赵峰为首。可惜与非心不在焉,敷衍了几句,就十分不耐烦地轰走了众人。

接下来的第五天到第九天,他平均每天打十个电话给吴婵,按照每隔一小时的正态分布,五个打办公室座机,五个打手机。没人接。

李与非感到自己不能再等下去了。第十天的早上八点钟,他按响了吴婵家的门铃。

开门的是吴家的钟点工,看着与非愣了半天:"原来不是送牛奶的,我还说呢,怎么现在送牛奶的小伙子也这么斯文。"

钟点工把与非带进客厅,吴项冬已经吃完早餐,在客厅看电视新闻。

"你找小婵?怎么会找到这里来?"吴项冬疑惑地问。

"我一个月前送她回家,就记住地址了。"

"送她回家?你……跟她很熟悉吗?"吴项冬更加疑惑。

"这要看您对'熟悉'所下的定义。"与非严谨地回答。

吴项冬疑惑。他头一次感到跟人交流有障碍。

与非看出吴项冬的疑惑，耐心解释："'熟悉'有很多维度，比如按照见面的频率，按照彼此信息掌握的多少，按照交谈的深度，按照……"

　　"行了，我知道了。"吴项冬赶紧制止，"你找小婵有什么事？"

　　"我……"李与非愣住了。他突然意识到，他竟然没办法回答这个简单的问题。这十天里，他只知道他没有见到她，他要见她。每天见到她就好像每天吃早餐一样天经地义。

　　与非想了半天，说："我……好像也没什么事。"

　　吴项冬皱了皱眉："没事就请回吧。"他干脆地下了逐客令，走向卧室准备换衣服出门上班。

　　与非站着不动，过了一会儿，说："我找吴婵不是为了什么事，我……我找到她，就是最大的一件事。"

　　吴项冬停住脚步，转过身看着李与非。商业圈里混了这么多年，早已练就了一番观察人的本事。面前这个小伙子直率得近乎傻气，可眼里的关切却是出于百分之百的真诚。吴项冬思索了一下。自从天信"黑客事件"发生以来，吴婵每天都把自己关在房间里，不出门，也不跟任何人交谈。他既奇怪又担心，但毫无办法。而这个小伙子，会不会傻里傻气误打误撞解开女儿心结呢？

　　"她在楼上。但我不知道她愿不愿意见你。"

　　"您这是……愿意让我见她的意思吗？"李与非小心地问。

　　吴项冬差点被他气乐，挥挥手示意他上楼。

　　李与非三步并作两步往楼上跑，差点跟正在下楼的吴娟和谢雪华撞个满怀。吴娟一眼认出李与非。

　　李与非跑到楼上，无意中回头，看见吴娟和谢雪华正相对耳语，好奇地看着他。

　　与非敲了敲门，没人应声。他清了清嗓子，扬声说："吴婵，是我，李与非。"

　　门很快开了。吴婵出现在门口，随便穿了一件家居服，脸色苍白，眼睛里有血丝，神色憔悴，完全不像李与非常见的样子。

吴婵上上下下看着李与非，焦急地问："你好了吗？完全好了吗？没有后遗症吗？"

李与非拼命摇头。

吴婵长出了一口气，脸上的热切褪去，也丧失了唯一的活力，重新变得无精打采。

吴婵把李与非让进房间里，机械化地递给李与非一瓶水。李与非伸手去接的时候，吴婵一眼看见他手背上有一块新鲜的伤疤，就是上次咖啡机失灵、被开水烫伤留下的。吴婵好像被这块伤疤烫到，吓得一抖，水也掉落在地上。她颤声问："这个会痊愈吗？"

"医生说……"李与非本来想照实说会永远留疤，一眼看见吴婵担心的神色，临时改了口，"会好的，会长得比原来的皮肤还光滑，就跟你们女孩子打什么尿，什么酸一样。"

"那你身上还有没有别的伤？"吴婵急切地问。

李与非突然体会到吴婵的心情：罪恶感。不管她最初的动机是什么，因为李与非的受伤，她已经在内心给自己判了罪。

李与非把袖子捋起来，呈给吴婵看，尽可能用他最温柔的声音说："我一点事都没有，真的，你不用担心。"

吴婵颓然坐到床上，用手抱着头。李与非能够看出来，他并没有安慰到她。

"你到底怎么了？"他问。

吴婵摇头："跟你说不清。"

"不可能说不清，我的理解能力跟你的表达能力一样优秀。要么你试试看？"李与非鼓励她。

吴婵看了看李与非。她并不信他的话，他的智商只够理解复杂的电路，却不足以理解她比电路更复杂的心情。但此刻，李与非还是她最想倾诉的人。

愿不愿意理解她，比能不能理解她更重要。

"你试过……世界观坍塌吗？"吴婵问。

李与非认真地思考了一下："我觉得我的世界观，基本模块搭建得很牢固，就好像乐高积木一样，可能随着年龄的增长，会拿掉一些旧的，增加新的，但架构还是相当合理的，所以不存在坍塌的问题。"

"我曾经以为我也是这样，但现在，全都乱了。"吴婵苦恼地说。

"你能……打个比方吗？"李与非小心地问。

"你之前说我不是为了公事，是为了私心。其实于公于私，我的标准都是一样的：要么赢，要么输；要么成功，要么失败。我要证明自己对，就一定要赢；我要证明别人错，就一定要打败他！"吴婵急躁地在室内走来走去，"可是，发生你这样的事，我不知道怎么对自己解释。我不觉得我做错了，可是我差点害死人，我差点害死你啊！我现在是赢了，但我是不是错了？我不知道，我真的不知道！"

李与非张口结舌。他这才意识到，有些问题的复杂性，毕竟是超出了他的理解能力和她的表达能力的。

楼下，谢雪华和吴娟躲在厨房窃窃私语。

"这就是吴婵投资的小科技公司的 CEO！"吴娟一脸看热闹的兴奋，"你说他找上门来干什么，难道是看上她了？"

"有什么不可能，小科技公司能有多大出息，自然找到机会就攀高枝！这种年轻人，我见得多了！"谢雪华冷笑。

"啧啧，没想到这小子看上去傻，手段还挺厉害。"吴娟赞叹。

"厉害的是你姐！"谢雪华哼了一声，"一边跟门当户对的公子哥谈婚论嫁，一边还能迷得小老板追上门……你这个傻丫头，功力差远了！"

吴娟最讨厌被拿来跟吴婵比较，沉下脸说："谁稀罕！而且，她又不是我姐。"

李与非满怀心事地走在路上。他从吴家离开的时候，吴婵并没有比他来之前更振作，与非于是觉得非常挫败。

与非闷闷不乐地坐在公交车站上。一辆公交车从他面前驶过，车身上一幅巨大的广告吸引了他的注意。没等他看清楚，公交车已经开走，与非拔腿就追。偏偏路况好，公交车一马平川开得飞快。与非拿出大学里长跑比赛的势头，追得锲而不舍。

追了大半站地，连车上乘客都看不过去了，劝司机："您就停下让他上来吧，这小伙子是多想赶上你这趟车啊。"

中年男司机义正辞严："不行，我要让他接受教训，有些人，一旦错过就不再！"

"后来，终于在眼泪中明白？"乘客疑惑地接口。

生生开到下一站，车子停下，李与非才算追了上来。他气喘吁吁站在公交车一侧，仔仔细细看广告画。那是一对情侣，坐在最新式的喷气式飞行毯上，手拉手像鸟一样翱翔在天空。最打动李与非的，是它的广告词："换一个角度看世界。"

李与非盯着这句话，脸上逐渐浮起微笑。他突然打了个响指，愉快地转身跑掉。留下公交车司机，幽怨地看着他的背影："刚才追人家追得那么起劲，骗子！"

李与非走进"翔云"飞行俱乐部的时候，教练和其他学员们打量了他很久。饶是李与非反应鲁钝，也觉察出为什么：教练也好，学员也好，都是十几二十岁青少年。李与非还当自己风华正茂，站在他们面前顿生凄凉。也是，除了毛头孩子们，谁还对"飞上天"这样的极限运动感兴趣，中年人只看脚下和眼前。

刚上三节课，李与非已经成为该俱乐部的"明星"学员，不是因为学得好，是因为动静大。

第一节课，花了半节课跟教练探讨飞行器构造的悖论：越要飞得高飞得远，越需要更多燃料；燃料越重，就越难飞得高飞得远。与非深信自己能提出一个更优化的设计，如果没有被其他学员愤怒地赶下台来。

第二节课，教练示范，趴在悖论构造的飞行毯一飞冲天。与非看得泪流满面，不是感动，是直接被吓哭了。

第三节课，空中平衡训练。与非死活不肯上训练台，扯着教练腰上的皮带不松手，场面一度不可描述。

教练和其他学员们多次试图劝退李与非，没想到此人吓而不倒，退而不缩，真可谓身老志坚。每次训练，大呼小叫，胆战心惊，但还是咬牙坚持下来。一周结束，竟然给他拖泥带水混了结业。

李与非再次敲开吴家大门的时候，已经变得熟门熟路。他跟一脸诧异的钟点工打了个招呼，径自走进客厅。果然，同样的时间，吴项冬像上次一样在客厅看电视新闻。他不等吴项冬发问，就直接说："我找吴婵，这次找她有事。"

吴项冬跟钟点工一样诧异，愣了一下，本能地问："有什么事？"

"我想带她出去。"

"她不会出去的。这都十来天了，我不知道问过她多少次了……"

"我知道。她心没打开，走到哪里都是封闭的。"李与非说，"我想带她出去，从她自己封闭的小世界里走出去。"

李与非的声音不高，却让吴项冬陡然一震。他没想到这个傻乎乎的年轻人，却比他这个父亲看得还透彻，想得还清晰。那一瞬间，他已经忘记了维持长者的尊严，不由自主地用请教的口气问李与非："你有……什么主意吗？"

"我……不确定，我想试试看。"

李与非的不确定，反而让吴项冬放心了。这十几天来，他已经试过无数方法想哄吴婵开心，都以失败告终。李与非的不确信，听起来反而像新的可能性。

吴项冬忐忑不安地等在楼下，就好像吴婵十八岁那年他看着同班男生来请女儿去参加毕业舞会，既担心那臭小子太笨哄不走女儿，更担心他太聪明哄走女儿。

楼梯上传来脚步声，李与非竟然真的带着吴婵下楼了。吴项冬赶紧装作若无其事继续看新闻。

吴婵轻声说："爸爸，我出去一下。"

吴项冬用尽量平静如常的声音说："好的。"想了一会儿，毕竟不安，加了一句："早点回来。"

李与非和吴婵出门，吴项冬用钟点工从来没有目睹过的速度冲到窗户旁向外张望。还好，那小子还算识相，一路跟吴婵保持距离，没有身体接触。他开车，还知道帮吴婵拉开车门送上副驾驶座。

吴项冬满意地点点头。转过头，看见钟点工好奇地打量着他："吴先生，你这是干什么？"

"没，没什么。"吴项冬掩饰道，"我看你窗玻璃擦得挺干净的，真不错。"

嘴里说着，眼光还留在窗外，看着李与非和吴婵两人离去，说不出是欣慰还是惆怅。

李与非把吴婵带到飞行俱乐部。尽管心情不佳，吴婵还是忍不住好奇："带我来这里干什么？"

"等会你就知道了。"李与非始终卖关子。

两人来到飞行区，李与非和教练帮吴婵穿好防护衣。教练示意可以开始。

李与非问吴婵："你相信我吗？"

吴婵看着李与非的眼睛，那眼神有成年男子的坚定，却像一个孩子一样无邪。吴婵不自禁地点了点头。

李与非拉着吴婵，一起跪坐在飞行毯上。他启动动力装置，助推器喷出一股强劲气流，狠狠颠了一下。吴婵没有心理准备，一个趔趄险些摔倒。李与非一把搂住吴婵的腰，紧紧护住她。

那一瞬间，吴婵就靠在李与非怀里。他的心脏跳动和他的胳膊一样有力，他的身上散发着年轻的、男性的气息。她抬起头，正看见李与非凝视着自己。他们的脸贴得很近。接着，他朝她俯下头来。

有什么事要发生了，好像是意料之外，又好像是期待之中的事。吴婵的脸刷地红了，她像个十六岁的少女一样，闭上眼睛，心跳得厉害。

然而，李与非，只是从她脸前俯下身去，扣上她腰间的安全带，还抬头朝吴婵惭愧一笑："对不起，刚才动力阀开太大了，又忘记交代你系安全带。你……还是信任我的,对吧?"

吴婵的脸更红了,不过此刻不是因为害羞,而是出于尴尬。她尴尬地点了点头:"还好吧……"

李与非再次启动飞行毯,这次,毯子平稳上升。两个人慢慢离开地面,越飞越高。

吴婵刚才那点小尴尬,迅速被新鲜感代替。她看着身下越来越远的地面,体验着腾空的感觉,难以置信地深深吸了口气。

"这就好像……"吴婵试图描述。

"好像童话里阿拉丁的魔毯对吗?"李与非接口。

吴婵使劲点头。

"科技就是最炫的童话!"李与非骄傲地说,"这就是我喜欢科学的原因。有多少童话里、科幻电影里的场景,都在被人类一点点变成现实,甚至变成历史!"

讲到自己喜欢的领域,李与非的脸都在发光。吴婵看着他,情不自禁被感染。

"你记得电影《阿拉丁》里有一首歌吗?A Whole New World,全新的世界?"李与非指了指脚下变得袖珍的一切,大声说,"你从这个角度看,是不是一个全新的世界?"

吴婵点点头。

"我不知道怎么重建你的世界观。"空中风大,李与非在吴婵的耳边大声说,"所以,我带你从一个全新的角度看世界!人生不是只有输赢成败,不是只有打败别人,才能成就自己!你站得高一点,看得远一点,你就能成为全新的自己!"

"站得高一点,看得远一点,就能成为全新的自己?"吴婵望着脚下,喃喃重复着李与非的话。正是天高气爽的好季节,一群鸽子从他们身边飞过。她自以为熟悉,或者说从未曾留意过的世界,正如李与非所说,以全新的面貌在眼前展现。那触手可及的云,那撩拨她手指的风,那像音符一样流动的鸟语和阳光……吴婵的视野和内心都被打开了,一种前所未有的奇异感觉流淌全身。她微闭双眼,张开手臂,感受海阔天空。

李与非并不擅长观察人,但他看得出吴婵有了改变。她的身体明显放松了,嘴角浮起一丝微笑。李与非知道,他不需要再劝慰什么,她已经如他期待,体验并享受着全新的世界。

飞毯颠簸了几下。李与非本能地再次搂住吴婵的腰。

"你怕不怕?"李与非问。

"不怕!"吴婵大声回答。

"可是我怕!"李与非抓紧吴婵,带着哭腔向脚下大喊,"救命啊!教练你有没有检查过燃料够不够啊!怎么才能减小惯性冲击力啊?我保险只买了七天今天就到期了啊!"

刚才那阵颠簸不过是飞行毯开始下降,此刻已经下降到离地不到两米的距离,整个训练场都回荡着李与非的大呼小叫。吴婵能清晰地看到教练和其他学员脸上无奈而鄙视的表情。她只好一边试图安抚李与非,一边向大家报以歉意的笑。

天信高层例会。

开会之前,吴项冬向吴婵看了一眼。经过将近两周的蛰居,吴婵恢复到从前的状态,从容、稳重、干练。不,不能说恢复,更确切地说是焕然一新。他能感觉到,女儿的眉宇之间洋溢着一种清新的气息。身为父亲,他竟然说不出那是什么,只是隐隐感觉,自从那愣小子把女儿带出去一次之后,吴婵身上就多了这样东西,令她显得更柔软,更温暖,也更自信。

尽管吴项冬对李与非带有本能的敌意,但这小子为女儿带来的变化还是令他欣慰的,尤其是现在,他将在本次会议上宣布吴婵接管公司最重要的战略发展部,这样精神抖擞、沉稳练达的吴婵一定会令所有中高层放心。

没想到,当他宣布这个决策的时候,立刻有人朗声说:"我反对!"

是个熟悉的女声,吴项冬皱了皱眉,直接看向吴娟。吴娟的确一脸不满和恼怒,但刚才那句话不是她说的。吴项冬有点惊异地看见吴婵站起了身。

"我反对!"吴婵清晰地重复了一遍。

在场众人开始交头接耳。

"吴婵,你怎么回事?"吴项冬在公司里对两个女儿都直呼其名,以示公允。他尽量压抑语音中的不悦。天信迟早都是两个女儿的,不过是时间问题,这也是决策层都默认的信息。吴婵本人这时候出来反对,不仅莫名其妙,简直是无事生非了。

"我不适合在天信担任任何重要职务,我没有资格。"吴婵说。

"你有没有资格,我们会讨论的,轮不到你反对。"吴项冬打断。

"我必须反对,因为我犯了只有我自己知道的大错。"吴婵平静地说。越平静,反而显得越坚决。

"有问题,等下到我办公室谈。"吴项冬隐隐感觉不对,他试图阻拦吴婵说下去。万一真是什么大事,决不能让她直接当众讲,至少需要跟他商量一下。

没想到一向善解人意的吴婵偏偏此刻完全不领会,固执地说:"我还是在这里讲吧。两周前的黑客入侵事件,是我造成的。"

一片哗然。所有人都震惊了。

吴婵在众人的嘈杂中继续讲下去:"我发现芯片设计有漏洞,所以我找了一家测试公司的白帽黑客来攻击天信的系统。在这里我也希望大家不要追究这位技术人员,他并不知情,只是按照我的指示去做。对于造成的后果,我个人承担全部责任。"

"你,你为什么要这么做?"吴项冬问。

"我想说我是为了引起大家对芯片安全的重视,但其实……我更多是出于私心。"吴婵看了一眼吴娟,直率地回答。

"我就知道!"吴娟把手里的文件往桌上一摔,大声地、恨恨地说。

众人看看吴婵,再看看吴娟,立刻了然,议论声于是更大了一些。

吴项冬脸色很难看,饶是他身经百战,一时也不知如何应对。

吴娟尖声说:"吴副总闯下这么大祸,居然让别人背黑锅,你不应该给大家一个交代吗?"

众人安静下来,一起看向吴婵。

吴婵坦然地说:"吴娟说得对,我闯下大祸,我应该给大家一个交代。正好趁着这次会议,大家可以讨论对我的处理,我愿意为我的错误负责,接受惩罚。"

会议室里更安静了。吴娟也没想到吴婵如此痛快,竟想不出怎么回答。

过了一会儿,技术总监打破了沉寂:"黑客攻击这件事虽然唐突,但其实并没有造成危害,漏电只是意外,坦率地讲跟系统被黑并没有关系。"

另一名主管接口:"的确,虽然吴总私自找人测试,程序不对,但毕竟系统有漏洞是事实,如果不经过这一次,还不知道芯片安全有这么重要,也算吃一堑长一智。"

"你们说得轻巧!一句意外就算了?下次出人命怎么办?"吴娟一拍桌子,和两名主管争执起来。

会议室陷入混乱。

"大家别争了!"吴婵大声说。等周围停下来,她平静地说,"如果大家没有处理方案,我自己提一个:我辞职。"

大家沉默了一会儿。吴项冬咳嗽一声,说:"这样也好,你下到基层好好再学习学习。"

"总经理,您没有听明白我的意思。"吴婵从文件夹里拿出一只信封,走过去放在吴项冬面前,清晰地说,"我从天信辞职。我会在一周之内交接好我所有工作。然后,我再也不是天信的员工。"

办公室一片静默,这下,连吴娟也惊奇地睁大眼睛,说不出一句话来。

吴项冬回到家的时候,吴婵正在整理行李箱。

"你,你到底什么意思?"

"爸爸,我想搬出去住。"

"胡闹!胡闹!辞职、搬家,你到底想干什么?"吴项冬很少发急,这

193

次是真急了。

"我讲得很清楚啊,辞职就是离开天信,搬家就是离开这间房子。我已经二十九岁了,难道独立很奇怪吗?"

"这么大的事,怎么不跟我商量?"

"我如果跟你商量,你会同意吗?"

吴项冬一时语塞。

吴婵拉吴项冬坐下,自己坐在他旁边,把双手放在他手上。从吴婵十五岁去英国读书以后,父女俩就再没有如此亲密过。

"爸爸,放心吧,少了我,天信不会有任何分别。如果天信离开谁就不转了,那也不会在业界立这么多年了。"

吴项冬心里一软,也推心置腹地说:"话虽这么说,爸爸也需要你啊,这么多年,你也帮了爸爸很多。"

吴婵一笑,说:"我从二十二岁毕业就进入天信,一直到今天。天信是我的第一家公司,也是唯一的一家。难道您不想知道您的女儿还有什么潜质没有发挥?是不是在别的领域也很能干?还能不能做好其他职务?你就这么小看我吗?"

"当然不是。你愿意做什么都可以,可是,那也没必要搬出家门啊。"

"爸爸,如果你疼我,就让我自己选择吧。"

吴项冬看着女儿,吴婵脸色温柔,但他了解这个女儿,她从小就这样,内心越坚定,外表越淡然。他知道,吴婵是已经下定决心,不会因任何事改变了。

吴娟和谢雪华正在卧室里悄声议论,突然有人敲门,正是她们俩议论的中心——吴婵。两人警惕地看着她。

吴婵走到吴娟面前,直率地说:"我走了,不光离开天信,也离开这个家。你不是一直很想赢我吗?现在可以痛痛快快地赢。帮爸爸把天信搞好,以后,你做的一切,不是为了给我看,是给所有天信人看,给你自己看。"

吴婵拖着行李箱,头也不回地走出大门。身后三个人望着她的背影,心情复杂。

第 16 章　寻找神秘高手

最近星丛的例会多了一个主题：芯片级安全设计。

李与非把最近收集到的资料发给大家："最近，不少外媒报道了美国英腾公司，全世界最大的计算机零件和 CPU 制造商，出现芯片级安全漏洞，可能导致操作系统内核关键部分需要重新设计。这个漏洞能让攻击者可以从数据库或者浏览器的 JavaScript 程序获取个人电脑的内存信息。具体到'星丛一号'来说，虽然我们已经把安全功能加入芯片、软件和平台上，但并不代表不会出问题。物联网环境下的芯片安全，比以往任何时候都更重要。因为物联网使用的传感器和致动器与实体世界相互作用，如果产生不可控制的变化时可能会导致危险。从现在开始，我们要从头考虑芯片级安全设计问题。"

会后，李与非把厚厚一叠资料递给赵峰："关于英腾公司的安全漏洞，这是我从各大技术网站下载的相关资料，你好好看看。"

赵峰感受到李与非的特别眷顾，受宠若惊："放心吧，我保证……"一翻资料，全都是英文，立刻苦了脸。

晚上，李与宁回到家，姚美丽正在厨房煲参鸡汤，等与非回来当宵夜。

"我这住校的都回来了，他这住家的还没回吗？"

"你哥最近忙着抓黑客呢。"

与宁皱眉："老妈你究竟知不知道老哥到底在干什么？"

"当然知道！"姚美丽挥舞着汤勺，洋洋得意地说，"不仅我知道，方圆十里无人不知，我儿子，那是现代版的黑郁金香，阿兰·德龙！专抓网上的坏蛋，帅得很！"

李乐愚忿忿插嘴："今儿晚上我就去把卧室门后头那张阿兰·德龙撕了！"

与宁无奈摇头："虽然我不知道谁是黑郁金香，但不是有个'黑'字儿就能搁一块儿类比的啊，老妈。"想了一下突然觉得不妙，"那么您是怎么跟方圆十里介绍我的？现代版的李时珍？"

"那哪能呢？你妈哪里有这么老土！"姚美丽嗤之以鼻，然后眉飞色舞地说，"我说你是未来的屠呦呦！"

与宁汗也下来了，迅速决定以后看到四邻五舍就绕道走。

鸡汤熬好，李与非也没回来，打电话说"要跟同事一起加班"。

"同事，哪个同事？"与宁插口问哥哥。

"还能跟谁，跟我一样迷恋加班的只有赵峰这小子了。"

放下电话，与宁眼睛一转，对姚美丽说："辛辛苦苦熬好的汤总不能倒掉。要么这样，你付我一百块快递费，我帮你人肉送给你那阿兰·德龙儿子。"

"那我还是叫快递得了。"姚美丽心疼一百块。

"算了算了，难得我今天心情好，帮你免费跑一单。"与宁看姚美丽还在犹豫，一把抓过保温饭盒，跑到卧室去了。

过了一会儿出来，姚美丽和李乐愚都是眼前一花。只见与宁衣服也换了，头发也吹过了，口红也擦了，整个人神采飞扬，也不敢跟父母照面，直奔门外而去。

李乐愚迷茫地问："不是去送鸡汤吗，怎么嘴巴涂那么红，搞得跟去吃唐僧肉一样？"

姚美丽心领神会，对老伴狡猾地一笑："这种事，你年轻时候都不懂，现在知道什么。"

与宁赶到星丛的时候，办公室里果然只剩迷恋加班的李与非和赵峰。与宁把"送宵夜"这个冠冕堂皇的理由和保温饭盒一起扔给哥哥，逡巡到赵峰身边。

赵峰正抱着英文资料抓头发："我有英文阅读障碍症。"

"我帮你呗。我们平时要读很多英文原版医学资料。这么跟你说吧，我英文水平跟我的扎针水平一样高。"

赵峰大喜过望，一个劲拱手道谢。

与宁翻了一下资料，暗暗叫苦，毕竟专业性太强，医学和半导体的专业词汇完全不同。她趁赵峰不注意，打开搜索引擎和电子词典查询。翻译了一会儿，头都大了，恨恨地望向始作俑者李与非，发现李与非正一边看电脑一边吃鸡汤，看那全神贯注的样子，就知道他完全不知道自己在吃什么。与宁暗叫不好，赶紧奔过去，果然，与非已经不知不觉间把参鸡汤吃完大半。

"李！与！非！"与宁一拍桌子，吓得与非一哆嗦，"你懂不懂自律？半夜三更吃这么多肉，你就不怕英年早胖？"

李与非抱着饭盒不敢抬头："我怎么知道我吃的是多是少，我一向都是把饭吃完为止，从小老妈教育我们不要剩饭……"

赵峰浑然不知与宁为什么生气，赶紧打圆场："算了，算了，要么我叫外卖，请你吃炸鸡好不好。"人家为自己干活，必须伺候好。

与宁顿时喜笑颜开。

趁与宁不注意，赵峰偷偷问与非："你妹妹，这么爱吃鸡吗？"

与非迷惑地回答："我也刚知道。"

一阵闹铃声惊醒了赵峰、与非和与宁。三人竟然在办公室熬了通宵，此时已经早晨七点半。

"死定了死定了死定了！"赵峰一迭声叫苦，"我八点钟还有姜教授的课，要是迟到他会徒手撕了我的！"

"我送你吧！"与宁请缨，"早高峰叫不到出租车的。"

赵峰犹豫一下，看向与非。与非一脸节哀顺变的表情："左手姜一凡，右手李与宁。你随便选吧，横竖都是死。"

赵峰一咬牙，对与宁说："拼了，跟你走！"

赵峰踏进教室的时候堪堪是七点五十九分。本来他可以到得更早些

197

的，先跑洗手间吐了一番。与宁的车本来就是根据她的身体条件定制的，启动快刹车急。这下赶时间，更是把小轿车开出了东风导弹的气势，使命必达。早知道宁肯被姜教授手撕，毕竟手撕只是一分钟功夫，坐在与宁车上感觉老了一个世纪。

赵峰找好位置坐下，去背包里拿书本，一叠纸掉了出来。捡起一看，是与宁为他翻译的资料。赵峰眼前突然浮现刚才自己挣扎下车时、与宁微笑着向他挥手道别的样子。

熬了一整夜、飚了一路车的女孩子，怎么能笑得如此元气满满？

吴婵意识到，有一种危险的情绪，正在自己内心悄悄萌动。

她走进办公室会第一眼看向李与非的桌子；她会在他专注工作的时候悄悄观察他的侧影；他从前让她抓狂的缺点，现在看起来都那么可爱⋯⋯

这太危险了。

比危险更烦心的是，李与非对此一无所知。

某日吴婵听李与非低三下四地求新来的实习生帮他从日本海淘一只限量版海贼王手办，因断货作罢，吴婵偷偷留了心。

她打电话请日本的同学帮忙买，终于在一家中古店寻到，又以堪比手办自身价格的运费邮寄过来。

次日到公司，吴婵尽量装作不在意地走过李与非身边，把手办递给李与非，尽量装作不在意地说："上次听你说想买，正好有朋友去日本，顺便带了一个。"

正如吴婵预料和期待的，李与非大喜过望，一连串高呼："太好了太好了太好了！"抱着手办在办公室里跑来跑去，像个傻兮兮的孩子。

吴婵看着他高兴的样子，也欣慰地笑了，不枉她奔忙几天。这笑容在孟途走进办公室之后的三十秒内僵在脸上。因为她看见李与非冲到孟途身前，把手办拍在孟途桌上，兴高采烈地说："我答应你的东西买到了，你答应我的事情呢？"

孟途看见手办双眼放光，那种发自心底的渴望是李与非无法比拟的。

一看就知道，手办收集是孟途而不是李与非的爱好。孟途出去打了个电话，很快回来，对李与非耳语几句，李与非喜上眉梢，与孟途交换了一个秘而不宣的邪魅眼神，乐滋滋地转身回座位。

吴婵疑窦大起，走过去问孟途："你跟李与非在搞什么？"

孟途一边欣赏手办一边随口说："这是我们男人之间的事情，跟你没关系。"

吴婵低声说："这手办是我买的，我随时可以帮你再买一只。"

孟途马上交代："我那边的基金公司，新来了一个美女投资顾问，斯坦福大学数学系毕业的，长得比明星还漂亮。李与非不相信世间会有智慧和美貌并存的人，非要让我把人家约出来吃饭，我说要这款限定版手办交换，没想到你还真帮他搞到了，你可真有本事，市面上根本买不到的……"

孟途说得兴高采烈，完全没有注意到吴婵脸色越来越难看。他话没说完，吴婵已经劈手把手办夺走，气势汹汹地走到门口的垃圾箱边，一把把手办扔进垃圾箱。

"哎，哎，你这是干什么？"孟途心疼地快哭了，不顾一切地从垃圾箱里把手办捞出来。他转身看吴婵，吴婵已经回到座位上，恶狠狠地盯着对面的李与非。李与非已经投入工作，对刚才发生的一切浑然不知。如果眼光是硫酸的话，估计李与非现在已经仅剩下牙齿和皮带扣了。孟途毕竟不像李与非那样迟钝，他观察着吴婵的表情，若有所悟。

这时候，李与非好死不死地叫了吴婵两声，全办公室都听见了，只有吴婵一个人埋头在电脑前，理也不理他。办公室里众人心照不宣地同时直起身子，把眼睛调整到刚刚好从电脑显示器扫视过去又不至于太突兀的高度，等着看热闹。

李与非不识相地走到吴婵面前，还拍了拍她。

吴婵顿时爆发："干什么！"语音里带了十个惊叹号。

李与非吓得后退半步："对不起，我叫你没听见，所以……"

"没看见我在忙吗！"

"可是你电脑都没开机……"李与非弱弱地指了指吴婵的显示屏。

"没开机就不能忙吗?我就不能用脑子思考吗?我不是斯坦福数学系毕业,你就当我是白痴吗?"

孟途低下头叹了口气。这个暗示可以说是很明显了。

旁边的小实习生悄悄问孟途:"您看这局势,我们要不要出去避一避?"

孟途朝李与非一努嘴,叹息说:"来也来了,给李总上炷香再走吧。"

小实习生不知所措。

李与非也从吴婵眼中看出了腾腾杀气,壮着胆子问:"上次你找的那个白帽黑客,能不能帮我约出来见个面。"

"见他干什么?"

"我看过他给你画的设计图,非常巧妙,我想请教他一些问题。"

吴婵本想一口拒绝,突然一转念,问:"你什么时候没空?"

"除了明天晚上,其他时间都可以。"

"好,人家只有明天晚上有空。"

"你怎么知道?"李与非糊涂了。

"你别管那么多,我就是知道,你爱去不去。"

"那行。"李与非居然完全没有犹豫,直接对孟途喊,"明天晚饭我不去了。你们自己去吃吧。"

孟途这时哪里敢多话,赶紧点头。

这一下大出吴婵意料。见李与非砍掉聚会眼都不眨,吴婵心情顿时缓和,她试探地问李与非:"原来你明天晚上已经约了吃饭,取消是不是不太好?"

"没事。只是一个闲着无聊的聚会,少我一个不算什么。还是你这边更重要。"李与非老老实实回答,看样子不是为了故意哄吴婵而撒谎。

吴婵抓住了重点:闲着无聊,你这边重要。愉悦的心情迅速蔓延到脸上,花很大力气才压下去。她懒洋洋地答了个"哦",就不再搭理李与非。

等李与非走开,吴婵赶紧跑到洗手间,拨通秦舒阳的电话:"明天晚上帮我约你的学生,不能早,也不能晚,一定要明天晚上,求求你求求你!"

李与非和黑客聊了两句,断然地说:"你给吴婵的设计图不是你做的。"

黑客坚持:"是我。"

"不可能,那个设计非常严密而且宏观,不仅需要深厚的专业积累,更需要多年经验,超出了你的能力。"

黑客打量了李与非一会儿。理科生之间的较量很简单,三两句技术问题交流下来,彼此心里已经有了计较。他知道李与非的智商和经验都高于自己,继续隐瞒也没什么意义,于是承认:"我可以告诉你,但前提是你必须为我保守秘密。你知道,我可是公司里唯一的硬件安全工程师。要是他们知道复杂的活儿我都是外包出去的,那就完了。"

李与非和吴婵都答应了。

黑客这才说:"设计的人是我一个网友,网友只是个称呼,其实我们根本不算友,打游戏认识的。这人昵称叫'老猫'。他游戏打得好,私下聊起来,才知道他懂芯片设计。有一回我公司里有个活实在拿不下来,试着去问他,结果他很快就帮我做出来,要价便宜做得还好。以后就一直找他了。除了打游戏和干活,我们从来不聊私事。其他我全不知道,'老猫'是男是女,是老是少,一概不知道。"

"搞得还挺神秘。"李与非说。

"是真神秘。"黑客强调,"我没他手机号码,没他微信,没他邮箱,除了游戏私聊,没有他任何联系方式。"

"那你怎么付他报酬?"吴婵问。

"直接给他充游戏点数,所以我连他银行账号和支付宝账号都没有。这人真名是什么,住在哪里,干什么的,我都不知道。"

"那去哪里能找到他?"李与非问。

黑客手一摊:"只有一个可能,游戏。"

吴婵失望地问:"靠打游戏在网络上找一个人,这几率太低了。难道要二十四小时在线吗?"

黑客一笑:"靠打游戏在网络上找别人难,找'老猫'还是很容易的。你不用二十四小时在线,反正他是二十四小时在线的。"

李与非身边的资深游戏玩家,除孟途外不作第二人想。根据黑客的介绍,老猫常玩的几款游戏都是经典,也是孟途的心头好。孟途欣然接受任务。果然,在游戏室里玩了不多久,孟途就发现了'老猫'。

"能根据他的IP地址定位吗?"李与非问。

孟途查了一会儿,赞叹道:"真是高手啊,他用VPN多次跳转,故意隐藏IP地址。"

"那是不是查不到了?"吴婵有点焦急。

"也不是,就是查起来会麻烦得多。"李与非说,"我们需要根据他跳转的路线一步步反推。这下要花功夫了,还要找些关系。"

"找占伟达啊,这家伙上辈子就是条警犬,什么都能找到。"孟途说。

占伟达果然无愧孟途的评语,两天后,他有了结果。

"你们要找的人是顶级黑客对吗?"占伟达问李与非等人。

"是的。"

"那这个地址就没错了。"占伟达说。

"在哪里?"

"深圳鹏城北。"

李与非想也没想,说:"好的,那我们就去深圳。孟途,咱俩一起去。"

孟途叫起来:"这也太不靠谱了吧?只是一个模糊地址,可能是整个小区,整条弄堂,我们连'老猫'长什么样都不知道,怎么找?"

李与非简洁而坚定地回答:"值得一试。"

"我也去。"吴婵说。

不知道是不是吴婵看错了,她看见一丝喜悦掠过李与非的双眼,但转瞬即逝,他还是用和平时一样的理智语气说:"你没必要去,用不着你。"

这回答不仅理智，已经近乎可恶了。吴婵立刻恼了："你又在讽刺我不懂技术吗？你是今天用不着我还是星丛从来都不需要我？"

孟途赶紧安抚："息怒息怒。他不是这意思。"

孟途把李与非拉到一边："你胡说什么？"

"我没胡说啊，你也说了我这想法不靠谱。拿着一条模糊地址去找一个完全不认识的人，根本就是在碰运气。这种情况我带她去干什么？"李与非振振有词。

"那你好好解释啊，怎么讲得那么粗鲁？别人要误会的！"

"这还需要解释吗？我的意思很明显啊。"李与非很委屈，"吴婵平时不是很能领会别人意思吗？怎么就误会了？"

"你好好反省一下！"孟途恨铁不成钢，他走过去对吴婵说："行了，定了，明天咱们三个一起飞深圳！"

"哎……"李与非想阻止，但眼看孟途话已出口，也来不及说什么。再加上，虽然从技术角度吴婵完全没有同行的必要，但想到一路上有她在身边，而不只是孟途这乏善可陈的小子，李与非心里竟然有些难以解释的期待和欣喜。

三人抵达深圳，直奔占伟达给的地址，找到一栋老式居民楼，定位到此为止，给不出更详尽的信息了，不知道楼层，不知道门牌号。目测六层高，每层楼转弯抹角有七八户人家，不知从何找起。

三个人一时都有点迷茫，只好等在大门口。当时是下午三点钟，可能多数人都上班去了，周围很安静，偶尔进进出出三两个人，一看就是外来务工人员。

这时街角转过一个人。近四十岁的年纪，胡子蓬蓬得生了满脸，不知道多久没刮过，头发油腻腻，穿着皱巴巴的T恤和短裤，踏着一双夹脚拖鞋，手里提着一个饭盒，踢踢踏踏、懒洋洋地走过来。

李与非目不转睛地盯着他，不知道为什么，这邋里邋遢的汉子给他感觉却是熟悉和亲切。

这人走过李与非等身前,即将走进大楼,李与非突然问:"英腾公司的'崩溃'漏洞能不能通过芯片微码更新来修复?"

这一问出其不意,孟途和吴婵面面相觑,不知道他想干什么。

没想到那邋遢汉子回答:"不行,必须修改系统。"这答案不假思索,完全出于本能。

李与非满意地笑了,他攻其不备的策略奏效。他问那人:"你就是'老猫'吧?"

"老猫"一惊,手里饭盒落在地上,洒出来一地肠粉。李与非向他踏进一步,没想到"老猫"更加惊慌,把李与非往旁边一推,拔腿就跑。李与非和孟途追了一段,"老猫"转过街,早已经没影了。

"怎么回事?他跑什么跑?"孟途气喘吁吁问李与非。

李与非也不明所以。这时吴婵也赶过来。

"那现在怎么办?"孟途问。

李与非一筹莫展。吴婵说:"要么我们还是等在门口吧。"

"他被我们吓到,万一再也不回来了怎么办?"孟途问。

"这人一看就是宅男,除了回家还能去哪里?再加上,看样子他在这里住了很久,我们等在这里,说不定能碰到认识他的人,也能找到一点线索。"吴婵分析。

"有道理!"李与非跷拇指。

"有没有道理都一样,反正李总也用不着我!"吴婵没好气地回答。

等她走到前面,李与非偷偷问孟途:"是女人都记仇还就她这样?"

"李总自己琢磨吧。"孟途幸灾乐祸地走掉。

"哎,怎么连你小子也变成这样?"李与非恨恨地骂。

等了约四十分钟,有个人引起李与非注意。他和"老猫"年纪相仿,外表干净得多,手里提了两块布满电路的板子。那人进了楼门。

李与非问孟途:"看见他手里的东西了吗?"

孟途点头。

吴婵记得第一次和李与非相遇、被威尔劫持的时候,他随身也带着一块类似的板子，于是脱口而出："开发板！"

"聪明！对，就是专门跑硬软件用的开发板。"李与非说，"除了'老猫'，谁还会用这东西？"

等那人出来，李与非等急忙走上前去。李与非问："你是'老猫'的朋友吗？"

"你们是谁？"那人警惕地看着三人。

"我们……"

"我们是'老猫'的同学，初中同学！"吴婵抢着说，"我们……在筹备毕业二十周年聚会，好容易找到这里，却找不到他。"

那人继续审视三人，半信半疑。

"你应该也知道，发生了……那么多变故之后，'老猫'很少跟我们这些同学联系，我们都很挂念他。"吴婵说。

那人戒备的表情这才慢慢消失。

"你要是不忙的话，能不能跟我们一起喝个茶，跟我们讲讲'老猫'的近况？"吴婵试探地问。

那人想了一会儿，终于点了点头。

去往茶楼的路上，李与非偷偷问吴婵："你怎么知道'老猫'发生了很多变故？"

"猜的。"吴婵不动声色地回答。

吃了些茶点之后，那人自然地熟络了一些。他自我介绍叫邦哥，是"老猫"的旧搭档。

"你们肯定白跑一趟，他现在最怕见到的就是熟人，除了吃饭几乎大门都不出。这样的雷兵，怎么可能去参加老同学聚会？"

"雷兵？你说他是雷兵？虚拟货币圈最神秘的风云人物雷兵？"孟途激动跳了起来。

邦哥怀疑地看了孟途一眼："你是他同学你不知道？"

吴婵赶紧拉了拉孟途："哦，他是我……助理，不太了解情况。"她怕邦哥继续怀疑，预先铺垫："其实初中毕业之后大家就很少联系，雷兵做的事情，我们也只是大概听说，完全不了解详细情况。"

李与非虽然没有应变急智，但毕竟心算快，他已经迅速在脑子里排出一条时间轴，补充说："是啊，雷兵玩币也就是七八年前的事情，具体情况我们真的不太了解。"

邦哥信了，点点头："没错，你们不在币圈，确实不了解。当年雷兵根本就是圈子里的传奇。他自己设计了一个挖矿机芯片，计算能力强到不能想象。八年前，我们搞了个公司挖币，我负责经营，他只负责技术，鼎盛时期我们手里有两千多个本特币，两千多！你们想想看，本特币价格最高的时候曾被炒到过2万美金一个，而我们那时候不过是毕业没几年、刚刚创业的毛头小伙子！"

李与非等三人都深吸一口气。

邦哥自嘲地一笑："老话说得一点不错，来得容易去得快，好多东西都这样：财富、名声、运气。那时候我们年轻气盛，圈里有不少看不惯我们。再加上挖币越来越难，公司成本越来越高，大家都越来越焦虑。就在三年前，我们的竞争对手找来黑客，攻击了我们公司的服务器，这一下损失惨重，本特币几乎全部丢失，我跟雷兵一夜之间倾家荡产。公司散了，雷兵从此一蹶不振，退出币圈。你们也看到了，他现在与世隔绝，谁也不见，只有我，隔三差五给他送开发板，他一心一意专攻芯片安全。"

"真是个天才！"李与非感慨，"我们想请他出山，帮我们做芯片。"

邦哥又笑了："出山？你以为刘备三顾茅庐？诸葛亮那是摆架子，他想出去的心在那儿，谁也拦不住。雷兵不一样。他心已经死了。你们来多少次，都是白费功夫。"

邦哥把最后一杯茶一饮而尽，起身准备走。李与非三人互相看看，都很失望。

邦哥突然停住，说："倒也不是完全没办法。有个人一定能说服雷兵，但这人不一定肯帮你们，更不一定肯见雷兵。"

"谁？"三人惊喜地问。

"他前妻。"

第 17 章　前妻出山招奇"兵"

公园草坪上，一名三十出头的女子带着一队四五岁的小朋友做操。那女子容颜清秀，俯身和小孩讲话耐心温柔，只是闲暇沉思的时候，偶尔露出一丝萧索的表情。

李与非、吴婵和孟途三人坐在远远的长椅上，偷偷观察着那女子。

"这就是雷兵的前妻，小可。"孟途小声说，"邦哥说她现在是幼儿园园长。"

"都前妻了，我们找她有用吗？"李与非问。

"这样的女人，给我的印象都很深刻，何况是男人。雷兵一定很难放下她。"吴婵笃定地说。

前一天在茶楼里，邦哥告诉三人，小可是雷兵的大学同学，在雷兵还是一个穷学生的时候一直陪在他身边。两个人一毕业就结婚。后来雷兵忙于创业，几乎睡在办公室里，冷落小可，甚至小可怀孕雷兵都不知道。小可不小心流产，出院之后，就交给雷兵一份离婚协议书。

邦哥说："那份协议书，雷兵直到今天都没签字。不过也没什么分别，他们已经分居五年，法律上也已经离了。"

"分居五年……"吴婵说，"算起来小可提出离婚正是雷兵如日中天的时候。"

"可不是。所有人都劝小可，都说她傻。这男人又不是出去花天酒地，他只要把钱拿回来就得了。当时小可也奇了怪了，一口咬定雷兵变心，我们都帮雷兵作证，他在外面绝没有女人。她就是不回头。所以这女人啊，一旦犯了疑心病，真是驷马难追。"邦哥看样子相当惋惜，开始乱用成语。

"小可说的变心，不是这意思。"吴婵低声说。

"你怎么知道?"邦哥很惊奇,"小可就是这么说的,说雷兵忘了他们恋爱时说的话,忘了他们当初为什么要结婚,什么什么的,我也说不清楚,后来雷兵也没提过。"

三人望着小可。

"这女人真奇怪。"孟途说,"雷兵年纪轻轻坐拥巨额资产,要名有名,要利有利,女人都排着队抢,她倒好,闹着要离。"

吴婵摇头:"你们看看她,像是要名要利的女人吗?"

李与非和孟途仔细看小可,即使距离这么远,即使只是两个并不懂得欣赏女人的直男,也能感受到这女子身上的恬静和淡泊。两人同时摇摇头,有点理解吴婵的意思。

"对于很多女人来说,幸福感不是取决于拥有,而是取决于期待。你给的都不是她想要的,还要责怪她不聪明。男人的逻辑就是这么愚蠢。"吴婵鄙夷地说。

孟途悄声问李与非:"你觉得她有没有点指桑骂槐的意思?"

"你想多了吧,"李与非大大咧咧地说,"咱俩又没女人。"

孟途看着无可救药的李与非,说:"没女人也是你活该。"

李与非没听到孟途嘀咕什么,问吴婵:"我们什么时候过去?"

"去哪里?"

"去找小可啊。冲过去问她是不是雷兵前妻,然后让她劝雷兵跟我们走。"李与非想当然地回答。

"你这跟绑架有什么区别?"吴婵瞪了他一眼,"你认识她吗?她认识你吗?你和她有什么交情?你怎么劝得动她?"

李与非被吴婵劈头盖脸一顿抢白,吓得不敢吱声。

"吴婵说得对!你就是头脑太简单!"孟途不惜踩着好友以奉承,"没听邦哥说过吗,雷兵找过小可很多次,每次都被骂回来。她恨成这样,肯定没戏了。"

"恨成这样才有戏。"吴婵说。

"什么意思?"两个男人都没听懂。

"你们以为爱的反面就是恨吗?"吴婵悠悠地说,"错了,爱的反面是冷漠。当一个女人再也不会为你感动,再也不会为你牵挂,甚至再也不会为你发怒的时候,那她才是真的死心了。现在看来,小可对雷兵还是有感情的。我们只要制造一个机会,好好教雷兵道歉就行了。"

"道歉还用教,不就说对不起就完了?"李与非傻乎乎地问。

"就是你这种态度,女人才不会原谅!"吴婵恨恨地说,"道个歉都不走心!"

"那,那现在怎么办?"李与非接连被呛,态度也明显不自信起来。

吴婵沉吟不语,一时也没想到什么办法。

孟途看看两人,突然福至心灵,试探着说:"我倒想到一个馊主意。"

"什么?"

"小可是幼儿园园长,平时打交道最多的就是孩子和家长。我们就从这里入手,就说我们的孩子要上幼儿园,借机把她约出来,带到雷兵那里,让两个人碰面!"

"我们三个人哪里有孩子?"李与非问。

"孩子倒不用出面,只是……需要我们三个人中的两个人假扮夫妻。"孟途慢悠悠地说。

吴婵看了李与非一眼,突然脸红,没说话。

李与非枉有高智商,还没反应过来,继续傻乎乎地问:"什么意思?"

孟途真想敲开李与非脑袋看看里面是不是糨糊:"就是让你和吴婵假扮夫妻!"

"夫妻?"李与非吓了一跳,"亏你想得出来!"

"我就说是个馊主意。"孟途讪讪地说,"那你们还想得到更好的办法吗?"

吴婵和李与非对视一眼。吴婵像被针刺到一样,赶紧转过头去。吴婵的局促传染了李与非,他也手足无措地低下头。

当晚,三人在酒店里排练。

"赶紧好好了解对方,把对方信息都记牢,身高、体重、兴趣、爱好,等等，不要到时候穿帮。"孟途交代。

"这怎么记得牢？"李与非叫起来。

"你记忆力跟复印机一样，设计图都能记得住，这有什么记不牢？"孟途说。

"不一样啊！"李与非抱怨，"既没有规律可循也没有公式可推导，没规律的事情我记不住的。"

吴婵恼了："怎么没有规律可循，你根本是在找借口！"

"你记得住吗？"李与非反问。

"有什么难记？我不知道你身高体重，但我知道你身体的协调性和柔韧性好于同年龄平均水平因为你从小跟着刀马旦妈妈练功；你同款的衬衫至少有七件这样每天就不会为选衣服浪费时间；你喜欢背广告上的电话号码，你看见车牌号就会用上面的数字算24点，你思考问题的时候喜欢在室内来回踱步，你解决难题以后会大声唱京剧样板戏，你为难的时候会抓头发……"吴婵气鼓鼓地，一口气讲下来，完全没有停顿，忽然看见李与非和孟途目瞪口呆看着她，顿时意识到自己失言，一阵懊悔，支支吾吾地补救，"我意思是，这，这不都是规律，都有前因后果，有什么难记！"

吴婵找了个借口走开。

李与非看着她的背影，还没有从惊异的状态中缓过来。吴婵讲的这一系列他的行为，很多都是下意识，连他自己都没有总结过规律。他没想到吴婵竟然都能看在眼里，记在心上。

李与非喃喃对孟途说："我只知道女人记仇，不知道她们什么都记。"

孟途看傻哥们儿还是一脸懵懂，心下叹息，拍了拍他肩膀："未来路上，自求多福吧。"

第二天，孟途和李与非、吴婵兵分两路。孟途"跟踪"雷兵，李与非吴婵"夫妇"去找小可，想办法把小可带到雷兵面前，到时候三人再一起做和事佬，劝服两人复合。至于怎么劝服，用吴婵的话，"只能随机应变"。

李与非和吴婵这边最初进展很顺利。小可热情地接待他二人。

"可以明天把孩子带过来。"小可说。

"本来我们今天就想带,可是有个问题,我女儿和正常孩子不一样,她有……自闭症。"吴婵尽可能表情凝重地说。

这是昨天三人商量出来的剧本。李与非不会扯谎,戏全押在吴婵身上。李与非看吴婵演得像模像样,憋不住要笑。吴婵桌子底下狠狠踩了他一脚,这下李与非痛苦的表情全出来了,配合着表情顺水推舟地说:"是啊,想起来真难过……"

吴婵死死咬住嘴唇。

小可同情地看着两人,温柔安慰:"两位也不要太担心。我们之前接受过类似的儿童,只要家长和老师配合,孩子改变还是很大的。你们有没有在家里试着让她做一些自我表达的活动,比如画画?"

"有。"吴婵回答。

"没有。"李与非同时说。

小可奇怪地看着两人。

李与非和吴婵有点狼狈,吴婵马上补救:"哦,我……先生教她画、画设计图,他不认为这是画画。"

小可信以为真,点头。

李与非擦了把汗。

吴婵问:"老师,您今天有空吗,能不能到我们家里看看我女儿,看她适不适合上幼儿园。"

"好啊。"小可热心地说,"正好我现在有空,要么就现在吧。"

李与非低头看了一眼手机,孟途发信息说:"糟糕,跟丢了!"李与非于是脱口而出:"不行,丢了!"

小可吓了一跳:"孩子丢了?"

吴婵赶紧说:"不是,他意思是说,孩子早上丢了……丢了一只洋娃娃,正在闹脾气。现在去不合适,我们稍微等一会儿。"

小可微笑说:"没关系,我最擅长哄闹脾气的孩子,我们走吧。"

李与非和吴婵无奈,只好带小可走。

"早知道我去跟吴婵假扮夫妻了。"孟途咕哝。对于没受过专业训练的他来说,跟踪实在太难了,何况雷兵正在逛电子市场,简直像一粒米撒进沙子里,毫无痕迹可循。孟途在摩肩接踵的人群里跑来跑去,汗流浃背。他急中生智,在一家摊头上买了一架望远镜,站在二楼瞭望。

旁边有个老板好奇地看着他,终于忍不住说:"哥们儿,你这是来打假吗?别白费劲了,咱这里现在没假货!"

孟途赶紧赔笑:"哪儿能呢,打假我这也太高调了点……"

孟途无计可施,只好站在出口处守株待兔。李与非信息发了无数次,连环催,孟途急得直跳脚的时候,终于看见雷兵懒洋洋地从市场溜达出来。

孟途赶紧隐藏到一边,回复李与非:"目标已返。"

此刻,李与非开着租来的车,已经带着小可兜了无数圈子。吴婵也配合着找各种理由:

"保姆带孩子去公园了,正在赶回的路上。"

过了一会儿:"赶回的路上堵车了。"

小可疑惑地问:"开车去公园?而且这才下午三点,不是晚高峰啊。"

"开电瓶车,在一条窄马路上被两辆三轮车堵了,据说前一辆三轮超速,正吵架呢。"李与非找补。

小可将信将疑。

孟途把即时定位发给吴婵。吴婵看着手机上的小圆点逐渐靠近中,向李与非使眼色。李与非会意,按照定位开过去。

那边厢雷兵停在一家大排档前,要了一盒肠粉打包。等待的过程中东张西望,无意中望向孟途的方向,吓得孟途赶紧缩回去。雷兵接过肠粉,突然撒腿就跑。

孟途暗暗叫苦,一边追,一边打电话给吴婵:"糟了,他发现我了!"

手机上的定位开始飘忽不定,李与非施展出非凡的车技,紧紧跟着追。

后座的小可吓得脸也白了:"怎么回事?"

"三轮车,要打起来了,我去劝架!"李与非一边喊一边头也不回继续飙车。

吴婵眼看定位的小圆点就在前方的路口处,越逼越近,大声提醒李与非:"当心!"

李与非紧踩刹车,车停下的一瞬间,雷兵从旁边的路口冲了出来,撞在车的侧方,跌倒在地上。

车上三人都吓得惊叫起来。小可反应迅速,立刻打开车门下去。

"先生,您没事吧?"小可焦急地问。

雷兵抬起头来,和小可打了个照面。两个人都愣住了。

碰撞的时候李与非已经及时刹住了车,所以雷兵并没有受伤。他一骨碌爬起来,定定看着眼前人,喃喃地说:"小可……"

小可怎么也没想到会在这种情况下遇见雷兵。雷兵跟她离开的雷兵已经判若两人,从前意气风发、红光满面的脸庞,现在灰扑扑的,头发乱糟糟,胡子爬了满脸,衣衫可以用褴褛来形容,俨然就是个流浪汉。

吴婵注意到,小可的眼眶一下红了,脸上掠过一丝温柔怜惜的神色。可能也是怕自己当场崩溃,小可迅速转身,停顿了一秒钟,终于狠心离开。

雷兵追了两步,又停了下来。李与非和吴婵从车里下来,都急了。

"去追啊!"吴婵急得跺脚。

"没用的。"雷兵黯然说,"我追了三十二次了。"

"搞芯片的都这么精确吗?"吴婵不由嘀咕,她看了李与非一眼,下令,"那你去追!"

"我?好嘞!"李与非下蹲、起跑,用百米冲刺的架势直奔出去,狂奔五十多米又跑了回来,"哎,我追上以后干嘛?"

吴婵又气又笑:"还能干嘛,把她劝回来呗!"

"怎么劝?"

这边雷兵已经摇摇晃晃往回走，吴婵急了，赶紧一边追雷兵一边对李与非喊："不知道，你随机应变吧！"

"随机应变？"李与非懵了。他向来处理的问题都是有板有眼，精确到纳米级别，随机应变根本不在他的认知范畴。眼看小可就要走出他的视线，一时来不及细想，拔腿追过去。

"哎，哎，你先别走，有话好好说。"李与非追在小可身后。

"有什么好说的，原来你们夫妻俩就是一对骗子！"小可愤怒地说。

"我们不是夫妻俩……"

小可一愣，更气了："好啊，连这个都骗我！"

"我们不是故意的……"李与非怯怯回答，"我们只希望你能见见雷兵，给他一个机会……"

"机会？我给过他太多机会了！说要陪我过生日，我自己买花，自己买蛋糕，自己烧菜，什么都弄好了，等到半夜，结果没回来！我妈妈从老家来看我，说好了去接，结果忘记，老人家在车站等了三个小时，我还要帮他圆谎！大台风天气，我打电话给他，不接，屋子里淹得水漫金山，还停电，我点着蜡烛，拿着脸盆，往外泼水泼了一个晚上！我的孩子就是那一晚上没的！我昏倒在满地是水的地板上，躺了整整一晚！你……你知不知道，那孩子，我……我连名字都取好了……"

那一瞬间，李与非好像看见吴婵烦恼嗔怒的样子。他突然想通了很多他以为永远也想不通的、关于女人的心事。

李与非诚恳地说："其实我们男人，比你们想象中的笨。我只是写电路聪明，除此之外，我什么都不懂。我虽然不认识雷兵，我猜他跟我一样。很多话，你们不说，我们永远都猜不到；很多事，你们不教，我们永远都不会做。我们不知道特殊的节日怎么制造浪漫，我们也不知道你们生气的时候怎么哄你们开心。我们只会像只小狗一样跟在你们身后，等你们自己消气。你回想一下，雷兵知道你在地板上躺了一晚上以后，有没有像我现在这样一直跟着你？"

小可回想多年前的情景，她轻轻点了点头。

李与非轻声说:"我不能想象你当时有多难过,多失望。但是,我绝对能想象雷兵当时有多懊悔,多心疼。我猜,如果时间能倒流,他一定愿意抛弃一切,陪在你身边。"

"不可能,他真的一点都不在乎我……"

"你有没有看到他现在的样子?"李与非问。

小可沉默了。

"他现在不是已经放弃了一切吗?"李与非动容地说,"我不知道他以前是什么样,我也没见过他风光的样子,我只知道,现在的雷兵,是一个完全没有激情的人。说实话,我根本不相信他曾是一个技术迷,一个痴迷于技术的人绝不会像他现在这样颓废。他已经完全放弃了,放弃了他曾经热爱过的一切,也放弃了他自己。我真的很想知道,到底发生了什么事,到底是什么人,让他发生这么大的改变?这个人到底有多重要?他现在失去她,心里到底有多懊悔?"

另一边,吴婵和雷兵站在公园的小桥头。雷兵看着桥下流水发呆。

"你这么在意她,干吗不去追她?"吴婵问。

"没用的,她说我找她再多次也没用的,她永远不会原谅我!"雷兵垂头丧气地说。

"她说你就信?"

"我每次找她,她都会把我骂得狗血喷头,说再也不想见到我。都到这地步,我还能不信吗?"

"你们男人真是,要多蠢有多蠢!"吴婵恨铁不成钢,"她要是真不想见你,直接报警不就得了,还浪费时间跟你啰嗦这么多?"

雷兵愣住了:"啥意思?听不懂……"

"女人常常口是心非的,你不能听她们嘴上说什么,你要根据情况揣测她们到底是什么意思!语文阅读理解没做过吗?根据上下文理解作者意图懂不懂?"

雷兵茫然摇头。

215

吴婵只好耐着性子解释:"我这么说吧:如果你问她想要什么礼物,她说随便,你不仅不能随便,还要精心挑选;如果你们俩正在吵架,她让你滚开,你不仅不能滚开,反而要走过去,紧紧抱住她;如果她要跟你分手,说她再也不想看到你,你就要每天都登门道歉,让她天天看见你的诚意,直到她气消了为止!"

雷兵如同醍醐灌顶:"你意思是,就反着来吗?"

"也不是每次都反着来,不是跟你说过要根据上下文吗?"

"这么复杂,怎么搞得清楚?"

吴婵恼了:"你自己想想看你怎么对她的?你让她吃了多少苦?花点时间搞清楚她的心思,难道这要求很过分吗?你自己好好反省反省!"

雷兵垂下头,不响了。

吴婵看这形势,自己不能一味灌输,也要给雷兵足够时间消化。她走开两步,给李与非打电话,两个人交流进展。

电话打到一半,吴婵突然听到身后"扑通"一声落水声。没等吴婵反应过来,桥上已经有人喊起来:"有人跳河了!"

吴婵扑到桥上一看,落水的正是雷兵。吴婵吓呆了,跟岸上的人一起高喊救命。

李与非和小可就在这时赶来。雷兵正在水里挣扎。小可一看就急了,跑到岸边,向雷兵伸出手去:"小兵,游过来,你千万别出事啊!"

吴婵赶紧抓牢小可的胳膊,防着她也跌下去。

"你有没有受过救生训练?"吴婵问李与非。

李与非摇头。

"那别下水,赶紧报警!"

已经有热心人拨了报警电话。

李与非眼看旁边有人钓鱼,急忙跑过去:"救急救急!"拿过钓鱼竿,把尾端伸向水中的雷兵:"抓牢,我拖你上来!"

钓鱼竿长,挥动不便,李与非笨手笨脚,几次把已经冒头的雷兵又拍回水里。

雷兵好容易又冒出来,踩着水,抹了一把脸,朝李与非喊:"别拍了,老子会游泳!"

李与非尴尬地收回钓鱼竿。

其实水并不深。雷兵少了李与非的羁绊,扑腾着游到岸边,小可的手还伸着,雷兵痴痴地看了一会儿小可,伸出手去,两人的手紧紧握在一起。

小可在李与非和吴婵的帮助下,把雷兵从水里拖出来。

雷兵顾不得擦干脸上身上的水,傻乎乎地问:"小可,你不生我气了?"

小可这才意识到两人旧账还没消,甩手打算挣脱,雷兵一把抓紧,死活不肯放。

"你放手!"小可气冲冲地说。

"我不放!这次我死也不放!"雷兵学聪明了。

"你故意跳下水,就是假装寻死吓唬我是吗?"

"不是不是,我是捡东西,我捡钱包!"雷兵伸出手,手里紧紧抓着一只钱包。

小可一呆,继而恼火地问:"捡钱包?为了钱命都不要?你到现在都不知道什么是最重要的!"说完就想挣开雷兵。

"我知道的,从你走了以后我就知道了。"雷兵分辩,然后像绕口令一样说,"是你一直都不知道我知道!"

雷兵打开钱包,里面空瘪瘪的,没有现金,只是在夹层里有一张照片,已经被水打湿了。雷兵小心翼翼地把照片抽出来,递给小可。

小可的手颤抖起来。那是两人最后一张合影,结婚一周年的时候拍的。雷兵拧着小可的脸蛋,小可拽着雷兵的耳朵,两个人都笑得眼睛也看不见。这还不是最重要的,两个人之间,还贴了一张小小的黑白照片。确切地说,不是照片,只是一张B超成像图。

那是小可检查出怀孕之后,医生拍的第一张B超照片。

"你……你怎么会有这张照片?"小可哽咽地问。

"台风里你昏倒的那次,我在你的病历卡里看到的。"雷兵怯怯地说,"这孩子比一颗小米还要小,要不是医生指给我看,我根本就找不到……"

小可心里一酸,顿时想到雷兵的缺席,想到自己曾经的无助,怨恨又涌了上来。她使劲挣脱雷兵,转身就走。

雷兵几步追上她,扎开双臂拦住她去路。

"我再也不会相信你!我再也不想看到你!"小可哑着嗓子说,"你走开!"

雷兵犹豫了一会儿,想到吴婵的"根据上下文做阅读理解"理论,深吸一口气,大声说:"我不走开!而且我也不让你走开!"他踏上一步,站在小可对面,双臂一环,紧紧把小可搂在了怀里。

这一搂不仅出乎小可意料,连李与非和吴婵都面面相觑,不知道雷兵哪来的勇气。

小可又是踢又是打,大骂:"雷兵你个混蛋!"

雷兵纹丝不动,说:"是,我是混蛋!"

"你没良心!你该死!"

"是,我没良心,最坏的就是我!你给我一个机会惩罚我吧,罚我给你洗衣服做饭,罚我为你过每一个生日,罚我跟你生孩子,罚我陪小米粒长大!"这些话不知道在雷兵心里翻滚过多久,此刻终于说出口。他更紧地抱住小可。

小可哇的一声大哭出来,哭得肝肠寸断,这么多年的委屈和愤懑终于找到出口,在这个她恨了许久的男人怀里,尽情释放。

李与非和吴婵在旁边看得清楚,原本拳打脚踢的小可,动作慢了下来,双臂慢慢下垂,终于重新抬起来,也紧紧抱住了雷兵。

第18章　系统崩溃，从零开始

当晚，李与非等三人请雷兵和小可吃饭。席间，李与非提出，请雷兵出山，加入星丛。

"不干！"没想到雷兵干脆地拒绝了。

李与非懵了，一时想不出怎么劝。吴婵心细，看见雷兵即使吃饭，也紧紧抓住小可的手，两个人十指相扣，你侬我侬，俨然一对新婚夫妇。

吴婵立刻猜到雷兵的顾虑，赶紧补充："刚才他没说清楚，我们邀请你加入星丛，而且可以带家属。"

雷兵这下眼睛一亮，转头问小可："老婆，你愿意离开深圳，到另一个城市安家吗？你愿意，咱们就走；你不愿意，咱们就留。我反正从现在开始，你在哪里，我就在哪里，一分钟都不分开。"

小可轻轻一笑，说："我也是。"

孟途不由摸了摸手臂上的鸡皮疙瘩："这是什么剧情，一个小时之前还是生死冤家，现在甜到齁死？你们有没有点原则？"

鲍平再次看了看表，已经八点了，离约定吃饭的时间超过了一小时。

这是位于西涧市的一家高级会所，需要有人介绍才能预定。鲍平这次代表鲍氏集团，宴请对象是西涧市的邢副市长，直接负责土地规划和审批。请到对方十分艰难，他找了当地最大的国企老板严总做说客，攻了很久才答应。然而迟到这么久，鲍平既烦躁，又有了一些不妙的预感。

包房的门被敲了两下，鲍平赶紧站起来迎接，服务生带了客人进来，只有严总一个人。

"邢市长来不了了，临时有会议。"

鲍平面上完全没有怨怼，赔笑说："领导真够忙的，吃顿饭的功夫都没有。"

"你以为他出来吃饭是闲工夫？你知道现在规定有多严？"严总瞪了他一眼。严总跟鲍平父亲是熟交，所以当鲍平是后辈一般教训。"要不是卖我面子他会肯？时时刻刻挨处分的事情！"

"那是那是，严叔叔这一次帮了我多大的忙，都记在心里呢。我也只能求您不是，除了您还有谁请得动这么大的领导。"在这些长辈面前，鲍平的涵养出奇得好。他知道，经验和资历永远比金钱重要，何况他们鲍氏集团的财力还远远不到能够蔑视一切资源的地步。他说这些话都是发自内心的，相当诚恳。

严总满意地点点头。三人的饭局变成两人，但规格完全没有下降。鲍平殷勤地端茶递烟。严总也把自己掌握的信息和盘托出。

鲍平这次来，是希望打通西涧市土地审批的环节，拿下一块土地开发高档别墅。严总告诉鲍平，拿地不乐观。目前本市商业房地产项目已经停止，鲍平看中的这块地留作高科技园区。如果是高科技行业，没问题，甚至可以申请政府补助。如果是商业用途，免谈。

严总说："上头说了，房子不是拿来炒的，是拿来住的！现在正是风头上。"

鲍平沉思一会儿，问："邢市长有什么比较特别的爱好吗？"

严总立刻领会了他的意思，说："你想也别想。今时不同往日，谁会为了你那点蝇头小利冒这么大的风险！这可是撞枪口！"

鲍平沮丧："那怎么办？难道以后房产就不搞了吗？"

"那倒也未必……"严总缓声说，"有句老话叫，明修栈道，暗度陈仓。"

"严叔叔的意思是？"

"你们鲍氏集团投了那么多实业，难道旗下没有一家科技公司吗？"

"科技公司？什么意思？"鲍平一时没明白。

严总看他一眼，意味深长地说："我刚才不是说了吗，如果是高科技企业拿地就没问题。你如果手下有一家科技公司这事儿就容易多了，公司再小也没关系,你又不需要它做什么事情。"

鲍平马上懂了。他微一思忖,突然想到一个主意,顿时喜上眉梢,"严叔叔,到底姜还是老的辣啊!回头我让老爷子做东,好好谢谢您!"

雷兵融入星丛就像鱼融入水一样自然。孟途早已经把雷兵当年的传奇事迹宣传到星丛每个员工。年轻人向来崇拜白手起家的企业奇才,他们把雷兵当偶像一样崇拜。而离群索居、颓废多年的雷兵,终于回到他熟悉而擅长的战场,被年轻员工大佬长、大佬短前呼后拥,每天斗志昂扬。

星丛的业务也步入正轨。领航毕竟是业内第一的公司,订单始终很稳定。星丛账面上终于有了些现金流,又招了不少新人。

这时,吴婵提出一个新的想法:"无人机其实是个很大的市场。领航公司的客户都是企业客户,但我发现个人网上购买无人机也占相当大的比例。'星丛一号'雷达芯片能不能针对个人客户开辟网上购买渠道?对于无人机爱好者来说,雷达芯片的安装并不复杂,这样他们就能像买零部件一样,随时在网上买到芯片,更新自己的机器。"

吴婵的提议得到大家的赞成。经过详细的讨论,大家决定在"双十一"购物节来临之前,在国内最大的网上商城"巴比伦"上开设网店,出售"星丛一号"。

在巴比伦商城注册成为商家并不难,难的是引起关注。吴婵向来效率高,很快联系上巴比伦公司推广部的负责人,签订了"双十一"首页推广协议。

"双十一"当天,李与非、吴婵、孟途等都守在电脑前,迎接新的销售模式。没想到直到晚上八点钟,仅仅接到几十个订单。

大家脸色都有点阴沉。

孟途是网购达人,比较有经验,他安慰大家:"别担心,大家都憋到十二点抢终极大优惠呢。"

李与非想也不想说:"好,那就等到十二点看看。大家下班吧,孟途你跟我一起。"

已经打算走人的孟途不得不停住脚步:"凭什么?我又不是你女朋友,我又不是你男朋友!"

正好此时,吴婵接口:"我跟你一起吧!"

孟途看看吴婵,眼神颇有深意,吴婵赶紧加了一句:"毕竟我是大股东。"

三个人熬夜,气氛顿时变得怪怪的。孟途识趣,躲到角落里打开购物网站自己刷单抢购去了。李与非和吴婵面对面坐着,都有些不自在,同时站起来,同时走向咖啡机。两个人谦让了一会儿。

"我留在这里是不是让你分神了?"吴婵小声问。

"没有没有。"李与非赶紧说。他鼓起勇气,打算告诉吴婵,她在这里只会让他觉得更安心,"其实你留在这里,我觉得很……"

"崩溃!"孟途突然大喊。

李与非吓了一跳,赶紧摆手:"不是不是,不是我说的,我一点也不崩溃……"

孟途几步跑到两个人面前,把手机递给他们,大声说:"崩溃了,巴比伦网站崩溃了!"

李与非和吴婵一怔,接过孟途手机看了一下。李与非赶紧跑到电脑前,刷新页面,显示是一样的。点击到"支付"步骤,就会出现一行大字:无法显示当前网页……

李与非喃喃说:"服务器爆掉了!瞬时间数据量骤增,服务器撑不住了!"

第二天按理是例会时间,吴婵却迟到了。

员工们都已经听闻"双十一"最后几分钟服务器瘫痪的消息,虽然一小时后恢复正常,但据说仍然造成一些数据丢失。而星丛毕竟也没有在这一晚,迎来他们期待的网上销售高潮,大家都有点闷闷不乐。

会议快结束时,吴婵推门进来,抱着一叠资料,直接放在李与非桌上。

"什么意思?"李与非问。

"这是我能找到的关于巴比伦公司服务器的硬件资料,其中一部分是他们公司技术总监提供的、可以对外公开的数据。我们能不能尽快研究一下,针对他们的服务器芯片,设计一款稳定性更强、能够承载瞬间海量数据的升级产品?"

"就算能设计出来怎么样,他们会采用吗?我们只是一家刚起步的小设计公司,除非……"孟途刚开始没在意,说着说着突然醒悟过来,"除非吴婵你已经拜访过巴比伦公司,并且得到了他们的承诺?"

吴婵淡淡一笑,是低调的笃定:"只是口头承诺而已。人家采用不采用,还要看咱们做不做得好。"

"嘿!肯定做得好!"孟途兴奋地鼓掌,"我真是不得不佩服你,脑子转得这么快,明明是一场销售灾难,硬是给你找出商机,行动力又这么强。星丛有吴总,真是莫大的幸事!"

孟途故意说得很大声,一边说一边挤眉弄眼朝李与非看,盼望他能接个茬,毕竟于公于私,吴婵这一行为都值得褒奖。

然而李与非只是一头扎在吴婵带来的资料里翻看,还把雷兵和赵峰都叫过来跟他一起研究。看了一会儿才说:"孟途你先别急着吹牛,根据参数来看,巴比伦公司的服务器芯片算力已经相当强了,凭咱们公司的实力,未必做得出更好的。"

孟途一口气顿时泄了,又气又恨,忍不住伸过脚去,狠狠踩了李与非一脚。

李与非喊出来:"哎,我说实话,你踩我干嘛?"

孟途正待接话,会议室门被推开,实习生小姑娘探出头来:"有人找吴总。"

"在开会,让他先走吧。"吴婵以为是快递员。

小姑娘犹豫了一下,说:"他说……是您的未婚夫。"

所有人的眼光都看向吴婵。吴婵脸红了,赶紧站起身走出会议室。

孟途迅速移动到门口,扒着门缝往外看。

赵峰和雷兵也好奇地走过去:"看啥呢?"

"嘘!"孟途做了个手势,吓得赵峰雷兵赶紧笨拙地弓着身子,学着他扒门缝。这一来,三个大男人已经把门缝塞满了。

李与非强自镇定,保持正襟危坐的姿势,刷啦刷啦翻资料,眼睛根本不知道看哪里。

鲍平打量着办公室。狭小的空间堆满各种电子器件,拥挤而凌乱。鲍平脸上掠过一丝鄙夷。

吴婵匆匆走到他面前:"你怎么来这里了?"

鲍平立刻笑容满面:"想你了呗。"他看了看吴婵身后,会议室门缝里露出三双眼睛,见他看过来,齐刷刷躲开了。鲍平心下一动,于是伸出胳膊,想把吴婵揽在怀里,吴婵身子一侧,把手里的文件夹放在旁边桌上。就这么一侧,不露痕迹地避开了鲍平。

星丛除了他们所在的会议室,没有其他的公共空间了。吴婵把鲍平带出门外。

会议室另一面的窗户才能看得到大楼出口,以及楼外的小花园。孟途等三人一见吴婵鲍平出门,迅速转移到那一侧的窗户旁边。从窗户居高临下窥探就舒展了很多,三人边观察边讨论。

"吴姐的未婚夫,挺气派啊。"赵峰率先评论。

孟途注意到李与非翻资料的手停顿了一下,赶紧骂赵峰:"你个毛头小伙子懂什么?公子哥不都这样,绣花枕头一包草!"

"吴婵的未婚夫是公子哥啊?那一定很有钱了?那吴婵怎么还这么拼,在家安安生生当阔太太不好吗?"雷兵想不通。

"小可为什么不当阔太太!这思想就是封建遗毒!女性就不能有独立的生活吗?看到公子哥就要投怀送抱?"孟途继续批评。

"嘿,投怀送抱了!"赵峰提醒大家看热闹。

这下李与非坐不住了,一个箭步从办公桌前蹿到窗户边,两臂一划拉,就把赵峰和雷兵推到一边,撑着窗台往外看。

只望见鲍平和吴婵的背影,鲍平的胳膊环着吴婵的腰。停了至少十秒钟,吴婵说了一句什么,鲍平才放开手。

李与非狠狠捶了一下窗棂。他转回头,发现孟途等三人都直勾勾看着他。李与非自觉失态,支吾着说:"我看看这一面是不是承重墙……"说着再作态捶了一下窗。

"还开会吗?"雷兵浑然不知氛围已经发生了变化。

"一个个都走了,还怎么开会!"李与非气愤愤地,率先离开会议室。

"不是只走了吴总一个吗?"赵峰和雷兵一样后知后觉,也纳闷地问。

孟途也不好解释,示意两个人都出去干活。

李与非走出会议室,看到林婉婷也来了,和占伟达站在一边讲话。李与非正没好气,大声质问:"怎么回事?人人都来串门了?你们当走亲戚呢?还像点公司的样子吗?"

林婉婷吓了一跳,赶紧躲在占伟达身后。她也算星丛的常客,李与非之前见到她都很高兴,喜欢追着她问些生产方面的问题,不知道为什么今天会这么恼火。占伟达涨红了脸,正想辩解,孟途把他拉住了:"我来,我来。"

孟途装作无意走到李与非桌前,说:"巴比伦这么大的企业,我们能搭上一条线真不容易。这事全靠人家吴婵,你就没点表示吗?"

"我怎么没表示?我刚才清清楚楚表示这芯片不好做!"李与非理直气壮回答。

"谁跟你说芯片了?我说的是人!吴婵!你就不能跟人家表示一下感谢吗?"

李与非愣住了。这倒是他从来没有想过的问题。想了半天,问:"怎么表示?"

"最简单的办法:请她吃顿饭。"

李与非深以为然点点头,拿出手机就准备点外卖。

孟途一把拦住:"你干嘛?我说请吃饭,你就准备请人家吃外卖?"

李与非无辜地眨着眼睛。

孟途怒斥:"你去找个女孩子调研一下好吗,该怎么请女性吃饭?"

李与非环顾四周,星丛济济一堂都是大老爷们,唯一的女孩子显得格外显眼，就是刚才被自己大声呵斥的林婉婷。李与非犹豫一下，慢慢蹭到林婉婷身边。他清了清嗓子，憋出两个字："来了？"

婉婷已经听到他和孟途的对话，也大略猜到了什么事情，睁着大眼笑眯眯地看着他，偏偏不答话。

李与非再清清嗓子："欢迎你常来走亲戚。"

婉婷身边的占伟达一脸敌意瞪着李与非，眼看余怒未消。婉婷看李与非可怜巴巴的样子，又好笑又同情，忍不住帮他解围："我都听到了。我帮你推荐一家餐厅，食物好，气氛好，超赞的！米其林二星，很难订位的哦！我们公司是 VIP 客户，我可以帮你预约。"

婉婷说做就做，立刻打电话约了次日晚上的座位。

李与非感激涕零，朝着林婉婷抱拳拱手："林婉婷小姐，你大恩大德，李与非没齿难忘！"

"不会！"婉婷笑眼弯弯，"女孩子最讲究情调的，环境好，心情也好，这样请吃饭才比较有诚意！"

李与非恍然大悟："这个总结太到位了！"

占伟达看着笑盈盈的婉婷，想着她刚才的话，陷入沉思。

吴婵终于回来了。她一进门就感觉气氛不对。大家都像商量好一样埋头工作，却趁她不注意时交换着意味深长的眼神。

一个人影落在她桌前，抬头一看，是李与非。

吴婵连忙站起来，莫名其妙地局促起来。"刚才我……"她想解释，却不知道该说什么。

"明天晚上我请你吃饭！"李与非打断她，一口气说，"七点钟，湖畔餐厅，米其林二星，环境好，很难约。"

吴婵愣住了。李与非报出这一连串邀约信息，语气生硬得就好像报芯片参数，但恰恰是这生硬，让吴婵顿时相信，这是李与非的第一次邀约。

面对李与非的第一次，吴婵却只能说："对不起，我明天正好有约了。"

李与非完全没有预料到被拒绝，一时反应不过来："有约？"

孟途也急了，蹿出来问："跟谁？"

毕竟林婉婷心思细腻，猜测着问："跟未婚夫吧？"

吴婵不做声。刚才鲍平的确是约了她明天吃晚饭，他的理由是：明天是他爸爸生日。虽然吴婵知道鲍父的生日并不是明天，也不相信鲍平会为了约她吃饭专程来星丛找她。她依然没有拒绝。本来她和鲍平之间，就是仪式大过实质，她何必执拗地去破坏这种仪式，让双方甚至双方的家庭都尴尬。

吴婵低下头，回到自己的位置上。孟途等人互相对视一眼，此刻的局面也不适合外人继续参与，大家也都识趣地退回自己的座位上开始工作。李与非一个人傻站了一会儿，也转身走回工位。

吴婵悄悄从电脑后观察李与非。他埋头在座位上认真做事，看样子并没有因为她的拒绝受到什么影响。吴婵略感欣慰。

她并没有看到，李与非捧着自己的备忘录，一条条看了很久，最后用一支红笔，在所有的字迹上画了一个大大的红叉，想了想，再添了一句话：专利产品，务必绕过。

与宁行到宿舍楼前，远远看见姚美丽提着保温饭盒跟宿管阿姨热烈讨论什么。

母女俩上楼。"难得在市场上买到野生黑鱼，我炖了黑鱼汤给你补补脑子。"姚美丽说。

"刚才看你笑得那么诡异，应该不是黑鱼汤的原因。"

"真被你猜中了！"姚美丽心里的秘密一向藏不过五秒钟，"宿管阿姨有个堂侄在对面东科大读博士，据说长得一表人才，你妈我……嘿嘿，不说你也知道我动了什么脑筋。"

与宁好笑："你可别轻信，这阿姨有点文艺心，上回夸门口那条流浪狗长得一表人才。"

姚美丽顿时气馁："你说你们兄妹俩，都老大不小了，要男朋友没男朋友，要女朋友没女朋友，我姚美丽一表人才，什么时候才能隔代遗传给我孙子外孙。"

"阿姨你真开放,还鼓励与宁找女朋友?"与宁的室友踏进门,只听见后半句,把姚美丽给气乐了。

黑鱼汤喝得与宁和室友心旷神怡。室友夸赞:"阿姨,有您这独家煲汤手艺,与宁还怕找不到男朋友?三碗汤下去,什么样的男生拿不下来?"

"真的啊?"

"当然啦,人家都说要打动男人的心,先打通他们的胃。"

说者无意,与宁听者有心,眼睛眨了眨,动起念头。

姚美丽听得心花怒放,赶紧拿过饭盒准备再给室友倒一碗,被与宁一把拦住:"慢着!别再给她喝了,她要减肥。"

"我没有啊?"室友无辜地说。

"你有,你昨天说梦话的时候说的。作为室友,我一定要支持你。"与宁看了看饭盒,还好,汤还剩了不少。她赶紧把饭盒拧紧。

等姚美丽离开,与宁趁室友不备,悄悄带着饭盒出门。

东科大和药科大学只是一条街之隔,与宁坐着轮椅很快就到了。此时是晚上八点多钟,赵峰应该在宿舍看书。看到头昏脑涨的时候,正好收到特意送来的宵夜,一定会倍感温暖。与宁看着腿上的饭盒,已经想象到赵峰感动的样子,忍不住得意地笑起来。

她推着轮椅走到楼下,暗暗叫苦。东科大的宿舍楼是几十年前的老建筑,没有电梯。与宁在楼下绕来绕去,干着急,总不好让陌生的同学把自己抬上去。她无计可施,只好等在门口想主意。

两个人一边讲话一边从宿舍楼里走出来,听声音就是赵峰。与宁一喜,竟然这也能给她逮到,何其凑巧。她藏在门口的大树后,想给他一个惊喜,或者惊吓。

没想到吃惊的是她自己。

赵峰身旁,站了个高挑的女生,大眼睛长睫毛小嘴巴,胸高腿长,像孟途收藏的手办一样可爱。女生眼睛忽闪忽闪,崇拜地看着赵峰。

与宁赶紧往树后藏得深了一些。

"多谢你啦师兄,要不是你帮我,这篇论文我真搞不定。"女生声音也甜。

"小意思,你做的这个题目正好我去年也写过。"

"我们熬夜都赶不上你,你为什么这么聪明啊?"女生明显开始发嗲。树后的与宁咬了咬牙。

"不知道,爹妈生的吧。"对于女生发嗲,赵峰的迟钝跟李与宁有一拼。

有几秒钟,女孩子没说话。与宁实在忍不住,她探出头去,悄悄往外看,正看见女生踮起脚,飞快地亲了亲赵峰的脸颊。

赵峰显然呆住了,半天没说话。与宁也是。她已经忘记了隐藏自己,只是呆呆地看着这一幕。

不知道过了多久,那女生先发现了李与宁,赵峰顺着她眼光看去,正好跟与宁的目光对视。

与宁大惊,转过轮椅就想逃走,偏偏膝盖上的饭盒滚落在地上,打翻了,一盒鱼汤淋淋漓漓洒了一地。

这是李与宁一生中最尴尬的一刻。

赵峰走过来:"李与宁,你怎么在这里?"

与宁深吸一口气,憋出满脸笑容,这才转过身面对赵峰,清脆地说:"我……我吃宵夜,然后吃饱了撑的,出来散步。在这里也能遇到,真巧啊。"

"巧什么巧,这就是我宿舍。"

"哦是吗,你不说我还以为是食堂,想……继续吃宵夜。"

那女孩也走过来了,与宁低下头,从这个角度正好看到女生的大长腿。她穿得是超短裙,两条腿细长而匀称。与宁顿时失去了继续伪装的心情。

"再见。"与宁简短地说。她怕多说几个字就会失去力气。她迅速摇着轮椅转过身,向前走去。

赵峰莫名其妙,想了一会儿,喊:"你找不找得到校门啊,要不要我送你?"

与宁头也不回,摇了摇手。

女生饶有兴趣地看着李与宁的背影,问赵峰:"这谁啊?"

"师兄的妹妹。"

"她是不是特意来找你的?"

"你不是听见了吗,偶然遇到而已。"

女生笑了:"你写论文聪明,在好多事情上真够笨的。"

赵峰一脸茫然:"什么意思?"

女生笑着,不再说话。

赵峰走过去,捡起滚落在地上的饭盒。有那么一刻,他感觉到事情不像与宁说得那么轻描淡写,这饭盒好像说明了一些问题。到底是什么问题,他一时又想不出。赵峰直起身,看向与宁离开的方向,这倔强的女孩,早已经消失在夜色里。

第19章　情敌的恶意收购

与非和与宁兄妹俩面对面坐在米其林二星餐厅里。餐厅环境优雅，流光溢彩，更显得两个人垂头丧气。

与宁数到第七对接吻的情侣，问与非："你本来打算约的不是我，对吧？"

与非略尴尬："这你都知道？"

"好歹我也是你妹，我智商有那么低吗？"与宁朝旁边的情侣努努嘴，压低声音说，"你看看，他们是来这儿吃饭的吗？"

与非只好交代："这家餐厅很难订的，难道浪费不成。"

与宁鄙夷地："所谓手足情深，在你这里只是个添头，我算认清你了！"

"说得跟你日理万机一样，我不约你，你有人约吗？"

这下轮到与宁尴尬。想到强吻赵峰的长腿大眼妹，与宁顿时怒从心头起，大喝一声："服务生，给我拿瓶酒，最烈的那种！"

服务生拿征询意见的眼光看着与非。

与非自己也心事重重，挥了挥手："你随便给她整瓶二锅头吧，反正她酒量大。"

服务生为难地说："我们这里……没二锅头。"

与非正要讲话，身后有个男人的声音说："给女孩子还是点香槟吧，算在我账上。"

与非转过头，一眼认出身后这男人。他一向记人脸过目不忘，何况此人还有个令与非难忘的身份。

鲍平向李与非伸出手："你是小婵的合伙人吧，我是……"

"我认识你。"李与非打断他。他不想听鲍平说出"未婚夫"这三个字。他伸手和鲍平相握。

两个男人对视着,互相研判着对方。

"你跟女朋友来吃饭吗?"鲍平看着李与宁,眼光毫不避讳在她腿上和轮椅上停留了一会儿。

"她不是我……"李与非正想解释,看到鲍平眼光落处,顿时恼怒,正想顶回去,与宁一把拉住与非的手。

就那么一瞬间,与宁凭着女孩子的敏感已经嗅到两个男人的火药味。她朝鲍平大大方方一笑:"谢谢你的香槟,能不能让服务生打包,我带回去正好兑二锅头。"

鲍平对与非笑道:"你女朋友还挺泼辣。我跟这家餐厅老板很熟,下回你们再来,提前告诉我,这里没点关系约不到的。"

李与非沉声回答:"谢谢。不过我自己的事情,我会自己争取。"

鲍平饶有兴趣地看着李与非,李与非也毫不退缩地盯着他。两人再次掂量着对方的分量。

这时,一阵高跟鞋的脚步声走近,两个男人同时回头,看到吴婵。

可能为了尊重餐厅的气氛,吴婵穿了条银色的小晚装裙,挽起头发,妆也比平时稍微明艳些。吴婵一向简约练达,此时的装扮,让她少了几分凌厉,多了一分妩媚。

李与非从未见过吴婵这样的装束,一时间丧失了反应能力,呆呆看着她。

吴婵也想不到会在这里遇到与非,而且是在鲍平面前,一时也愣住了。

鲍平看见李与非的模样,内心哼了一声。他殷勤地走过去,自然地凑过去,轻轻地吻了吻吴婵的面颊。他力度拿捏得很好,礼貌而不暧昧,吴婵没有任何借口躲开。

与非像被针刺一样垂下头。

"亲爱的,你今天真漂亮。"鲍平说。他语气很真诚,因为的确也是事实。他朝李与非示意一下:"真巧,碰上熟人,要不要我们一起吃饭。"

"不用!"与非和与宁同时说。

"我们正好要走了。再见。"与非说完,推着与宁,离开鲍平和吴婵。他始终低着头,再也没有看吴婵一眼。

吴婵一直想着李与非头也不回的样子,鲍平连问了几句话都没有听见。

"这个李与非,很不简单啊!"鲍平说。

吴婵一惊,看着鲍平,不知道他有什么所指。

"他都走了这么久,我未婚妻还是心不在焉。"

吴婵脸一红,低声说:"我没有。"毕竟心理素质强,她很快调整好状态,坐直身子,问鲍平:"你找我有什么事?"

"看你说的,没事就不能找你吗?"

吴婵略带揶揄地说:"按照往常的经验,除了每个月的惯例吃饭,你找我都有事。"

鲍平笑了。跟吴婵这样的女人在一起,根本不需要寒暄,也不需要兜圈子。他忍不住拉起吴婵的手吻了一下:"这就是我喜欢你的原因,聪明爽快,节省大家时间。"他说的是真话。他和吴婵的婚约虽然是父母之命,但这女人有时候确实让他心动。

吴婵帮他倒了杯红酒。就这么一个动作,不动声色地抽回了手。

鲍平直截了当地说:"你投资的那家公司,星丛,我想收购。我看整个公司规模不大,固定资产也很轻,应该估值不会很高。"

认识鲍平这么久,吴婵很少因为他吃惊,这次真的被他的话震惊到了:"收购星丛?为什么?"

鲍平一耸肩:"有什么为什么,鲍氏又不是第一次收购小公司。"

"可是你们一向只涉足零售和地产行业。"

鲍平轻描淡写地说:"这不响应国家号召吗,科技兴国。星丛是做什么,芯片对吧,为国家的芯片制造业贡献力量。"

"星丛是做芯片设计,不是芯片制造。"吴婵纠正他。

"大差不差吧。"

连芯片制造的具体环节都搞不清楚,谈什么贡献力量?但这话吴婵没说,她耐心解释:"这行业真的跟鲍氏以前投资或者收购的公司不一样。你知道前期需要多少研发投入?你知道需要多少最顶尖的人才、最聪明的脑袋,日以继夜做繁琐甚至枯燥的工作?你知道从投资到见效需要多少时间?你知道多少家公司在这个漫长的环节里破产?这还只是从商业层面讲,只是我能理解、能给你讲清楚的,还有多少技术性的困难,我说都说不清楚!"

鲍平睁大眼睛看着吴婵,一副不可思议的样子:"老天,你不会是认真的吧?你难道是真的要搞芯片啊?"

吴婵哭笑不得:"我说了什么、做了什么让你觉得我不是认真的?"

"你自己也说了啊,这行业,高投入、高风险、见效慢、回报低,这是傻子才干的事情啊!"

吴婵压住内心的不快,问:"那你以为我一直都在干什么?"

"炒概念啊!要么帮你们天信炒作热点,要么把这家公司短时间内炒热,上市圈钱或者卖给国际大公司。否则谁干这种傻事,难道真要科技致富啊?哈哈!"鲍平忍不住笑了。

吴婵看着鲍平愉快的笑容,终于想通了:"所以这是你想收购星丛的目的,对吗,炒概念?"

鲍平笑着点头:"可能还能做点别的,但差不多吧。"

吴婵看着面前的餐具,轻轻笑了笑。

鲍平看到她笑,兴致勃勃地凑过来:"怎么样,我们联手跟那 CEO 谈谈价格。我看那人傻头傻脑的,对钱也没什么概念。"

吴婵收起笑容,把脊背挺得更直了。她轻柔而坚定地说:"你说的对,那人对钱没什么概念,所以我猜,你出多少钱他都不会卖星丛。我刚才笑,是因为我觉得很有趣:人和人的想法竟然能有这么不同。星丛从上到下,全都是你说的那种傻子!"

鲍平盯着吴婵,研究着她的表情。他判断出她没有在开玩笑。不仅没有,这番话就是一个干脆的拒绝,甚至是对他彻底的否定。鲍平心里腾起一股怒火。他克制着,用平静的声音问:"你是舍不得这家公司,还是舍不得这个傻CEO?"

吴婵眉毛一挑:"你什么意思?"

"以为我不知道吗?深更半夜送你回家,在办公室加班加一夜,别告诉我你是为了芯片这么忘我,你是为了那个男人吧?我这个人很开放的,我倒不在乎你在外面玩,可你也不用把半个公司的钱搭进去贴他吧。"

有一瞬间,吴婵生出想把手里的冰水兜头泼到鲍平身上的冲动。她握着手里的杯子,深呼吸了两下,说:"你现在不适合和我讨论,我先走了。"

吴婵站起身,把腿上的餐巾摔在桌上,头也不回地离开餐厅。

鲍平看着她的背影。被吴婵拒绝并不让他意外,令他吃惊的是,她竟拒绝得如此彻底。鲍平本以为吴婵在天信外面自立门户,不过是向谢雪华母女示威,或者向父亲证明自己的实力,慢慢磨一磨,她总会松口。没想到她现在是真心热爱。

热爱造芯片?打死他也不信。他再不懂专业,也知道这行业短时间无利可图。吴婵出身在商人家庭,读的是企业管理,交往的圈子都是商业人士,她能不明白这个道理?她这么护着星丛,理由只可能有一个。

这女人爱的不是芯片,是那个所谓的芯片设计师。

他和吴婵从开始交往之初,就明确提出:两个人恋爱要谈,婚要结,但自由也要有,不要像平庸夫妻一样,把对方牢牢掐在手里换取安全感。他知道吴婵在国外长大,完全能接受他的倡议。事实上,她一直是个宽容的未婚妻。

直到现在。

现在鲍平才意识到,对于情侣来说,所谓的宽容,不过是淡漠。一旦你无法漠视,宽容就会变成一团火,反噬过来。

此刻,鲍平心里就像被烫了一下,热辣辣烧起一团火。

鲍平狠狠地把上半年的业绩报表扔到桌上,他已经失去继续看的兴趣。

他随手拿过案头一叠简历翻看。鲍氏最近有几个重要技术岗位招聘,秘书已经催了他几次。

一页简历引起他的注意,这人叫于放,是一名芯片硬件设计师。吸引鲍平的是他的一条工作经历:曾在一家芯片设计公司担任设计研发,该公司名叫星丛。

鲍平正研究简历,接到远在瑞士的叔父的电话。叔父告诉他一条值得玩味的消息:全世界头号科技公司——迪迈科技,准备在中国成立分部。

不用叔父提醒,他也知道,迪迈这一举动,绝不是像它自己宣传的那样"加强与中国的合作"。中国这么大的市场,已经发展到迪迈无法忽视的地步。所谓"天下熙熙,皆为利来",老外虽然没听说过这句话,但人性无非都一样,而商业,永远体现着最纯粹的人性。

"如果有本事拿下和迪迈的合作,对你们鲍氏将是一个突破性的胜利。"叔父出国之前当过党委书记,讲话极富政治智慧,"中国要建成世界科技强国,处处强调科技创新、商业模式创新,鲍氏集团在传统行业里投了这么多年,再不趁机会转型,以后怕就难了"。

鲍平一向对叔父很敬佩,他问:"听说迪迈总裁费尔德很傲慢,我们鲍氏原本也不是科技公司,怕是很难打动他吧。"

"我在美国的时候和费尔德打过交道,这家伙不光傲慢,根本就是个小人。不过……"叔父的口气里流露出只有经历大风大浪的长辈才有的轻松,"对付小人其实很容易。"

"怎么?"

"投其所好,因势利导。"叔父把"利"字咬得很重,"你别看迪迈名声在外,费尔德这个人其实故步自封,眼界很小,对中国的了解很少。他们现在要开拓中国市场,未必已经有一个周密详尽的计划,说不定很多方面也在摸着石头过河。这时候你的机会就来了。"

鲍平信服地点头。

叔父继续讲:"鲍氏不是科技公司,反倒是个优点。费尔德是容不得别人比他优秀的,同行是冤家,对他来说一点都不错。你要是他同行,别说合作,他第一步就是想办法吃了你。"

"同行是冤家……"鲍平琢磨着叔父的这句话,一眼看到桌边简历上"星丛"二字,突然脑子里冒出来个想法,忍不住发自内心地笑出来,"叔叔,我太爱你了!"

叔父被逗笑了:"小鬼头,你在想什么?"

鲍平慢悠悠地说:"我的想法还不太成熟,不过如果做得好的话,也许是个一石二鸟的主意……"

放下电话,鲍平让秘书通知那个叫于放的设计师立刻过来面试。

于放三十出头,态度很谦卑,显然是个被生活调教得毫无棱角的中年人。

"你是微电子专业毕业,来我们金融行业应聘,专业不对口吧。"

"对口的对口的,"于放急切地介绍,"我们专业不仅要学好数学、计算机等相关学科,而且硕士博士就读期间就要参与大量的项目历练,对智力和行业经验要求很高。金融领域需要大量的数学分析,对我们来说,简直是轻车熟路。更何况,我还可以专门做半导体行业的投资分析。"

鲍平微微点头,用轻描淡写的语气问:"你为什么从上一家公司离开,叫……星丛是吧?"

于放看了鲍平一眼,谨慎地回答:"我跟公司的理念不合。在我看来,这家公司的 CEO 太好高骛远。"

鲍平顿时来了兴趣:"哦?怎么说?"

"拿最近在谈的项目来说,星丛居然要和国内第一的电商巴比伦合作,升级他们的服务器芯片。星丛所有的设计研发人员目前也就不到二百人,要接下这个项目耗时耗力耗资金,而且很有可能血本无归。我认为太冒险了。"

"巴比伦前几天不是在媒体上讲,他们有能力解决服务器性能问题吗?"

"问题就在这里,要保证'双十一'这样特殊场景下的服务器性能,更多需要端对端解决,巴比伦公司已经在着手研发。芯片层面上其实能解决的问题很少。但李与非,也就是星丛的 CEO,提出为巴比伦公司做服务器的网络互联芯片,这无论对巴比伦还是对星丛来说,都是个全新的概念,这可是个大工程,我个人不看好。"

"网络互联芯片……"鲍平重复着这几个字,沉思了一会儿,脸上露出微笑,对于放说,"我给你一项任务,如果你做得到,我就可以录用你。"

于放惊喜地问:"什么?"

"把你所说的网络互联芯片的构想,给我写成一份计划书。"

于放有点为难:"这个……算不算违反竞业禁止协议,算不算泄密?"

鲍平反问:"星丛完成设计了吗?申请专利保护了吗?"

于放摇头。

鲍平冷笑:"不过是一个想法而已,飘在空中的。你也说了,耗时耗力耗钱,最后还不一定谁先做出来呢,怎么叫泄密?我鲍氏集团如果真要做芯片,比他一个星丛不知道实力强多少倍,这个行业就是赢者通吃,不对吗?"

于放想了想,赞同地点点头。

于放的计划书很快做出来了。从设计的角度讲,即使是以鲍平的非专业眼光,也看得出这是一个很粗浅的架构。可见于放在星丛并不是核心设计人员。但对于一份计划书,已经足够了。

毕竟鲍平需要的,只是一个饵而已。

鲍平听说过吴婵早先拿着一万美金的球杆试图拜访费尔德、却吃了闭门羹的故事,知道这人不是善类,不能用惯常手段应对。他以于放的设计书为引子,详细分析了迪迈在中国的潜在客户市场,做出一份翔实的报告。他请叔父辗转找到关系,把报告通过邮件转给了费尔德。

果然,很快,费尔德助理打电话给鲍平,表示有兴趣深谈。次日,鲍平静悄悄地飞往美国。

第 20 章　跨国巨头杀进国内

　　李与非最近忙着为巴比伦做设计,完全没时间关注外界发生了什么。他是在星丛晨会的时候,从同事那里得知了迪迈中国公司成立的消息。

　　李与非内心一凛。他急忙在网上搜索新闻,这条消息赫然是科技类头条,还附了一张费尔德的照片,看上去志得意满。

　　李与非情绪有点坏。他很少对某个人会产生情绪上的反感,费尔德可以说是唯一的一个。

　　与非扫视了一下其他同事,发现大家情绪都有点坏。他愣了一下,这才反应过来,费尔德对他李与非来说意味着一个小人,但对于星丛来说,意味着一个敌人。或者确切一点说,星丛根本没有资格成为迪迈的敌人。

　　半导体行业是一个赢者通吃的行业。作为一家刚站稳脚跟的设计公司,眼看国际顶尖的大公司把战旗插到了家门口,每个人不由自主都会有些担忧。

　　门开了,吴婵走进会议室。

　　李与非赶紧故意看向一边。迪迈中国的消息只会让他不快,吴婵却是一根刺,他陷得越深,就扎得越痛。

　　他想起自己写在备忘录上的提示:"专利产品,务必绕过。"这八个字就像一阵风,摇动他心里的刺,又开始痛了。

　　吴婵偏偏不懂,不仅不绕过,反而径直走到他身边。就好像生怕李与非不够郁闷,她还特意俯下身来,凑到他耳边,低声说了一句话。

　　她俯下身的刹那,李与非好像第一次感受到她身体的触碰,第一次闻到她头发上清新的草坪(其实是薰衣草味)的味道。李与非的脑袋嗡的一声就大了,压根没听清吴婵在说什么。

"吴婵……同志，"与非不由自主竟然用上了占伟达常用的称呼，"我们在开晨会，私事等会儿再说。"

"我是公事啊。"吴婵一脸无辜。

"那你大点声嘛。"

吴婵无奈，扫视了大家一圈，说："巴比伦毁约了。"

她的声音还是很轻，但在李与非和其他人听起来，却不啻平地惊雷。大家同时叫起来："什么？"

吴婵叹了口气，说："刚才巴比伦的技术总监打电话给我，他们不打算跟我们合作了。"

"我们不是签过合同了吗，怎么能说毁约就毁约？"一名年轻同事问。

"我们跟巴比伦签的只是意向性协议，不具有法律效力。"吴婵说，"我猜，他们找到了新的合作方。"

李与非不理解："可是，我们的设计还没完成，他们怎么就知道对方比我们好？"

吴婵说："这只是我的个人猜测，具体原因还是要当面问一下。你能不能带上手头现有的所有资料，我们俩现在就过去。"

李与非匆匆拿上材料，和吴婵一起赶到巴比伦公司。

技术总监显然料到吴婵和李与非会登门。他告诉二人，这是整个管理层的集体决议，他本人也无能为力。

"你们是找到了你们认为比我们更好的合作对象，是吗？"吴婵直率地问，她故意强调"你们认为"几个字。

技术总监有些尴尬，说："确切地说，是对方找到了我们。他们要价更低，而且，公司的知名度……也更高一点。"

"是哪一家公司？"李与非问。

"你们很快会知道的，还是不要问我了。"技术总监为难地说。他看了看两人，有点抱歉，补充了一句，"不过，输给这家公司，你们也没什么丢人。"

技术总监说的没错。答案在李与非和吴婵出门的时候揭晓了。

他们等电梯时，对面会议室的门正好打开，一群人恭敬地送一位客人出来。这客人，恰好李与非和吴婵都认识。

迪迈全球总裁费尔德。

李与非和吴婵顿时了然。作为一家成立不足两年的新公司，输给全球第一的迪迈科技，的确没什么好丢人。

费尔德对众人说："剩下的事和我的中国区总裁谈，我赶时间。"语气里充满一贯的盛气凌人。说完，头也不回往外走。

走到李与非面前，费尔德愣了一下。他并不善于记人，但李与非给他的印象实在太深刻了。到现在为止，没有第二个年轻人能够坐在他的对面，在他咄咄逼人的追击下应答自如、从容不迫。那年轻人身上有种特别的东西，让他不安，让他只想除之而后快。

那种特别的东西，中国人叫做"王者之气"。

费尔德冷冷看了李与非一会儿，并未打招呼，大摇大摆走掉。

吴婵调侃技术总监："恭喜你们成为迪迈中国的第一家合作企业，动作可真够快。"

技术总监再次尴尬，解释说："我说了，是他们主动找的我们。"

吴婵说："他们对中国市场真够熟悉，直接找了全国最大的电商企业。"

总监说："老外并不熟悉，这要感谢他们新任命的中国区总裁。"

话音刚落，从会议室再走出一人，让吴婵和李与非愣住了。

他们万万没有想到，迪迈中国区总裁，是他们俩都很熟悉的人：鲍平。

相对于两人的惊异，鲍平就好像算准了这次相遇一样，显得平静从容，甚至有点喜悦。他径直走过去，把还没反应过来的吴婵揽在怀里："嗨，亲爱的，真巧。"

李与非的反应比吴婵快，他匆匆说："我有事先走了。"转身就想逃开。

鲍平扬声叫住他："李总别急啊。听说迪迈这笔订单是从星丛手里赢过来的,好歹让我道个歉嘛。"

李与非本来正狼狈,听了这话反倒停下脚步,转身面对鲍平,清楚地说:"如果迪迈的产品真的足够优秀的话,该道歉的是我,因为我做不出同样好的东西。不过,现在说赢,还为时尚早。"

两个人对视了一会儿。一旦涉及产品,李与非不会退缩。他确认鲍平已经理解了他的意思,这才转身离开。

吴婵难以置信地问鲍平:"你怎么会成为迪迈中国的总裁?"

鲍平正因李与非临走讲的几句话而愠怒,反问:"为什么不能是我?在你眼里,我就没有这个能力吗?"

吴婵意识到他的怒气,耐心解释:"不是,之前没有听你讲过,而且……我以为你对芯片并不感兴趣。"

"你以前也对芯片不感兴趣。"鲍平看着她,说,"我就不能为我心爱的女人学吗?"

鲍平的口气半开玩笑半认真,吴婵竟然分不清楚。

李与非茫无目的地走在街头。他脑子乱的时候就喜欢在街上到处走。迪迈中国截胡订单已经够让他心烦意乱,鲍平拥着吴婵的那一幕,像蒙太奇一样不断在眼前闪现,更让他沮丧。不知道走了多少时间,与非发现自己站在导师姜一凡的家门口。

当时正是晚饭时分。与非毫不犹豫地按响了门铃。如果说,这世界上除了自己家以外还有第二处可以让他毫无忌惮在晚饭时间按门铃的地方,那就是姜导师这里。

师母开的门,完全没吃惊,显然学生们没少在饭点纷至沓来,她只是笑着说:"你是狗鼻子吗?我两个月才包一回饺子,你就能闻出来?"

姜一凡一眼发现学生情绪低落,问:"发生什么事了?怎么跟斗败的公鸡一样?"

与非抱怨:"您二老商量好的吗,一人说我是鸡,一人说我是狗?"

师母忍不住笑了:"看来今天要被你搞得鸡犬不宁了。"

与非也忍不住笑了，憋屈了半天的心情顿时轻松了不少。他不客气地坐在饭桌前，一边吃饺子，一边陪导师喝着市场上能找到的最小容量的啤酒，一边把迪迈中国成立以及抢走星丛订单的事情讲给导师听。

听到费尔德的名字，姜教授的神情有点异样。

"怎么了？"李与非问。

"没什么。"姜教授显然有所隐瞒，"这个费尔德，你以后小心他一点。"

"您认识他吗？"

"很久以前的事情了。"

在李与非的追问下，姜教授终于说："那是在2006年，我在斯坦福大学物理系担任客座教授。当年英特尔推出首款标准CMOS工艺的电子混合硅激光器，引起我的极大兴趣。这就意味着，电和光这两个截然不同的物理现象终于能够成功结合在一起。我由此提出了一个假设，芯片基础架构中可以用一部分电子代替光子。我带着当时的团队做了大量实验，花了一年多时间，整理了实验数据，写成一篇论文，向一个知名的国际会议投稿，没想到石沉大海。我也没放在心上，毕竟光的先天特性只擅长线性运算，不适合逻辑计算，而最适合线性运算的神经网络计算十几年前基本还没有出现。到了2016年，迪迈实验室提出光子芯片的概念，其中的设计思路竟然和我多年前的论文十分相似。我留心查了一下，你猜2006—2010年间那个国际会议的轮值主席是谁？"

"费尔德？"

姜教授点头。

"他剽窃了您的论文？"

"我没有证据。毕竟时隔多年，而且物理领域实验结果相近也是很正常的。再加上，费尔德从斯坦福大学挖走了一名助理教授，也是我当时的团队成员，他把科研成果带进迪迈也是顺理成章的事情。"

"斯坦福大学……助理教授……"李与非马上联想到一个人，问导师，"那人叫什么名字？"

"威尔逊,我们都叫他威尔。"

线索一下串起来了。李与非狠狠拍了一下桌子,大怒说:"费尔德就是个靠剽窃、诬蔑发家的无赖!"

李与非把两年前威尔持枪挟持人质企图逼迫费尔德道歉的事情讲给导师听。因为迪迈事后及时控制了媒体,国内一无所知。回国后,李与非怕亲人们担心,也一直没有提起,所以直到现在,他的家人和朋友都并不知晓他曾在美国经历死里逃生,姜教授也是第一次听说。李与非尽量讲得轻描淡写,姜教授和师母还是吓出一身冷汗。

"我印象中威尔是个很快活的同事,真没想到他会做这种傻事。他以后的前途算是毁了。"姜教授连声叹息。

"这费尔德,剽窃您,剽窃威尔,陷害他,毁了他的一生,简直就是个没有底线的混蛋!我李与非很少跟人结私仇,今天我就把话撂这儿了!于公于私,我这回一定要赢他!否则,别说对不起导师您,我都对不起师母这盘饺子!"

"你可别随便撂话,这又不是打架斗殴,凭着一股志气就能赢,这是科学!"姜一凡严肃地说,想了想,突然语气一变,"要不打听打听他国内的实验室在哪里,给他电闸切断几个小时,他就完了。"

"怎么教学生呢?"师母嗔怪。

师生两人像小孩子一样哈哈大笑。虽然只是气话,两个人好像真的发生一样,也得到了报复的快感。

姜一凡收起笑容,仰头看向窗外,一言不发。李与非知道这是导师陷入思考时的特有状态,就安静地等着。师母更是明白,麻利地把餐桌收拾干净,把笔记本电脑摆在桌上,随时供爱人使用。

姜一凡想了一会儿,说:"巴比伦要大幅度提升服务器性能,需要做很多工作,更新芯片只能起到很小一部分作用。所以,他们对新芯片的要求,一定是运行更快、能耗更低,而且价格不能上涨,否则就没有意义。要同时满足这三个要求,传统的技术已经很难做到。所以,我们这样的小公司,要在同样的条件下做出能跟迪迈对抗甚至比它更好的东西,只有……"

"做光子芯片。"李与非接口。

姜一凡十分惊奇地说:"你怎么想到的?"

"我在美国研究固态激光雷达的时候,就曾经想过结合硅光子技术,但因为没钱,最后也没搞。"

姜一凡赞许地看着学生:"你说得很好,就是做光子芯片,单从设计上讲,我们的起跑线比迪迈差得不多。光子芯片的瓶颈在工艺和材料,这个对大家来说都一样。这么一来,我们还有机会赢他。"

李与非看着导师,内心一阵温暖。他注意到,姜教授已经几次提到"我们",这意味着,明知道他和费尔德、星丛和迪迈之间,是一场艰难的战役,老师也会义无反顾地站在他身边,跟他一起打。

李与非利用两天时间,做完了一份"用光子技术升级巴比伦公司服务器芯片"的计划书。"不打无准备之仗",这是吴婵教他的。

想到吴婵,李与非就觉得心里一沉。这两天来,他一直避着她。吴婵给他打了无数电话,与非都没接。

专利产品。专利所有人目前是迪迈中国的总裁。

李与非不懂人情,但他懂逻辑。他能很轻易地就推断出来,吴婵现在处在一个左右为难的境界:她的合伙人,和她的未婚夫,现在成了竞争对手,生意上的。仅仅是生意上的。

最后这句话是他不断提醒自己的。即便只是生意上的,吴婵也已经很为难了。躲着她,大概是与非目前唯一能做的、可以帮她减轻困扰的办法。

李与非带着计划书,敲开巴比伦公司技术总监的办公室门。

走进去的时候,他愣住了。总监对面,就坐着吴婵。

总监一看到他就叫起来:"现在你们两个人一起上阵了?"

李与非问吴婵:"你什么时候来的?"

"这两天她就没离开过!"总监几乎是抱怨道,他转而哀求说,"吴大小姐,您就算住我办公室也没用啊,我说了这是整个管理层的决议,我就是一高级技术员,我根本改变不了任何决定!"

从总监的抱怨里,李与非听出来,这两天吴婵一定天天上门,恳求给星丛一个机会。他看了一眼吴婵,难道她不知道,星丛胜出的话,输的就是她的专利所有人吗?当然,也许星丛根本没机会胜出。

吴婵也盯着他,小声说:"没想到我在人家的办公室才能找到你。"

李与非心虚地解释:"我,我在做计划书。"

李与非把计划书放在桌上,向技术总监大致介绍了一下。

吴婵的眼睛都亮了:"你看,我说的吧,我们有我们的技术优势!你总要比较一下才能决定啊!"

技术总监被两人夹击,无可奈何,突然想到了什么。他跑过去把办公室门关紧,小声对两人说:"你们有这功夫,别浪费在我这儿了。我给你们指条路,你们去找一个人,要是能说动他,这事儿肯定就成了。"

"谁?"

"巴比伦的创始人,冯伯君冯老先生。"

李与非和吴婵第一次听到这个名字。当年巴比伦公司横空出世,但它的创始人一直低调,从来没有在媒体上曝光过。

"冯老先生是五年前退下来的。他一手培养和提拔了我们目前几乎一半的高层,又在如日中天的时候急流勇退,这份魄力,人人说起来都佩服得五体投地。大家都念着他的恩。他现在虽然不管公司事务,但威望还是很高,如果他点个头,没人会反对。你们要是能把他说动,那完全就没问题。"

吴婵问:"冯老先生现在在哪里?"

"说起来有意思,他老人家像个隐士一样,在山里住着。地址我有。"技术总监压低声音,强调,"千万别说是我说的,千万!"

鲍平很快就意识到,"迪迈中国总裁"的头衔,就像皇帝的新装,只有自己觉得美,明眼人都知道是空的。

迪迈在全球一共有65个地区总裁,论人员规模,他这个中国总裁,手下管的人也就跟冰岛总裁差不多。而所谓的"中国公司",目前只有销售部门,技术问题直接向美国汇报。

当初,鲍平以一份翔实的中国市场报告向费尔德表明,自己就是打开这个市场的钥匙,以此换得了中国总裁的职位;如今,费尔德也以实际行动向他表明,他也只是一枚钥匙而已,不能再多了。

想明白这一点,鲍平郁闷了几天,但很快就调整了。费尔德只愿意给他一个头衔,而他本来也只想担个虚名,难道还真为中美科技合作做贡献不成?这皇帝的新衣再假,毕竟还有不少相信的人,他顶着这头衔在国内做事也有不少便利。

另一方面,费尔德这上司的确是傲慢无礼,但恰恰这样的人反而不难对付。把心机都写在脸上,毕竟不是最高级的精明。

他们两个,正好各取所需,互惠互利。

费尔德给鲍平布置的第一项工作是:在最短的时间为迪迈的语音芯片VoiceLink打开销路。

鲍平查看了相关内部资料。这款语音芯片竟然是迪迈2016年的产品,面向普通家电市场,宣传的是"即插即用,一分钟智能升级",曾在美国各大超市推广过,效果不佳。

鲍平试探地问:"费尔德先生,这似乎是一款旧产品。"

费尔德满不在乎地耸耸肩:"那你就找更旧的买家来用,对他们来说,迪迈的产品已经足够新颖。"

"那么巴比伦公司那里的订单呢?"

"这个不用你管。美国的技术总监会负责的。"

鲍平心下雪亮。费尔德这是把中国市场当成滞销产品的倾销地,而核心技术还是牢牢控制在美国人自己手里。虽然鲍平完全没有什么产业报国的心,但听了费尔德这话,还是不免感到几分恼怒。不过这恼怒在心头一闪而过,在商言商,双方利益最大化才是最重要的。

找一个更旧的买家。这么多年没有太多革新和变化的家电买家,还必须体量庞大,这才能消化迪迈的销量要求。

简直不作他想,除了天信,还能有谁。

鲍平毫不犹豫地拨通了吴婵的电话。拨号的同时想:谢天谢地,吴婵已经离开了天信,否则事情还真不太好办。

说服吴婵毫不费力。天信的产业升级计划已经搁置一段时间,迪迈的产品又自有光环加身。但由吴婵说服吴项冬就花了一些功夫。吴项冬让鲍平写了一份关于产品的详细报告,说他看完以后再决定。

吴项冬和吴婵坐在咖啡厅里。吴项冬把鲍平的报告拿给吴婵看。

吴婵仔细读了一遍:"具体参数我不是很清楚,但我感觉这不是迪迈最新的产品。等我确认一下。"

吴婵打电话给李与非,得到了他的确认,再告诉吴项冬:"这是迪迈几年前的旧款芯片,适配性并不好,在美国本土就没有推广开。"

吴项冬有点恼火:"鲍平竟然拿这种东西来糊弄我?"

吴婵已经猜到些来龙去脉。迪迈中国总裁,总要短时期做出点业绩。找熟人接盘,是最便捷的办法。但她不好说出来,徒增父亲的怒气,况且此人还是她未婚夫。

"可能他也不知道吧,等我见到他,提醒他一下。"吴婵打了圆场。

然而有些话,即使不说出来,吴项冬又怎么会猜不到。他仔仔细细看着对面的女儿。吴婵搬出家里之后,脸色有点憔悴,但那份精明练达,反倒更明显了。

吴婵笑着说:"爸爸,您每次见面都要这样打量我,好像您不在的时候我就会少块肉一样。"

吴项冬叹气说:"可不是少肉吗,越来越瘦!"

吴项冬语气里的心疼,不仅对吴婵,对吴项冬自己来说都是新鲜的。父女俩沉默了片刻。从吴婵小时候开始,和父亲就聚少离多,两个人都是谨慎沉稳的性格,都不善于表达关心,哪怕是亲生父女之间。关心让人脆弱。

父亲是现在变得脆弱了吗?吴婵看了父亲一眼,也明显感觉他近来的衰老，不觉轻声说："不用担心，我好得很。"

"你那边的公司怎么样，叫星丛是吧？"

谈到星丛，吴婵就来了精神，眉飞色舞地向他讲起公司最近一波三折的发展。

吴项冬安静听着。

吴婵感觉到异样，问："怎么？"

吴项冬颇有深意地说："我就是觉得奇怪，我听上去，明明一直都在栽跟头，你怎么还是兴致这么高？"

吴婵仔细一想，父亲说的没错，星丛的发展从来没有顺利过，尤其目前还多了迪迈这样的强劲对手，自己只是有压力，却从来没有感到气馁。这是为什么？

还能是为什么，因为李与非从来没有气馁过啊。

吴婵脸突然红了，不再说话。

吴项冬看着突然安静的女儿，若有所思。

下课后，秦舒阳刚走出教室门，就看见谭力行在不远处站着，有意无意望向她的方向，显然在等她。

自从学院庆功宴会之后，舒阳处处躲着谭力行。她不想见到他，在她还没有想清楚到底是分手还是原谅之前。

舒阳走进校园的咖啡厅，照例坐在靠窗的位置，摊开一本书发呆。

她要的咖啡送上来了，拉花的造型丑得难以名状。舒阳本来就心情不好，一看之下更忍无可忍。她知道店主兼咖啡师是学院在读的博士，于是扬声招呼："陆博士，你今天的拉花怎么……"

"像坨粑粑对吗？"身后有人怯生生地接口。

舒阳回头，身后竟然是刘布，围着侍者的围裙，脸臊红得像番茄一样："练了好几天了，毕竟手生，这已经是所有粑粑里最像样的一坨了。"

"你怎么在这里？穿成这样什么意思？"

"我在这儿勤工俭学呢。"

"勤工俭学？这四个字哪个跟你有关系？"

"我是不太勤，不太俭，但我真学了！"刘布指着柜台后的陆博士，"我跟着博士学《微电子入门》呢！"

"没错！"陆博士证实，"学了一个星期，目录刚看完四分之一。"

舒阳奇怪："你在这里已经呆了一个星期？你要干吗？"

刘布吭吭哧哧地说："这不是……你最喜欢来的地方吗……"

舒阳立刻明白，刘布处心积虑，就是要赖在学校里接近自己。舒阳顿时就怒了。她噼里啪啦把桌上的书本收拾起来，看也不看刘布一眼，冲出门去。

刘布可怜巴巴望着她的背影好一会儿，转头对陆博士说："没想到秦教授这么生气，看来这拉花做得确实难看。"

陆博士欲言又止。没眼色的多了，像刘布这样直接眼瞎的倒真少见。劝他也不合适，陆博士选择闭嘴。

第 21 章　困局如棋局

巴比伦技术总监给的地址在浙江一座深山里。

李与非和吴婵找到地方的时候，已经是下午。那是山顶一座别墅，外表朴素，乌顶白墙，庄严中透着大气。

两人敲门，出来的是一名四十多岁的中年人，精干严肃。

"冯先生现在不在。"对方说。

"请问什么时候回来？"吴婵急切地问。

"不清楚。"对方显然没有任何留客的意愿。

"麻烦转告冯老先生，我们明天再来拜访。"李与非最不怕碰钉子。

中年人不置可否，关上大门。

"排场真够大的。"吴婵有点怨气。

"什么排场？"李与非傻呵呵地问。他完全没感到吃了闭门羹。找不到人难道不是再正常不过的事情。今天不在明天可以再来。

李与非是个最讲究时间效率的人，只有一种情况除外——和吴婵在一起的时候。那些消磨和浪费的时间，只因为和她在一起，就有了意义。

两人在山下唯一的一座星级酒店内登记入住。刚办理完手续，行李生又引进来一位客人，竟然是鲍平。

鲍平看见二人，笑了："我发现我们三个人偶遇的次数越来越多了。"

吴婵把鲍平拉到一边，问："你来这里干什么？"

"你来这里干什么，我就来干什么。"

吴婵盯着鲍平的眼睛："难道你也来找冯先生？"

鲍平一耸肩："听说有人找老先生翻盘，我不得不过来落实一下。"

吴婵有点恼："你是故意和我作对吗？"

"亲爱的，你可别这么说。这不是私人恩怨，我们现在是各为其主。"鲍平看到不远处李与非正看向这边，就势把吴婵搂在怀里，柔声说，"私下里，你要是生气的话，我跟你好好道歉就是了。"

吴婵急忙挣脱："大庭广众下别这样。"

"你是怕大庭广众看，还是怕他一个人看？"鲍平冷冷地说。

"别乱说。"吴婵不安地看向李与非的方向，发现不知道什么时候，他已经离开了。

接下来的两天，三人还是扑空。冯伯君依然不在。

原本因为吴婵而不显得消磨的时间，现在因为多了鲍平而更显得消磨。李与非就不明白了，三角形在几何里是多稳定的结构，为什么放在人际关系里就变得这么微妙。三人行，有没有师他不知道，肯定有尴尬是没错了。

鲍平就好像围绕原子核运动的电子一样，始终出现在吴婵左右。和她一起吃饭，约她晚上散步，跟她一起讨论生意。吴婵没有任何理由拒绝。

与此同时，李与非就成了游离在两人之外的自由电子，看见两人就躲到一边。第三天早餐时候，吴婵好容易把李与非抓个正着，质问："你是跟我玩捉迷藏吗？"

"没有没有……"李与非抵赖，"我只是找个清静的地方思考问题。"

"什么问题？"

"物理方面的问题，自由电子，还有万有引力定律。"

"什么？"吴婵完全跟不上李与非的节奏。

"我发现了一个违反万有引力的现象，正在研究，说不定能拿研究成果申请诺贝尔物理学奖。"

吴婵听得莫名其妙，正要详细问，鲍平在门口催她。他们订的出租车来了，该出发了，她只好催促："别说胡话了，快走吧。"

李与非跟在吴婵身后，看着她的背影发呆。为什么离她越远，感受到的引力越大？这不符合万有引力定律啊。

出租车照例只能把三人送到山下。鲍平照例抱怨了一句。三人开始爬山。爬到一半,下起小雨。鲍平提议回去。

"我记得前面大概两百米有个凉亭,我们可以去避雨。"李与非说。

"记性不错啊。"鲍平夸奖。

"这只是正常认知,根本用不到记性。"李与非一边说一边当前带路。

鲍平问吴婵:"这人一直讲话就这么冲吗?"

"这只是正常描述,根本谈不上冲。"吴婵无奈地说。她太了解李与非的风格,一般人确实接受不了。他只讲事实,完全不考虑听者感受,更完全想不到,以三人这样的敏感关系,给鲍平造成他李与非咄咄逼人的印象,实在是不明智。

三人跑到凉亭,里面已经有两个老人在避雨,中间摆着张围棋盘,显然是对弈到一半,聚精会神,对进来的三人不闻不问。凉亭本就小,鲍平和吴婵走进去,已经显得局促,李与非不便再往里挤,就站在外面淋雨。

吴婵看得不忍心,说:"你进来一些。"

与非不方便拒绝,往里踏了一步,立刻就挨着吴婵。两人贴得紧紧的,都有点不安。鲍平拉着吴婵往后退了两步,这一退,撞上了老人的棋盘,棋盘翻倒在地,黑白棋子撒了一地。

俩老头不干了,气冲冲站起身。尤其是个子矮的那老人,脸都气红了:"就不能当心点吗?"

李与非赶紧赔不是。毕竟是自己硬挤进来惹的乱子。

鲍平却不耐烦了:"统共就这么大点地方,一张棋盘占去三分之二,活该被撞翻。"

矮个子老头更怒了:"你们不能走!要给我赔!"

"我以为你们这些老头子,只有开车碰瓷儿,没想到下棋也能碰瓷儿!"鲍平不屑地说。他从钱包里抽出几张百元大钞,塞在矮个子老头怀里:"拿去,买十副棋够了,今天我赶时间,算你运气!"

另外一个高个子老人,本来不声不响站在一边看,这一来也有点怒:"你这什么意思?钱你收起来,这盘棋我们下了两小时,时间给我们赔出来。"

这一来僵持不下，吴婵有点发急。

李与非突然说："我来赔吧。"

矮老头愤愤地说："我说了，不是钱的事！"

"我知道。我赔时间。"李与非把棋盘捡起来，重新放好，再把散落一地的棋子收拾起来，轻松地说，"我把棋局照原样摆回来就是了。"

俩老头吃惊地看着他。矮老头放开鲍平，对李与非说："你开什么玩笑？"

李与非已经胸有成竹地摆了起来，一边摆棋一边对矮个老人说："您二老下棋只是消遣吧。您不知道，我学棋的时候，每局比赛之后，都要跟教练完整复盘的，否则就要打手心。还有，您这样心浮气躁不行，下围棋的大忌，这盘棋我还原给您，您也赢不了。"

"哎呀你这臭小子，你说什么？"矮个老人骂道，高个老人哈的一声笑出来。

说话功夫，李与非已经把棋盘完整恢复。俩老头细细回想，竟然没一处错误。

吴婵笑了，悄悄看了鲍平一眼，心想：这才是李与非用到记性的时候。

李与非指着棋盘对矮个老人说："您真赢不了，中间对杀的时候有一个手筋可以断开您的大龙，左下角您的棋也不是净活，有一个打劫的手段，全局您的劫材也没有对手多。官子也是对方的先手官子多，您瞧这边都是对方先手官子，越到后期差距会拉开越大。怎么着也落后20多目的样子。"

高个老人哈哈大笑，拍拍矮个老人的肩膀："我早就跟你说该认输了，你就是不信。"

矮个老人哼了一声，对李与非说："看不出啊，你小子还是个高手。有没有兴趣来一盘？"

李与非摇头，老实地回答："没兴趣。咱俩水平差太远，我胜之不武。"

高老头朗声大笑:"这小子很有趣。"

矮老头脸都气白了,拉着李与非非要下一盘。李与非耐心解释:"老先生,您胜负欲太强,得改改。您碰上我还不会输得太惨,要是碰上阿尔法狗,可不要气死。"

"咳咳。"吴婵大声咳嗽。在一把年纪的老人面前说死啊活的,还能更讨人嫌吗。咳嗽也是无奈,她也知道李与非听不懂她的暗示。

"阿尔法狗,就是跟打败围棋世界冠军的计算机吗?"高个老人问。

"是啊。人类积累千年的围棋知识,它几天就可以学会,这个信息处理速度绝对不是人脑能达到的。这还不算什么,它的升级版阿尔法元,更厉害,这么说吧,一千个您捆在一起都下不过它。"李与非逸兴横飞地讲着,转头对吴婵说,"你老扯我袖子干吗?"

矮个老头脸已经由白转紫,高个老头问:"照你这么说,我们都不要下棋了吗?"

"那也不是。"李与非不假思索回答,"可以消磨时间啊。您二十分钟前就能赢他了,拖着不赢,不就是闲着没事干消磨时间吗?"

眼看高个老头脸色也紫了,吴婵扯袖子都来不及,恰好雨也停了,赶紧跟俩老头鞠躬道歉,拽着李与非就走。

"我还没说完呢,趁机会跟两位老人普及一下人工智能,多好。"李与非余兴未消。

"我们还要去找冯伯君先生呢,抓紧时间吧。"吴婵知道现在也只有这个理由才能把李与非支走。

三人上到山顶,冯伯君还是不在。不同的是,这次助理没有直接关门赶人,打量了他们一会儿,说:"你们可以进来等,冯先生很快回来。"

三人都很惊喜。助理把他们带进布置得古香古色的会客厅。

一等就是半小时。鲍平有点急躁,抱怨道:"老先生派头也太大了。"

吴婵四下打量。入门处立着一扇红木中式屏风,窗下一张长几,摆了一架古琴,吴婵的目光停留在古琴旁边的物品上。

鲍平察觉到吴婵的异样,顺着她眼光看去,也愣住了,喃喃说:"不会这么巧吧……"

那是两只围棋棋篓。

正在这时候,门口脚步声响,一人走了进来。看到这人,吴婵和鲍平还算有心理准备,李与非一张嘴里好像塞进一只棋篓,半天合不拢。

正是凉亭里的高个老人。

鲍平最先反应过来,跨步上前打招呼:"冯老先生好!刚才在凉亭里真是得罪。其实我本意确实是觉得毁了您二老的棋局,非常抱歉,不知拿什么弥补,只好用了最粗暴的办法。我这人比较直,嘴又笨,您就看在我年轻没经验的份上,别怪罪晚辈。"

吴婵看了看鲍平,没说话。人直嘴笨?他这么快就给自己树立了一个在长辈面前讨巧的人设,还说自己年轻没经验。

冯伯君笑眯眯地看着鲍平,没有马上接话。他眼神并不凌厉,但是通透,一瞬间鲍平感到他无需说什么话,这老人有看穿一切的本事。

冯伯君不紧不慢地对鲍平说:"其实你这趟不用来。我早就跟公司那帮年轻人说了,我退休之后,不会干涉他们的决定。"

鲍平舒了口气。

冯伯君对鲍平和吴婵说:"你们两位先请吧。"他看着李与非说:"你留一下。"

鲍平本来如释重负,正要抬脚走,一听这话,停住了。

李与非也纳闷:"我?"

"是啊,陪我下盘棋。"

助理过来向鲍平和吴婵做了个"请"的手势,吴婵有点担心李与非,不肯走。

冯伯君笑眯眯地问:"姑娘,这俩人你帮谁?"

吴婵顿时脸红。她也感觉自己被冯伯君看穿。但这娇羞只是一瞬间的事,她迅速平静下来,朗声说:"他们两个人都很优秀,不需要我帮。只是机会难得,我希望能多跟冯老先生学习。"

"学习?学什么?"

"学习怎么做正确的决定。"

冯伯君盯了她一会儿,哈哈大笑:"你这姑娘很厉害啊,明明是激将法,说得还这么好听,一点也不露痕迹。"

吴婵不好意思低下头,笑而不语。

冯伯君挥了挥手:"行了,你们俩走吧,把你们的小心思都收起来,在我面前。"

吴婵脸一红,不再坚持,跟鲍平一起离开会客室。

两个人走到门庭前,吴婵停住了脚步。

鲍平问:"你要等他?"

吴婵不回答,脸上的表情已经说明了一切。

鲍平意味深长地问:"我也想问一句,你到底帮谁?"

吴婵正色说:"这话你不必问的。我加入星丛在你加入迪迈之前,你和我之间的竞争关系,不是我造成的。"

鲍平把头往内室方向偏了偏,说:"可我和他之间的竞争关系,却是你造成的。"

吴婵的语气不再那么坚定:"你,你想多了。"

鲍平笑了一笑,用手指把吴婵飘在前额的一缕头发拢在耳后,说:"我先走了。"

吴婵看着鲍平离开。刚才他为自己拢头发的时候是那么自然和温柔,她竟然看不透他在想什么。

会客室内,李与非和冯伯君鏖战正酣。冯伯君的棋艺比李与非想象中高得多,两个人对弈了两个多小时,李与非胜出。

"好久没有下得这么痛快了。"冯伯君笑道,"你小子还说老周胜负欲强,我看你这一盘也是杀气腾腾嘛!"

李与非脸一红,坦率地说:"对,我想赢您。"

"为什么?"

"您需要一个更强的对手,才能发挥更高的水平。"

"小子这是在教训我吗?"

李与非不安地挠着头发:"每次我说事实,大家都觉得我在教训。"

冯伯君哈哈大笑:"好吧,算你对。说说看,你找我干什么?"

李与非说:"想要一个跟迪迈公平竞争的机会!就好像下棋一样,迪迈需要一个对手。"

"好大的口气!你们多大的公司,敢和迪迈叫板了吗?"

"不敢!我们跟迪迈差得远。但这并不代表迪迈不需要经过比赛就可以通吃。"李与非拈起一粒棋子,说,"刚才我们聊起过人类世界冠军和阿尔法狗下棋,这对人类是一场必输无疑的比赛,人类冠军无论从运算速度、反应能力以及体力,都无法跟机器相比,但这场比赛必须进行,没有人工智能步步紧逼,人类世界冠军不知道自己的极限、自己的弱点在哪里,而也正是因为人类冠军的完美表现,人工智能也不得不时时调整算法,比赛对机器来说也是一场最好的深度学习。"

冯伯君看着李与非,沉思着。

李与非补充说:"现在是充分竞争的市场经济,任何企业都需要对手。不战而胜,就好像不战而败一样,是有缺憾的。"

冯伯君站起身来,在厅里缓缓踱步。李与非也不再讲话。过了多久,冯伯君转过身来,对李与非说:"好吧,你说服我了。我给你这个机会!"

李与非眼睛亮了。

冯伯君强调:"我跟你说清楚,只是一个公平竞争的机会而已,我不干涉公司的最后决定。如果你们拿不出比人家更好的东西,自己乖乖认输!"

李与非深深明白,"乖乖认输"四个字后面,意味着多少人的心血精力、多少艰难拉来的资金,统统化为乌有。他缓慢而坚定地点了点头。

孟途、占伟达等人听到李与非和吴婵带来的消息,和他们二人一样,都是喜悦中带着沉重。虽然是转机,但一旦失败,星丛就要面对沉重的代价。

资金和技术,永远是星丛面前的两座大山。

孟途和占伟达讨论如何找钱。技术就留给了李与非。

吴婵看见李与非在网上搜索去美国的特价机票，问："去美国干什么？"

"去买专利。光子芯片的设计过程中要用到几项专利，其中比较重要的是半导体光放大器专利技术，目前全世界只有三家美国公司拥有这项技术，我去跟他们谈一谈能否出售。"

"不能想办法绕过去吗？"孟途问，"老外坏得很，总是拿专利卡我们。"

"绕不过去。"李与非干脆地回答，"也不用绕。美国人知识产权保护意识很强，这是好事，只有这样，才会有更多的人放心大胆投入研发。而我们能拿钱买到技术，节省时间，少走弯路，不亏。"

吴婵钦佩地看着李与非。这人在日常小事上随随便便，甚至有点糊涂，但只要涉及专业领域，就会自然拿出一套泾渭分明、高屋建瓴的判断标准来，以至于很多看似棘手的问题，用他的标准分析，立刻变得简单。

"我跟你一起去。"吴婵想也没想就说。

"不要不要。"李与非像被烫到一样，使劲摇手拒绝。

"为什么？"

"出差经费少。"李与非憋了一会儿，蹦出来一句。

正在跟占伟达一起算账的孟途，看看李与非再看看吴婵，默默为兄弟这一次的机智点赞。李与非说的是实情。一旦光子芯片的项目上马，公司确实要过一阵量入为出的紧日子。

李与非没想到的是，一周以后，他为自己当时拒绝吴婵同行感到深深懊悔。

李与非走出安德逊公司大楼，一时间不知道往哪里去。此时，他已经拜访了三家美国公司的负责人，请求购买专利，得到的答复都是：No。

李与非仰头看天。硅谷午后的蓝天白云煞是亮丽。李与非就是在那一刻生出念头：如果吴婵在就好了。她可以：

第一，在洽谈的时候比自己更柔和礼貌；

第二，也许能猜到对方拒绝的具体原因；

第三，她只要在就好，比这蓝天白云更好看。

李与非被自己的最后一个念头吓了一跳，赶紧收回心神。恰恰在此时，两辆车子向大楼缓缓开来。李与非站立的附近有一小滩积水，后一辆车不偏不倚从积水上驶过，水溅了李与非一身。

两辆车子停下，走下几个人来。最后下车的人是费尔德。费尔德向李与非迎面走过来。

李与非停下正在擦水的动作，直视费尔德。

"李先生，"费尔德的口气一如既往的嚣张，"你有没有意识到你挡了我们的路。"

李与非微微一笑，问："你指的是现在，还是一直以来？"

"聪明的回答！"费尔德冷冷一笑，"又被拒绝了吗？"

李与非看着费尔德的神色，立刻猜出了几分："没想到费尔德先生这么关心我。或许您比我本人更清楚我被拒绝的原因。"

"我当然清楚，而且我不介意告诉你。这三家公司，包括全美国十几家科技大公司，我们共同成立了一个核心技术保护联盟。我们订立了协议，绝对不会向中国出售核心技术。所以，我很遗憾地告诉你，你这次美国之行将一无所获。"

李与非勉强压制住怒气："费尔德先生，你知不知道这么做非常小器，而且从长远看对科技的发展毫无好处。"

费尔德脸上露出愉快的笑容："我知道，但我不在乎。"他哈哈大笑，和其他人一起走进安德逊大楼。

吴项冬在说过"考虑一下"三天之后，打电话叫鲍平到办公室去谈。

吴项冬把鲍平前几天拿来的产品说明书递给他，静静看着鲍平。鲍平看到吴项冬的神色，心里一沉。他知道跟天信的合作黄了。

果然，吴项冬问："你知道你给我的是迪迈两年前的产品吗？"

鲍平咳嗽一声，说："对不起叔叔，我不太清楚，专业上的东西对我来说太难了，没好好研究，这是我的错。"比起明知故骗，不懂专业的过错毕竟小得多。

吴项冬继续看了他一会儿。鲍平有几分不安。他看出来，吴项冬并不相信他的话，只是出于面子不想拆穿。

吴项冬从办公桌前站起身来，走到旁边的茶几前。茶几上摆着一套功夫茶茶具，一壶热水刚刚烧开。鲍平急忙抢上前去，手法利落地泡了一壶茶，斟了一杯，恭恭敬敬递给吴项冬。他知道，吴项冬走到茶几边，不光是换了个位置，是换了个身份跟他谈话，长辈对晚辈，而不是公对公。

"平平啊，"果然，吴项冬开始称呼他小名，"说实话，我真没想到你会去弄芯片。但是既然去了，就定定心心干好。说到这里，不是我夸我女儿，小婵这一点你确实要学习。投了那个什么星丛也就两年，现在俨然就是个资深技术员，她读的可是工商管理啊。在这上面你可别输了。毕竟迪迈是国际大公司，平台高，要好好珍惜。"

鲍平连声称是。

"还有，有时间多约约小婵，在她身上多花点心思！你也老大不小了，多收收心吧！"吴项冬这话说得不轻不重。

鲍平心里生出一股怒气。连自己父母都不管，什么时候轮到他吴项冬对自己指手画脚了呢。

然而表面上，他还是一迭声应着。他早已学会无论长辈讲什么、无论自己多不耐烦，表面也能唯唯诺诺的本事。

刘布欢天喜地推着网购来的十箱薯片去找舒阳。刘布买零食一向大手笔，更何况对女神。

打眼见舒阳从教室出来，刘布推车上前，没想到车子被石头绊住，他使出吃奶力气才把石头移开，抬头舒阳已经不见。刘布找来找去，远远看见舒阳走进校园深处的林荫小路，他赶紧追过去，刚走两步，一个人影从树丛下闪出来，站到舒阳面前。

刘布看清，是谭力行教授。刘布更高兴了，这下女神没理由推辞薯片了：可以请谭教授吃。

两个人面对面说了两句话，舒阳当先就走，谭力行跟着。两人都走得很快，苦了刘布，在后面推着一车薯片狂追。

两人越走越偏僻，一前一后走进林荫路尽头的一栋实验楼。刘布进入楼里的时候，两人已经不见了。刘布寻了一会儿，隐隐听到一间实验室里传来低低的说话声，像是谭力行的声音。他走到门口，正要推门，突然一根筋的脑子里本能地蹦出来一个念头：也许他不应该就这么闯进去。

刘布四下一望，不远处有扇窗户，但离地很高。他把两箱薯片垫在脚下，踩着箱子，悄悄从窗沿上探出头来。

他看见舒阳和谭力行面对面站着，舒阳用双手蒙着脸，肩膀剧烈抖动着。谭力行一直小声说着什么。过了一会儿，舒阳身子一倾，倒在谭力行怀里，谭力行顺势紧紧抱住了她。

窗外的刘布瞠目结舌。他脑子就好像老式的486处理器，突然被塞进海量信息，直接死机。

房间里，舒阳抬起脸，看着谭力行。以刘布的认知水平，也看得出这是怎样爱慕的眼光。谭力行低下头去，吻在她的嘴唇上。

刘布脑子一乱，往后退了一步。他早忘记自己脚下只是两箱薯片，这一脚踩空，摔了下来。以他的体重，自然发出一系列惊天动地的响声，伴着刘布的惨叫，响彻空旷的实验楼。

楼里教师虽不多，也有一二十个，听见声音都纷纷赶过来。大家只见横七竖八的箱子里，爬出来鼻青脸肿的刘布。

谭力行和舒阳从门里出来，正好和人群撞个正着。

有个熟悉他们二人的老师问："谭教授，秦教授，你们俩怎么在这里？你们学院的实验室不在这儿啊？"

这人本来只是随口一问，谭力行和舒阳一下红了脸，没马上回答。两人的沉默激起了问的那人的好奇，就紧紧盯着他们。

这一来，大家注意力都转移到谭力行和舒阳身上。本来也是，一个摔跤的胖子怎么会比一对形迹可疑的男女八卦价值大。

谭力行看见众人都盯着自己,有点发急,吃吃地说:"我过来找人,我也不知道秦教授怎么会在这里,这个……"

谭力行急于撇清的口气让舒阳有点反感,她索性不解释,保持沉默。

谭力行悄悄用胳膊撞了舒阳一下,示意她讲话。舒阳幽怨地看了谭力行一眼,谭力行瑟缩一下,看向别处。

人群已经开始窃窃私语。谭力行脸都涨红了。舒阳一副豁出去的表情,不言不语。

这时候,刘布突然开口了:"是我!是我找谭教授和秦教授来的,我找两位大教授补课,特意寻了个安静的地方,还带了吃的……"一边说一边从地上捡起一包踩烂的薯片,以兹证明。

舒阳吃惊地看着刘布。第一次,刘布竟然没有看她。

人们些许有些失望地散了。

谭力行也赶紧跟着人群走掉。

留下舒阳和刘布。舒阳心乱如麻地看着刘布笨拙地把散落一地的薯片箱子一个个整理起来,搬到车上。一切忙完,他垂着头对舒阳说:"秦教授,我走了。"

舒阳终于忍不住,说:"刘布,我……"她说不下去。她不知道是该道歉还是道谢。她爱的男人在她需要的时候落荒而逃,而她厌弃的男人挺身而出,收拾一堆薯片和残局。舒阳一时也说不出是感激还是委屈或者伤心。

刘布呆呆地看着泫然欲涕的女神。他再傻也知道,自己没资格像刚才的谭力行一样,安慰她,更不敢拥抱或者亲吻她。他想了半天,说:"秦教授,你别难过了,我……我给你讲个笑话吧。"

舒阳抬头。

刘布说:"从前……从前我以为只要可着劲对你好,你就会喜欢我。你说,这是不是笑话?"

第一次,舒阳听到一向大大咧咧的刘布,语气里充满自嘲和酸楚。

263

第22章　猝然去世的靠山

李与非和导师对酌，额定的一瓶啤酒早已喝完，姜一凡几次恳求夫人加量，夫人充耳不闻。无奈两人只好拿着金樽空对月。

李与非飞机一落地就直奔导师家，连时差都顾不上倒。只有在导师这里，他才会像个受委屈的小媳妇一样，喋喋不休地控诉自己在美国受到的挫折甚至屈辱。

直把姜一凡听得义愤填膺："费尔德这家伙越来越膨胀了！迪迈有今天是靠他吗？靠的是全世界顶尖的人才！"

"好了好了，别那么上火，当心血压。"师母柔声细气地安慰，"十年前他抄袭到你头上，也没见你这么生气。"

"此一时彼一时。2006年那时候，国内半导体研究正是低迷的时候，全世界都在质疑中国芯片的真实性，我那时候站出来，简直是徒增笑柄。现在不一样了，我身后有一个强大的祖国！"姜一凡拍着胸脯说。他转头教训李与非："听到没有，现在国力强盛了，技术也没那么落后了，以后再也不许没出息。他敢溅你一身水，你就溅回去！他敢抵制你，你也抵制他！"

"姜老师，您饺子可以乱吃话可不能乱讲，搞芯片你抵制全世界，还怎么搞？"李与非反驳。

"呵，你还敢顶嘴？顶嘴也就罢了，你还断章取义！你语文是物理老师教的？"姜一凡愤愤不平，"我几时说过抵制全世界来着？我们抵制的是费尔德这种奸商，我们从来不拒绝合作！"

李与非连连点头："我的错我的错，你可不就是我物理老师。不过光放大器专利，全世界也就三家公司拥有，都被费尔德笼络了。在这件事上，我们还真没办法抵制他。"

姜一凡沉吟着："也不能说完全没有办法……"

李与非知道，导师在生活上爱开玩笑，但在专业上一向谨慎，十分的把握只说七分，他这么说一定是已经有所考虑了。李与非眼睛亮了："您的意思是？"

姜一凡指着对面占据了整面墙的书架，说："去第三格架子上找两本期刊，一本去年第六期《半导体通讯》，一本今年第一期《集成电路研究》。"

李与非很快找到，拿到导师面前。

姜一凡说："我记得《半导体通讯》在第80页，《集成电路研究》在第5页，各刊登了一篇关于光放大器的论文，都提到已经申请专利，作者一位是扬子科技大学教授，一位是浦东理工学院教授。"

李与非依次翻开，导师竟然讲得一点都不错，他不禁佩服地说："姜老师，您真够厉害了，这么大年纪了，记忆力还像搜索引擎一样。"

"你这孩子真是讨人嫌，好好的夸奖听得别人想揍你。什么叫'这么大年纪了'？我才五十几，年轻着呢！"姜一凡笑骂："我要不是有点本事，怎么镇得住你们这些皮猴子。一届届总要出几个你和赵峰这样的人精，恨不得骑到老师脖子上。"

李与非不好意思地挠头笑了。

姜一凡指着论文说："这两篇论文，都是在大量实地试验的基础上写成的，技术已经相当成熟，下一步就是怎么商业化。我想这两位教授的团队应该已经做了相当一部分工作，我们可以找他们合作，说不定就能把这技术自己搞出来，以后就再也不怕美国人卡脖子了。"

李与非看了看落款处的作者介绍，有点犯难："这两位都是副校长级的领导，德高望重，不知道他们肯不肯和我们合作。"

姜一凡胸有成竹地说："这个我来想办法。扬子科大这边，我有个同学曾任过校党委书记；浦东理工这边，有位副校长是我一个学生的老婆的三伯父，看看能不能推荐一下。"

李与非吃惊地看着导师:"您这关系网可真够驳杂的。"

姜一凡把眼睛一瞪:"我早跟你怎么说来着?活,你们去干,脸,我来刷。我不搞关系怎么给你们刷脸?你倒提醒我了,明天我再跑跑教育部门,看看能不能以这个项目申请一笔经费,把你几个博士师弟叫来,能给你打打下手,他们写论文也有名目。现在读博士科研压力大啊,我看那几个孩子头都秃了。不给他们解决几篇核心,毕业工作都不好找,一个个拖家带口的怎么办……"

李与非看着不停抱怨的导师,心里涌起一阵温暖。他知道导师是传统的知识分子,本性心高气傲、淡泊无争,而他自己早已经名利双收,完全可以不管不问。但一旦涉及到自己的学生,就会像只护崽的老母鸡一样,全心全意为他们争取。

导师说到做到,亲自跑到两所学校,分别和作者及其团队接洽。两支科研团队都非常支持,不仅愿意出让技术,还派人过来参与设计。

起初的工作并不顺利,实验室数据用到实地就会变形,设计思路常常不能实现。李与非带领的星丛、两个学校的研究人员以及姜一凡带队的东科大博士们,几组人比热恋中的情侣还亲密,几乎是朝夕相处,头碰头讨论,逐个环节比对。

吴婵此时也帮不上大忙,只能加入姜师母和姚美丽的送宵夜大军。

姚美丽有一次感慨:"我家儿子是疯子就罢了,奇就奇在他还能找来一水儿疯子,陪着他一块疯。"想想还有德高望重的导师在,姚美丽赶紧对姜师母道歉:"对不起对不起,姜老师不算。"

姜师母苦笑:"怎么不算?他才是个老疯子!别的男人在外面都是金屋藏娇,他倒好,实验室里藏了一窝书呆子!"

三位女性一起笑起来。吴婵见姜师母虽然嘴里抱怨,看向姜一凡的目光,依然像初恋的小女生一样含情脉脉,让旁观者都感到甜蜜。天下怎么会有这样幸福的夫妻,白头到老,始终如一,上天不会嫉妒吗?

吴婵没想到,这是她最后一次羡慕这对老夫妻。

消息是次日上午十点钟左右传来的。一向很早就来到星丛的姜一凡却没有出现。李与非等人起初不以为意,后来因为一个技术问题争执不下,李与非大声说:"不信问导师!我赌五毛钱,姜老师肯定站我!"

赵峰等人嘘他,笑他又拿导师撑腰。李与非在嘘声中拨打导师的电话。

过了很久才接,接电话的是师母,她此刻在医院。

李与非、赵峰和其他几个博士生连滚带爬赶到医院,只来得及在急诊病房见到姜老师的遗体。老先生身上穿着体面的羊毛大衣,面容安详。他照例早上七点半收拾停当,准备出发去星丛,却在开门的一瞬间倒下。

据急救医生说,姜师母当时非常冷静,第一时间叫了救护车,并且在等待救护车的时间一直给姜一凡做心脏复苏,但到底没能救过来。

李与非他们看到师母的时候,师母没哭没喊,只是像个犯错的小学生一样,追着医生不停问:"医生,您看看我哪儿做错了?我每年都来参加急救培训啊?我是手法不对,还是力气不够?我怎么就没把老头子救回来呢?"

李与非再也忍不住,拉过师母,像哄小姑娘一样搂在怀里。赵峰等师弟们也纷纷围过来,层层把师母抱紧。

姜一凡教授去世的消息让整个东科大甚至半个半导体学术圈陷入悲伤。小老头一生吵过不少架,也树过不少敌,但一身正气,坦坦荡荡,赢得了更多人的崇敬爱戴。

姜教授的追悼会三日后在殡仪馆举行。儿子儿媳从美国赶回来。更多的学生从全国各地甚至世界各地赶来吊唁。

整个过程中,有两个人从头到尾都没哭过,一个是师母,另一个是李与非。

李与非帮师母操持身后事,打电话,接待宾客,写悼词,联系殡仪馆……有条有理。两个人始终都没掉过眼泪。吴婵看着两人灰沉沉的脸色,不禁暗暗担心。

她知道,悲伤越隐忍,爆发的时候就会越崩溃。

她没猜错。追悼会开到尾声,师母爆发了。

主持人宣布把遗体抬去火化的时候，人群中突然响起一声野兽一样的号叫。大家循声看去，喊叫的竟然是姜师母。

姜师母在整个追悼会过程中始终很平静，彬彬有礼地接待每一位吊唁的客人。此刻仿佛突然从冬眠中醒来，冲到棺木前，紧紧抓着姜教授的衣服不肯放手。儿子和几名学生想把她扶开，她又踢又跳拼命挣扎。在场所有人从未看到过她这个样子。师母向来衣饰得体，气质高贵，此刻头发散乱，眼镜也跌破了，鼻涕眼泪糊了一脸，像一头困兽扒在棺材边上拼命嘶叫。

"姜一凡！姜一凡！你这个骗子！你说过你要照顾我一辈子！你凭什么说走就走了？你给我醒醒啊！骗子！"她拍打着姜教授毫无知觉的身体，哭得像一个在菜市场撒泼打滚的刁蛮妇女。

吴婵发现李与非缩在墙角里，像一个患疟疾的病人一样脸色苍白，全身颤抖，脸上却依然没有一滴眼泪，表情近乎僵硬。

吴婵还没走进办公室门，已经听到李与非的咆哮声。

她赶紧推门进去，李与非正在斥骂赵峰："我跟你说过多少次，建模的时候要考虑能耗！能耗！"

赵峰委屈地解释："我有考虑过，只是做出来数据不吻合……"

"一点小事情都要出错！"李与非粗暴打断他，索性转头对所有员工大喊，"还有你们！这么多天了一点进展都没有，你们还想不想干下去！"

赵峰还待辩解，吴婵向他摇了摇手。赵峰气呼呼地坐下。

李与非带着怒气回到自己座位上，恰巧电脑又死机了，他大骂了两句，站起来狠狠把凳子一脚踢飞，然后大踏步走出了办公室。

员工们连大气都不敢出，几个胆小一点的女孩子差点吓哭了。

赵峰愤愤地对吴婵说："他现在简直不可理喻！一点小事就像吃了火药一样，这让大家怎么安心工作？"

吴婵安抚了赵峰几句，对大家说："你们先工作，李总交给我吧。"

吴婵很快在街心花园的长椅上找到了李与非。她知道，只要他碰到难题，就会坐在这里发呆。

吴婵轻轻坐在李与非身边。他头发乱糟糟的，胡子也至少两天没刮，眼睛里布满血丝。他没理吴婵，直直地看着远方。

吴婵叹了口气，轻声说："姜教授要是看见你这个邋遢样子，一定很生气。"

李与非身子一震，嘴唇开始微微颤抖。

吴婵更加轻柔地说："你不用这么折磨自己，姜教授的去世只是一个意外，根本不怪你。"

这句话直接说中了李与非一直以来的心思，他的身子也开始发抖，他喃喃地说："怪我的，怪我的……"

吴婵知道，他内心这么久以来压抑的悲伤，已经处在爆发的边缘。她轻轻抚摸着他的脊背，悄声说："哭出来吧，哭出来你会好受一点，大家都很担心你。"

李与非转头看着吴婵。他像溺水的人一样伸出手来，紧紧抓住吴婵的衣角，喃喃地说："是我害死了姜老师，是我害死了姜老师……"

吴婵像姐姐一样把李与非的头揽在胸前，轻轻地拍着他的背。

李与非卸下所有的伪装，在吴婵怀里一边哭一边说："我为什么要让他东奔西走？我为什么要让他从一个城市跑到另一个城市为我奔波？我为什么要从早到晚拉着他？我为什么让他熬夜？我为什么不为他的身体想想？是我害死他的，他还不到六十岁，这是一个科学家最黄金的时候啊！我再也没有导师了！再也没有人为我们解难题、发论文、讨经费了，再也没有了！"

他重新回到办公室的时候，一众员工都小心翼翼地避开，生怕又惹他暴怒。

李与非直接走到赵峰面前，说："对不起！"

赵峰吃惊地看着李与非。

与非轻声说："刚才确实不是你的错。我推卸责任，又欺负师弟，单这两条如果让姜老师知道,一定要骂死我。"

赵峰眼圈顿时红了。他刹那间理解了李与非一直以来的压抑。他没说话,站起身来,紧紧拥抱了李与非。

秦舒阳从占伟达处得知,他已经打了两天刘布的电话,没人接。
"你找他干嘛?"
"要钱。"占伟达找刘布目的明确。

自从上次在校园里被刘布撞到,秦舒阳也一直没再见过他。被占伟达一说,不由上了心。当天下午下课后,她特意跑到学校咖啡厅,只见到陆博士。

"那个……勤工俭学的人呢?"
"辞职了。"陆博士说,"连工资都没要。"
"工资?"舒阳这才想到从来没详细问过刘布打工的事情,以为他不过为了接近自己故意捣乱,"他到底在这里干什么?"
"打工啊。"看来陆博士是真不知道刘布的背景,"我这里缺人,招聘启事贴了很久不知道为什么没人来,到最后就来了这一个。闹了半天,这家伙把别处的招聘启事都撕了,把我气坏了。不过他说他不要工资,闲的时候我教他看书就行,我就收了。虽然笨了点儿,经常打破杯子撞坏椅子,但二话不说就双倍赔偿。他打工一个月,我这里重新软装了一个遍。你瞧这套瓷器,他赔的,比我原来那套好不知多少。"

舒阳一直嫌弃刘布笨手笨脚,此刻想象他笨拙的画面,不知道为什么觉得似乎也没有那么讨厌。她问:"你就没奇怪过,为什么他花这么大成本在这里打工?"
"这问题您不比我更清楚吗?"
"我?为什么?"
"他说他要考您的研究生,说跟导师离得近一点,沾沾仙气。"
舒阳差点笑出来:"沾仙气?亏他想得出!"
"我看他挺认真呢,没客人的时候就在那里翻那本参考书,虽说连目录也看不懂，但真是一点也没偷懒。听他说，他近十年的奋斗目标，就是跟您三句话里能接上一句茬。那边柜台角落里还贴了一份学习计划呢，您要不要看看？"

舒阳顺着陆博士指的方向走过去，看见柜台一角贴了张纸，上面歪歪扭扭手写着几行字，可能是不同时间写的，所以笔迹颜色不同：

学习计划

第一周：读完《微电子入门》；

第二周：读完一半《微电子入门》；

第三周：读完一章《微电子入门》；

第四周：在陆博士的帮助下，尽快把目录看完。

舒阳终于笑出来，笑完心里却泛起酸楚。她问陆博士："你知道他去哪里了吗？"

"问了，不肯说。我就不敢再问了，因为从没见他那种表情，脸哭丧得跟什么似的，一定是发生了什么大事。"

舒阳有点不安："能发生什么大事呢？"

"不知道啊。你别说，他在你嫌弃他，他走还真不好玩了。"陆博士猜测地说，"只能往好的方面想了，比如他姥爷去世了。"

"呸，姥爷去世怎么好了？"

"毕竟老人寿终正寝是喜丧，怎么也比他考不上您研究生好一点。"

"这怎么说？"

"你看他那用功程度，我当年高考也没这么下劲过，要是考不上还不得跳河啊。"陆博士边说边摇头，"不过，他这个水平，能考上我就要跳河了，老天太没眼了。"

最终，舒阳在刘布从前常去的超跑俱乐部里打听到刘布的消息。别人告诉她：刘布已经买了机票，准备回老家了。

"回老家？他不创业了吗？"

那人笑着说:"这不是著名的笑话吗?创业失败,只能回去继承家产。"

星丛又陷入资金短缺的窘境,办公室里不时响起催债电话。

这天,李与非一进办公室门就觉得不对,雷兵和赵峰正鬼鬼祟祟躲在角落里鼓捣什么。李与非大声问:"干什么呢?"

赵峰吓得一哆嗦,手里一松,掉下来两只螺栓。雷兵从赵峰身后冒出来,两手各捏了一根电线导线。

"什么意思?"李与非也吓一跳,"就算公司现在有困难,你也不要寻死啊!死在办公室里我会有阴影的!"

雷兵无奈:"原来你不是怕我死,你只是怕阴影?"

赵峰嘻嘻一笑:"你看我们像被困难吓倒的人吗?"他扬起手里的螺栓,说:"咱们几个月没缴电费了,昨晚上电让人给掐了。我跟雷兵凭着高超技艺,已经解决了。"

李与非看着他手里的螺栓和雷兵手里的电线,怀疑地说:"别告诉我,你们把邻居的电给接过来了?"

赵峰洋洋得意:"你不信我有这么聪明吗?我高中就会了,想当初熄灯以后,我可是凭着一根电线,点亮了整个男生寝室楼!"

李与非呵斥:"我是不信你有这么笨!且不说有没有安全隐患,盗电是违法的!"

雷兵蹑手蹑脚打算溜到一边,被李与非叫住:"你也老大不小了,他干傻事你也干傻事?"

雷兵不好意思地答:"年轻人有创意,我也不好打消积极性是不是……"

李与非看来是真恼了,训斥说:"公司如果在这种小事上投机欺骗的话,以后就算做出来产品也不会被人信任。那句话怎么说来着,勿以恶小而为之,后患太大了。"

赵峰和雷兵不语。

李与非看气氛凝重,换了口气:"你们到底怎么想的?高智商在这里偷几度电?你就算偷个女朋友我也敬你是条汉子!"

赵峰眨巴着眼睛:"你这是嘲笑我单身吗?"

"是又怎么样?别以为我也单身就不能嘲笑你!"李与非踹了赵峰一脚,并不重。

赵峰听李与非这个口气,知道还有救,急忙说:"我赶紧撤回去,撤回去。"

他和雷兵扯下电线准备出去,转身看见吴婵站在身后,也不知站了多久,微笑看着他们三个。

李与非怕吴婵笑话自己御下不严,试图辩护:"从好的方面看……年轻人有创意也是好事……"

"知道了!"吴婵微笑说,"这些问题交给我解决吧。"

当日,星丛就恢复了供水供电。再过了几天,吴婵把五十万打到星丛的账上。她只是淡淡对李与非说:"又拉来一笔小钱。"

李与非向来缺乏财务知识,那几天又忙,也没有细问。

某天中午他和孟途、占伟达一起去吃饭,经过停车场的时候突然意识到,很久都不见吴婵开车了。

"卖了。"占伟达简单地说。

"卖了?"李与非大吃一惊。

孟途说:"你以为那五十万是哪里来的?"

"不是拉来的投资吗?"

"你是公司老板,这五十万你签过投资协议吗?"

"确实没有。那么钱是从哪里来的……"李与非毕竟不傻,话没问完已经反应过来,"那是吴婵自己的钱?她卖车的钱?"

占伟达点了点头,话也懒得说。

那天中午李与非没吃饭,坐在占伟达和孟途中间,看着饭碗发了一中午呆。

吴婵在她和鲍平例行吃饭的餐厅，等着鲍平。

昨天，她好容易谈下来的一家投资方在签约前临时反悔。追问了很久，对方才吞吞吐吐地暗示，鲍平和他们接触过，说星丛目前有很多技术专利拿不到，无力开发新产品。

鲍平一坐下来就向吴婵展示自己的新衬衫："特意买的格子衬衫，我现在是不是也一副码农范儿。"

吴婵干脆地说："不是。"

鲍平问："还差什么？牛仔裤吗？拜托，我这气质跟牛仔不搭。"

"还差个实事求是的态度。"吴婵说，"你为什么跟别人说，星丛有'很多'专利拿不到？这不符合事实，你也没有做过调查。"

鲍平看吴婵一脸严肃，笑了笑："原来你找我吃饭是算账来了，我说你从来没有主动约过我。"

"我在认真跟你谈公事。星丛现在是碰到一些困难，但我们正在积极想办法解决。我希望你能理解这一点。"

"我理解，我非常理解，我给你提供一个办法。"

"什么？"

鲍平双臂展开，做了个拥抱的姿势："来找我啊！"

"我没有开玩笑。"

"我也没有开玩笑。"鲍平身子往前一凑，顺势拉住吴婵的手，"来迪迈帮我。以你的履历，加上我的推荐，你进来做个副总根本不成问题。迪迈的平台，不知道比你那个小破公司高多少。"

吴婵往后靠了一下，自然地把手从鲍平手里抽出来，笑道："没想到迪迈中国总裁还兼做猎头的工作。"

"这是对你，对我，对迪迈都有好处的决定，你考虑一下。"

吴婵还是微笑着，语气平缓而坚决："谢谢鲍总的赏识。但我现在在这家小破公司做得很愉快，暂时还没想过高攀迪迈。"

鲍平盯着吴婵，脸色沉下来。

吴婵继续说："你也不用再问我是舍不得公司还是舍不得人的问题，

反正我说了你也不信。反倒我想给你个建议,如果可能,离开迪迈吧,你的美国老板,不是什么正人君子。"

吴婵起身离开,走了两步回过头来说:"这顿饭你请吧,算是你阻拦了我那笔投资的补偿。"

第 23 章　天降金主

吴婵和李与非按照约定去见投资人。站在路边，吴婵习惯性招手叫出租车，却见李与非毫不犹豫地直奔地铁站。他还纳闷吴婵为什么没跟上，转头看她，吴婵赶紧把伸出的手臂缩回来，装作看手表。

公司资金紧张，CEO 带头公交出行，完全没错。吴婵不能让李与非为自己破例，虽然他压根没这个想法。她紧赶几步，追上李与非。

早上九点钟，早高峰还没有完全过去，地铁里拥挤不堪。

两人本来并排贴车厢站着，李与非突然把吴婵拉过来，自己站在她面前护着她。这个温暖的动作让吴婵既害羞又奇怪：这次李与非怎么如此体贴？还没想完，李与非说："你个子矮，我们这样站能最大限度利用空间。"好像生怕吴婵不够懊恼，还得意地加了一句："别问我怎么知道，我可是在一平方厘米的空间里画电路的人。"

吴婵嘀咕："我真不想知道！"

这时，李与非旁边的两名乘客吵了起来。

"你踩到我了知道不？"

"这么挤我又不是故意的。"

"穿高跟鞋就不要出来挤地铁啊，你有没有公德啊！"

李与非忍不住打圆场："大家消消火，忍一忍得了，都是开不起车的，谁比谁高贵啊……"

一句话得罪一车人，大家都愤恨地看着他。被踩的女子立刻骂回来："你才开不起车呢！老娘只是付不起停车费！"

李与非却闭嘴了，不是因为被骂，而是低头看见吴婵脚上的高跟鞋。

直到那一瞬间，李与非才把高跟鞋、地铁、开车和吴婵联系了起来。

直到那一瞬间，李与非才第一次想到，面前这个穿高跟鞋的女子，本来可以舒适地坐在自己的豪车里衣食无忧，此刻却跟自己一起在拥挤的地铁里被人流冲得东倒西歪。

李与非的内心好像被高跟鞋踩出了一个缺口，潮水一样的内疚感波涛汹涌地灌进来。

地铁进站，又一批人挤了过来。此刻，李与非脑子里再也没有别的念头，他赶紧踏前一步，稳稳站在吴婵面前，两手一撑，为她留出一块狭小的、安稳的空间。

虽然是同样的遮挡的动作，吴婵感受到了区别。

李与非的眼神变了。他看她的时候，不再是一个硬件设计师按平方厘米划分空间的眼光，而是一个挡在女子身前恨不得为她担负全世界的眼光。

吴婵终于可以理直气壮地脸红了。

"对……对不起……"李与非有点口吃地说。说完就有点后悔。不是后悔自己的抱歉，而是后悔自己没把要说的话想完整之前就说抱歉。如果吴婵问为什么，他怎么回答？他怎么才能表达他突然之间意识到的一直以来对她的歉疚。

没想到吴婵轻声说："不必。"

李与非心里一热。这个女子怎么如此高效？她不仅能看到他藏在心里的话，还能看懂他欲言又止的心情。一来一回省了好几轮交流，真好。

李与非的好心情并没有影响到投资洽谈的结果。他们最终还是被投资人拒绝了。

从投资人办公室出来，李与非接到母亲的电话。吴婵只听李与非说："相亲？大白天不上班出来相亲？老妈，你跟介绍人说一声让这女的先去好好找个工作再找男朋友吧！"

吴婵憋不住要笑。

回来的路上李与非学乖了，站在路口要扬招出租车，被吴婵拦住："钱都没筹到，还是省一点吧。"

还没走到地铁站,却落起了急雨。李与非看不远处有家豪华酒店,想也不想拉着吴婵就跑过去避雨。

两人冲进大堂,湿淋淋的,不好意思坐在休息区的沙发里,只能站在门口。李与非嫌干等雨停浪费时间,把淋湿的投资项目书抽出来,小声跟吴婵讨论是不是需要改进。

大堂经理走过来:"请问两位是住客吗?"

李与非说:"不是。"

"对不起,我们酒店不对非住店客人开放参观。"

"哦,没事,我们没时间也没兴趣参观。"李与非完全听不懂经理的逐客意思。

吴婵刚才匆忙间跑进来,现在已经认出这是本市最贵的五星酒店,她之前来参加过会议,知道酒店确实有此规定。她说:"我们并没有妨碍贵酒店的正常经营。"

经理露出一丝毫不掩饰的鄙视的微笑:"说实话……你们妨碍了。有碍观瞻。"

旁边走过来一人解围:"他们是我约的朋友。"李与非转头一看,真是越尴尬的时候越会碰到你最不想见的人,是鲍平。

经理礼貌地点了点头,退下的时候,脸上那丝鄙夷都没有收起来。显然他并不信鲍平的话,淋成落汤鸡样子的会是贵宾吗?不过给鲍平面子而已。

鲍平用心疼的口气对吴婵说:"当心感冒!快过来喝杯热咖啡!正好我约朋友喝下午茶,他要晚会儿到。"面向李与非,明显客气地说:"李总也一起来吧!"

李与非和吴婵同时说:"不用了。"

鲍平拉起吴婵的手:"什么不用了,我前几天还见了吴伯伯,他要是知道我没把你照顾好,一定要骂我。你也是,从前十指不沾阳春水的,现在怎么把自己搞得这么辛苦?听说你把车子也卖了?你需要钱就告诉我啊……"

李与非听不下去了，粗声对吴婵说："我有事先走了！"

吴婵追上几步想叫住他，李与非说："我真有事，我要……去相亲。"

吴婵不好再留，眼睁睁看着李与非冲进雨里。

姚美丽熬了一锅红豆栗子羹当宵夜，叫了半天，李与非也不出来。

李与非一回到家就喜欢闷在房间里，这不奇怪；宵夜时段满室飘香还不出来，这就奇怪了。姚美丽和李乐愚交换了一个眼色。他们知道儿子最近烦心事多，导师去世、公司缺钱，他心情不好也难怪。

姚美丽吐纳几口，把自己最慈眉善目的状态调整出来，蹑手蹑脚走到李与非房门口，敲了敲门。里面没人应声。姚美丽心一横，把门推开。

只见儿子头发衣服都是湿淋淋的，呆呆坐在书桌前。

姚美丽一看，桌上什么也没有，既没有砖头一样厚的书，也没有电路板，电脑也没开。姚美丽顿时慌了。这就问题大了。她知道儿子是一分钟都不能浪费的人，否则就会生自己的气。而现在，他竟然对着空气，不知道发了多久呆！

姚美丽第一反应是儿子猝死了，赶紧拍打他面孔："儿子，你还好吧？"

李与非这才发现老妈，吓了一跳："你什么时候进来的？"

"喊你半天了，到底怎么回事？你可别吓老妈。"

李与非沉默了五秒钟，说："我没事。"

这沉默的五秒钟让姚美丽浮想联翩。她被儿子硬推出来以后，立刻开始和李乐愚深入解读。老两口太熟悉儿子，他们虽然不懂大数据分析，但李与非的言语方式太有规律了。儿子摊上事的时候，宽慰父母一般会用"没事＋"体：

"没事，考试有点难。"

"没事，挨导师骂了。"

"没事，投资没谈成。"

总能给父母亲交代两句。可这次，只有沉默！

"儿子一定摊上大事儿了……"姚美丽两眼失神，喃喃地说。

李乐愚说："依我愚见，我觉得儿子是失恋了。"

姚美丽一下来了精神，噌的一声从椅子上坐起："我说你一辈子看了这么多书，这句话说得最有学术水平。你怎么推断出来的?"

李乐愚得到夫人鼓励，精神抖擞："你看他这样子，如丧考妣……"

"别拽文言文，啥意思……"

李乐愚顿时意识到自己用错成语，赶紧改口："意思就像霜打的茄子一样没精神。你记得不，当年你跑过来跟我说，要跟着剧团去北京，我就是这样在屋子里发了一晚上呆。"

姚美丽嘴一撇："你还有脸说。我从16岁开始追你，到22岁你都不表态，我还不赶紧筹划自己的前途吗?"

"那时候兴晚婚晚育，我响应号召吗……那我半夜不就上你家敲门去了吗，生怕你连夜跑了。"

姚美丽鄙夷地说："你不就是嫌弃我配不上你个大学生呗。"

"哪里哪里。"李乐愚赶紧抓起夫人的手抚摸，气氛顿时变得温馨，老两口硬是忘记了房间里还有个失恋的儿子。

第二天，姚美丽和姐妹们逛商场偶然遇到吴婵。吴婵客气地请她喝茶，姚美丽急于和姐妹相聚，本来想拒绝，突然心思一动。她想到昨天无精打采的儿子，再想起老伴的英明推断，再看看吴婵。姚美丽迅速就将几个碎片串联起来，形成了一个大胆的猜想。

姚美丽三言两语把姐妹打发走，高高兴兴拉着吴婵去茶馆。两个女人很快就把话题聚焦在李与非身上。

吴婵有意无意地说："昨天李与非走得很匆忙，说他去相亲了。"

姚美丽何等人物，几十年来不知道撮合过多少不同年龄的情侣，不知道处理过多少不同阶层的家庭纠纷，听音辨意，心里的猜想更坚定了几分。她放下茶杯，添油加醋地说："相亲? 他要肯配合我去相一次亲，我真要烧高香了! 从他20岁开始，我身边的亲戚朋友给他介绍的女孩子，估计能装一高铁! 他倒好，每次都是带着电脑，坐在姑娘面前也不讲话，凑够时间就回家,他当是打卡上班啊!你说我伤心不伤心……"

吴婵明显地舒了口气。

姚美丽观察吴婵的神色,知道自己助攻有效,只差临门一脚了,于是试探地说:"不过最近我发现这小子有秘密。看样子好像是看上一个姑娘,经常自己待在屋里鬼鬼祟祟,一会儿笑一会儿愁的,一看就是喜欢人家又怕丑。"

吴婵脸红了,犹豫了半天,终于忍不住好奇,问:"您知道是谁吗?"

"他不肯讲。不过照我猜,应该是个同事,天天见面的。我瞧他每天上班之前,那真是肚脐眼里插钥匙,开心啊!比相亲高兴一百倍!"姚美丽一边描述,一边从眼角偷看吴婵,眼见吴婵低下头去,用茶杯挡住半边脸。

她以为她遮得巧妙,哪里想到姚美丽目光如炬,早已经把她藏在茶杯后面的笑容尽收眼底。于是,姚美丽脸上也露出一丝得意的微笑。

司机开车的时候,吴项冬喜欢靠在后座,欣赏窗外的景色。

窗外,一个穿着套装的苗条女生,气喘吁吁奔跑着,看样子是追公交车。脚上的高跟鞋不配合,一个趔趄摔倒在地上。吴项冬看清楚,这女生竟然是吴婵。

吴项冬又吃惊又心疼,赶紧叫司机停车,把吴婵叫上来。直到这时,他才知道吴婵偷偷把车子卖了。

"你有什么困难,为什么不跟爸爸讲?"吴项冬心疼得有点怒了,呵斥她。

吴婵笑嘻嘻地说:"爸爸,您不是经常跟我们讲您创业的故事,比我困难多了,我现在算什么?"

吴项冬拉着女儿的手,手上的皮肤明显粗糙了很多。他拍拍吴婵的手背,不知道该说什么好。

吴项冬把吴婵送到星丛门口。吴婵下车道别,没想到吴项冬也走下来:"我想去你们公司看看。"

吴婵很意外。在毫无准备的情况下让父亲参观星丛，她不确定父亲会产生什么印象。但此刻也不好拒绝，只能带着他走进办公室。

吴项冬一进去就被办公室的拥挤程度吓了一跳。房间里大多是年轻人，男生居多，每人守着一台电脑，墙角还堆放着几张折叠床。有一两人显然是在办公室里熬了一夜，头发乱糟糟。

让吴项冬第二个意外的是公司上下级关系非常淡漠。吴婵带着自己走进办公室，大多数人连看都没看到，自顾自在工位上忙碌。个别人看见了，喊一声"吴姐早"，就结束了，对身后跟着的客人更是不闻不问。这要是在天信，别说是吴项冬自己，吴婵走到哪里所有人都要鞠躬迎接的，更不要说有些惯会做面子功夫的人，一定会大老远跑过来，帮她提手里的包。

吴婵觉察到父亲的惊异，小声向他解释："科技公司都这样的，大家都很忙，一个人耽误了会拖慢整个项目的节奏。另外，年轻人多，都像朋友一样，也没那么多拘束。"

吴婵把父亲带到李与非办公桌前。李与非正在电脑上干活。吴婵叫了他一声，李与非抬起一只手，做了个"不要出声"的手势。吴婵早已习惯，知道他正做到关键时刻，就不声不响等着。吴项冬有点不快。

直等了三分钟，李与非愉快地打了个响指，这才站起来，兴奋地说："我刚抓到了一个漏洞！"一眼看到吴项冬，愣住了。

吴婵介绍："这是我爸爸，他想来公司看看。"

李与非更呆了。他从来没有受过培训如何接待女孩子的长辈。吴婵看他又是三分钟没反应，轻轻咳嗽了一声。李与非这才反应过来，伸出手去："欢迎欢迎，您……您贵姓？"

吴项冬跟他握手："免贵，我跟小婵一样，姓吴。"

李与非懊恼地捶了自己一下。

吴婵赶紧把话题引到李与非擅长的领域："爸爸，您想了解哪方面的产品？"

吴项冬问："你们有能用于智能家居的芯片吗？"

李与非想也没想就说："您这话问得不专业，智能门锁跟智能窗帘用的芯片肯定不一样，您得说清楚您到底要什么。"

吴婵徒劳地向李与非使了个眼色，果然他没看见。

吴项冬忍着怒气问："现在不是到处在宣传智能家居一体化吗？我就是要一体化的芯片。"

李与非说："一体化这种说法就是忽悠不懂的人。没错，智能家居的核心就是联结，就是一体化。但一体化牵涉到建筑商、家电商、互联网硬件提供商等，要各方面一起联合才有意义。大家各自发力，技术体系和标准要求都不一样，根本没法一体。打比方说，智能马桶跟智能电饭煲需要一体化吗？"

吴项冬听得没脾气："照你这么说，我们这种做传统家电的，也不需要什么产业升级了，躺在原地不动就好了！"

"当然不是。产业一定要升级，但不能跟风。第一，智能家居是一种生活方式，一套标准不可能适用于每一个家庭。独栋别墅和一室一厅的智能化要求肯定是不一样的；第二，智能化的核心是便利，而不是增加不必要的功能，更不是制造麻烦。比如在抽油烟机上装一块屏幕炒菜的时候看电视，那是毫无必要的；第三……"

吴项冬摆了摆手，阻止李与非说下去。

李与非这个手势还是看得懂的，赶紧停下来。不说话的时候才想起来，刚才吴婵好像一直在发出各种声音，李与非赶紧问："你刚才是不是一直在咳嗽？我是不是又说错话了？"

不小心问的声音又太大了，吴婵脸涨得通红，不知道如何回答。吴项冬也只好装作没听见。李与非暗暗叫苦。

吴项冬说："你刚才讲得这些，能不能整理一下，详细写一份报告？"

"没问题啊。"

"那么你下周一到天信来讲一次。周一开董事会议，如果你能说动那些董事，也许可以拿到天信的投资。"

这句话说完，不只李与非，连吴婵都出乎意外。吴婵愣了片刻，说：

"爸爸,您不用这样。我不想让那些董事有机会说闲话。"

"大家说不说闲话,全看他了!"吴项冬看着李与非,"要是拉不到票,我帮他也没用!天信的投资向来不是我一个人说了算,我在天信就那么一手遮天吗?"

吴婵这才放心。虽然她并不确定天信那么多董事会不会买李与非的账,但父亲居然主动愿意帮助星丛,让她喜出望外。吴婵像个小女孩一样,搂住父亲:"谢谢爸爸!"

父女俩拥抱的时候,吴项冬是面对李与非的。李与非是最不会察言观色的人,然而他注意到吴项冬脸上的表情,显然并不像吴婵那么欣喜。他分辨不出那是什么表情,好像一只陪着幼崽的豹子,看似闲逸,却随时就能为了孩子发起攻击。

周一,李与非带着准备充足的资料,一个人去拜访天信。他特意向吴婵提出,自己无需她陪伴,却讲不出道理。吴婵心里明白,这傻小子嘴上不说,其实是刻意让吴婵置身事外,无论是成是败,都不会让她为难。

秘书把李与非带到吴项冬办公室。李与非跃跃欲试:"请问在哪里演示?"

吴项冬确定秘书出去并且带上了房门,这才对李与非说:"不用演示了。"

"什么?"

"那天我只是说给小婵听的,不想让她多心。说实话,我对你们的产品不感兴趣,我相信董事会也不会感兴趣。不过你不用担心,我会私人给你一笔钱,数目可能不会太大,但应付你们公司暂时的困难应该是够的。"

李与非万万没想到会听到这样一番话。他沉默片刻,问:"你不投资我公司,却'私人'给我钱,你是需要我'私人'为你做什么事吗?"

吴项冬淡淡笑了:"我果然没猜错,你看上去傻,其实很聪明。"

"那倒不是,我陪我老妈看电视剧的时候经常有这个情节,有钱的爸爸劝穷小子离开自己的女儿,一般爸爸会写张支票。"

"没错,我希望你能帮我做件事:说服吴婵离开星丛,回到天信。我再也不想看到她挤地铁挤公交，不想看到她为钱发愁。她是个非常能干的女儿，于公于私我都希望她回来。"

李与非这才理解了吴项冬当时拥抱吴婵时脸上的表情。

吴项冬继续说："我希望你不要对我有什么看法……"

"我理解。"李与非说。

"你理解就好，你能帮我吗？"

李与非思考了片刻，突然笑了："如果是电视剧，这时候我就应该把支票撕了或者烧了。现在少个道具怎么都不对……不过有支票我也不会撕，因为第一，您讲话比电视剧里的父母客气得多。"

吴项冬这回是真被逗笑了。

李与非收起笑容，脸色变得郑重，而且诚恳："第二，我跟您的立场是一样的。"

"怎么一样？"

"我们都希望吴婵幸福。我也希望她不要挤地铁，不要低声下气去跟投资人谈判，不要为了下个月的水电煤气人员工资犯愁。但是，吴婵是一个独立的人，她愿不愿意回到天信，您应该直接去问她，不应该来找我。不是我不想帮您，而是我觉得您应该更尊重她的意见。"

吴项冬看着他，脸上的线条变得柔和了一些。

李与非继续说："另外，星丛是需要钱，不过我们需要的是融资而不是慈善施舍，更不是条件交换。今天没能在天信展示我的想法，我觉得很遗憾，不过更遗憾的应该是你们自己。因为我是你们能找到的专业人士里水平最高的，也是水平高的人里最愿意讲实话的。"

李与非站起身向门外走去。刚走到门口，吴项冬说："等一等！"

李与非转过头。

吴项冬说："就这么走了，你不是说遗憾吗？"

李与非没听懂。

"走吧，跟我去董事会。"

李与非眼睛亮了。

看着李与非昂首阔步走向会议室的样子，吴项冬已经知道他赢得董事会的信任没什么悬念了。天信已经太久没有看到过这样真诚而不投机、热情而不敷衍、踏实而不浮夸的年轻创业者了。

下午，吴婵收到李与非的信息，一个字都没有，发来一个胜利的手势。

KTV包房里，刘布的几个发小正在高歌。KTV这种在大城市已经沦为中学生聚会的场所，在刘布的家乡依然是商务人士的好选择。

刘布无精打采坐在角落里，摆弄着李与非等人送他的小汽车挂件。

一位发小没抢到麦克风，这才想起来跟刘布聊天。"这车做得挺像。"

刘布炫耀道："不光像，还真能动呢！"他操控小汽车在桌面行驶，汽车前进、后退、转弯，动作流畅。

另一人看了说："这有什么稀罕，不就是小孩子玩的遥控汽车吗？我认识个玩具商，成本几十块钱一个！要了给你发一箱！"

刘布不服了："你懂什么，遥控跟遥控不一样，你看我这头调的，角度多小；你看我这制动，多快！"

那人满不在乎笑了："有啥不一样，一个大点，一个小点。你这玩意儿小，还更省料呢！"

刘布恼了："这能按料算吗？比基尼用料少吧，不比军大衣贵多了！"

那人说："别唬人了，这都有模子，有什么难的？"

刘布感到受到了侮辱，大声反驳："什么模子，我这是纯手工做的！外头找不到第二件！再说了，越小越难你懂不懂？小到一定级别，难度还是跳着增加的你懂不懂？这叫几何级数增长！几何，懂不懂！就是画着圈增长，一个圈一个圈套着长！"

一个小弟咕哝："这套着长是啥意思……"

刘布呵斥："说了你也不懂！我可在东科大勤工俭学了一个月你知道不！见天的大教授给我讲课，你们那点智商能理解？"

小弟一脸崇拜。

一首歌唱完，跟刘布争辩的人跑过去抢话筒，留下刘布一个人摆弄着手里精致的模型。他终于发现，发小们被他说服也好，没被他说服也好，他们对他讲的事情，完全没兴趣。

刘布回来一个星期，男性们忙着以他为名张罗各种饭局，而以刘布妈为代表的女性们，则热衷于帮他撮合对象。

一早，刘布被老妈用一把煤铲顶在背心，去跟她严选出来的姑娘见面。

"门户登对的姑娘里最漂亮的，漂亮的姑娘里最老实的，你还想怎么样？"

"是学霸吗？"刘布问。

"学她爸？没有，长得随妈。"刘布妈解释。

刘布知道跟母亲也没什么好说，深深叹了口气，打起精神出门。见到姑娘吓了一跳。女孩梳了两个朝天髻，扎了五颜六色的发带，穿了条流光溢彩的蓬蓬短裙。

"怎么打扮得跟英雄小哪吒一样？"

"哪儿就小哪吒，这叫 Cosplay！你也太土了吧！"

"你就不能拷贝个像样点的人物吗，你就不能拷贝个……大学教授吗？"

女孩嘴一扁："谁会 cosplay 老太太啊？"

刘布彻底气愤了："谁跟你说大学教授是老太太？走走走，我带你去买衣服，我让你看看大学教授有多……"想了半天形容词，"多不老太太！"

女孩本来对大学教授是不是老太太的问题并没多大兴致，但男方第一次见面就提出买衣服的豪迈让她很惊喜，就兴冲冲跟着去了。

刘布挑了家专卖职业女装的店，凭印象选了一套秦舒阳同款套装，让女孩子换上。

女生从更衣室出来，刘布打量半天，总觉得有哪里不对。他想了想，从包里拿出一本大厚本书，递给女孩："这个你拿着。"

姑娘莫名其妙接过来，看封面："《微电子入门》？讲啥的，是科幻吗？"

刘布看着姑娘，心情更低落了。这女孩子比较丰满，人也矮些，把套裙撑得满满当当，完全不是秦舒阳飘逸出尘的味道。那女生勉强抱着书，跟搬着块砖头一样，累得龇牙咧嘴。

毕竟，谁能跟秦舒阳有半分相似啊！她那么独一无二。刘布突然悲从中来。

阳光灿烂的下午，衣香鬓影的高级购物商场，一个两百多斤的胖子，突然之间泪流满面。

女孩吓了一跳，把手在刘布面前晃晃，发现他根本没看自己。女孩赶紧溜到一边拨电话："妈，你赶紧把这介绍人给我拉黑吧！他给我介绍了一个智障！莫名其妙看着我哭，吓死我了！"

第二天，刘布爸和刘布妈去叫儿子吃早饭的时候，发现刘布已经不见了，床上衣服扔得乱七八糟，显然是挑拣过一阵子整理行李。床头柜放了一封信：

爸，妈：

我苦思名（冥）想了一晚上，决定还是回去了。家里千好万好，但儿子还是要出去干事业。我在公司待着的时候一直吊儿郎当，现在才发现我已经不知不觉离不开他们了。伟大的军师（事）家孙子说过，不想当元帅的兵就不是好兵，我的公司现在有困难，我不能当逃兵。

刘布爸感情丰富，看完哭成泪人。刘布妈读了三遍，柳眉一竖："什么好兵坏兵骗我儿子，这到底是哪个孙子说的？"

星丛例会上，孟途和占伟达把公司现阶段财政情况说明了一下。天信的第一笔投资已经到账，但光子芯片马上面临流片，资金还是有缺口。

众人正讨论，李与非突然隐隐约约听到一声轻微的叫声："咩……"

李与非不自信地问："我是不是幻听了？好像听到……羊叫……"

吴婵和秦舒阳对视一眼，突然想到什么。孟途、占伟达等也想到了，大家脸上都露出不可思议地表情。

门推开了，刘布出现在大家面前。大家难以置信地看着他，

李与非问："刘总你这是回来探亲啊，还是……"

"探什么亲，我从家里逃出来了啊！我……我回星丛了！"

大家爆发出一阵欢呼。孟途、雷兵、赵峰等几个更是忍不住，跑过去抱住了他。

李与非也很兴奋，说话还是一样直接："太好了！不过我还是没办法保证你不亏钱。"

孟途赶紧踩了他一脚。

李与非继续说："我只能保证，身为CEO，我会死磕下去。我不保证成功，但我保证每一步都在往成功走。"

刘布扫视一圈大家，眼光落在秦舒阳身上再也移不开了。舒阳居然也不生气，笑嘻嘻看着他。

刘布也分不清东南西北了，大声说："不管我赔不赔钱，不管星丛成不成功，我反正不走了！我跟着你们一起，磕死！不，死磕！"

又一声羊叫传来。

孟途问："刘总，您这是……"

刘布大手一挥："啥话也别说了，走，吃涮羊肉去！"

第24章　豪门风暴

刘布回来一个月后，星丛攻克了光放大器集成技术，并且申请了自己的专利。

提交专利申请材料的那一天正好是5月20日，孟途提议提前下班，让大家各自去庆祝。

"为什么要'各自'庆祝？专利不是大家的吗？"李与非不解。

"谁要庆祝专利了，我们要庆祝520！就算星丛的小伙子们全是单身狗，人家就不能有些……"孟途转头看看办公室里一个个胡子拉碴、愣头愣脑的小伙子们，内心叹了口气，继续说，"就不能有些狐朋狗友吗？总要给大家一些私人时间……"

李与非更迷茫："你到底在说什么？"

"老天，你真不知道520什么意思吗？"

李与非摇头，求助地看着吴婵。平时只要李与非求助，吴婵总能第一时间回复。不知道为什么，这次她却脸一红，似笑非笑地望向旁边，不答话。

孟途试图引导："要不你就从这字面上猜猜看？520，其实很简单的……"

李与非问："是不是跟我们每一个人都有关系？"

"从长远上看，算是吧……"

李与非思索一会儿，打了个响指，说："明白了！"

吴婵脸更红了。年轻人们嘻嘻哈哈等着听。

孟途期待地说："来，讲讲看！"

与非胸有成竹地说："5就是要让星丛的产品行销五湖四海，2就是要紧密衔接科研和市场两个环节，0就是做到设计过程零差错！"

一片寂静。众人都听呆了。谁也没想到李与非的解释石破天惊，居然还自成体系。

与非无辜地问："不对吗？把产品做好，从长远上看岂不是跟我们每一个人都有关系？"

孟途恨铁不成钢，把与非拉到走廊上，跟他普及了520的知识。

李与非叹为观止："520就是我爱你？发明这谐音的人普通话不标准啊……"

孟途瞪了他一眼，与非赶紧闭嘴。

与非对着墙鼓了半天劲，趁着这点勇气，大踏步走进办公室，吴婵却不见了。

"她呢？"与非问旁边的年轻员工。

"被接走了。"

"被谁？"

员工欲言又止，指了指窗外。

与非大踏步走到窗边，往楼下看去，正看见鲍平礼貌地打开车门，把吴婵扶进副驾驶座。

就好像有第六感，鲍平抬起头来，看见李与非。他脸上浮起笑容，像一个胜利者一样，向李与非挥了挥手。

与非站在窗前，傻傻地看着车子绝尘而去。他原本迟钝的感情，缓缓体会到一点疼痛。

不知道什么时候，孟途走到他身边，安慰地拍了拍他的肩膀："明天约也一样，不就是520加1嘛……"

"门当户对。"与非突然简洁地说。

"什么？"

与非懒得解释，无精打采地走掉。

与非清楚地记得，那是吴婵和他一起招聘的时候讲的话："招聘跟结婚一样，讲究门当户对，就像《红楼梦》里说的，人家是金，你也要拿玉来配,不然为什么跟着你。"

人家是金,他李与非有什么玉来配?有的不过是几次接近赤字的财务报表而已。

鲍平和吴婵吃着饭,他看似无意地问:"星丛为巴比伦设计的芯片,进行到什么地步了?"

"已经去流片了。"吴婵也看似无意地回答。目测鲍平没听懂"流片",又跟他解释了一番。

鲍平打趣:"你现在真是半个专家了。"

"我现在每天跟一群专家待在一起。"

"一群吗?我以为只有李与非一个专家。"鲍平意味深长地说。

吴婵看了他一眼,也意味深长地回答:"这个行业靠一个两个专家根本是不够的。当然,人以群分物以类聚,也只有他那样专业的人,才能吸引更多志同道合的人在一起。"

鲍平凝视着吴婵。她看似公允的一句话,仍然忍不住露出一丝骄傲的表情。那个男人,那么让她骄傲吗?

吃完饭回到家,鲍平看了下时间,算来美国那边还不到睡觉时候,就拨通了费尔德的电话,跟他汇报了"星丛二号"的进展。

没想到费尔德毫无兴趣:"你不用那么担心,我从来就没把星丛当作对手。他们还没这个资格。"

"可是,我们中国有句古话:不怕一万,就怕万一。"

"他们连万一的机会也没有。他们找不到中试线。"费尔德愉快地大笑。

鲍平也只好跟着笑,心里嘀咕:你倒是给解释一下,什么叫做中试线?好像我听得懂一样。

第二天,星丛内部也讨论起中试线。

吴婵问:"什么叫中试线?"

李与非解释:"就是小规模流片之后、大范围商用之前要做的一个测试,相当于让芯片走一圈模拟生产线。主要是测试芯片的稳定性和磨合工艺,摸索如何大规模生产。"

吴婵说:"那很好啊,我们就去上中试线。"

李与非摇头:"上不了。全世界光子芯片中试线只有两条,一条在美国,一条在欧洲。我刚才打电话问过,这两家都已经加入迪迈的核心技术保护联盟,不会跟我们合作。"

星丛的众人都陷入忧虑。走到现在,真是一波未平一波又起。

费尔德毫不客气地指示鲍平:星丛方面不用他担心,他只要赶紧找些大客户,把迪迈的中低端产品尽快倾销出去,就够了。

鲍平心里恼火:什么中国公司总裁,费尔德不过当他是个高级销售代表罢了。但表面上还是恭敬答应。

鲍平约了吴娟吃饭。天信依然是他能够想到的最合适的合作对象或者说"倾销"对象。以天信现阶段产品的技术含量,迪迈的芯片已经足够了。因此,虽然上次被吴项冬数落了一顿,鲍平内心并无愧疚。也许多劝说几次,那老头子就同意了。

没等鲍平开口,吴娟落座就说:"你听说了吗,我爸爸竟然说动了天信那些董事们,投资了我姐的公司!"

"星丛?"

"名字我也记不住,就是那个做芯片的!"

鲍平想起吴婵的话,纠正:"他们不是做芯片,他们是做设计。"

"有什么区别?"吴娟不耐烦地说,"反正我跟你说,我爸现在真是老糊涂了!我姐离开天信这么久了,还要给她塞钱。拿他自己的钱去贴补他这个宝贝女儿就算了,这可是公司投资啊!他也不怕全公司上下说闲话!"

"吴伯伯不像是做事欠考虑的人……"

"当然啦,他走过程序的!找了那个什么李阿飞的……"

"李与非。"

"你怎么什么都知道?对,李与非,找他过来给所有董事做了一个智

293

能家居产品的技术报告。然后就一致通过投资决定,现在钱都到账了!真不知道我爸在背后做了多少工作,提前游说了多少人,否则那帮董事哪有那么好哄?"

鲍平沉思了一会儿。他想到拜访冯伯君的事情。李与非这小子好像是运气不错。吴项冬还真不一定在背后游说过。但这话他当然不能讲给吴娟。吴娟这妮子头脑简单、心浮气躁,他只需稍加引导,就能形成同仇敌忾的联盟。

"你姐的这家公司,现在是我的竞争对手呢……"鲍平做出一副委屈的样子。

"不会吧?迪迈不是全球第一的公司吗?连我都听说过。"

鲍平摇摇头,显得无可奈何:"我也想不通小婵什么意思。现在夫妻俩踏入同一个行业,应该互相帮衬才对,没想到明明迪迈已经谈好的生意,偏要跟那小子横插进来。我真的很为难,帮她也不是,不帮也不是……"

"那小子?"吴娟眨眨眼,突然得到什么启示,"我说准姐夫,你就从来没有怀疑过吗?我姐为什么那么热心帮那姓李的小子?你……该不会已经被绿了吧?"

鲍平正义凛然地呵斥:"你别乱猜!小婵绝不是那种人!"

吴娟冷笑:"你就这么放心!那李与非真够鸡贼的,利用我姐,从天信捞钱?"

"你姐的人品我是相信的。不过照你这么说来,如果李与非居心叵测的话,上次吴伯伯拒绝跟迪迈合作,会不会也是他在背后捣乱?"

吴娟立刻相信:"对啊!我怎么没想到!天信要是跟迪迈合作了,哪里还有他一个小破公司什么事?"

鲍平叹气:"唉,连输两盘啊!我到现在都不知道怎么跟美国方面交代!"

吴娟同情地看着鲍平。他还有空操心美国呢。在吴娟心目中,李与非和吴婵的私情已经是板上钉钉,那么鲍平不光输了生意,还赔了夫人。家有红杏出墙而不自知的人是最容易引发女性正义感的。吴娟立刻义愤填膺地说:"姐夫,你放心,我再去帮你推一推,迪迈这样的大公司找上门都不合作,不是笑话吗?"

"小娟你千万别为难。吴伯伯如果已经决定要帮你姐姐,你再去找他不是自讨没趣吗?"

鲍平一句话正中吴娟痛处,吴娟忿忿地说:"单姐姐是他女儿,我就不是他女儿!我倒要看看,他怎么拒绝我!"

吴娟没想到,吴项冬竟然直截了当拒绝了她,而且是当着所有管理层的面。

也怪她考虑欠妥,事先没有跟吴项冬商量,直接在公司高层会议上提出与迪迈全面开展合作。

吴项冬问:"他们拿出新产品了吗?"

吴娟有点发愣。上次迪迈被拒,她没有跟进,所以并不知道迪迈当时承诺提供的是旧款芯片。被吴项冬一问,一时不知道怎么回答。

吴项冬心里责怪这孩子太草率,摆了摆手,不想再谈。

偏偏吴娟一心以为父亲偏袒,追问道:"就算不是新产品又怎样,迪迈这么大的公司,哪方面不比星丛这样的初创公司好?为什么您不选迪迈,偏偏选星丛?"

吴项冬压着火,说:"这不是我的选择,是所有董事会成员的选择。"

"真的吗?您确定就没有……"

"出去!"吴项冬在她没有说出太出格的话之前,打断她。

吴娟愣住了。父亲即便在私下也没有对自己如此疾言厉色过,何况是当着这么多人的面。她已经看到角落里有几人露出坐看好戏的表情。吴娟咬了咬牙,忍住要哭出来的冲动,大步走向门口,正好跟推门进来的秘书撞了个满怀。秘书手里的文件撒了一地,看到吴娟阴沉的脸色,吓得也不敢说话。

吴娟直接开车回家,跑进自己的卧室。

谢雪华闻声进来。吴娟向母亲哭诉在公司经历的一切。谢雪华一时也怒气上头。过了一会儿压了下来，反倒跟女儿说："今天这事儿确实是你不好。"

"连你也怪我！到底还有没有人疼我！"

谢雪华抚摸着吴娟的头发，柔声说："我当然是疼你的。除了我还有谁疼你呢！你错就错在不该去讨你爸爸疼，更不应该在公司讨！"

吴娟问："什么意思？"

谢雪华的声音一点点变冷："你想得到什么，不应该像个乞丐一样讨，你要去争！像一头老虎、一头豹子一样去争！"

吴娟抱怨："我讲话都没人听，你让我怎么争？"

谢雪华淡淡说："傻孩子，那我们就争取有人听嘛。"

吴娟这才听出话外之音："妈你的意思是？"

"天信到今天，我没功劳也有苦劳。我是为了避嫌才没进董事会，真当你妈一点能量也没有吗？董事会那一拨老家伙，有几个还是我介绍给你爸爸认识的。公司决议一人一票，你要人家听你，你一个个把票拉过来就是了。"

吴娟听母亲讲得自信，禁不住由悲转喜。

谢雪华看着墙上挂着的大幅照片，那是吴项冬和谢雪华、吴娟三人的合影，是吴婵在英国的时候拍的。谢雪华久久凝视着这张合影，露出志在必得的坚毅表情。她谢雪华走到今天，何尝怕过争。

谢雪华迅速在心里列了份名单。几个资格老的董事本来就是旧交，几乎不用费什么功夫，点到即止；几个董事本来就和吴项冬不对付，也几乎不需要费什么功夫；几个老头子有把柄抓在她手里；几个贪财贪利的，几个胆小怕事的……摸透脾气都能拿下。

谢雪华带着吴娟私下里一个个会见董事们，结果都如预期一般令谢雪华满意。

剩下几个以老关为首的吴项冬的死党，那只能擒贼先擒王了。

谢雪华和老关的夫人向来私交不错，约着逛了两回商场，做了几次美容,在关夫人面前倒了不少苦水。在确保拉到关夫人的同情票之后,谢雪华趁着吴项冬出差,约了老关。

谢雪华诚恳地拉着女儿,请老关多提携。老关也一口答应。谢雪华自觉相谈甚欢的时候,一人走过来,落座。竟然是吴项冬。

老关打哈哈:"我着急找你家老吴打牌,这不他刚下飞机就被我拖这儿了。"

谢雪华脸色发青,知道被老关这只老狐狸出卖了。死党就是死党,自己还是太大意了。

三人一回到家,吴娟就识趣地上楼躲了起来。

谢雪华把包往沙发上一扔,冷冷地说:"你有什么话要说,直接说吧。"她不确定吴项冬掌握了多少信息,更不知道他现在心里怎么想,索性先发制人。

没想到吴项冬走到她身边坐下,揽着她肩膀说:"一家人,有什么好说的。"

谢雪华哭起来:"你也知道是一家人!你是怎么对小娟的!我看了不心疼吗!"

"从你嫁过来,我就说过,我对两个女儿一视同仁,是你自己一直有心结。再说了,你心里有话,先对我讲。公司这么多人,这么多关系,你又不是不知道。传出去,不定别人怎么想。"

谢雪华心里了然。这段时间她和吴娟会这人见那人,吴项冬都看在眼里,不过装糊涂罢了。谢雪华顿时又羞又怒又委屈,自己就像被耍了一圈而不自知的猴子。她忍不住爆发:"原来你一直在监视我!是我有心结还是你有戒心?你从来就没有把我和小娟当自家人!你自己拍胸脯问问,你对小娟跟对你大女儿一样吗?你对我跟对你老婆一样吗?"

吴项冬有个好处,谢雪华发脾气的时候耐心出奇好。谢雪华吼一句,他就不紧不慢跟一句,摆事实讲道理,让谢雪华觉得自己每次不光输了理,还输了气势。一顿架还没吵酣畅,吴项冬被电话叫走,留下谢雪华一个人对着空客厅发火。

李与非接到一个来自东鼎市的电话，自称是东鼎市微电子研究院负责人，告诉他东鼎市刚刚建成通线一条硅光子中试线，邀请他来参与试运行。

李与非冲口而出："你是骗子吧。你们业务能力还挺强啊，中试线都知道。"

对方哈哈大笑，笑完问："你不是东科大06级的李与非吗？我叫高超，99级的，我毕业的时候你还没入校呢。"

李与非一愣，竟然是师兄。

李与非第一时间赶到东鼎市，见到师兄高超。"你们将成为第一家试用的客户，我会向院里申请，收你们最低的费用。"高超豪爽地说。

李与非紧紧抱住师兄："谢谢师兄！"

高超把他推开："别抱这么紧，俩大男人，你也不肉麻！"

与非直率地说："肉麻。可我怕不抱紧点，你刚才说收费低的话就不算数了。"

费尔德催业绩催得急，鲍平再约了吴娟。正好吴娟正郁闷，索性叫了母亲同去。

谢雪华一起赴约让鲍平有点意外。他很快猜到母女俩一定在吴项冬那里碰了钉子。

鲍平索性绝口不提生意，像个好闺蜜一般，对两位女性嘘寒问暖。吴娟本来就是直性子，心里有什么话就不遮不拦讲出来。谢雪华本来还端着长辈的架子，但毕竟是失意中的女性，语气里总归忍不住带出些幽怨。

鲍平套问了几句话，便印证了自己的猜测。这对于鲍平，既是坏消息也是好消息。坏消息是母女俩在天信都不能做主，好消息是自己正好把谢雪华也拉到统一战线来。

鲍平同情地说："真是家家有本难念的经。没想到伯母跟小娟在天信这么受委屈。"

谢雪华哼了一声:"还不是你未婚妻能量大。"

"我也很久没见小婵了。她现在一心都扑在那个什么星丛上。"鲍平撇清关系,把自己摆在一个中立而无辜的位置。

"对呀,姐姐拿天信的钱去贴补她的新男友。"吴娟顺着鲍平的话推论。

男女关系永远是社交助燃剂。谢雪华顿时来了精神:"什么新男友?"

吴娟把她对吴婵和李与非现阶段掌握的证据讲给母亲。

谢雪华同情地看着鲍平:"小婵这回太过分了!这么大的事情你怎么不告诉我们?"

"小娟也只是猜测,我相信小婵不会这么对我。"鲍平知道越维护吴婵越能为自己博同情。

谢雪华迅速理清了思路:"吴项冬拿钱给亲女儿就算了,怎么都是一家人。现在小婵鬼迷心窍拿钱给外人,我们怎么也不能看着她上当受骗。"

鲍平说:"要不好好跟伯父说说?"

谢雪华摇摇头:"没用。现在这父女俩都中了那个什么李与非的蛊。我试过了,说不通。"

吴娟愤愤地说:"还是应该从爸爸手里夺权的,可惜这次被他发现了。"

谢雪华瞪了吴娟一眼。毕竟家丑不可外扬。

吴娟理直气壮:"妈,你还避讳什么啊,姐夫也是受害者,我们一条战线,多一个人也能多想个主意。"

谢雪华叹了口气,不再说话。

吴娟于是把母女俩如何试图"策反",却被吴项冬及时制止的事情告诉鲍平。

鲍平考虑片刻,说:"看来现在不能走常规路子了……"

吴娟问:"那有什么非常规路子?"

鲍平试探地说:"我们打个比方,外国的总统,如果在野党和民众不满意,就可以进行弹劾。这时候你就要抓住此人最大的把柄去打击,比如受贿,比如男女关系,让他自己都无话可说。"

吴娟没听懂:"什么意思?"

谢雪华沉吟不语。

谢雪华没有第一时间呵斥鲍平,鲍平就知道自己的话已经打动了她。他看谢雪华兀自思考,知道她有顾虑。要拿着吴项冬的把柄削他的权,毕竟是她从来没想过的事情。更何况万一被吴知道,后果不堪设想。

鲍平于是加了一句:"其实,要拿出个证据来,也不用自己出面的。也不需要太多人知道。"

谢雪华沉吟不语。

鲍平索性以退为进:"我只是随便说说,伯母听过就算了。或许这家小公司真的很优秀,吴伯伯有心投资。以后做大了,天信说不定就转行做芯片了,挺好,国家正扶持。"

谢雪华思考鲍平的话。她才不会相信吴项冬投星丛是因为它太优秀,但鲍平后半句话也不是全无可能性。万一吴婵跟外面的人联合,弄个空壳公司,慢慢从天信转移资金呢?等到吴婵把天信掏空的那一天她和吴娟就太被动了。

谢雪华的表情逐渐坚决。

星丛正在开例会的时候,吴婵带着吴项冬来考察。

李与非等起身迎接。孟途在李与非耳朵边叮嘱:"这可是金主爸爸,殷勤一点!"

李与非会意,殷勤地跑过去握手:"爸爸好!"

吴项冬还没说话,吴婵脸先红了。

李与非向吴项冬汇报进展,目前芯片正在中试线上流片。

"你们搞设计的,不是只画画图就可以了,怎么还要负责流片?"

"只画画图拿您那么多钱干什么。"李与非直率地说,"芯片设计还包括软件和基本原理验证。我设计再花俏,拿到生产线上做一个坏一个,那有什么用。"

"听小婵说,你们设计的是硅光子芯片?这跟传统芯片有什么不同?"

李与非每次被问到专业是最欢喜的时候，他深吸一口气，像绕口令一样背出来："硅光子集成电路，就是以硅和硅基衬底材料作为光学介质，通过集成电路工艺制造相应的光子器件和光电器件……"

刚背了开头，李与非看见吴项冬身后的吴婵向自己皱眉摇头。他愣了几秒钟，马上意识到自己太专业了，立刻换了说法："简单地说，就是在芯片上用一部分光路代替电路，这样就能大幅度减少电能消耗，因此传输速度更快，成本更低，功耗更小。"

吴项冬饶有兴趣地点点头："听起来光子芯片比原来的芯片好太多了，为什么不大规模生产呢？"

"现在还有很多技术难题没有攻克，比如最突出的就是工艺问题。"

"工艺？"吴项冬抬了抬手里的茶杯，"造芯片又不是做茶杯，怎么还能被工艺难倒？"

"不是这么说。就拿做茶杯打比方，您听说过竹丝扣瓷？"

"竹丝扣瓷你也知道？"吴项冬有点惊奇。

"我父亲也爱喝茶，听他说起过。"

吴婵反倒不懂，吴项冬解释："竹丝扣瓷是做瓷器的老手艺，清朝中期兴起，现在快失传了。就是拿景德镇名瓷作内胎，外面用细竹丝手工编织。竹丝很讲究，百斤上等原竹只能抽取八两竹丝。扣好之后，竹丝和瓷器紧密结合，所有接头之处都要做到藏而不露，浑然一体，天衣无缝。"

李与非说："没错！光子芯片也是这个道理。基础材料是硅，就好比景德镇瓷；还要添加新材料才能走光路，这就好比瓷器上缠竹子。第一你要选材，竹子太脆不行太韧也不行；第二你要讲究手艺，缠得太密不行太稀也不行；第三你要考虑实用，扣到瓷器上能防烫隔热，不能只顾着好看；第四你还要考虑成本，缠金丝上去，老百姓用不起，也卖不出去。"

吴项冬露出笑容："小伙子，我问过那么多人，就属你讲得最清楚明白！"

"我知道！"李与非一得意就忘形，"吴婵给我看过你们公司很多项目书，就是搞得花哨一点，讲点没用的废话，否则大家看不懂。"

吴婵咳嗽两声。李与非关心地问:"怎么了?"

吴婵没好气地说:"被水呛到了。"

"我去给你换一杯。"李与非颠颠地捧着茶杯跑了。

吴项冬笑眯眯地说:"这小伙子傻乎乎的,倒是很诚实。"

吴婵没有立即回答,吴项冬转过头,发现女儿看着李与非的背影,满脸红晕,显然没有听到他刚才的话。吴项冬从来没有看到过吴婵这种表情,像个背着老师和家长早恋的中学生,一脸小女儿的期待和羞涩。

吴项冬心里一紧。这从未看到过的表情,是否意味着女儿将走向一段从未经历过的感情,是否会为她带来从未体会过的困扰呢?

吴项冬找了个吴婵不在的空档问李与非:"你是单着的吗?"

"单?"李与非愣了一下,马上回答,"是啊,芯片用的都是单晶硅,多晶硅导电能力不行。"

吴项冬气乐了。

这时候他手机响了:"吴项冬先生吗,这里是税务局。请您方便时候来一趟协助调查。"

吴项冬以为是诈骗电话,正想挂,对方说:"有人举报天信集团广州分公司在2017—2018年间存在重大偷税漏税问题。"

吴项冬怔住了。

第 25 章　两款芯片的巅峰对决

巴比伦公司通知鲍平，请他将迪迈设计的芯片寄过来，供第三方技术人员评测。

"我们会将评测报告和比较结果尽快告知您。"对方礼貌地说。

"比较结果？"鲍平追问，"跟谁的比较结果？"

"星丛。"

"什么意思，你们不是直接采购迪迈的产品吗？"

"您不记得了吗，上次与迪迈签订的只是意向协议，我们后来给贵公司发过一份补充邮件，当时也收到了您的确认。除了贵公司之外，我们与星丛科技也签订了意向协议。两家公司的产品我们将通过第三方专业机构测评，比较之后择优采购。"

鲍平问："星丛的芯片已经设计完成了？"

"是的。'星丛二号'。"

鲍平隐约感到一丝不安。当初跟吴婵、李与非一起去找冯伯君的时候，他确实没有预料到星丛竟然真的有勇气正面挑战全球最知名的大公司，更没想到它真的有能力做出产品来。

鲍平在视频会议上向费尔德汇报的时候，他也很惊奇："合同不是早就订了吗？中国人怎么一点契约精神也没有？"

鲍平解释："当初确实签的只是意向协议。"

费尔德大声质问："你为什么没有告诉我？"

鲍平说："每一份协议都是您亲手签字的。"他也有点恼火。费尔德自己忘得一干二净，现在甩锅甩得干脆。还不是他根本没有把国内的竞争对手放在心上，太托大了。

费尔德结束视频会议，叫来总部的技术总监，询问为中国订制的芯片怎么样了。

"三个月前跟您汇报过，光放大器集成不够，所以传输速度还没有达到预期值。"

费尔德看了一下报告，自信地说："这速度已经破了目前的世界纪录了。放轻松，你以为中国人要求有多高呢？"

费尔德指示手下把芯片样品寄给巴比伦公司，也没有放在心上。一个月以后，他收到巴比伦公司的邀请函，请他来中国参加公司主办的"'无与伦比'科技创新高峰论坛"。邀请函后面附信说，巴比伦公司将在主论坛上公布次年的技术合作伙伴。

费尔德接受邀请的时候也没有太在意。不过是一家公司的年会而已，中国人向来喜欢讲排场，他早有耳闻。

然而，当他傲然走入会场，看到四处遍布的指示牌、眼花缭乱的分论坛信息、摩肩接踵但有条不紊的人流，着实吃了一惊。主持人介绍，这是场近三千人参加、一百多场主题发言、几十家媒体同时报道的盛会。参会人员都是来自半导体行业的科学家、研究人员以及物联网、金融科技、人工智能、区块链技术等行业的企业家。

费尔德十分意外。这帮中国人好像不只是在摆排场，好像他们真的在做研究，真的想把事情搞好。这个不太妙。

记者们发现了费尔德，很快把他簇拥起来，拥着他往台前走。

李与非被潮水般的记者们撞到一边，看着费尔德像明星一样，从他身边走过。

李与非和吴婵、赵峰等人找到位置坐下。他们远远看着费尔德接受采访。

"迪迈将与一家本土公司同台竞争，请问您怎么评论这件事？"一名记者问。

费尔德从容中带着些许傲慢："我们欢迎任何公司来挑战迪迈。"

另一名记者问："我注意到您用了'挑战'这个词，您并不把这家公司当作您的竞争对手吗？"

费尔德笑了一笑作为回答。

"请问您怎么评价贵公司的光子芯片 Genesis 1？"

"Genesis 就是开端的意思，我认为，它开创了光子芯片元年。"费尔德志得意满地说。"我们内部测试结果表明，它各方面的性能都刷新了纪录。"

记者们发出一片赞叹声。

吴婵和赵峰等人担心地看了一眼李与非。"星丛二号"在中试线上流片成功之后，他们并没有机会收集迪迈的信息，跟迪迈的产品相比是优是劣，谁心里都没有底。看到费尔德如此自信，大家不免有点担忧。

茶歇的时候，李与非看到饮料台上还有最后一杯橙汁，伸手过去拿，却和另一只手碰在了一起，是费尔德。

李与非礼貌地做了个"请"的动作。

费尔德却不接受谦让。一名侍者及时走过来，递上一杯香槟。

费尔德举着香槟，毫不掩饰轻蔑："年轻人，你必须成为第一，才会像我这样，永远都有人献上最好的资源。"

李与非一笑，拿起台面上那杯橙汁："我本来就只想喝橙汁。我们现在各取所需，不是最好的结果吗？"

费尔德冷冷地说："你不是每次都这么幸运。"

李与非还是坦然笑着："好在我从来没有祈求过幸运。我们中国人说，谋事在人，成事在天。"

费尔德冷哼一声走开。李与非这才长出一口气。如果这世上还有一个人能破坏他的初心，那就是费尔德。星丛可以输给迪迈，李与非不能输给费尔德。

巴比伦的技术总监走上讲台，会场顿时安静下来。大家都知道，对决的时间到了。

技术总监首先请费尔德和李与非分别代表自家公司简单介绍各自产品的设计特点。

费尔德脸上是一贯的骄傲，说："Genesis 1 目前是全球唯一一家采用内置混合集成激光器＋硅调制器的方案生产的光子芯片，因此体积更小，能耗更少，传输更快。"

懂行的人们都发出赞叹。在此之前，研发光子芯片的公司采用的都是外置激光器和硅调制器方案。

李与非讲话的时候，人们还没有从惊叹中恢复过来，他只能在嘈杂声中说："'星丛二号'采用了自有专利的光放大器集成技术，并且增大了硅光子可实现的互连密度。"

记者们听到"自有专利"的字眼，开始交头接耳。

"自有专利？又是吹的吧？"

"等会儿结果就出来了，看是拍手还是打脸吧。"

巴比伦的技术总监接着说："我们提前一个月已经分别拿到了两家公司的芯片样品，交由西班牙一家专门评测芯片性能的第三方机构来评估。现在我们将评测结果公示出来，我们将选择综合评分最高的那一款产品，与这一家公司当场签约合作。"

技术总监示意打开讲台上的大屏幕，两款芯片的模拟图出现在屏幕上。

技术总监说："我们暂且不公布两款芯片分别属于哪个公司，把第一款芯片称为 A 芯片，把第二款芯片称为 B 芯片。连我自己都不知道哪款芯片会最后胜出。"

台下一片安静，静静地等着。

技术总监说："我们从能耗比、光损耗率、集成规模和传输速度四方面来评判。我们以 A 芯片四方面的测评数据为基准，再看 B 芯片与它比较的结果。"

众人的目光都落在大屏幕上。

大屏幕出现一条条的对比数据，伴随着技术总监的讲解："B 芯片的能耗仅为 A 芯片的二分之一，光损耗率为 A 芯片的百分之七十，集成规模……天哪，集成规模为 A 芯片的二点六倍，传输速度为 A 芯片的三点三倍！B芯片在各方面评测结果都优于A芯片，B芯片设计公司全方位胜出！现在的问题是，B是哪一家？"

助手走上台，把一只信封递给技术总监。总监一边开信封一边说："真是激动人心的时刻，感觉像奥斯卡颁奖啊！"

观众们凝神屏息。

总监宣布："B芯片是由——迪迈公司设计！有请迪迈全球总裁费尔德先生上台！"

掌声响起，但不太热烈：这结果并不出乎意料。

吴婵转头看李与非。他垂下头，不知道在想什么。吴婵把手伸过去，悄悄握住了他的手。李与非一惊，抬起头来，看见吴婵温柔地注视着自己，那眼光不是在看一个打败仗的士兵，而仿佛是在看一个共患难的亲人。她一句话也没有说，但也不必说，她的眼神已经给予李与非最大的支持和力量。

昂扬的音乐响起，追光灯打在费尔德身上，大屏幕上也显现出费尔德的特写。费尔德面无表情，甚至还有些冷峻，走到台上。

他对台下说："这个结果并不让我感到意外，说实话，在座所有人，有谁意外呢？"

台下一片静默。他说的是实话，但所有在座的中国人，即使抱着看热闹的心情，此时也无法置身事外，总是讪讪的。即便开始就猜到本土公司会输给全球第一，但费尔德这样公然的鄙视，毕竟让人意难平。

技术总监宣布接下来是巴比伦公司与迪迈公司签约仪式。巴比伦公司总裁在音乐声中笑容满面走向费尔德。他远远就向费尔德伸出手去。

还没等四手相握，音乐突然戛然而止，追光灯也灭了。总裁定住，一脸迷惑。讲台一角，技术总监和几个助手悄声而热烈地讨论着什么。

台下人群发出轻微的骚动，大家都莫名其妙。

几秒钟后，技术总监匆匆走到总裁身边，耳语了几句，总裁露出"什么，我家狗死了你现在才告诉我"的表情。技术总监抓起话筒，尴尬地说："对不起，对不起，刚才后台操作失误！信封装错了，B芯片的设计公司是星丛科技有限公司！巴比伦明年的合作方是——星丛科技！"

这次台下连掌声也没有了。观众、记者、舞台工作人员、李与非、吴婵等星丛成员，全都懵了。整个会场一片沉寂。

技术总监看大家没反应过来，尴尬地开玩笑："这下真的像奥斯卡颁奖了，闹了一出乌龙。"他举起手里的卡片，大声说："以我这次宣布的为准，这次芯片大比拼的获胜方是星丛科技！我给大家念一念报告书的最后一段：星丛科技自有的光放大器专利，实现了光放大器大规模集成，大大降低了能耗、提高了传输速度，是中国国产光子芯片第一次实现世界性的突破！这是个奇迹！奇迹！你们看，白纸黑字写着呢！"

会场静默了最后一秒钟，突然爆发出排山倒海的欢呼。所有在场的中国人，无论刚才是以怎样的看客心情，此时都不由自主感到骄傲。

许多人这才反应过来。音乐重新响起，摄影师赶紧重新调整机位，用镜头从人群中找到李与非。大屏幕上显现出李与非的特写，这家伙还在傻乎乎地握着吴婵的手，完全没有觉察到周围人声鼎沸。吴婵脸红了，急忙把手抽回来。赵峰扑过来抱住李与非，顺便在大屏幕上比手势、抢镜。

李与非就这样糊糊涂涂被大家推到台上。技术总监为了弥补刚才的大过失，热情地问："李总，你率领的团队创造了国产芯片的奇迹，现在是不是你觉得最幸福的时刻？"

李与非此刻还没搞清楚情况，傻乎乎地回答："不是。我觉得最幸福的时刻是刚才。"

技术总监以为没听清楚："刚才，你是说，我宣布迪迈获胜的时候？"

李与非点点头。

新晋明星CEO不按套路发言，所有人听了都愣住。技术总监更是惭愧，悄声说："刚才是我摆乌龙，你就别揪着不放了好吗？"

只有一个人听懂了。台下，只有吴婵羞红了脸，低下头去悄悄笑了。

记者们汹涌上前，把李与非团团围住。

谁也没有留意到费尔德被晾到一角，只好自己走下台来。费尔德转回头，刚才簇拥着自己的那群人，此刻把李与非拥在中心。

这是费尔德一生都没有经历过的屈辱。

天信的员工们一早走进公司大楼,就感觉到气氛不对。部门经理以上的领导都面容严肃,如临大敌。再一看,财务部多了几名穿税务制服的人员。

消息很快传开:天信公司被匿名举报曾偷税漏税,现在税务部门派工作人员进驻公司查账。

这账一查就是两周。天信专门为此召开了董事会。

一名董事首先发问:"税务查账究竟要查到什么时候?有几家竞争对手已经听到风声了,要不是我跟媒体关系好,拼命压着,早被人拿着大做文章了!"

另一名董事叹了口气:"现在网络这么发达,怎么压得住!"

有个叫杜杰的董事咳嗽了一声,说:"新税法出台之后,税务问题尤其敏感。这当口出这么大的事情,外面已经当丑闻在传了。"

这话指向性太明显,众人目光都落在吴项冬身上。

吴项冬镇定地说:"大家再忍两天,税务局的人跟我说,再有个一两天就结束了。"

杜杰说:"谁知道那帮人是不是缓兵之计,就算真照他们的说法,一两天就走了,这事能结束吗?闹了这么多天,天信的声誉已经毁了!我们先不说外面怎么看,现在来问问公司内部。怎么会出这么大的漏子?漏缴的税款哪里去了?这是不是就是全部?公司是不是还有其他漏洞是我们这些董事不知道的?"

这几句话很有力,其他董事开始交头接耳,看向吴项冬的眼光充满怀疑。

吴项冬还是很平静:"那么照杜总的意思,现在应该怎么办?"

杜杰大声说:"偷税漏税这么严重的事情,公司总负责人难逃其咎!我现在要求从公司内部全面彻查!彻查期间,吴总你不适合继续留在这个位置!"

有一半人吃了一惊。撤销董事长兼总经理实在是不得了的动议，何况天信就是吴项冬一手创立的。也有一小半人只是略显不安，并没有表现出太大的惊奇，似乎是早有预料。

吴项冬扫视了一圈，众人的表情都没有逃过他的眼睛。吴娟坐在一角，低头不说话，也不看他。

吴项冬不慌不忙："杜总担心的有道理。我本来想再等两天，让税务部门直接来跟各位董事说明，比我自己解释更好。不过既然大家对公司都这么关心，那我现在就来解答。"

他拨通桌上的内线电话，让秘书叫财务总监进来。吴项冬对财务总监说："你把情况跟各位董事汇报一下。"

财务总监看来早就接到过吴项冬的指示，他胸有成竹地把手里的账本摊开放在桌上，朗声说："广州分公司2017—2018年曾迟缴一年税款，数额达1.3亿元。原因是广州分公司在此之前曾与当地政府签订协议，享受三年税收优惠政策，2018年优惠到期，因种种原因未能及时补缴。在与当地税务部门沟通之后，已于2019年上半年补齐全部税款。近日税务部门在我公司核查后证明我公司并无偷税漏税行为，稍后会将详细的情况说明交给我公司。"

财务总监汇报的时候，吴项冬留意着众人的神情。正如他所料，一半人欣慰，一半人惊异。吴娟就是惊异的那一半。她的眼光偶然与吴项冬相遇，瑟缩了一下，急忙转开去。

回到家，吴项冬把吴娟叫到跟前。

"这次查税，虽然没出什么问题，但确实给公司上上下下带来很不好的影响。"

吴娟低头诺诺称是。

吴项冬缓慢地说："税务局的人告诉我，他们之所以会来查，是收到公司内部匿名举报。"

吴娟身子一缩，没有讲话。

"广州公司漏缴税款的事情，当时没几个人知道，除了我、财务总监，还有小婵，是她发现并且提醒我的。举报的这个人，只听说我们曾漏税，不知道我们补过税，所以不可能是财务，更不可能是我和小婵。我想到一个人，当时负责广州大客户推广的，她跟广州的政府部门打交道，应该会听说这件事。"吴项冬的声音变得低沉而严厉，"那人就是你，小娟。"

吴娟抬头看见吴项冬凌厉的目光，不由全身一颤。她伸出手，抓着吴项冬的胳膊求饶："对不起爸爸，我不是故意的……"

吴项冬甩开袖子，大声说："你不是故意的？这是举报啊！不是口误！"

吴项冬从来没有如此疾言厉色对待吴娟。

门推开了，谢雪华走了进来，也不知道在门外站了多久。她把吴娟拉到身前安慰，转头不满地对吴项冬说："你发那么大火干什么，小娟在公司那么多年，没功劳还有苦劳！"

吴项冬一拍桌子："你来得正好！这件事我猜就是你的主意！你们两个人偷偷在下面拉拢董事，我睁一只眼闭一只眼也就算了，现在竟然想耍手段把我拉下台？你到底什么居心？"

谢雪华见吴项冬已经说破，索性打开天窗说亮话："对！我们就是想趁机拉你下台！这么多年来，我和小娟对你对公司尽心尽力，我们得到什么？你心里只有你大女儿，只有你死去的老婆！"

"你这说的什么话？"

"我说错了吗？吴婵在天信，你什么都听她的；现在她走了，你还巴巴地把天信的钱往她外面的公司送！我要是不想办法拦着，她迟早都会把整个天信骗走！"

"你！你怎么这么糊涂！"

"是，我糊涂了多少年了！所以我不能再糊涂下去了！天信不是你想给谁就给谁的，也有我的份！也有小娟的份！"

吴项冬气得浑身发抖："我不跟你争！我明确告诉你，天信永远都不可能交给小娟，她不够格！更不用说你了，你连想都不要想！"

谢雪华愣了片刻，一把抓住他，骂起来："吴项冬，真没想到你是这么个没良心的混账!"

吴项冬甩开她的手,转身往门口走。他把手搭在门把手上的一瞬间,突然停住了。过了几秒钟,他身子一颤,慢慢滑倒在地上,痛苦地抽搐起来。

谢雪华和吴娟都是一惊。吴娟急忙跑过去,蹲下身子推吴项冬:"爸爸,爸爸,您怎么了?"

吴项冬双目紧闭,脸色红得可怕,身体不停抽动。

吴娟吓坏了,奔过去抓起电话打算拨120,一只手伸过来,挂断电话。吴娟抬头,看见谢雪华阴沉的脸色。

"妈你干什么,赶紧叫救护车啊?"

谢雪华沉声说:"等一会儿。"

"还等什么?"

"他这是中风,六小时之内施救不会有生命危险。"

"那为什么不救?"

"这没你的事,你先出去,准备一下你爸爸住院用的东西,这里交给我。"

"妈!"

"照我说的做!"谢雪华厉声说,"我自有分寸!"

吴娟吓得一抖,不敢说什么,乖乖走出去。

谢雪华慢慢蹲下来,看着躺在地上抽搐的吴项冬,好像对他也好像对自己说:"天信永远都不可能交给小娟,也不可能交给我?吴项冬啊吴项冬,你也太狠心了!"

谢雪华的脸色阴冷而坚决。

费尔德把脚翘在办公桌上,冷冷地看着电脑。各个网站的科技新闻头条,都是李与非的大幅照片和长篇报道。

费尔德拨通技术总监的电话:"我们的光子芯片要超越'星丛二号',需要花多少时间?"

"我看不到他的设计,单从测试结果来看,我们要达到那几个指标,至少要一年。但一年中,'星丛二号'早就上市抢占先机了,我们再做出来也毫无意义。"

费尔德想了一下,问:"那还有别的什么办法?"

技术总监说:"除非…除非用什么办法,能拖着他们的芯片不能上市。"

挂断电话,费尔德看着李与非的照片,长时间思考着。终于,他拨通了一个电话。

"彼特,我想我们都犯了一个错误。"

"什么?"

"我们太低估中国人了。"

"我从来没有低估过,他们有全世界最多最好的工人!产能太大了,市场太大了!"

"不,不。他们现在不止做低端生产这么简单。有那么一小部分中国人,现在走在科技的最前端。你还记得三年前被赶走的那个中国人,李与非?他和他的团队居然做出一款跟我们差不多的芯片!"

"差不多?那就是比你们还好了?我太了解你了。"

费尔德恼怒道:"他根本就不配跟迪迈比!不过是凭狗屎的运气暂时占领先机而已!"

"所以,你是来找我把他这点先机除掉,是吗?"

彼特在电话里沉吟片刻,问:"上次我派过去的那人如何?"

"她吗?"费尔德打开手机,调出一张照片,那是个金发碧眼的年轻女子,性感而不乏智慧,"简直太出色了!"

"而且还很……可口。"

两人不怀好意地大笑了。

第 26 章　美女间谍登场

李与非猝不及防地成了明星。

星丛每天电话不断，不是媒体就是投资人。占伟达带着几个员工负责接电话。一天的热线接下来，惜字如金的占伟达摇摇头，说了一个字："唉!"

旁边一名员工给刘布翻译："伟哥的意思是：唉，真是十年寒窗无人问，一朝成名天下知。"

刘布惊奇："伟哥还会作诗，了不起！"

这天，当地电视台约星丛主要成员接受采访。采访结束，秦舒阳提议一起去吃饭庆祝。舒阳的提议刘布一向当圣旨，还没出电视台大楼就已经订好了位置。

李与非一边走路一边兴冲冲和同事讲话，不小心和一女子撞到一起，对方低呼一声，手中的拎包被撞在地上。李与非急忙道歉，那女子抬起头来，一头金发，碧蓝的眼睛。

李与非一向认人过目不忘，何况此人是为数不多的跟他聊芯片不嫌厌倦的异性。

李与非惊呼出来："菲欧娜！"

菲欧娜又惊又喜，扑上去紧紧拥抱李与非，狠狠在他脸颊上亲了一记，李与非脸上顿时多了一只鲜红唇印。

星丛其他人本来在旁边嘻嘻哈哈讲话，只当李与非撞了个路人。菲欧娜这一抱一亲，所有人都迅速围了过来。

吴婵没说话，转过头去，权当没看见，实则全身的细胞都在倾听。

菲欧娜一直抓着李与非的手没有放开，激动地跟李与非叙旧。她告诉李与非,自己最近在中国做一篇深度报道。

与此同时,孟途悄声在跟周围的人打赌:"不出五分钟,李与非会把那姑娘带过来跟我们一起去吃饭。"

"好啊好啊!"刘布欢喜地说,回头一看秦舒阳嫌弃的表情,马上改口,"正好让我们秦教授教教她,什么叫品味!裙子也太紧了!"

吴婵迅速瞄了一眼菲欧娜的裙子,还真是,紧紧贴在身上,越发显得腰线玲珑,臀部浑圆。

舒阳不信:"不至于吧?我们可是自己人,内部饭局,就因为长得漂亮就能带进来,那李与非也太好色了。"

话音未落,李与非已经和菲欧娜走过来:"菲欧娜会跟我们一起去吃饭。大家没意见吧。"

秦舒阳偷看一眼吴婵,吴婵正望向别处,似乎没听见。舒阳哼了一声,拖着吴婵就走。

李与非纳闷地问孟途:"她们俩跑那么快是怕饭店没位置吗?"

孟途回答:"不是,是怕这里没位置。"

李与非照例没听懂。

事实证明,菲欧娜是饭局上最暖场的那种人,尤其是以技术男为主的饭局,她简直是完美的气氛催化剂。她跟李与非谈技术,跟孟途谈市场,跟赵峰谈论文,跟雷兵刘布这几个英文差的,就只睁着大眼睛听他们讲话,然后用简单的中文夸奖:"你好棒!"

菲欧娜理所当然成了中心,几名男性牢牢围着她。

吴婵和秦舒阳坐在一边。吴婵倒没表现出什么情绪倾向——表面上。舒阳吃一口菜就骂一句李与非。

"男人就这么喜欢女人主动吗?"舒阳悄声问吴婵。

"看样子是的。"吴婵淡淡地说。

"我这句话可不是疑问句。"舒阳别有深意地说。

"那你什么意思?"吴婵有点躲闪。

"在我面前你还不坦白点。"秦舒阳对闺蜜表示不满,"你就是端着,整天让别人猜。那个傻小子，他只研究电路，不会研究你大小姐的脑回路！本来你慢慢等也没关系，现在形势变化了。傻小子现在变成大明星了，随便打开个网页就看到他，难保不会有女生像这个一样贴上来。到时候他一个不留神栽在谁的石榴裙下，看你怎么办！"

"你别乱说，我对他没什么。况且，我的情况，你又不是不知道。"吴婵有意无意捻着手上的订婚戒指。

舒阳也看了一眼她手上的戒指："都什么年代了，还父母之命媒妁之言吗？这戒指你不想戴，谁还能硬套上不成？"

吴婵看了一眼相谈正欢的李与非和菲欧娜，轻声说："他们俩倒是有很多共同语言……"

舒阳睁大眼睛看着吴婵。

吴婵不自在地问："怎么？"

"吴大小姐……居然自卑了？"

"我……"吴婵想否认，知道舒阳也不会信，正想找个自欺欺人的措辞，手机响了。

是吴娟。

舒阳听到手机里的女声哭哭啼啼说着什么，吴婵听完脸色就白了。

饭局结束已经晚上九点多。菲欧娜提出想去参观星丛，收集一些素材，作为自己要写的中国报道的一部分。李与非高高兴兴答应。他习惯性地想招呼吴婵一起回星丛，却发现吴婵已经离开了。

李与非问秦舒阳："她怎么先走了？"

舒阳没好气地说："你现在才想起她？她父亲急病，她赶到医院了！"

与非一惊："严重吗？"

舒阳趁机发作："我怎么知道？你现在知道关心了？刚才不是吃得挺高兴的？"

与非被人抢白尤其是被女性抢白也不是一次两次，就顾不上理舒阳，赶紧拨吴婵的电话，打了几个她都没接。

菲欧娜等急了，催着李与非快走。与非没办法，只好心事重重带着菲欧娜赶往星丛。

李与非带菲欧娜参观。菲欧娜对星丛的其他事物都不感兴趣，来来回回问的只是"星丛二号"。

"你刚才的问题已经涉及到设计细节，这在'星丛二号'正式商产之前还算商业机密，不能对外报道。"李与非回答。

"哦，对不起。"菲欧娜乖巧地打住。她从包里摸出一瓶红酒，"那我们就谈点别的。刚才还没喝够，现在只我们两人，慢慢喝，慢慢聊。这一定会是个神奇的晚上……"说到后面，她往李与非身前凑了凑，声音更甜腻，眼神也更妖娆，呼吸几乎喷在李与非脸上。

李与非睁大眼睛，看的却不是菲欧娜凑近的姣好脸庞，而是那瓶红酒，大声说："确实神奇……你什么时候拿的红酒我都没发现，结账了吗？"

菲欧娜有点泄气。纵有风情万种，不抵这家伙油盐不进。好在长夜漫漫，有的是时间和他磨。

菲欧娜让李与非找来两只杯子，和他对饮。当然大多数酒都倒给了李与非。一瓶红酒很快被他喝干，却没有起到菲欧娜想要的效果。第一，没有助兴：李与非自从听说吴婵提前离开之后就始终没提起来兴致；第二，没能灌醉他，眼看这家伙干掉一瓶红酒像喝掉一瓶红茶一样。

菲欧娜不甘心，当即让李与非又叫了一箱红酒。又是一瓶下肚，李与非依然精神抖擞。

菲欧娜说："李，你的酒量真大。"

李与非没发觉菲欧娜说这句话的时候，口气不像夸奖，更像是抱怨。他回答："是啊，我妈老家就是产葡萄酒的，我家对面就是酒窖。我从小不会喝水就已经会喝酒了。谁要是想灌醉我确实有点难。"

菲欧娜一口酒呛到喉咙里，咳了半天。

李与非问："哎，你怎么都哭了。"

菲欧娜憋着气说："呛的。"她好不容易一口气歇过来，开始气愤愤地收拾包:"我要走了!"

李与非很失望:"走了?我还打算喝醉一场,一个人醉酒多无趣。"

菲欧娜把包往身上一甩,怂怂地说:"你不是喝不醉吗?"

"有烦心事的时候就容易醉。"

菲欧娜眼睛一亮,停住脚步:"你现在有烦心事?"

李与非竟然忸怩起来:"有一点吧……"

菲欧娜一半真好奇一半假好奇,又凑近他,腻声说:"你可以讲给我听,你身边那些男孩子们,未必是好的倾听者。"

李与非想想孟途、赵峰、占伟达、雷兵等一个比一个耿直的模样,深以为然地点了点头。

菲欧娜试探着问:"是为了女孩子?"

李与非两瓶酒都没有喝红的脸,腾地一下红了。

菲欧娜趁机再给他倒了一杯酒,继续猜:"是提前离开那女孩子,对吗?我听你叫她吴。"

李与非羞得把身子拧来拧去:"你怎么知道?"

菲欧娜说:"一说到她,你的屁股都要把凳子钻穿了。"

李与非不好意思地坐直,把一杯酒一饮而尽。

菲欧娜温柔地说:"讲给我听吧,我会帮你保守秘密的。"

十分钟以后,菲欧娜开始深深懊悔自己刚才那句话。李与非的话匣子就好像一辆启动程序的无人驾驶汽车,信马由缰不知疲倦。从认识吴婵的第一天起,一幕幕讲下来。对于菲欧娜来说,不幸的是李与非记性太好,跟吴婵在一起的时间又多,根本停不下来。

菲欧娜打着呵欠,忍无可忍地打断他:"你跟我讲这么多有什么用?你为什么不告诉她?"

"她是专利产品。"李与非终于舌头大了,摇着手指说,"她戴戒指呢,专利产品。"

"又怎样?你喜欢她,如果她也喜欢你,为什么不在一起?"

"不可以!"李与非醉眼蒙眬,大脑完全不受控制,把一直以来压在心底的话全说了出来,"我不可以和她在一起。她要门当户对的,你明白吗?我根本够不着他们家的门户!你看我,我已经养了几百号员工,万一哪天失败了,我让她跟我一起背债吗?不行的,绝对不行的……其实,我真的很想告诉她,我很想让她陪在我身边,我也想陪在她身边,在她悲伤难过的时候,就好像现在。但我不知道,她是不是需要我,就好像我需要她一样……"李与非声音越来越低,脑袋也慢慢垂了下去,终于趴在桌上,实现了菲欧娜的心愿:醉得不省人事。

菲欧娜推了推李与非,他动也不动。菲欧娜脸上娇媚的笑容消失了,表情甚至变得有些冷酷。她站起身,迅速走到李与非的电脑前。刚才李与非操作电脑的时候她已经记下了开机密码。她在硬盘里搜索相关信息,巧得很,李与非这些硬件设计狗们为了方便起见都是用英文命名文件。她很快找到光子芯片的设计文件,从包里拿出优盘全部下载下来。她拔下优盘放进包内,露出满意的微笑。

电话铃突然响起。菲欧娜微微一惊——是李与非的电话。她生怕铃声吵醒李与非,急忙揿了静音键。再一看来电显示:吴婵。

菲欧娜沉思了几秒钟,拿起电话走远了几步,接通,用柔美的声音问:"嗨,是谁?"

吴婵在电话那头愣住了。她沉默了一会儿,不确信地问:"我找李与非?"

"李吗?他啊,他在睡觉。"菲欧娜的声音里带着一点宠溺暧昧的笑音,"你要不要我叫醒他?"

"不,不用了。"吴婵几乎是本能地阻拦。

"你有什么事情吗?"

"没什么。"吴婵想了想,补充,"请不要告诉他我打过电话。"

电话挂断,菲欧娜微笑了。她轻轻把手机放在李与非旁边,看着熟睡的李与非,自言自语:"他还真可爱。"她俯下身去,亲了亲李与非的脸,起身离去。

李与非好梦正酣,脸上印着两片鲜红的唇印。

吴婵是在医院走廊尽头打的电话。她挂电话以后，几乎在无知觉的状态下走回病房。她坐在父亲病床前，轻轻握住父亲的手。

吴项冬刚从急救室出来，虽然已经度过危险期，但医生说情况并不乐观。他发病是因为脑部血管梗塞，没有及时就医，即使醒来也会留下后遗症，比如偏瘫、失语等，可能要终身卧床不起。

当时听医生讲完，谢雪华和吴娟哭得惊天动地。吴婵看得出来，谢雪华演的成分更多，吴娟是确实伤心的，毕竟吴项冬疼她宠她这么多年。

吴婵好容易把两人劝了出去。此刻，她一个人在房间里静静看着父亲。记忆里的父亲就是个超人，永远精力充沛，雷厉风行，现在身上插着各种管子，毫无知觉地躺着。吴婵和父亲从小就比较疏远，她在有意回避他，甚至默默顶撞他，此刻吴婵突然意识到，从心底里，她在父亲面前是踏实的，哪怕因为母亲她曾经恨过他，这恨意也是踏实的，是毫无忌惮的，因为她知道父亲永远在那里，不会因为她的回避、顶撞或者愤恨而远离。他随时等着她软化，等着她回头，等着她哪怕是转瞬即逝的一点点撒娇。

现在，他一身管子一身药味地躺在那里，听不见也看不见。他再也不是父亲，他像个婴儿一样等着她照顾。而吴婵，她五岁之后就再也没有放纵过的小女孩心态，从今天开始永远被剥夺了。从此，她再也不能任性，不能撒娇，不能哭，不能垮，他变成了孩子，她变成了家长。

她真的希望有个人能陪在身边啊。吴婵看着手机，想起刚才手机里传来的性感女声，心里陡然涌起委屈和愤懑。

与此同时，谢雪华正在休息室教导吴娟。

吴娟哭哭啼啼，早就乱了分寸。

谢雪华低声训斥："现在是哭的时候吗？打起精神来，整个天信等着你呢！"

吴娟一惊："什么意思？"

"你这傻丫头！"谢雪华左右看了看，压低声音，"公司章程你没看过吗？董事长不能履行职务的时候，就由副董事长代替，现在就是你啊！"

"不是还有个副总吗？杜伯伯……"

"杜杰那边你不用担心，他跟我是多年的老交情，我会去打点好。他年纪大了，儿子都在美国，本来也不想操那么多心。"

吴娟有点慌："妈，我不行啊，这么大的公司，我怕不能服众……"

"有什么好怕的！你是吴项冬的女儿，接管天信是早晚的事情。况且有我在，妈会帮你的！"

谢雪华的话并不能安慰到吴娟。从小到大，她其实并不缺什么，因此也没有什么争胜好强的心。她人生假想敌只有一个：吴婵。吴婵离开天信之后，吴娟仿佛一下子失去了目标。接管天信根本不在她计划之内。她本来就衣食无忧，要这么大一个公司干什么？

吴项冬重病的消息，鲍平是从谢雪华而不是吴婵这里得知的。他匆匆赶到医院，跟谢雪华和吴娟打了个招呼，去病房探望。

鲍平进去的时候，正看到吴婵趴在床前。事实上，他并没有听到她的哭声，只看到她的肩膀在抖动。那一刻，鲍平内心一软。

算起来，他和吴婵已经订婚五年。她跟他身边的女性都不同，她温而不顺，听而不从。她从来不会生硬地拒绝，但也从来不会盲目地跟随，好像童话里那头七色鹿，优雅地走在他前面，散发着迷人的光芒，却永远都抓不住。

鲍平也一直都知道，这头鹿并不像别人看上去那么轻盈。她一直都背负着重担，但是，这么多年来，她却从来没有哪怕一次，把全身的重量毫无顾忌地放在他手里。

鲍平心里涌起柔情。他这才意识到他们两人其实一直都很疏远。他悄悄走过去，把手放在她的肩头。

吴婵抬起头，满脸泪痕。她看见鲍平，脸上的表情也有瞬间的柔软。鲍平已经准备好她投进怀抱，没想到，她坚持了几秒钟，反倒挺直了身子，擦干眼泪。

果然，她从来也没有，一次也没有，把重量放在他手里。鲍平的心沉了下去。随着这一沉,本来的柔软也变冷硬了。

"伯父怎么样?"鲍平生硬地问。

"已经脱离危险期,现在在观察。"

两个人例行公事地交流了几句,鲍平最后说:"你多保重。我去看看伯母和小娟。"

他退出房门的时候再看了一眼吴婵,她背对着他,竟然没有一丝留恋。

鲍平刚才的柔情已经坍塌,取而代之的,反而是一丝微怒。她到底要把她的软弱藏到什么时候?她到底想留给谁?

谢雪华显然很高兴看到鲍平。她找了个借口让吴娟出去买咖啡,把女儿支走,单独和鲍平谈话。

"伯父这身体……不知道什么时候才能康复。"鲍平试探着开头。

谢雪华利落地打断了他:"你自己也看得出来,即便是他清醒,吴项冬也不是从前的吴项冬。所以,天信也不是从前的天信了。"

鲍平看了谢雪华一会儿,心领神会,回答:"那么要辛苦小娟了。"

单这一句话,谢雪华知道鲍平已经表明立场:他会站在谢雪华母女一边。谢雪华满意地笑了。

鲍平问:"有什么需要我帮忙的吗?"

谢雪华更正:"不是帮忙,是合作。帮忙是私交,合作是公事。我当你是自己家人,所以跟你开诚布公。你加入迪迈,我看也不是真心热爱这一行。前一阵子你拿迪迈的旧产品想跟天信签约,我也听老吴说过……"

鲍平有点尴尬:"伯母您也说了,这是公事,是公司的意思,我也很为难……"

谢雪华一摆手:"这些话你不用跟我讲,我都明白。我说了,从今往后,天信不是以前的天信,老吴拒绝过的生意,我们可以拿起来再谈。"

鲍平眼睛一亮。虽然他已经猜到谢雪华的意思,但听她亲口说出来毕竟更踏实。他索性以退为进:"伯母您对我真好!不过会不会太为难,公司里那么多董事,不好办吧?"

谢雪华怎么会听不出鲍平的意思，哼了一声："你还没得便宜，别先急着卖乖。你也知道我不是为了你。"她叹了口气，声音流露出一丝伤感："这么多年，我虽然没在天信，但花的心血比那些拿钱不干活的董事不知道多几倍。到头来又怎么样？临到我这个年纪才知道，谁都靠不住，只能靠自己。我也想通了，趁天信还没走下坡路，多为自己和小娟打算打算。小娟这性格你也了解，被我和老吴宠惯了，从小到大一帆风顺，过得太安逸，一点野心都没有。她根本撑不起天信！所以我必须帮她看着，否则谁都能从她手里把天信夺走。"

鲍平点头，钦佩谢雪华头脑清楚。

谢雪华继续说："我会想办法进董事会。我熟悉的董事，我去打点。里面有几个鲍氏关系深的，就需要你甚至你父亲出手。等小娟掌管了天信，跟迪迈的合作就不成问题。我的要求很简单：我不要事业，只要利益。"

鲍平连连点头，恭顺地说："伯母对我这么交心，我一定尽力！"

谢雪华爽直能干，目标明确，跟吴项冬相比，当然是更理想的合作对象。但她刚才的口气未免有点颐指气使，毕竟常年做阔太太，不用在外面攀高伏低，照顾各种人的情绪。不过这样最好，鲍平一向认为，跟有弱点的人合作才踏实。

之后的发展很顺利。因为谢雪华提前打好了前站，吴娟顺理成章代理天信董事长兼总经理职务。她继而提出吸纳谢雪华入董事会，也没有人提出异议。到这一地步，吴娟的信心才算增添了一些。

吴娟代理总经理召开的第一次天信高层管理会议上，通过了大量采购迪迈芯片的决议。

其时费尔德还没有回美国。鲍平拿着协议书兴奋地去找费尔德表功。

费尔德问："天信明年向迪迈采购多少芯片？"

鲍平胸有成竹："我算过，三种规格，合计大约十亿人民币。"

"十亿人民币？"费尔德冷笑，"我们研发的光子芯片如果上市，至少是一百亿的收入，美金！每一年！"他狠狠把天信的协议扔到桌上，大声说:"现在全部泡汤了!一分钱都没有!全都是因为那个'星丛二号'!"

鲍平马屁拍在马脚上,只好默不作声。

费尔德发了一顿火之后,稍微平静了一些,说:"迪迈现在面临的挑战,不是每年能不能多卖几亿芯片,而是像星丛这样的公司。一旦他们发展起来,就是我们最大的威胁!"

"那……我们应该怎么办?"

费尔德冷冷地说:"这个不用你操心,我自有办法。"

鲍平退下去之后,费尔德拨通了菲欧娜的电话。听着对方在那头的汇报,费尔德露出满意的笑容。

刘布在朋友的会所里聚会,大家庆祝他从老家重返战场。吃到一半,刘布出去上洗手间,看到一名男子揽着一个女孩子,走在他前方。那男子背影很熟悉,好像谭力行。但那女孩绝对不是秦舒阳。

刘布一迟疑间,两人已经转过走廊。刘布几步追上去,却不见两人踪影,应该是进了某一间包房。

刘布不弄清楚哪能罢休。他一间间挨个趴在门上,想方设法透过红木门上镶嵌的一小块毛玻璃往里打量。看到第四间,正好里面也有人趴在玻璃上往外看,四目相对,双方都吓了一跳。

这时刘布的朋友经过,纳闷:"搁这儿干嘛呢,还不赶紧回去,等着你开酒呢!"

刘布无奈,只好跟着朋友回去,经过一间包房,门动了一下,可能没有关紧,被风吹开了一条缝。刘布下意识从门缝看过去,正看见谭力行抱着个女孩子,一边亲吻,一边在女生身上摸。

谭力行亲得起劲,忽然觉得不对,转头一看,刘布就站在门口,愣愣地看着他。谭力行立刻把女孩推到一边,惊跳起来,赔笑说:"刘总,这么巧?"

刘布看了他一会儿,一语不发,转头就走。

谭力行紧追几步,赔笑着说:"刘总,别误会,那女孩是我……"想来想去，也找不出任何一个不让刘布误会的解释，只好笑得更谄媚些，说："您千万别到学校领导那里去说……"

刘布闷闷地回答："我又不认识你们学校领导！"

谭力行这才反应过来，刘布根本不是自己同事，他们两人唯一的交集就是秦舒阳。想到这里，谭力行松了口气。被秦舒阳知道，倒不是什么大不了的事情。但想想毕竟不放心，还是讪笑着说："我保证下不为例。舒阳那边，最好刘总也当什么都不知道。那姑娘把我当天神一样，你破坏了她的幻想，对她打击可有多大。你说，因为我一时糊涂，万一让她做出什么傻事，不值得……"

刘布一把抓住谭力行的脖领子，气得呼哧呼哧喘气，僵了一会儿，却还是恨恨地放开了他。

谭力行说得对。相比残忍的真相，也许舒阳宁可要甜蜜的谎言。从她爱上他的第一天起，她就选择了谎言。

第 27 章　打响跨国法律战

自从星丛赢了迪迈名声大噪之后,大家从前最头疼的问题——资金,顿时变得简单了。无论李与非去参加什么活动,总会有一群投资人闻讯赶来把他围住。

李与非苦笑:"从前这些人都藏在哪里了?"

订单也接踵而至。除了巴比伦,国内与之齐名的两大互联网企业安迅和泰岳公司,也先后联系星丛,愿意大批量订购"星丛二号"升级服务器。

钱和订单的问题都解决之后,技术问题就凸显出来。"星丛二号"即将投入商产,之前合作的制造商联积科公司却没有成熟的硅光子生产线。

李与非在一次次的挫折中更加深刻地体会到,整个半导体行业就是一个生态圈,一条紧密连接的产业链。设计、生产、测试、封装,四个环节中任何一处的突破,都少不了其他环节的支持,缺一不可。这也是他热爱这一行的原因:它是现代商业社会的缩影,每一个环节都是社会生产不可缺少的组成部分,全世界都被联系在一起。

一早,星丛管理层开会,大家讨论怎样解决生产线问题。吴婵因为在医院陪护父亲,没有参加。一向最守时的占伟达也缺席了。

会议进行到一半,占伟达闯了进来,还带了一个人:林婉婷。占伟达把婉婷拖到李与非面前,一脸兴奋,指着婉婷对李与非说:"有了,有了!"

孟途和雷兵等有过恋爱经验的男人,本能地盯着婉婷的肚子,露出复杂的表情。孟途操心地问:"这么快?你们见过双方父母了吗?"

婉婷的脸一下红到耳根:"没有啦!你们好无聊哦。"

占伟达还没反应过来，婉婷凑到他耳边低语两句，占伟达这才明白，恼火地拍了一下孟途的后脑勺："下流！"再指着婉婷："生产线，有办法了！"

孟途知道自己猜错，讪讪地笑了："谁让你说话总是那么简短，不是故意制造误会吗？来，林小姐，你细致，你来解释。"

婉婷细声细气地说："我换工作了哦。我现在是在东芯国际半导体制造公司工作。"

"东芯？"孟途惊呼，"那可是国内唯一一家芯片生产和代工厂啊！"

李与非接口："听说刚投资了500亿人民币，建造一条先进生产线。"

"你猜是什么生产线？"婉婷笑眯眯地问，眼神里闪着一抹调皮。

李与非、孟途等人异口同声地问："硅光子？"

林婉婷笑着点点头。

会议室里有几秒钟的静默。李与非、孟途等互相看看，脸上都是一副难以置信的表情。谁也没想到转机竟会出现得如此突然。但大家都了解林婉婷，她不是喜欢开玩笑的女孩子，尤其是这么重要的事情。片刻之后，大家爆发出一阵欢呼。

孟途小声问占伟达："林小姐是为你跳槽的吗？这也太巧了吧，我们需要联积科她就在联积科，我们需要硅光子她就在东芯？"

占伟达想摇头，刚摇了一下头就停住了。这个猜测太过甜蜜，实在舍不得否认，他看向婉婷，不由憨厚地笑了。

通过婉婷的牵线搭桥，李与非专程拜会东芯的首席执行官及其他高层。在东芯的邀请下，与非参观了刚落成的硅光子生产线。

李与非代表星丛和东芯签订代生产协议。

就在协议签订的第二天，在李与非以为星丛终于摆脱了初创公司的霉运，开始一帆风顺的时候，他接到天信的电话，称天信将从星丛撤走全部投资。

打电话的是董事长秘书。李与非急忙问："我能跟董事长通话吗？"问完才想到，吴项冬还在医院休养，他追问了一句："请问现在董事长是哪位？"

"是吴娟女士。"

李与非心思再单纯，也能从这一句话里推测出天信目前的变局。自从吴项冬病倒，吴婵几乎每天陪护在医院，很少来星丛，更不会去天信，或许到现在她还不知道天信内部发生了什么变化。而吴娟和谢雪华对吴婵的敌意，与非也早有体会。一旦吴娟掌管天信，她从星丛撤资理所当然。

李与非也就不再说什么，对方啪地挂了电话。

吴婵是两天后才从秦舒阳那里得知天信撤资的消息。

自从吴项冬入院，她一直陪在医院里。谢雪华和吴娟虽然每天都来探视，但从来不讲公事，当然也很少讲私事，跟她几乎不交谈，她也不问。谢雪华的探视更像例行任务，准时准点。吴婵也不能苛责她。十多年的夫妻，本来就容易磨灭激情，何况现在父亲变成这样痴痴呆呆的模样。

吴娟倒是哭过两次。一次是喂吴项冬吃饭，他说什么也不张口，急哭了；另一次是吴项冬小解在身上，虽然说不出话，但又懊悔又尴尬，恨不能举手捶自己却连手指都抬不起。吴娟看见，"哇"地一声就哭了，哭着说："爸爸，对不起，对不起……"倒好像犯错误的是她自己。

当时吴婵一阵心酸，一阵柔情。心酸是和吴娟一样，看到曾经叱咤风云的父亲如今比婴儿还无助；柔情是她能体会吴娟的心疼。她甚至感激吴娟的心疼。在那一刻，跟她作对了十几年的那个跋扈任性的小女生，终于变成了跟她一样牵挂父亲的小妹妹。

自从上次打电话给李与非被菲欧娜接了之后，吴婵就很少跟李与非联系。偶尔打电话问李与非关于星丛的近况，李与非永远都是六个字："没事。放心。保重。"

最近这一次，吴婵从李与非的六个字里听出一丝犹疑。她太了解李与非，他不会撒谎，说假话也是为了安慰人，语音就会拖得很长。挂了电话，她马上打给秦舒阳，舒阳起初也不肯讲，最后终于告诉她天信撤资。

吴婵一听就急了："你为什么不早说？"

"还不是李与非那小子,一个个告诫我们千万不要在你面前提。说你家里发生这么大变故,不要让你分心;还说现在星丛资金不成问题,少一笔天信的钱也没关系……其实融资哪有那么容易,别的公司都只是观望,真等到钱到位还不知道多久,可现在'星丛二号'商产,真是在等米下锅了。我说这些你可别急,其实我就是想告诉你,别看那小子傻头傻脑的,对你真的还挺好,火烧眉毛了,先想着你。你知不知道,他专门造了一套假的营收数据,贴在办公室门口,逼着大家都背熟,以防哪天你问起来,大家好统一口径来骗你……"

尽管心事重重,吴婵还是被逗笑了。造假的李与非,以拙劣可笑的手段透漏了他对吴婵最真切的感情。如果说之前吴婵还因为菲欧娜有过不快和疑虑,在那一刻也烟消云散了。真情是藏不住的,欲盖弥彰。

谢雪华和吴娟再来探视的时候,吴婵请她们留下来谈谈。

谢雪华本能拒绝:"我很忙。"

吴婵淡淡地说:"我也很忙,我要带爸爸出去晒太阳,所以不会占你们太多时间。"

谢雪华看了一眼病床上的吴项冬,再也说不出拒绝的话。

三人来到医院大厅的咖啡座。

吴婵单刀直入:"天信为什么从星丛撤资?"

吴娟回答:"这是董事会全体成员的决议。"

"全体?我问过孙叔叔,他就没同意。"

吴娟有点心虚,看向谢雪华。

谢雪华暗叹,女儿总是想在吴婵面前赢个气势,信口开河,以至于被追问就乱了方寸。她镇定一笑:"只要超过半数的董事同意就能形成决议,你读了那么多年工商管理,不知道吗?"

"正因为我读过那么多年,我知道像天信这么大的公司,每一步决议都应该非常慎重。星丛无论从实力还是新闻热度,都是国内最受关注的科技公司。它现在风头正健,市场估值正在不断上升,天信偏偏选这个时候撤资,业内人士会怎么想?天信的其他股东和员工会怎么想?你们不觉得这是一个不明智的决定吗？"

吴娟刚才被吴婵一句话问倒，正自耿耿于怀，就抢着说："现在我是代理董事长！我做的决策，不需要你来评判！"

谢雪华轻轻用胳膊撞了女儿一下，吴娟意识到又讲错话了，急忙停住。谢雪华接着她说："你是星丛的合伙人，你当然这么说。天信如果继续投资星丛，股东们更会觉得有私心呢！钱放在天信，是大家的；投到星丛，就不知道饱了谁的私囊了。"

吴娟佩服地看着妈妈，深觉姜毕竟是老的辣。

吴婵并没有被激怒，从容地回答："您未免把现代企业制度想得太脆弱了。星丛到现在，每一份投资协议都详细列明了投资人权益，定期由独立的会计事务所查对账目。我们会清清楚楚、干干净净给股东一个交代。反倒我要提醒阿姨您，天信是纳斯达克上市公司，一举一动都有法律约束，都有无数眼睛盯着，谁也不能一手遮天。"

吴婵声音不高，态度也不激烈，不知道为什么，却有一种无形的威慑力。谢雪华一时竟无话反驳。

吴婵转向吴娟："我知道你一直都想赢我，那就拿出你的实力来，把天信做做好，把业绩砸在我面前。如果你只是为了私心，你走不远，也赢不了。"

吴娟不语。不仅是因为她想不出什么话反驳，也因为吴婵最后一句话的语气竟然非常诚恳。从小到大，她和吴婵之间，说好听点是客气，说不好听是冷漠，但此时，吴婵看她的眼光，还有讲话的口气，真的像姐姐对妹妹一样。吴娟一时愣住了。

孟途走进李与非的办公室，把一份财务数据放在他面前："又没钱了。"

"找钱不是你的事吗。"

"我也不是神仙。几个投资人本来就在犹豫，天信又偏偏在这个时候撤资，外面难免会说，投资人都对我们没信心了……"

李与非面对办公室门，一眼看到吴婵向办公室走来。他立刻大声说：

"没有！谁说天信撤资了，只是个说法而已。况且，现在我们可是炙手可热，天天都有投资人约我吃饭，排队都排到下个月了……"

与非一边讲话一边向孟途使眼色，孟途虽然背对门口没看到吴婵，但多年来兄弟之间的默契何其深厚，立刻心领神会，也提高声音说："你不早说，我来帮你处理嘛，低于十个亿的免谈……"

吴婵敲了敲门。两个男人演技爆棚，惊讶地问："你什么时候来的，我们怎么没看到你！"

吴婵忍住笑，对李与非说："在你跟孟途使眼色的时候。"

与非和孟途知道伎俩败露，不再出声。孟途识趣地溜了出去。

吴婵走到与非面前，静静地凝视着他。

与非无法直视她的眼光。他猜吴婵会问为什么要瞒着她。他要怎么回答？说不忍让她分心？说想让她好好休息？说多少次她没能来星丛的白天，他看着她空出来的座位，猜测她在哪里，在干什么，心情好不好？还是说多少次睡不着的夜晚，他恨自己太没用，在她最无助的时候，不能够也不知道怎么才能够陪在她身边？

吴婵终于开口了，没想到，她只说了两个字："谢谢。"

与非一怔，抬头看着吴婵。她的眼光像两泓湖水，沉静而温柔。与非知道，他什么也不用说了，她都知道。那些他自己都剪不断理还乱的心情，她竟然全都懂。

那一瞬间，李与非说不出自己是什么心情，又温暖，又感激，又心动。他脑子一热，往前迈了一步，和吴婵贴得更近了。本能告诉与非，他接下来应该继续做点什么，但糟糕的是没人教过他应该从哪里做起。他试探着抓起吴婵的手，她的手温软光滑，顿时让他血压上升心跳加速。

自始至终，吴婵只是温柔如水地看着李与非，这温柔给了他莫大的勇气。李与非把心一横，双手微微用力一拉，就把吴婵娇小的身体揽在了怀里。

那是他第一次拥抱她。虽然在他的想象里，已经发生了很多次。

吴婵的皮肤和长发都散发着淡雅的、只有拥她入怀的距离才能闻到的香气。这香气包裹着李与非，他就好像坠入一片温暖的海水，又好像飘上绵软的云端。

就在这时候，办公室门砰地被推开了，赵峰没头没脑地闯了进来。孟途跟在后面，看样子是没拦住，一叠声埋怨："你说你这孩子，真没眼色……"孟途一眼看见李与非和吴婵相拥站着，像被烫到一样赶紧转回头："哎呦，完了完了……"

李与非和吴婵红着脸仓促分开。

赵峰完全没有留意两人的微妙，他脸色沉重，把一封信拍在桌上。

李与非从云端被赵峰踹到地上，憋了一肚子火，气愤愤拿起信封，抽出里面的一页纸，只看了一眼，就呆住了。

那是一封从美国加州寄来的国际邮件，装着一张法院传票。

李与非、吴婵和赵峰坐在张律师对面，焦虑地看着他翻阅起诉书。

张律师是天信的常年法律顾问，和吴婵私交很好。吴婵反应迅速，看到传票的第一时间就联系了他。

张律师看着起诉书："迪迈说，'星丛二号'的几处关键设计和他们的 Genesis 1 一模一样，所以起诉你们剽窃核心技术？"

"这纯粹是无中生有！"李与非收到传票之后一直很激动。从小到大连抄作业都不曾或者说不屑做过，竟然被扣上剽窃的帽子。他愤愤地大声说，"'星丛二号'是五百多名员工一年的心血！还有国家提供的中试线，还有我导师找来的专利……"一提到导师，李与非的嗓子骤然哽住了，他转过头去，不想在众人面前失态。

吴婵伸出手去，握住李与非的手。她手心的温度让李与非稍稍平静了一点。

"那么两块芯片的关键设计一模一样，你怎么解释？"

与非想了一会儿，茫然摇头："我不知道。我们比赛的当天双方都没有展示设计图，我不知道 Genesis1 的设计是什么样，更不知道他们为什么会声称和我们一样。"

赵峰问:"会不会是他们胡说八道?"

张律师摇头:"这可是国际诉讼,他们一定是拿到了什么关键的证据。"

赵峰自语:"说的也是。这就奇怪了……"

张律师看着起诉书,问赵峰:"里面说星丛的核心设计人员赵峰也就是你,加入星丛之前曾经在迪迈实习过,这是事实吗?"

赵峰眼都急红了:"没错,我博士一年级的时候,学校送我去迪迈学习三个月,可是学习的都是皮毛,不过了解公司的运作流程而已。老美怎么可能让一个中国学生接触核心技术?更何况,那已经是好几年前的事情,我怀疑那时候迪迈根本就还没有开始研究硅光子芯片!"

张律师问:"你有证据证明对方当时还没有进行硅光子芯片研究吗?"

赵峰茫然摇头。

"那么你有证据表明你当时并没有接触到核心技术吗?你有当时每天的工作记录吗?"

"我只是实习而已,对方安排我做什么我就做什么,怎么会想到每天记录?"

张律师摇头:"那就很麻烦了。上法庭讲究证据。"

吴婵问。"您的意思是,如果我们拿不出有力证据,就有可能输了这场官司?"

"那当然。"

李与非一拳砸在桌上:"岂有此理!"

不出半天,迪迈起诉星丛剽窃的新闻已经登上各大网络媒体的头条、占据热搜。互联网是没有忠诚的,几天前还用溢美之词描述星丛的媒体,此刻一个比一个尖刻:

"友情提示:下次剽窃个欧洲小公司就好了,碰瓷全球第一是谁给你的勇气。"

星丛员工已经不敢打开网络了,骂声铺天盖地。

上午时候,吴婵注意到,李与非已经两个小时没有走出他的办公室了。她有点担心,走到他门口,敲门不应,她推门进去,看见李与非像木头人一样站在窗前。

吴婵走到李与非身边,他完全没听到,愣愣看着窗外,看样子已经保持这个动作不知道多久。吴婵有点心痛,轻轻把手放在他扶在窗棂的手上。

李与非一惊,转头看吴婵,眼神明显呆呆的。

吴婵能体会李与非的心情,天信撤资还没解决,又出来剽窃指控,真是一波未平一波又起。

没等吴婵开口安慰,李与非突然一把抓住她的双手,大声说:"菲欧娜!"

还有什么比喜欢的男人抓着自己手喊别的女人名字更扫兴的事情,吴婵一腔柔情顿时化为恼火,试图甩脱两手:"不是!"

李与非却不放手,摇着她的手大声说:"就是!就是!就是菲欧娜!只有她有可能从星丛偷走设计图!"

原来李与非想的是这件事情,吴婵顿时心平气和。何况他还用了个"偷"字,显然是敌意满满。那就不仅是心平气和,简直如沐春风,当然吴婵还不忘落井下石地补一句:"怪不得她对你这么热情。"

李与非怎么能体会到吴婵一波三折的心事,他激动地走来走去:"你说的没错,怪不得对我这么热情。她如果想采访我,去哪里不好,为什么偏偏要来星丛的办公室?来办公室却不听我介绍,只知道灌我酒……"

吴婵想到那夜孤男寡女把酒言欢,就算知道李与非清白,也难免火又上来了:"喝完酒你们干什么了?"

李与非一边拨电话,一边没心没肺地回答:"喝完酒还能干什么,睡觉呗!"

吴婵顺手抄起桌上一本书,狠狠敲了李与非一记,气呼呼地走出门去。

与非被暴击得莫名其妙:"怎么啦?哎别走,你说电话接通了我说什么好?我要直接质问她吗?"

吴婵头也不回。

电话并没有接通。提示对方已关机。

李与宁在东科大男生宿舍楼前已经兜了二十分钟，想不到什么借口把赵峰叫出来。

她从与非处听说，自从收到迪迈的传票，赵峰一直就没来上班。迪迈起诉的新闻在网上炸开之后，遭受恶意攻击最严重的除了李与非还有赵峰。起诉书里指名道姓，他在网友的口诛笔伐里，已经俨然是一名品质败坏的商业间谍。

与宁托着腮帮坐在门口，盯着宿舍楼里进进出出的人群，好像这样就能守候赵峰，虽然他根本不知道。

一个熟悉的身影从楼门口出来。与宁立刻认出，是上次粘在赵峰身边的漂亮女生，这次她身边换了一个男生。女孩勾着男生的胳膊，头靠在他肩头，两人一看就很亲热。

两人向与宁的方向走过来，都没有留意到与宁，边走边讲话。

男生伸手掐了女孩的脸一把，笑道："你别装清纯了，我知道你之前追过你们的系草赵峰。"

女孩鄙夷地一撇嘴："是他厚着脸皮追我的，像口香糖一样甩也甩不脱。好在我早早跟他划清界限，他现在简直是我们整个东科大的耻辱，丢人都丢到国际上去了！"

"噌"地一下，与宁的火就冒上来了。她摇着轮椅追过去，大声说："到底是谁无耻，背后说别人坏话！"

两人一脸诧异转回身。漂亮女生看见与宁的轮椅，马上想起来了："哟，原来是你这个铁粉。现在可不是你袒护的时候，他做错了事情，就要付出代价！"

与宁更怒了："你是法官吗，凭什么定他罪？人家风光出名的时候你是什么模样，现在出事了不分青红皂白就来踩。你对他但凡有一点感情，就不能多信任他一点吗？"

这时已经聚集过来一些同学看热闹。漂亮女生当众被人指责，脸上兜不住，也恼了："你搞清楚，是赵峰死皮赖脸缠着我的，别说我对他没感情，就算有，他这种人品，我也会分分钟甩了他！不像某些人，是非不分偏要当脑残粉！也是，像你这个条件，还是赶紧献献殷勤吧，否则将来也未必能'追'得上他！"

漂亮女生看着与宁的轮椅，把"追"字咬得很重。旁观的同学都听出了意思，忍不住笑了出来。

与宁沉默了几秒钟。然后，她从书包里抽出一个来不及丢掉的空矿泉水瓶，狠狠砸了过去。即便盛怒之下，她还是避开头和胸的要害，只瞄准下盘，正中女生膝盖。

女生尖叫出来："不要脸！你这个瘸子，居然敢动手！"

女生大踏步过来，扬手一个耳光打过去，与宁伸臂挡开。女生顺势揪住与宁头发，与宁挣扎，两个女孩子打了起来。

赵峰走出宿舍的时候，正好看到这一幕。两个女生扭打在一起。漂亮女生本来就高，与宁坐在轮椅上，自然是吃了大亏。旁观人拉架也是半心半意，还有几个就在旁边起哄看热闹。

赵峰赶紧冲过去，把漂亮女生推开。赵峰怒道："太不像话了，欺负一个……"把"残疾人"三个字硬生生缩回去。

女生虽然占尽优势，抵不住与宁像玩命一样，头发还是被扯乱了，破口大骂："赵峰你个混蛋！管管你这个瘸腿粉丝！像只疯狗一样到处乱咬！"

赵峰一步踏到她面前，一字一句地说："我从来不打女人，你再多说一个字，你就是第一个！"

赵峰的脸色阴沉得可怕，那女生看出来他绝不是虚言恐吓，思忖了几秒钟，恨恨地离开。

旁边的人觉得无趣，也迅速散了。

赵峰转回身看与宁，与宁披头散发，脸上一块淤青，衣服也被撕破了。赵峰心里一疼，把她推到没人的地方，嗔怪她："你真是疯了，还跟人打架,你也不看看你自己的情况……"心急之下说顺了口,差点想说"你腿不方便",话到嘴边咽下去,硬生生改口:"你这是客场作战,很吃亏的嘛!"

与宁倔强地不说话。

赵峰从口袋掏出一包纸巾递给她:"把脸擦擦。"

与宁接过纸巾,背对着他,拿纸巾蒙住脸。

过了一会儿,赵峰意识到与宁不是在擦脸上的污渍。他绕到与宁面前蹲下,往她脸上看去。

只看到与宁脸上泪水纵横。

赵峰被吓住了。李与宁,这个彪悍的、跑到别的学校跟人客场打架的女生,这个剥兔子皮拆白鼠骨、手起刀落不眨眼的女生,竟然在哭!

赵峰急了,赶紧摸她全身上下的关节:"她打疼你了吗?打到哪儿了?"

与宁索性"哇"地一声大哭出来:"我……我真没用!我最讨厌被人冤枉!我现在看着你被冤枉,被那么多混蛋说坏话,我什么都做不了,连打架都打不赢!我真没用啊!"

也不知道怎么回事,赵峰鼻子一下就酸了,眼也湿了。他当时是蹲在与宁面前,索性半跪下来,身子往前一倾,一把把与宁揽在怀里,紧紧抱住了那个瘦小的、无助的身体。

第 28 章　第一次正面交锋

李与非从张律师的办公室出来。张律师告诉他，如果拿不出有说服力的证据，星丛在这场诉讼中将大概率败诉。迪迈提出高达数亿美金的索赔，一旦败诉对星丛将是毁灭性的打击。

与非愤怒地问："法律不是公正的吗，法律难道真可以颠倒黑白吗？"

张律师冷静地回答："法律的公正就在于不听信一面之词，所以你一定要拿出证据来证明你的清白。"

菲欧娜好像人间蒸发了。电话是空号，住的酒店早已退房。一切都在证明星丛落入圈套，偏偏李与非找不到办法拆解。

李与非心事重重走进公司，孟途告诉他另一个坏消息：巴比伦公司宣布之前与星丛签订的协议无效，订单再次转到迪迈手里。

李与非脑袋一沉。他意识到官司还没开始打，击毁星丛的多米诺骨牌，已经被推倒了第一张。

赵峰推着与宁从门外进来。与宁为大家送独家秘方煲汤，赵峰特意去迎接。一壶汤让低迷的办公室稍微有了一点生气。

与宁和赵峰逡巡在与非身边，两人互相使眼色，都是心怀鬼胎的模样。

与宁在东科大客场单挑漂亮女生之后，赵峰就趁热打铁表了白。俩人地下恋情一直藏着掖着，最怕被李与非知道。与宁了解哥哥，可以接受日新月异的科技变化，但对周遭环境是要求绝对稳定，甚至可以说刻板不变。家里多一只茶几他都要大呼小叫半天，一个月才能适应，更何况是单身二十多年的妹妹多了个男朋友。两个人一直酝酿向与非坦白，却始终没胆。

看办公室气压很低，与宁低声跟赵峰嘀咕："咱要不别告诉他了，让他自己揣摩。"

"这怎么揣摩得出，总得给你哥点暗示吧？"

"所以我们俩穿了情侣装啊。"

"啊？"赵峰大惊，看着自己和与宁身上一模一样的白T恤，这才恍然大悟，"咱俩穿的这是情侣装啊？"

与宁白了赵峰一眼。直男迟钝的程度始终能不断刷新她的认知。

与宁殷勤地为哥哥递上一碗汤。一边的赵峰朝她又递了个眼色，两人再次隔空无声地商量。

与非却突然发话了。他翻着已经作废的协议书，突然问："李与宁，你有男朋友吗？"

"啊？"与宁吓得手里的饭盒差点掉在地上，"你……你问这个干什么？"

赵峰装模作样整理着手中的文件，竖起耳朵听。

"我警告你，你要是找男朋友，千万别找搞芯片的，否则，我就打断……"与非本来想说一句电视剧的台词，突然意识到放在妹妹身上不妥，临时改口，"我就打断那男生的腿！"

赵峰手里的文件噼里啪啦掉了一地。

与宁强自镇定："为什么……为什么这么说，搞芯片，不是挺好的……"

"好什么好，你也看到了，压力又大，意外又多，早晚猝死，你要守寡的！"与非完全没有意识到与宁和赵峰的失态，他把面前的文书推到一边，站起身来，"我要跟吴婵出去一趟。"

他走到门口，回转身来，看看与宁身上的白T恤，再看看赵峰身上的，好像突然意识到什么："你们俩……"

赵峰汗也下来了，恨不得把T恤脱下来扔垃圾桶，可又来不及了。

与宁赶紧凑上一点，试图解释："哥，其实我们俩……"

李与非指着他们俩的白T恤说："你们俩穿颜色这么浅的衣服，等会儿喝汤可别溅上油星子！"

与宁和赵峰长吐了一口气，连连答应。

李与非和吴婵回到办公室，孟途就迎了上来，脸色古怪，说有客人等他。

"投资人还是客户？"

"都不是……是对头。"

"对头？"李与非愣了，"公司的对头还是我私人的对头？"

孟途的回答意味深长："既是公司的，也是你私人的。"

吴婵首先听懂了，脸一红，对李与非说："我跟你一起去。"

李与非走进会客室，才明白孟途的意思：来人是鲍平。

鲍平看见与非和吴婵两人一起进来，也是一怔，接着笑着说："看来我要找未婚妻，只能来李总这里了。"笑容里有点讥诮。

吴婵赶紧迎过去，把他拉在一边："找我有什么事？"

鲍平摇头："我今天倒不是来找你的，是来找李总的。"他对李与非说："其实，也不是我要找你，是我老板要找你。"

"你老板？"

"费尔德先生。"鲍平说，"明天下午不知李总有没有空，想邀请您到迪迈办公室来商谈。"

吴婵担心地看了李与非一眼。这眼光没有瞒过鲍平的眼睛。

鲍平被这眼光刺了一下。他被刺伤的不是情感，而是占有欲。他本就离吴婵很近，顺势把她拉在怀里，温柔地说："虽然我不是特意来找你，能碰到你也不容易，晚上一起吃饭吧，好久没见了，很想你。"

吴婵还没回答，李与非已经利落地说："好的，我去迪迈。现在没事的话，我先出去了。"

李与非直接退出办公室。

吴婵挣脱鲍平："我今天还有事，改天吧。"

鲍平顺势松开她："正好我也有事。"

吴婵扬起眉毛:"那你刚才什么意思?"

鲍平冷冷地说:"你当然明白我是什么意思。"

吴婵看着鲍平冷峻的表情,顿时明白,他刚才不过在李与非面前宣誓主权。她轻声说:"你又何必?"

"何必?你真的觉得我没有必要吗?没错,别说我们还不是正式夫妻,就算是,谁也不用一棵树上吊一辈子。关键是,你如果下定决心跟别人跑,就干脆一点说出来,告诉所有人,别在这里玩暧昧!"鲍平尖利地盯着她,"你要是想跟我一刀两断,现在就说啊,我要是说一句挽留的话,我鲍平就跟你姓!"

吴婵看着他,说不出话。

鲍平冷笑:"说不出是吗?你也知道,这不是此时此地能解决的问题,不是你一两个字能回答的问题!这是两个家庭,两大企业,还有那么多好事的人盯着。吴大小姐,你没你想象中那么自由,你没那么多选择!所以我劝你,好好做你的鲍太太,不要给我找麻烦,也是给你自己找麻烦!"

鲍平推门走出办公室。几个人影迅速从门口散开。他知道他和吴婵、李与非三人的关系引起许多人的好奇。鲍平装作没看见,坦然走到李与非办公桌前,满面笑容对他说:"李总,晚上拜托别让小婵加班,我们还有二人世界。"

李与非无话可说,只能看着鲍平吹着口哨离开。

谁也不知道这当口费尔德找李与非有什么事,大家都有点忐忑。

刘布首先发话:"哎,这不是鸿门宴吗?"

赵峰惊奇:"刘总还知道鸿门宴?"

"评书里啥都有!"刘布转头对与非说,"我一哥们开保安公司的,要么我给你调三五百个保镖来?从头到脚穿得黑压压的那种,保证你一声口哨就把迪迈大楼围得水泄不通!"

赵峰赶紧阻止:"刘总,您当古惑仔打群架啊?"

吴婵从会议室出来,走到李与非面前。其他人都知趣地散去。

吴婵说:"我陪你去吧。"

"不用不用。"明天还有可能遇到鲍平,李与非不想再经历这种尴尬场面。

"你一个人不行吧。"

"我……我会找人一起,我会找刘布跟我一起。"李与非临时指派。

"刘布?为什么?"

"因为他……他能帮我找三五百个保镖。"李与非开始瞎诌。

不远处,刘布打了个喷嚏:"谁背后说我?"

第二天,李与非毕竟没有带刘布,而是带了孟途。他本想一个人来,但孟途说服了他:"虽然不是打群架,但毕竟公对公的场合,一个人单枪匹马没气势也不行。咱们这叫不卑不亢。"

费尔德却毫不掩饰他的骄傲。两人到的时候,只有秘书把他们让到会议室,一等就是半小时。

孟途恨恨地骂:"费尔德这个小人!连最起码的商务礼仪都不懂!"

李与非翻着旁边的杂志,淡淡地说:"他是故意的。"

"就是故意的,所以我才气!"

"就是故意的,所以才不能气!"

孟途问:"我真佩服你,怎么做到心平气和的?"

李与非一笑:"你知道我们家搬过那么多次,无论走到哪里,我妈都是方圆三公里的吵架王?"

孟途想到姚美丽力拔山兮气盖世的模样,也忍不住笑了:"当然,我妈经常找咱妈当外援替她出气。"

李与非说:"姚美丽女士从小就教导过我,她跟人吵架常年立于不败之地,要靠什么?"

"什么?"

"涵养。"

孟途一口茶喷出来:"吵架靠涵养?"

"没错。"李与非微笑,"你涵养越好,越不动怒;你越不怒,对方就会越暴躁。这么一来,以逸待劳,以不变应万变,肯定就赢了。"

费尔德和鲍平走进会议室的时候,李与非和孟途笑得正欢畅。费尔德愣了一下。他完全没想到,一个在他看来已经濒临破产的小公司,这两个承受着巨大经济和精神压力的年轻人,居然还笑得出来。

费尔德脸上明显的发怔表情被李与非和孟途看在眼里。他二人对视了一眼,都从对方看到更深的自信的笑意。费尔德在过去半小时里刻意经营的主动权,被两人轻松化解。

姚美丽万岁。孟途心想。

费尔德没有打招呼,大喇喇往中间的椅子一坐,两脚翘在另一把椅子上,并不看二人,用实际行动表明他的轻慢。

一起进来的还有鲍平和另一名中国人。鲍平代为介绍,那人是迪迈中国的代理律师。

律师说:"今天请两位来,是希望讨论一下星丛剽窃迪迈的……"

"涉嫌。"李与非沉着地说。

"什么?"律师没听清。

"涉嫌。"李与非重复了一遍,"法庭还没有审理,也没有定论,你是专业人士,请注意你的言辞。"

律师脸一红。进来之前,费尔德吩咐不用和对方客气,从气势上压倒他们。没想到一个疏忽立刻被对方抓住,顿时气势先泄了几分。他清了清嗓子,继续讲:"迪迈绝不容忍剽窃,但我们也不想陷入旷日持久的诉讼,虽然我们有能力也有信心赢得诉讼。同时,出于对中国科技创业公司的爱护和同情,我们愿意做出友善的让步,在可能的情况下,与你们达成庭外和解。"

李与非和孟途对视一眼,都有点意外。费尔德处心积虑地设计星丛,现在又出动提出和解,不知道是什么用意。

孟途问:"什么叫作可能的情况?"

律师说:"如果星丛能同意迪迈的要求,迪迈愿意撤诉。"

李与非问:"什么要求?"

律师说:"迪迈收购星丛!"

李与非和孟途这才明白费尔德的真正用意。李与非看看费尔德,他好整以暇地啜着秘书刚送进来的咖啡,依然没有看两人,一副胸有成竹的胜者姿态。与非再看鲍平,鲍平迎着他的眼光,眼神里也是胜券稳操的样子。

鲍平说:"这个交易对李总并不吃亏。以迪迈惯常的大手笔,给出的收购价一定能让星丛的每一位员工满意……"鲍平的神色有点轻蔑。

李与非突然打断他:"你能帮我跟费尔德先生翻译一下吗?我英语不好。"

鲍平更轻蔑了:"当然。"

"你问他,子非鱼,安知鱼之乐?"

鲍平一愣,脸尴尬地红了。他连中文都不太确定是什么意思。

费尔德转过头,第一次讲话:"我不用翻译,我懂中文。"

李与非说:"我当然知道你懂中文,我就是想听他翻译。"

孟途忍不住噗嗤笑了。鲍平脸上泛起怒色。

李与非直面费尔德,问:"你又不是星丛的员工,你怎么知道怎样能让每一位员工满意?连我都不知道。"

费尔德冷冷地说:"因为你没有能力让他们满意。"

李与非说:"我知道迪迈能力强。你们曾以 50 亿美金的高价收购以色列的芯片设计公司哈巴那科技。但是费尔德先生,我依然劝你不要太自信。我们设计'星丛二号'的时候,有十几名员工一周没回家睡在办公室,加班人数之多时间之长创了星丛的记录。虽然我从来不鼓励加班,而且星丛的加班费少得可怜,但我根本拦不住他们。我以为他们会向我抱怨,但是没有,一个人都没有。你知道为什么?因为他们热爱。现在,你诬陷他们剽窃,侮辱他们的劳动,试图把他们所有的心血据为己有,还以为每个人都会满意?"李与非用词很文明,他心里清楚,对方律师在场,他稍不克制,就可能再被对方起诉。

费尔德冷冷回答:"你们有没有剽窃,让法庭去判断。"

他向律师示意,律师立刻接话:"我必须提醒二位,美国的司法程序非常琐碎,你们要一次次赶到美国去应诉。一旦败诉,你们除了要承担律师费,还必须赔偿高昂的索赔。李先生,你是个聪明人,星丛好容易发展到这个规模,就此倾家荡产,何必呢?不如趁迪迈有这个意愿,双方达成一致,对你,对星丛所有员工,都是个理想的结局。"

李与非说:"刚才费尔德先生也说了,我们有没有剽窃,让法庭去判断。你认定星丛败诉,未免太早。如果我们赢了,不仅不需要承担律师费,我反倒要向迪迈提出高昂的索赔。那时候我们不但不会倾家荡产,反而会名利双收。你猜我现在会不会答应你们?"

费尔德等三人都没想到李与非如此强硬,都是一愣。过了一会儿,费尔德哼了一声,说:"你们赢?你们赢得了吗?这诉讼少说半年,长了可能两三年,这么长的时间内,没有一个投资人愿意给你们钱,没有一家客户会采购你们的产品,我看你们星丛能撑多久!"

费尔德和鲍平脸上浮现出冷酷的笑容。孟途心里一沉。他知道他们说的是实话。也许这本来就是费尔德真正的用意,诉讼成败不论,星丛的时间拖不起。他看了看李与非,与非脸上没有一点焦虑和慌乱。

姚美丽万岁。孟途心想。

李与非镇静地说:"这么长的时间,难道打击的只有星丛吗?"

鲍平冷哼:"难道不是?我可以保证,迪迈不会伤到一根毫毛。单单我们法务部,人数比你们的核心设计师还多,他们会专心致志处理你们的问题,根本不会影响到我们的业务。"

李与非反问:"你们只知道时间能打垮星丛,你们知道时间还能打垮什么?"

费尔德等三人一愣,都没有回答。

"谎言。时间还能够打败谎言。"李与非盯着费尔德,一字一句地说,"你撒了一个谎,就要用更多的谎言去遮掩。只要时间足够长,你一定会露出马脚。星丛垮掉,并不一定。但我知道,你的谎言一定撑不下去!"

李与非清楚地看到，一丝慌乱迅速掠过费尔德的眼睛，虽然他随即恢复了平静的样子，但李与非知道他已经怕了。心怀鬼胎的人最怕有人较真。在那一刻，费尔德意识到自己似乎找错了对象。他不小心选了一个不顾一切寻求真相的人。

李与非站起身："如果没有其他事情，我们就告辞了。"

费尔德不甘就这么让他们走，用讽刺的口气说："中国人果然狭隘。这是一个开放的世界，你们拒绝合作，注定做不了大事。"

李与非本来已经走到门口，听了这话，转回身，用更尖锐的语气说："你错了。中国人从来没有拒绝向世界开放。狭隘的不是我们，而是那些内心残酷人品低劣、为达目的不择手段的人。我们抵制的不是外商，我们抵制的是奸商！"

费尔德气得脸都青了。但偏偏李与非并不指名道姓，他也无可反驳。

走出门口，孟途突然转过身对鲍平说："对了，鲍先生，迪迈法务部的人那么多，能不能调一个过来当前台，你们现在这个前台小姐电话粥煲得太投入，我们进来她都没看见。"

鲍平脸色也变了，但没等他回击，李与非和孟途两人已经扬长而去。

李与非和孟途两人走出迪迈的大楼。孟途长吐一口气，捶了李与非一下："你这小子，真看不出啊，关键时刻口才这么好，太解气了！"

李与非却没他那么兴奋，淡淡地说："你先走吧，我还有点事。"说完转身就走。

孟途有点奇怪，望着他的背影。李与非沿着墙角慢慢走，突然被脚下一块凸起的青砖绊了一下，一个趔趄。孟途有点担心，悄悄跟着。

李与非找了一家临街的咖啡厅，随便要了杯咖啡，找了个地方坐下。他突然瘫在椅子上，仿佛失去了全身的力气。

与非没有看到，对面的街上，孟途远远站着。他现在明白，与非刚才的坚强镇定，全都是装出来的。

刘布当街对着电话跟父亲吵了起来。"刘福禄！你太不够哥们儿了！

你没义气!"

"谁跟你是哥们儿,我是你大爷!"刘福禄对骂。

只听对面话筒里刘母劝架:"要吵好好吵,辈分理整齐了再吵!"

刘布刚从银行出来。他坐在 VIP 厅里,当着笑容可掬的客服经理小姐姐的面,连刷五张银行卡都没能刷出一分钱。客服小姐姐脸上的笑容还在,但眼看没有那么明媚了。刘布几时受过这委屈,诺诺找了个借口赶紧退出来,拨通电话质问父亲,才知道刘福禄已经断绝了他所有的经济援助。

"我这前方正打仗呢,你把粮草给断了,你什么意思你?"

"你打仗可以,投靠伪军就不行!"刘福禄正义凛然。

"我怎么投靠伪军了?"

"你别当我在老家什么都不知道,老子稳坐中军帐,决胜千里!"

"你也就能决胜一张麻将桌……"

"老子有互联网!你知不知道现在网上把你那个公司骂成啥样?你老子算脸皮厚的,我听了都臊得慌!我跟你说,你快点跟我回来,咱家是缺吃缺喝还是缺老板?非要跟着个当小偷的老板吗?"

"老爸,你不要听别人乱说……"

"咋没人说我呢!我可是找大师测过字,你看看,那个星丛,'丛'字怎么写,人人都要戳一刀……"

"你找的大师水平也太菜了吧,测字都不走心?"刘布据理力争,"再说了,就是这时候才要为兄弟两肋插刀,这才叫义气!我不像你刘福禄,墙倒众人推!"

刘布走进星丛的时候,脸还是阴沉的。

孟途吓了一跳,问:"刘哥,怎么了?"

刘布闷闷不乐地说:"我现在突然有种从小到大都没有过的感受,就是,就是……就是鲁迅先生有本书的名字,好像叫什么……膀胱……"

赵峰先笑出来:"膀胱?鲁迅哪有这本书?"

吴婵试探地问:"怕不是《彷徨》吧?"

347

刘布一拍大腿,对吴婵翘起拇指:"没错,就是这感觉,彷徨!"

众人爆笑起来,但笑声很快就停了,每个人都从其他人脸上看到一丝阴沉。

能让刘布都感到彷徨,那是多么暗淡的前途。

第 29 章　身陷囹圄

天信现任的技术副总监韩天约吴婵见面。

韩天当初是吴婵招聘来的。他不到四十岁，为人老实持重，对她一向很尊敬。

"吴总……"

吴婵急忙打断："我现在已经离开天信，跟您没有上下级关系。您还比我年长一些，直接叫我名字就好。"

韩天不善言辞，只是憨厚地笑了笑，随即变得严肃。他递给吴婵一叠文件："天信和迪迈签订了长期订货协议，每年向迪迈订购近十亿元芯片。量最大的是一款语音识别芯片，用于升级天信现有的家电产品，包括空调、电视、微波炉等。这是合同附件里关于芯片的详细参数，请你过目。"

吴婵仔细阅读里面密密麻麻的数据，说："这方面韩老师您是专家，您不是故意让我出丑吗。我只知道，这款 DM733，是迪迈最新的一款语音识别芯片。"

韩天微笑一下："从型号上就能做出判断，还说你不懂？"他笑容收敛，从包里拿出一只方盒，递给吴婵："吴总，不，吴婵，你再看看这个。"

吴婵打开，盒子里装着一片方正的芯片，背后封装上印着 DM733 的字样。她问："这就是我们天信订购的芯片？"

韩天说："是，也不是。"

吴婵疑惑地看着他。

韩天的表情更加严肃，低声说："最近这一个月，客服反映产品投诉事件上升了百分之八十。投诉原因包括语音控制失灵、待机时间缩短等问题。我发现投诉的全部是安装了这种芯片的所谓'升级'产品。于是我仔细研究了一下,果然发现了问题。"

"什么问题?"

韩天指着芯片接口处的引脚,说:"这地方,我们叫引脚。这款芯片的引脚是 400 针,但 DM733,据我所知,引脚是 660 针。这引脚数量不对。"

吴婵一惊:"引脚数量不对,您的意思是……"

韩天缓缓点头:"我怀疑,迪迈给的芯片不对!他们把旧芯片封装上印的型号磨掉,重新涂层,打上新型号,以旧充新,以次充好!"

吴婵震惊之余,心头涌上愤怒:"迪迈太卑鄙了!你有没有告诉总经理?"

韩天摇头。

"为什么不说?"

韩天看着吴婵,痛心地说:"吴小姐,你知道,天信已经不是从前的天信了!现在的吴娟总经理,年轻没经验;谢副总,私心太重,只想把天信扒到她自己碗里。老话也说了,上梁不正下梁歪,领头的人都不想搞好,你让底下谁去担责任?我上司,技术总监,我不信他看不出来!就算不懂技术,市场上那么多投诉听不到吗?不过睁一只眼闭一只眼而已!"

韩天技术出身,想到什么说什么,但慢慢发现吴婵脸色越来越难看。韩天愣住了:"吴小姐,你怎么了?"

他还没问完,已经反应过来。天信对他来说不过是谋职的东家,对吴婵却是他父亲辛辛苦苦创下的基业,是吴项冬的心血,也是她吴婵的青春。而正在毁掉它的、漠不关心坐在领导席上的,却是她的继母和同父异母的妹妹,即使不算亲人,也是家人。眼看天信分崩离析,她心头的痛苦肯定比他要沉重得多。

吴婵的消沉只持续了几分钟。她重新振作起来,问韩天:"韩老师,刚才您说'据我所知',您是怎么知道迪迈最新款芯片的引脚数量?"

韩天犹豫一下,说:"我有个同学在迪迈做工程师,这款芯片是他同事参与设计的。"

"所以,现在我们只能推测,如果要拿到充分证据,就必须涉及迪迈的商业数据,对吗?"

韩天有点沮丧地说:"是的。"

吴婵心里一沉。她知道单靠推测远远不足以指控迪迈,费尔德有的是办法为自己开脱。但无论怎样,有了怀疑和推测,毕竟比始终蒙在鼓里好得多。

吴婵真诚地说:"韩老师,我现在已经没有立场代表天信,但是,我代表我爸爸感谢您!天信让您这样正直的员工受委屈了!"

韩天心里一热,但他不善表达感情,急忙岔开:"我相信你一定能找到证据告迪迈,到时候天信就能回到你手里了!"

吴婵苦涩地笑了笑:"我不会再回到天信了。但是……"吴婵的语气变得坚定:"天信没那么容易倒下,迪迈也没那么容易一直骗下去!我有个朋友说过,时间能打垮一切谎言!我没什么信心能找到证据,但我有耐心等着这些制造谎言的人自己垮下去!"

吴婵口中说着没有信心,眼睛里却闪烁着坚定的光彩。

鲍平在吴婵对面坐下的时候,吴婵眼里还是亮晶晶的。

鲍平也感觉到了,笑着说:"是因为跟我见面吗,状态这么好?"

吴婵平静地说:"每次大考之前我都状态特别好。"

鲍平没听懂,笑着问:"吴大小姐现在还需要参加什么考试?"

吴婵一字一句地说:"现在没有考试,但那种发现真相的快感是一模一样的。"她把韩天交给她的资料和芯片拿出来,推到鲍平面前:"费尔德拿三年前的旧款芯片假冒最新款卖给天信,这件事情他告诉你了吗?"

吴婵盯着鲍平,看到他眼里闪过一丝真实的惊诧。吴婵心里有数了,她补充了一句:"难怪这款芯片是在越南加工的。我还想鲍氏集团下面有那么多来料加工厂,为什么一大笔生意要让给别家做,原来……费尔德毕竟不信任你。"她最后一句话故意拖长了声音。

鲍平脸色变了。自从迪迈中国成立之后，费尔德对他始终颐指气使，毫不隐藏对他的轻视。在费尔德眼里，鲍平，包括整个迪迈中国，不过是他从中国捞金的工具而已。看样子吴婵不像在说谎，这件事费尔德甚至连通知他一声都没有，鲍平不免忿忿。

鲍平心里骂了费尔德全家，但在吴婵面前却不好发作。他勉强笑说："这也不是什么太大不了的事情吧。人家都说，中国的半导体行业要比国外落后五十年，何况是跟世界第一的迪迈相比。哪怕是三年前的产品，也比国产的强。可能美国方面疏忽了，我回去提醒一下。"

吴婵看了他一会儿，看得鲍平感觉不自在，这才说："这话你连自己都说服不了，对吗？我知道，你其实是个很用心的人。以你现在对半导体行业的了解，你应该知道国内人工智能芯片尤其是语音识别芯片的设计制造水平并不差。这些我们先不论。商业讲究诚信，迪迈现在明显是欺诈。以次充好，违反合同，一旦被发现，到时候背黑锅的，可是你这个中国区总裁。"

鲍平一惊。吴婵说得没错，一旦迪迈中国出了丑闻，他这个总裁绝对逃不过去。他慌乱了一下，继而想到，吴婵既然约他出来，自然是还有商谈的余地。鲍平立刻平静了不少，笑着说："没想到你对我感情还很深，不舍得让我无缘无故背黑锅，对吗。"他拿起吴婵一只手，作势吻去。

吴婵急忙抽回手："我们谈公事。我虽然已经离开天信，但发生这么大的事情，我不可能袖手旁观。我不希望天信蒙受任何损失。希望你尽快作出处理，否则的话……"

鲍平笑嘻嘻地问："否则怎样？"

吴婵沉下脸："否则我就会通知天信董事会，并且曝光给媒体。"

鲍平看着吴婵的脸，吴婵迎视着他。两人都尽力想从对方的眼神里探测底线。过了一会儿，鲍平突然笑了："原来你只是曝光给媒体，而不是告上法庭？"

吴婵心一沉，知道说错话了。鲍平很聪明，他迅速抓住了她言语里的信息。

鲍平说:"所以,你并没有确切的证据,对吗?"

吴婵冷冷地说:"证据不管是不是确切,有就够了。迪迈毫无证据,还不是告了星丛!"

鲍平嘲讽地说:"看来你是拿这个做把柄来威胁了?你不会真的这么天真吧?你以为他告了你,你就告得了他?迪迈和星丛能比吗?他耗得起,你们耗得起吗?"

吴婵沉默了。

鲍平看出此刻正适合乘胜追击。他又拿起吴婵的手,温柔地说:"小婵,我答应你,我会好好处理天信的事。但是,你也为自己考虑考虑,为我考虑考虑。天信需要你,我也需要你,你离开星丛,来帮我们好吗,我们才是你的家人啊!"

吴婵缓慢而坚决地摇了摇头:"我不能离开星丛。这时候更不能。"

鲍平心头又生出一股怒气,他压制着怒气说:"星丛已经到这个地步,再拖几个月就破产了,为什么你还要守在那里!"

吴婵说:"这里面的道理,我没办法跟你说,我说了你也不信。"

鲍平终于怒了,甩开她手,大声说:"你就是为了他,对吗?你就是为了李与非!"

吴婵说:"这个话题我们纠缠过很多次了,我不想再跟你争吵。"

吴婵起身准备离开,鲍平狠狠地说:"他究竟有什么好?你为了他处处要跟我作对?"

吴婵转身看着他,轻轻地说:"你问出这句话,就已经输了。他做芯片是因为热爱,他不会把产品质量和私人恩怨联系在一起,更不会为了赚钱不择手段。"

占伟达在处理员工的辞职信。他的脸色很阴沉。

孟途走过来问:"怎么样?"

占伟达说:"二十。"

孟途明白占伟达的意思,这已经是他收到的第二十封辞职信了。主要是年轻员工。他们生活压力大,对公司的归属感又低。李与非前几天刚交代过,辞职可以理解,妥善处理。

孟途问:"还撑得住吗?"

占伟达说:"贷款,工资还能发两个月。然后……"他摇头。

两人不再说话,生怕再说下去就会把深藏的悲观情绪传递给对方。

占伟达约了林婉婷在咖啡厅见面。婉婷一坐下,就感觉到占伟达的异样。他死死盯着自己,好像生离死别一般。

婉婷一惊,问:"你得绝症了?"

"嗯?"

"你看我的眼神就好像我们两个人中有一个得了绝症的样子,我没有,就是你了。"

占伟达摇了摇头,又点了点头。

婉婷柔声问:"怎么啦?"

占伟达犹豫了很久,说:"我们分手吧?"

婉婷更惊了:"为什么?"

占伟达问:"你还记得我们第一次见面吗?"

婉婷使劲点头:"当然,那天你好勇敢,好像从天而降的超级英雄一样。"

占伟达说:"从我遇见你的第一天,我就发誓一定要好好保护你。但现在,我……我可能很快就要失业了,而且说不定也要连带吃官司。我后面的生活……可能会很苦,对你来说很苦。我不能保护你,我甚至养不起你,我不能跟你在一起。"

婉婷看着他,惊惧去了,眼神温柔如水。占伟达迎着她的目光,七尺的汉子仿佛融化在她的注视下。

婉婷盯着他看了一会儿,轻柔地说:"你等一下,我出去打个电话,不许走开哦。"

婉婷的电话打了很久。占伟达从落地窗只看见她的背影,侧着头说话。她是在焦虑吗,还是在哭?完全看不出。

好不容易,婉婷放下电话,转过身来,透着玻璃窗看着占伟达。她没有哭,脸上连一丝忧愁都没有,反倒容光焕发。她走近咖啡厅,重新坐在占伟达面前。

占伟达屏住呼吸,等她讲话。

婉婷说:"刚才我打电话给爸爸妈妈,跟他们讲了我们的事情。我问他们,如果我喜欢的人可能养不起我,怎么办?"

占伟达心跳加快,手心都冒出汗来。全世界都静止了,静悄悄等着林婉婷说下去。

婉婷说:"我跟你讲过吗,我爸爸妈妈在台南,他们有很大一片农场。爸爸说,没关系呀,以后你养我,他们可以养你。"

占伟达沉默了五分钟。

五分钟以后,整家咖啡厅的人,包括职员和顾客,纷纷围观这对情侣:高大威猛、走进来的时候还不苟言笑的汉子,半跪在地上,像抱着桉树的考拉一样,死死抱着身边的纤弱女孩。

旁边离得最近的一对情侣看了半天。女的鼻子都酸了,哽咽着问男朋友:"你觉得他们俩怎么回事?"

男友哀伤地说:"不知道,我觉得可能他们俩中间有一个得绝症了,电视剧里不都这样。"

孟途和雷兵坐在一起,长吁短叹。

雷兵问:"头儿呢?"

"去找张律师了。"

"又去?不是说我们拿出来的都不构成有力证据吗?"

孟途叹气:"不然怎么样?总要做点什么吧。我就纳了闷了,明明是我们自己设计的东西被迪迈偷走,怎么就没法证明呢?"

雷兵沉默了一阵子,说:"也不一定没办法。"

孟途精神一振:"大神,难道你有高招?"

雷兵左右看看，压低声音说："迪迈能从我们这里偷技术，难道我们不能从他们那里偷证据吗？"

孟途看着他，喃喃地说："别告诉我，你现在心里想的，跟我现在心里想的，是一样的？"

雷兵缓慢地点头。

孟途赶紧也四下看看。办公室里此刻只有他们两个人。他凑近雷兵，压低声音说："愿闻其详。"

"'星丛二号'是多复杂的结构，他们偷走以后不可能不做记录和备份，说不定还会利用反向设计做一些改动。这些材料不可能不保存。我们只要把他们的文件翻个底朝天，不可能找不出证据！"

孟途吸了口气："雷哥！那可是迪迈，全球最聪明的工程师聚集的地方，您老人家这可是深入虎穴啊！有把握吗？"

雷兵说："深入美国总部可能费点事，深入迪迈中国的内网嘛……"雷兵打了个响指。

孟途钦佩地说："灭霸啊！我太崇拜你了！"

雷兵示意他小声："千万别告诉任何人，尤其是头儿。他要是知道，非撕了我不可。"

孟途拍拍胸脯，示意包在自己身上。

雷兵打开电脑，让孟途在门口把风，自己开始操作。不到十分钟，雷兵轻松地说了句："进了！"

孟途兴奋地走过来："这么快！"看看屏幕黑压压的也不懂，只能在旁边指指点点。

与此同时，迪迈中国的网络技术人员报告鲍平："有人黑进了我们的内部系统。"

鲍平一惊："能查得到是什么人吗？"

"查不到。对方很高明，转换了很多 IP 地址，完全追踪不到。"

"我们系统里有什么重要资料？"

"大多都是美国总部那边发来的，他们都有备份。哦，还有就是……

硅光子芯片设计。"

鲍平眉毛一挑,迅速想到了一种可能性,嘴角浮起一丝冷笑。他指示技术人员:"报警!马上报警!"

技术人员不明所以,赶紧顺从地拨电话,一边拨一边问:"拨通了我说什么?"

鲍平一把抓过电话,对接线员说:"有人通过违法手段攻击我公司网络系统,请你们即刻赶到那里,否则对方可能销毁证据!"

对方问:"具体地址?"

鲍平流利地报出一个地址:星丛的地址。

李与非回到办公室,正看到孟途和雷兵两个人围在电脑前窃窃私语,连灯也没开。两个人鬼鬼祟祟的样子顿时引起李与非的怀疑。他第一反应是两个大男人在电脑上看成年人视频。李与非蹑手蹑脚走过去,想抓他们一个现形,借此嘲笑一番。等他走到雷兵和孟途身后,却被电脑屏幕吸引了。

李与非只花了三十秒,就已经看明白了。他大声说:"你们俩在干什么!"

雷兵和孟途都吓了一跳。雷兵赶紧站起身,试图挡住屏幕,结结巴巴地说:"没,没干什么。"

孟途看见李与非的眼神,就已经知道无可挽回,他碰碰雷兵:"算了,他都知道了。"

李与非恼火地说:"你们疯了吗?现在是什么时候,你们干这种事情?不光违法,你还在风口浪尖的关头违法?"

雷兵不服地小声说:"是他们迪迈先违法的!我们不出手,难道就让那种不要脸的人得逞吗?"

孟途正在惭愧自己放风失职,赶紧说情:"雷哥这不是想给咱们找证据,眼看三十天抗辩期就过了……"

李与非打断他:"你懂不懂法?你这样通过非法手段得来的证据根本

不能拿上法庭的!"

孟途说:"我们怎么可能那么笨,直接拿上法庭?我们当然会做处理的!我们黑进他们系统,只不过想知道他们都偷走了什么,怎么偷的,才能心里有数,才能对付他们啊!"

雷兵补充:"我有把握不留任何痕迹,没人知道就不算违法了嘛!"

李与非更生气了:"你这不是掩耳盗铃吗?没人知道就能……"

话没说完,突然门被推开了。三人循声一看,都愣住了。进来的是两名穿制服的公安。

一名公安说:"我们收到举报这里有人非法入侵他人网络系统!"

雷兵低声自语:"不可能,不可能……"他转回身,想直接拔掉电脑电源。另一名公安训练有素,一个箭步走上前去,按住了他的手:"不要乱动!"

两名公安把三人推到一边,拍照取证。

公安取证完毕,对三人说:"请跟我们去公安局协助调查!"

孟途脸色白了。雷兵头上也渗出汗来。

李与非突然沉声说:"警官,跟他们两个没关系,他俩刚从外面回来。都是我干的,带我回去就好了,我是星丛的 CEO 兼法人。非法入侵他人网络,本来就是问责责任人的。"

公安点了点头:"谢谢配合。"

孟途和雷兵呆住了。直到李与非跟着公安走出门口,他们俩才反应过来,赶紧追上去。

雷兵忍不住想承认实情,李与非用眼神阻止了他。他和孟途再也说不出话,眼睁睁看着公安带着李与非离开。

刘布提着一盒蛋糕走在校园里。今天是秦舒阳的生日。他打算趁舒阳不在悄悄送到办公室。最近她心情不好,说不定看到他又要发恼。

刘布走到微电子学院教学楼,凭记忆找到舒阳的办公室,却发现门口贴的名牌是另一个陌生人。刘布以为自己记错了,走了一圈,都没有在任何一间办公室门口看到舒阳的名字。

刘布纳闷，拦着一名女老师问："请问秦舒阳教授的办公室在哪里？"

对方看着他，脸上露出一种古怪的表情。刘布赶紧擦了擦脸，以为是早餐留在嘴边没弄干净。对方指着走廊尽头一间大办公室说："那里面，具体哪张桌子我也不知道，你进去再问吧。"

刘布奇怪："她不是独立办公室吗？"

对方笑了一下，说："现在不是了。"

刘布走到那人所指的大办公室，里面挤了七八张桌子，四五个人，看样子都是年轻教师，下课时间正叽叽喳喳讲话。

刘布清清嗓子问："请问秦舒阳教授坐在哪里？"

众人有点惊奇地看着他。其中一人指了指角落里一张桌子。

刘布走过去。那套桌椅显然都是旧的，舒阳可能还没来过，都蒙着一层灰。工位正对着后门，隔条走道就是洗手间，一股异味扑鼻而来。

刘布一直是个粗枝大叶的人，看到这一切却也火冒三丈，他大声问："谁？这是谁的主意？"

几个年轻人先是吓了一跳，看到面前这胖子气得脸红脖子粗，不用动手说不定下一秒自己就会心梗，谁也没把他放在眼里。一名坐着的男老师说："吵什么？来学校撒野？信不信我报警？"

刘布大踏步走过去要跟他理论，男老师站起身来，眼看比刘布高了一头。刘布急忙倒退一步，赔上笑脸："不是，我这不是求知欲旺盛，一时急了一点……"

男老师哼了一声，不再理他。其他人也转过脸去继续聊天。

只有一名娃娃脸的女老师，看他可怜巴巴，拉了拉他衣袖，把刘布带出去。女老师介绍说她姓罗，一直跟舒阳关系不错。她把刘布带到走廊的布告栏前，对他说："你自己看看。"

布告栏里贴着一张处理通报：

"经查，我院教授秦舒阳未经学院同意，擅自在校外公司兼职，并涉嫌剽窃其他公司技术，为我校及我院的声誉带来恶劣影响。根据学校有关规定，经研究决定，给予秦舒阳警告处分，并按程序报请上级部门批准，撤销其教授专业技术职务，以维护正常的教学秩序和教学育人环境。"

刘布看得目瞪口呆，抓住罗老师问："这，这谁写的？"

罗老师回答："那还有谁，院长呗。"

"院长？谭力行吗？"

罗老师点头。刚点了两下，发现那胖子已经拔腿跑了，奔跑速度当然不能用风驰电掣来形容，但跟他的身材相比，确实快得超过了她的预期。

谭力行刚出教室门，眼前一黑，被一个胖硕身影拦住去路，正是刘布。

刘布一把扯住谭力行袖子："谭教授，谭院长，求您赶紧把那告示撤了，您不能这么对待秦教授！"

谭力行看见刘布就头大，甩开袖子，自顾自向前走："告示里面写的很清楚了，我也没办法包庇她。"

刘布急了："话不能这么说！官司还没判下来，怎么就能说她有错？再说了，她怎么就擅自兼职了，这事儿您肯定知道的啊，您跟她那么熟……"

谭力行停住脚步，赶紧四下看看，周围人不多，他舒了口气，呵斥刘布："你胡说什么！我跟她一点关系都没有！"

谭力行眼看甩不开刘布，径自往小路上走，生怕别人撞见。

刘布恼火了，三步两步追上他："谭力行！我求着你才叫你一声谭院长！你太不要脸了！别以为我不知道你为什么对付秦教授，你移情别恋，生怕人家缠着你，找个借口把她打发走！"

谭力行一愣，露出慌乱的表情，说："你再乱说，我报警了！"

刘布回击："正好，你报警啊！我把你带女学生上会所的丑事都告诉警察！警察不信没关系，看你老婆信谁的！"

谭力行脸色变了。他沉思了几秒钟，脸上立刻挂上笑容："刘先生，不，刘大哥，你冷静一下。事情闹大了对谁都不好。你也不希望舒阳知道吧……"

一句话击中刘布的软肋，刘布不说话了。

谭力行笑说："我承认，我对舒阳动过心。男人嘛，一时冲动也正常，跟爱情一点关系都没有。我总不能因为犯个小错就放弃事业和家庭吧？刘大哥你一定能理解，我知道你也很喜欢她，年轻聪明漂亮谁不喜欢。但你事业做得那么大，你会为一个女人放弃吗……"

他不解释还好，这么一说，刘布胸都气炸了。他跳起来骂："你给我闭嘴！你不配评论秦教授！是，我是喜欢她年轻聪明漂亮，但是，我刘布要是，打个比方，踩到狗屎运娶到她，她哪天老了、丑了、变笨了，我照样喜欢她！你有什么资格讲爱情两个字！两个人过一辈子，那叫恩情！你要感着她的恩！你要谢谢她最年轻漂亮的时候跟了你，把她最好的样子都给了你！你这种人，你不配喜欢任何人，你连一条家养的狗都不如！"

谭力行张口想反驳，却突然闭嘴了，眼睛望向刘布身后。

刘布转过头，看见秦舒阳就在不远的地方站着，满面泪痕。

刘布心里一疼。他不知道秦舒阳站了多久，只希望她没有听见刚才谭力行那些无耻无情的话。

秦舒阳哭了出来。谭力行知道舒阳哭的时候最脆弱，现在正是好时机，他赶紧抢到舒阳身前，扶着她的肩膀，轻声说："乖，别哭了，我们刚才只是在说笑……"

刘布看着两人亲密的样子，心里一酸。他知道谭力行接下来又有一套骗词说出来，可是，也许舒阳心甘情愿吧，总是好于接受残酷的事实。刘布说："是啊，我们……刚才只是说笑……"

他转过身，提着还来不及放下的蛋糕，无精打采向前走。

舒阳突然在身后喊："刘布，等等！"

刘布停住，舒阳从身后赶过来，从他手里把蛋糕接过去，三下两下撕开包装，走到谭力行面前，手一抬，把整只蛋糕狠狠糊在他脸上。

刘布看傻了。舒阳擦干眼泪，对他微笑了一下："我们一起走！"

第 30 章　用终身幸福拯救你

吴婵走到星丛楼下，看到一辆警车从门前开过，她有种不安的预感。此时手机响了，是孟途打来的。那时，警车已经开远了。

吴婵急忙上楼。孟途哭丧着脸向她讲述了事情原委。雷兵一直闷声不响垂着头。等孟途讲完，他站起身来，粗声说："不行，我要去公安局把他换回来。"

吴婵和孟途赶紧拦住。吴婵说："李与非说的对，他是星丛的负责人，这种事情总是问责责任人。他一定是评估过的，他出面损失最小。"

孟途和雷兵不再讲话，心下都是懊悔不已。

吴婵找到张律师咨询。张律师回复她："处罚可大可小。往小处说罚款、拘留。往大处说就可以很严重了。像这种情况，法律有明文规定，后果严重的，处五年以下有期徒刑或者拘役；后果特别严重的，处五年以上有期徒刑。按照你的说法，他们只是为了查找资料，没有造成破坏，那么可能只是罚款，顶多拘留。但很有可能他相当长一段时间内不能从事网络系统管理之类的工作。不过最关键的，还是要看对方的态度。"

听到最后一句话，吴婵有点发急："要看对方的态度是什么意思？"

张律师说："归根到底，处理的力度取决于对方网络系统遭到破坏的程度。这个除了公安取证，很大程度上也要听取对方的供词。如果他们能证明确实遭到严重破坏，那么结果就会很麻烦……"

吴婵心一沉。无论是费尔德还是鲍平，本来就在找茬对付李与非，此时他自行撞到枪口上，两人怎么可能轻易放过他。

她追问："那么，有什么办法把处罚降到最小呢？"

"只有一个办法——跟对方协商，请他们不要起诉，这就是俗称的

'私了'。"

鲍平早上会见的第一位客人，是吴婵。

"你找我干什么？"

吴婵轻声说："你猜不到吗？"

鲍平哼了一声："是，我猜到你会来，只是没猜到这么快。"

吴婵顾不上他语气里的讽刺，急切地说："这中间一定有误会。他们根本没想过要对迪迈造成任何破坏，而且刚开始操作就已经被制止了，所以不会有任何严重后果……"

"有没有严重后果，不是由你下结论，是由我下结论。"鲍平说。看来他早有准备，也已经咨询过法律人士。

"是的，所以我现在不是在下结论，我是在……"

"在什么？"

吴婵沉默了一会儿，轻声地、卑微地说："在求你。"

鲍平认识吴婵多年，从来没有听她这么低声下气地讲话。她看着他，眼神里是真诚的求恳。他也从来没有看到过她这样的眼神。鲍平本能地心中一软，但立刻想到，让她这样卑微、这样顺从的，不是他，是另外一个男人。她为另外一个男人，甘愿放弃她的倔强和尊严。这想法扑熄了他内心唯一的一点柔情，代之而来的是中烧的怒火。

"求我？你求我多少次也没有用！"鲍平狠狠地说，"这次不是我对付他，是他自己愚蠢落在我手里！我一定会让他身败名裂！"

"不是他……"吴婵几乎要把真相说出来，好容易克制下来，恳求说，"为什么一定要做得这么绝情呢！"

"绝情？我跟他半点交情都没有！"

"你为什么要这么恨他？"吴婵轻声问。

鲍平一时愣住了。是的，他为什么这么恨李与非？他好像从来没有仔细想过这个问题。他冷笑了："你以为我为了你吗？你别自作多情了！我鲍平会为了一个女人嫉妒？太可笑了！"

吴婵轻轻摇头："我知道你不是为了我。你恨他，因为你根本打不败他。"

吴婵声音虽然轻，却像一记重锤砸在鲍平心上。他一时想不通吴婵话里的意思，但他的潜意识里竟然觉得她说的是对的。他打不败李与非。李与非身上一往无前的热情，百折不挠的执着，几近癫狂的痴迷，都是他根本无法想象的。这个可恶的年轻人，全身上下都披挂着必胜的信念，更可恶的是，他根本没有把胜利当成唯一的尺度和信仰。他恨李与非，因为他找不到理由抨击他，也想不出办法超越他。李与非就好像海明威笔下那个跟大鱼搏斗的老人，你可以毁灭他，你却无法打败他。

而现在，他能做的，只是用卑劣的手段毁灭他。

这想法让鲍平更加暴怒。他几乎是吼道："你错了！我就是要让你看看，我怎样打败他，我怎样让他一败涂地！"

吴婵知道她再也没办法跟鲍平沟通什么。她叹了口气，慢慢向门口走去。

鲍平看着吴婵的背影，怒火燃烧。她开门的一瞬间，一个念头突然跳进鲍平的脑海。

也许有一个办法可以打败李与非。唯一的一个办法。唯一的一个人。

鲍平说："等等。"

吴婵转过身看着他。

鲍平问："你究竟想让我做什么？"

吴婵听出鲍平的口气有所和缓，似乎有商量的可能，她眼睛亮了，急忙走到鲍平面前："我想请你不要起诉星丛，不要起诉李与非。我们可以道歉，可以赔偿，怎样都可以。"

鲍平说："如果你能答应我一件事，我可以考虑你的提议。"

吴婵急切地说："什么事？你说！"

鲍平沉声说："嫁给我！"

吴婵愣住了。

"怎么？不答应吗？我们本来就已经订婚，结婚不是顺理成章的事情吗?我还能满足你这么大的一个要求,岂不是很划算的交易?"

吴婵打断他:"你也说了,'交易'!婚姻能拿来做交易吗?"

"只要你情我愿,有什么分别?"

"你情愿吗?"吴婵反问,"你……你并不爱我,不是吗?"

鲍平一怔。他不爱吴婵吗?他从来没想过这个问题。的确,他从来没把她当成白首偕老的妻子去爱,一生一世天长地久太老套了,他做不到。可是,他真的不爱她吗?这么多年,他们理所当然地在彼此身边,像家人一样。家人之间不会讨论彼此是否相爱,但是,爱就不存在吗?

他不想让吴婵看出内心复杂的想法,只是含糊地哼了一声:"那又怎样,你也不爱我,岂不是扯平了。"

吴婵悲伤而恼怒:"所以,在你心里,娶我真的是一场交易吗?你就这么想打败他?利用我打败他?"

鲍平被吴婵看破了心事,并不回答,而是远眺窗外,冷冷地说:"你可以拒绝。"

过了一会儿,鲍平听到一声关门的声音。他转头望去,吴婵已经离开了。

吴婵和李与宁一起去拘留所看望李与非。

李与非胡子拉碴,只一夜功夫,就显得憔悴。但他还是一副满不在乎的样子,跟两个人开玩笑。吴婵和与宁知道,他不过是不想让她们担心。

临走的时候,与非对妹妹说:"你能不能先出去,我有点话想单独跟吴婵说。"

与非从来没有提出过类似的要求。要是在平时,与宁早就开口打趣哥哥,此刻完全没有心情,只是听话地点头出去。

等与宁离开房间,与非收起刚才大大咧咧的表情,变得沉重起来:"我想拜托你一件事。我想……请你多照顾我的父母。"

吴婵一愣,没想到他会这么说。

与非解释:"我父母,他们表面豪放,实际上胆小得很。我害怕他们瞎担心。我本来想拜托孟途,但这家伙跟我一样粗枝大叶靠不住。与宁吧……"他声音低了下去:"那姑娘也是,外面争胜好强,其实她那个身体条件……也做不了什么……"

吴婵心里一酸,低下头去,不想让与非看到自己的表情。

与非苦笑一下:"你是不是挺看不起我,老大不小了,还是家里长子,不光没帮上家里,反倒总是连累他们……"

吴婵压着悲伤,抬起头,笑着说:"怎么你讲话像上个世纪一样,这么老套!"

与非傻乎乎地说:"老套吗?都怪我老妈每天看的电视剧,我走过路过听到就中毒了。不过我也是真没办法才找你,死马当作活马医……"

吴婵是真的被逗笑了:"你语文不好就不要随便打比方……"

与非认真地说:"我语文挺好的,要不然当不了学霸。我不过想逗你笑。"

与非语气里的真诚让吴婵心里一动。

与非接着说:"别那么担心。你要多笑一笑。你笑起来,就跟……踏雪寻梅一样。这回的比方用得好不好?"

吴婵真的笑了,真的好像雪霁初晴,也像云破月开。

与非看着她因为难得的笑容而生动明朗的脸,恨不能把一切束缚抛到脑后,拉住她的手,像上次一样把她紧紧搂在怀里。但这冲动只持续了半秒钟就被他理智地压回去。他此刻身缠两个官司,有什么权利、有什么能力抓住她。

从拘留所出来,吴婵陪与宁一起回家看望李父李母。

"你父母……已经知道了吗?"吴婵问。

"第一时间就知道了,还不是孟途那个长舌妇!"与宁恨恨地说。

"他们……心情怎么样?"

与宁没有回答吴婵的问题,只是长长叹了一口气。

与宁开车经过家附近的一个广场,突然听到一句怒喝,显然在吵架,嗓音之洪亮气势之磅礴让与宁不作第二人之想。

与宁赶紧找地方把车子停下,带着吴婵匆匆向人群聚集地赶去。

从远处判断局势,对骂阵营界限分明划为两帮,一帮男女老少十几人,另一帮只有姚美丽率领两个铁杆老姐妹,三人以弱敌强,以少抗多,士气完全不输。

姚美丽更是一马当先,吵得容光焕发:"你们这群人,一个个都是眼睛长在屁股上——只看见自己的一堆屎!我跟你们在这里费劲吵架,那是枪子儿打耗子——大材小用!"

与宁不好意思地向吴婵解释:"没错,吵架的时候,我妈就是一本行走的'歇后语大全'。"

只听姚美丽继续骂道:"别以为我不知道,你们就是嫉妒我儿子!平时找不到借口,现在是口袋里头装钉子——一个个想出头!我告诉你们,我儿子清清白白,连太阳都黑不了!"

吴婵和与宁都是心里一沉。她们这才听出来姚美丽是为了儿子吵架。原来关于李与非的新闻已经传彻街头巷尾。

一个胖姑婆说:"姚大姐,你在这里吵这么大劲有什么用,你儿子清白,让他自己出来跟我们说啊!"

姚美丽反唇相讥,又吵成一团。

与宁和吴婵正打算上前,人群被分开,李乐愚挤了出来。

那姑婆说:"你来得正好,管管你老婆,骂了半天街了,她不嫌丢人我们还嫌丢人呢!"众人知道李乐愚一向胆小怕事要面子,都指望他赶紧把这厉害角色带回家去。

李乐愚从身后一抄,手里多了一根长棍,仔细一看是姚美丽唱戏用的道具长缨枪。李乐愚长枪一举,马步一扎,摆了个一夫当关万夫莫开的姿势,护在姚美丽身前,冲那姑婆大声说:"住口!谁再敢骂我老婆骂我儿子,我就要他好看!"

在场的人全都愣住了,包括姚美丽本人。大家都被震慑了。本来吵架只是升级版的广场娱乐活动,跑出来个较真的,还携带凶器,一时间谁也不敢轻举妄动。

姚美丽看着眼前的丈夫。那枪比李乐愚还要高一点，他人单薄，持的姿势也不对，抓在手里颤颤巍巍，好笑比吓人还要多一点。她又气又想乐，鼻子却不由一酸，怕在大庭广众下失态，赶紧扯了扯丈夫，低声说："遮一边儿去，别给我丢人。"

与宁和吴婵急忙上前，分头劝说，众人这才散了。

回到家里，姚美丽余兴未消，向与宁和吴婵夸耀："好几年没吵架了，我是不是雄风犹在？你看见那些人没有，一个个灰眉土脸的，太痛快了！"她拍了拍李乐愚的肩膀："这回老李表现不错，值得夸奖！关键时刻没掉链子，真给我长脸了！中午给你炖蹄髈！"

姚美丽进厨房烧饭。与宁陪父亲聊天。吴婵打算替姚美丽帮忙，她走到厨房门口，却呆住了。

水龙头哗哗开着，冲刷着盆里的菜。姚美丽却没有站在水槽前，而是蜷坐在角落里一只小板凳上，双手捂着脸。

吴婵赶紧走过去，关上龙头，半跪在姚美丽身边，把手放在她双肩上。姚美丽慢慢抬起头，满面泪水。

吴婵一阵心酸，轻轻说："阿姨……"

姚美丽用围裙擦了一把眼泪，抽泣着说："我儿子……怎么办？他已经搭上一个官司，这回万一又被缠上，他这辈子可就完了啊！我儿子这么好，这么优秀，又聪明又勤奋，心肠还好，怎么就这么倒霉呢！"

吴婵本是不习惯表达情感的人，此时却情不自禁抱住姚美丽，那么自然，就好像抱着自己的亲人一样。"不要哭，阿姨，与非会没事的……"说着说着，她的脸色逐渐变得坚定，"我向你保证，与非这次一定会没事的！"

下班了。鲍平走出电梯，走到一楼大堂，看见吴婵迎面向他走来。

吴婵看着他，脸上一副破釜沉舟的决绝。她问："你早上说的交易，现在还有效吗？"

鲍平嘴角一扬，得意地笑了。

当晚，与非走出拘留所。临走的时候，一名公安说："你小子真运气，对方竟然不告你，连案底都不用留。"

与非很疑惑。他知道鲍平不可能对他这么友善。

他刚出门，就被孟途和雷兵狠狠抱住。虽然只是一天一夜，对他们都像等了一个世纪一样。

晚上，李家大摆宴席，为与非接风洗尘，扫除晦气。该来的都来了，只除了一个人。

吴婵。

起初，与非以为她有事迟到。眼看大家准备开吃，他忍不住问："不等了吗？"

赵峰问："等吉时吗？这个还有讲究？"

与非不好意思再说话。所有人都为他祝贺，也不能扫了大家的兴。只是本能感觉，大家明显在躲闪着他的眼光。

那一晚，吴婵始终没来。

第二天，李与非早早上班，眼巴巴望着门口。眼看钟表指针从七点半移到九点，十点，十点半，却始终不见吴婵的身影。这其间，他不知打了多少吴婵的电话，始终无人接听。

与非忍不住了，站起来就往门外冲。他要去找吴婵。门外走进一人，险些撞了个满怀，却是秦舒阳。

"我找你。"舒阳说。

"等会儿再说，我现在有事。"与非焦躁地说。

"我知道你有什么事，所以才找你。"

与非疑惑地看着舒阳。舒阳把一封信递给他："这是吴婵给你的。"

与非一把抓过来，信封上写着两个大字："辞呈。"与非三两下把里面的信抽出来，但只是简短的两句话，标准的公文体辞职信，甚至不是手写，是打印的信，只在最后签了个名字，完全不包含任何信息。

与非拦住秦舒阳:"到底怎么回事?"

舒阳看着他,眼神里是真挚的同情和伤感:"她……她不让我说。"

"不让你说?也不让其他人说,对吗?"与非的声音不由自主就抬高了,他扫视一圈办公室,大家都低下头去,躲着他的眼光。与非恼了,大声质问:"你们所有人都知道,就是瞒着我一个,对吗?"

孟途垂着头,低声说:"不是我们要瞒你,实在是……不知道该怎么跟你讲……"

与非更确信了。所有的人都在隐藏一个秘密,这个秘密跟吴婵的消失有关,也跟他平安无恙被释放有关。

与非赌气地说:"好,你们不跟我讲,我自己去找她,我亲口去问她!"

他拔腿就往门外走,却被秦舒阳一把抓住:"不要去!她不想见你!"

"我不管!"与非甩开她,继续走。

舒阳忍不住了,大声喊:"她要结婚了!"

这句话就好像一道闪电劈中了李与非,把他定在原地。

过了很久,他才僵硬地转过身,看着秦舒阳。

舒阳缓慢地、近乎残忍地说:"她要结婚了。会在美国举行婚礼。会在你庭审的那一天。"

与非扫视了大家一圈。每个人都低头沉默不语,都不想让他看到自己伤心不忍的表情。与非只恨自己逻辑推理太强。他把一连串的问号拼起来,瞬间得到答案。

与非再转头看着舒阳,轻声问:"她是……为了我吗?"

舒阳低下头去,没有说话。

鲍平坐在办公室里,听到门口一阵骚乱。他正打算打电话给秘书询问怎么回事,门已经被撞开,李与非冲了进来。

秘书紧跟着跑进来,慌慌张张道歉:"鲍总,真对不起,我怎么也拦不住他……"

鲍平挥挥手让秘书出去。

李与非怒喝："我一直当你是吴婵的……朋友，没想到你这么卑鄙！"

鲍平耸耸肩："李总，我可是刚刚放你一马，你不好好谢我，还要上门骂我？这就是明星企业家的教养吗？"

"你竟然趁人之危，去威胁一个女人！"

"威胁？她是我的未婚妻，我们男婚女嫁再正常不过，怎么谈得上威胁？"

"你！你根本就不爱她，为什么要绑架她！"

鲍平脸一沉："你凭什么说我不爱她？"

李与非冲口而出："你关心过她吗？你保护过她吗？她累的时候你陪伴过吗？她病的时候你照顾过吗？她哭的时候你心疼过吗？你们在一起的时候你幸福过吗？你们分开的时候你思念过吗？你问问你自己有没有！你怎么敢说你爱她！"

鲍平本想心平气和地羞辱李与非一番，此刻被他咄咄逼人的质问触怒了。他怒不是因为无法回答李与非的问题，而是从这些细致入微的问题里，他看到李与非对吴婵淋漓尽致的感情，这无疑是对他的僭越。鲍平冷哼一声："所以，你爱她，对吗？"

李与非被问到了。

鲍平追问："你气势汹汹地跑过来，却连我这个问题都不敢回应，你有什么资格在这里叫板？你连喜欢她都不敢承认，你站在什么立场上维护她？"

李与非沉默着。鲍平抓到了他的痛点。何止对鲍平，他对吴婵也没有承认过，他甚至对自己也没有承认过。

鲍平继续讽刺："你自己偷偷摸摸，还有脸跑来质疑我？我是她堂堂正正的未婚夫，见不得人的是你们俩！"

两个人的争吵已经引来员工的围观。人们交头接耳，议论纷纷。

李与非胸口热了。他可以承受误解和侮辱，但他不能容忍别人误解和侮辱吴婵。李与非大声说："我们两个人清清白白，没有做过任何见不得人的事！是！我爱她！那又怎样，她是个那么好的女人，她值得爱！我爱她，所以我更会尊重她，我不会做任何伤害她的事！"

听到李与非亲口承认，鲍平的愤怒更深了。同时，他也享受到更深的快感。他做这一切，不就是为了打击李与非吗？李与非对吴婵的感情越强烈，承受的打击就越沉重。鲍平狠狠回击："你算什么东西？打别人未婚妻的主意，还问我爱不爱她！我现在就明确告诉你，没错，我根本不爱她，我对她一点感情都没有！我娶她，就是要你眼睁睁看着！这辈子她幸福不幸福，你只能眼睁睁看着，一点办法都没有！要怪只能怪你自己违法乱纪，到头来让一个女人来救你！"

李与非忍无可忍，挥拳向鲍平击过去。此时保安人员已经冲进来，及时拉住了他。

鲍平命令保安："把他赶出去！以后再见到这个人出现，立刻报警！"他见李与非被保安扭得结结实实不能反抗，凑到李与非面前，冷笑："我劝你最好老实一点！下次再进公安局，你就没那么快出来了！以吴婵的姿色，只够救你一次，救不了第二次！"

李与非怒不可遏："你这个混蛋！"

鲍平哈哈大笑："留点力气慢慢骂，我们还要在美国见面呢！还有一场官司要打呢！"

保安把李与非往外拖，他一边挣扎一边怒骂："你这个混蛋！你配不上吴婵这么好的女人！你等着，我一定会应诉的！我一定会光明正大地把星丛赢回来！把我最心爱的女人赢回来！"

第 31 章　应战美利坚

李与非脸色阴沉，目不转睛地盯着电脑屏幕，完全没有发现孟途、雷兵等人走进办公室。

"你在忙什么？"孟途小心翼翼地问。自从李与非得知吴婵要结婚的消息，一直郁郁寡欢。大家都不敢主动和他讲话。

与非充耳不闻。孟途和雷兵对视一眼，壮着胆子走到他身边。屏幕上是星丛办公室的画面。

"是咱们办公室的闭路电视啊。"雷兵说。

"嗯。"与非回答。

画面上出现李与非和菲欧娜。"这是菲欧娜陪你回来的那天！"孟途说。

"嗯。"

孟途激动起来："对啊，我怎么没想到调闭路电视录像！看看那蛇蝎女人到底干了些什么！"

"没用的。"李与非颓然回答，"我看三遍了。她很狡猾，完全避开了摄像头！她根本就是有预谋的！我怎么这么蠢！"李与非猛力捶打自己的脑袋。

"还没找到她吗？"雷兵问。

李与非沮丧地摇头。他们也都知道，即使找到也无济于事。菲欧娜既然处心积虑偷走了资料，怎么可能承认。

"你……必须订机票去美国了。"孟途提醒，"三十天的抗辩期马上到期了。如果你不出庭，就会缺席审判。"

李与非的脸色更阴沉了。

夜深人静。秦舒阳和吴婵走进星丛办公室。舒阳是陪吴婵整理私人物品。吴婵不想白天来。

　　舒阳一边整理，一边观察吴婵的神色，终于忍不住问："你就真打算这么偷偷摸摸地走了？连个招呼都不打？"

　　吴婵苦涩地笑了一下："既然已经到这个地步，还是断得干脆一点。"

　　"你不觉得这样对他不公平？"

　　"他……会理解的。"

　　"那么你呢！"舒阳问，"对你自己不是更不公平！这是结婚啊！你就打算跟那样一个人过一辈子？"

　　吴婵淡淡地说："我们俩订婚了这么多年，这个结局我早就接受了，现在没什么分别。"

　　"当然有分别！你认识了新的人啊！你能保证以后你再也不会想到他？你是跟他断干脆了，你跟自己能断得干脆吗？"

　　吴婵沉默了一会儿。舒阳意识到自己的话引起吴婵的伤感，虽然都是事实。她走过去，揽住吴婵的肩膀："对不起……"

　　吴婵勉强笑了笑："没事。要么你帮我买杯咖啡，我自己慢慢整理。"

　　舒阳知道吴婵想独处一会儿，这也许是她最后一次来到星丛了。舒阳体谅地点点头，离开了。

　　吴婵走到李与非的办公桌前，坐在他的椅子上。她侧头枕在椅背上，想象着李与非曾经留下的体温。她摸着他桌面上的每一处，想象着他在桌前全神贯注的样子，想象着他傻乎乎地气她，小心翼翼地观察她，处心积虑地哄她的样子。

　　一个圆滚滚的物件引起吴婵的注意，是李与非为她改造的智能机器人 No No。几天前 No No 不小心被保洁阿姨用水溅湿失灵，李与非不等吴婵讲话，主动提出为她修理。之后变故迭起，他也没机会还给吴婵。

　　吴婵试着叫："你好，No No！"

　　一圈蓝光在 No No 头上亮起。果然已经修好了。"你好，主人！"

"好久不见了，你想我吗？"

"主人，你一直在我的大脑里，我从来没有忘记过。"

吴婵苦笑："你大脑里存了那么多东西，能记得我这个人也不奇怪。"

小机器人回答："我的大脑里有很多'东西'，但是人只有一个。你是唯一的，主人。"

小机器人这句话语调平平，不含任何感情，却好像一道巨浪冲毁了吴婵内心最后的堤坝。她紧紧把 No No 抱在怀里。

不知道过了多久，吴婵才收拾情绪，直起身子。她拿起 No No，准备把它放进自己的箱子带回去。站起来的一瞬间，一个念头突然闪过脑海。

秦舒阳端着咖啡进来，看见吴婵站在李与非的办公桌前，手里捧着机器人，像被咒语击中一样，呆立不动，眼睛里闪着异样的光芒。

舒阳吓了一跳，以为吴婵情绪出了问题，赶紧跑过去："怎么了？"

吴婵转头盯着她，脸上表情看不出是悲是喜："摄像头！"

"什么？"

"摄像头！"吴婵举起手里的小机器人，激动地喊，"李与非把这个机器人交给我的时候曾经说过，它的眼里装了摄像头！这个装了摄像头的小机器人，一直放在他的桌面上！"

舒阳立刻猜到了吴婵的意思，几乎兴奋地跳起来。两个人再也不敢说话，生怕猜错了。舒阳飞奔着找来工具，小心翼翼地把机器人拆开，取出里面的存储卡，把存储卡接在电脑上。她们找到遇到菲欧娜当天的视频文件。

屏幕上清清楚楚显示出那天的场景。菲欧娜使出浑身解数，李与非茫然不为所动；李与非酒入愁肠，很快睡着；菲欧娜狡黠地拍了拍李与非的脸颊，然后坐在电脑前拷贝文件。

视频定格在菲欧娜志得意满的笑脸上。吴婵和舒阳静默了片刻，简直无法相信，踏破铁鞋无觅处，得来全不费工夫。隔了几秒钟，她们俩同时欢呼起来，紧紧拥抱对方。

入夜，李与非的手机突然响了。显示的名字竟然是他多天都找不到的吴婵。

与非在一秒钟之内接通，生怕多等一秒她就会消失。

"我在你家楼下。"吴婵轻声说。

一分钟之后，李与非就奔出了楼。他连外套、甚至连袜子都没有穿，赤着脚，气喘吁吁。

吴婵举着存储卡，兴奋地告诉李与非这里面就是菲欧娜的证据："把这个交给法庭，这个官司我们赢定了！"

与非也是一喜。但他想赢的不止官司。这么多天的分离给了与非莫大的勇气，他踏前一步，一把握住吴婵的手，贴在自己胸前，热切地说："如果我们赢了，你就回来，好不好？"

吴婵一愣。与非的直率出乎她的意料。她能想象到这直率背后，是多么强烈的依恋。

两个人久久凝视着。与非看着吴婵的眼睛，心在不断下沉。他知道，肯定的回答不会花费这么久的时间，拒绝才会。

果然，过了很久，吴婵慢慢抽回手，摇了摇头："对不起……"

李与非喃喃地说："别，别跟我说对不起！对不起后面从来不会跟着好话……"

吴婵低下头，轻声说："我早就订婚了，你又不是不知道……"

"可是你结婚是为了我！"

"不是！"吴婵违心地说。事已至此，她又何必让李与非内疚："有没有你都没什么分别。我和他的婚姻，不只是我们两个人，是两个家庭，我们……"

"门当户对，是吗？"

吴婵沉默了一会儿，狠着心点了点头。

与非的心冷了下去。过了很久，他轻声说："你要我祝福你吗？"

吴婵一阵酸楚。过了很久，她轻轻推开李与非："我走了，你好好准备庭审……"

"没有你,这案子我赢了又怎样!"

"你不是为了我,你是为了星丛!这是星丛的前途,你要担起责任!"吴婵说完,狠心转过身向前走去。

李与非在她背后大声喊:"那你的前途呢?谁来替你担啊?"

吴婵越走越远,李与非再也看不见她微微颤抖的背,更看不到她满脸的泪水。

张律师约与非见面,提醒他:"你去美国应诉的话,我可以继续给你提供建议,但不能做你的律师,我没有美国的执业资格。我可以帮你介绍我的朋友,费用可以给你打折。但……说实话,即便打折,还是很贵。"

李与非道谢,他把存储卡里的录像给张律师看:"有了这个视频作证据,我们是不是就有把握胜诉?"

张律师回答:"胜算大了很多。"

李与非注意到他的措辞,显然没有百分之百的确认,他问:"您的意思是?"

张律师沉默一下,说:"我跟你讲实话。法律讲证据链,需要有一系列客观事实和证据。孤立的物证是不是有说服力,要看法官怎么判。我不是很确信。"

李与非默然。他向张律师道别,走到门口,问:"您说的那位美国律师,不是您的朋友,是吴婵的朋友吧?"

张律师一愣,问:"你怎么知道?"无疑已经承认。

"我还没听说哪个美国律师收费能打折。是她预先付费了吧?"

张律师有点尴尬地笑了:"你这小伙子真的很聪明,怪不得……"他没有说下去。吴婵委托他的时候,欲言又止的哀伤表情已经说明了一切。张律师也是个聪明人。

晚上,李家又挤满了客人。大家都知道李与非马上就要飞到美国应诉,纷纷赶来送行。

377

孟途把一只信封交给李与非:"这是我们大家凑的分子,数目不多,聊胜于无。"

李与非苦笑:"你们当我去美国讨饭吗?"

孟途担忧地说:"你去美国不是讨饭,但美国律师的确是打劫。"

与非无法反驳。

与宁插了进来,也塞给李与非一张卡:"那我也见样学样吧,请个好点的律师。"

与非把与宁的银行卡递给她:"傻丫头,自己留着吧。你长这么丑,要是不存点嫁妆,以后没人要了!"

与宁脸一红,正准备反驳,赵峰举起手发言:"师兄,那个,既然已经说到这里,要么我要吧。"

房间重新落入一片静寂。谁也没想到赵峰冒出这样一句话,惊得大家大眼瞪小眼。连与宁都大出意外,饶是她爽朗干脆,也羞得满脸绯红。

赵峰站起来,向李乐愚夫妇和李与非拼命鞠躬:"对不起伯父伯母,对不起师兄,我没经过你们批准就擅自跟与宁谈恋爱,都是我的错……"

李乐愚夫妇保持着目瞪口呆的状态。与非第一个反应过来,一个擒拿手扭住赵峰胳膊:"你这混账小子,胆子不小啊!竟然敢在我眼皮底下打我妹妹的主意?"

赵峰连连喊痛,与宁赶紧阻拦:"李与非!你要是敢欺负他,我让你看不到明天的太阳!"

与非大惊,转头向父母求助:"你们听见没有,这臭丫头,这么快就胳膊肘往外拐!"

没想到姚美丽把李与非拉到一边,小声交代:"好了好了,差不多就得了,好容易冒出来个女婿,别真打跑了。"

李与非很不满:"姚美丽你也太没原则了吧,咱们家是女孩子,你也不矜持一点。"

"让我来!"李乐愚挺身而出。他一脸严肃转向赵峰:"你老实交代,为什么喜欢我们家与宁?"

姚美丽不满地阻拦:"哎,有你这么盘问的嘛……"

她还没说完,赵峰已经毫不犹豫地回答:"因为她好!她又漂亮又帅气,又聪明又调皮,又温柔又坚强。她比我见过的所有女生都特别!我不光想跟她谈恋爱,我还想跟她谈一辈子恋爱!"

姚美丽"啊"了一声,揉了揉眼睛:"我家与宁……就是这样的……"

李乐愚和与非半天说不出话。过了一会儿,与非咳嗽了一声,说:"真肉麻。"

机场上,与非与大家道别。两人从他们身边走过。与非早已看见,是鲍平和吴婵。

鲍平带着吴婵主动迎上去:"真巧啊。"

孟途等人恨恨地看着他。与非向两人点了点头,平静但不失礼。

鲍平得意地笑道:"居然会搭同一班飞机,不知道的人还以为我故意的呢。"

赵峰忍不住骂:"你别太嚣张!"

与非制止了他,回头淡定地对鲍平说:"你就算真是故意也没关系。能被你这样放在心上,我也荣幸得很。"

鲍平的笑容僵了一下。与非身边的人却笑了起来。

吴婵一直眼望别处,不敢看李与非。此时听到这话,心里不禁一热。李与非还是那个李与非,打不败击不倒。她怎么能不为他骄傲。

鲍平尖刻地说:"看来你心情不错。好好享受这最后的时光吧,等庭审结果出来,我看你还能不能笑出来!哦,别忘了,上庭结束后过来喝我一杯喜酒啊!"

终于,李与非的脸色阴沉了下去。

鲍平故意亲密地搂着吴婵离开。

鲍平和吴婵坐在前面的商务舱。飞行了几个小时,吴婵始终望着窗外,一声不吭。

鲍平问:"跟我在一起,心情不好吗?"

吴婵不语。

鲍平阴阳怪气地说:"我知道你在想他。你那么放不下,不如过去看看他啊!"

吴婵转回头看着鲍平。她脸上没有愤怒,甚至没有忧伤,更仿佛是同情。她淡淡地说:"放不下的不是我,是你!你越抓住他不放,就越说明你活在他的阴影里!"

鲍平恼怒地瞪着她,却无言以对。

吴婵转回头,继续盯着窗外沉沉的夜色。谁也没有看见,两行泪水正静静地划过她的脸庞。

刘布从老家回来以后,又恢复了学校咖啡厅的打工身份。陆博士喜出望外,毕竟贴钱打工的人不好找。

每天下午五点钟,是刘布最开心的时候。舒阳下课,总会到这里来喝杯咖啡。自从刘布回来之后,舒阳对刘布也和蔼了很多,空闲的时候还会指导他读书。以至于陆博士有种错觉,照这个趋势下去,刘布真能考上研究生也说不定。

这天五点钟,舒阳却没有露面。刘布的短脖子都伸长了好几倍,望眼欲穿。

陆博士看不下去了,说:"秦教授应该是去听讲座了。"

"什么讲座?"

"今天谭力行院长给全院学生做讲座。新晋国家级荣誉学者,平时也不上课。大咖难得讲一次,大礼堂估计就要挤爆了。"

陆博士说完话抬头,刘布已经不见了。

刘布气喘吁吁地跑进大礼堂,一眼就看见舒阳在最后一排坐着,看着台上的谭力行。她目光盈盈,分不清是崇拜还是幽怨。

谭力行讲道:

"作为世界第二大经济体,我们的科技水平跟美国相差很远。科技领域缺乏重大突破……"

刘布有点坐不住。这么说星丛那么多高智商都是吃干饭的吗？但他转头看看秦舒阳，又不敢出口顶撞谭力行。

谭力行继续说："别说我们造不出大型喷气式发动机，造不出最精密的光刻机，我们连最简单的圆珠笔头都要靠进口，中国制造的水平实在是悲哀！我们处处被人卡脖子！所以同学们，你们任重而道远啊……"

刘布再也忍不住了。乌压压的听众席里举起一只胖胳膊。

谭力行问："是哪位同学，有什么问题吗？"

刘布站起来，谭力行和秦舒阳同时吃了一惊。整个大礼堂学历最低的估计就是他了。刘布说："谭教授，我冒昧啊，但我公司设计出来的芯片，才跟美国人干了一架，而且还赢了他们，你说我们被卡了什么脖子，脚脖子吗？"

同学们哄堂大笑。谭力行冷笑："就是被指控剽窃的那块芯片吗？"

"法庭还没判，谁剽窃谁还不一定呢！"

"你哪个专业毕业的？你对半导体行业了解多少？"

刘布被问到痛处，嗫嚅着坐下。

谭力行心里暗哼了一声，继续发言："不说半导体，我跟同学们分享一件最近的事情。我们目前在南部山区建造一条铁路，全线桥隧比例高达75％，施工难度极大。国家一直在宣传我们在这条铁路的难点工程项目上有多少重大突破，但是你们知道吗？"谭力行顿了一顿，故意卖关子。他刻意换了个技术领域，料想那胖子再也没本事捣乱："其中有一段关键工程，有一段隧道，就在上个月，大号掘进机转渣皮带机驱动滚筒出了故障。滚筒制作的部分配件是德国进口的，我们根本做不出这么精密的配件。你们想想看，这么伟大的工程，我们居然连一个小小的滚筒配件都要进口……"

胖胳膊又举了起来。

谭力行头也大了。他想装作没看见，但刘布一个人占了两个人的位置，宽大的身躯晃来晃去，已经引起了不少人的注意。谭力行思忖一下，谅胖子不可能说出什么所以然来，索性大方地点名："你又有什么问题？"

"谭教授，你说的不对！当时项目部找到了当地铁路建设办公室，领导立马联系周边几家机械设备制造工厂，几个工厂合着伙干，三天内就完成了驱动滚筒定做，精度跟德国人做得一点都不差。"

谭力行怒了："你别道听途说！"

这成语刘布没听懂，他大声回答："我不是听道上讲的，是我二舅亲口告诉我的！"

"你二舅？敢问你二舅是哪个大学的教授？"谭力行讥讽地问。

"他哪里的教授都不是，他就是承包了那个隧道工程，那滚筒就是他亲自带着工程队找的铁路建设办公室……"

这一下大礼堂炸了，学生们有的笑，有的惊呼，有的鼓掌，乱成一团。

刘布在一团热闹中继续自顾自说："不信你去调查，滚筒现在还用着呢……"

谭力行的脸色已经由红转紫。他看到秦舒阳就坐在刘布不远的地方，扬声问："秦教授，这是你的学生吗？麻烦你管一管，不学无术，还在这里干扰正常教学秩序！"

刘布立刻软了下来。他刚才两次发问是实在憋不住，现在才意识到当面顶撞舒阳的男神，这是何等大错。他缩着脑袋，正想悄悄溜走，突听身边的舒阳清脆地说："对，他是我的学生！我觉得他说得很好！中国制造和中国科技的确和国际最高水平有很大差距，但我们也在一些领域做出了突破，青蒿素，杂交水稻，超级计算机，民用无人机，人工智能处理器，液态金属，航天技术……这些中国都可以说处在领先地位。盲目自大当然不可取，盲目自卑同样也没必要。"

谭力行愣住了。

大礼堂静默了片刻，响起热烈的掌声。鼓掌最起劲的，当然是刘布。

讲座结束后，谭力行把秦舒阳叫到一边，狠狠地说道："从今天起，我不想再看到这个胖子进校园！"

"怎么，你怕了他吗？"

"我只是讨厌他而已！怕，笑话，他有哪里比我强？"

舒阳淡淡地说："他比你年轻。"

谭力行脸一红，怒道："你什么时候变得这么浅薄？年轻，年轻有什么好？"

舒阳略带讥讽地一笑，说："我说的不只是年龄，而是那种热情和冲劲。刘布和他的同龄人，正在热情洋溢地用他们的努力改变这个社会，让自己的生活，也让我们的国家变得更好。不像……有些老人们，他们只会躺在老资历和功劳簿上，崇洋媚外，倚老卖老！"

谭力行的脸阵红阵白，还没等他想到如何反驳，舒阳已经走开。走了两步，又转过头来，说："谭教授，你不要再哗众取宠了。那个圆珠笔头的例子，你已经讲了十年了！你是真不知道还是假不知道，我们的制笔工业，从笔头到墨水再到生产设备，早在'十二五'期间，就已经有自主产权了！"

舒阳刚走了两步，只见一个宽硕身影在旁边闪了一下，试图躲进树后。舒阳立刻认出来："刘布，出来！这树遮不住你，露了一半在外面呢！"

刘布害羞地从树后出来，满脸喜气洋洋。

"你都听到了？"

刘布像只两百斤的猴子一样，喜得抓耳挠腮："听，听见了……秦教授在夸我……"

舒阳想装得严肃，看见他这样子实在绷不住，噗嗤笑了出来。笑完说："以后好好看书，那么多人都知道你是我学生了，别给我丢脸！"

刘布一迭声答应："我一定好好看书！就算丢我二舅的脸，也不会丢秦教授的脸！"说完撒丫子就想跑。

舒阳叫住："你去哪里？"

"咖啡厅看书啊！"

"那我呢？"舒阳突然问。

刘布愣住了，想了想，问："那您给我补习？"

舒阳走到他身前，低着头，轻声说："你有没有听过一句话，一张一

383

弛，文武之道？"

"没听过。"刘布干脆地答。

舒阳脸一红，恼道："我意思是，今天不忙看书，我们可以去做点别的……"

"别的？去买书？"

"不是！去兜兜风……"舒阳的脸红得像此时的晚霞。

刘布张口结舌，愣在那里，完全听不懂舒阳在说什么。

舒阳眼看绝不可能指望刘布靠自己的智商琢磨出来她的意思，于是，她再走近前一步，握住了刘布的手。

刘布愣愣地看着她，突然大叫一声："哎呦，我的亲娘！"啪得仰天摔倒。

舒阳吓坏了，赶紧蹲下去查看，刘布又啪得蹦起来，重新站在舒阳面前，问："秦教授，您这是……啥意思？您要不说，我可就胡思乱想了……"

舒阳屏住笑："那你想吧！"

刘布眼前金星直冒，要不是舒阳的手还握着他，简直要昏倒过去。他哆哆嗦嗦说："不行我得趁心梗之前问清楚，秦教授，您看我长得这么困难，我配吗……"

舒阳用一根手指堵住他的嘴，小声说："你可以等我变丑……"

刘布终于有了些真实感，眼前的金星顿时变成飞扬跳舞的小天使："不会的，你不会变丑的！我们，我们去兜风！"突然想起一件事："唉我把车卖了给李与非拿去打官司了！"

"那就再买一辆！"

刘布惭愧地说："钱都给公司了……我没钱了……"

舒阳笑眯眯地说："那我们买辆便宜的……"

一个小时之后，绿树成荫的环城路上，多了一对骑行的男女。刘布吭吭哧哧蹬着自行车，勉强追在舒阳后面。终于挨到下坡路，两人一路冲了下去。

刘布大声说："秦教授，您看我终于骑出来了一点法拉利的感觉！"

两个人的笑声，撒在黄昏的林荫路上。

第32章 藏在"芯"上的秘密

第一次庭审并不顺利。

李与非的辩护律师提供了视频,但对方律师也早有准备。他们展示了李与非当天与菲欧娜一起进餐的证据,一起返回星丛的闭路电视视频、李与非通过外卖叫红酒的订单。

对方律师称:"一切表明李与非先生是在清醒且愉悦的状态下主动带此女士来到办公室。视频虽然显示该女士在电脑前操作,但既不说明她未经李与非先生允许,也不说明她当时就是在拷贝李先生的重要资料,更不说明该女士与迪迈公司有关系。"

庭审结束后,李与非无需多问,只看律师的脸色就知道,结果不乐观。

李与非问:"我们还能做什么?"

律师回答:"要么找到菲欧娜本人,并且说服她作证,让她亲口承认偷了你们的资料给迪迈;要么就是找到新的、非常非常强大的证据,否则……"

李与非心情沉重。这两个提议目前听来,都是不可完成的任务。

李与非大脑一片空白,茫无目的地走着。

不知走了多久,来到一家中心广场。他随便找了一张长椅坐下,呆呆看着前方。正是下午,人们结束了工作,结伴出来购物或者玩耍。

李与非看着那些喜悦满足的脸庞,内心生出一丝奇怪的情绪,好像病毒一样很快扩展到他的四肢百骸,让他有种想哭的冲动。他从来没有过这样的感受,好像是悲伤,却比悲伤更空洞。在那一刹那,他很想掏出电话，在通讯录里随便找一个人，拨通号码，跟他或者她聊聊天，说什么都可以。

他真的掏出电话，打开通讯录，翻了一遍，最后还是停留在一个名字上：吴婵。

与非用手抱住头，拼命压制着眼看要吞噬他的情绪。他终于知道，这种情绪叫孤独。

有人拍了拍他的肩膀。李与非抬起头，是个胡子拉碴的白人流浪汉。

"能给我买罐啤酒吗？"流浪汉问。

李与非急忙点头。此时此刻，他很高兴有人能把他带出孤单，哪怕只是陌生人。

李与非从旁边的自动售卖机买了两罐啤酒，和流浪汉一起碰杯。

流浪汉问："心情不好吗？"

李与非苦笑一下，不语。

流浪汉望着身边欢快的人群，说："很正常。在硅谷，有多少成功就有更多失败；有多少快乐就有多少倒霉。"

李与非听他说得深刻，不由点头："是啊。"

流浪汉指着广场后面一片整洁豪华的居住区，说："我曾经就住在那边。"

李与非听他用了过去式："曾经？"

流浪汉自嘲地笑了："曾经。我还曾经是一家创业公司的CEO。"

李与非吃惊地看着他。

"很简单，创业失败了。"

李与非突然觉得莫名好笑，指着自己说："我也是。CEO，创业……很快要失败了。"

流浪汉也哈哈大笑："放心，我不是因为创业失败才变成这样的。"

"那是因为什么？"

"离婚。"

两个人相对大笑，连眼泪都要笑出来。

本来晴朗的天空突然涌上阴云，再过一会儿，开始下起雨来。

"看，老天嫌我们还不够倒霉。"流浪汉说着，急忙起身，看李与非还坐在原地，问："你不找地方避雨吗？"

"我想淋一会儿。看看老天还能让我们多倒霉。"

"不，不，不。"流浪汉一叠声地劝阻，"一个倒霉的人是生不起病的，你一定没钱买医疗保险。"

这句话立刻说服了李与非。他也站起来，跑向对面的商厦避雨。

李与非站在屋檐下，擦拭身上的雨水。他无意中回头，看见商场里走过一个熟悉的身影。那女子一头金色长发，身材高挑，穿着裹得紧紧的裙子，曲线玲珑。

踏破铁鞋无觅处。竟然是菲欧娜。

李与非一阵狂喜，当时就想叫出她的名字，但立刻想到，菲欧娜已经躲他了这么久，此刻绝不会乐于见到他。与非立刻收声，悄悄向她走过去。

菲欧娜步入一家高级时装店，店员满面笑容迎接。菲欧娜选了一件衣服，站在镜子前照了一会儿，走进更衣室。

李与非想了一下，走进店内。柜员迎上来，李与非指着更衣室说："刚才是我太太，我在这里等她。"

店员笑着点头。

十五分钟过去，菲欧娜还没有出来。李与非急了，不顾店员阻拦，冲到更衣室一看，暗暗叫苦。更衣室空无一人，旁边有扇小门，通往商场外部。

李与非回想，店内的镜子向外，他刚才悄悄靠近的时候，一定早已被照镜子的菲欧娜看在眼里。

李与非拉开小门，冲了出去。

商场外，雨已经停了。李与非放眼望去，视野里没有菲欧娜的影子。他深呼吸了两下，按捺心头的恼怒和烦乱，用五秒钟思考。

菲欧娜怕被他抓到，所以现在正想办法离开。

她从这里离开,要么是出租车,要么是开车。

以她的实力和生活品位,不可能没有自己的车。

这是一个占地面积很大的商场,从刚才的商店走到底下停车场、缴费、开车,花费时间应该超过十五分钟。

那么,菲欧娜现在还没有完全离开,正在离开的边缘。

李与非抬头看商场指示牌,向停车场出口跑去。

他推断对了。离出口还有三百米的时候,一辆红色跑车从停车场出口飞速驶出来,正是菲欧娜。

菲欧娜没想到李与非就在眼前,吃了一惊。她应变很快,猛打方向盘,从他身边堪堪擦过,继而驶上行车道。

李与非眼看靠双腿根本追不上,急忙冲到不远处的出租车停靠点,跳进等待的第一辆出租车。

"帮我追上前面那辆车!"

"不,不!"司机是位中年胖大叔,把头摇得像拨浪鼓,"我不想惹麻烦。"

事关紧急,李与非脑子转得更快了,灵机一动,说:"那是我太太,她背着我出轨,如果我抓不到她的过错证据,我就……"李与非看到车前放了张合影,是胖大叔和两个天真可爱的小女孩,显然是他的女儿,于是说道,"我就拿不到我女儿的抚养权!"

果然,胖大叔义愤填膺:"贱女人!坐好,我马上帮你追到她!"三秒钟内发动车子,像离弦的箭一样冲了出去,吓得李与非赶紧系好安全带。

不久,菲欧娜就发现自己被追,猛踩油门加速。出租车和菲欧娜的高级跑车显然性能相差甚远,距离越拉越大。

李与非焦急地问:"怎么办?"

"放心!她有跑车……"胖大叔得意地指指自己的大脑门,"我有地图。"他一个右转,开上一条岔道:"我知道一条近路。"

李与非跷起大拇指。

等胖大叔重新开进主道,果然菲欧娜的红色跑车就从眼前驶过。胖大叔开到菲欧娜旁边,向她一挥拳头,菲欧娜吓得急忙向旁边让开。

两辆车并排快速行驶,场面一度像电影里的追车镜头一样险象环生。

"菲欧娜,停车!你不可能永远躲起来!"李与非喊。

胖大叔一边开车一边百忙之中帮着吆喝:"坏女人,听着,快停下!"

正在你追我赶的紧要关头,出租车的车头突然冒出烟来。出租车毕竟不能承受高速运行,发动机出了故障。车子颠簸一阵子,速度越来越慢,终于停了下来。

胖大叔一阵咒骂,却无计可施。李与非下车,无奈望着菲欧娜越开越远。

胖大叔惭愧地向李与非道歉。李与非苦笑:"没关系,也许是注定的。"

李与非恢复到下午的模样,继续漫无目的地步行。此时天已经黑了。不知过了多久,眼前灯火辉煌,走到一个商业区。他抬起头,发现自己无巧不巧就站在一家迪迈销售门店前。这家店规模不小,门口一块巨大的液晶显示屏,滚动播放着迪迈的产品广告。此刻播放的就是迪迈最新款的硅光子芯片广告。

广告的主题语是:"让科技成为时尚。"这款时尚的硅光子芯片,用各种效果从各个角度展示在大屏幕上。

与非凝视着大屏幕。一个失败者凝视着一个卑鄙者的成功。他眼睁睁看着迪迈盗走自己和几百名员工的心血,还要反咬一口,却偏偏无法证明。他幻想自己就像孙悟空一样,变出一个分身来,一棒砸烂大屏幕,对着所有人大喊:"别相信他!他是一个骗子!一个无耻之徒!"

可是他什么都不能做。他知道只要做出任何一个冲动的举动,他就会在五分钟之内被荷枪实弹的美国警察带走。

与非狠狠攥紧拳头,胸口都被怒火烧痛了。

然而,他不得不承认,迪迈内部毕竟人才济济,他们对芯片外观做了精巧的设计,让原本功能性的芯片看上去十分酷炫。屏幕前不时走过年轻人,仔细观看广告,发出赞叹。

除了外观，广告里还闪现了芯片的内部架构，当然，关键性的设计是隐藏的，只是为观众造成"该产品精密复杂"的印象。

与非长出了口气，最后看了一眼大屏幕，转身准备离开。

在转身的刹那，最后看到的那一眼画面却依然滞留在眼前。那一闪即过的镜头好像破空而来的羽箭，射中了他的灵感。

有什么地方不对……

他迅速转回身来，直盯着屏幕。刚才的镜头已经过去，他只能等着又一遍重播。

一闪而过的内部架构，内部架构，内部架构……

与非僵立在那里，一连又看了五遍，终于确认他看清楚了他想看到的一处。他的身体有点发抖。

他冲进店内，问柜员："广告里这款最新的芯片，你们出售吗？"

"当然。"柜员笑着说，"我们的目的就是让芯片像时尚用品一样流行。"

与非买了五片。他又到五金店买了螺丝刀、镊子、刮刀、放大镜等工具，又买了专用的药水，然后急不可耐地返回酒店。

李与非看着眼前的五块芯片。他做了几次深呼吸，让情绪和双手都稳定下来，开始小心翼翼地拆卸芯片的外部封装。

他多买了几块芯片，以防自己手误失败，但是没有。他读书时候练就的基本功毕竟还在，一双手灵巧程度堪比外科医生。第一块芯片就被毫发无损地拆开了，内部结构完整展现出来。与非小心地操作了一会儿，终于看到了他想要的答案。

与非按捺着汹涌澎湃的心情，打电话给国内的赵峰："'星丛二号'第一次流片的样片，你能找到吗？"

"能！"

"我给你一个地址，立刻用国际快递帮我寄过来！"

挂了电话，他又打给自己的律师："请问下次庭审，我能选择自辩吗？"

"为什么？"

"我找到一个新的、非常非常强大的证据，我想由我自己来陈述比较好。"

"当然可以。不过我要提醒你，自辩的话会有些技术问题，比如无法交叉质证。你考虑清楚。"

"我明白。"

与非放下电话，看着眼前的芯片，笑了，笑容起先是愉快，后来却逐渐变得苦涩，直到最后，他瘫在沙发上，用手掩住了面孔。

吴婵看着镜子里的自己。

她正在婚纱店里，试穿一套最新款的婚纱，不是传统式的蓬蓬裙，而是贴身的鱼尾裙。柔滑的面料贴在她的肌肤上，勾勒出她略显纤瘦的身材。店员帮她挽起头发，戴上头纱，她的脸庞好像笼在白色的烟雾里。

店员是个二十几岁偏胖的美国女孩子，羡慕地说："天哪，你怎么可以这么瘦，这条婚纱就是为你设计的！你的丈夫真是最幸运的男人！"

吴婵礼貌地微笑了一下。

女孩子不再讲话了。她看过几百位准新娘试婚纱，她们的笑容是不是发自内心的甜蜜和幸福，一眼就看得出来。

吴婵的手机响了，是秦舒阳打来的视频电话。

舒阳一看到吴婵，"啊"了一声叫出来："天哪，你真美！"

吴婵想笑，却笑不出来。

舒阳伤感地说："对不起亲爱的，我应该来的，我应该亲眼看着你，应该陪在你身边……"

吴婵不语。自从母亲去世之后，她已经逐渐丧失了生活的仪式感。生日、节日，都是过得冷冷清清。她早已习惯。但是，现在毕竟是婚礼啊。有哪个女孩子没有幻想过自己出嫁的样子，没有憧憬过婚纱、教堂、誓词，以及执子之手的那一刻。然而，这一切对她竟成为奢侈。卧病在床的父亲还等着她完成典礼之后早点回去照料，有谁能挽着她的手送到另一个男人手中？

最重要的是，那个站在红毯尽头等着她的男人，不过当她是一场竞争的胜利品而已。而她，也已接受了这场置换。

她的婚礼，从头到尾，都没有憧憬，也没有神圣。所以，她没有邀请任何亲朋好友观礼。

可此刻，听着舒阳在电话那头那么哀伤，吴婵内心一阵酸楚，突然有些后悔了。她就这样剥夺了好姐妹见证她人生重要时刻的机会，也亲手剥夺了自己幸福的可能。

舒阳轻声说："我知道说这些也没用，只能让你伤心。可是，你真的就这么决定了吗？你真的……就能放下他吗？"

吴婵摇头，说："有机会的时候替我转告他，我只希望他一切安好……不，还是别说了，什么都别说。毕竟，他……到现在为止，也没有对我说过任何表达心意的话。这样反而对大家都好……"

舒阳一怔，问："他什么都没对你说过？"

吴婵点头。

舒阳犹豫了一会儿，问："你知道你决定嫁给鲍平之后，李与非去找过他吗？"

吴婵一惊，摇头。

舒阳深深叹了口气，说："我一个学生在迪迈实习，他录下了当时的场景。我等下把视频发给你。我不想让你比现在更难过，但这件事，还是应该让你知道。"

两个人通完话之后，舒阳把视频传了过来。

吴婵打开，看到画面上，李与非被两名保安牢牢抓着往外拖，他一边挣扎一边喊："你这个混蛋！你配不上吴婵这么好的女人！你等着，我一定会应诉的！我一定会光明正大地把星丛赢回来！把我最心爱的女人赢回来！"

"到现在为止，他没有对我说过任何表达心意的话。"吴婵想着自己刚才对李与非下的判断。原来她错了。

他爱她，视她为最心爱的女人。他因她爆发，他为她战斗。他只是把一切都埋在心里。

吴婵在试衣间里待了很久，直到店员在外面敲门："你未婚夫来啦！"

吴婵收住哭声。那个愁肠百结的吴婵消失了，镜子里的女子显得果敢而坚毅。

她也要去战斗了。

鲍平正在厅里东张西望，听见试衣间开门，他转过头去，不禁呆住了。

穿着一袭洁白婚纱的吴婵站在他面前，纤细高挑，眉目如画。让他惊呆的不仅是她的美，她全身上下都散发着他从来没有看到过的、让人无法抵挡的吸引力，显得顾盼生辉，光彩照人。

多年以来，吴婵在鲍平心中，不过是"以后会成为妻子的女人"，直到这一刻，他才发现，原来她是个如此有魅力的女人。

鲍平不想让吴婵发觉他内心的震撼，故意用漫不经心的语气说："原来我的太太不仅能干，也相当漂亮啊。"

吴婵走到他面前，注视着他。鲍平感觉到，她身上多了一些说不清楚的东西，好像焕然新生。他隐隐有点不安。

"我们走吧。"他做出要挽她的动作，说。

吴婵慢慢地把左手无名指上的戒指脱下来，放在他身边的桌子上。

鲍平看着她。

"对不起。"吴婵说。

鲍平皱起眉头："什么意思?"

吴婵清晰地说："对不起。我早就知道婚姻不是一场交易，却还是这么做了。我错了，我向你道歉。从现在开始，你要告星丛也好，要告李与非也好，都由你。他做错了自然要受到法律的制裁，他没做错自然会真相大白。从现在开始，你不需要拿我当武器，我也不会再被婚姻绑架。我们俩，都自由了。"

说完，吴婵再也没有看鲍平一眼，头也不回地走出婚纱店。

吴婵打了个电话给孟途，拿到法庭的地址，用地图搜了一下，距离此地一英里多。她左右张望，找不到出租车停靠点。吴婵毫不犹豫地脱下高跟鞋，挽起长长的婚纱，向前跑去。

她全力奔跑着。她看不见身边人好奇的目光，也顾不得脚下高低不平的路。她脑海里，就像放映电影一样，一幕幕闪现着和李与非在一起的时光：

他用身体为她挡匪徒；

他造出一个陪伴她的机器娃娃；

他克服自己的恐惧，只为了带她飞上蓝天；

他对着所有人大喊："我要把我最心爱的女人赢回来！"

他好傻啊。他原来一直这样爱她，像爱生命一样爱她，确实也有那么几次，他已经把自己的生命捧到手里给她。可他从来没有告诉过她。

他好傻啊。可她又何尝不是。他不说，难道她不能去问吗？他躲开，难道她不能去追吗？他不知道自己有多爱她，难道她也不知道吗？

吴婵奔跑着，脸上淌下不知道是汗水还是泪水。

法庭里，中年女法官宣布本次庭审李与非选择自辩。法官提醒李与非，法律程序复杂，他将为自己的辩护负全部责任。

李与非点头表示明白。他起身向所有人鞠了一躬，准备开始。

他当时面向旁听席，尽头的大门突然被推开了，午后的耀眼阳光洒进来，晃得他睁不开眼。他调整了一下视线，再看过去，却看见了吴婵。

她穿着一袭根本不适合跑步的婚纱，却是跑进来的，手里提着高跟鞋，还在气喘吁吁，盘好的头发也乱了，脸通红而且湿淋淋的，从上到下狼狈不堪。

一时间，李与非以为自己出现幻觉了。他使劲揉了揉眼睛，再看过去，却和吴婵对视在一起。在注视着吴婵眼睛的那一刻，他顿时有了真实感。那双眼睛就好像无边的海洋，蕴含着最炽热的依恋，和最深刻的了解。除了她，还会有谁呢？

吴婵来了。她竟然来了。她抛下教堂、婚礼和一个可以期许的未来，就这么赤着脚跑到他面前。李与非的胸口一下热了。

因为吴婵的出现和李与非的沉默，旁听席上开始议论纷纷。

吴婵抱歉地向大家鞠躬，赶紧找了个位置坐下。

李与非平复了一下自己的情绪，开始自辩。事先，律师已经为他提交了新的证人和证物申请。

李与非请求迪迈的首席技术官出庭作证。在询问了几个基本问题之后，李与非问："既然您负责 Genisis 1 的设计，您是否对这块芯片的每一处细节都了如指掌？"

技术官傲慢地回答："当然。"

李与非用投影仪展示了两块芯片的内部结构，他将关键部分都掩盖起来，只露出每块芯片的右上角。

李与非说："这两块芯片，一块是迪迈公司设计的 Genisis 1，另一块是我们的'星丛二号'。各位请看，两块芯片的右上角部分都有一处铝涂层，位置、面积都一模一样，请问技术官先生，您认为这样的相似是为什么呢？"

技术官耸了耸肩："还能为什么，你们抄袭了我们的设计！"

李与非转向法官："法官大人，两处一模一样，只能证明一块抄袭了另一块，并不能断定就是星丛抄袭了迪迈。"

对方律师马上起身："我反对！反对对方做出毫无意义的推测，浪费所有人时间！"

李与非回答："法官大人，我马上就能做出有意义的推测。"

法官点头："反对无效。但是被告请你注意你提问的效率。"

李与非再问技术官："贵公司这块芯片要集成成千上万的电路，可以说每一微米的空间都非常昂贵。但这处涂层占据了大约 20 平方微米的面积，请问有什么理由？"

对方律师再次反对："反对！这是涉及商业机密的问题。"

李与非说："首先，这块芯片迪迈本来就在公开售卖。其次，我已经把核心设计全部掩盖掉。再次，这里没有任何电路设计，不牵涉到机密。但这个问题对于本案至关重要。"

法官回答："反对无效。证人必须回答这个问题。"

技术官本能地向旁听席望去，费尔德坐在台下，面无表情。技术官得不到任何暗示，不安地挪动一下身体，但很快恢复镇静，说："我们……并没有特别的理由。"

李与非的脸上露出一丝满意的微笑："所以，你认为'星丛二号'原封不动抄袭了你们的设计，包括这一处没有任何特别理由的空白，对吗?"

技术官辩解："那有什么奇怪，就好像有人抄同桌作业，不小心连同桌的签名也一起抄下来一样，就这么愚蠢!"

李与非说："好的，那就让我来告诉你，这处空白有什么理由!"他直起身来，大声说："我是'星丛二号'的主设计师之一。我们在设计的过程中，经历了很多困难，甚至可以说是磨难。在这个过程中，有一位出色的女性一直陪在我身边，支持我、鼓励我、帮助我。我非常感激她，直到最后……我爱上了她……可是我不知道能不能给她幸福，所以我一直不敢表白……"

李与非的目光落在吴婵身上。吴婵也凝望着他。

对方律师再次起立反对："被告讲的这一切与本案毫无关联!"

"法官大人，我马上就讲到重点了!"

法官瞪了一眼对方律师："反对无效！我已经审了一上午无聊的案件，好容易听到一点有趣的，不要阻止我听下去。"

"后来，我读到中国芯片制造的一则往事，得到了启发。"李与非用投影仪向大家展示另一块芯片："这块芯片叫'龙芯一号'，可以说是中国民族品牌芯片的先行者。在这块芯片的金属层上，用放大镜可以看到'夏50'的字样，这是为了纪念夏培肃院士，感谢她对龙芯的贡献。这真是一个聪明又含蓄的致谢办法。"

李与非再把"星丛二号"放到幻灯机下，他调整机器，把"星丛二号"右上角那处涂层放大，投影到大屏幕上，让每个人都看到。他开始用特制的刮刀，轻轻刮去涂层。

李与非一边刮一边说："所以，在'星丛二号'的流片样品中，我植入了自己的秘密，只有我本人和几名工人知道的秘密。我浪费了20平方微米的面积，我想用这种最特别的表白，送给我生命中最特别的女人。我希望有一天，我能自己打开我内心这层懦弱的涂层，让她明明白白看到我的心意……"

涂层一点点刮去，下面模模糊糊显示出字迹来。场内所有人，包括法官、双方律师、听众，以及吴婵本人，都屏住呼吸，睁大眼睛等待李与非揭晓秘密。

李与非调整着幻灯机的焦距。字迹清晰地显现出来，那是一个汉字和三个数字。

"婵520"。

李与非凝望着观众席最远处的吴婵，大声说："我再也不会那么蠢了，我知道520的意思了！"他深吸一口气，终于把心里的话喊了出来："婵，我爱你！"

全场都轰动了。听不懂的人小声询问左右，听懂的人热烈地鼓起掌来。连法官都动容地望着李与非，只恨他不是自己的男朋友。

吴婵坐在骚动的人群里，泪流满面，眼里却是幸福的笑意。

最后的结辩中，李与非说道："现在，我已经证明了，'星丛二号'没有抄袭Genisis 1，是迪迈抄袭星丛，就好像有人抄同桌作业，不小心连同桌的签名也一起抄下来一样，就这么愚蠢！"

观众席发出会心的笑声。

法官宣布休庭讨论。重新开庭之后，法官宣布：星丛剽窃迪迈罪名不成立，星丛是否要反起诉迪迈，由星丛自行决定。

李与非和吴婵慢慢走近，终于站在一起。

与非嗫嚅了半天，说："我……"

吴婵"啪"地一声，给了他一记耳光，把与非打愣了。吴婵骂道："混蛋、懦夫、胆小鬼！"

与非惭愧低下头，又想开口，却说不出一句话，因为吴婵凑上来，用嘴唇堵住了他的嘴。

　　此时正好有一名年轻人来旁听，推门进来，看到身穿婚纱的女子与男子拥吻，当场就愣住了，问旁边的人："请问，这里是法庭还是教堂，我是走错了吗？"

第 33 章　打开外太空之门

天信集团的董事会正争吵得热闹。

迪迈败诉星丛的新闻第一时间传回国内，迪迈在国际上的信任度跌到冰点。稍有经验的董事都会意识到此时继续与迪迈合作殊为不智。董事会中不乏对经营不感兴趣、只求稳定快速回报的人，也不希望天信的品牌受连累，否则无疑是缘木求鱼。

吴娟和谢雪华费劲口舌安抚诸位董事，正在焦头烂额，会议室门被推开，技术副总监韩天抱着厚厚一叠资料闯了进来，秘书在后面拼命阻拦，两人拉拉扯扯走到会议室中间。

吴娟正没好气，正好向韩天发火："我们现在在开董事会议，你有什么资格闯进来？"

韩天冷笑："等天信被掏成空壳，你们董事会还有什么存在的意义！"

吴娟大怒，命令秘书："让保安把他轰出去！"

"等等！"一人制止。讲话的是老关，吴项冬的老友，也是董事会的元老。他指着韩天说："你来讲下去，天信怎么被掏成空壳了？"

吴娟不好再阻止，气呼呼地坐下。

韩天把怀里的资料扔到桌上，大声说："这里全都是移交到技术部门的产品质量投诉单，你们猜猜这是多长时间的单子？半个月！半个月两百起！全部都是语音交互故障，浴霸、空调、冰箱、电视机……所有装了迪迈语音芯片的产品，一样都不少！"

吴娟说："难道不是你们技术部门在安装芯片的时候出问题？"

韩天恼了，指着吴娟的鼻子说："你懂技术吗？你看过合同附件里的技术参数吗？你知道迪迈卖给我们的这块芯片本来是干什么的吗？"

吴娟不语了。

韩天把手里另一份材料扔到桌上,说:"这是我在迪迈网站上找到的资料,这块语音芯片至少是三年前的旧产品,而且是收购的一家小公司的产品,用在儿童玩具上的。天信是干什么的,卖家电啊!空调、浴霸、冰箱、电饭煲……用在这上面的芯片都是要经过温度湿度测试的啊!他们做过吗?不出问题才怪!"

在座各人都不懂技术,但韩天讲出来的话有理有据,不由他们不信。

隔了一会儿,老关问韩天:"你手里还有一份材料,是什么?"

韩天把手里的东西亮出来,是一只信封,他拍在桌上:"辞职信!老子不干了!再这样下去,天信要完蛋了!"

韩天转身扬长而去。

会议室里沉默了。吴娟和谢雪华不安地扫视了一周,发现众董事都向她们两人投来责备的目光。

鲍平穿着睡衣,把脚跷在飘窗上,望着窗外的万家灯火,将手里的半杯红酒一饮而尽。桌前,摊着天信的书面通知书,告知天信立时与迪迈中国终止合作。

迪迈在美国败诉之后,鲍平就预料到这是迟早的事。吴娟和谢雪华两个妇道人家没有半点魄力,董事会稍微施压立刻就认输,急于推卸责任。这也罢了,天信还欠着迪迈近一个亿的尾款没付,也不知道是谁支的招,声称迪迈供货和合同不符,违反合约,因此尾款拒付,甚至还保留索赔权利。

从头至尾,谢雪华母女就没跟鲍平打过照面,撇得干干净净。他转头告知费尔德,费尔德也只会对他大发雷霆,拿不出任何具体意见。他鲍平夹在中间,两边不是人,一肚子闷火无处发泄。

一只手从他睡衣胸前的开口探进去,接下来一个温软的身子靠在他背后。"你在想什么?"那女人腻声问。是琳达,吴婵从前在天信的助手。

鲍平沉思不语,好像没听见。

琳达有点不乐意，撒娇地说："刚亲热完，就把人家一个人扔在卧室里，好没良心！"边说边抚摸挑逗。

鲍平甩开她，不耐烦地说："别烦我！"

琳达是真有点恼了，大声说："你把我当什么，召之即来挥之即去？"

鲍平冷冷地说："聪明的话就不要那么多废话！"

琳达开始闹："我现在算什么，你只是把我当作发泄的工具吗？"

"难道我还要当你是老婆吗？我一早就说得很清楚，大家玩玩而已，合则来不合则去。你要刷的卡我都给你刷了，你要我铺的路我也帮你铺了，你不要以为缠牢我就能做鲍太太！"

琳达尖锐地说："原来你还在等你的鲍太太！你的鲍太太当着全世界的面放你的鸽子，没想到你还这么蠢！"

蠢的是琳达，她选了一个鲍平最不愿提起的话题。鲍平站起身来，扬手给了她一记耳光。琳达大声哭叫，扑过来还手，鲍平一把把她推到床上。他再也不看她，披上大衣，甩门离开。

鲍平回到家的时候，没想到客厅还亮着灯。鲍文正一个人坐在客厅里出神。

"爸，怎么还没睡？"

"今天去医院看了老吴。"

鲍平知道父亲说的是吴项冬："吴……伯伯，怎么样了？"

"能起身了，只是说话还困难些。唉，真没想到那么硬朗的人也有今天，吃饭也要人喂，翻身也要人帮。活得一点质量都没有！人老了，迟早我也有那一天！"

"行了行了，好端端说这个干什么！"

鲍文正看看儿子，说："我还碰见了……小婵。她瘦了好多。医生说这回老吴恢复得算快，全靠女儿孝顺、照顾得好。小婵……是个好孩子，就是咱鲍家没福气！"

自从鲍平告知父亲吴婵悔婚之后，这是鲍文正第一次提起吴婵。听起来他对这个没能娶过门的儿媳，还是充满了爱怜。

鲍平不说话。鲍文正立刻意识到触动了儿子的心事，也不再讲下去。

鲍平回到自己房间。他一眼看到床头上放着一张他和吴婵的合影。当时两家一起去旅行，吴婵也是难得的好心情，很配合地倚在他肩头，由长辈拍照，笑得也是很松弛自然。照片后来打印出来拿在手里的时候，鲍平竟也不由自主地心跳了几下。因此，他悄悄留下这张照片放在床头。当他心平气和拿起来看的时候，偶尔也会感慨上面的两人确实是一对璧人，偶尔也会向往两人相对依偎的那一刻，平淡而甜蜜的时光。

这样的时光，再也回不去了。

那个靠在他肩上巧笑的女孩无情地抛弃了他，像丢掉一双鞋子、一件旧衣服一样，头也不回地奔向另一个男人。

鲍平冲过去，抓起相框，狠狠砸在地上。玻璃碎了一地。他抽出里面的照片撕个粉碎，又拼命踩着地上的碎纸和玻璃。鲍平红着眼睛盯着满地的狼藉。

他要把星丛也这样撕碎。他要让吴婵投奔的那个男人也这样被他踩在脚下。

鲍平再一次和费尔德通话的时候，情绪已经很平稳："费尔德先生，我想跟您谈谈下一步的合作。"

费尔德无礼地打断他："你是我的员工，你有什么资格跟我谈合作？"

"迪迈中国的运营如果暂时中止的话，我就不是你的员工了。"

费尔德一愣："你什么意思？"

"你不看新闻的吗？迪迈中国现在已经成为众矢之的。国内已经有人号召抵制你们的产品了。以目前的形式，我建议迪迈中国暂时低调一些，不要再引起媒体的注意。除了暂时中止一切运营，你还有什么更好的办法？"

费尔德骂了几句，也听不清说什么，但没有反驳。隔了一会儿，他说："你说吧，我在听。"

鲍平心里冷笑了一下，至此，他已经掌握了主动。他说："我们中国人有句古话，叫做'明修栈道，暗度陈仓'。迪迈中国虽然暂时不做任何动作，但你们可以通过与国内企业合作的方式继续参与市场活动，比如同我的企业合作——鲍氏集团。我可以向你保证，你在中国的计划不会受到任何干扰，不会中断。"

费尔德哼了一声，问："什么计划？"

鲍平说："消灭迪迈在中国最强劲的对手——星丛。"

费尔德打了个哈哈，冷笑道："星丛根本不配做迪迈的对手。"

"现在不配，但再过五年十年就未必了。"鲍平平静地说。

费尔德不说话了。顿了一会儿，他问："你这么做，想达到什么目的？"

"我的目的和你一样。"

"什么？"

"消灭星丛。"鲍平沉声说，"我跟你不同的是，我是出于私人恩怨。"

最后一句话，鲍平本来不必讲，但他很坦白。他知道越是自曝家丑，越容易取得费尔德的信任，越容易同仇敌忾。

果然，费尔德哈哈大笑。鲍平被新娘抛弃在婚礼前夕的遭遇他也有耳闻。笑完，他干脆地说："就这么办。我去搞定迪迈董事会，你去搞定你自己的计划。"

谢雪华在俱乐部里喝着下午茶，心烦意乱。

迪迈的合作虽然已经叫停，但董事会的元老们还是揪着这件事不放。虽然看在吴项冬一手创建天信的份上，暂时不会把她们母女俩怎么样。不过看这情形，大有兴师问罪的意思。长此以往，她这个副总和董事会席位不知道还能不能保得住。

有一人坐在对面。谢雪华抬头一看，是旧友黄老板，铂锐房地产集团老总。黄老板人风流，虽然惧内得厉害，见到漂亮女性依然殷勤备至。谢雪华不知道的是，此人和星丛也有过纠葛，本拟借星丛的牌子行骗，没想到被占伟达和孟途抓住把柄反敲一笔。

寒暄几句之后，黄总告诉她："西润市要建开发区，政府消息还没有放出来。我有关系,绝对能用最低价拿到一块好地皮。最多捂两三个月,等政策宣布,启动招商,这地价保证能翻好几倍。不知道你有没有兴趣投资一笔大的。"

"天信从来没投过地皮,不知道那帮董事们同不同意……"

"谁说让天信投了,我跟那帮老头子又没交情,我问的是你!"黄总含情脉脉看着她,"稳赚不赔的项目,我会去敲锣打鼓说吗,你眼里我就那么傻!"

"我?"谢雪华吓了一跳,"我哪有那么多钱?"

"我就问你有没有兴趣,有,钱我帮你一起想办法!"黄总说得很亲热。

"这是买地啊,又不是买包!有兴趣也没用,实力差太远了!"

黄总左右看看无人,凑近一点,说:"两年前我也搞过类似的项目,我知道一老板是这么操作的,你看能不能借鉴:他把公司股份抵押给人家,从私人那里贷了八千万。几个月后地皮升了,赎回股份,还赚了这个数!"他伸出三根手指。

"三千万?"

"三个亿!不过几个月功夫,神不知鬼不觉!"

谢雪华惊得合不拢口,半天才说:"会不会太冒险了?"

"当然,富贵险中求嘛!"黄总看了她一眼,同情地说:"老吴的情形,我也听人说了。没他撑腰,你们母女俩在天信想来也不会太气势。真要是摊上个什么事,不是我说丧气话,谁都靠不住,还是口袋里的钱最踏实!要不这消息我谁都不说,就巴巴过来跟你说?这不是想起你们母女不容易,替你们操心嘛!"黄总轻轻拍了拍谢雪华的手臂,还顺便撸了一把大腿。

黄总虽然性子好色,外表却没有猥琐酒色之气,年轻时也是仪表堂堂。因此他这一拍一撸,谢雪华并不反感,反倒听他推心置腹,句句打动心坎,颇有些感动。

谢雪华考虑了两天。她跟吴娟商量,吴娟一口赞成。吴娟担着天信总裁的头衔,早就心力交瘁。听说一进一出有上亿回报收归私囊,非常向往。

"如果我们也赚三个亿,我就立刻辞职,天信这个烂摊子,谁爱接谁接!"吴娟气愤愤地说。

"真是孩子话!这可是你自家的家业!辞什么职!"

两人计算了一下,谢雪华手中有5%的天信股份,吴娟手里多一些,其中有7%左右是可以转让买卖的。

黄总一直很热心,谢雪华索性把所有手续都交给他一手操办。黄总虽然每次见她都是色迷迷的,到底没有什么过分的举动。谢雪华反而感慨,女人毕竟要有些魅力,到这把年纪,还能引得个把男人为自己鞍前马后,省了不少心。

领航公司的总裁何启轩约李与非见面。

李与非和孟途走进会客室,发现还有一名男子在等待,五十多岁,身材高大,眼光炯炯有神。

何启轩指着男子对李与非二人笑着说:"我介绍一位客户给你,但这生意你们愿不愿意接,自己决定。"

孟途也笑道:"何总介绍的一定是大生意,我们怎么舍得不接?"

何启轩说:"先别急着下结论。"他也是故意卖关子,并没有介绍客人。

那男子对李与非和孟途说:"我公司一直跟何总的领航合作,产品也跟他们差不多,都是在天上飞的。"

"大型无人机吗?"孟途问。

男子笑着摇头:"还要再大一点,飞得再高一点。"

李与非的眼睛亮了:"不可能吧……您是光仪宇航科技公司?"

孟途吃了一惊:"光仪?国内首家民用卫星研发企业?"

男子问李与非:"你怎么猜到的?"无疑是说李与非猜对了。

李与非激动地说:"飞得再高就要飞出大气层了,民营企业能覆盖的产品范畴那只能是卫星了！我一直很关注贵公司！我知道领航一直和光仪合作，利用卫星收集农业方面的数据。我还知道光仪不光和农林部门合作，还为自然灾害管理部门提供空间信息支持。早在2018年，光仪卫星针对金沙江堰塞湖地质灾害，第一时间协调获取了堰塞湖及周边地区的遥感卫星影像数据，完成防灾减灾数据与应用服务，及时为国家提供了信息支持。真是一家有社会担当的企业！"

男子哈哈大笑，向李与非伸出手去："我就是光仪的董事长兼总经理，唐宏杰。"他转头对何启轩说："你说的不错，这年轻人聪明，又有心，真是后生可畏！"

唐宏杰对李与非说："我找你，与其说是谈生意，不如说是给你出一个难题。"

李与非不假思索地回答："比起生意，我更喜欢难题。"

唐宏杰脸上笑意更深，说："近年来，政府鼓励民间资本参与国家民用空间基础设施建设，鼓励民间资本研制、发射和运营商业遥感卫星。从前，国内卫星的零配件都需要进口。现在，我公司卫星部件的国产化率达到95%，但最核心的元器件还没有自主化……"

"星载计算机中央处理器！"李与非接口。

唐宏杰看到李与非两眼放光。他知道这年轻人挑战越大，就越兴奋。唐宏杰接着说："我们不光需要国产的CPU，我们还需要自主的指令集，自主的内核架构。在世界范围内星载计算机系统中处理器架构只有两种，一种是由美国使用的POWERPC架构，另一种是欧洲主导的SPARC架构。而嵌入式领域的ARM、MIPS、X86等架构，都不能够应用于宇宙空间的高温、低温、高真空、高辐射以及可维护性差的星载计算环境中。只要我们用着别人的微架构，我们就不算拥有了自己的CPU，我们就永远被别人卡脖子！你想想看，我们那么多颗卫星在天上飞，还要搭建我们自己的卫星网络，这最核心的环节是美国人的，是欧洲人的，永远都提着心、吊着胆！"

孟途向李与非使了个眼色，把他拉到一边，悄声说："这事你可别犯傻，千万不能答应！咱们一直做的都是专用芯片，现在要搞通用芯片CPU，难度大了好几个级别！更别说还要开发自主的指令集和微架构！这可是开天辟地的难度，搞不好倾家荡产还要给同行当笑柄！咱们是企业，在商言商，把这种造福后代的事情留给别人去做吧！"

李与非点头："我有分寸。"

孟途这才放心地拉着李与非回去。

唐宏杰问："怎么样？你拒绝我，我也能理解。"

孟途说："唐总，我们考虑了一下，您提的这个项目呢……"

"我们接了！"李与非打断孟途，说。

"什么？"孟途大惊。

唐宏杰说："你考虑清楚。这任务难度很大，说不定到最后以失败告终。星丛接下这活，相当于是赌上你们已有的声誉……"

"是啊，是啊……"孟途一个劲接口，拼命踩李与非的脚。

"我从来不赌。我是一名科技工作者，不断创新不断挑战就是我的工作，说大一点，就是我的使命。"

唐宏杰深深地看了与非一会儿，拍了拍他的肩膀，露出赞赏的笑容。

只有孟途，狠狠看着李与非，恨不得一掌把他拍成一块CPU。

第 34 章　公司落入敌手

谢雪华用她和吴娟的股份抵押了一个多亿，顺利拍下地皮。黄总说，最多捂两个月政策放出来，地价就会翻着滚往上涨。

然而过了两个月，并没有消息。

过了五个月，依然没有。

谢雪华开始坐不住了。打电话问黄总，他说可能有关部门在互相扯皮。再过一阵子打电话，干脆就不接了。

谢雪华有点急了。她多方打听才了解到，这块地虽然确如黄总所说要建开发区，但是高新产业开发区，仅面对高科技产业招商，而且要求非常严苛，因此投资人都在观望。后面这半句话，五个月来黄总却连提都没有提过。

黄总拒接电话，完全失去联系。谢雪华这才发现，这混蛋看上去一副色令智昏的蠢相，却原来扮猪吃老虎，生生把她给骗了。

李与非收到天信打来的电话，董事长将择日前来星丛听取业绩汇报。

自从吴项冬住院之后，这是天信第一次主动联系星丛。作为星丛占股30%的大股东，天信提出要求也是无可厚非。

李与非通知了孟途、刘布、占伟达等人。告诉吴婵的时候，她犹豫片刻，说："我还是不出席了吧。"

与非一愣，继而反应过来。代表天信来的必然是吴娟，说不定还有谢雪华，和吴婵面对面坐着，必然尴尬。于是安慰："没事，你不在更好，你在我说话还不利落。"

吴婵嫣然一笑。

到了汇报当天,李与非等人把所有的资料都准备好,等在会议室。

会议室门被推开,几人走进来。与非等抬头看时,一个个都呆住了。

来人中既没有吴婵,也没有谢雪华,只有一人认识,却是鲍平。

李与非第一反应是鲍平来找吴婵和自己为难,急忙站起身说:"你如果要找我或者小婵,能不能改天再来?"

鲍平冷冷看着他:"我不找你们俩。"

"那你……来这里干什么?"

"你们在这里干什么?"鲍平反问。

"等天信的董事长开会。"

鲍平哼了一声,已经懒得和他对话,向身边的人示意一下。身边一个助手模样的人对李与非等人说:"你们最近都没有看新闻吗?鲍先生就是现在天信的董事长。"

众人大吃一惊。

孟途问:"你们开什么玩笑?"

助手说:"这么大的事情,谁跟你们开玩笑?"

鲍平走上前去,大喇喇坐在首席的空座位上,扫视着李与非等人,欣赏着所有人脸上惊诧的表情。他苦心孤诣布局,就为了此时此刻这场好戏。

李与非忍不住问:"怎么可能?"

鲍平洋洋得意地说:"我现在持有天信22%的股份,是第一大股东,怎么不可能?"

会议还未结束,吴婵已经得到天信易主的消息。她直接冲到天信大楼去找吴娟,她却不在。吴婵打了无数个电话给吴娟,对方终于接了。

"你在哪里?出来跟我谈谈好吗?"吴婵急切地说。

"我跟你没什么好说。"吴娟口气还是那么倔强,但音调里已经有一丝软弱和疲惫。

吴婵突然心里一软。她和吴娟一直彼此直呼其名,那一刻突然昵称冲口而出:"小娟!先别挂电话!"

吴娟似乎愣了一下，竟然顺从地听着。

"我想……约你跟我一起去看看爸爸。"吴婵轻声说。

吴娟在电话那头沉默了。过了一会儿，吴婵听到她吸鼻涕的声音。"嗯。"吴娟简单地回了一个字。但只从这一个字里，吴婵已经听出她态度的软化。

吴项冬还未康复，脸上的肌肉并不能完全受控制。看到两个女儿同时来看他，并且彼此之间竟似没有交恶，他虽然说不出太清楚的话，但整个脸庞都发亮。他用颤巍巍的双手，一手拉着一个，笑得像个孩子。

吴婵鼻子一酸，强忍着冲进眼眶的泪水。吴娟已经忍不住了，趴到吴项冬腿上，哭着说："爸爸，对不起，我对不起您！"

吴项冬疑惑地看着吴娟。吴婵急忙拍了拍吴娟的背，一边安慰她一边对父亲说："小娟是说，她最近太忙，没能来看您，对不起！"

吴项冬笑了，慈祥地抚摸着吴娟的头发，用含糊地语音说："没事，没事，乖宝！"

吴娟从六岁开始，就抗议父亲称呼自己"乖宝"。这一次，她却没有反对，反而把头埋在吴项冬膝盖上，放声痛哭起来。

两人照顾吴项冬吃完饭，推着他散步，再陪他睡着。

医院草地的长椅上，吴婵和吴娟终于挨着对方坐下。

吴娟问："你为什么拦着我？我不怕告诉爸爸，我已经把天信卖给了外人。我不要你卖好，他要骂我，就让他骂好了！"她口上兀自逞强。

吴婵淡淡地说："你看爸爸现在这样子，放在他心里第一位的，难道是天信吗？不过是我们俩而已！"

吴娟不说话了，眼圈一下红了，却倔强地把头扭到一边，不想让吴婵看到。

"我这么急要见你，不是想责备你，我是真的想跟你说说话。"吴婵的语气是吴娟从来没有听到过的真诚，"虽然从小我们并不亲密，但是我很了解你的性子。你不喜欢受拘束，又没什么城府，要你一个人扛起天信，确实难为你了。天信表面风光，里面盘根错节复杂得很。原来爸爸在的时候还能一手压下去,他这么一倒,里里外外的矛盾都暴露出来了。说不好听的,谁坐在这个位置上,都要经历一番暴风骤雨。这件事也不能全怪你。"

这几句推心置腹的话终于冲破了吴娟的防线,她用手蒙住脸,一边啜泣一边说:"我早跟妈妈说过,我根本不想接天信,她就是不肯听!现在倒好,给人家撬了墙角,我倒成了罪人了!"

吴婵并不擅长安慰人,也不习惯太亲昵的肢体接触。但这时不知道为什么,她非常自然地揽住了吴娟的肩膀,像真正的姐姐一样。

人和人之间的沟通很奇妙,仿佛有看不见的触角。吴婵并没有说话,吴娟甚至不需要抬头看见她的表情,已经通过触角感受到她的善意。吴娟索性"哇"地大哭出来。

她们曾经是敌人。可是现在,她们只是家人。

吴娟狠狠哭了一场,发泄了情绪,这才慢慢把事情原委讲给吴婵。

谢雪华和吴娟把手里12%的天信股份通过黄总抵押给某金融公司,没想到黄总正是鲍平找来的,那家金融公司本就是鲍氏集团的空壳公司。鲍氏拿到谢雪华母女手里的12%股份,又借着迪迈注资从二级市场悄悄买入10%的散股,共持股22%,超越了吴项冬的20%,摇身而成为天信最大的股东。同时,他私下里买通天信其他董事,在董事会改选的时候,鲍平一举当选为董事长。

谢雪华和吴娟当时就找鲍平理论。鲍平巧舌如簧,说天信在他手里跟在谢吴两人手里没有区别,等于多一个帮手。谢雪华见大势已去,只能叮嘱鲍平好好经营天信。

私下里,谢雪华黯然对吴娟说,鲍平这人心术不正,她娘俩过去是与虎谋皮,但现在也没有办法,只能从长计议。

吴娟叙述完,忿忿地说:"我真不明白,他为什么非要用这么下作的手段,一定要把天信吞下去才甘心?只要好好哄着你,天信迟早有他一分子!"看到吴婵神色异样,意识到自己又说错话,急忙道歉:"姐,我没别的意思!"

这声"姐"叫得很自然，吴娟也忍不住心里一暖。她一笑，说："我当然知道。鲍平这一招，叫做'项庄舞剑，意在沛公'。控制天信不是他的目的，只是他的手段。他真正的目的，是通过天信，掌控另一家公司……"

吴娟也不笨，马上猜到了："星丛？"

吴婵点头："迪迈心心念念想收购星丛，被我们很干脆地拒绝。费尔德和鲍平眼见没有办法，就用了这一招。天信占星丛股份30%，是星丛最大的股东。这样一来，迪迈中国也好，鲍氏集团也好，他们就通过天信直接控股了星丛。"

吴娟想了一会儿，问："我说句话，你可别生气。迪迈收购星丛不是挺好的？迪迈是全世界最好的科技公司，星丛借着这个大平台，要钱有钱，要人有人，可以更好地做研究。"

"傻丫头，七八年前，欧洲第一的零售商海伦公司跟我们谈并购的时候，你没做功课吗？"

吴娟不好意思地一笑，说："当时爸爸派你去谈的，我不服气，后来就没上心。"

"1990年法国最大的化妆品公司瑞奇收购国产护肤品牌佳人；2005年瑞士日化集团迪伦收购国产品牌洁雅；2013年美国食品集团科士达收购国产糖果品牌甜心……外资收购这些国产品牌，好一点是看中了国内的分销渠道，但往往因为理念不合，各自为政，最后导致经营不善，市场下滑；差一点的，根本就是为了消灭竞争，收购之后直接雪藏，让国产品牌就此死掉。你再看迪迈，自从成立迪迈中国公司，何曾像你说的那样，给钱给人，扶持国内科技企业做研究？一旦让他收购星丛，我们只有一个下场，就是坐以待毙！"

吴娟看着吴婵，很久都不讲话。

吴婵问："怎么了？"

"没事。"吴娟低下头去，过了一会儿，说，"对不起。"

"好端端为什么说对不起？"

"以前我总觉得是爸爸偏心,现在才知道其实是我没你用心。你在认认真真做事,而我只想跟你赌气。"

吴婵知道这个妹妹从小和她一样心高气傲,这是第一次跟自己道歉。没想到天信经历一场重大变故,却让龃龉多年的两姐妹冰释前嫌。她拉着吴娟的手,真切地说:"我也有错。但我们心里明白就够了,现在不是说对不起的时候。鲍氏现在虽然是天信的大股东,可鲍平和费尔德现在忙着对付星丛,应该不会有精力对天信做什么动作。所以你千万不能放弃,你还是天信的负责人,你要为爸爸好好守着天信。"

吴娟使劲点点头,又问:"那你呢?"

"我会帮你一起守着天信。还有,我要守着星丛。"吴婵看着远方,坚定地说,"我绝不会让星丛落在别人手里。"

鲍平第二次来星丛开会的时候,对光仪的项目提出质疑。

"3—5 年时间研发,期间不盈利?"鲍平把项目书摔在桌上,"你懂不懂商业?投资大、成本高、回收慢,你当我做慈善?"

李与非反问:"你懂不懂芯片?芯片产业哪里有短平快的?"

坐在身边的孟途急忙扯了扯李与非。

鲍平大怒,说:"我根本就不需要懂芯片,我只知道我的钱爱给就给,不爱给你一分都拿不到!我决定,立刻终止光仪的计划!"

李与非拍案而起:"只要我是星丛的 CEO,你就别想终止!"

鲍平也站起来,指着李与非的鼻子,傲慢地说:"好啊,那我就换掉你这个 CEO!三天以后开董事会,讨论星丛 CEO 改选!"

说完,踢开椅子,扬长而去。

孟途有点懊恼地对李与非说:"你闹什么脾气?你们俩再有什么私人恩怨,他现在是金主,他说什么你都要忍着!现在好了,闹得自身难保!"

与非说:"一眼就算出答案,还在步骤上绕什么?从他收购天信开始,你就应该猜到有这一天!还需要抱什么幻想吗?"

孟途还想争辩,却也知道与非的话不错,只能狠狠踢了一下桌角。他抬头看见吴婵走进来，说："你来得正好！只有你能治得了他的臭脾气！"说完气呼呼走出去。

吴婵走到与非面前，与非开口想解释，吴婵摇了摇头，伸开双臂，牢牢抱住了他。

与非心里一热。不是只有吴婵治得了他的臭脾气，是只有吴婵知道他此刻最需要什么。他更紧地抱住了她，感觉她的体温和心跳，刹那间觉得，哪怕与全世界为敌，他也有了横刀立马、开天辟地的勇气和决心。

两人静静拥抱着，谁也不说话，也不需要任何话语。

不知道过了多久，两人才恋恋不舍地分开，转身想往外走，却呆住了。会议室门大开着，孟途、占伟达、赵峰、雷兵……七八个人挤在门口，也不知道观望了多久。

与非没好气地问："你们都站在这里干吗？"

"本来是开会，"孟途不怀好意地笑着，"现在是看戏！"

刘布在饭店与朋友吃饭。朋友是一家豪车的授权经销商，拼命向刘布推销一款新出的车型。

刘布问："能分期付款吗？"

对方一愣，刘布第一次提这种问题。他答："一般不能，咱哥俩没问题，我帮你操作一下就成了。你打算分多少期？"

"也就分个八百来期吧。"

"哥，你这消遣我呢。"

刘布长叹说："不是，我最近资金吃紧。在跟老爷子怄气呢，他就断了我的经济援助。老家伙就会这一招，一点新意也没有。"

"跟财神爷怄什么气，赔个礼服个软不就行了？"

"那可不行，男子汉大丈夫怎么能软？一定要硬气！"刘布豪迈地说，"花老爹的钱，算什么本事？"

朋友竖起拇指："有骨气，佩服佩服！"

刘布摆摆手："也不用佩服，我又没说不花我妈的钱。"

吃完叫服务生结账，回答说："您这间包房的账已经有客人帮着结了。"

刘布和朋友大奇，追问服务生，服务生带两人到另一间豪华包房，指着说："就是这里面的客人结账的。"

两人推门进去，里面只坐了一个人——鲍平。

刘布脸一沉，问："姓鲍的你什么意思？这顿饭我刘布吃不起吗？"

鲍平不急不恼，微笑着说："刘总请坐。我有事想跟你商量，这里安静些。"

刘布思忖一下，这时扭头就走反倒显得自己小器，于是跟朋友大大咧咧坐下，说："有事快说，我还要赶着跟小巴吃饭。"

鲍平问："哪个小巴？"

"巴菲特。"

朋友一惊，低声问："真的？"

刘布踹了他一脚。

鲍平笑说："好，那我长话短说。我想认购刘总布谷投资名下20%的星丛股份。我找过专业人士为星丛估值，目前估值10个亿，你20%股份是2亿，只要你同意，我随时可以跟你签合同。这笔钱跟你当初的投资相比，我相信翻了5倍不止。"

刘布忿忿地说："你当买白菜啊？我这么大的公司就10个亿？我说值200个亿！"

"200个亿肯定不值，但刘总如果对价格有异议，我们可以坐下来慢慢谈。我真的很有诚意。"

"我倒想听听，你能拿出多少钱？"

鲍平脸色平淡，但语气里掩饰不住得意："刘总可能还不知道，迪迈中国投资了我鲍氏集团。只要刘总的报价不是太离谱，我应该不会拿不出。"

刘布的朋友羡慕地吸了口气。

刘布说："看来你一心一意从我手里抢星丛，你小子到底什么居心？"

鲍平微笑着说:"刘总不需要问那么多,有钱拿就行了。你只要签个字,一周以后,就可以开着豪车带着妹子兜风了。"

刘布想到跟舒阳并肩骑自行车的愉悦,忍不住发自内心地傲娇起来:"带妹子兜风的车,爷有!"

朋友又是一惊,问:"真的?"

刘布再踹了他一脚:"你丫就不能闭嘴?"

鲍平说:"星丛就算能做出点名堂,还能超越迪迈不成?你又何必无端端烧钱?何况,据我所知,刘总现在又不是很宽裕……"

刘布瞪了他一眼,转头问服务生:"小妹,你有一百块现金吗?我晚点转账给你。"

服务生小姑娘一脸诧异,也不敢拒绝,从口袋里找出来一百块的现钞,递给刘布。

刘布拿腔拿调地捋了捋头发,把钞票卷成一卷撮在嘴里,拿起桌上的打火机,咔哒一声把钞票点着,作势吐了个不存在的烟圈。

朋友惊诧地看着他:"小马哥啊你这是!不是,小刘哥,烧钞票犯法的,还有,这钱上有肝炎病菌!"

刘布一听,赶紧把钞票扔在地上,笨手笨脚地把火踩灭,又呸呸吐了几口看不见的病菌。忙活半天,刚才捋好的发型也乱了,再整理一下,抬头问鲍平:"看懂我的意思没?"

鲍平茫然摇头。

刘布有点尴尬。节奏没把握好,预期的戏剧效果丧失了很多。但嘴上依然强硬地说:"你刚才说什么来着?我不宽裕?你给我听着,比烧钱,爷从来就没服过谁!2个亿你自个儿留着买香水儿吧,一身铜臭!"

刘布骂完,一甩头发,扬长而去。走出门口,拍了拍朋友肩膀:"不容易啊你,小马哥都知道,暴露年龄了!"

鲍平从饭店出来,行李员已经帮他把车子开过来。行李员看见他,汗也下来了,惶恐地道歉:"鲍先生对不起,鲍先生对不起,我真的不知道怎么回事!"

鲍平看到他的车头已经被划花，歪七八扭画了只乌龟，旁边还写了一行字："爷干的，爷赔！"门把手上塞了张名片，看样子是刘布那个卖车的朋友。

鲍平破口大骂。

此时，刘布正蹲在马路边，低声下气打电话："老妈，真的，我不骗你。我车子真的被一个狗娘养的王八蛋给划花了。我必须要买新车了，您就给拨点款吧，啊？"

星丛的核心成员连夜开会，都是被刘布临时召集的。

刘布骂骂咧咧："得赶紧商量个对策。鲍平这狗娘养的王八蛋……"

秦舒阳扯了扯他衣袖，刘布看她看着吴婵，顿时醒悟，赶紧住口。不管怎么说，也是前未婚夫。

吴婵意识到，笑了笑："没事。"

李与非背对着吴婵，向刘布跷了跷拇指，示意他骂得好。

刘布接着说："他能来找老子，就能找其他几家。爷是高风亮节，不吃收买；其他人就说不定了，万一哪个兔崽子立场不坚定，那不就完蛋了……"

赵峰皱着眉说："您这辈分可真够跳跃的……"

孟途说："抛开辈分跳跃不谈，刘哥这话对的。这几天鲍平到处挖墙脚，我们是要早做打算。"

大家算了一下。目前星丛最大的股东是鲍氏持股的天信，占比30%；刘布的布谷投资占20%；吴婵和李与非各持股9%；还有两个股东：金沙投资占比22%，铂锐集团占比10%。

吴婵说："现在我、刘布和李与非手里的股份加起来有38%，董事会投票占4票；鲍平手里30%，占3票。金沙2票，铂锐1票，这两家不确定。"

孟途摇了摇头，说："铂锐当初是我和伟哥找来的。黄总这人本来就是刘哥说的立场不坚定分子，前一阵子听说跟鲍平走得很近。这1票我看危险。"

李与非说:"我们按最坏打算,这1票已经被鲍平争取过去了。也就是说,我们必须拿到金沙投资的2张票,才能稳操胜券。"

吴婵说:"我去吧。金沙投资是我找的。金沙的董事长倪涛和我父亲是故交,他应该会卖我父亲一个面子。"

与非说:"好的,那明天……"

"不,我现在就去。"吴婵说,"夜长梦多。反正倪伯伯是夜猫子,现在也不会休息。"

"那我跟你一起去。"与非不假思索地说。

舒阳打趣:"都火烧眉毛了还不忘当护花使者。"

刘布一听,立刻挺胸对舒阳说:"我还正要说呢,等会儿我送你回家!"

与非不理他们,陪着吴婵走到门口。吴婵笑说:"其实你不用陪我的。"

与非脸色郑重,说:"我……我怕你不高兴。"

吴婵奇怪地问:"我为什么会不高兴?"

与非轻声说:"我知道你刚才那么说只是为了让我放心。我猜,也许……倪涛并不会卖你父亲的面子。"

吴婵的脸色也阴了下去。与非只是性格耿直,却也不是完全不懂人情世故。他也听说过"人走茶凉"这句话。吴项冬躺在医院那么久,有多少故交旧情也已经冲淡了。

与非看吴婵神色暗淡,轻轻把她拥在怀里:"尽力就好,不要有压力。无论能不能争取到金沙,我只要有你就够了。"

吴婵把头埋在他胸前,觉得踏实了很多。与非一向大大咧咧,唯独为了她却变得心细如发。这样的男人,她当然要为他拼尽全力。

两人赶到倪家,家人说倪涛还在办公室。再赶到办公室,却被助理婉拒:"对不起,倪总还在会客。"

"那我们等。"吴婵和与非不约而同地说。

半个多小时之后,倪涛终于走出来。

二人赶紧站起身。吴婵打招呼说:"倪伯伯,对不起这么晚还要打扰您……"

她话没说完,倪涛已经摆摆手说:"不好意思,世侄女,我有事赶着出门。"

吴婵还待追,倪涛已经匆匆离开。她和与非对视了一眼,心沉了下去。果然让李与非猜对了,倪涛连机会都不给他们。

两个人失落地走到车库拿车。刚走到车子前面,两道强烈的灯光突然亮起来,晃得二人睁不开眼。他们遮住眼睛,看向灯源。

不远处停着一辆车。有个人从车上下来,悠闲地靠在车门上。虽然看不清面容,但还能有谁?

鲍平扬声说:"怎么这么巧?"

吴婵和与非不说话。

鲍平走到两人跟前,愉快地说:"我刚跟倪伯伯碰过面,看来他没时间见你们了。"他再看着吴婵,说:"小婵,你现在后悔还来得及,还能回到我身边。我拿下星丛以后,交给你打理,还不是一样的。不过你最好快点决定,过几天我对你失去兴趣,你就算求我……"

李与非扬起拳头就要向鲍平挥过去,被吴婵死死拉住。

鲍平哈哈大笑:"李总,你怎么永远都这么沉不住气?"他收起笑容,狠狠地说:"你敢伤我试试!我这次再告你,可不会只让你关两天那么便宜!"

与非知道他绝不只是威胁,事实确实如此,冲动不能解决问题。想到这里,他深呼吸压下满腔怒火,镇静下来,反而向鲍平冷笑一下:"鲍总怎么换了一辆车?你车上那只乌龟呢?"

鲍平脸上罩上一层寒霜,哼了一声,转身回到车上。车子轰鸣而去。

与非去拉吴婵的手:"我们走吧!"

吴婵却好像没听见。她看着绝尘而去的汽车,似乎在想什么心事。

与非看着她神思不属的表情,突然有些莫名其妙的担心。

第 35 章　商场如战场

与非、吴婵等人坐在会议室的长桌旁,等待决定星丛命运、确切说是决定李与非命运的董事会议。

金沙集团的倪涛带着副总彭哲出席。彭哲刚被提拔不久,年纪很轻,不过三十出头,与非等人都不熟悉。

鲍平迟到了一会儿,和铂锐集团的黄总一起有说有笑进来。星丛众人的心都沉了下去。看这样子,铂锐这一票已经无法挽回。

会议正式开始。鲍平开门见山:"今天讨论星丛 CEO 改选的问题。我认为李与非不适合担任,建议撤掉。在座董事一共十票,六票同意就算通过。现在开始表决。"

黄总首先表态。果不其然,他投了赞成票。加上鲍平的三张票,与星丛成了四对四。

众人把目光投向倪涛。倪涛有点尴尬地对吴婵说:"不好意思了世侄女,我是帮理不帮亲。"转头对鲍平说:"我也同意。"

与非和吴婵同时低下头去。刘布已经骂了出来。

鲍平哈哈大笑:"真对不起了,李总,这个位置,能者居之。看来董事会对你都不信任啊……"

与非愤怒地一拍桌子:"卑鄙!"

鲍平也一拍桌,厉声说:"你还敢嚣张!你现在已经被星丛解雇了!我命令你即刻收拾好你的垃圾,给我滚出去!"

与非霍地站起身来,狠狠瞪着鲍平。吴婵赶紧起身,使劲拉住他。刘布在一边破口大骂。

正在剑拔弩张的时候,突然有个声音说:"等一下!"

众人循声望去,是自从进来就没说过话的彭哲,金沙集团副总。

彭哲说:"鲍总是不是性急了一点,我还没投票。"

鲍平脸上笑容僵了一下,又舒缓下来:"彭总开什么玩笑,倪总不是已经同意了。"

"倪总是同意了,但金沙有两票,我还没表态呢。"

大家都有点意外,包括倪涛。他疑惑地看着彭哲,不知道他葫芦里卖的什么药。

鲍平清了清嗓子:"那彭总的态度呢?"

彭哲清晰地说:"我不同意!"

这短短四个字就好像一声炸雷,让所有人目瞪口呆。

第一个反应过来的是刘布,他欢呼一声跳了起来,冲到彭哲身边,用圆润的臂膀狠狠抱住了他,大呼小叫:"好兄弟!好汉子!你才是英雄本色小马哥!从今往后,我刘布就是你的人了!水里水里去,火里火里去……"

彭哲费好大劲才把刘布从身上扒拉下来。

谁也没想到最不起眼的人带来最大的转折。李与非和吴婵惊喜地看着对方,忍不住拥抱了一下。

鲍平脸色沉了下来,问:"彭总这是什么意思?您有什么理由?不妨拿出来讲讲。"

彭哲毫不客气顶回去:"你们不同意的有什么理由?拿出来一起讲。"

刘布趁机起哄:"是啊,是啊!有什么意见,大家一起摆到桌面上!不要在底下叽叽咕咕搞小动作!"

鲍平狠狠瞪了他一眼,一时竟想不到什么话说。

倪涛也没预料到彭哲会来这一出,脸上有点挂不住,低声埋怨:"小彭你这是干什么?"

彭哲一笑,并不答话,但从神色里也能看出,他对倪涛也并没有那么唯唯诺诺。

刘布指着鲍平鼻子说:"现在五票对五票,打!平!了!姓鲍的有话快说有屁快放,没事就赶紧麻溜儿地散会!"

鲍平把手里的文件狠狠扔在桌上,不回答。

刘布哈哈大笑,拉住与非和吴婵,大声说:"走,我们吃庆功宴去!彭总你也来,我送您一头最肥的小绵羊!我现在就打电话叫他们空运过来!"

刘布哪里想到彭哲的上司还在场,推推拉拉就把彭哲给请了出来。

走出门外,吴婵和与非急忙向彭哲道谢。

彭哲说:"你们不用谢我,我也不是帮你们。鲍平这家伙在圈子里飞扬跋扈,我跟几个朋友早就看他不顺眼,这次也算给他一个教训,让他别那么嚣张。"

吴婵诚意说:"无论怎样还是要道谢。毕竟让您跟倪总持不同意见,也很为难了。"

彭哲淡淡地说:"那也没什么为难。"

他不再跟别人多说,进去跟倪涛打了个招呼,就离开了。

刘布看着他背影说:"这哥们真汉子,连一把手都不怕。"

吴婵说:"听说彭哲之前是销售总监,从基层一步步做上来的,业务能力极强,在公司里很得人心。"

刘布更起劲了:"厉害,我要送五只小肥羊!"

吴婵却有点不安。功高盖主,向来就是职场里比较忌讳的。何况刚才看他举止,对上司并不是特别敬畏,显然两人意见相左的事情不是第一次发生。

鲍平和倪涛从星丛办公室出来,在僻静处商谈。

鲍平恼怒地说:"您这有点太不厚道了,谈的好好的事情……"他压低声音说:"该给的好处我也都给你了,到头来摆我一道,传出去谁还敢跟你合作?"

倪涛连连叫苦:"我怎么会知道姓彭这小子会这时候跳出来?"

鲍平嘲讽地说:"看来这二把手很快就要踩在你头上了!"

倪涛气恼地说:"他敢!不过是仗着老董事长对他器重,这两年像坐火箭一样升得飞快,这就飘起来了,也不称称自己有几两重!"

鲍平听出来倪涛对彭哲也很愠怒,并不是故意来给自己捣乱,安心了很多。他问:"姓彭的这么跟你作对,干嘛不换掉?"

倪涛哼了一声,说:"我自然想!不过现在老董事长刚退下去半年,胳膊还伸得老长,有他罩着,我暂时也不想撕破脸。只能忍个一年半载再说。"

鲍平说:"我可等不了一年半载。你想想办法,找个理由尽快弄走他。"

"你以为我没试过,找的理由都被老头子驳回来了。"

鲍平低头想了想,再看左右无人,压低声音对倪涛说:"那就找个谁也驳不回来的理由。"

倪涛疑惑地看着鲍平。鲍平的眼光在暗处显得阴狠。

与非和吴婵在光仪汇报项目进展。结束之后,两个人回到星丛,发现大家都聚在孟途的办公桌前盯着电脑屏幕议论着什么。

"我们俩不在,你们就摸鱼?"吴婵笑问。

"金沙集团高层出事了。"孟途说。

"什么?"

刘布哭丧着脸:"就是我偶像彭总!唉,我小肥羊刚给他运过去!"

与非和吴婵奔过去,看到一条新闻:金沙集团副总经理彭哲涉嫌侵吞公款,已经被公安部门立案调查。

与非皱眉说:"怎么这么突然?一周之前开董事会的时候还好好的……"他转头看吴婵,却发现吴婵脸色苍白。与非吓了一跳,问:"怎么了,你不舒服吗?"

吴婵看着他,眼神里是悲伤,还有一丝绝望。

与非顿时反应过来:"你觉得这件事跟我们有关?"

大家一听,都围了上来。

吴婵慢慢地说:"否则怎么可能这么巧。彭哲是销售做上来的,要找些证据告他侵吞公款一点也不难。但是不早不晚，偏偏这时候。他们……不过是搬开一块绊脚石而已。"

刘布等这才想通其中的关系。刘布倒抽了一口冷气，骂道："他妈的，鲍平跟倪涛也太狠了吧！为了把我们赶尽杀绝，还要拖一个人下水？"

孟途说："他移走了绊脚石，下一步就要继续对付星丛了吧？"

他话音刚落，在场各人的手机都响起了消息提示音。大家纷纷查看，是鲍平的助理群发的通知：下周再次召开董事会，请勿缺席。

孟途气得跺脚："果然如此！"

占伟达对孟途说："那，铂锐？"

孟途说："你意思是咱们再去找铂锐的黄总？肯定没用的！别说他本来就跟鲍平是一丘之貉，就算不是，依着鲍平这狠劲，也早拉过去了！"

大家议论起来。混乱了一阵，吴婵突然发现问题。

"与非去哪里了？"

没人看到。

吴婵想了一下，眉头锁住："糟了！"她站起身，匆匆跑了出去。

鲍平坐进车里，刚要发动，一人冲了出来，张开手拦在车前。鲍平吓了一跳，再一看是李与非。即便隔了车子，他都能感受到李与非全身上下的怒火。

鲍平不由笑了。这正是他想看到的。他想看到李与非的愤怒、焦虑、担忧、茫然，任何一种属于失败者的情绪。每一种都是对他胜利的肯定。

鲍平慢条斯理地下车，明知故问："李总这么急找我干什么？"

李与非使劲盯着他，眼里喷出怒火："为什么，你为什么一定要做得这么绝？你为什么一定要把星丛置于死地才甘心？"

鲍平笑了："我早就说过，你不懂商业。商业社会就是丛林法则，适者生存，你死我活！"

李与非一拳砸在车前身上："商业，商业！你的眼里只有商业，你为什么不能把它当成事业！"

鲍平一愣。李与非这句话他从来没有想过，一时不知道怎么反驳。

李与非继续愤怒地说："你就从来没有为一件事全心全意付出过吗？你就从来没有为一件事疯狂、痴迷、废寝忘食，没有任何目的，只想做到尽善尽美吗？你做一件事，难道不是因为你爱它，只是因为你要赢吗？为了赢，你就可以不择手段吗？"

鲍平恼羞成怒地说："你给我闭嘴！现在你是我手下败将，轮不到你来教训我！"

李与非看了他一会儿，沉声说："就好像你对小婵一样，你跟她在一起只是为了占有她，你从来没有疯狂地爱过她！所以，你注定会失去她！"

鲍平本来已经转身准备上车，听到这话，背对着李与非呆立了一秒钟。接着，他迅速转过身，挥拳出去，击中了李与非的下巴。

与非还了一拳，两个人打在一起。

吴婵从角落里冲了出来。鲍平和李与非都不知道她什么时候来的，已经在旁边听了多久。吴婵死命把两个人拉开。两人势均力敌，都被对方打得鼻青脸肿，各自跌坐在两边喘气。

吴婵看了两个人一会儿，向鲍平走过去，伸出手，看样子是打算拉他起来。鲍平有点意外。吴婵的脸色平静，全然没有李与非那样的激动，也没有丝毫责备和怨怼的表情。鲍平拉着她的手站起来。

"你没事吧？"吴婵低声问。

鲍平看着还坐在地上的李与非，突然有点得意。吴婵首先选择帮助的竟然是自己。但他不想表露内心，只是哼了一声。

吴婵拉着李与非，使劲把他拖走。

鲍平看着两个人的背影。吴婵突然转过头来，看了他一眼，似乎有话说，但没有说出来。

吴婵开车送李与非回家。一路上，她都很沉默。

李与非偷偷打量吴婵，有点心虚。他问："你生气了？"

吴婵不语。

李与非赔笑说："是我不好，我太冲动了。你罚我吧，罚我给你背开

425

平方表行不?"

吴婵还是不说话。

李与非没辙了,只好乖乖看路。过了一会儿发现不对,问:"咱们现在去哪里?"

"送你回家。"吴婵终于开口了。

"我不回家,我去公司。"

吴婵没好气地说:"你去公司干什么!"

"我们写给光仪的方案里面有几处问题,我跟他们一块儿改改。"

吴婵突然猛打方向盘,把车子靠到路边,又一脚踩上刹车,"嘎"地一声厉响,车子紧急停住了。

与非吓了一跳:"怎么啦?"

吴婵恼恨地看着与非,大声说:"你到底知不知道你该做什么?星丛已经不是你的公司了!光仪已经不是你的项目了!你还费那么大劲干什么?"

与非被吼懵了,不知道为什么吴婵会发这么大火,怯怯地说:"不论星丛归谁,产品永远比天大;不管是谁的项目,都不能出岔子啊……"

有一瞬间,吴婵脸上的恼怒软化了。她急忙转过头去,似乎不想让与非看到自己真正的表情。

好一会儿,吴婵背对着与非,肩膀起伏,不知道在想什么。与非怯生生伸手拉了拉她。吴婵转过头来,神情居然非常冷漠。与非感到身边的吴婵遥远而陌生。

"下车。"吴婵用命令的口气说。

"什么?"与非不能确信自己是不是听错。

"下车!"吴婵大声说,"我不送你了,你要回公司,自己走!"

"小婵,你别生气……"与非以为吴婵还在为刚才的事情发怒,赶紧道歉。

吴婵充耳不闻,探身过去打开他那一侧的车门,用力推他。

李与非不得已下车。他回身还想道歉,吴婵看也不看他,发动车子,快速离开。

鲍平回到家,把车停好。他转身就见到吴婵站在大门不远的地方。
"我想和你谈谈。"吴婵说。
鲍平回头看了一下家门,问:"要进去吗?"
吴婵也抬头看了看房内的灯光,犹豫了一下。"下次吧。"
大多数语境里,"下次"意味着"不了"。但吴婵刚才的抬头和犹豫让鲍平相信,她说的"下次"是认真的。毕竟,那房子里有曾经待她亲厚如家人的长辈。
于是,鲍平把声音也放柔和了一些:"你找我有什么事?"
吴婵深吸一口气,仿佛下了很大决心,说:"我想……跟你谈合作。"
"哦?"鲍平眉毛一挑,确实不太理解吴婵的意图,"你是说真的?"
"取决于你是不是说真的。"
"你指的什么?"
"你说,收购星丛之后,交给我打理。"
鲍平看着吴婵的眼睛,想从中看出她真正的心意:"我能信任你吗?"
吴婵一笑,笑容略有几分讥诮:"我们都是同一类人,不是吗?我们只在乎输赢,不关心对错。"
吴婵语气里的讥讽不仅没有刺伤鲍平,反倒让他安心了几分。他听得出吴婵更似自嘲。他相信她说的是真的,因为的确符合他对吴婵的判断。他和她从小就生长在商人家庭,耳濡目染都是残酷的商业竞争故事。不为输赢,还真为了情怀不成?
鲍平满意地笑了。

与非垂头丧气回到家里。一家人看到他的样子吓了一跳。
"摔了一跤。"与非不想让家人担心,轻描淡写地说。
姚美丽穷追不舍:"摔了一跤不至于跟霜打的茄子一样。"
与宁一撇嘴:"那就不用问了,肯定是惹婵姐生气了,正发愁呢。"

与非被说中心事,兀自嘴硬:"谁说我为这个发愁了?"

"不然是什么?"

"我……我发愁的是怎么哄她高兴。"

姚美丽一听就急了:"我说儿子,你好容易找到一个模样又俊,家境又好,人品又端正你自己还能看对眼儿的姑娘,你要是把人家气跑了,我可第一个跟你急!"

李与非傻乎乎地问:"真的假的?"

姚美丽把锅铲往桌上一顿:"当然是真的!我现在就急给你看看!"

李与非垂着头说:"不是,你也说了,这么一个模样又俊,家境又好,人品又端正的姑娘,会喜欢你儿子吗,这是真的假的?会不会她早就对我不满,不过是找个借口……"

这下与宁也生气了:"你可以怀疑你自己的魅力,你不能怀疑婵姐的感情。你们俩经历多少事情才能在一起,人家为了你,放着个门当户对又帅又多金的未婚夫不要,跑来跟着你,你居然还怀疑?"

李乐愚小声说:"这样一说,连我都怀疑了……你哥听起来好像不占什么优势……"

姚美丽隔空劈了李乐愚一掌:"你给我滚一边儿去,别在这儿帮倒忙!"

与宁说:"你赶紧去找婵姐,第一要买束玫瑰花;第二要循环道歉;第三也是最重要的,道歉只能用肯定句,听清楚没有!"

与宁口若悬河地讲完,发现其他三个人都直直地看着自己,意识到自己话太多了,急忙找补:"我……也是听人说的……"

姚美丽说:"我怎么琢磨着像经验之谈。"

与宁脸一红,忍不住低头露出羞涩的笑容。

姚美丽大拇指一翘:"赵峰这小子孺子可教,李与非你学着点,还当师兄呢!"

与非被全家赶出门去,用软件搜了半天才找到花店买到玫瑰花。这是他有生之年第一次买花。他捧着玫瑰,遮遮掩掩走在路上,总觉得浑身别扭,好像每个人都在看他。实在扛不住,到超市买了一卷垃圾袋,用黑色垃圾袋把花包起来,这才放心大胆往前走。

与非赶到吴婵的楼下,按对讲机,却没人应答。他再打吴婵手机,没有接听。与非束手无策,只好在附近溜达。

一辆车开过来,停在吴婵所住的楼下。与非一怔,认出那是鲍平的车。车门开了,鲍平下来,绕到副驾驶的位置,打开车门。里面的人下来,果然是吴婵。

与非当时正站在暗处,两人都没有看见他。鲍平很绅士地扶着吴婵的肩膀,把她送到楼下,两人说了几句话,可能是道别。而后,鲍平一笑,张开双臂抱了吴婵一下。

吴婵,竟然没有拒绝。

她也笑了一下,虽然并不热情,但也并不冷漠,如果用一个词来形容,就是相当——礼貌。

与非有意无意地退到一根电线杆后面。不知道出于什么心理,他现在反倒怕被他们俩看见了。

吴婵上楼。鲍平也乘车离开。

与非呆呆站在楼下,看着吴婵的房间亮起灯光。他走到楼门口,把手放在对讲机的按键上,却迟迟按不下去。

他本是来道歉的,却发现吴婵现在似乎并不生气,或者说,不再生气了。

那么,他还能做什么?问她为什么会和鲍平在一起吗?他又怕拿捏不好语气,变成疑问句或者反问句,岂不是犯了与宁说的大忌。更何况,她为什么不能和鲍平在一起?他们本就是世交,何况鲍平还是前未婚夫,门当户对,又帅又多金……

与非突然变得迷茫起来,放在按键上的手终于落了下来。他转回身,慢慢走开。

与非转过一个街角,坐在马路牙子上。他慢吞吞地扯下黑垃圾袋,看着手里的玫瑰花发呆。

不知过了多久,有人打招呼:"嘿,哥们儿!"

与非抬头,是个二十出头的男孩子。男孩不好意思地说:"你这玫瑰花,卖吗?"

"嗯?"

"不是,我把女朋友给惹毛了,着急想买花道歉去,没想到周围花店的玫瑰都给卖光了。奇了怪了,又不是情人节又不是三八节,难道道歉还扎堆儿啊?我看你半天了,你这样子……估摸着花也用不着了,能不能卖给我?"

与非苦笑一下,把花递给他:"拿走吧,不要钱!"

男孩很惊喜,生怕他反悔,赶紧接过来。再想想又有些不好意思,只好安慰道:"多谢了哥!要不……你稍等我一会儿,假设我女朋友跟你女朋友一样,死活也不肯原谅我的话,我这就回来把花还给你!"

男孩抱着花欢天喜地跑掉。

与非真的坐在那里等了一会儿。小伙毕竟没有回来。与非对自己笑了笑,站起身来,慢慢离开。

再一次的董事会上,金沙集团果然换了一名代表。最终,六票对四票通过决议免除李与非星丛CEO的职务。

鲍平紧接着召开星丛内部会议,宣布李与非不再担任星丛CEO,星丛不再继续聘任李与非。也就是说,李与非必须离开自己一手创立的公司。

鲍平宣布完,会议室内有几分钟的沉寂。

李与非看着鲍平,已经失去了和他继续理论的兴趣。他再看吴婵,吴婵脸上没有表情,猜不出她在想什么。

刘布首先一拍桌子,站了起来:"妈蛋!老子也不干了,老子撤资!你自个儿玩儿去吧!"

孟途紧跟着站起来:"我也辞职!我现在就去打辞职信!"

占伟达也站起来,一句话也不说,狠狠看着鲍平。

赵峰、雷兵、舒阳等人都站起来。

刘布走过去，把李与非拉起来："走，此处不留爷，自有留爷处！"

鲍平哼了一声："别以为你们集体辞职就能威胁我！"

孟途愤愤地说："是啊，你有钱，你明天就可以招人，了不起吗？"

鲍平笑了笑说："你错了！我为什么要招人？我收购星丛，就是为了看它垮！"

这句话像一把匕首，刺中了李与非等人的心。他们知道鲍平说的是实话，但此刻，谁也无力挽回。

刘布等人义愤填膺的气势都少了一些，难以掩饰地露出一点黯然，李与非更是脸如死灰。

孟途拍了拍与非的肩膀："走吧！咱们哥儿几个都在，不怕！"

与非点头。大家向门外走去。

走到门口，与非突然意识到不对。他转回头。

吴婵却还坐在座位上。

刘布招呼吴婵："走啊！你还等着他发遣散费不成？"

吴婵抬起头来，看着大家，却有意避开李与非的眼光："对不起，我要留下来。"

"什么？"众人都惊呆了，尤其是李与非，他僵立着，话也说不出来。

舒阳走到她身边，轻声问："怎么回事？你想清楚了吗？"

刘布急了，跳着脚说："你疯了，这混蛋一心一意把星丛搞死，你还待着干嘛，等着给星丛收尸啊？"

舒阳转回头瞪了刘布一眼，刘布赶紧住口。

鲍平大笑："给你们大家介绍一下，我将成为星丛新的CEO，这位吴小姐是我的副总。"

大家更吃惊了。

吴婵的脸色有点苍白。她走到李与非身边说："你出来一下，我有话跟你说。"

两个人走到另一间无人的小会议室。

与非刚想讲话，吴婵打断他，说："我不能跟你在一起。"

与非身子一颤，勉强笑着说："没事，你留下来我不怪你。你白天在星丛上班，我晚上来接你，我们晚上还可以在一起……"

吴婵说："你到底明不明白我在说什么？我们理念不合，我们没法在一起！"

与非愣愣地看着她，说："我……我不明白你在说什么？理念不合吗？我是不是应该去读点经济学的书，还是应该多跟你解释解释电路设计……"

"我们分手吧！"吴婵干脆地说。

这句话与非听懂了。他大张着嘴，比刚才听到星丛要解散还惊惶。

吴婵背过身去，似乎是不想看到他的表情。

"我是不是做错了什么？我是不是经常对你说疑问句反问句祈使句，让你生气了我自己都不知道？你跟我说，我马上改，行吗？"与非像个考试不及格向老师求情的孩子，卑微而无辜。

吴婵摇了摇头，几步走出门外，再也没有回头。

第 36 章　爱人的背叛

下午，鲍平从星丛办公室出来，走出大楼，发现大门口不远处站着李与非。

鲍平迎上去："曾经的明星企业家，怎么变成跟踪狂了？你是想看看星丛，还是看小婵？"

"和你无关。"

"我只是想提醒你，星丛和小婵都已经不属于你，你不要浪费时间了。"

李与非冷冷地看了他一眼："他们也不属于你。"

"笑话！星丛是我的控股公司，小婵是我的员工，他们当然属于我！"

"那不叫属于，那叫占有！"

鲍平怒了："好，我就让你死心！"他拿出手机，调出一段音频，举到李与非面前："好好听听！"

听筒里，清晰地传出吴婵的声音：

"我想跟你谈谈合作。"

"我们都是同一类人，不是吗？我们只在乎输赢，不关心对错。"

果然，这段音频像一记重锤，李与非脸上顿时失去了血色。

鲍平终于达到了想要的效果，他得意地说："你现在明白了吗？我根本不需要占有她，她本来就属于我，我们本来就属于同一种人，就应该在一起。跟你？她不过是一时兴起罢了！玩一玩还会回来的！"

鲍平大笑着离开。

李与非用全身力气维持着镇定，但他能感觉到自己在微微发抖。

吴婵下楼，一眼就看到李与非。他脸色苍白，虽然看着她，眼神却有点空洞,仿佛内心有什么坍塌了。

"你……怎么了?"吴婵忍不住问。

"我想问你一句话。"

"什么?"

与非顿了一下,轻声问:"你,究竟有没有喜欢过我?"

吴婵的身体微微发抖。她不想在与非面前失态,抬步就要走。

与非一把抓住她的衣袖:"这个问题很难回答吗?"

吴婵背对着他,不知道过了多久,她侧过头来,说:"放手吧!"

这简单的三个字像一支箭一样射在与非的胸口。他的手无力地垂了下来。

与非花了整整两天时间,才体会到失恋的感觉。原来失恋不是一瞬间的暴击,而是绳锯木断、水滴石穿的消磨。

与非躺了两天,不吃东西也不讲话。

孟途刘布等几个跑来探望了一次,他也不怎么理。

刘布为了振作与非,夸张地说:"我从老爷子那里又讹了五千万,咱拿个四千五百万再注册个公司,随时随地东山再起!"

与宁好奇地问:"还有另外五百万呢?"

"我去雇一帮打手天天去迪迈和鲍氏集团泼油漆!"

大家都笑了,除了与非。他只是愣愣地看着大家,好像没听到。

刘布从与非的卧室出来,就一叠声叹气:"完了完了完了!我说要违法乱纪他都没反应,这回脑子肯定烧坏了!"

舒阳往他头上敲了一记:"你脑子才坏了!"

"我哪里有脑子?"

这次刘布的玩笑谁也没有笑。已经走出卧室,谁也不需要为了宽慰与非而装样子。而与非消沉的样子,眼看是无从宽慰了。

沉默了一会儿,孟途对舒阳说:"咱们有一说一,你那个闺蜜吴婵,这回真是有点不厚道,把与非给坑苦了……"

刘布率先不满："有一说一，你扯上我家秦教授干什么？她们俩关系再好，也是两个人，难不成秦教授吃饭，要吴婵替她拉屎不成？"

在刘布讲出更奇异的比喻之前，舒阳及时制止了他。

趁别人不注意，舒阳走到阳台上，拨了吴婵的电话。依然被挂断了。她看着手机上显示的几十个打给吴婵的电话，深深叹了口气。吴婵这次不知道为什么，跟舒阳都拒绝交流了。

与宁陪着母亲已经采购了两个小时，耐心再好也忍不住了："老妈，不能再买了！你把超市都搬空了！李与非只是感冒发烧而已，又不是坐月子！"

姚美丽叹道："他要是真坐月子倒也好了，至少肯吃东西！现在这情形，简直就像害喜！"

姚美丽挑拣着东西，手上的动作突然停了。与宁顺着母亲的眼光看过去，一眼见到吴婵。

与宁暗叫不好。果然，还没等她做出任何反应，姚美丽已经杀气腾腾地奔了过去。与宁急忙赶过去，生怕姚美丽盛怒之下生出什么事端。

吴婵老远就看见拍马过来的姚美丽。她竟然眼睛一亮，习惯性地想打招呼，但很快从姚美丽的脸色上意识到今时不同往日，脸色暗了下来。

姚美丽冲到吴婵面前站定，深吸一口气，开始骂："吴大小姐，我说你真是八角掉进粪坑里——香臭不分啊！你身边有那么多阔少爷，你为啥要玩弄我家李与非呢？他就是拔了塞子不淌水——死心眼一个啊！你就算逢场作戏，捉弄他这样儿的，你落什么好了你？"

吴婵听姚美丽歇后语都出来了，知道她是动了真怒。但即便恼成这样，姚美丽还是压着嗓子，没有破口大骂，没有惊动其他顾客，单凭这一点吴婵也很感激，于是她一言不发，一副听任审判的顺从模样。

"我警告你，你要是再敢招惹我们家李与非……"姚美丽挥舞着胳膊，咬牙切齿地想发两句狠话，想起儿子这几天的颓废样子，突然心里一酸，用穷凶极恶的语调挣扎了两下，软了下来，竟然变成了求恳，"小婵，我求求你！我知道我那傻儿子得罪你，你看在我一直那么疼你的面子上，原谅他吧！他真是掏心掏肺对你的！长这么大我都没见过他难受成这样，半条命都没了……"

吴婵咬紧嘴唇。她宁可被姚美丽劈头盖脸骂一顿，也好过她低声下气求自己。

与宁已经赶过来，劝说姚美丽："妈，你别这样，看给别人笑话！"

姚美丽说："我还怕别人笑话吗？我都快被你哥吓死了！人家失恋他也失恋，怎么没见别人跟他这样，好好一个聪明孩子，现在痴痴呆呆跟二愣子一样！我不心疼吗！"

吴婵听姚美丽说着，心如刀绞。她对与宁说："对不起，我走了……你照顾阿姨……"

与宁扶着姚美丽，看着吴婵离去。吴婵始终没有回头，走路却有几分踉跄。

与宁把母亲带回家，跟父亲哄了半天，总算平复了。与宁抬头看表已经到了药店实习时间，慌慌张张赶过去。

一进药店，同事就告诉她有人找，已经等半天了。

没想到是吴婵。

"我能约你出去谈谈吗？"吴婵问。

与宁看着她。吴婵眉间有一层深深的忧郁，但眼神清亮。与宁心中一动。一个逢场作戏背叛了男友的女子不应该有如此坦荡的眼神。她点点头，跟同事交代了一声，和吴婵一起出门。

两个女孩子在街角的咖啡店坐下。

一落座，与宁就问："你有事瞒着我们所有人，对吗？"

吴婵用手掩住嘴。与宁知道，这是受了委屈的女生才有的本能反应。

与宁更确信了，再问："你还喜欢我哥，对吗？"

吴婵双肩颤抖着，过了很久，才点了点头。

与宁隔着桌子，握住了吴婵的手。等吴婵好容易平静了一些，与宁问："那你为什么制造这么大的误会，自己还受这么大委屈？"

吴婵轻声而坚定地说："我只有留下，才能守住星丛！"

与宁不太理解："星丛没了，我哥和他那帮同事还在啊，可以东山再起嘛！"

吴婵问："你哥和他那帮同事辛辛苦苦做出来的设计，知识产权属于公司，属于星丛，不属于他们任何一个人，你知道吗？"

与宁愣住了。

"这是法律规定的。劳动者在公司工作期间，从事的设计工作，在双方没有特别约定的情形下，不属于个人知识产权，属于公司所有。"吴婵凝重地说，"也就是说，'星丛一号'、'星丛二号'的知识产权，现在掌握在鲍平手里，他完全有权利把它们卖给任何一家公司，包括迪迈！"

这下与宁急了："那，我哥他们知道吗？"

吴婵摇头："我不清楚。前一阵子变故太快了，我根本来不及和他沟通。但是，即便他知道也没办法，他已经被星丛辞退。剩下孟途赵峰他们，都是心高气傲，只会跟你哥同进退，绝不会留下来受鲍平的气。算来算去……"

与宁终于听明白了："算来算去，只有你留下来受气了。"

"鲍平暂时不会给我气受，他以为我是贪图利益。迪迈的费尔德对星丛虎视眈眈，鲍平好像现在对他并不是很顺从。我希望能利用他们之间的矛盾，尽量周旋，最大限度地保护星丛。但是我目前不能让大家尤其是你哥哥知道，我担心他们沉不住气，传到鲍平耳朵里，激怒了他，我做的一切就白费了！"

与宁又握住吴婵的手："婵姐，原来你是在无间道啊！真对不起，大家都误会你了！"

吴婵苦涩地笑了："我本来不想告诉任何人，但我需要他……需要你哥哥身边有个人对我有信心，这样才能支撑他，让他有信心。"

"你这牺牲可够大的。我哥真以为被你抛弃了！"

"我别无选择。你哥哥只是暂时失去我，但如果我不这么做，他就永远失去星丛了。我跟你哥哥，我们俩的关系经得起折腾，星丛可绝对经不起折腾。"

"你确定吗?"与宁问。

"当然!你又不是不知道星丛对于你哥哥多重要,他不能没有星丛……"

"我是问,你确定你们俩的关系经得起折腾吗?"

换到吴婵愣住了。

"你是真不知道你对我哥有多重要!"与宁幽幽地说,"我妈说的没错,他真是个死心眼。他本来就怀疑你条件那么好,怎么会看上他。现在可好,经过这么一折腾,你就算本人站在他面前跟他解释,他也不会再相信了!"

"他……对我就这么没信心吗?"

"不,他是对自己没信心。对他来说,婵姐你就像个天使一样,他觉得自己根本配不上你。"

吴婵叹了一口气,不知道应该感到甜蜜,还是担忧。

鲍平在他的办公室里打视频电话。吴婵悄悄观察着动静,隐隐听到几句话:

"我有我的计划,你不用担心。"

"那是迪迈在其他国家的方案,未必适合中国。"

吴婵猜到,他在和费尔德通话,而双方并不愉快。

鲍平挂了电话,吴婵敲门进去。交代了几句工作上的事情之后,吴婵把一只包装精美的礼品盒交给鲍平:"明天是鲍伯伯的生日,替我说声生日快乐。"

鲍平有点意外,但不想表露出来,反倒说:"对不起,明天我没打算邀请你。"

"我明白。"吴婵平静地回答,"你只是雇佣了我,并不表示你已经不恨我。"

吴婵如此坦白,鲍平反而顺畅了一些。在此之前,他留下吴婵无非两个目的，一是打击李与非，二是找机会羞辱吴婵，以报复她在婚礼上对自己的背叛。

现在第一目标已经达到，他就只等吴婵送上门来被羞辱。说实话，他不是没有怀疑过吴婵"明修栈道，暗度陈仓"，看似投靠他实则为李与非做内应。如果吴婵仗着跟自己有前史，刻意做作讨好自己，那就坐实了他的怀疑。现在吴婵如此不卑不亢，他反而放心了一些。

"坐。"他说。

吴婵顺从地坐下。

"费尔德想让我和光仪重新签约，换下'星丛二号'，采用迪迈的产品。你怎么看？"

"这件事本来由你决定。但如果你问我，我会告诉你，我不同意。"

"为什么？"

"光仪如果要和迪迈合作，早就合作了。它是国内民用卫星第一品牌，重大采购都要上报工业和信息化部备案。光仪很早就启动了核心芯片国产化的项目，2018年之后，更是加速实施国产化计划。现在迪迈再来谈合作，无论从光仪的主观意愿，还是大环境的客观事实，都不可能。如果迪迈硬来，我想，唯一的后果就是光仪终止合同。这样一来，星丛前期的投入就相当于扔在水里了。"

"哦，所以你心疼了？"鲍平调侃地问。

吴婵坦率地说："我当然心疼！因为里面有我的钱！"

鲍平笑了。

吴婵继续说："我不仅心疼，我还担心。因为这只是费尔德的第一步。他第二步就是要拿走星丛的知识产权，第三步就是解散星丛，或者让他自生自灭！他的目的达到了，那我呢？费尔德也好，你也好，你们可进可退。他根本就无心在中国开拓；你呢，你退回去还是鲍氏集团的继承人。但我怎么办？我已经离开了天信，我根本没有退路！星丛是我唯一的投资，我唯一的产业，星丛没了，我可就破产了！"

吴婵倘若口口声声为鲍平谋划，只会让他嗤之以鼻。现在，她单刀直入,一心一意考虑自己的得失,鲍平反而踏实了。

"放心,星丛没了,我可以带你进鲍氏。你虽然抛弃过我,你有难了我不会不帮你的。"鲍平半开玩笑地说。

吴婵看着他,欲言又止。

"你想说什么?"

吴婵说:"恕我直言,鲍氏和天信一样,早就应该转型了。"

鲍平不说话了。他知道吴婵是对的。

吴婵接着说:"其实,不仅我需要星丛,你也需要星丛。鲍氏和天信跟迪迈不一样,我们都是以传统制造行业起家的,发展到现在都已经力不从心。星丛……虽然你一直很反感,但的确这几年做出了些成绩,在业内口碑很好。你现在手里握着这块牌子,就相当于跨入了科技创新的新领域。这对于鲍氏来说,就是一个崭新的发展机会。"

吴婵讲得推心置腹。她确实是真心话。一方面,她知道鲍平不是蠢人,撒谎绕弯子都难保证不被他识破,真诚反倒是最有效的态度。另一方面,星丛已经落在鲍平手里了,如果他能看到星丛的价值,珍惜和保护这个品牌,那自然是再好不过。

鲍平果然被打动了。他迅速考虑了一下。费尔德无疑是个混蛋。此人傲慢奸诈,人品低劣,对鲍平毫无尊重,不止对鲍平,他对整个中国偏见颇深。在费尔德眼里,中国就是供他捞金的巨大市场。而由谁替他看着这块肥肉,对费尔德来说差别也不大,今天是他鲍平,明天可能就是另一个人。说白了,他不过就是一颗棋子,之前费尔德全力对付李与非,他鲍平还有利用价值,以后就难说了。

吴婵是对的。费尔德并不需要星丛,相反,他恨不得星丛明天就解散。但鲍平和吴婵就不一样了。从这个角度讲,他和吴婵应该是统一战线。而吴婵对星丛的了解比他全面深入,在一起对抗费尔德的过程中,她会是个得力助手。

更何况,抛开一切利益不谈,和吴婵结盟,也比和费尔德结盟令他愉快、踏实得多。吴婵顶多对他是冷漠,却做不到残忍。

想到这里，鲍平点了点头："我知道了，你先出去吧。"

吴婵向门外走，鲍平又叫住她："我现在改变主意了，我想邀请你明天来我家一起吃饭。"

吴婵轻声说："还是算了。没必要给老人家造成误会。"

鲍平看着她出门，虽被拒绝，却露出满意的笑容。吴婵还是那个吴婵，不会客套，不会恃宠而骄。这对鲍平来说是最好的。他宁可要真诚的冷漠，也不想要虚假的逢迎。

第 37 章　网络罪证

在卧室里窝了一周以后，李与非的活动范围终于扩大到客厅。虽然他只是蜷在沙发上，父母毕竟放心了一些。

社区服务中心的大妈来串门，一进门就说："姚大姐我是特意来找你家儿子的！"

姚美丽精神一振，她现在就希望能有个什么由头占据儿子的精力："您快说！"

"您儿子不是学电子的吗？"

姚美丽这才意识到她也说不清儿子的具体专业，就含糊地回答："嗯。"

"我们社区服务中心现在急招一个修电脑的，你儿子水平那么高，就让他来呗？"

姚美丽一愣："我儿子学的是电子，不是电脑。"

"那他到底会不会修电脑？"

"会是会……"

"那不就结了？"

大妈逻辑满分，姚美丽竟无可辩驳。她回头看看躺在沙发上茫然盯着电视的儿子，好像完全没有听到她们两人的对话。这状态，自己的脑子都难保正常，显然不适宜为任何人修电脑。

姚美丽低声说："要不，您再找找别人吧？"

大妈也压低声音："姚大姐你也知道，我们这儿虽然只是社区工作，待遇不错旱涝保收，每回招人来应聘的硕士博士也是打破头！我可是听到消息第一时间就来找你。你儿子……他不是现在失业吗？这么好的工作他不要?"

姚美丽有点恼火。这么优秀的儿子被她说得好像没人要一样。但对方究竟一片好心，又跟姚美丽一向交往不错，姚美丽也不好发作。

她正踌躇间，隐隐听到电视新闻里传来"星丛"二字。客厅里所有人的注意力都被吸引了。

新闻主播用动听的声音播报，"星丛二号"所采用的硅光子技术设计获得一项科技成果奖，而星丛是首次获得该奖项的芯片设计公司。

接下来出现了十几秒钟的采访，受访的是星丛年轻有魄力的CEO——鲍平。鲍平在镜头前的表现很好，从容大气，换成李与非未必能做到。

与非直直地盯着屏幕，他看的不是鲍平，是站在鲍平身边的人：吴婵。吴婵脸上的微笑和妆容都非常得体，虽然从头至尾没有说一句话，但在聚光灯下依然耀眼。

与非从来没有在镜头上看到过吴婵。他没想到她上镜这么美。他也没想到再次看到她竟还会这么痛，原来伤口从来都没有愈合过。

与非愣愣地看着。他想逃走，却根本无力逃脱。

姚美丽急忙向李乐愚使眼色要他换台，李乐愚情急之下一时找不到遥控器，偏偏大妈不识相地问姚美丽："星丛，这不就是你儿子从前的公司吗？"

姚美丽赔笑道："是我儿子主动辞职的，太累了容易猝死！"

大妈盯着电视里的鲍平说："我看这小伙子挺精神，也不像短命的样子……"

姚美丽没好气地回答："这样猝死才有惊喜嘛！"

大妈信服地点头："倒也是。太累还是别去了。要不考虑一下来我们这儿修电脑？"

姚美丽没回答，另一人的声音说："好的。"

却是李与非自己。

姚美丽和李乐愚吃惊地看着儿子。他脸上却没有表情。

费尔德专程飞到中国，约见鲍平。

鲍平让吴婵把会议室空出来，但却没有邀请她一起开会。

吴婵试探着问："你不肯听费尔德的吩咐，把他惹急了，是吗？"

鲍平哼了一声，没有反驳。

"那怎么办？来了你怎么应付？"吴婵这句话倒不是故意做作，她确实有些担心。

"放心吧，我自有办法。"鲍平胸有成竹，"说到底，费尔德不过是个贪心的商人。只要贪，就有办法。更何况，他这人自高自大惯了，比其他人还要更好对付一些。"

吴婵顺着他的话说："这倒是。如果你能捋顺他的脾气，费尔德这块牌子还是很好用的。"

鲍平忍不住看了她一眼，笑着说："还是你最聪明。董事会那帮人都不想跟外资捆在一起，整天在我耳朵边聒噪跟迪迈拗断。这些人鼠目寸光，根本不明白，迪迈是全球最出名的科技公司，跟政府谈合作的时候就是我手里最亮的一块金字招牌！"

吴婵立刻抓到要点："你在跟政府谈合作？"

鲍平含糊地说："企业做到这个阶段，怎么能绕开？"他很快把话题岔开了。

吴婵立刻意识到，鲍平有事瞒着自己。她也就不再追问下去。

费尔德来了之后，鲍平直接把他带进会议室，拉下百叶窗，两人密谈。正如吴婵所猜想的一样，鲍平已经将她视为最得力的副手，但毕竟还是没有完全信任她，不过看来他也不信任别人。这是一桩越少人知道越好的秘密。

费尔德离开的时候，脸上还是带着以往的傲慢神气，但情绪已经愉快了很多。

吴婵问："搞定了？"

鲍平得意地一笑。

吴婵知趣地没有问下去，但内心存了一丝疑虑。

吴娟约吴婵一起去看医院看望父亲。

两人见面，吴婵已经猜到吴娟有事情找自己，急切就写在她脸上。果然，服侍吴项冬午睡之后，吴娟就把吴婵约到室外。

"你知道鲍平又在搞房产吗？这次好像玩得很大。"吴娟问。

吴婵一怔："没听他讲过。鲍氏集团已经很久没有参与过房产项目了。"

"你记得他用一块地骗走了我和我妈手里的股份？我妈一块地皮砸在手里，还不急疯了，天天找鲍平。前一阵子他一直不松口，这几天突然拍胸脯让她放心，说项目很快就会动起来，让她再坚持一下，到时候能翻个几番都不一定。"

"真的？"

"我怎么知道？所以才来问你啊！不过我妈妈打听了一下，发现鲍平找了几个他从前的合作伙伴，投了好几块地，加进来将近20个亿！这么大手笔，他一定在搞一个大项目。不过这么一来，我妈还稍微放了点心。以鲍平的精明，要不是有十足十的把握，怎么会投入这么大的本钱？"

"这几块地，都在同一个地方？"

"是的，都在西涧市。"

吴婵想到，鲍平刚订了一张次日去西涧市的机票。

吴婵回到星丛，会计敲门进来，吞吞吐吐地说："吴总，有件事想跟您商量。"

会计是李与非在任时期的旧人，吴婵一看他的表情，知道事情不简单，急忙请他坐下慢慢讲。会计告诉吴婵，公司账簿上有五千万的支出有问题。

"五千万？"吴婵吃了一惊。

"写的是原材料采购，但是，跟提供的发票对不拢。"

"是谁签字的？"吴婵问完就问得多余，现在整个公司只有一个人有这

445

个权力。

果然会计回答:"鲍总。"

这么大笔钱,鲍平拿去会干什么呢?这几天的信息串在一起,似乎有了些方向,却不够清晰。鲍平既然没有跟她提过,她当面去问自然不会有什么结果,只能靠自己慢慢查出来。吴婵思忖了几秒钟,对会计说:"辛苦你了。这件事我晚点会问问鲍总,但你暂时先不要对任何人讲。"

会计点头出去。

鲍平此时不在办公室。吴婵想了想,拿了一份文件,走进鲍平办公室。

她迅速在办公桌上翻找了一遍,找到一份施工设计方案,是西涧市,设计的是高档别墅群。吴婵用手机拍了几张照。她试着打开电脑,但电脑有密码。再翻文件柜,也上了锁。

吴婵正沉吟间,忽然听到门外有员工打招呼:"鲍总您回来了!"

吴婵立刻返回到靠近门口的位置,面向门站好。

鲍平推门进来,看见她就在里面,不由一愣。

吴婵从容地说:"你昨天要的文件我已经找到了,怕你急用,就直接放你桌上了。"

鲍平丝毫没有怀疑,点了点头。

吴婵试探地问:"你明天要去西涧市出差,是很要紧的事情吗,需要我陪吗?"

果然,鲍平拒绝了:"没什么大事。"他还要说什么,手机响了。鲍平低头看了一下来电显示,对吴婵做了个"等会儿再说"的手势。吴婵知趣地走了出去。她把办公室门带上的一瞬间,听到鲍平接通电话打了个招呼:"邢市长您好您好!"口吻极尽谄媚。

吴婵心里一动,急忙上网查了一下,西涧市政府网站上显示,确有一位邢副市长,专管土地规划和审批。

吴婵和与宁约在不起眼的咖啡厅。

与宁坐下就开心地说:"太刺激了,就好像警官见卧底一样!我老妈盘问我半天,她以为我要背着她,跟男朋友做什么不可告人的事情。"

吴婵忍不住笑了:"所以你还要找赵峰帮你圆谎?"

与宁嘴一撇:"他哪里有圆谎的本事?上次我刚开口,他还以为我劈腿去见小三!这家伙跟我哥一样,脑子一根筋!"

提到与非,吴婵笑不出了,问:"你哥怎么样?有没有好一点?"

"你又没回来,他怎么可能好?好了就不符合能量守恒定律了!"与宁说完,看吴婵神色黯淡,急忙岔开话题,"急着找我有什么事?"

吴婵凑近她,轻声说:"我怀疑鲍平和费尔德在行贿市级高官!"

与宁惊得吸了口气:"你怎么知道的?"

"我全是推测。鲍平联合他的合作伙伴在西涧市以将近20亿的价格拿下了一块地,目前正准备开发高档别墅区。但我查了这块地的位置以及西涧市的城市规划政策,按照规划,这块地有一部分是高新技术开发区,还有一大部分是自然环境保护区!"

与宁听出问题来:"自然保护区怎么能建高档别墅?"

"所以一定是非正常操作!他们必须打通关系,这一路下来,代价不会小。单是星丛的账上,就不明不白少了五千万!"

"五千万!"

"奇怪的是,我根本查不到五千万的去向。他不可能蠢到转账,也没有买过什么贵重奢侈品比如古董。难道是直接现金交易吗?"

"五千万现金提在手里?也太扎眼了吧!"

"是啊!所以,我真的想不出来。现在国家反腐倡廉的力度这么大,他一定是用了一个非常巧妙又安全的办法来行贿,只是我暂时查不到。"

"行医我还懂,行贿我就真不懂了……"与宁帮不上忙,有点泄气。

吴婵低声而坚定地说:"我会想办法去取证的。只要我拿到证据,费尔德和鲍平再也逃不脱干系,星丛就能回到你哥哥手里了!"

吴婵脸上有股义无反顾的坚决,仿佛深入虎穴的义士一样。与宁看着,突然一阵没理由的害怕。她不禁拉着吴婵的胳膊,说:"婵姐,要不报警吧！这么大的事情你一个人担着，连个照应的人都没有，太危险了！"

"我不想打草惊蛇。万一没找到证据，还被他们发现了我真正的意图，那我忍了这么久做的一切事情都白费了！"

与宁很难过："你为我哥冒这么大的风险，受这么大的委屈，可惜他什么都不知道……"

吴婵笑了，笑得甜蜜而自信："他总会知道的！被人爱着都不知道，那可有多傻？"

与宁嘀咕："我哥有多傻，你难道不知道吗？"

两人坐在咖啡厅的角落，突然隔壁桌的男士敲了敲她们俩的桌子："那边砸玻璃那位大妈，是找你们的吗？"

吴婵和与宁这才发现，满屋子的人都望着一个方向：咖啡厅沿街的落地玻璃窗。窗外横眉竖目站着一位中年妇女，拿拳头敲着玻璃，冲着吴婵和与宁，一张嘴大开大合，根据脸上的表情判断，喊的应该不是什么赞美话。不是姚美丽女士是谁？

与宁大惊失色，没想到在这里也能被老妈抓住。她赶紧交代吴婵："你千万别出来！"自己匆匆出去，费了九牛二虎之力，才算把姚美丽拖离现场。

与宁连拖带拽，把母亲弄回家。姚美丽进门还余怒未消："你这吃里扒外的闺女，为什么拦着我，这女人水性杨花，我见一次就要骂一次！"

李乐愚不解："你们在说谁？"

"你认识几个水性杨花的？还不是吴婵！"

"啪"地一声，一只水杯落在地上摔个粉碎。三人望过去，李与非站在客厅一角，脸色苍白。

姚美丽暗暗叫苦，没想到儿子也在家。

李与非嗫嚅着说："我……手滑了……"

姚美丽赶紧安慰："没事，我来收拾！"

与宁急于逃离老妈的数落，赶紧抢着过去，帮与非一起收拾碎片。她趁姚美丽不注意，悄声对与非说："哥，你别听妈瞎说。其实……婵姐她很关心你……"

与非粗声打断:"别说了,我不想听!"他紧紧攥着拳头,与宁清楚看见,他握了一手碎玻璃,鲜血从手心里淌了下来。

与宁再也不敢说什么。

社区服务中心里,与非面无表情地鼓捣电脑。

他身后,大妈跟姚美丽一起看着,前者脸上是疑虑,后者是爱怜。

大妈小心翼翼问姚美丽:"姚姐,我不是怀疑你儿子啊,不过这电脑是不是修的时间也太长了,这都一天了,还没修好?"

姚美丽内行地说:"这你就不懂了。咱们社区这电脑太老旧了,我儿子帮你们重新升级一下。他这是在……在组装一个新CP。"

"组CP?原来年轻人说的组CP就这意思啊?"

"是CPU吧。"旁边总算有个大叔懂一点。

几个人嘀嘀咕咕之间,与非头也不回,好像什么都没听见,好像什么都无法干扰到他。

这时,门外有个声音问:"请问李与非在这里吗?"

听到这声音,李与非猛地抬起头来。如果说此时此刻,世界上只有那么两三人能让他心情稍微愉悦一些,这人就是其中之一。

李与非冲出门去,门外站着一人,头发花白但精神矍铄:冯伯君。

与非把冯伯君迎进来。社区中心没什么会客的地方,他只好把冯伯君带到棋牌室。

冯伯君打量着四周:"我没想到会在这里找到你。"

与非自嘲地说:"反正我也没其他地方可去。"

"我看未必吧。我来请你去个地方,恐怕你不一定肯去。"冯伯君这句话用了激将法。以他对李与非的了解,他至少会好奇地问"去哪里"。没想到李与非只是懒洋洋一笑,连话都没有接。

冯伯君心一沉,想起一句话"哀莫大于心死"。他来之前只是隐隐听说了星丛的变故,以为李与非被人算计抢走了公司,应该是义愤填膺,四处找机会卷土重来。没想到这小伙子意志如此消沉,看来遭受的挫折远远超过他的想象。

有什么挫折能打倒这个意气风发的年轻人呢?

冯伯君忍不住关切地问:"究竟发生什么事了,我能知道吗?"

李与非胸口一酸。除了导师,冯伯君可能是他最尊重的长辈。那一刻,他真想把这么多天胸中的郁闷、委屈和不舍都倾诉出来。但他还是压了下去,他不能让老先生看到他如此懦弱无用。

李与非默默摇了摇头。

冯伯君说:"既然你不肯说,那我来说吧。我这次来,是想挖你过来,跟你从前的公司竞争。"

"星丛?"

"是的。"

李与非即便此刻心情索然,但说到星丛的名字,还是忍不住一震。

冯伯君接着说:"巴比伦早几年就成立了无人驾驶研究中心。目前公司园区使用的无人驾驶汽车,都是公司自主研发的,但性能比较简单,走的都是固定、封闭的路线,主要功能也是装卸运货为主。前一阵子,迪迈的费尔德,和负责中国公司的鲍平来找过我,希望通过星丛和巴比伦合作,共同研发无人驾驶。公司的人来问我的意思,我跟他们说了一句话……"冯伯君故意顿了一下。

"什么?"这次李与非接话了。

"我跟他们说,一样是找人,我为什么要找第二名?"

李与非眼睛亮了一下。他想到了跟迪迈同台竞技的高光时刻。

冯伯君趁机问:"怎么样,如果我找你来负责这个研究中心,你有没有兴趣?"

李与非沉默了一会儿,终于回答说:"对不起冯先生,我……暂时不想回到芯片行业,更不想和星丛竞争。"

李与非没有多做解释,冯伯君也没有要求他解释。他意志如此消沉,确实很难振作起来。

冯伯君暗暗叹了口气，起身想离开，看到旁边摆着围棋罐和棋盘，突然来了兴致，问李与非："要不要来一盘？"

这是李与非无法拒绝的提议。

出乎意料的是，这一局下得很快，一个多小时就分了胜负。李与非从中盘开始就有点力不从心，苦苦支撑，最后还是输了。

冯伯君摇了摇头。

李与非低声说："惭愧。"

冯伯君说："你确实应该惭愧。我第一次跟你下棋的时候，你心胸宽广，通观全局，赢得很漂亮。而今天的你，拘泥一处，钻牛角尖，完全没有格局，所以才会败。"

冯伯君声音不高，却字字落在李与非心上。他呆住了。

第二天，冯伯君接到公司现任CEO的电话，请他来公司一起参与面试。

冯伯君干脆地拒绝："我早说过，公司的事儿由你们决定吧。除了面试无人驾驶中心的总监，其他都不用找我。"

CEO在电话那边笑道："就是面试无人驾驶中心的总监。"

冯伯君到达巴比伦公司，秘书把他带进面试的办公室，一眼就看到了李与非。

李与非脸色还是很憔悴，但眼神却明亮了很多。他见到冯伯君，立刻站了起来。

"你来了？"冯伯君问。

"嗯，我来了。"李与非说，"我可以输棋，但不能输了自己。"

冯伯君朗声笑了。

鲍平在董事会上宣布，星丛在西涧市的高档别墅区项目已经通过当地政府的审批，正式启动。在座的董事一个个意气风发，没有人提出异议。看来鲍平私下早就逐个沟通过。

吴婵冷眼旁观，强忍着心痛。星丛已经沦为鲍平和费尔德的私人俱乐部。被他俩吸纳进来的董事们，只要能分得利润就够了，没有人关注星丛的发展。

会议结束后，鲍平问吴婵："这项目事先没跟你商量过，怎么你不反对？"

吴婵平静地说："刚才在座的那几位，个个都比我精明，他们都没说话，一定是有十足把握，我还有什么好反对？"

"你就这么信任我？"

"也不是，主要是信任钱。你们个个都是大股东，砸进来的钱不知道是我多少倍，你们这么有信心，我跟进来肯定没错的。"

鲍平哈哈大笑："放心，我包你不会后悔！"

吴婵说："不过我确实有个问题。"

"什么？"

"费尔德那边，是不是要单独给他做份项目报告？"

鲍平看了吴婵一眼，几乎有点吃惊了。吴婵的聪慧甚至超出他的意料。她问这句话，显然猜到费尔德绝不可能以迪迈全球总裁的身份直接在中国参与房产投资，鲍平必然在中间帮他做了些什么操作，使得最终得利的是费尔德个人，而非迪迈公司。而这中间的关系她并没有多嘴打听，反倒细心地提出这个建议。这份单独的项目报告，自然是交给迪迈总部的董事会看。

鲍平于是笑说："没错，我正想让你帮忙写，你的英文比我好得多。"

下午时候，鲍平把一只优盘交给吴婵，告诉她里面是关于项目的资料，参照来写报告。

下班之后，整层楼的员工都陆陆续续离开。吴婵悄悄打电话给与宁，把最近星丛的情况告诉她。

"鲍平已经拿到政府审批，一定是已经和当地的高官达成交易。他肯定已经送过钱了，可我怎么也找不到纰漏，不知道他到底用什么方式行贿的。"

吴婵一边打电话一边收拾东西，不小心把鲍平拿给她的优盘碰在地上。她急忙起身想去捡，慌忙之中椅脚又压了一下。吴婵暗暗叫苦，赶紧挂断电话，把优盘捡起来，果然已经被挤压变形，插进电脑里，怎么也读不出。

当时已经是晚间，吴婵在附近找了半天，总算有一家小小的电脑维修店还开着门，只有一个年轻的男生在看店。

吴婵请男生帮忙尽快修理。

"能恢复原样吗？"

男生轻蔑地说："你再砸两下我也能恢复原样。"

吴婵不由得笑了，不知道为什么想起李与非。技术男们总是嚣张得可爱。

果然，等了没多久，男生就说修好了。他问："你这盘里还有好几个已经删除掉的文件夹，要我帮你恢复吗？"

吴婵正想说不用，突然心里一动，回答："那就最好了。"

吴婵回到家，第一件事就是打开电脑，把优盘插上。盘上除了地产的资料，还有三个未命名的文件夹。

吴婵把文件夹一个个打开，每个文件夹里都有一个表格，表格里各对应两列数字或字符。第一列都是八位数，以 2020 开头，吴婵猜测应该是日期。第二列比较长，每一串都有二三十个字符组成，包含大小写字母和数字，毫无规律可循。吴婵猜了半天，也不明白什么意思。

她只好抄下来其中一串，发给与宁，让她和自己一起研究。

"会是什么密码吗？"与宁很兴奋，"就好像谍战剧里一样？"

"以鲍平的个性，专门炮制一套密码出来，似乎也不大可能。"

两人讨论了很久，也没有半点头绪，只好挂了电话，各自揣摩。

第二天，孟途和雷兵过来找李与非，正碰见与宁抱着本子上的一串密码左看右看。雷兵扫了一眼，乐了，问："你也炒币啊？"

"炒币？什么币？"与宁摸不着头脑。

雷兵指着她本子："你那不是本特币钱包的私钥吗？"

与宁"踏破铁鞋无觅处,得来全不费工夫",激动地问:"这是本特币钱包?你会不会认错?"

"开玩笑!"孟途不乐意了,"你问雷哥会不会认错币?你怎么不问问李时珍会不会认错板蓝根?"

"你这哪儿跟哪儿?"与宁嗤之以鼻。

雷兵耐心解释:"没错的,本特币钱包不是拿来存币的,就是存放你的公钥和私钥。你申请一个本特币钱包,软件会自动帮你生成公钥和私钥两把钥匙,然后放到钱包里面。公钥的长度是512位,这个长度不太方便传播,因此根据规定,做了各种转换,中间很复杂你也不懂,大概最后生成26个到35个字符。就是这个样子的。"

"那我现在有了私钥,是不是里面的钱就能归我了?"与宁激动地说。

"理论上是的。不过你这密钥哪里来的,说不定里面的钱已经被转走了吧?"

与宁随便编了个理由,说:"里面有没有钱,我也不知道。"

"我帮你查查。"

雷兵立刻用电脑查询了一会儿,说:"这钱包里没钱,早已经不知道转到什么地方去了。"

与宁追问:"看不出来转到哪里了吗?"

"你还真想吞人家的钱啊?"雷兵开玩笑,他答,"一般来说看不出。这就是本特币最安全的地方,完全匿名,谁也不知道币的主人到底是谁。不过这钱包不是你的,的确太可惜了。"

"为什么?"

雷兵说:"最近本特币涨疯了,已经炒到了6000美金一个,有人预测还能涨。"

孟途惊呼:"十倍?听说雷哥你早些年手里最多持有2000个本特币,那留到今天岂不发达了?"

雷兵摆摆手:"提那些做什么。"

两人议论了半天,没发现与宁已经跑掉了。

与宁找了个没人的角落，打电话给吴婵，把雷兵的话告诉她。

吴婵轻叹了一声："太聪明了。"

"你说谁？"

"鲍平。他居然能想到用本特币行贿！匿名，没人监管，无法追踪，而且能逃避外汇管制，在全世界都能自由流通！"

"那我们这算抓到鲍平和费尔德的证据了吗？"

"送上法庭的证据，还不够；但拿来威胁他们俩，应该已经够了。"

"威胁？"与宁听着吴婵用了这个词，内心生出一丝忐忑。这意味着吴婵并没有十足的把握，却要去打一场硬仗。

第38章　无人驾驶谋杀案

吴婵把文件夹里的内容都发给与宁备份，让她等自己的消息。

吴婵一晚上没睡。她花了一晚写了三份材料，一份是写给西涧市纪委的实名举报信，举报邢副市长收受贿赂，违规审批土地，把自然保护区的土地交付商业使用；一份是写给新闻媒体的，披露星丛现任董事长鲍平和迪迈总裁费尔德用虚拟货币行贿，谋求不正当利益；另一份是上一封信的英文版，准备发给迪迈总部的内部调查部门以及她认识的国外科技媒体。

写完之后，吴婵心力交瘁，瘫倒在床上。她知道，这三封信发出去之后，就是一场鱼死网破的战斗。

她朦朦胧胧想休息一会儿，却被电话铃声吵醒了。打电话的人让她很意外，竟然是鲍文正。

她看看时间，是早上七点钟。

"有没有吵醒你？"鲍文正温和地问，"有没有兴趣陪我去喝茶？"

两人照旧去了鲍文正常去的茶社。

鲍文正一见她就吃了一惊："怎么没睡好吗？脸色这么差？"

吴婵找了个借口。

鲍文正笑说："我还以为是鲍平给你安排工作太多了。"他拿起茶壶，主动给吴婵倒了杯茶，又说："我已经很久没见你了。只是鲍平得罪了你，你该不会恨上我们全家了吧。"

的确，自从吴婵在美国悔婚之后，这是她第一次见到鲍文正。这件事追述起来，吴婵对鲍家的长辈毕竟还是有些愧疚的。她赶紧说："我怎么敢。上次取消婚礼的事是我处理得不好，给你们带来很多不必要的麻烦，我一直都没有找到合适的机会道歉……"

鲍文正摆摆手:"我可不是来问罪的。你们年轻人之间发生了什么,都是你们自己的事,用不着我们这些老家伙插手。只是,讨不到你当儿媳妇,我确实很遗憾。鲍平这孩子,从小就是太顺,有不少毛病,交到你手里我才放心,可惜你看不上,唉!"

"鲍伯伯,您别这么说,这样我更内疚……"

"没想到转了一圈,你们俩现在又一起共事了。说实话,我还挺高兴的。他原来在鲍氏的时候,可能因为是在我眼皮底下,总是跟我对着干。当然也怪我,他妈总说我对孩子要求高,动不动就挑刺儿。现在他自己弄了这么个科技公司,劲头倒是十足,熬更达旦的,我还从来没见他这么努力过!"

吴婵看鲍文正一脸欣慰,不知道该说什么。

"其实,我看得出来,他这是憋着一股气,想做出来一番事业给你看呢!毕竟,被你在婚礼上甩了,也算是他长这么大最大的挫折了……"

吴婵更加不安:"鲍伯伯,我……"

"没事没事,我没别的意思。"鲍文正又倒了杯茶给她,"你帮我看着那浑小子。如果他犯了什么错,你就看在我的面子上,多担待一点……"

鲍文正的语气很诚恳,让吴婵无言以对。

鲍文正离开之后,吴婵一个人在包厢坐着。彻夜写信时心里那种破釜沉舟的决绝,被鲍文正这一顿茶浇灭了不少。

仅仅几个小时之前,她还把鲍平和费尔德放在等同的位置上,放在她的敌对面。一旦她披露所有的事实,也就是亲手让鲍平身败名裂。即便他并没有受到应有的法律制裁,他也一定会视她为终身的敌人。

虽然他并不是一个忠诚的未婚夫,虽然他没有给过她想要的爱情;虽然他用不正当的手段侵入了天信,占有了星丛……可是,她真的要这样报复他吗?

他并不一开始就是她的敌人。很多年来,他们都像家人一样相处。他们共同庆祝重要的节日,共同经历难忘的时刻,共同分享过喜悦,也共同承担过波折。更何况,他们背后还有两个家庭,他们共享着彼此的家庭,他们早已经不可分割。

吴婵从来都不是个感性的人。可此时,她那破釜沉舟的决绝逐渐软化了。

此时,费尔德和鲍平正在办公室密谈。

费尔德大发雷霆。他刚得知李与非被聘为巴比伦无人驾驶研究中心首席工程师。"这就是你的市场推广能力?"费尔德质问鲍平,"你被拒绝也就算了,你还把李与非——我们的对手推上这个位置?"

鲍平一听就怒了:"首先你要明白,我对李与非的恨意绝不少于你!这个结果也绝不是我希望看到的!其次,巴比伦拒绝的不是我,是你!败给星丛的,可不是我鲍氏集团,是迪迈!"

两人正争吵间,鲍平的电话响了,是吴婵打来的。

"我有事找你。"吴婵说。

鲍平正烦躁,不耐烦地说:"晚点再说。"

"我有事找你,现在,很重要。"吴婵坚持说。

鲍平无奈,对费尔德说:"李与非的事情我们从长计议。我现在要离开。"

费尔德吼道:"我准许你离开了吗?"

鲍平毫不客气地回敬:"不要用这种口气跟我讲话!我们是合作关系,我不是你的下属!"

费尔德早已听到话筒里吴婵的声音,嘲讽地说:"那么你是这个女人的下属?她究竟是你的女人,还是李与非的女人?"

鲍平愤怒地说:"我再说一遍,你和我只是商业伙伴,你没资格评判我离开办公室做什么,跟谁一起!"

费尔德在他身后喊道:"迟早有一天,你会被这个女人害死!"

吴婵约鲍平见面的地方还是那个茶社。

鲍平踏进包厢的时候,房间里低低播放着古琴音乐,隐隐闻到沉香的气息,而吴婵正背对着他站在窗前。鲍平的心情一时间无以名状。他依然是恨她的。她曾抛弃过他一次,他永远无法原谅。可是,这世上又何尝有第二个女人,曾坦率地接纳过他,也真诚地帮助过他,曾与他这样熟悉又这样亲近。这恨和亲近,竟然是盘根错节,无法剥离的。

鲍平惊奇地发现,无论他怎样恨着她,如果这世上还有一个女人能安抚他的情绪,如果这世上还有一个女人能倾听他的秘密,如果这世上还有一个女人他可以信任,也只能是吴婵,只有吴婵。

两人落座。

吴婵说:"我刚在这里跟鲍伯伯喝茶。"

"哦?你们说什么?"

"他说……你最近很努力,他很欣慰。"

鲍平心里一动。父亲自然不会无缘无故找一个不相干的人说这番话。他一定还想帮自己和吴婵重新撮合吧。鲍平"哦"了一声,不想接话,他续接了这个话题,倒似承接了父亲的软弱。他问:"你找我有什么事?"

吴婵说:"你给我的那只优盘,我不小心恢复了里面你删除的文件。"

"哗"地一声,鲍平手里的茶水泼出来了一半。他迅速抬眼看着吴婵,吴婵只是静静地望向他,并没有显露什么特别的表情。

鲍平吃不准吴婵已经掌握了多少信息,他故作镇定地说:"都是些没用的数据,你删了就行。"

吴婵说:"星丛辞职的那批员工里,有一人叫雷兵。"

鲍平不知道她想说什么:"怎么?"

"看来你炒币并没有多少年,竟然没有听说过他的名字。十年前,他就是虚拟货币圈的传奇,曾经亲手设计过挖矿机芯片。他在最鼎盛时期,曾经持有过 2000 个本特币。"

鲍平坐直了身体。雷兵当年太出名了,他也隐约听说过。他问:"你想说什么?"

"我想说,你删除的那些数据,究竟有没有用,我看不懂,雷兵是看得懂的。而且,他不仅是币圈最著名的玩家,还是最高明的黑客。他不光看得懂,如果他有兴趣,甚至可以把这一笔笔钱的来龙去脉也查个底朝天。"后面这句话是吴婵的编造。但她知道鲍平对黑客技术并不了解,况且他心思谨慎,一定会宁可选择相信。

果然,鲍平脸色大变。他沉默了很久,勉强笑出来:"我真不知道,星丛竟然藏着这么厉害的角色,你们是从哪里找来的?"

吴婵笑了笑,不语。她不由想起和李与非一起去深圳"抓"雷兵的情形,这一笑也不由带了些温馨。

鲍平问:"你还知道些什么?"

吴婵说:"单单星丛账上就少了五千万,我暂且认为这就是全部了。五千万行贿市级领导!这已经足够构成行贿罪里'情节特别严重'的行为了!最高会判处十年以上有期徒刑的!"

鲍平哼了一声:"别以为我不懂法,雷兵如果是靠黑客手段找到的证据,是不足以拿上法庭的!"

吴婵叹了口气,说:"看来你是真的不懂法。除非那位邢副市长永远不变现他的本特币。只要他从钱包里提出来,都可以用'巨额财产来历不明'的规定定罪的!"

鲍平默然不语。他暗暗打量着吴婵的神色,心里迅速盘算着。

看来吴婵不仅对他的所作所为完全了如指掌,对他的申辩也早有准备,他提前想好的脱罪借口竟然完全不管用。如果她把掌握的证据提交给司法部门,他就死定了。

可是她并没有。她只是约他喝茶摊牌。这说明什么?她并不想把他置于死地。可能出于两个原因,一是她不过敲山震虎,也想分一杯羹;二是她对他余情未了。

鲍平决定先试探第一种可能:"利润大,风险当然就大!做完这个项目,我们俩就可以退休了!邢副市长为人很稳重,不会出事的……"

他还没说完,吴婵已经沉痛地摇了摇头:"这是刑事罪啊!你怎么能搭上自己的前途!你万一有事,你让鲍伯伯怎么办,你们全家怎么办?"

鲍平不再说话。他看着吴婵,突然之间,心里一热,竟然有些感动。

原来她真的在担心他。她拿到了足以让他万劫不复的证据,却没有声张,第一时间把他找来,因为她担心他的前途。

好在这女人有妇人之仁，虽不足成大事，但毕竟关键时刻救了他的命。

鲍平趁着这点感动，一把抓住吴婵的手，恳求说："小婵，你千万要帮帮我，我也是被费尔德逼的！我要不给他点好处，他立刻就会毁了星丛，我知道星丛也是你的心血，我是被逼无奈才会冒险的……"

吴婵竟然没有挣脱他的手。鲍平这几句话确实打动了她。

"去自首吧！"吴婵真诚地说，"这是唯一可以从轻处理的办法。"

鲍平花了几分钟时间明白吴婵这是真心话。她不想害他，但也不愿意包庇他。这对他来说不是好事，当然也不算太坏，毕竟有挽回和拖延的可能。

鲍平决定拖延一下。他做出可怜的样子，说："你给我时间考虑一下可以吗？我父母他们什么都不知道，如果我真进去了，总要提前为他们安排一下。不迟于明天，我总是听你的。"

这个理由让吴婵无从拒绝。她反倒安慰鲍平很久。

趁吴婵上洗手间的功夫，鲍平迅速拿过她的手包，在里面翻找了一遍，并没有找到优盘。

两个人分开之后，鲍平思来想去，还是决定告知费尔德。虽然难免要听他啰嗦，但毕竟这件事涉及最大的人就是他们俩。

果然费尔德气得跳了起来："我说什么来着，你迟早会被这个女人害死！"

"她并没有在第一时间报警，她并没打算害死我！"

费尔德不听，自顾自骂了很久，骂吴婵狡猾，骂鲍平愚蠢。

鲍平忿忿地说："事情已经发生了，你是不是能提供一些有价值的意见？"

"这个麻烦是你带来的，你去负责解决！"费尔德再发了一顿脾气，想到此时只能和鲍平共进退，也不能真的袖手旁观。他沉吟了一会儿，命令："你去想办法找回那个优盘！先毁灭证据再说。"

鲍平冷哼了一声：费尔德总算说到重点，自己早已想到了。鲍平问：

"你能不能搞到密码门锁的解码器?"

鲍平送过吴婵回家,知道她的公寓安装的是密码锁。

费尔德说:"你猜呢?门锁安全芯片是迪迈的第一代产品!"

吴婵离开鲍平,约了与宁出来,告诉她自己已经劝服鲍平去自首。再忍几天,与非就能回归星丛了。

与宁激动地握着吴婵的手:"婵姐,你就是人民的大救星!我代表身边所有被李与非祸害的人民群众谢谢你!"

吴婵问:"你哥……还好吗?"

"作为一具行尸走肉,挺好的。"

"我看新闻,他现在在巴比伦无人驾驶中心,还习惯吗?"

"他是挺习惯,别人可不习惯。他把在星丛时睡的行军床带到了巴比伦,每天以中心为家,谁受得了啊。我妈已经收到了好几通匿名电话,让她去中心领孩子。"

吴婵忍不住笑了。

与宁说:"现在差不多尘埃落定,你完全可以去找我哥了啊!这加班狂人现在还在办公室呢。你们俩早一分钟消除误会,身边的人也能早一分钟幸福。我哥,他现在就是负能量的魔鬼代言人!"

吴婵脸红了,眼睛却亮了起来。

鲍平事先打了个电话给吴婵,知道她不在家里。他换了一身平时从来不穿的帽衫运动裤,戴着鸭舌帽,来到吴婵的公寓门口,看四下无人,拿出解码器,顺利地打开门锁。

进入室内,鲍平才松了一口气。入室盗窃毕竟头一次干,紧张得一手汗。

他戴上手套和鞋套,开始在房间里翻找。他知道吴婵向来整洁,物品摆放都很有规律,所以他目标锁定在书房。

鲍平找了一圈,毫无发现,有点焦急。他站起身,不小心碰到身边的打印机,打印机上几张纸飘落下来。鲍平捡起来,一页页翻看着,不由自主地，身体竟然发起抖来。

那是吴婵彻夜写的三份资料。

如果这世上还有一个女人能安抚他的情绪，如果这世上还有一个女人能倾听他的秘密，如果这世上还有一个女人他可以信任，只能是吴婵。

当费尔德说"这个女人早晚会害死你"的时候，他选择维护她。

当她表示担心他的前途的时候，他竟然相信了她，还感动于她的话。

没想到，她背过身去，竟然早已经准备好武器，准备亲手毁了他。她不仅冷血地抛弃过他，现在，她还残忍地背叛他、毒辣地谋害他。

他竟然维护这样的女人？他竟然信任这样的女人？那么久以来，他竟然不止一次地审视内心，发现也许自己爱着这个女人？

鲍平腿有点软，他慢慢跪倒在地上，像受伤的野兽一样，低声吼叫起来。他整个人都被怒火烧痛，全身颤抖，大汗淋漓。

有一瞬间，他想砸烂这房间里所有的东西。但是，他没有。他在黑暗里嚎叫了一会儿，又静静跪了一会儿。等他站起来的时候，他心里有一块东西已经被砸烂了。

他镇定地把所有东西摆回原位，包括那几页纸。他扫视了一周，保证没有留下任何痕迹，这才悄无声息走出了房间。

吴婵开车带着与宁行驶在路上。鲍平来了电话。他声音很低沉："我答应你，我去自首。可是我很害怕，你能陪我吗？"

吴婵讲了些安慰的话，答应了。她说："我现在有点事，半小时以后我们再约可以吗？"

鲍平问："你现在在哪里？"

吴婵随口说了个地址。鲍平查了一下地图，不远处就是巴比伦无人驾驶中心。

鲍平很久没有讲话，吴婵差点以为他已经挂断了。隔了很久，他说："好的，我等你。"

吴婵并不知道，鲍平打电话的时候，正和费尔德在一起。

"证据拿不到,这个女人像个定时炸弹一样在外面乱窜!"费尔德质问,"你现在打算怎么办?"

"你觉得我应该怎么办?"鲍平反问。

"我们跟市长的交易决不能让任何人知道!能销毁证据就最好,现在拿不回证据,就只有一个选择了……除掉这个人!"费尔德看着鲍平,脸阴沉下来。

费尔德以为鲍平会跳起来,指责他疯了。没想到鲍平并没有表现出特别意外,倒好像早有打算一样。费尔德不知道,仅仅就在短短一个小时之间,鲍平的心境已经发生了天翻地覆的变化。

在他看到那三封信的时候,吴婵在他心里已经死了。

他不过等着费尔德首先提出来而已。

鲍平望着窗外沉默了一会儿,说:"你自己去找个人做,做得干净点,不要给大家惹麻烦,我就当不知道。"

"这是中国!我在这里怎么找得到人?"

"看来你在美国干过嘛!"鲍平讽刺地说。

"现在一定要讨论这些吗?"费尔德恼怒地说。他想了一下,突然灵机一动,说,"也许我们不需要找任何人……"

"什么意思?"

"那个女人不是去了无人驾驶中心吗?园区里全部是无人驾驶的车子,即使发生了什么不幸,也是无人驾驶的不幸……"

"这个主意很好。"

费尔德又思考一会儿,邪恶地笑了:"我们还可以处理得更完美一些。你们中国不是有句话吗,叫做一箭双雕……"

"你要怎样一箭双雕?"

费尔德说:"不但处理掉这个女人,还要让那个李与非背黑锅!"

两人凑得更近一些,低声交谈起来。

吴婵和与宁抵达巴比伦无人驾驶中心的时候,已经是晚上九点。

与宁指着整栋楼里唯一亮着的一处灯光："看到没有，你赶紧来解救我这个疯狂的哥哥吧。"

吴婵想到马上要见到与非，不知道为什么，害怕多过了期待。"我……突然不敢了，你陪我一起吧。"

与宁一撇嘴："我才不做电灯泡。你们俩久别重逢，到时候两个人有什么丑态，可不想让我看见吧。"

吴婵继续扭怩："他……会不会不相信我？他会不会已经对我没感情了？"

与宁拉着她的手，郑重地说："在你之前，我真不知道爱一个人可以为他付出这么多。我也不知道我那傻哥哥走了什么狗屎运，能够遇到婵姐你。你对他的感情这么深，他怎么会感受不到？"

吴婵点点头，准备下车，突然想到："你会不会等得闷？要不要开我的车在附近兜兜？"

"你的车我开不了。"与宁说。

吴婵这才意识到，与宁的脚没有知觉，普通的车子她不能踩刹车，她自己的车子是特制的。吴婵顿时惭愧，这么久以来，她竟根本没有想到与宁是残疾人。

与宁反倒安慰地拍了拍她的手背，示意她快点去。

鲍平把车子停在距离无人驾驶园区很远的地方。他换了一套运动装，戴上了鸭舌帽和口罩。他在大门口逡巡一周，发现都有摄像头。但围墙并不高。他绕到摄像头拍摄不到的盲区，踏着围墙，翻进园区。

鲍平很快找到吴婵的车，就停在楼下。车灯没有灭，车上显然有人。园区里停着许多辆方方正正的运输车。那车子像重型卡车一样高大结实。鲍平来之前和费尔德研究过，知道这是巴比伦公司最新款的无人驾驶车。费尔德甚至还帮他找来了模拟操作程序。虽然是临阵磨枪，但简单的操作还是很容易掌握。

鲍平爬上一台运输车，在驾驶位上坐定。

他看着前方吴婵的车子,距离他大概五六百米。他把手放在启动的按钮上,头上渗出涔涔的汗水。

这按钮按下,他就沦为一个杀人犯。他会不会午夜梦回,梦到鲜血和破碎的肢体?他会不会梦到吴婵的眼睛?鲍平打了个冷战,几乎立刻想从车上跳下来。

可是,如果他就这样走了呢?他会成为阶下囚,是他唯一信任的女人亲手送他进监狱。他在牢狱里遭受煎熬的时候,她和他痛恨的男人耳鬓厮磨,白首偕老,说不定还会在茶余饭后,嘲笑他愚蠢活该。

鲍平心里燃起怒火。那么,他宁可夜夜被噩梦折磨,好过他们二人在他的痛苦上快活。

鲍平发动了车子。他把车速调到120码,跳下车,放开了手刹。

与宁坐在副驾驶上,突然听到车子的轰鸣声,她转回头,从后窗看到一辆高大的运输车正向她全速驶来。与宁大惊,探出身去,徒劳地抓方向盘,却再也做不了别的。

身后运输车的大灯刺得与宁张不开眼来。她侧过头去,绝望地看向窗外,却在不远处看到一个人影,冷冷地站在一边。

卡车越来越近。

吴婵出了电梯,一眼看见亮着灯光的办公室。她慢慢走过去。

办公室的门都是透明的,她清楚地看到李与非坐着带滑轮的转椅,在两台电脑前来回移动,忙得不可开交。

吴婵靠在玻璃窗前,看着那个熟悉的身影,心里热热的。她有多久没有看到他,有多久没有靠在他胸前,有多久没有听过他说傻话。

她静静站着,没有叫他,也没有动,只是痴痴看着。

好像有什么第六感,与非突然意识到有些异样,他转过身来,就看到了吴婵。

啪的一声,李与非从转椅摔到了地上。

吴婵噗嗤笑了出来,同时眼睛一热。

李与非站起身,没有拍身上的尘灰,反倒揉了揉眼睛。当他确认门外就是吴婵的时候,像中了咒语一样呆立不动了。

　　两个人就隔着玻璃门,默默对视着。

　　直到一连串的巨响打破了沉寂。

　　先是一声重重的撞击,接着是车子翻滚的声音,伴随着玻璃碎裂的声音,再然后,尖锐的车笛不停息地响着,似乎被什么压到了喇叭。

　　与非不知道发生了什么,但看到吴婵的脸色迅速变白了。

第39章　身边的凶手

李与非和吴婵迅速跑出办公室，被眼前的景象惊呆了。一辆园区的运输卡车歪在一边，吴婵的车子被撞飞出去，底盘朝上，轮子兀自空转。

两人吓得魂飞魄散，冲到车边，从破碎的车窗看进去，与宁满身满脸都是血，已经昏迷过去。

与非拉开车门，想把与宁拉出来，但她的身子被安全带牢牢系在座位上。

"与非！"吴婵喊了一声，指了指车尾。

与非看过去，车尾滴滴答答渗出汽油，淌得满地都是。而车子某一部分的电路断了，正在滋啦冒火星。

与非不顾一切，整个身子都探进车里，摸索安全带扣。

同时，吴婵从已经撞裂的车后备箱里去找车载灭火器，哆哆嗦嗦中却怎么也摸不到。吴婵再跑到车前。李与非已经解开安全带，与宁身子掉落在他肩上。吴婵在旁边连拖带拽，两人总算把全身是血的与宁从副驾驶座拖了下来。他们抬着与宁往旁边刚躲了两步，"轰隆"一声，油箱起火爆炸。

一阵炽热的气浪把三人都推翻在地上。

与非和吴婵挣扎着爬起来，赶紧去检查与宁的伤势。与非摸她颈动脉微弱，手也抖了。

"你手机呢？"与非大声问吴婵。

吴婵早已吓得六神无主，没反应过来："什么？"

"手机！手机！"与非吼起来，"打电话叫救护车啊！"

吴婵一摸身上："在车里！"

与非骂了一句,也不知道骂谁。他刚才匆匆跑下来,手机也落在办公室。"你给我看好了!"他再吼了一声,向办公楼跑去。

吴婵抱着与宁的上身,也不知道该做什么,只能一遍遍叫着与宁的名字:"醒醒,你千万别有事啊!"

吴婵茫然四顾,看见不远处的地面上有一根什么东西在路灯下反射着微弱的金光,似乎是一支金笔。她仓皇之中也来不及多看多想。

与宁被救护车拉到医院,直接推进了急救室。

李乐愚夫妇和赵峰先后赶来。

与非低低地向三人解释经过。赵峰焦灼不安,看到吴婵,大踏步走过来,一把拽住她的胳膊,大声吼道:"你怎么回事,深更半夜留她一个人在车里?园区里那么多无人驾驶的重型卡车,你究竟安的什么心?"

吴婵本来脑子已经一片空白,被他这么一拽一吼,更是抽抽噎噎地说不出话。

赵峰咬牙切齿地说:"要是与宁有什么事,我就,我就……"他声音都直了,想用最恶毒的语言诅咒她,或者用最狠辣的语言恐吓她,但想来想去,没有任何话能够抵挡失去与宁的绝望和痛苦。赵峰大叫一声,转回身来,狠狠一拳砸在墙壁上,接着开始对着墙拳打脚踢。

吴婵吓得往后躲了一步。她抬眼望去,自始至终,与非都站在急救室门口,和父母在一起。他虽然看着她,但像看一个陌生人。吴婵这才想起,自从看到与宁受伤,他还没有好好跟自己说过一句话。

吴婵心里一凉。她知道,要是与宁有什么事,不光赵峰,与非同样也不会原谅她。其实,要是与宁真有什么事,她又何尝能原谅自己?

与非和父母以及赵峰等在急救室门口。吴婵一个人孤零零站着,没人理会。

一名护士从旁边经过,突然问她:"小姐,你没事吧?"

吴婵茫然看着她。护士指了指她的手臂。吴婵低头看了看。她的杏色衬衫上早已经沾满血迹,是与宁的。袖子划破了一大块,露出手臂,正在流血,却是她自己的血,不知道什么时候被碎玻璃划出两道又长又深的伤口。

"家属在吗?"护士问。

吴婵还是茫然不答。

护士扬声问与非等人："你们谁是她家属?"

赵峰恨恨地说："我不认识她!"

与非看了吴婵一眼,犹豫了一下,却把头转向别处。

护士把吴婵带到治疗室,帮她处理伤口。"你忍着点,会痛的。"护士说。

一阵尖锐的痛苦从手臂上一直插进心里,吴婵忍不住呻吟了两声。

鲍平阴着脸,走进办公室。

费尔德早已等在那里,问："怎么样?"

"我弄错了人!"

"弄错?你怎么那么蠢!"

鲍平烦躁地走了几步,说："也不算弄错。她和吴婵一直在一起,说不定早已经知道。"

"那吴婵怎么办?"

"还能怎么办?只能先稳着。总不能连续发生两起意外,惹人怀疑!"

费尔德粗暴地说："这我不管,你赶紧解决!"

鲍平说："这不用你管。你该做的事情呢?"

费尔德冷笑："不用担心。我早已经安排好了。不是说了吗,一箭双雕……"

手术一直持续到黎明,医生才疲惫地走出来。"伤者虽然暂时脱离危险,但不知道什么时候能醒来,而且要24小时监护,随时都有可能恶化。"他告诉众人。

与非将母亲搂在怀里,想要安慰,却说不出话。

赵峰挨着墙,慢慢蹲坐在地上,用手捂住脸。

与宁被转移到重症监护室。一家人和赵峰隔着玻璃看着她。那个平时飞扬跳脱，没半点安静的女生，现在全身插满管子，了无生气地躺着。

赵峰敲了敲玻璃窗，叫了几声与宁。当然，与宁毫无反应，反倒是姚美丽与非等人转头看他。赵峰从口袋里掏出一只丝绒盒子，从里面拿出一样东西，贴着玻璃窗举着。

大家这才看清，那是一只用二极管串成的戒指，材料虽简陋，手工却极精巧。

赵峰隔空看着病床上的与宁，说："我本来打算找个合适日子给你的。没钱买钻石戒指，这是我亲手做的。你别嫌弃，怎么说也是价值六百欧……欧姆，这串联电阻有六百欧姆。李与宁，你愿不愿意嫁给我这个穷小子，你愿不愿意永远爱我，保护我，谁敢欺负我你就拿金针戳他，但对我承诺永远不率先使用武力，行吗？李与宁，你听见了没？"

走廊尽头，吴婵远远看着他们，却不敢走上前。

与非的手机响了起来。他看也没看，直接掐断。手机再次响，与非不耐烦地拿起来，是巴比伦无人驾驶中心打来的电话。他接过来："对不起我家人出了意外，有事晚点再找我……"

"李总！"对方焦急地喊，"咱们中心也出事了！你看新闻！"

李与非一愣："什么新闻？"

"随便什么新闻！已经上热搜了！"

李与非用手机搜索了一下，弹出来头条消息：无人驾驶还是杀人工具？内容讲巴比伦公司无人驾驶运输车疑似失控，造成一名路人重伤。新闻下面的评论一片辱骂。

与非不解：半夜刚发生的事情，消息怎么会这么快？

他立刻打电话给中心，细细询问了很久。挂了电话，与非抱着头，思考了很久。他再抬起头的时候，一脸阴沉，眼都红了。他看到吴婵站在远处，大踏步走过去，一把拉住吴婵的胳膊，把吴婵往外面拖。

吴婵呼痛："轻一点，你干吗！"

李与非把吴婵拖到无人的地方,把手机上的新闻举到她眼前。

吴婵看完也愣住了:"这是……怎么回事?"

与非咬着牙说:"巴比伦所有的运输车只达到了无人驾驶二级阶段,一旦雷达探测遇到无法辨认的障碍会自动触发后台的报警系统,由人工紧急处理。我们的车,绝不可能撞到与宁!"

与非盯着她的目光几乎喷出火来,吴婵不知道他为什么对自己这么愤怒,不自觉有些害怕,问:"你……你想说什么?"

与非目光灼灼,一个字一个字地问:"是不是你们干的?"

吴婵没听明白。

与非重复道:"是不是你们干的?鲍平和费尔德也在搞无人驾驶,他们在国内最大的对手就是巴比伦!我们倒了,最大的赢家就是他们!"

吴婵这才理解与非的逻辑,她激动地跳了起来:"你疯了!你以为他们故意弄出一场车祸,只为了赢你们?"

"我说了,我们的车不会无缘无故撞到与宁!我打电话问过后台工程师,他说那台车的雷达探测完全失灵了!"

"所以车祸是因为雷达出故障?"

与非几乎是咆哮着说:"不可能!雷达芯片是我做的!这是我创业的第一款产品,是我担任设计师这么多年最成熟的一款产品,我闭着眼都能把设计图画出来,不可能出任何差错,何况是这么低级的差错!"

吴婵不再问了。她就算会质疑太阳从东边升起,也不会质疑与非的专业能力。更何况他本身就是谨慎的人,哪怕有十分的把握,也只会说到八分,他说不会出错,那就绝不会出错。她说:"你冷静一点,这么大的事情,不要随便下结论……"

"你闭嘴!"与非暴怒地打断,"园区的运输车开了那么久,为什么早不出事晚不出事,偏偏有人来了就出事?为什么雷达会无缘无故失灵?为什么半夜刚发生车祸,第二天早上新闻就出来?记者是等在门口的吗?"

"这是人命啊!你怎么会把我想得那么残忍?"

"你自己也说过,人生没有对错,只有输赢!"

吴婵又急又气:"我说这些你就信,我说不是我干的,你怎么不信?"

"星丛是怎么被抢走的?你们又不是没做过残忍的事情!"

"那是……是鲍平和费尔德……"

"可是,你选择了和他们在一起,不是吗?"

吴婵说不出话了。

与非冷冷看着吴婵:"其实,从前在天信你也做过同样的事情。你不记得了吗,为了赢你妹妹,故意找黑客黑自家的网络。那一次,害得我差点送命。现在,你的动机是一样的,或许也跟上次一样,你没有预料到后果有这么严重,伤害有这么大罢了!"

吴婵浑身发抖,抬起手来,一个耳光打在李与非脸上:"李与非,你不要太过分!"

李与非也抬起手来,想还她一掌,但最终没有打下去。他咬牙说:"最好不要让我找到证据,否则我亲手抓你去公安局!没想到这么久了,吴婵你还是一点都没有变!"

吴婵几乎崩溃了,她大声喊:"谁说我没有变?我变了!我爱上了你啊!输赢跟你相比根本就不重要!你怎么会相信我要伤害你?我要伤害你的亲人?"

这几句话石破天惊,让李与非一瞬间呆立不动,僵在原地。他看着吴婵,研判她的话到底是真是假。吴婵看向他的眼神又痛又怨,怎么都不像欺骗。

与非的敌意顿时坍塌了。他向吴婵伸出手,想拉她靠近自己。

"小婵!"旁边有个声音喊出来,一个人冲了过来,站在吴婵身边,却是鲍平。

鲍平拉着吴婵的双手,大声说:"我被你吓死了!约好的时间你不来,打电话你也不接……我查了地址跑到巴比伦,那里的人说有个女人出了车祸,我又认出来是你的车……谢天谢地你没事!"

鲍平把吴婵搂在怀里。

与非一把抓住鲍平的衣领,把他推到墙上,大声吼道:"是不是你干的，是不是你干的！"

鲍平无辜地睁大眼睛："喂，喂，李总，不，李工程师，你在说什么，我根本不明白你的意思！"

"你再装蒜，别怪我不客气！"与非扬起了拳头。

吴婵赶紧抓住李与非的胳膊："你干什么，你疯了！"

李与非猛然转头，问吴婵："你到底相信他，还是相信我！你觉得是他人品有问题，还是我的产品有问题？"

吴婵生怕与非冲动之下惹出什么乱子，大声喊："你别发疯了！你能不能冷静一点！"

这时李乐愚和赵峰赶过来，把李与非拉开。

鲍平整了整衣领，说："我不跟你这种人一般见识。小婵，我们走吧！"

吴婵看了看李与非，他盯着自己，眼里冒着怒火。她和鲍平如果此刻留下来，只会进一步激化矛盾。吴婵犹豫片刻，走到鲍平身边。

鲍平胜利地看了李与非一眼，揽着吴婵的腰，走出门去。

李与非看着两人离开，内心又化成一片冰冷。这是又一次，吴婵在二人之间，没有选择他。

鲍平出门，侧眼看了看身边的吴婵。吴婵脸色苍白，情绪低落。自己要想稳住她，此时正是最好的时机，趁着她精神意志最脆弱的时候。

"保重身体。"鲍平说，"现在，我只有你，你也只有我了。"他把手伸过去，握住吴婵的手。难得这一次，她竟没有拒绝。

鲍平开车送吴婵回家的时候已经是深夜。他轻抚吴婵的头发，说："好好睡觉，天大的事情明天再说好吗？"

吴婵难得顺从地点点头，走上楼去。

鲍平看着她的背影，嘴角浮起一丝不易察觉的冷笑。自始至终，吴婵竟然没有提到过"自首"这两个字。

吴婵直到清晨才朦朦胧胧入睡。不知过了多久，她被铃声吵醒。她第一个反应是李与非打来电话，慌慌张张去摸手机，才意识到手机在前一天的事故中遗失了。她迷糊了一阵子，才意识到是门铃。

吴婵打开门，鲍平怀里抱了一大包东西，笑眯眯站在门口。

他不等吴婵邀请，自顾自踏进门来，说："我就知道你睡不好，也起不来。我去超市买了材料，我帮你做早饭。煎个花生酱吐司好吗？你在英国的时候早餐最喜欢吃。还有，我帮你买了这个……"他掏出一只崭新的手机，向着吴婵晃晃："找不到你的感觉可是太糟糕了！"

鲍平走进厨房，系上围裙，熟练地开始准备早餐。

吴婵头脑还是昏昏沉沉，也想不到拒绝，只能倚在门边，被动地看着。

鲍平细心地把吐司四周的硬边切去，把平底锅涂上黄油，等油热了，放入吐司。他轻巧翻动着，避免烤焦。屋子里顿时弥漫香气。

鲍平看吴婵怔怔地盯着自己，问："怎么？"

"我……我不知道你会做饭。"

"我从来没机会做，你也从来没心情吃。"鲍平意味深长地说。

鲍平麻利地做好早餐，又煮了咖啡。他拉着吴婵在餐桌坐下，把咖啡、煎蛋和吐司一一摆在桌上。"尝尝我的手艺。"

吴婵咬了一口吐司，火候正好，表皮松脆，里面软软的。鲍平知道她爱吃花生酱，放了双倍的分量，吃起来尤其香浓。

"怎么样，好吃吗？"

吴婵呆了几秒钟，轻轻点了点头。

鲍平赶紧走到她身边，蹲跪在她面前，柔声问："怎么了？"

吴婵摇头说："我……我不知道……现在这一切，就好像，就好像……"

"就好像家的感觉，对吗？"鲍平接口。

吴婵沉默了。她和李与非还没来得及吃过一顿早餐，就已经形同陌路，甚至被视若仇人。怎么也没想到，兜兜转转，身边为她做饭、给她安慰的竟然还是鲍平。难道这一切都是天意？

鲍平试探着把吴婵往怀里轻轻拉了拉。吴婵犹豫了一下，终于就势靠在他怀里。

吴婵喃喃地说:"为什么你不早点告诉我你会做饭?你为什么不早点给我家的感觉?为什么你不早点……不早点说这些话呢?"

鲍平轻轻抚摸着她的背。吴婵看不见,与他的轻抚相反的是,鲍平脸上并没有丝毫温柔的表情,反而是冷漠的。

是啊,为什么不早点呢?他心想。他和吴婵一直好像一对踏错节拍的舞伴,他认真的时候她冷淡;她总算温情的时候,他的心已经僵硬了。

吃完早饭,吴婵的情绪稍微高了一些。

鲍平侧头打量她,笑着说:"总算气色好了些。黑眼圈还在,一看就是昨晚睡不着。今晚再睡不着,继续看你的《君主论》吧,这种哲学书,我看名字就要打瞌睡了!"

吴婵不好意思地一笑,随口问:"你怎么知道我在看《君主论》?"

鲍平一愣,说:"前一阵子你提起过。你不记得吗?"

吴婵不记得自己提过,但也没在意,很快转换了话题。

鲍平又坐了一会儿才离开,约了晚上来接她出去吃晚饭。

吴婵闲坐着,立刻又想起与非急红了眼质问她的样子。她赶紧站起来,想找些事情做,让自己忙碌起来,否则又会胡思乱想。

她走进书房,打算整理桌子,却是一愣。书桌上,端端正正放着她正看的书:《君主论》。

鲍平刚才似乎并没有走进书房。他是怎么知道她在看的书呢?

吴婵继续整理,猛然间看见打印机上的几页纸。她暗叫不好,赶紧拿下来,果然是那几封信。吴婵汗也下来了。好在鲍平没有走进过书房。她正准备把信撕毁,突然感到好像哪里不对。她把信一张张铺开,检查了一遍。

依次打印出来的纸张,页码顺序怎么会摆放错了呢?

吴婵和鲍平吃完晚餐,鲍平开车送吴婵回家。

路上,吴婵的手机响了。吴婵看了号码,有些尴尬。白天她找一位媒体朋友打听巴比伦运输车撞人事件的最新进展,那朋友说晚点回复。没想到不早不晚，偏偏这时候回了过来。

吴婵无奈接了电话，侧过身去。

朋友说："巴比伦这回要糊了。本来大家对他们的无人驾驶都给予厚望的，结果居然撞了人，竟然还是首席工程师的妹妹。那工程师守在医院里，哪里有时间出来解释。今天巴比伦股票开盘就跌停了！那工程师据说马上也要被立案调查了。不过这新闻我没跟进，我给你一个电话是我朋友，你可以加她微信问一下，没事我跟她打过招呼了……"

吴婵一摸身上没有笔，问鲍平："你有笔吗？"

"我的笔前几天不小心丢了。"

吴婵一怔，好像潜意识里触动了什么，但来不及细想。她凭记忆记下号码。挂了电话，急忙对鲍平道歉："对不起，这事故总归和我有关，我找人打听一下。"

鲍平耸了耸肩，大度地说："不用解释，我都理解。"

吴婵再说反倒显得多余，只好岔开话题："现在难得写字，连笔都不带了，都不能冒充自己有文化了！"

鲍平笑道："没错！所以我老妈送我那支金笔当生日礼物的时候，我还笑话了她半天！"

吴婵又是一怔。过了一会儿，她问："你丢的是伯母送你的生日礼物，一支金色的水笔，在德国定制的，国内没有这个款式，对吗？"

鲍平随意地说："是啊。"

吴婵的头嗡的一声。

那支金笔，她似乎见过。确切地说，不是似乎。就在与宁撞车的地方。特别定制的款式。她不会看错。

吴婵和鲍平道别，转身上楼。她脑子里乱糟糟的。

电梯里，吴婵碰到邻居，一位五十多岁的老阿姨。老阿姨颇有深意地打量着她，脸上笑嘻嘻的，看得吴婵不自在。

老阿姨主动开口："小吴啊，是不是快结婚啦？"

吴婵一愣，勉强笑了笑，说："没有。"

"别瞒我啦，刚才不是你男朋友吗？你们不是已经同居了？人家还给你买早饭呢。"

"没有，那人是……"吴婵也不想多解释，只好说："他今天早上第一次来。"

"撒谎了吧，我都两天看到他了！"

"我没骗您，真的是今天第一次来。"

老阿姨不乐意了："我又没有笑话你，阿姨我很开放的，你何必不承认呢？昨天下午我明明从窗户口看见他进你家门了！虽然穿的不一样，但阿姨我不会看错的！"

叮的一响，是电梯到达的声音。吴婵的心也随着这一声震了起来。她直直地看着阿姨，颤声问："阿姨，您确定吗，我……男朋友，昨天来找过我？"

"你不知道吗？昨天我孙子放学晚，我担心他，每隔一分钟就去窗户口看看。我看见你男朋友在你门口站了一会儿，门就开了，他就进去了。我还以为你开的门呢。哦，这么说他有你房门密码啊？你连密码都给人家了，还说你们没同居，真是的……"

阿姨喋喋不休，吴婵已经听不见了。她头脑嗡嗡作响，脊背都渗出冷汗来。有一个可怕的想法在脑子里漂浮，像一个虚无的影子，她却怎么也不敢用力挖掘下去。

吴婵跌跌撞撞进了房门，靠在门上，很久才恢复一些力气。她走进书房，开始仔仔细细在每一个角落观察。

她找了一周，没有发现什么异样。她觉得这样的搜查效率太低。她想了一会儿，想到书架上有一排摆放的都是从前旅行的时候带回来的纪念品，已经很久没有碰过。

她把书房的灯关上，在黑暗中打开手机的电筒，照在那一排架子上。她侧过头去看，清楚地看见架子上均匀的积尘，也清楚地看见，有好几样纪念品底座的位置，和积尘的位置不吻合。

它们被人移动过了。

第 40 章　生死时速

吴婵脊背上渗出一层冷汗。

一连串的线索都在指向一种可能，一种吴婵根本没有勇气想象的可能。

那个为她煎吐司、冲咖啡、把她拥在怀里的男人，或许曾非法闯入过她的公寓寻找证据；失败之后，或许他亲手制造了事故，把一个女孩撞得生死未卜。

吴婵打了个冷战。她掏出手机，拨打李与非的电话。

李与非此时正倚在手术室外，头抵着墙，心里已经翻滚了几千遍祷告。

半小时之前，与宁突然全身抽搐，被推进手术室。医生说是颅内出血，情况很危急，让家属做好最坏的打算。

李乐愚夫妇因为陪了两天，刚被与非硬推回去休息，当时只有他和赵峰守着。一时之间，与非都不知道该不该打电话把父母再从家里叫回来。他怕父母听到消息受不了，但不通知他们，又怕与宁万一不治，两位老人都赶不及看女儿最后一面。

与非一向是无神论者，那一刻简直想跪下来祈求上苍，保佑与宁脱离险境。

赵峰毫无意识地咬着拳头，手背上显出深深的牙印。"师兄……"他沙哑着嗓子说，"我……我害怕……"

"你给我闭嘴。"与非说。他的声音比赵峰更沙哑。

与非的手机静音，根本没有听到电话。

吴婵联系不上李与非。她想了想，再打电话给记者朋友询问进展。

"巴比伦的首席工程师一直没有接受采访。副总工程师出来辟谣几次，但拿不出什么有力证据证明不是他们的车子出问题。"

吴婵问："如果不是无人驾驶出问题，那么就不排除有人故意破坏的可能。他们有没有调查过，事发当天有没有外人进入过园区？"

"怎么会没调查过。他们可比任何人都急于甩锅。不过据说闭路电视查了好几遍了，没有发现有可疑人物进入。没有任何线索。"

吴婵心情复杂。一时说不清她内心到底是否希望巴比伦找到可疑的证据。找不到，李与非和巴比伦就永远背负千夫指，说不定还要接受公安部门调查；如果找到了呢？如果这个故意破坏的人，确切地说，这个企图杀害与宁的凶手，就是她猜测的人呢？那就太可怕了。

更可怕的是，如果他本来想杀害的目标不是与宁呢？

吴婵不敢想下去。

手机响了，来电显示是鲍平。吴婵像看着定时炸弹一样，盯了半天，才鼓起勇气接起来。

"已经睡了吗？"鲍平的声音还是很温柔。

"没，没有。"

"我特意打电话告诉你，如果你还是觉得不舒服，明天不用来上班，在家休息够了再来，反正公司事情也不多。"

"……好的。"

"你怎么了，听起来很没精神？"

"我没事。"

挂了电话，吴婵想了很久，再打了李与非的电话，还是没人接。"你就真的这么恨我吗？"吴婵喃喃地说，缩在沙发里。

黑暗和绝望包裹着她，她感到自己就好像独自身处荒岛，孤立无援。

不知道过了多久，她慢慢站起来，走到浴室，把冷水龙头打开，站在水下。冰冷的水从头贯穿到脚，一直冷到心底。她的头脑却在冷水的刺激下慢慢清醒。

她关掉水龙头，站在镜子前凝视着自己。镜里的她脸色苍白，眼皮红肿,但眼神变得坚毅,甚至有一些疯狂。

没有任何线索。她的记者朋友说。

那就让她一个人去找线索吧。

次日,鲍平来到公司,发现吴婵已经在办公室了。她虽然还是有些憔悴,但精神振作了很多。"老板这么关心,我不好意思偷懒。"她甚至开玩笑。

鲍平心下有些奇怪,但也不以为意。只要吴婵不多事,来不来上班也没什么区别。

到快中午的时候,吴婵来找鲍平:"不好意思,我中午要出去一趟,能不能借你的车?我的车子已经基本上报废了。"

鲍平爽快地同意了。

吴婵开着鲍平的车子驶离公司,随便找了个偏僻的停车场停了下来。

她是昨晚想到的:鲍平的车子装了行车记录仪。

吴婵把行车记录仪里的内存卡拆下来,装进读卡器,插进她出门时随身携带的手提电脑里。

从显示的画面来看,鲍平在事故发生之前已经开车来到了巴比伦公司附近。但是,他把车子远远停在距离公司一个街区的地方,下车步行。他转过街角,记录仪就再也看不见了。

吴婵失望地叹了口气。

一辆车驶过来,在她临近的车位停下。吴婵本来没留意。那车的窗玻璃慢慢摇下来,露出鲍平的脸。他冷冷地看着她。

吴婵的一颗心顿时提到了嗓子眼。

可能是与非的祈祷果然被上天听到,与宁抢救成功,伤势终于稳定下来。与非和赵峰趴在与宁病床前,凝视着从死神手里抢回来的与宁。两人谁也不舍得休息,并排坐着。

赵峰突然问:"你知道与宁一直在跟吴婵联系吗?"

与非一愣，摇头。

"刚才与宁手机有不少电话过来，我怕学校有什么事，就接了几个，然后无意中发现她出事之前打出打进的电话，都是吴婵。"

与非猛然想到有一次与宁和吴婵喝咖啡，被母亲撞见。"她们俩一直联系，为什么？"

"我怎么知道。她会不会使什么阴谋诡计骗与宁？"赵峰说完意识到自己说过了，赶紧道歉，"对不起师兄。"

与非颓然摇摇头。他此刻也拿不出什么理由为吴婵辩白。他甚至不敢想，如果一切都是吴婵的"阴谋诡计"，他该怎么办？

床上的与宁呻吟了一声，慢慢张开眼。

两个男人惊喜交集，赶紧叫来医生护士。医生检查之后告诉他们，与宁的情况正在好转，但不要让她多讲话。

赵峰扑到床前，拉着与宁的手，一迭声地说："不讲话，不讲话，你看着我就够了，你听我讲就够了……"蓦地一阵心酸，喊了出来："李与宁！你吓死我了！你开什么玩笑不好，我这才刚脱单你就想让我守寡……"

医生忍了忍，终于说："那个，不是，我语文不好，但守寡好像不是这么用的……"

与非赶紧握着医生的手道谢，顺便踹了赵峰一脚。他把医生送出门，又打了个电话给父母报喜，再进来的时候，看见赵峰抱着与宁的手机发愣。

与非吓了一跳："怎么啦？"

赵峰茫然地说："刚才与宁睁开眼说话，说了两个字，婵姐……"

"什么意思？"

"我也不知道，她就指着她手机，好像是让我看手机。"

"手机上有什么？唉你会不会说囫囵话？"

赵峰把手机递给与非，是微信的界面，置顶的人就是吴婵，最近一条消息，是一个打包文件，附着一句话："这是鲍平和费尔德的证据，发给你备份。"

与非几乎跳了起来，抖着手把两人最近的消息一一翻看。吴婵和与宁瞒着大家的谋划一点点展现在他眼前。

与非趴到与宁床前，举着手机，颤声问："这……这是不是真的？这都是不是真的？"

与宁说不出话，只能轻轻地、坚定地点头。

鲍平和吴婵隔着车窗对视。鲍平的脸上没有什么表情。

吴婵问："你……怎么知道我在这里？"

鲍平笑了一下："你的新手机是谁买的？"

吴婵顿时明白："你在手机里装了追踪软件？"

鲍平耸了耸肩："毕竟我现在是一家科技公司的老总，手下也是有不少技术人才的。"

"所以，你一直对我不放心？"

鲍平不回答，他开门下车。吴婵也从车上下来。两人面对面站着。

鲍平问："你找了半天，找到什么了吗？"

吴婵沉默一会儿，摇了摇头："你很聪明。"

鲍平哈哈大笑，笑完，脸上罩了一层寒霜："是你一直把我当傻子。在你眼里，全世界只有李与非一个聪明人！你一直都太高看他了！"

吴婵低头想了一下，抬起头来，表情有些骄傲，说："是你一直都太小看他了！"

"你说什么？"

"你这辆车上的记录仪是什么都没找到，但你开的那辆无人驾驶运输车上的记录仪就未必了！"

鲍平一惊，他回想了一下，笑了出来："你吓唬我吗？我仔仔细细检查过了，那车上根本没有记录仪！"

鲍平骤然住口。他意识到自己说得太多了。

吴婵静静地看着他。

"你，你……"鲍平说不出话。

"所以，开车撞人的果然是你对吗？否则你怎么会知道车上有没有记录仪！"

鲍平这才反应过来，恼羞成怒："好哇，原来你故意套我！"

吴婵不说话，只是沉痛地看着他。

鲍平冷笑："事到如今，我也不怕告诉你，是，是我撞了李与宁。"

吴婵颤抖着问："你……你本来是想撞我，是想杀我灭口的，对吗？"

"没错。别说我狠心，是你先背叛我，为了那小子背叛我！现在你全知道了，又怎么样？还不是没有证据告发我？"

吴婵看了他一会儿，摇了摇头，说："是的，我本来没有证据。可是现在……我有了。"

她抬起手来，露出她一直攥在手里的手机，鲍平清楚地看见那手机屏幕上有个红点在闪动，显然在录音。

鲍平大惊失色，本能地扑过去抢夺手机，吴婵急忙把手机藏在身后。

这时，一辆车开进停车场，有人泊车。

鲍平不敢轻举妄动，只好住手。

"你还想怎么样呢？"吴婵说，"这里可到处都是摄像头，到处都是记录仪。"

鲍平四处看了一眼，知道吴婵说得没错。他怒道："你为什么总是不肯放过我？"

"你错了，我如果不放过你，我现在就会在公安局，而不是在这里！我想给你机会，我希望对着警察交代罪行的，不是我，而是你自己！"

鲍平盯着吴婵的眼睛。她看向他的眼神没有冷酷，更多的是悲伤。鲍平迅速盘算了一下。吴婵或许说的是真心话，她毕竟没有那么心狠手辣，那么还有回旋的余地。

鲍平顺势跪下来，抱着吴婵的腿，哀求着说："我错了，小婵！都是费尔德逼我的！我答应你，我去自首！你给我一点时间，我……我还要安排一下我的父母，他们都那么大年纪了……"

鲍平哀哀地哭起来。他把脸埋在吴婵腿弯，感觉她安抚地拍着自己的肩膀，放下心来。

"我回家一趟，就去公安局。你也累了，回家好好休息，好吗？"鲍平又拿出温柔的态度。

吴婵点头。

两人各自回到车上，发动车子，挥手道别。

吴婵从后视镜里看到鲍平的车子开上回家的路，逐渐消失在视野。她把车子靠边停下，先是把鲍平那段录音发给李与非，再打开电子地图导航。

她把导航目的地定位为公安局。

鲍平刚才跟她讲的话，和她发现他行贿的时候一模一样。他根本没想过自首，他根本在欺骗她，拖延她，上次也是，这次也是。她不能再给他机会了。

吴婵重新发动车子，向公安局驶去。

刚开出两公里，突然身后一阵马达的轰鸣越来越近。吴婵从后视镜看到，一辆车加速向她追了过来。

是鲍平刚才开的车子。

他也不能再给她机会了。

吴婵大惊，猛踩油门提速，可是鲍平更快，离她越来越近。吴婵从后视镜里，已经能清楚地看到鲍平的脸，以及脸上冰冷残酷的表情。

此时孟途和雷兵都被与非叫到医院。

雷兵证实与宁手机里那个文件显示的是本特币转账记录。

这时，与非的手机响起信息提示音。他急忙打开来，是吴婵传过来一条音频。她和鲍平的对话清清楚楚响在众人耳边。

众人听完，互相对视着，简直不敢相信。大家恍然大悟之余，都生出了愧疚。

线索都凑起来了。吴婵以一己之力保护着星丛，保护着与非和大家的心血,甚至不惜把自己置于险境。在她最无助和惶恐的时候,没有一个人在她身边,与非甚至还和其他人一起怀疑她,指责她。

与非如同五雷轰顶。他半天才回过神来,狠狠地揍了自己一拳:"我真是个混蛋!"

他这才看到,吴婵曾给自己打过无数电话。他急忙拨打过去。

吴婵很久才接起来。

"小婵!"与非大声喊,"你现在在哪里?"

"与非!我在中原路……"吴婵还没说完,就尖叫了一声,叫声里充满惊恐。话筒里传来一声闷响,又一声尖锐的刹车声,接着啪地一响,似乎是手机掉在地上挂断,只剩下了忙音。

与非再拨打过去,一直是占线的声音,似乎她再也没来得及捡起来。

与非跳了起来:"小婵出事了!小婵出事了!"

孟途问:"她在哪里?"

与非快急疯了:"不知道,不知道!"

"刚才的声音,好像是撞车……"雷兵说。

"啊!"与非吓得发抖,"我要找到她!"

孟途说:"你冷静点!你好好想想,我们怎么找到她?"

与非抱住头,把自己的恐惧和焦灼强制压下去,开始思考:"鲍平!一定是鲍平在追她!我看到过他的车子,他的车牌号码是……"与非闭了一下眼,脑子像回放照片一样,搜索到要找的信息,他报出鲍平的车牌号码。

"我能黑进交通摄像头系统,定位他的车子!"雷兵说。

"不行,黑系统是违法的!"与非阻拦。

"那怎么办?"孟途问。

与非说,"赵峰,你帮我打电话报警,孟途和雷兵你们去最近的交管所,跟他们说明情况,请他们协助定位鲍平的车子!"

"这行得通吗?"孟途怀疑。

"总要试一试!"

"那你呢!"

"我找光仪!他们有卫星地图,也能定位!"

孟途和雷兵冲出医院,路上与非打电话给他们:"不要盲目找!刚才小婵说她在中原路上,她开车时速不会超过120公里,那么我们找的时候,她可能在的范围应该是解放路或者人民路附近!"

与非与光仪老总唐宏杰取得联系,唐宏杰在报公安部门备案之后,立刻指挥技术人员帮忙。不久,孟途也打电话表示车管所效率很高,已经在搜索。与非请光仪和车管所各负责一个方向,很快就定位到鲍平的车。

"开车的是吴婵!"孟途说,"后面有辆车在追,对,就是鲍平!他们现在在……"他报了个地址。

孟途还没报完,与非已经发动车子,冲了出去。

鲍平狠狠地追尾一撞,不仅撞掉了吴婵的手机,也撞掉了她仅存的幻想:他已经穷凶极恶,绝不可能放过她了。

吴婵拼命踩紧油门,但鲍平速度更快,又连续撞了她几次。吴婵吓得哭了出来。

道路尽头有一栋废弃的停车场大楼,吴婵慌不择路,直接开了进去。她开车一层层地上升,鲍平紧追不舍。终于开到最高一层的天台,无路可走,吴婵只好停了下来。

吴婵下车,四处看了看,这是停车场最高层,一片空旷,根本没有退路,也没有人。

身后吱的一声刹车,鲍平已经追了上来。他也慢慢走下车来。

吴婵绝望地转过身,看向鲍平。

鲍平慢慢走近她,脸色冰冷。

吴婵看着他一步步逼近,反而平静下来。

"你怎么不求我放过你?"鲍平冷冷地问。

"求也没用。我知道你不会放过我。我不想在最后的时间像个胆小鬼一样。"

鲍平轻叹了口气:"都到现在这个地步,你居然还能让我忍不住喜欢一下。"

"可惜你再喜欢我,也比不上喜欢你自己。"

"你就是太聪明了。你如果能安安分分做个傻女人,也不会有这样的下场。"

"你正相反。你如果能聪明一点,就可以堂堂正正跟人竞争,不需要用这么肮脏的手段了。"

鲍平恼怒地说:"到现在嘴上还这么刻薄,对你有什么好处?"他往前逼近一步。

吴婵往后退了退,已经抵住了围栏。她往身后看了一下,是几十米的虚空,不禁一阵晕眩。

与非开到半路,前方堵车。他探出头来,看不出短时间有任何缓解的迹象。与非心急如焚。他无意识地看向窗外,突然看见旁边大楼上有一幅巨幅广告:一对情侣在飞行毯上翱翔半空,下面一行大字:"换一个角度看世界"。

与非眼睛亮了——多么熟悉的广告语啊。

吴婵问鲍平:"你为什么这么恨我?"

"你难道不恨我?"

"恨你?我从来没有恨过你……"

"够了!"鲍平打断她,"是,你从来没有恨过我,因为你从来没有爱过我!我对你来说,就好像一个陌生人一样!你从来不会为我笑,也不会为我哭,你从来不会为我感动,这就是对一个男人最大的侮辱!"

吴婵看到鲍平怒了起来,试图劝阻他:"我已经把你那段录音发给别人了。你……你杀了我,自己也逃不脱的。"

"发给别人?发给李与非吗?"

吴婵不语。她意识到自己说错了。

"你发给了李与非！对不对！"鲍平仰天狂笑了几声，"你死到临头，想到的还是那个男人？"他又往前走了一步，表情几乎是狰狞的："逃得脱也好，逃不脱也好，我都不会放过你；逃脱了是我运气你倒霉，逃不脱，我陪你一起死！我陪你一起死！"

吴婵看他近似癫狂，吓得惊叫出来。

鲍平双手一抓，卡住吴婵的脖子，他疯狂地晃动着她的身子，大喊："现在只有我跟你在一起！你那李与非就算是神仙，也救不了你！"

吴婵试图拉开他的手，但哪里比得过鲍平的力气。她徒劳地挣扎，只觉得呼吸越来越困难，意识也逐渐模糊了。

这时，鲍平突然觉得头顶上暗了一片。他抬起头，不由惊得目瞪口呆，掐住吴婵的双手也不由松了。

吴婵滑倒在地上。她睁开眼来，只见一张喷气飞毯在半空漂浮着，上面威风凛凛坐着一人，正是鲍平最痛恨的李与非。

李与非不等飞毯落地，在空中就跳了起来，借着重力，一脚狠狠向鲍平踢过去。

鲍平被踢倒在一边。

与非一骨碌爬起来，奔到吴婵身前，扶起她上身，喊着说："小婵你没事吧？都是我的错，我是大混蛋！原谅我好不好？"

吴婵呼吸还没顺畅，说不出话，却见鲍平已经起身，向与非扑过来。吴婵憋着气喊："小心！"

鲍平已经一拳打在与非头上。

与非摔在地上，爬起来还手。两人打在一起。

与非边打边喊："你别再垂死挣扎了！我已经报警了，警察马上就到了！"

鲍平狞笑着说："我说了，要死我也要让你们陪我一起死！"

"我们都不死不行吗？你不过是行贿和故意伤人，最多也就判个无期！还有没收财产，其他也没什么……"

"你给我闭嘴！"

吴婵虚弱地说不出话，否则也会劝与非闭嘴。

两人厮打纠缠在一起，两人身材体力都差不多，鲍平更凶狠一些，但与非更灵活一些，打得势均力敌。

鲍平试图把与非逼到围栏边，趁其不备推下去。但与非死活抓住他不放手，两人在围栏旁翻翻滚滚，几次撞掉围栏上的碎石断木，从几十米的高空坠落下去。

吴婵挣扎着喊："小心！"

与非兀自气喘吁吁说着："你为什么非要除掉别人？时代变了！现在竞争不用你死我活，我们讲共赢你知不知道？"

鲍平不跟他多做口舌之争，他推不动与非，一扫看见吴婵还躺在地上，动了诡计念头，扬声说："小婵，你怎么了？"

与非一惊，以为吴婵出了什么事，转头去看。

鲍平趁机使力，用肩膀对着与非一撞，与非半个身子就翻在围栏之外。鲍平再踏前一步，双手用力就想把与非推落。

吴婵尖叫起来。

就在电光石火的一瞬间，与非伸手抓紧围栏，身子一侧，躲开了鲍平这一推。而鲍平趁着惯性，整个身子冲了出去，飞出了围栏。

吴婵再次尖叫。

就在鲍平身子坠落的一刹，与非右手一翻，紧紧抓住了鲍平的右手。鲍平整个身子悬在空中。

"别动！"与非一手抓紧围栏，一手紧紧抓着鲍平，"我拉你上来！"

鲍平看着他，突然笑起来，笑容里有些讥讽，有些自嘲，还有些悲伤。"没用了！"他低声说，"我陷得太深了！"

鲍平胳膊晃了一下，想挣脱与非的手。与非大声叫了起来，眼看鲍平的手就要滑落，突然，另一只手伸了过来，紧紧抓住了鲍平的袖子。

吴婵。

她把身子探得更低一点，手再往下一滑，抓住了鲍平的胳膊。

鲍平看着吴婵，几乎不相信自己的眼睛。他恼怒地说："放手！你为什么不放手!"

吴婵几乎已经虚脱了,她低声而坚决地说:"不放!我从来没想过放弃你!"

不知为什么,一阵热流冲上鲍平的眼眶。他不再挣扎,顺从地抓着与非和吴婵的手,让他们拖了上来。

三人瘫在地上,都剧烈地喘着气。一番死里逃生,都是恍如隔世。

鲍平慢慢坐起来,蜷缩在墙角,用手捂住脸。

与非把吴婵抱起来:"小婵,太好了!你没死,我也没死,哦,他也没死!太好了!"

吴婵无力地看了他几秒钟,突然闭上眼睛,身体软软地垂了下去。

与非又惊又怕,仔细一看,她的臂上和腿上都渗出鲜血,原来早就在刚才的追击中受伤了。

楼下,警笛声由远而近。

第 41 章　人去楼空

与非把吴婵送进医院。

等了一会儿,护士出来告诉与非,吴婵伤势并不重,已经醒过来。

与非大喜,作势就要往里冲,被护士一把拦住。

"我去看她!"与非解释。

"我知道,所以我才拦你。"护士说,"她不让你看!"

"为什么?"

"为什么?问你自己去!你惹人家生气的时候怎么不问为什么?你们男人永远都是这么迟钝,活该被分手!"小护士可能刚跟男朋友吵过架,代入感很强。

"她……没说要跟我分手……"与非被护士劈头盖脸一顿教训,人都矮了半截,虚弱地解释。

"我看也快了!"

"不会的,她不会跟我分手的!你不知道她为了我,受了多少委屈,冒了多少风险,你不知道她为我做了多少事情!"与非说着说着就激动了。

小护士已经转身去忙碌了,一边忙一边撇着嘴着说:"那完了,那就更快了!"

与非可怜巴巴地站在诊疗室外,不知道怎么办才好。

鲍平在公安局相当配合,详细交代了他和费尔德利用虚拟货币行贿的过程。

邢副市长被抓,对利用职务之便贪污受贿的罪行供认不讳。

费尔德在鲍平被逮捕的当夜返回美国。他在美国接受访问,声称"对迪迈中国总裁鲍平的罪行毫不知情"。

与宁身体逐步好转,慢慢能坐起来吃些东西,也能开口讲话了。

她体力一恢复,就把她和吴婵私下里见面商量的事情一件件讲给与非。吴婵为了保护星丛的知识产权,顶着所有人的误会留下;又为了让星丛早日回到李与非手中,不惜冒着风险搜集证据。

与非听着妹妹的阐述,把头蒙在与宁脚边的被子里,不出声。

"哥你干吗?"

"我想闷死自己。"

"虽然你是我哥,但我还是要说,闷死活该。这次真是你错了。你怀疑什么都好,怎么能怀疑婵姐对你的感情。"

"是我混蛋!我蠢!"与非闷在被子里说,"我一开始就不相信小婵会爱上我,我不是怀疑她,我是怀疑我自己啊!"想到吴婵为他吃的苦,与非自责地无以复加。过了很久,抬起头问:"你说这次她会原谅我吗?"

"你好好去道歉吧。婵姐原谅过你这么多次,你诚心诚意认错,她应该还是会接受的吧。"

与非心里生出希望。

与非每天都去探望吴婵。每次都遇到那位正义小护士把守,总是被拒之门外。

到了第三天,李与非学乖了,排半小时队,买了五杯网红珍珠奶茶,带着去医院。

"不见,送奶茶给她也不见!"

与非谄媚地说:"这奶茶不是送给她的,是送给你和你同事的。我数过了,这时间你们当值的一共五位。"

没想到小护士更怒了:"你竟然敢贿赂我?你就算送一百杯奶茶,看我放不放你进来?"

与非吓得不轻,赶紧道歉:"不买了,下回不买了!"

灰溜溜正想转身，奶茶却被小护士劈手夺了过来。与非一愣，却见小护士已经把奶茶分给身边的同事。

此刻正是午休时间，也没什么病人。几个小姑娘用吸管戳开封盖，一边吸溜吸溜咬珍珠吃，一边瞪着他，虽然还是横眉怒目，眼睛里却多了一些饶有兴趣的笑意。

与非再鲁钝，也得到了暗示，赶紧凑到为首的小护士身边，赔笑道："所以我现在可以去看她了吗？"

护士摇头："不是我不放你，真的是她不想见你！我看你女朋友挺和善的啊，你究竟犯了什么错，把她气成这样？"

与非心里一痛，垂下头。

几个小姑娘同情地围了上来，你一言我一语地问：

"你打了一晚上游戏不理她？"

"你走在路上看别的女人？"

"你嫌她买衣服太多还说她胖？"这个小姑娘问完，别的护士都同情地看向她，齐声说："这是太过分了！"

与非一直摇头。

为首的小护士恨恨地说："那就只剩最后一个了：你劈腿了？你个渣男！长得这么老实居然也劈腿！"

与非还是摇头："我很少打游戏因为别人打不过我，我不看别的女人我眼里也没别的女人，我从来没嫌她任何事她就是完美的，我更没劈过腿我有她一个人下辈子也够了……但是，我就是伤害她了！我……我真的是个混蛋！"

小姑娘们都不说话了，一个个被感动得眼睛都湿了。那个被男友嫌弃胖的姑娘喃喃说："我男朋友能有你态度一半好，也不会把我甩了……"

为首的小护士擦了擦眼角，说："你女朋友看上去温柔，态度却是很坚决，她就是不肯见你……"她想了想，灵机一动，说："她身体好多了，明天就能办手续出院了。你明天早点来接她出院！千万别空手来！我只能帮你到这里了！"

与非大喜，一迭声答应："好！我明天买一百杯奶茶！"

"买什么奶茶！买束花啊！"小护士气乐了，想想还是有必要提醒，"一定要买玫瑰花！别管花店老板怎么推销，康乃馨波斯菊什么的，都不管用！"

次日，李与非毫无差错地捧着一大束玫瑰花，兴冲冲来到医院。走到护士站就看到小护士们，一脸悲伤看着他。

"你节哀顺变，她……走了……"

"走了？"与非几乎哭出来，"你昨天不是说她的伤已经好了吗？为什么走得这么突然？"

护士赶紧拦住："我说的是字面意思！她走了，自己办手续出院走了！"

与非长出了一口气，缓过神来，却发现伤感并没有减轻："所以，她还在故意避开我？"

姑娘们看着他，点了点头。

与非不知所措地立了半天，慢吞吞把玫瑰花塞在护士手里，有气无力地向门外走去。

姑娘们同情地看着他的背影。半晌，那胖护士遗憾地说："早知道还不如让他送一百杯奶茶呢！"

李与非找了一整天。

他先去吴婵的公寓，敲门半天，把邻居老阿姨都敲出来了。"吴小姐好久没回来了啊，你找她有什么事啊？咦，你不是上次那个啊？她到底有几个男朋友啊？哦，你可别多心，阿姨我很开放的，我不会对你们有看法的……"

老阿姨絮絮叨叨还没说完，李与非已经跑掉了。

他再找到吴家，吴娟朝他翻白眼："你现在知道来这里找我姐了？当初要不是为了你，她怎么会离开这个家？"

吴娟随口一句话，却像一把刀插进与非本已经绞痛的心里。想到吴婵为自己做过的一切，他蓦地眼圈就红了。

"妈呀！"吴婵打量着他，吓了一跳，"还给说哭了！还大明星呢这么脆弱！"

与非到秦舒阳家找，舒阳直接把他拦在门外："吴婵不在。"

"你知道她在什么地方吗？"

"别说我不知道，知道也不告诉你！"舒阳毫不客气，"你自己想想看，她哭着找你的时候你在哪里？"

与非沉默了很久，说："是，我该死！所以我想找到她，告诉她我有多后悔，多内疚！"

舒阳看他失魂落魄的样子，显然已经自我折磨了好几天，不由叹了口气，也不忍心责怪下去。

好容易哄走了与非，舒阳把门关紧，跑进卧室。

吴婵就在卧室的地板上坐着，头埋在膝盖上。

"你都听见啦？"舒阳问，"你真的不打算给他机会了？"

吴婵很轻但坚定地摇头。

舒阳看着她身边的大行李箱，恳求着说："你就算要离开他，也不用离开我们吧！"

"我怕留下来，早晚又会改变主意。"

舒阳不能再劝下去了。哀莫大于心死，她知道吴婵是下了大决心，不愿再给自己也不愿再给这段感情留任何后路。

第二天，舒阳家的门铃又响了。她跑过去开门，竟然还是李与非。

"你又来干什么？"

"我找小婵。"与非怯怯地说，"我看她今天会不会愿意见我。"

舒阳一怔："什么意思？"

"我知道小婵在这里。"与非说，"昨天你开门的时候，我看到餐桌上摆着两副碗筷。如果是刘布，碗不会这么小。"

舒阳又好气又好笑，同时心里也是一酸："算你猜对了。不过，她今天还是不会见你。因为……她已经走了。"

与非直直地盯着她,好像没听懂她的话。

舒阳重复一遍:"她已经走了,不信你可以进来看看。"

与非盯着舒阳,看出来她没有撒谎。但这比她昨天撒谎还让他惊慌。他颤声问:"她,她去哪里了?"

"我也不知道。"

与非身体晃了一下,只觉得眼前直冒金星。他猜了无数次,吴婵会用什么样的方式惩罚他,偏偏没猜到这一种。

舒阳同情地看着他,递给他一封信:"这是她让我交给你的。"

与非一把抓过信,抖着手拆开,迅速看完,更觉得天旋地转。他抓着舒阳的胳膊,直着嗓子问:"她什么时候走的?"

"半小时之前。如果你赶得快,说不定还能追上她。"

舒阳话没说完,与非已经冲下楼去。

他疯狂地站在马路中央拦车。一辆出租车停下来,他冲进去,大声喊:"去机场,用最快的速度!"

与非坐在出租车里,紧紧攥着那封信,不敢再读,生怕再看第二眼,心就会碎成粉末。然而,里面的文字就好像刀刻在他的脑子里:

与非:

  遇见你是我生命中的转折。你让我换一个角度看世界,你让我懂得爱和被爱。你让我发现原来心里怀着爱是这么温暖,比心里怀着恨要愉快得多。你让我明白原来爱情和亲情才是一切,才是生命中最重要的东西。连我自己也不相信,世上能有这样一个人,对我的改变竟有这么大。所以,也难怪你自己不相信。

  我走了,你不用去找我。你不需要再自责,也不需要再抱歉。我早已经原谅你。我不恨你,也不怪你,我只是不再爱你了。

离机场还有一公里多的时候,路堵了起来,车子刚开始还慢吞吞爬行,后来索性停下不动了。

"怎么回事？"与非焦躁地问。

"不知道，可能机场来什么贵宾了吧，封路了。"

与非看了看表。他没时间等了。他把车费结了，打开车门，就往机场跑去。

与非用最快速度奔跑着。同时，他的大脑以比双腿更快的速度回忆着，回忆他和吴婵从相遇到现在的每一天，他和吴婵共同经历过的一切。

他们一起面对劫匪，一起加班熬夜；他们一起挤地铁，也一起站在镁光灯下；他们一起在东北的冰天雪地里验样品，也一起坐在喷气飞毯上看世界……

当初，吴婵是不是也这样，穿着婚纱光着脚奔跑在硅谷的大街上，抛弃了她唾手可得的安稳生活，义无反顾地跑向他。可是今天，她义无反顾地离开了。

她当初跑得有多坚决，她现在走得就有多心碎吧！

他此刻失去她有多痛苦，她被他伤害的时候就有多悲伤吧！

她出门的时候，有没有曾经回头过？她是有多失望，才会离开得这么决绝啊！

与非冲进机场大厅。他好像疯子一样，拦住每一个长得和吴婵相似的女子。

不是，不是，都不是。

世间怎么会有和她相似的女子呢？

与非突然想起他们一起去深圳找雷兵的时候，吴婵说过的话："你以为爱的反面就是恨吗？错了，爱的反面是冷漠。当一个女人再也不会为你感动，再也不会为你牵挂，甚至再也不会为你发怒的时候，那她才是真的死心了。"

她信里说，我早已经原谅你，我只是不再爱你了。

与非不由打了个冷战。他茫然向四方张望，汗流浃背。终于，他绝望地大声喊出来："小婵！小婵你在哪里啊！我错了，我是混蛋！你不要原谅我！你要记得恨我！你一定要记得恨我！你一定要记得，一定要记得……"与非几乎喘不过气来："你一定要记得我啊！"

与此同时，吴婵站在安检口，蓦然停步。她好像听到与非的声音。

吴婵转身看了一眼，并没有看到什么。她自嘲地笑了笑，走进安检口，再也没有回头。

李与非走进星丛办公室。

他先去了财务部。因为公司高层涉及经济问题，财务部门已经被查封，所有的电脑都被公安部门带走，室内一片狼藉。

他再去设计部。有一半的办公室是空着的，没有员工。剩下的一半，有人在闲聊天，还有一部分人坐在电脑前，却不是做设计，而是看新闻，看股票，或者看求职信息。这些员工应该是鲍平招进来的，他大部分竟然都不认识。

与非又心酸，又恼怒，问其中一人："你们经理呢？"

那人并不认识与非，有些诧异，随口说："哪个经理？部门经理还没来，不知道什么时候来呢！"

另一人接话："总经理就更不知道什么时候来了！"

几个人笑了起来，笑得并不欢畅。

与非怒道："你们为什么不工作呢？"

一名员工一摊手："做什么？我们当初招进来是售楼的！刚干了两个月大老板就出事，工资还不知道跟谁讨呢！"

又一人问与非："你到底找谁？"

与非环视四周。办公室如此熟悉，可面前的人和氛围如此陌生。

这还是星丛吗？

这还是占伟达一手装修出来的星丛吗？

这还是刘布从家里坑蒙拐骗弄来资金贴补的星丛吗？

这还是为秦舒阳贡献论文数据的星丛吗？

这还是赵峰当作第二宿舍的星丛吗？

这还是雷兵日夜检查硬件软件搭建安全环境的星丛吗？

这还是他和兄弟们曾经一起吃外卖，睡行军床，不眠不休地写设计、做仿真的星丛吗？还是他们曾经一起为无法突破而沮丧，为攻克难关而兴奋，为遭遇挫折而消沉，也为胜利和荣誉而欢呼的星丛吗？

　　最重要的，这还是他的吴婵不惜用鲜血去保护的星丛吗？

　　李与非抚摸着吴婵曾经的办公桌，感觉四肢都失去力气。

　　众人都很诧异，悄悄议论："这货什么情况？"

　　"不知道啊，好像找人找不到。"

　　"这么可怜，难不成跟孩子失散了？"

　　"谁家孩子会失散到这儿啊？这哪一点像儿童乐园？"

　　突然有人叫道："李总！"

　　与非一愣。那人从工位上奔过来，跑到他面前，又惊又喜地喊："李总，是你，你回来了！"

　　与非认出来，这人叫蔡军，比与非还要大七八岁，两年前从一家大公司跳槽过来。

　　其他员工听见蔡军喊李总，都很意外，在一边窃窃私语。

　　李与非和蔡军走到走廊上。

　　蔡军说："自从你们初创团队都走了之后，下面的年轻员工有本事的也都跳槽了。我是高不成低不就，暂且留着。鲍平招了一大批根本不是这个专业的年轻人进来，一看就根本没打算做芯片。现在他出了事，其他的股东们也不露面，底下就更人心惶惶。"

　　李与非痛惜地说："都怪我！"

　　"那也不是。初创公司很正常，90%都是要倒的。"

　　"星丛不一样！"

　　蔡军没接话，不忍心打击与非。

　　"星丛不一样！"与非重复了一遍，"我们这几个把它创起来的人，都是怀着不一样的心来的。"

　　"什么心？"

　　与非看着远方，似乎又看到当年一桌人举着杯子庆祝星丛成立的那一刻欢腾。他轻声说:"初心!"

蔡军没听清,他刚想追问,手机响了。他接完电话,对李与非说:"李总对不住,我要先走了。我这儿……"他有些不好意思地说:"有个面试。"

"别去!"与非突然说。

"什么?"

"别去!"与非一把握着他的手,"等着我!我要重建星丛!"

"重建?"蔡军有些怀疑,"从哪里开始建?"

"从零开始!没人找人,没钱找钱!我去把属于星丛的人一位位请回来,把不属于星丛的人一个个请出去!"

蔡军看着与非,他刚才眼神里软弱彷徨不见了,升上来的是坚毅果决。蔡军也莫名地受到了感染,顿时觉得勇气百倍,紧紧握住了与非的手。

冯伯君听巴比伦的副总工程师说,李与非已经请了一个月假了。

这一个月中,冯伯君曾跟李与非通过一个电话。这年轻人在电话里意气消沉,听声音就是一副万念俱灰的模样。

冯伯君有些担心。与非似乎受到了前所未有的打击,很可能从此一蹶不振了。他当时确有些遗憾。这么多年来,他看到过多少豪情满怀的年轻人,在经历一系列挫败以后,最终折戟沉沙。他真不希望李与非也成为其中一个。

这天一大早,冯伯君在山顶的寓所里,打完一套太极拳回到房间,助手就进来说有人拜访。冯伯君突然有了些预感。他微笑着说:"请进来吧。"

进来的果然是李与非。

与非消瘦了很多。但跟他之前电话里的颓废声气相比,他今天整个人精神奕奕。

"我来找冯老先生下盘棋。"

501

冯伯君哈哈大笑，招呼人拿棋盘。

这是两人第三次对弈。李与非的棋路变了，既不像第一次那样咄咄逼人，也不像第二次那样左支右绌。他每一步落子毫无火气和霸气，但通观全局，从容不迫。

下了两小时之后，冯伯君弃子认输。

冯伯君哈哈大笑："跟你下过三盘棋，这一次我下得最畅快，也输得心服口服！"

李与非也微笑了，他对自己的表现也很满意。他说："我想请冯老先生答应我一个请求：我想辞去巴比伦的职务。"

冯伯君说："我明白你最近家里事情多。我可以跟他们说说，再准你一个月长假，你把事情处理完了再说。"

与非摇头说："我的意思是，我不在其他任何公司担任职务了，我有更重要的事情去做。"

"什么？"

"回到星丛。"

"哦？"

与非真诚地看着冯伯君："我要回到星丛。我要重振星丛。这是我的爱人冒着生命风险为我守护的公司，我决不能丢下！我要回去做好，做强！"

冯伯君饶有兴致地问："原来你是为了女人？"

"没错！"与非坚定地说，"我是为了女人。上次冯老先生说我格局太小。我希望这次你不要笑话我为了女人，格局太小。您不了解我这位爱人，她聪慧、大度又坚忍，她绝对值得我这么做……"

冯伯君打断了他的话："谁说为了女人格局小？"

与非一愣。

冯伯君爽朗地大笑，说："我冯伯君也是年轻过来的，你笑话我不懂吗？"他收起笑容，认真地说："上一次，你李与非心里是恨，恨让你格局小；这一次不一样，你……"他拍了拍李与非的胸口，说："你这里鼓着都是劲，这是爱啊！爱上一个好女人，为她改变，为她成长，有多少男人，就是这么成就的！这就是男人最好的事业！"

与非感激地看着冯伯君。

刘布在家闲着无聊，请孟途、赵峰等人吃饭。

一行人先是去了常去的火锅店，在门口却被服务员拦住了："对不起先生，我们不营业了。"

"怎么了？"

另一服务员闷闷地回答："饭店倒闭了！"

孟途等人吃了一惊，只有刘布如释重负地出了一口气："吓我一跳，原来只是倒闭了，我还以为羊肉卖光了！"

大家看着刘布，钦佩他脑回路清奇。

大家只好在附近找了一家饭店，在包间里叫了一桌子菜，却都提不起兴致。

舒阳感慨说："那家火锅店生意一直那么好，竟然会倒闭。"

孟途说："倒闭有各种各样原因，不一定跟经营有关。星丛这么好，还不是散了。"

大家沉默了，都是一阵感伤。

过了一会儿，刘布幽幽地说："说来也巧，今天是星丛成立三周年。"

大家一惊，算了算果然不错，就更惊奇了。谁也没想到如此细腻的事情竟然是刘布提出来的。

舒阳问："你怎么会记得？"

刘布说："成立那天，我拿这个日期去买了张足彩，竟然中奖了！中了十块钱这么多！足足五倍的收益！那是我这辈子唯一一次买彩票，也是我这辈子第一次靠自己努力得来的钱，我怎么会不记得！"

赵峰悄悄说："我也是第一次听说买彩票中奖是自己努力得来的钱……"

雷兵说："可惜当时我不在……"说了一半自己就住口了。当时在又怎样,不过是一起凭吊而已。

大家又沉默了。

刘布大声喊:"不行我受不了了!这气氛太压抑了!我得多喝点儿,浇浇愁!"他跑到门口,大喝:"服务员!我们今儿个不醉不归!给我先抬一箱养乐多!不,两箱!"

大家聊起星丛刚成立的各种窘态。有人敲门进来,把养乐多一瓶瓶放在每个人桌上。众人也不在意,继续你一言我一语地聊。

孟途长长叹了口气:"再也回不去了……"

那发养乐多的人突然插嘴:"那就一起回去吧!"

大家一抬头,全都惊叫起来。

那人竟然是李与非。他微笑地看着大家,眼睛闪亮。

第 42 章　横空出世铸"芯语"

龙城地产集团总经理夏城刚进办公室，秘书就敲门进来说有人拜访。

"有预约吗？"

"没有？"

"那你还不打发他们走？秘书怎么当的？"

秘书快哭的表情，为难地说："他们……很难打发……"

夏城怒气冲冲走进会议室，一进去吓一跳，只见黑压压半屋子人，正当中是名胖子，把一把沙发撑得满满，身后站了六名彪形大汉，清一色黑西装黑墨镜。

刘布、李与非等人原先在星丛的股份，被鲍平拆散，一比一无溢价转让出去，龙城就是其中一家。与非等已经吸取教训，要重建星丛，就要实现绝对控股。那么首当其冲，就是要清退这些无意经营星丛、只想捞快钱的股东。

刘布于是就贡献了这一计策："这些房地产老板，都是些违法乱纪的人，咱们就得使些违法乱纪的手段，管教他们吓得屁滚尿流！"

此时李与非和孟途一身黑西装，坐在刘布旁边，脑门上只冒虚汗。

与非和孟途压低嗓子，偷偷问刘布："这能行吗？"

刘布胸有成竹地说："放心吧，有我！"

夏城问："你们这干吗？拍《黑客帝国》续集啊？"

刘布用粗大的手指夹了一根比他手指还粗大的、没点燃的雪茄，说："夏老板是吧？坐下来谈谈！"

夏城不仅没坐下来，反而走出去了。

刘布一呆，问与非和孟途："这吓跑了怎么整？这家伙怎么不按剧本走啊?"

孟途问："你还有剧本?"

说话间，夏城又进来了，这次带了十来个装备齐全的保安，呼啦啦一站，把另外半个会议室也填满了。

夏城指着刘布等人，对保安说："把这群人给我赶出去！他们要是敢动手，马上报警！"

刘布马上双手高举，喊道："夏老板别冲动！我是良民，我是良民！"

与非一看夏城就要退出门去，急忙喊："夏总留步！我是星丛原来的CEO李与非，我想跟您谈谈星丛股份的事情！"

夏城止步，转头来打量了李与非一会儿："我认得你了！原来是李总啊，怎么穿得跟黑手党似的？你说你们谈股份就谈股份，搞这些违法乱纪的手段干什么？"

与非和孟途看向刘布，刘布面不改色，赔笑说："是啊，都是我这俩兄弟，出的什么馊主意！"

刘布赶紧帮着清场，保安和黑衣人都退出去之后，四人才定心坐下详谈。

李与非摆明来意："星丛重组之后，有很大可能是经营理念跟夏总完全不同。为大家的利益出发，希望夏总能把股份重新卖给我们。"

夏城直率地说："我是生意人，做事讲利益。让我退出可以，但价格要给我合适。你们打算出多少倍买我的股份？"

与非怯怯地回答："零点五倍，您看怎么样？"

夏城难以置信地看着三人。

孟途赔笑解释："星丛现在的状况您也看到了，只剩一个空壳，离散黄子也不远了。账上有多少钱，您比我们还清楚。您现在亏本退出，还能拿到一半；如果我们接盘接不下来，任由它倒掉，大家谁也拿不到了。"

夏城怒冲冲地说："你们这不是黑手党，你们就是拆白党，想空手套白狼啊！"

与非辩解："没空手啊，这不还有零点五吗……"

与非等三人好说歹说，夏城还是直接拒绝，最后拂袖而去，留下与非等三人面面相觑，不知怎么办。

与非、孟途又去找了其他几家大股东，结果都一样，四处碰壁。

"大家都不肯贱卖怎么办？"孟途叹气。

"一千万出去，五百万进来，要我我也不肯。"雷兵摇头。

与非不说话，盯着墙上的电视。此时正在播报股市行情，今日绿了一片。

"你怎么看起股票了，倒是发个话。"刘布说。

与非问大家："你们炒股吗？如果眼看行情已经利空了，你们会怎样？"

"当然是割肉跑了！"刘布说。

与非说："现在星丛对于大多数股东来说，已经是利空了；一千万出去五百万进来不是最好的结果，但也不是最差；一旦被破产清算，大家都分不到什么。"

孟途点头："这些股东们不是不明白其中的道理，不过是押着我们想多拿点好处而已。"

与非说："没错。所以，现在只要有第一个人挑头，愿意把股份亏本给我们，马上就会形成挤兑效应，其他的股东们就会跟风了。"

刘布问："去哪里找这第一家冤大头呢？"

这时，与非的手机响了，是个陌生号码。他接起来，对方报了个名字，与非愣住了。

李与非站在天信办公楼前，仰望整座大楼。犹记上一次他来拜访天信，是为所有董事做智能家居物联网的报告，拿下了天信的投资。当时吴项冬坐在首席，而他的吴婵忐忑不安地等在电话那端。回忆这一切，真是恍如隔世。

与非由秘书带着，走进总经理办公室。

等着他的是吴娟。

吴娟请他坐下，却不说话，只是上上下下打量着他。

与非问："你叫我来，只是为了盯着我看吗？"

"是啊。"吴娟爽快地回答，"我想看看经历了这么多失败的星丛CEO，现在是什么状态。"

与非淡淡一笑："我赌你看不出来。"

吴娟不服："为什么？"

"你连我经历过什么失败都不知道。"

"我怎么会不知道？"吴娟自信地说，"你最大的失败，就是气走了我姐！"

与非的眼神黯淡了一下："不是。"

"这还不算失败，你可真没良心！"

与非摇头说："小婵离开我，这不是我的失败，是我应得的惩罚！我最大的失败，是没有把坏人绳之以法！"

"你是说费尔德？"

与非点了点头。

"你这个回答我倒是没想到。解释一下？"

"打比方说，如果我写了个很烂的设计，没有得到市场的认可，这是我应得的。但如果我写了个完美的设计，没有得到市场的认可，这就是最大的失败。因为这会打击所有认真做事的设计者。小婵离开我，我很痛苦，但仔细想想，确实也没有比这个方式更好的惩罚，这是我活该；但费尔德，他剽窃、栽赃、行贿，现在却还是逍遥法外，这对每一个坚守正义的人都是打击，这是对正义的践踏！"

吴娟看了与非很久，说："怪不得我姐那么喜欢你，你这个人倒真的很特别。"

提到吴婵，与非的神采就消失了。他只好换了话题："现在可以说了吧，你找我究竟为什么？"

"据说你现在到处找股东，想让他们亏本退出。"

"是的。"

"那你为什么不找我？天信的股份我已经从鲍氏拿回来了。天信现在依然是星丛最大的股东。"

"找我？"与非愣住了。他想了半天，回答："我从来没想过让天信退出。"

吴娟追问："即便现在总经理是我？"

与非想了想，回答："是的。"

当初他拿到天信的投资，不仅是说服了整个董事会，最重要是赢得了吴项冬的信任。在他心目中，天信的股份代表着吴项冬和吴婵的支持，尽管之后几经变故，但他竟没想过剥离。

吴娟明白他的意思，哼了一声："你还真不把我当外人。"她再看看李与非，态度认真了一些，说："我代表天信，同意亏本退出。"

与非一惊："为什么？"

"不好吗？你不就等第一家股东表态，给其他股东打个样子吗？那么，还有谁比天信更适合当第一家？大股东都卖了，其他人不就跟风了吗？"

与非盯着吴娟，半天不敢相信。吴娟故意说得轻描淡写，但她眼神里有一丝真诚。她想帮他，出于傲气，不想让他看出来。

"我……"与非坦白地说，"我现在拿不出那么多钱给你。"

"那就先放着，算天信给你的贷款好了。"

与非感动，问："你不是把我当敌人吗？"

吴娟故作不屑地说："你有多大本事，配当我的敌人？"她的做作没装多久，就有些伤感地说："我身边……已经没多少亲人了。要那么多敌人干什么？"

与非也感慨了。

吴娟见他不说话，问："怎么啦？发现我没你想象中坏？"

"不是。"与非坦率回答，"是发现你没我想象中笨。我们找股东就是这意思，竟然都能被你猜到。"

吴娟气乐了："我收回刚才的话，真不知道我姐为什么喜欢你，夸人都能夸得这么尖刻。"

光仪总经理唐宏杰再次看到李与非，忍不住高兴地拍了拍他的肩膀："你终于回来了！"

"我总要回来的，我还能去哪里？"与非的话有些一语双关的味道。

唐宏杰听明白了，他微笑着说："我说的不是你这个人回来了，是你的精气神回来了！前几次看到你，魂儿都少了半个。这样的李与非，就算求着给我做设计，我都不放心！"

两个人一起笑了。

星丛和光仪一度停滞的合作又重新恢复。关于星丛的报道又开始见诸各种媒体。

四个月后，星丛开发出自己的指令集。李与非将其命名为 xinyu。

"啥意思？"刘布首先问。

"芯语。"与非说，又重复了一遍，"心语。"

他望着窗外。不知道吴婵此刻在世界的哪个角落，不知道他的心语，她能不能听到？

刘布看着陷入感伤的与非，悄悄问身边人："啥心语啊？他这怎么看上去像心梗啊？"

又半年，星丛研发出基于 xinyu 指令集的微架构。再过一年，星丛为光仪设计的、搭载自主指令集和核心架构的中央处理器"星光"问世。

这一消息发布，顿时震撼业界。

星丛和光仪联合发布这一消息，出席发布会的是唐宏杰和赵峰。李与非自始至终没有接受过任何一家媒体的采访。相比两年前，他低调了很多。但越是深藏不露，越显得神秘，越引起公众的好奇。因此，虽然他很少在媒体露面，但并不妨碍他再次声名鹊起。

即便是在星丛内部，李与非也是深居简出。他经常一整天都呆在自己的办公室里，除了开会和讨论，基本不露面。

一名慕名加入星丛的新员工曾好奇地问孟途——此时孟途已经是星丛的副总——"为什么李总能一天在电脑前泡十几个小时？他除了工作还在

干什么?"

"找人。"孟途回答。

"找合伙人吗?星丛现在已经这么大规模,还需要跟谁合伙吗?"

孟途先摇头,后来又点了点头:"对,找合伙人。但不是星丛的合伙人,是他自己人生的合伙人。"

新员工恍然大悟:"找人搭伙啊?那不就是合租吗,说得这么复杂!"

孟途也不解释,转身走了,边走边自言自语:"星丛招的员工怎么都全傻乎乎的……"

这两年间,星丛曾反起诉迪迈盗取技术,但经过旷日持久的诉讼,最终美国法院以证据不足为由,判定星丛败诉。

消息传来,星丛上下义愤填膺。

李与非反倒很平和。

孟途问:"这次又被费尔德逃过了,你不气吗?"

与非微笑说:"他只逃过了一半。"

"什么意思?"

与非指着电脑屏幕,上面显示的是美股实时行情:"自从我们的诉讼开始到现在,迪迈的股价已经跌去了百分之十五。我相信费尔德这两年的日子也不会好过。"

孟途也微笑了:"费尔德不知道有没有听过我们中国的古话:跑得了和尚跑不了庙!"

与非盯着屏幕,脸色变得严肃:"他连和尚也跑不了!此人心术不正,只想投机,总有一天,多行不义必自毙!"

"星光"问世的消息传到美国,迪迈的董事会炸了锅。除了光仪,还有几家中国民营卫星企业原本订购的是迪迈的中央处理器,现在纷纷转而采购星丛的中央处理器。

"你有什么想法?"一名叫杰森的董事质问费尔德。

"不过失去几笔小订单而已,又怎样呢?"费尔德故作镇定。

"这不是失去几笔小订单,而是崛起了一个大对手!"杰森敲着桌子说。

"你不要吓唬各位。微架构和处理器,没有多年的市场实践检验,怎么配成为我们的对手?过不了市场的关,他很快自己就会死掉!"

"这句话两年前星丛造出硅光子芯片的时候你就说过了!两年了,他不仅活着,还在进步!"

其他的董事也开始附和。费尔德恼羞成怒,吼道:"好,等着瞧,我让你们看看星丛怎么死!"

两周后一个深夜,与非正在办公室加班,接到唐宏杰的电话:"突发新闻:美国四家大科技公司联合,宣布停止向星丛等国内公司提供专利授权、停售若干系列的芯片产品!"

"为什么?"

"他们的说法是'出于有足够证据的安全原因',不过谁都看出来,封杀我们罢了!"

"那不用说,迪迈是为首的一家?"

"当然。"

与非鄙视地说:"费尔德真是急红眼了,连最基本的商业诚信和公平贸易原则都不顾了!"

接连几天内,星丛的电话几乎被打爆。各个企业纷纷致电询问某款芯片星丛能不能造出来。星丛内部喜忧参半。订单邀约暴增自然是好事,但要满足所有企业的要求又谈何容易?

唐宏杰邀请李与非面谈。

"被迪迈这样一搞,真是一石激起千层浪,国内整个半导体行业都慌了。"唐宏杰说。

李与非也深感忧虑:"他们这一招太狠了,不仅产品停售,连指令集和部分微架构授权都终止了。也就是说,我们所有基于这几家的微架构研发出来的芯片产品,都不能在市场上售卖,否则就是侵权。"

"这就是我今天找你的目的。"唐宏杰说。

"怎么?"

"xinyu 指令集和微架构,能不能做成开源平台,任何人可以免费获取自行编译或重新开发,只是要遵循相应的版权协议?"

李与非很久没说话。

唐宏杰笑道:"我没想到这个问题会难倒你。记得第一次见你的时候你就说过,比起生意,你更喜欢难题。"

李与非严肃地说:"这已经不仅仅是难题了,这是责任,而且是我一个人扛不下来的责任。"

"你详细解释解释?"

"第一,开源之后,要维护开源社区和开源代码,涉及到巨大的线下成本,纠错成本极高,需要高昂的、额外的资金投入;第二,开源意味着不光客户,连竞争对手也能拿到代码,如果不能实现快速版本更新和重新部署,迅速就会被超越和抛弃;第三,xinyu 指令集和微架构目前只为几家民用航天企业服务,航空跟民用的区别还是相当大的,成本、功耗各方面都要降下来,否则根本不能跟国外竞争;第四,也是最重要的,即使我们技术过关了,市场是不是买账?开源相当于另立一套标准,全盘建立全新的生态,需要各行业各领域都加入进来,有大规模出货的支持才能存活下去。这就不是星丛一己之力所能完成的。这个责任,我就算愿意,也扛不下来。这要整个行业,甚至整个国家都来一起扛。"

唐宏杰意味深长地说:"那我去找人跟你一起扛!"

几天后,唐宏杰再约与非,身边多了一个器宇不凡的中年人。

唐宏杰介绍:"这位是业界基金总裁丁斌。"

与非急忙握手问好。

丁斌说:"星丛的李与非,我已经不止一次听说过你了!年轻人,你放心。现在以迪迈为首的跨国集团,完全不讲自由贸易精神,以莫须有的罪名无端地去打压星丛。对于这种科技霸凌主义,我们绝不会坐视不理!今天我就表个态,业界基金将全力支持星丛!"

丁斌以为李与非会欣喜若狂,没想到他并没有什么高兴的神色,反倒犹豫了一下，问："我能提个条件吗？"

丁斌大笑，对唐宏杰说："你说得没错，这小子确实特别！"他转头再对李与非说："你知道有每天我办公室外面有多少人排队等我批基金？你倒好，我送上门来，你还跟我提条件？"

与非傻乎乎地问："您这意思，是让我提还是不让我提？"

丁斌笑着说："我敢不让你提吗？钱送不到你手里我怎么好意思走？"

与非毕竟有些不好意思，挠了挠头，说："星丛是需要钱，但光钱也解决不了问题。修桥、修路、修房子……只要砸钱就行。但是芯片砸钱不行，得砸数学家、物理学家、化学家……砸冷板凳的基础学科，如果所有聪明人都去搞金融，赚快钱了，那这个行业永远也发展不起来！咱们的基金，能不能也在人才培养上面多投入一点？"

丁斌豪爽地说："行了，你不用说了，我知道了！我们几个老家伙刚参加了座谈会，就是讨论基础学科人才培养计划的。虽说人才问题不能短期见效，但总要有长远打算。这下你总算放心了吧？总之，活你来干，我们给你打后方！"

听着丁斌的话，与非蓦然想起导师姜一凡的话："活，你去干！脸，我来刷！"原来，自始至终，都有人站在他的身后。

李与非和冯伯君在山间的寓所对弈。两人一边下棋一边交谈。

冯伯君问："出了这么大的事儿，你也不急？"

"我自然急，急得很。"

"那你还有空找我老头子下棋？"

李与非答："就是急，才来找您下棋。"

冯伯君一愣，回想每次和李与非对弈，果然无不是他的事业或生活出现重大转折的时候。原来他用这种方式保持头脑清醒，以便做出重要抉择。

冯伯君不由哈哈大笑，笑完说："听说星丛在研发开源架构，还拿到了基金的支持。说不定这次的事情，反倒成就你了！"

与非摇摇头，严肃地说："我可不想这样被成就。现在国内有种论调，认为我们就该自我封闭，很快就能赶超外国。热血沸腾、口号满天飞。这不仅错误，还很危险。现在不是农耕社会了，没有任何一个国家能够脱离世界自己发展。人类信息社会是全世界共同建设的。世界半导体技术日新月异，我们就应该站在巨人的肩膀上往前走，从零开始既不可能，也没有必要。迪迈联手其他几家企业给星丛下套，这是一个双输的结果。所以我恨费尔德，倒不是为了私怨，而是他心胸狭窄，逆势而为，让所有人都付出沉重代价！"

冯伯君赞许地点头。他欣赏这名年轻人，不光是因为李与非有热情有冲劲，更难得的是他有战略眼光，有大格局。他问："那你准备怎么对付费尔德？"

与非沮丧地说："我还没有想出办法。他在中国犯的那些事，我告不了他，中美之间没有引渡协议。"

"这样一个小人，竟拿他没办法。"

与非摇头叹气。他落了一子，说："冯先生，您还是想想拿我有什么办法吧？"

冯伯君一愣。与非指指棋盘。冯伯君看了半天，抚掌大笑："你居然把我给骗了！我布了两处要征你的子，没想到你竟然将计就计，一步就拆解了！我老冯下棋从来不服人，今天我是服你了！这一招太高明了，这简直是世界顶尖高手的下法！"

与非笑道："您棋艺不行，眼光倒好！我是比您高明，但也高明不到这个份上！这招一子解双征，是二十年前韩国第六届 LG 杯决赛里李昌镐对崔明勋的走法。他这一招出来，技惊四座，震惊了所有顶尖的职业高手，因此我记到现在。"

冯伯君大奇，再仔仔细细打量棋局，赞叹说："太妙，太妙了！我本来布局想吃你，没想到你反过来让我以为你布局要吃我，真是计中计啊！你要是做生意这么狡猾，费尔德哪里是你的对手！"

与非本来拈着一颗棋子，听了冯伯君的话，突然像中了魔咒一样僵住

515

了。半天才问:"您刚才说什么?"

"怎么,我说你狡猾你不爱听了?"

"不,不,上面一句!"

冯伯君有点迷惑:"我说什么了?计中计?"

"对,就是这一句!计中计,计中计!"与非喃喃自语着,他的眼睛越来越亮了。终于,他跳起来,一把握住冯伯君的手,大笑起来:"哈哈哈,冯老先生,谢谢你的指点!"

冯伯君糊涂了,笑说:"我什么时候指点你了?"

与非扬眉说:"就是现在!我连你都能骗,我为什么不去骗费尔德?我做生意为什么不能狡猾?"

他转回身,大笑着就往外跑。

冯伯君喊:"怎么说走就走了?这棋还没下完呢?"

李与非一边跑一边喊回去:"还有什么好下的,当年崔明勋走不到十手就投降了,你还能聪明过他?"

冯伯君无奈地看着他的背影,气道:"这臭小子,到现在说话还是这么难听!"

第 43 章　重逢

美国英腾公司总裁乔伊的助理向他汇报：星丛公司 CEO 李与非预约求见。

乔伊问："你不知道我们和迪迈正在抵制这家中国公司吗？"

助理说："当然知道。不过他说只需要给他三分钟。"

"有什么区别？"乔伊置之不理。

但第二天，助理禀告李与非再次打电话过来。如此一周，乔伊烦不胜烦，终于同意。

李与非刚进门，乔伊就冷漠地说："正如你自己所言，我只给你三分钟。你想干什么？"

李与非回答："我想问您一个问题，是什么让你我变成敌人？每年星丛和其他中国企业都要从贵公司进口大量器件；星丛也得到了贵公司很大的技术支持，每年也支付高昂的版权费。英腾也从中国获得大量利润。我不知道这种友好关系为什么要终止？"

"这是我们的决定，我无需对你解释。"

"我们？您指的是英腾和迪迈？据我所知，英腾和迪迈一直以来是竞争对手。你们的产品线有一半都是可以互相替代的。"

"这跟你无关。"

"星丛没有做错任何事。今天，迪迈的高管会因为个人利益联合贵公司打压我们，明天他就可能因为新的利益联合其他公司打压别人，包括您。"

乔伊一愣，沉默了几秒钟，说："三分钟到了。"

李与非站起身来，主动伸手过去和乔伊握手，不卑不亢地说："感谢您的宝贵时间，也感谢英腾一直以来对我们的帮助和支持。再见！"

乔伊看着李与非出门,自语:"他到底来干什么?真是莫名其妙。"

这个问题也是与非决定要来美国之前,孟途等人问他的。

与非坚持飞来美国拜会乔伊,大家纷纷反对:"你不可能说服他改变主意的。"

与非从容地回答:"我这次去,并不是说服他改变主意。"

"那是为什么?"

"计中计。"与非笑着解释,"你们看过《三国演义》吗?周瑜怎么让曹操斩了蔡瑁、张允?"

秦舒阳举手:"我没看过。"

刘布得意了,难得在教授女友面前卖弄:"我来说!赤壁大战之前,曹操手下有两个精通水战的降将蔡瑁、张允,两人为曹操训练水军。周瑜要跟曹操打水战,就一定要干掉他们。好死不死,曹操这里有个缺心眼的谋士蒋干要来劝降周瑜。周瑜就伪造了蔡瑁和张允的信,让蒋干以为他们俩其实是周瑜的卧底。蒋干赶紧回去汇报,曹操本来就多疑啊,好小子敢跟我玩'无间道',咔嚓咔嚓就把蔡张两人给斩了。"

舒阳笑着说:"你还挺博学。"

刘布乐得抓耳挠腮:"没看过《三国演义》还没玩过游戏吗!不过话说……"他再问与非:"这跟你飞美国有什么关系?"

与非问:"你们觉不觉得费尔德很像曹操?"

大家都若有所思,似乎理解了与非的用意,只有刘布掏出手机搜索出曹操的画像,笑了出来:"别说,鼻子还真有点像!"

舒阳白了他一眼。

与非说:"费尔德就很多疑,他自己常常背叛他人,所以也不会相信他人的忠诚。他这次拉拢的对付星丛的企业联盟里,英腾是最脆弱的一环。迪迈和英腾本身就是竞争关系,这次暂时结成联盟,但我认为这样的联盟非常松散。我私下问过我在英腾工作的朋友,他说英腾内部对于公司的决定也并不是全部赞成,尤其是负责中国市场的部门,失去了很大一块营收,所以非常反对。我猜乔伊在公司内部也是顶着很大的压力。这个时候,如果我们能利用他们之间的矛盾……"

舒阳马上听懂了:"他们的联盟就散了!"

孟途打了个响指:"你这招反间计妙啊!没想到你也会这么狡猾!"

与非一笑:"费尔德配不上我的真诚。"他顿了一顿,严肃地说:"费尔德这样的坏人,注定要被淘汰。"

李与非拜访英腾总裁的消息,第二天就见诸中美两国的科技新闻头版。这是李与非提前安排好的。他同时接受了几家媒体的采访,虽然没有透露他拜访的目的,但在媒体面前真诚表示:"我和乔伊先生谈话非常愉快。星丛目前正在升级的指令集和微架构,均得到了英腾公司的技术支持,我们对此非常感谢。我们希望今后能够以合作的方式,回馈英腾公司的帮助……"

费尔德很快就得知了新闻。他从网上看到李与非精神饱满地接受采访,显然一副成竹在胸的模样,气得七窍生烟。

他一通电话打给乔伊:"你哪里有问题吗?怎么能不顾协议背叛我?"

乔伊很委屈:"我什么都没做!我跟他什么都没有谈过!"

"那李与非为什么会公然说得到了你的技术?"

"我也不知道,我正在调查。"

"我希望你不要对我撒谎,因为我也会调查。"费尔德盛气凌人地说。

乔伊很气愤:"不要威胁我!我对你没有交代的义务!"

两人都气冲冲地挂了电话。

费尔德根本不信乔伊。要知道真相只有一个办法,就是像他自己刚才说的:自己去查。

他拿出手机,搜索着通讯录,再次停留到一个名字上。他点开此人的头像,菲欧娜的照片立刻占据了整个手机屏,带着妖娆的笑容,隔着屏幕看着他。

几天后,与非在英腾就职的朋友打电话给他:"你猜的不错,我们这几天真的有不速之客来访了。"

"是她吗?"与非问,发了一张菲欧娜的照片给朋友。

朋友说："没错。"

"费尔德果然又雇佣了菲欧娜。"与非满意地笑了。挂了电话，他打电话给乔伊："我想友善地提醒您，最近需要注意商业信息泄露的风险……"

不久，费尔德从菲欧娜处顺利得到他要的信息：星丛和英腾的指令集细节。看完令他又喜又气。

费尔德即刻向媒体宣布："星丛，这家中国明星科技企业，就是一个无耻的贼！他们声称自主开发的指令集，和英腾公司的指令集竟有500多条指令重合，这是一个天大的笑话！无耻的剽窃！"

这一声明在国内国外都掀起轩然大波。当时李与非身在硅谷，他立刻宣布召开新闻发布会。费尔德没想到的是，李与非邀请他莅临发布会。

媒体问费尔德是否会出席。

费尔德冷笑："我当然要去！我要看看这个贼怎么当着全世界出丑！"

发布会当天，费尔德准时到场，坐在第一排的观众席。

李与非走上主席台，却没有马上落座，他伸臂做了个邀请的动作，另一人走上台。

费尔德张口结舌：上来的人是乔伊。乔伊和李与非联合出席发布会，双方似非常友好！

李与非微笑着，看了一眼台下的费尔德，从容不迫地说："我代表星丛，非常感谢迪迈总裁费尔德先生。是他再次提醒我，发展科技一定要建立在尊重知识产权的前提下，也感谢他给我机会向全世界展示，中国目前在知识产权保护方面做得多么出色。关于他所质疑的星丛和英腾指令集重合的问题，我的答案在这里……"他举起手里一份厚厚的协议书："这是三年前星丛和英腾签署的授权协议。星丛先后一共购买了英腾指令集里527条指令的永久授权。所以上次我在采访中说，我们非常感谢英腾对我们的技术支持！"

记者们开始议论纷纷。

费尔德头也大了。他怎么也没想到李与非会有这样的回答，自己真是太大意了。他强作镇定，站起来，大声讥讽。

李与非也站起身来。他牢牢盯着费尔德，脑海里一幕幕闪回着许多面孔：睡在办公室里的赵峰和其他年轻人，为生产奔波的林婉婷和她的同事，第一时间提供中试线的师兄高超，带着业界基金站在身后的丁斌……当然，最清晰的面孔就是倒在实验一线的导师姜一凡。

他用导师曾经说过的话正义凛然地大声回答："我们中国企业从来都是开放合作的！因为我们坚信，未来绝不是故步自封的世界，而是合作共赢的世界；未来绝不属于尔虞我诈的人，而是属于诚信善良的人！至于你……"他对着费尔德，冷冷地说："费尔德先生，我们欢迎外商，但不欢迎你这种不择手段践踏法律的奸商！"

费尔德大怒，转身对记者们说："你们都听到了，他在公然诽谤！"

李与非不理他，向乔伊点了点头。

乔伊打开麦克风，问："费尔德，你怎么知道星丛和英腾的指令有500多条重合？这500多条里，只有三分之一是公版，是你可以看得到的，其他的重合，你是怎么知道的？"

费尔德一怔，突然意识到自己犯了一个大错，额上不由得渗出汗来。

乔伊向旁边示意一下，两名警员出现在台下右首，他们还带了一名女子，金发碧眼，身材曼妙，但表情像被人撞到奸情的出轨妻子，又羞惭又气恼。

正是菲欧娜。

乔伊气咻咻地质问："你居然雇佣商业间谍到我的门口？还说你不是贼？"

这一下记者们沸腾了，快门声纷纷响起。

费尔德用手掩住脸。警员走到他身前，请他去协助调查。

警员带着费尔德从李与非身前走过。这是第一次，李与非从费尔德的眼神里看到彻底的绝望。

"年度明星科技企业颁奖典礼"在线举办。不出所料，今年的"年度之星"再次颁给星丛；但出人意料的是，领奖的却是一张把屏幕填得严严实实的面孔——刘布。

底下弹幕纷飞。最高赞弹幕是："都说上镜会胖，诚不我欺。"

第二条高赞弹幕是："与神哪去了？"

与非此刻坐在即将起飞的客机上，手里紧紧攥着一张小纸条。

纸条是唐宏杰悄悄递给他的。上面写了一个地址——吴婵的地址。唐宏杰只是帮他定位了具体地址，发现吴婵行踪的，还是与非自己。

就在几天前，他无意中看到一条视频新闻：中国志愿者赴非洲医疗援助。记者身后，露出一张熟悉的女子的脸庞。尽管戴着口罩，他还是认出了那双眼睛，三年来时刻萦绕在他眼前心头的眼神，怎么会错啊。

那女子转过身去，白色防护服上清楚地写着几个拼音字母："Wu Chan"。

与非跳了起来，扑到屏幕上，抚摸着那白色的背影。

小婵，等我。

西非某地红十字会营地。

天刚亮，吴婵就早早起了床，她今天要把国内寄来的物资重新核对一遍——自从来到这里做志愿者，吴婵的工作范围就越来越大，现在已经是营地的轮值运营官，负责统管营地日常物资的收发和分配。

吴婵刚在办公桌前坐下，突然一只手伸过来，递给她一盒巧克力。有人粗着嗓子说："这位美丽的女士，请接受我的情人节礼物！"

吴婵不用回头看，就知道是舍友欣然，一个二十出头的小姑娘，大学毕业申请来做国际志愿者。年龄虽小，在这个营地服务的时间比吴婵还长。

吴婵笑着说："我接受了，只怕有人不乐意！别以为我不知道，这巧克力是医疗组的那个帅小伙苏强送的！"

欣然把一粒巧克力塞在她嘴里，嗔怪道："看你平时工作认真，眼睛倒挺尖！"

吴婵一笑，坐到桌前准备看书。

欣然问："今天是七夕，你没有安排吗？"

吴婵摇头："我从来不过七夕。"

"你以前的男朋友这一天不约你吗？怪不得你要跟他分手了！"

吴婵不说话了。

欣然赶紧道歉，又说："假如他今天突然出现在你面前，你会原谅他吗？"

吴婵黯然一笑。她已经三年没有见到与非了。她无法想象两人重遇各自会是什么心情。她振作一下，说："要我原谅他，除非太阳打西边出来！你就别在这里八卦了，你今天难道没安排吗？好不容易调休一次，小心苏强等烦了自己进城！"

营地坐落在一个山谷里，欣然特意把七夕节这天调为休息日，就是为了跟苏强一起开车进趟城。营地离城市有点远，路也不好走，所以，欣然早早的就起床，还精心化好了妆，吴婵早就看穿了小丫头的心思。

欣然扮个鬼脸："我这就去！"说完就跑出宿舍。

吴婵摇头一笑。年轻真好，可以大胆地追、恣意地爱。

她的眼光落在书桌上。隔了一会儿，她从书桌上拿起一样东西，轻轻抚摸着。那是一只圆圆滚滚的小机器人——一直陪在她身边的 No No。

吴婵拨弄着机器人，忍不住问："你好 No No，你知道你的主人现在在干什么？"

"我的主人，就是你啊！"

"不，不，我是说你另一个主人，制造你的人。"

"他只是制造了我，不是我的主人。"

"那对你来说，他究竟是谁？"

"他为你制造了我，他和我一样属于你，你是我们俩的主人。"

吴婵想笑，却笑不出。她喃喃地说："不，他已经不属于我了……"

一阵脚步声由远及近，有人进来。吴婵转头一看，却又是欣然。"怎么回来了？"

523

"车还没充满电呢,这次要进城,来回距离比较远,苏强说不充满电不能走。婵姐,咱们出去走走吧。"欣然撒娇。

也好,清晨出去散散步,能让整个人都更加精神。

吴婵被欣然拉着出去,两人呼吸着清晨的新鲜空气,不知不觉走到一片旷野上。

吴婵因为平时工作忙,很少去周围逛。放眼四周,这里只有两个人的脚步声,她禁不住问:"这里是什么地方?我们是不是走得太偏了,会不会不安全?"

欣然突然神秘地笑了:"对我来说很安全,对你可就不一定了。"

"什么意思?"

欣然压着嗓子说:"这里有一个对你来说非常危险的人物,他跟踪了你很久,随时就会绑架你……"

吴婵一时分不清欣然是不是开玩笑,不由自主打了个冷战:"你吓到我了!"

欣然大笑起来,指了指吴婵身后。

吴婵转过身,还来不及问什么,她隐隐看见有个高大的人影缓缓向她走来。那人背对着光,看不见面孔。等到走到近前,吴婵才看清楚,却像石化一样不能动了。

李与非。竟然是李与非。

与非怯生生走到吴婵面前。

吴婵转头看欣然。欣然扮个鬼脸:"你男朋友已经在旁边埋伏了一天了。你知道我的,最容易被买通了……"说完生怕受牵连,拔腿就跑掉了。

吴婵这才意识到,自己刚才惊得失态了,而这失态无疑是给李与非一个信号——如果他足够聪明的话——她并没有像她自己说的那样对与非视如陌路。

吴婵于是亡羊补牢地摆出冷漠的神情:"你怎么找到我的?"

"说起来要感谢唐总。星丛和光仪合作,发起了一个'寻找失踪儿童'

的公益项目，利用人脸识别、卫星定位和智慧城市网络，寻找失踪儿童。所以我就……"

"所以你为了找我，不惜调动卫星定位，侵犯我的隐私？"吴婵顿时恼了，"你的科技究竟还有没有底线？"

李与非连忙解释："我怎么敢？我现在大小也是个名人，稍微出点差错就会被人揪住，何况挖人隐私，这是犯法的事情！"

"那是怎么回事？"

"我……我找到的是一个不怕被侵犯隐私的人……"

吴婵气势汹汹地问："到底是谁？"

"那个你每天都跟他对话的人，"与非轻声说，"No No。"

吴婵的气势顿时泄了。她转过脸去，生怕被与非看到脸上的表情。

与非小心地观察着她的神色，说："原本，我知道你生气，即使我找到你，也不敢来见你。可是，当卫星定位到 No No 之后，我才发现，就算你走到天涯海角，你还是会把关于我的回忆带在身边。我想，也许你不是真的不想见我，只是想让我飞跃千山万水来找你……"

吴婵百感交集之下，听了最后一句话，忍不住要笑，眼圈却红了。

吴婵一言不发，与非小心翼翼地问道："你可以原谅我吗？"

吴婵咬着嘴唇，违心地说："想要我原谅你，除非太阳从西边出来。"

"那好，你稍等一会儿。"与非道。

什么？吴婵一时间有点怀疑自己的耳朵，她不禁疑惑地看向与非。

只见与非并不答话，只是伸出食指放在嘴唇上，做了一个"嘘"的手势。

吴婵不知与非葫芦里卖什么药。

然后，与非伸出了五只手指，四只手指，三只手指，两只手指……

原来他在倒数！

吴婵刚反应过来，骤然间一道强光就从西边射了过来，就像太阳一下子转移到了西边。

吴婵被强光照得眯起眼睛。她仔细看过去，这才看到，西面的高地上远远矗立着一座高耸的灯塔，塔顶一个光芒万丈的光球，如太阳一样。借着这个光球的照耀，吴婵看到以这个灯塔为中心，地面上一圈圈布满了某种装置，绵绵延展开来，也不知道有多广阔。

吴婵惊异之下，脑子一片空白，随口说："这，这是什么？"

"这是中国援建的熔盐塔式发电站。中间那座最高的塔就是中央吸热塔，高130米，周围安装了1200多面定日镜，也就是反光镜，每面镜子的面积达到了150平方米。当太阳升起时，定日镜会自动跟着光线移动，把阳光都反射到中央吸热塔上……"与非讲起技术滔滔不绝。

吴婵还没有从惊奇中恢复过来，只听他报数字科普，听得张口结舌。

与非立刻停下，这才意识到自己又扯远了。他鼓起勇气，说："你说只要太阳从西边出来就会原谅我，现在太阳从西边出来了。"

李与非处心积虑地买通了欣然，就是因为今早这个号称"中国太阳"的熔盐塔式发电站会正式发电，而且恰好位于吴婵营地的西面，于是便精心设计了这样一个道歉的场景。

吴婵低着头，一言不发。

与非犹疑了一会儿，试着伸出手想去拉吴婵的胳膊，没想到一下子就把吴婵拉到了自己怀里。

太阳升起来了，远处的"中国太阳"也闪耀出更加夺目的光芒，非洲大地上一片欣欣向荣的景象。

李与非轻嗅着吴婵的头发，他觉得自己闻到了幸福的味道。

图书在版编目（CIP）数据

芯语/王笑歌,虞昕著. -- 上海：上海文艺出版社,2022
ISBN 978-7-5321-8221-3
Ⅰ.①芯… Ⅱ.①王…②虞… Ⅲ.①长篇小说－中国－当代
Ⅳ.①I247.5
中国版本图书馆CIP数据核字(2021)第280990号

发 行 人：毕　胜
责任编辑：胡曦露
封面设计：今亮后声·小九

书　　名：	芯　语
作　　者：	王笑歌　虞昕
出　　版：	上海世纪出版集团　上海文艺出版社
地　　址：	上海市闵行区号景路159弄A座2楼 201101
发　　行：	上海文艺出版社发行中心发行
	上海市闵行区号景路159弄A座2楼206室 201101 www.ewen.co
印　　刷：	常熟市华顺印刷有限公司
开　　本：	890×1240　1/32
印　　张：	16.75
插　　页：	2
字　　数：	480,000
印　　次：	2022年7月第1版　2022年7月第1次印刷
ＩＳＢＮ：	978-7-5321-8221-3/I·6494
定　　价：	68.00元

告读者：如发现本书有质量问题请与印刷厂质量科联系　T:0512-52605406